U0733906

浙東唐詩之路論文集

—— 渔浦卷 ——

田伟栋　姚　翔 主编

浙江古籍出版社

图书在版编目(CIP)数据

浙东唐诗之路论文集. 渔浦卷 / 田伟栋，姚翔主编
—杭州：浙江古籍出版社，2022.12
ISBN 978-7-5540-2464-5

Ⅰ.①浙… Ⅱ.①田… ②姚… Ⅲ.①唐诗—诗歌研
究—文集 ②海洋渔业—文化研究—浙江—文集 Ⅳ.
①I207.227.42-53 ②F326.475.5-53

中国版本图书馆 CIP 数据核字(2022)第 229361 号

浙东唐诗之路论文集·渔浦卷

田伟栋　姚　翔　主编

出版发行	浙江古籍出版社	
	(杭州市体育场路 347 号　邮编：310006)	
网　　址	https://zjgj.zjcbcm.com	
责任编辑	刘　蔚	
责任校对	吴颖胤	
责任印务	楼浩凯	
照　　排	浙江时代出版服务有限公司	
印　　刷	浙江全能工艺美术印刷有限公司	
开　　本	710mm×1000mm　1/16	
印　　张	33.5	
彩　　插	4	
字　　数	620 千字	
版　　次	2022 年 12 月第 1 版	
印　　次	2022 年 12 月第 1 次印刷	
书　　号	ISBN 978-7-5540-2464-5	
定　　价	168.00 元	

如发现印装质量问题,影响阅读,请与市场营销部联系调换。

渔浦烟光（徐国庆摄）

杨岐钟声（韩赞军摄）

孝义桥韵（徐国庆摄）

寺坞云岭（徐国庆摄）

新坝牌坊（徐国庆摄）

红色昇光（徐国庆摄）

横塘牛埭（徐国庆摄）

老街记忆（徐国庆摄）

罗峰晨光（徐国庆摄）

黄垄碧波（徐国庆摄）

前　言

　　"钱塘看潮涌,渔浦观日落。浙江两奇景,亘古称双绝。"杭州萧山区义桥镇地处钱塘江、富春江、浦阳江三江交汇处,古称渔浦。区域面积 58 平方公里,辖21 个村、5 个社区,2021 年全国千强镇排名 170 位。在历史上,渔浦是萧山的三大集镇之一,是商贸、征盐、课税的主要关口。渔浦渡作为一个古代水利枢纽,曾经是萧山最繁华的商贸集市,也是一个古代军事要塞,更是一个诗人们神往的风景名胜区。如今,义桥镇是中国五金工具之乡、中国床垫布名镇,也是文化名镇。为创建省级乃至国家级文化强镇,萧山义桥于多方面做出努力。

　　众所周知,义桥是"诗画浙江"建设的重要枢纽,义桥是钱塘江诗路的重要节点,是大运河诗路的有机组成部分,更是专家学者公认的浙东唐诗之路的重要源头。浙江省委书记袁家军曾指出:"浙东唐诗之路"不仅是一条山水景观相映的"诗歌走廊",更是一条融合优秀传统文化的经典人文之路。时任浙江省省长的郑栅洁明确指出:"萧山着力打造浙东唐诗之路起点渔浦。"而前不久学习强国平台发布的《诗画渔浦:浙东唐诗之路的源头》,更是充分肯定了义桥作为浙东唐诗之路起点的重要地位。

　　义桥作为标配的诗人寻梦起点,在历史留下了厚重的诗词文化遗产。千百年来,谢灵运、李白、杜甫、苏轼等无数诗人从这里开启诗路旅程,南宋诗人陆游在这里留下了"桐庐处处有新诗,渔浦江山天下稀。""四明狂客"贺知章从横筑塘畔一路吟诵到长安,诗人的千古吟唱与秀美的渔浦山水交相辉映,成就了罗峰夕照、横塘棹歌、渔浦烟光等义桥十景。

　　义桥是钱江南岸的诗路名镇,也是浙江省首个乡镇级"中华诗词之乡",诗意盎然。从依江而建的诗意林,到矗立闹市的诗词公园;从浸渗校园的诗碑,到拔地而起的钱塘江诗词展示馆;持续擦亮的诗词名片与山水林田相得益彰,也让高昌、范诗银、林峰、叶延滨、黄亚洲等文人大咖纷至沓来。

为遵循与实施"文化兴镇"战略,义桥人民近三年来在文化领域累计投入超过2亿元,相继建成总面积超1.5万平方米的义桥文化体育中心、综合文化中心和里河文化中心等大型文化设施,引进了浙江当代油画院和中华诗词渔浦创作基地。拥有占地1300平方米、藏书4.5万册、年借阅量14万册的萧山最大乡镇图书馆。高标准、全覆盖建设的村社文化礼堂、文化家园将优质的文化服务融进了群众的生活。镇文化站专门配备专职文化工作人员,实现24个村社文化员全覆盖,7家三星级以上文化礼堂不定期购买社会化服务。成立了以"三团三社"为核心的基层文联,拥有中华诗词学会会员、中国摄影家协会会员等一大批文艺骨干。

为了丰富我们的古镇文化内核,我们秉承"山水新都市、创智新高地、渔浦新义桥"的发展定位,坚持文化传承出新。一方面,我们全面深化文旅融合,依托4A级的东方文化园、五星级的太虚湖假日酒店和寺坞岭景区等,修复了抗日女英雄沈佩兰墓、原浙江大学校长韩祯祥旧居等一大批历史文化建筑,推出了古籍文创礼品,启动了"江河荟·浙江翠"生态文化项目,引进了"智播汇"网红基地,将文化植入美丽乡村和美丽城镇建设,有效推动了经济的发展。另一方面,一直以来我们深入地挖掘传统文化。在办好具有义桥特色的《渔浦》杂志,还先后编辑出版了《渔浦诗词》《渔浦新韵》《义桥文化系列丛书》《义桥镇志》等一系列的书刊,在《中华诗词》《人民日报》等顶级杂志媒体上发表了一系列文章,极大地扩大了渔浦文化的影响力。同时,我们为继续擦亮义桥镇的诗词名片。2019年,曾成功举办了首届钱塘江诗词大会,发布了《义桥倡议》,被列入浙江诗路名镇建设规划,省文旅厅还给予义桥专项建设资金。当前我们已建成并开放了钱塘江诗词展示馆,以传承传统诗词文化。我们一直与上海大学中华诗词创作研究院、中华诗词学会、中国楹联学会等单位与团体合作,开展各种诗词活动、诗词研究以及渔浦文化开发等工作。

为此,我们组织专家、学者以及诗人等进行探讨萧山义桥"渔浦诗词"及其文化,进一步擦亮渔浦作为浙东唐诗之路源头的金名片,以利于将义桥打造成为钱塘江南岸的文化地标,形成具有江南韵味的未来城市实践区样板。我们经过多日的筹备与研究,在钟振振、曹辛华等专家的指导下,目前形成了《浙江诗词之路研究——渔浦卷——论文集》。

此论文集主要由古代萧山渔浦诗词研究专题、萧山渔浦诗词文献补辑、当代渔浦诗词研究专题与萧山渔浦文化研究专题等四部分组成。第一个专题,学者或从宏观对诗词中国的渔浦书写、渔浦意象生成、各时代渔浦诗词的创作等予以探讨,或从微观角度对江淹、孟浩然、贺知章、陆游等诗人的"渔浦"因缘与作品进行论述,或从具体现象与群体等角度对钱塘潮、湘湖诗巢等问题予以深探。第二专题属文献整理部分。对"渔浦诗词"的判定问题予以重审,并对已问世的《渔浦诗词》(中华书局,2018年,线装本)所未收的与渔浦相关的诗词作品进行辑补、标点、整理。同时,还剔选与整理了历史上所存在的"非"萧山渔浦诗词。对《湘湖(白马湖)文献集成·湘湖文学文献》中诗词文献与民歌文献也有辑补。第三个专题集中对当代渔浦诗人如高卓、朱超范、吴容、何智勇、邵勇等诗词赋创作进行评论与研究。受前代渔浦诗词风气的影响,目前在义桥已形成了又一诗巢或诗人群体,值得我们断续研究与探讨。第四个"萧山渔浦文化研究专题"中,收录渔浦本地专家所撰著的研究文章多篇。或思考渔浦文化的现代发展;或考察渔浦的地理沿革、历史问题;或对渔浦本地诗词文化与名人进行述论。这些研究成果在推动萧山渔浦诗词与文化研究的同时,也将是渔浦文化史上的新史料。特别是第二专题对渔浦诗词的补辑,扩大了我们研究渔浦文化的对象与视野。相信以后会有更多学人关注萧山渔浦及其文化研究。

　　特别要感谢的是,中华诗词学会、上海大学中华诗词创作研究院、杭州诗词学会、萧山诗词学会、义桥诗词学会以及义桥镇各单位,在此次钱塘江诗词大会中所付出的努力与贡献。感谢中华诗词学会周文彰会长对浙江首个"中华诗词之乡"——义桥镇的支持关怀,感谢南京师范大学著名教授、诗词学专家与诗人钟振振教授为本论文集作序,增光添彩,感谢中国书法家协会前主席苏士澍先生为本书题签。期待更多的专家与学人能参与建设美丽义桥。也欢迎大家到义桥看渔浦风光。

序 一

钟振振

夫"唐诗之路"者,唐代诗人所行之路,唐代诗歌所咏之路也。唐承隋制,以科举取士,诗固进士考试之一重要科目,故唐之文士几无不能诗。而唐诗之横岭侧峰,巍峨崛峙,俨然吾中华自风骚以降之又一文学高地者,良有以也。

虽然,以四海之广,九州之大,有唐一代诗人之众,行吟之屦周于天下,则"唐诗之路"何处无之,奚必以"浙东"名?而竟以"浙东"名者,岂偶然哉,能无说乎?

盖唐自长安、洛阳两京外,若郡县之以山川、历史、人文、宗教胜者,浙东其尤焉。水眼山眉,江潮海日,此山川之胜也。穴陵葬禹,薪胆吞吴,此历史之胜也。严濑垂纶,娥江题碣,此人文之胜也。智者三观,隐居四叶,此宗教之胜也。以故诗人乐游,踵武不绝。李太白闻越人语,犹有梦游天姥之吟,遑论其他?则"唐诗之路"必以"浙东"名者,具见唐代诗人之于浙东,情有独钟矣。又者,上溯东晋,王谢诸公,兰亭一禊,有命笔浮觞之雅;下逮南朝,永嘉孤屿,东阳八咏,开模山范水之先。隋唐宋继焉,元明清承焉,代有其人,人有其诗,薪传之,火续之,生生不息,以迄于今。浙人之好诗能诗,寖成文化基因,视他省区为甚。则"唐诗之路"必以"浙东"名者,具见今世浙人之于唐诗,情有独钟矣。

窃考唐代诗人之往游浙东者,多自北来,先入杭州。故凡言"浙东唐诗之路",必以杭为始也。而自杭首途赴浙东,陆行则车马劳顿,固不如水路舟楫为便且逸。若今萧山区之义桥镇,古名"渔浦",地当钱塘、浦阳、富春三江交汇处者,即其首选。故今言"浙东唐诗之路",又必以义桥为始也。

路既始矣,诗亦先焉。"日出气象分,始知江湖阔",孟襄阳浩然有早发之咏。"村烟和海雾,舟火乱江星",崔集贤国辅有夜宿之吟。"云景共澄霁,江山相吞吐",陶太博翰有乘潮之什。"孤帆泊枉渚,飞雨来前山",钱考功起有值雨之篇。盥诵至再,无任神往,而渔浦风光之清奇壮丽,历历如在睫前,已自使人不暇应接,尚何待于"山阴道上,山川映发",如王子敬之所云邪?

　　义桥镇委镇政府暨本镇诸贤,于"浙东唐诗之路"及其起点"渔浦"之开发建设,殚精竭虑,致力多年,举措有方,成绩斐然。今与上海大学中华诗词研究院合作,成此一编,命序于余。披卷则不惟唐诗诸贤咏及渔浦之珠玑具在,而其前后历代诗人咏及渔浦之琼玖亦在;不惟此也,且考论、赏析历代渔浦诗词,包括今人渔浦诗词之文章,亦洋洋大观。举凡"浙东唐诗之路"及其起点"渔浦"之前世今生,"渔浦诗词文化"与"浙东唐诗之路"之渊源流衍,"渔浦诗词文化研究"相对于"浙东唐诗之路研究"之重要意义与重要地位,言之凿凿,论之綦详。吾不能赞一辞,尚何可序?无已,勉为一律,以贺其成。诗曰:"路辟唐诗起浙东,樵溪渔浦一望通。风骚故得江山助,文彩新干气象雄。不尽薪传纯正火,能吟剑比莫邪铜。钱塘伫听秋涛急,万面鼓声疑海空。"

序　二

曹辛华

　　杭州萧山区义桥镇,古称渔浦。正是钱塘江、富春江、浦阳江三江交汇处。在历史上,渔浦渡又是与西陵渡一样,是人们通往浙东的重要渡口。渔浦曾经是萧山最繁华的商贸集,是商贸、征盐、课税的主要关口。渔浦作为一个古代水利枢纽,也是一个古代军事要塞,更是一个诗人们神往的风景名胜区。大诗人陆游曾说"渔浦江山天下稀"。

　　早在六朝谢灵运赴任永嘉太守,夜里经过渔浦时曾留下《富春渚》"宵济渔浦潭,旦及富春郭。定山缅云雾,赤亭无淹薄"诸诗句。谢氏为山水诗之鼻祖,则此诗可证山水诗与渔浦的缘分。后来在谢惠连又有《西陵遇风献康乐》"昨发浦阳汭,今宿浙江湄。屯云蔽曾岭,惊风涌飞流"之句;江淹《赠别谢法曹惠连》有"昨发赤亭渚,今宿浦阳汭……停舻望极浦,弭棹阻风雪"之诗。渔浦作为浙东诗歌之源头,由此可证。

　　唐代诗人笔下汩汩流淌出不少与"渔浦"相关的好诗句,由此"渔浦"也就成为浙东唐诗之路的源头。如"卧闻渔浦口,桡声暗相拨""落潮洗渔浦,倾荷枕驿楼""风停浪始开,漾漾入渔浦""旅逸逢渔浦,清高爱鸟冠""一官万里向千溪,水宿山行渔浦西""舟停渔浦犹为客,县入樵溪似到家"诸句,写旅途所见之渔浦风光;而"渔浦浪花摇素壁,西陵树色入秋窗""冰水近开渔浦出,雪云初卷定山高""明月钓舟渔浦远,倾山雪浪暗随潮""漠漠烟光渔浦晚,青青草色定山春"诸句,绘"渔浦"之浪潮;而"人稀渔浦外,滩浅定山西""渔浦南临郭,人家春谷溪""醉唱劳歌翻自叹,钓船渔浦梦难疏""歌惭渔浦客,诗学雁门僧""云带雁门雪,水连渔浦风""蝉树生寒色,渔潭落晓光""石楼待月横琴久,渔潭经风下钓迟"诸句,则画尽"渔浦烟光""渔浦人家"或"渔浦钓趣"。中唐诗人韩翃《送王少府归杭州》曾云:"早晚重过渔浦宿,遥怜佳句箧中新。"(意谓何时再经过住宿在渔浦,我在远方喜欢你因此新写出的好诗句)即道出"渔浦"对佳句的激发。也正因此,当代人们将义桥是定为浙东唐诗之路的重要源头。

其实,何止唐代,宋、元、明、清乃至现当代,萧山渔浦一直流淌着"诗词",是浙江诗路的起点。如宋初杭州传奇诗人潘阆《岁暮自桐庐归钱塘晚泊渔浦》:"久客见华发,孤棹桐庐归。新月无朗照,落日有余晖。渔浦风水急,龙山烟光微。时闻沙上雁,一一皆南飞。"写新月江行之景,清新爽朗。苏轼《瑞鹧鸪·观潮》:"碧山影里小红旗,依是江南踏浪儿。拍手欲嘲山简醉,齐声争唱浪婆词。西兴渡口帆初落,渔浦山头日未敧。侬欲送潮歌底曲,樽前还唱使君诗。"此词将钱塘弄潮、观潮情景真切再现出来。"渔浦夕照"也在其中。南宋中兴名臣李光《转山入离渚宿化城以归道中感鄙句》有"野田溢水层层落,山路催花树树红",李纲《渡浙江五古》有"境清人自愁,夜静气尤古。独坐不成眠,霜晴听津鼓"等秀句。陆游则因渔浦为其回家乡绍兴必经之路,留下的好诗佳句就更多。如"渔翁持鱼叩舷卖,炯炯绿瞳双脸丹。我欲随之逝已远,菱歌一曲暮江寒"(《绝句》二首之一);"双橹摇江叠鼓催,伯符故国喜重来。秋山断处望渔浦,晓日升时离钓台"(《泛富春江》);"东归剡曲只三程,旅泊还如万里行。灯影动摇风不定,船声轧轧浪初生"(《宿渔浦》);"江平无风面如镜,日午楼船帆影正。忽看千尺涌涛头,颇动老子乘桴兴。涛头汹汹雷山倾,江流却作镜面平。向来壮观虽一快,不如帆映青山行"(《观潮》)。陆游等诗人为浙东宋诗之路的开拓者,而渔浦则担当了摆渡的角色与使命。

至元代,方回《走笔送吴僧庆间游吴越》有句云:"两袖虎丘山上月,一竿渔浦渡头风。乾坤佛法元来盛,湖海诗僧到处雄。"张翥《西兴渡》有句云:"帆影昼惊沙上雁,船声斗落岸头冰。果园霜后初分橘,渔浦潮平各下罾。"马臻《越中言怀》有句云:"避社燕归杨柳合,趁墟人散鹭鹚来。半江落日明渔浦,两岸回潮掠钓台。"明张宁《渔村图》有句云:"荒山野水通渔浦,浦山渔家隔芳屿。放棹晨炊北渚烟,联蓬夜宿西岩雨。"陆深《山居八首》有句云:"一楼风雨独离群,药裹诗囊酒半醺。渔浦一篙翻白雪,麦田千顷湿黄云。"韩邦奇《南行》有句云:"新砂潮接长江下,渔浦风从北海生。春色欲随吴地尽,野花空逐越山明。"童瑞《宿渔浦村舍》有句云"初经渔浦渡,一宿野人村。山气寒侵榻,潮声夜到门"等,这些诗句与唐宋描画渔浦风光者相比较,虽然未能达到后出转精的境界,但依然透露的是对萧山渔浦的热爱与赞美之情。

清代亦然,有不少著名诗人以诗笔描画"渔浦江山"。如清查慎行《江行六言杂诗》:"人家泥浦渔浦,驿路樟亭赤亭。黄犊鸣边草绿,画眉啼处峰青。"朱彝尊《一半儿·浙江》:"鲤鱼风起凤山根,白鹭潮来鳖子门,黄雀雨晴渔浦村。乱帆分,一半儿夭斜一半儿稳。"厉鹗《晚发江干》:"落日挂帆去,背人飞鹳鹅。风烟秋半净,江水晚来波。渔浦山争出,樟亭树忽过。寻源意飘荡,一听越乡歌。"孔继祥《早泊渔浦》:"凉月犹挂树,居人尚掩关。烟消渔浦岸,日上富春山。晓渡闻咿轧,遥峰露髻鬟。潮平风浪急,小艇泊前湾。"这些诗句,读来真切可感,如临其境,真可谓地美、景美、诗更美。

古人云:诗之美得"江山之助"。吾以为江山亦得诗之助。渔浦、诗词二者相得益彰、相辅相成。萧山渔浦若好诗词之催化剂、引兴酒,而诗词则如渔浦之胭脂、妆饰,更如渔浦之精魂、神气。当代又将萧山义桥(渔浦)视为"诗画浙江"建设的重要枢纽、钱塘江诗路的重要节点、大运河诗路的有机组成部分,是顺应时势、合情合理的。本人以为萧山渔浦还应当被视为江南诗词文化的焦点。之所以这样讲,因为在元代以前,人们还常狭义地将浙东区域称为"江南"。如北宋词人王观有《卜算子·送鲍浩然之浙东》词云:"水是眼波横,山是眉峰聚。欲问行人去那边,眉眼盈盈处。才始送春归,又送君归去! 若到江南赶上春,千万和春住。"当前人们对"江南文化"的探讨相当火热,而萧山渔浦诗词可以说正是"江南诗词文化"海洋中一个极有特色的"样本库"。

正由于浙江萧山义桥处于"浙东唐诗之路""钱塘江诗路""诗画浙江""大运河诗路"以及江南诗词等五大诗词文化带的枢纽位置。在当前国家重视优秀传统文化传承的清明时代,浙江萧山义桥镇组织人们研讨渔浦诗词,适逢其时,也适得其宜。要言之。将文化植入美丽乡村和美丽城镇建设是国家发展社会经济与提高人民幸福生活的需要。萧山义桥镇不仅能深入地挖掘传统文化,并建成古雅非凡的钱塘江诗词展示馆,以传承传统诗词文化。还能一直与上海大学中华诗词创作研究院、中华诗词学会、中国楹联学会等单位与团体合作,开展各种诗词活动、诗词研究以及渔浦文化开发等工作。其建设文化萧山的姿态、用心、举措、行动、实践等均可圈可点。

统观整个《浙东唐诗之路论文集·渔浦卷》所收论文,其作者基本可分两大类:一类是从事诗词教学、研究的高校学人。既有教授、博士生导师,又有副教授、研究生。一类为萧山本地的文化达人,兼诗人与研究于身。所收论文又可分为四个单元:其一为专论古代渔浦诗词及其文化者。其中胡传志、吴怀东、江合友等学者所论于渔浦诗词研究极有深拓。其二为"萧山渔浦诗词文献补辑",属于文献考索层面。曹辛华教授专门对萧山渔浦诗词的界定与判断问题作了论述。王卓华、周子翼、张幼良、袁晓聪、刘慧宽等学者专门补辑标点、整理了《渔浦诗词》(中华书局,2018 年,线装本)所未收的唐宋、元明、清代的萧山渔浦诗词,扩大了渔浦诗词研究的范围。并且将经判定为"非"萧山渔浦诗词的作品也予以整理,也为后来研究者扫清了道路。三为"当代渔浦诗词研究",为此论文集极其创意之处。历来研究者多有"贵古贱今""贵远贱近"之成见,此次将萧山本土诗人的诗词赋等作品纳入研究视野,可谓对此成见的力纠。事实上,随着诗词文化传承力度的加强,各地已形成了诗人群体。萧山当代宜然。如以高卓、朱超范、章剑清、吴容、邵勇、何智勇等为代表的诗人不仅热心创作、诗艺精进,而且对当地的诗词文化弘扬也不遗余力。渔浦有诗词传统,如今有诗人传承之,可谓风流今古。此次能选部分诗人诗作予以评论、研究,其意义不容小觑。四为"萧山渔浦文化研究"紧扣当地诗词文化、历史、地理,为我们更深入地了解渔浦诗路的现象与环境提供了便利。这也是值得一表。相信随着以后研究的深入,人们对萧山渔浦在浙东唐诗之路、钱塘江诗词、运河文化、宋韵文化乃至江南文化的体认与传播将会更上一层楼。

本人因为忝列中华诗词学会副会长之职,得识萧山义桥奇人朱超范诗丈。曾为其《浙东唐诗之路新咏》为一文言短跋附于此以结此序。

其跋云:上有天堂,下有苏杭。杭有萧山,萧山有义桥,义桥有好诗。好诗作者谁?朱丈超范为其一。余识先生于首届钱塘诗词大会期间。时余受邀与会,于报到单睹朱丈尊名。余尝读其诗于微刊。丈以组诗、联章为奇。凡一事、一地、一游动辄律诗十数首。心喜之。不意于此处得见。遂谓值事:"此老安在?"忽闻"老夫在此",回首望见一清瘦老者笑对。余乐之。交谈欢甚。后丈出其诗稿数册。拜读一过,叹服之。盖丈为诗,才大力强,七律为胜。诸如湘湖、西湖、钱江、浙东诗路之咏,各五百首。不言诗力之苦,但言其诗材、视点择取,足令古人亦瞠目。天下嗜诗、痴诗若丈者,多矣。然若丈之心者,少矣。曾有诗友不信此,谓余丈当驱遣作诗机代为。余笑而不言。夫作诗机又如何有情有义若此!丈诗为乡邦、为国家作,不为一己之情作。颇汲欧阳子"慎勿为戚戚之文"之训。丈之《浙东唐诗之路新咏》欲付梓。嘱余为数语附骥尾。遂为乐府一、词二。不为律诗者,以丈擅之,余难"超范"也。附此聊为贺。《将进酒·朱夫子超范先生〈浙东唐诗之路新咏〉读后依李太白诗原韵》:"诗帅呆,都从浙东路上来,惹我梦游千百回。渔浦浪,欢欣又舔浩然发,吾近前抚疑是雪。皎然胡卢冲我笑,谓吾头亦染霜月。孙逖忽驾扁舟过,陶翰大呼高潮来。旧雨新雨急闪躲,魂定狂碰浊酒杯。朱夫子,大先生,被诗醉,和不停。摩诘夸妙句,钱起吟诵众人听。吟到舟中浑似梦,惊得唐贤梦也醒。点检和诗谁最富,榜上朱丈第一名。我套今曲唱千首,许浑讥笑太戏谑。气得大梦我先觉,欲赴义桥河上酌。还骑马,著唐裘,唱尽新咏敬杯酒,浙东诗路写尽愁。"《念奴娇·读朱超范丈〈浙东唐诗之路新咏〉后有作依苏轼赤壁怀古词原韵》:"好诗流遍,浙东路,足印都成文物。朱丈新咏,绝妙语,句句应题石壁。渔浦霞飞,义桥鹭起,柳岸芦如雪。呕心描画,又惊今日人杰。讴罢笛里丰年,行吟湘湖影,韵舵重发。联章似景,灵运妒,春草池塘名灭。混茫思奇,才情商隐苦,白当时发。青莲神笑,邀游镜湖月。"《喝火令·贺朱超范丈〈浙东唐诗之路〉大著出版依黄庭坚词原韵》："诗路香飘久，遇君味始深。千行韵语一仁心。多少风流故事，化影句中寻。天姥箫吹梦，渔浦云戏襟。浩然气贯鹭相亲。写过花颜，写过月华沉。写过平桥唱和，都是醉仙音。"

壬寅孟夏曹辛华序于沪上红庐一雪斋

目　录

古代萧山渔浦诗词研究专题

萧山渔浦诗词文献补辑

当代渔浦诗词研究专题

萧山渔浦文化研究专题

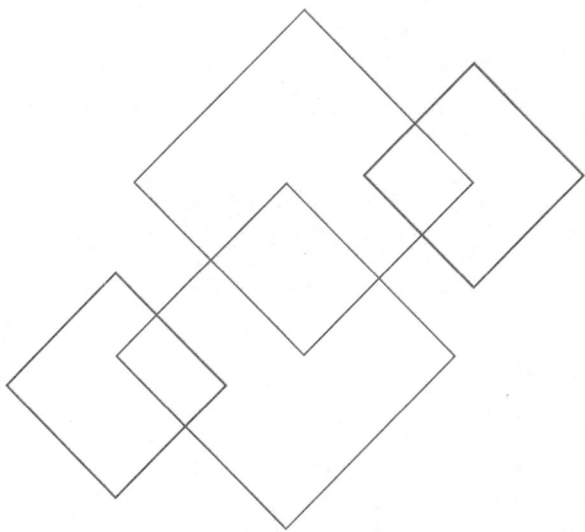

古代萧山渔浦诗词研究专题

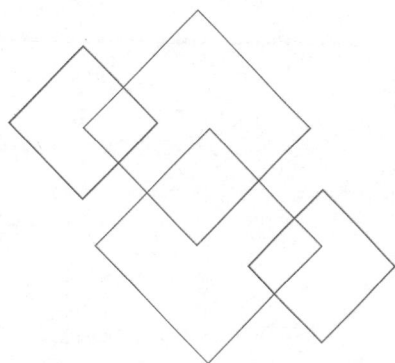

诗词中国的渔浦书写及其文学胜境

江合友[①]

  渔浦诗词作为江南文化共同体的组成部分之一,既具有江南文化的一般特性,又有着自身的特异性。渔浦的文学书写以写生为基底,想象为辅助,得江山之助,独特的地理景观触发了诗词写作的可能性。渔浦是浙江两条诗路共同的交通节点,其一为浙东诗路,其二为钱塘——富春——新安诗路,在浙江诗路上具有重要价值。从语言创造来说,渔浦诗词秀句频出;从文化积淀来说,渔浦已经具有母题和语符化的意义;从意境结合来说,渔浦被置于大小不同的地域体系中描写;从风格类型来说,渔浦诗词主体上呈现清新壮阔的审美特征。诗词中国的历史长河中有着为数众多的水陆交通节点,成为世代累积的诗词文化园地,天才旅次,名篇照耀,凝定为一个个美轮美奂的地域文学胜境。以水路交通而言,黄河有著名的风陵渡、大禹渡和茅津渡三大渡口,长江有西津渡、采石矶、燕子矶、瓜步洲、金山寺等交通节点,均与诗词密切相联系,不断产出文学作品,成为黄河诗路、长江诗路的文化符号。作为相对后起的钱塘江诗路,随着江南开发的进程,吸引着文人墨客不断莅临,在文学书写的深度和广度上后来居上,达到了令人瞩目的高度。渔浦作为钱塘江口的水陆交通节点,有着毗邻杭州湾的向海特质,其与中国古代向来以漕运为核心的诗路历史迥乎不同,因而在内河文明的基底上带着部分海洋文明烙印,是江南文化交通节点当中的独特历史标本,尤其值得关注。但遗憾的是,由于河流冲积,渔浦淤塞为陆地,退出水路交通节点位置已久,当年的历史场景已不复存在。目前相关研究亦未成体系,以至于对其文化特质与历史价值的确认停滞不前。本文不揣谫陋,将以文学地理学相关视角对历代诗词的渔浦书写做深入审视,并对其文学胜境进行全面总结和历史定位。

---

① 江合友,男,文学博士后,河北师范大学文学院教授、博士生导师。

一、江山之助：渔浦的写生和想象

杨义认为："地域是文学发生的现场，那里存在着说明文学意义的文化之根。地域文化有两项指标：一是人地关系，二是文化差异与文化共同体的关系。前者涉及地域文化的历史生成，后者涉及地域文化的理论定位。"[①]作为文学发生的现场，渔浦的水路交通场景与江山形胜形成了独特空间组合，在人地关系层面存在着丰富的可能性。渔浦诗词作为江南文化共同体的组成部分之一，既具有江南文化的一般特性，又有着自身的特异性。因此两者结合着看，才能将渔浦诗词的文学意义和价值阐释到位。

渔浦的历史兴废，"经历了海湾、江湾、泻湖，终止湮废的演变过程"。这一过程持续了一千余年，当其为水路交通的渡口时，"地处萧绍平原上游，富春江的尽端，钱塘江的起点，依山涉水，通江连原，低山孤岗零星分布，茂林修竹满山滴翠，江湖水面波光涟漪，晴空万里水天一色。"[②]因此渔浦的文学书写首当其冲的是人地关系描写，最为感性的是对于其地理空间风貌的书写，体现为一种写生式的文学描绘。在早期的渔浦诗词中，充斥着对于以渡口为中心的江山形胜和渡口风貌的描写。作为地理标识意义的"赤亭""定山""龙山""鹤山"等反复出现在文本中，构成渔浦空间的固定点位，而后在此空间中进行线、面的涂抹描绘。谢灵运《富春渚》首先一锤定音：

> 宵济渔浦潭，旦及富春郭。定山缅云雾，赤亭无淹薄。

在赴任永嘉太守的途中，夜中经过渔浦，从船上眺望对岸，云雾缭绕的定山，以及在山东边不远处的赤亭，而南岸就是渔浦渡口。虽然谢灵运没有淹留踏赏，但对此间地貌的描绘颇能抓住要点，与清代毛奇龄《杭志三诘三误辨》的记录可对堪验证："西岸有定山，东岸有渔浦，夹江而峙。"后来谢惠连经过渔浦，也写下旅次所见，《西陵遇风献康乐》："昨发浦阳汭，今宿浙江湄。屯云蔽曾岭，惊风涌飞流。"层岭云蔽，江流风涌，习惯于在内陆江河航行的人初到江海相接之处，其感受是异样的、新鲜的。江淹《赠别谢法曹惠连》："昨发赤亭渚，今宿浦阳汭……停舻望极浦，弭棹阻风雪。"其关注点是在地理标识意义上去写。但其《赤亭渚》"水夕潮波黑，日暮精气红"则对渔浦的黄昏进行了具体描写，面对浩瀚的钱塘江

[①]　杨义《文学地理学会通》，中国社会科学出版社，2013年版，第358页。

[②]　《渔浦诗词后记》，见胡国建等编《渔浦诗词》，中华书局。

水,以"黑""红"光线的变化来加以表现,巨大而变动的色块令其兴奋不已。这种异样新鲜的感触经由早期诗词的描写,会固定成为典故,以文化语符的方式参与到后世的诗词文本中。

早期的渔浦书写对总体地貌较为感兴趣,以经过者的视角扫描其江山形胜,所以是粗线条的、模糊的,人地关系的表现也是较为浅表的。丘迟则更多地将自我融入当地的风景中,《旦发渔浦潭》:"渔潭雾未开,赤亭风已扬。棹歌发中流,鸣鞞响沓障。"晨雾和江风,中流棹歌和群峰回响,渔浦渡口的人事活动次第展开,使人如身临其境,渡口风貌首次得到了真切展现。沈约《早发定山》:"归海流漫漫,出浦水溅溅。"则将目光投向海洋,将渔浦的空间场景加以延展,在诗词文本中出现江、海、山、渡的四重组合,这正是渔浦文学书写不断丰富的表现。从自然地貌和交通线路来说,渔浦及其周边在南朝已然具备这些要素,但对其认识和把握需要一个不断拓展的过程,而进入文学也需要诗人不断进行开掘。

诗发展到唐朝,受到空前重视,在成为社会生活所关注的核心对象之后,渔浦诗词迎来了新的发展契机。由地理空间的浅表体验和粗线条描写,发展到精神世界和外在场景的深度融合,在人地关系的书写上发生了根本性的变化。孟浩然《早发渔浦潭》:

> 东旭早光芒,渚禽已惊聒。卧闻渔浦口,桡声暗相拨。日出气象分,始知江湖阔。美人常晏起,照影弄流沫。饮水畏惊猿,祭鱼时见獭。舟行自无闷,况值晴景豁。

开元十八年(730),孟浩然漫游江浙,夜宿渔浦,以在场者的口吻叙写当地风物。这与旅次眺望有很大不同,因此渔浦渡口的人、景、物次第出场。从早晨禽鸟的鸣叫、渡口的桨声写起,起来看到阳光下的渔浦,水波辽阔,岸边美丽的女子晚起在江边照影梳妆,猿猴、水獭在江边出没。漫游者没有奔波的辛劳,而以怡然心态欣赏美景,晴景豁朗,舟行无闷。与南朝诗人突出云雾、急流、大风、开阔等要素不同,渔浦首次以温柔美丽的形象出现在文学世界里,这标志着渔浦书写的重要转向。孟浩然不仅欣赏渡口,而且也注意到了观潮,《初下浙江舟中口号》:"八月观潮罢,三江越海浔。"但对渔浦的潮水未展开描写。薛据《西陵口观海》:"东南际万里,极目远无象。山影乍浮沈,海波忽来往。"具体写到了海潮,而且已非常形象。陶翰《乘潮至渔浦作》则把海潮作为重心来写:"舣棹乘早潮,潮来如风雨。樯台忽已隐,界峰莫及睹。崩腾心为失,浩荡目无主。愓懂浪始闻,漾漾入渔浦。"具体描写乘潮体验,崩腾浩荡,而进入渔浦渡口,则漾漾平稳。由此也可看出,唐代及其以前,在开发江南的过程中,渔浦成为重要的江海交通衔接点的原因,即作为天然的避风港和周转地,其水流相对平和,适合舟楫停靠歇息。可以说,从地域图景的表现来说,在写生这一层面上,唐诗已经达到了相当的艺术高度。

逮至宋代,随着经济中心的南移,渔浦的地位进一步凸显,进入诗词文本的频次显著增加。元明清时期,经济中心稳定于江南,江南文化进一步发力,渔浦的文学书写保持了其强劲的发展势头,并随着湮废的地理变迁,呈现出写生与想象互相交织的全新状态。鲁交《江楼晴望》"笛寒渔浦晚,山翠海门秋"、苏舜钦《宿钱塘安济亭观潮》"随风过渔浦,伴月出沧溟"、韩驹《踏春》"潮声渔浦界,化彰石塘弯",诸如此类,在季节的丰富性、景物的多面性、时间的变化性等方面都进一步细化。随着杭州本土文化的兴起,观察视角开始由陌生走向熟悉,由偶然走向日常。俞桂《江头》:

> 渔浦山边白鹭飞,西兴渡口夕阳微。等闲更上层楼望,贪看江潮不肯归。

南宋时期临安为首都,仁和人俞桂对渔浦的日常甚为熟悉,在江头眺望,白鹭青山,夕阳渡口,江潮涌动,极富动感和美感的江头景致令他流连忘返。渔浦书写不再是过客的匆匆一瞥,而开始展示日常的审美风景。苏轼任杭州知州时,曾至渔浦观潮,《瑞鹧鸪·观潮》:

> 碧山影里小红旗,侬是江南踏浪儿。拍手欲嘲山简醉,齐声争唱浪婆词。西兴渡口帆初落,渔浦山头日未敧。侬欲送潮歌底曲,樽前还唱使君诗。

以词来写渔浦观潮风景,把弄潮踏浪的表演和歌唱浪婆的现场以充满动感的语言表现出来,风土人情尽在其中,堪称渔浦文学写生的绝妙之作。

关注渡口的商业性,是渔浦书写的应有之义。刁约《过渔浦作》:"一水相望越与杭,渡头人物见微茫。翩翩商楫来溪口,隐隐耕犁入富阳。"从交通角度写到渔浦沟通杭、越的功用,商船云集,是独特的风景,这在重农轻商的文化传统中颇值得注意。韩文耀《既建宗祠复构义船并记之》:"长征江海已多年,归来即置渡头船。往还不费腰缠钞,樵牧无烦担挂钱。烟橹常摇渔浦侧,霜蒿频指鹤山边。"渡船兼具公益性和商业性,也是渔浦作为渡口独具的现象,渔浦、鹤山作为地理指称,兼有文化语符的含义,体现出渔浦已经积淀为重要的文学符号。

当渔浦成为文学符号,就理所当然地进入文学想象的领域,描写渔浦不一定要置身于实景,而可以是通过绘画,经由回忆作夸张和变形。宋代朱翌《谢人惠〈浅滩一字水图〉》:"老夫老矣不观澜,但爱潆洄才咫尺。面墙注目风萧萧,渔浦西兴待晚潮。"即对画兴感,想象渔浦风光。元代张翥《题赵仲穆〈江浦旧帆图〉》:"西施浦头鸿雁声,苎萝山下於菟行。前村路暗愁未到,回首海天秋月生。"也是就画面来想象渔浦,设置了海天秋月之下的渡口情景。而在回忆之中的渔浦,就会夹杂着写生与想象两重因素。杨蟠《忆越》:"蓬莱阁面对青山,地上游人半是仙。渔浦夕阳横挂雨,鉴湖春浪倒垂天。"宛若仙境的会稽,夕阳挂雨的渔浦,共同组合成为美丽的越地记忆。在这里渔浦放入浙东大地域去描写,使渔浦成为浙东诗路的有机组成部分。

清代的渔浦书写进入到总结时期,诗人主动将渔浦纳入地方性特色景观谱系中,予以归纳性描写,这种写法超越写生与想象的层面,进入到文化凝定的层面。王雾楼《渔浦观日落》:

> 钱塘看潮涌,渔浦观日落。浙江两奇景,亘古称双绝。秋晴江面阔,日落近黄昏。飞彩流金般,水天红一色。

将渔浦日落和钱塘潮涌并称为"浙江双绝",其高度是前所未有的,这种带有私人意味的归纳,颈联、尾联以绝美的日落风景加以印证,在文本内部形成了自足的结构。毛万龄将《渔浦烟光》纳入"萧山八景"体系,则被广泛接受:

> 日落江村静,渔归尽聚船。煮鱼醉山月,烧竹乱江烟。堤树遥看雪,樯乌远入天。一声芦外笛,何处有飞仙。

对渔浦进行了写实性的描写,饱含赞赏的态度。生活的场景和江边的风光互相映照,是对清代渔浦风光的总结。诗中"遥看雪""樯乌远入天",可见渔浦作为渡口渐次湮废的事实,渔浦不再是渡口的中心,而有了一定的距离感。

刘勰《文心雕龙·物色》:"若乃山林皋壤,实文思之奥府,略语则阙,详说则繁。然屈平所以能洞监风骚之情者,抑亦江山之助乎?"[1]渔浦的文学书写以写生为基底、想象为辅助,一则得江山之助,独特的地理景观触发了诗词写作的可能性;二则由于交通线的节点地位,成为流寓文人和地方诗家的描写焦点;三则由于地理面貌的变迁,描写的方式和风景也在不断调整,经历了历时性变迁的过程。可以说,渔浦可以作为人文和自然类文学实体性景观的一个完美标本[2],拥有并有机组合了文学题咏、文学名作、文化价值、审美价值、景观影响等全部因素。

---

[1] 刘勰著、范文澜注《文心雕龙注》,人民文学出版社,1958年,第694-695页。

[2] 关于文学实体性景观类型的区分,参看曾大兴《文学地理学研究》(商务印书馆,2012年,第120页)。

二、作为浙江诗路节点的渔浦

交通路线与诗词的密切联系已引起了广泛的关注,对于浙江诗路的研究方兴未艾。胡可先《西陵·鱼浦:浙东唐诗之路的起点》指出:"西陵和渔浦作为由杭州进入浙东的重要通津,不仅是唐代以前山水诗的发源地,也是浙东唐诗之路的起点。"拈出了渔浦作为浙东诗路的重要节点地位。由钱塘江东下曹娥江,可至绍兴、台州、温州,形成完整的浙东诗路,是谢灵运赴任永嘉太守的交通路线,也是孟浩然漫游江浙时走过的路线。实际上,渔浦还是另外一条浙江诗路的交通节点,即经渔浦溯钱塘而上至富春江,再向北溯至新安江线路,这一条线路是孟浩然南下江浙的线路,恰恰就在渔浦渡口休息,其《早发渔浦潭》一诗可以印证。也就是说,渔浦是浙江两条诗路共同的交通节点,其一为浙东诗路,其二为钱塘——富春——新安诗路,可见其在浙江诗路上的重要性和价值。

处在诗路的节点之上,强势作家做了文学示范,谢灵运、谢朓等诗人写了渔浦诗歌之后,引起了后来文人的关注。郎士元《送奚贾归吴》:"东南富春渚,曾是谢公游"、赵执信《雨中钱塘江登舟》:"宵为渔浦济,明追康乐游",是写追步谢灵运。权德舆《富阳陆路》:"渔潭明夜泊,心忆谢玄晖",则追忆谢朓。后世文人追步先贤脚步,经过渔浦,致敬前辈。过渔浦可以写诗,应该写诗,要写好诗,成为历时性的集体潜意识,因此无怪乎路过的文人操觚染翰,留下丰富的吟咏篇章。以"过渔浦"或类似意思为题的诗歌数量颇多,如丘迟《旦发渔浦潭》、刁约《过渔浦作》、李光《辛亥中春遂宫祠之请,自渔浦转山入离渚,宿化城以归,道中成鄙句》、郏韶《过渔浦》、王冕《过渔浦》、金涓《舟次渔浦》、沈梦麟《早发钱塘抵渔浦》、王逢《复如乾封晚经渔浦》、张山《渔浦晚渡》、查慎行、朱彝尊《自渔浦挂席至富阳联句》、蔡惟慧《渔浦晓发》等等,李纲《渡浙江》"理棹适桐江,随潮过鱼浦"两句可作注脚,其作为诗路的节点意义由此可见。

渔浦作为浙江诗路节点的地位是随着江南的开发过程不断被强化的,在江南经济崛起的进程中,江南文化的兴起又进一步夯实了这一地位,使之在文学地理上成为一个令人瞩目的对象。曾大兴认为,文学重心的分布受到行政力量、经济力量、交通条件三大因素的影响,"富庶之区可以凭借其经济力量来进行文化建设,而开放之域则可以凭借其优越的地理和交通条件来促成各地的文化交流。"①那么渔浦成为文学书写重心,无疑受到经济力量和交通条件的影响更为

---

① 曾大兴《中国历代文学家之地理分布》,商务印书馆,2013 年,第 582 页。

显著。历史上逼使文化中心南迁三次波澜均由于北方的战乱,第一次使永嘉之乱导致的晋室南渡,渔浦早期书写者谢灵运即为这一次文化中心南迁之后的名家,这是与江南开发的过程相一致的。第二次由于安史之乱导致的唐王朝衰微,即《韦府君神道碑》所谓:"天宝之后,中原释耒,辇越而衣,漕吴而食。"①李肇《唐国史补》又说:"凡东南邑郡,无不通水。故天下货利,舟楫居多。"②中唐时韩愈说"赋出于天下,江南居十九",而且"浙东西又居江南十九"。③唐代的渔浦书写增加和这种经济力量的强化趋势是一致的,交通条件的便利进一步强化了这种趋势。第三次文化南迁是由于"靖康之难",宋室南渡,以临安为都城,经济和交通条件更为优越,使得渔浦的文学中心化趋势进一步强化。到南宋末年,"临安府户籍有户 39 万、口 124 万,繁华超过了北宋的汴京",④"北宋统一王朝的毁灭是中国文化中心南迁的真正分野,从此文化中心搬到了江南"。⑤南宋以后,渔浦作为诗路节点的位置更为稳固,而且因为本土书写的兴起,使得渔浦诗词的底色有了较大调整。

　　以作者为中心来考量,渔浦书写有他者的视角和自我的视角两种,前者主要是途经渔浦的书写,渔浦作为旅途交通线上的一个节点;后者则是本地人的书写,渔浦作为地域标记,作为地域文化景观的组成部分之一。他者视角的书写,首先是由谢灵运所开创,《富春渚》描写经过渔浦时"溯流触惊急,临圻阻参错",惊急的河流和参错的地形,令人有一种陌生而惊恐之感。在谢惠连的笔下,"临津不得济,伫楫阻风波。萧条洲渚际,气色少谐和",渔浦是一个极为不友好的外在环境。这与经济文化开发程度有关,《史记·货殖列传》写到"江南卑湿,丈夫早夭……初月之地,地广人稀",这种刻板的印象直至南朝应该还没有祛除干净。而当江南开发到位之后,渔浦以一种熟悉而友好的形象出现在诗词里,如南宋姚镛《夜发渔浦》:

　　　　为亲从薄宦,不复计修程。断浦迎潮别,孤帆带月行。秋来江柳变,夜久水烟生。前路犹淹泊,凄其赋远征。

　　这里渔浦作为羁旅行役的一个交通节点而存在,放在秋日萧瑟的背景中加以表现,但其构图方式显得平泛而无特色。林希逸《泊舟渔浦望吴山作》:"客子孤舟傍晚沙,隔江人说是京华。缘山一带烟笼树,中有王侯百万家。"则将笔触伸

---

①　董诰《全唐文》卷 630,中华书局,1983 年。

②　李肇撰、聂清风校注《唐国史补校注》卷下,中华书局,2021 年。

③　韩愈《送陆歙州诗序》,董诰《全唐文》卷 555,中华书局,1983 年。

④　陈正祥《中国历史文化地理》,山西人民出版社,2021 年,第 50 页。

⑤　陈正祥《中国历史文化地理》,山西人民出版社,2021 年,第 9 页。

向了作为都城周边的渔浦,在此远眺京华,别是一番滋味。山东人赵执信《雨中钱塘江登舟》:"八月天宇廓,千里风力遒。潮如万山雪,胥怒殊未休。身非弄潮儿,疾呼转船头。萧条飞雨来,洗我懦与羞。"写出了渔浦风景的特色,海潮与江水,千里遒风与宇廓天空,水浪激荡不已,诗人亦激动不已。

他者的视角由于地域差异性的阑入,其书写多能抓住渔浦风貌的表层特质,加以细致刻画。自我的视角因为地域的趋同性,往往忽视眼前风景的独特性,而更加注重书写身在其间的情感联系和感受。陆游《宿渔浦》:

> 东归刬曲只三程,旅泊还如万里行。灯影动摇风不定,船声鞺鞳浪初生。曳裾非复白头事,瞑目那求青史名。归去若为消暮境,一蓑烟雨学春耕。

因为水乡生活的熟稔,舟行已经很难激起心理的震动,海潮江浪不必成为表达的中心,而身在其中的心事居于焦点位置。渔浦不是因为江山形胜而入诗,而是作为停船夜宿的交通节点,成为诗歌创作的外在场域。戴栩《渔浦》的颔联和颈联:"喜对亲慈说田里,了无事鄙到船篷。涨流暂急潮差候,阴霭俄销月在空。"也没有对眼前风景的惊讶,而是将心事寄寓在渔浦景物之中,潮、月成为与心灵对话的对象,温暖而熟悉。萧山人韩玘《踏春》则表达婺州太守卸任回乡的自适情怀:"潮声渔浦界,化彰石塘弯。五马归来日,沙凫伴我闲。"渔浦的潮声,水边的沙凫,都如同亲切的朋友,是自我精神世界的伴侣。这里渔浦作为故乡,不再以交通节点的方式参与诗歌文本,这是自我书写视角带来的全新情境。

三、渔浦书写中的文学胜境

渔浦作为浙江诗路的双重节点,在历代文学书写中呈现了面貌多样而内涵丰富的文学胜境,作为文学与地理相结合的范例应予充分重视。从语言创造来说,渔浦诗词秀句频出;从文化积淀来说,渔浦已经具有母题和语符化的意义;从意境结合来说,渔浦被置于大小不同的地域体系中描写;从风格类型来说,渔浦诗词因得江山之助,主体上呈现清新壮阔的审美特征。

渔浦诗词秀句频出,在语言创造力上值得充分肯定,在摘句批评这一传统批评体系中可占据较高地位。如江淹《赤亭渚》"水夕潮波黑,日暮精气红",着色秾丽,明暗对比;沈约《早发定山》"野棠开未落,山樱发欲然",对属精妙,出于自然;崔国辅《宿范浦》"村烟和海雾,舟火乱江星",炼字精工,想象不凡;薛据《西陵口观海》"山影乍浮沈,海波忽来往",写景壮阔,如在目前;陶翰《乘潮至渔浦作》"云景共澄霁，江山相吞吐"，气魄宏大，极具创意；钱起《九日宴浙江西亭》"渔浦浪花摇素壁，西陵树色入秋窗"，炼字炼意，又出语自然；钱起《渔潭值雨》"孤帆泊枉渚，飞雨来前山"，如身临其境；郎士元《送奚贾归吴》"水清迎过客，霜叶落行舟"，自然精妙；潘阆《岁暮自桐庐归钱塘泊渔浦》"渔浦风水急，龙山烟火微"，强弱对比，写景精到；鲁交《江楼晴望》"远水碧千里，夕阳红半楼"，对语自然，意味隽永；方夔《过钱塘旧京》"江头潮涸趋渔浦，山下城空失凤凰"，沉痛无匹；韩邦奇《南行》"春色欲随吴地尽，野花空逐越山明"，亦对亦比，相互映照；金涓《舟次渔浦》"流水远明目，小篷低压头"，舟行情状，生动自然。诸如此类，可谓俯拾皆是，渔浦诗词在语言独创性上令人印象深刻。

渔浦文学书写在江南文化的构建过程中做出了不能忽视的贡献，渔浦作为母题意象具有语符化意义。严陵钓台作为文化地标，具有自然与人文的双重含义，渔浦与之对举，并置为文学语符。如陆游《泛富春江》"秋山断处望渔浦，晓日升时离钓台"，又如韩淲《寄胡桐庐》"西望子陵濑，东下是渔浦"，又如沈谦《钱塘观潮》"蜃气南生渔浦暗，潮声西上钓台高"，这种并置不是因为对仗修辞偶然形成的，而是由于渔浦的人文性不断加强而自然造就的。渔浦作为一个文化语符，可以和"帆""风"等结合成为语符化的新意象，如"渔浦帆"，刘琏《钱唐遣怀》"海门潮击千年恨，渔浦帆开万古情"，不是泛泛的船帆，而寄托着"昔日繁华"。又如"渔浦风"，韩邦奇《南行》"新砂潮接长江下，渔浦风从北海生"，渔浦风从北海来向南吹，既有转徙之痛，亦寄寓着怀念故乡的情感，因而也超越了一般的自然属性，而上升到人文的层面。

渔浦被置于不同的地域体系中去写，在情境表现上体现出多样性。限于自身的描写，如陆游《渔浦二首》其一："桐庐处处是新诗，渔浦江山天下稀。安得移家常住此，随潮入县伴潮归。"表达对渔浦风光的喜爱之情。其二："渔翁持鱼叩舷卖，炯炯绿瞳双脸丹。"则专门关注卖鱼老翁，表达对这种自由生活状态艳羡之情。与周边的海门山组合，如丁师虞《渔浦晚归》"春在山颠与水涯，江流曲处有人家"，又如陈伯康《过富春》"越树遥连渔浦暝，浙江低入海门平"。与萧山风物相结合，如梁有誉《送施钦甫宰萧山二首》之一"绿树人家渔浦外，白云官舍凤山前"，金志章《萧山》"并岸牵乌榜，穿城进越舲。江通渔浦白，山绕固陵青。"与杭州风物的组合，如林希逸《泊舟渔浦望吴山作》"客子孤舟傍晚沙，隔江人说是京华"。与越地风物的组合，孔继祥《早泊渔浦》"凉月犹挂树，居人尚掩关。烟消渔浦岸，日上富春山"，朱彝尊《一半儿·浙江》"鲤鱼风起凤山根，白鹭潮来鳖子门，黄雀雨晴渔浦村"。大小不同的空间情境，带来审视渔浦的不同视角，其粗细、俯仰、深浅、动静等的结合点也各不相同，呈现出迥异的文学情境，立意不同，各有胜场。

得益于江山之助,渔浦在地理形态上具有开放性和流动性,同时又有一定的稳定性,这些地理特性与江南文化结合,便形成了独特的文学意境,渔浦诗词主体艺术风格是清新壮阔。尤其是海的加入,使得渔浦书写拥有了更为独特的审美特征,即更加开阔,更加自由。"长江流域离海比较近,可以感受到海洋文化的气息。海洋文化是一种富于开拓意识和冒险精神的文化,这种文化较少社会伦理规范的约束,较少传统观念的羁绊,较多的是对个体生命价值的关注,是自由精神的确立与张扬。"①渔浦诗词很多篇章都带有海洋文化因子,其壮阔来自自然地理空间的孕育。这种孕育是自发的、内生的,较少受到外来文明的影响,因而也是初步的,受到大陆农耕文明牵扯的,较多的向度还是在观潮和写景两方面展开。许浑《出关》"卧归渔浦月连海,行望凤城花隔云",是写景的开阔;苏舜钦《宿钱塘安济亭观潮》"连天卷云雾,彻晓下雷霆",是观潮的壮阔。清新则来自江南水乡的滋养,渔浦诗词从谢灵运、谢惠连开始就具有清新如水般的风格。孟浩然《将适天台留别临安李主簿》:

> 枳棘君尚栖,匏瓜吾岂系。念离当夏首,漂泊指炎裔。江海非堕游,田园失归计。定山既早发,渔浦亦宵济。泛泛随波澜,行行任舻枻。故林日已远,群木坐成翳。羽人在丹丘,吾亦从此逝。

水的意象贯穿全篇,因而自然带有流动不拘的感觉,清丽可人,而又新颖别致。渔浦因水而成为交通节点,因水而成就其形胜特色,也因水而成就清新的文学。偶有溢出清新壮阔,而走向或者平淡,或者激越,或者沉郁一路的,总体数量并不算多,不影响对于主体风格的判定。

四、结语

渔浦诗词是江南文化共同体的一个组成部分,因而具有江南文化若干特点。渔浦在水路交通重要性成就了其作为浙江诗路的双重节点地位。在江海交界处,虽然渔浦的文学书写带有海洋文化的因子,但由于农耕文化的巨大向心力,使得诗人在写作时立足内陆,向内审视,海洋作为渔浦书写的背景板而存在。渔浦作为交通节点在诗词中得到了充分表现,由诗人的旅次书写构成其主体。而本地文人则着眼于地域景致,进行渔村化的描绘。因而在交通与非交通两种意义上都对渔浦进行了充分的文学书写,以写生、想象两种书写方式,缔造了多姿

---

① 曾大兴《文学地理学研究》,商务印书馆,2012 年,第 151 页。

多彩、美轮美奂的文学胜境。渔浦是典型的水乡,描写渔浦的诗词清新细致,而又境界壮阔,具有江南文学的一般特性,又能体现出自身的特异性,在区域文学地理当中理应占据重要的一席之地,其审美价值和历史意义值得进一步深入挖掘。

唐诗之路上"渔浦"意象的生成及影响

李　昇[①]

　　萧山渔浦是唐代出入浙东的重要渡口,很多唐代诗人往来唐诗之路时大都留下了有关萧山渔浦的诗歌,这些诗歌中的渔浦已不是一个实指地名,而是融入了诗人主观情意的虚指物象,形成了唐诗之路上的"渔浦"意象。唐诗之路上的诗人又往往借助渔浦意象表达远游的意蕴,并深化渔浦意象的象征内涵,赋予了渔浦文人化的桃源、隐逸审美意境,尤其是联想式的创作手法,对于唐代之后的渔浦意象创作产生了深远影响。渔浦曾是古代吴、越两地水道中的地名,同名异地,《越绝书》卷二云:"吴古故水道,出平门,上郭池,入渎,出巢湖,上历地,过梅亭,入杨湖,出渔浦,入大江,奏广陵。"[②]其中的广陵指扬州,所以这是古代江苏水道上的渔浦,而《水经注》卷四十云:"江水东迳上虞县南,王莽之会稽也……县之东郭外有渔浦,湖中有大独、小独二山。"[③]这里的则是古代浙江水道中的渔浦了,靠近绍兴。如今,随着"唐诗之路"概念的提出,作为唐诗之路上的重要渡口——渔浦,则专指萧山渔浦,《读史方舆纪要·萧山县·渔浦》曰:"县西南三十五里。志云:'渔浦当西陵之上游。其对岸即钱塘之六和塔,旧为戍守处。'"[④]唐人可沿富春江向东到达渔浦,再沿西小江到浙东运河,最后顺着浙东运河去浙东各州,所以萧山渔浦成了唐人去浙东的一个重要渡口,很多到过浙江的唐代诗人都留下了有关萧山渔浦的诗歌,这些唐诗对渔浦的描写经历了从实指到虚指、由

　　①　李昇,上海大学博士后、副教授。研究方向为诗词学、现当代旧体文学。

　　②　李步嘉校释《越绝书校释》,中华书局 2018 年版,第 30 页。

　　③　(北魏)郦道元著,陈桥驿校证《水经注校证》,中华书局 2007 年版,第 946-947 页。

　　④　(清)顾祖禹撰,贺次君、施和金点校《读史方舆纪要》卷九二,中华书局 2005 年版,第 4220 页。

自然而人文、经泛名至闻名的过程,形成了唐诗"渔浦"意象,对后世的诗歌、绘画亦产生了影响,值得揭橥探究。

一、从实指到虚指:"渔浦"意象的生成

"渔浦"进入诗歌时是作为地名而出现的,南朝宋谢灵运《富春渚》云:"宵济渔浦潭,旦及富春郭。定山缅云雾,赤亭无淹薄。"①渔浦、富春、定山、赤亭均是地名,李善注引《吴郡缘海四县记》曰:"钱塘西南五十里有定山,去富春又七十里,横出江中。涛迅迈以避山难。辰发钱塘,已达富春。赤亭,定山东十余里。"②可知定山、赤亭在富春江渚,即渔浦以西,从该诗中的地点变化方向来看,谢灵运是经渔浦渡口入富春江,这是出浙东的路径,其渔浦自然是实指。同样,南朝梁丘迟《旦发渔浦潭》,其诗题中的渔浦也是实指地名,但与谢灵运诗不同的是,丘迟的诗是在描写渔浦的风貌:

> 渔潭雾未开,赤亭风已飏。棹歌发中流,鸣鞞响沓障。
> 村童忽相聚,野老时一望。诡怪石异象,崭绝峰殊状。
> 森森荒树齐,析析寒沙涨。藤垂岛易陟,崖倾屿难傍。
> 信是永幽栖,岂徒暂清旷。坐啸昔有委,卧治今可尚。③

此诗也提到了赤亭,这应是船行径的方向,则丘迟也如谢灵运一样,是从渔浦出发,经赤亭向浙西而去。只是,丘迟着重描写了渔浦清晨时的样貌:江雾未开的渔浦码头,仍有一艘船驶入江中,这引起了渔浦村中童子、野老驻足观望,而此时两岸怪石林立,高大茂密的树木被风吹得析析作响,江中的小岛容易攀爬却难以靠近。写到这里,均是对渔浦自然风貌的描绘。最后四句,则是带有玄言色彩的尾巴了,丘迟觉得渔浦不仅自然风景清旷,还是一个值得永远隐居的地方,并使用了东汉时成瑨任南阳太守时,将公事全部交给他人办理,而自己闲坐吟啸的典故。吕向注《文选》曰:"迟为新安郡太守,经此潭宿,至中流作此诗也。"④则丘迟写此诗的背景是向西去新安郡任太守,途经渔浦,那么这首诗的主旨也明白了,即面对渔浦这样一个适合隐居的好去处,却仍要去新安郡任职,诗人便自我

---

① 张兆勇《谢灵运集笺释》,中国社会科学出版社 2017 年版,第 13 页。
② (南朝梁)萧统编,(唐)李善等注《六臣注文选》卷二六,《四部丛刊》影宋本,第 33 页。
③ 逯钦立辑校《先秦汉魏晋南北朝诗》,中华书局 2017 年版,第 2 册,第 1602-1603 页。
④ (南朝梁)萧统编,(唐)李善等注《六臣注文选》卷二七,《四部丛刊》影宋本,第 10 页。

宽慰说:不妨将公事委以他人,自己躺平,无为而治。

　　可见,丘迟诗中的渔浦不仅是实指地名,还具有了隐逸的虚指内涵。这引发了唐代诗人对"渔浦"虚指内涵的不断建构,如唐玄宗开元年间的陶翰《乘潮至渔浦作》云:

> 叙棹乘早潮,潮来如风雨。樟台忽已隐,界峰莫及睹。
> 崩腾心为失,浩荡目无主。恓懂浪始闻,漾漾入渔浦。①
> 云景共澄霁,江山相吞吐。伟哉造化工,此事从终古。
> 流沫诚足诫,商歌调易苦。颇因忠信全,客心犹栩栩。

　　其中"樟台"在杭州南,后改称浙江亭,在钱塘江畔,所以此诗前八句描写的是诗人乘船去渔浦的途中钱塘江两岸的所见所闻。后四句便转而描写渔浦景观,云景江山,正是谢灵运诗句"江山共开旷,云日相照媚"(《初往新安至桐庐口》)所写之景象,此时的渔浦天朗气清,诗人感慨这是自然造化所成。最后四句是玄言诗的影子,甚至受汉赋劝百讽一模式的影响,诗人由自然造化转入冥想,认为美中必有不足,自然风景的欣赏应诫,宫商角徵羽五音中便有商歌这一悲苦之调,但陶翰本人自信忠信两全,故而内心自适,又不由想到了庄子梦蝶:"昔者庄周梦为胡蝶,栩栩然胡蝶也,自喻适志与!"②"栩栩"二字就表现了陶翰适志的欢畅貌。

　　殷璠曾高度评价陶翰诗是"既多兴象,复备风骨"③,陶翰这首渔浦诗便表现了盛唐诗歌兴象风骨兼备的特点,其中提到的"渔浦"已不再是一个实指的地名,而是言志托物的艺术形象,即虚指的兴象,而"忠信"则是陶翰想要借"渔浦"兴象最终表达的个人风骨。一旦实指的地名,因诗人主观意识而重组成形象鲜明的景观,这个地名在诗句中也就注入了诗人的情感,形成了意、象关系,因"意象是融入了主观情意的客观物象,或者是借助客观物象表现出来的主观情意"④,陶翰诗中的渔浦被描摹成"云景共澄霁,江山相吞吐"的客观物象,其中融入了诗人对伟大的自然造化的感慨,渔浦也就由一个地名转化为具象化的意象。

　　不仅是陶翰诗中的渔浦具有意象特征,其他唐代诗人笔下的渔浦也同样如此,如孟浩然《将适天台留别临安李主簿》:

---

① 陈贻焮主编《增订注释全唐诗》卷一三五,文化艺术出版社 2001 年版,第 1 册,第 1100 页。

② (清)郭庆藩撰,王孝鱼点校《庄子集释·齐物论》,中华书局 2016 年版,上册,第 119 页。

③ (唐)殷璠编,王克让注《河岳英灵集注》,巴蜀书社 2006 年版,第 122 页。

④ 袁行霈《中国诗歌艺术研究·中国古典诗歌的意象》,北京大学出版社 1996 年版,第 53 页。

枳棘君尚栖，匏瓜吾岂系。念离当夏首，漂泊指炎裔。江海非堕游，田园失归计。定山既早发，渔浦亦宵济。泛泛随波澜，行行任舻枻。故林日已远，群木坐成翳。羽人在丹丘，吾亦从此逝。①

这是一首留别诗，孟浩然即将去浙东天台，给送行的李主簿留下的一首诗。故孟浩然写此诗时人还在临安（今杭州），所以诗句中提到的定山、渔浦均是联想，为虚指。此诗不断表达了孟浩然不愿离去的主旨，匏瓜尚悬未食，田园故林未归，言外之意是"我"怎能离去，但最终友人李主簿将留在"丹丘"，而"我"却要从此地离去，伤离之情溢于言表，而诗中联想到的"渔浦"也便具有了远游的内涵，成为远游的一种象征。又如，皇甫冉《送李万州赴饶州觐省（得西字）》："前程观拜庆，旧馆惜招携。荀氏风流远，胡家清白齐。川回吴岫失，塞阔楚云低。举目亲鱼鸟，惊心怯鼓鼙。人稀渔浦外，滩浅定山西。无限青青草，王孙去不迷。"②严维《送崔峒使往睦州兼寄薛司户》："如今相府用英髦，独往南州肯告劳。冰水近开渔浦出，雪云初卷定山高。木奴花映桐庐县，青雀舟随白鹭涛。使者应须访廉吏，府中唯有范功曹。"③耿湋《送友人游江南》："远别悠悠白发新，江潭何处是通津。潮声偏惧初来客，海味唯甘久住人。漠漠烟光渔浦晚，青青草色定山春。汀洲更有南回雁，乱起联翩北向秦。"④这三首诗均为送别诗，和孟浩然一样，四位诗人也未到诗中提到的渔浦，只因送别之人均要经渔浦往来浙东，故而成为诗作必然提到的一个地方，只是三位诗人联想中的渔浦各不相同，有人烟稀少的渔浦（人稀渔浦外），有江面冰层覆盖的渔浦（冰水近开渔浦出），还有雾气缭绕的渔浦（漠漠烟光渔浦晚），均是想象的送别之人行船途经渔浦的场景，故诗中的"渔浦"也具有远游的意旨，形成了"远游——渔浦"意与象的关系。

不难发现，随着渔浦成为唐代诗人进出浙东的重要渡口，萧山渔浦越来越被唐人所熟知，与之相近的"定山"也常被一同提及，这就形成了一个固定化的形象，频繁地出现在唐诗之中，其内涵便超脱了地名的限制，逐渐包含了自然造化、远游等内涵，由实指地名转为虚指意象，这一演变是在唐诗中完成的，与唐诗之路的形成不无关系。

---

① （唐）孟浩然著，佟培基笺注《孟浩然诗集笺注》，湖北教育出版社 2017 年版，第 231 页。

② 陈贻焮主编《增订注释全唐诗》卷二三九，文化艺术出版社 2001 年版，第 2 册，第 556 页。

③ 陈贻焮主编《增订注释全唐诗》卷二五二，第 2 册，第 636 页。

④ 陈贻焮主编《增订注释全唐诗》卷二五八，第 2 册，第 712 页。

二、由自然而人文:"渔浦"意象的深化

"渔浦"在唐诗中象征性意象形成的另外一个重要标志是其内涵由自然描写演变为人文景观的建构,诗人赋予了"渔浦"更多的主观意识,产生出具有人文气息的审美意境,例如孟浩然《早发渔浦潭》:

> 东旭早光芒,渚禽已惊聒。卧闻渔浦口,桡声暗相拨。日出气象分,始知江路阔。美人常晏起,照影弄流沫。饮水畏惊猿,祭鱼时见獭。舟行自无闷,况值晴景豁。[1]

这是孟浩然描写渔浦风貌的一首诗,与丘迟《旦发渔浦潭》相比,其描写的特点显然不同,丘迟重点描写的是渔浦的自然风貌,而孟浩然描写的渔浦却是生活场景:当清晨第一缕阳光洒在江面,惊起了水鸟的聒噪,鸟叫声也催醒了在船上睡觉的诗人,当他躺在船上听闻已到渔浦,于是起身观望,此时眼中的渔浦景象是水面开阔,一女子正在江边浣洗,猿獭也不怕生人而在江岸出没。孟浩然对渔浦的描写,仿佛将人带到了与世隔绝、与世无争的桃源之境,他笔下的渔浦不是丘迟诗中所说的怪石林立,而是宁静的隐逸生活。所以这首诗中的渔浦,不是自然,是有我之境。

可以说,唐代诗人笔下的萧山渔浦减少了山石、林木的皴染,增加了文人化的生活场景,因而具有了人文气息。这是唐代浙东经济社会发展的必然结果。以唐代浙东经济中心越州为例,该地在唐玄宗时改称会稽郡,当时曾有人言:"越会稽郡者,海之西镇,国之东门,都会蓄育,膏肆兼倍。故女有余布,而农有余粟。以方志之所宜,供天府之博敛。"[2]如此富饶之地,对外交通自然也是完善的,除了浙东运河,"凡东南郡邑,无不通水"(李肇《唐国史补》卷下),李白曾云:"借问剡中道,东南指越乡。舟从广陵去,水入会稽长。"[3]诗中已明言坐船就能从广陵(今扬州)到会稽(今绍兴),可见会稽水上交通的发达,这必然也带动了沿岸重要渡口的经济发展,渔浦也从南朝时一个住着村童、野老的渔村(丘迟《旦发渔浦潭》"村童忽相聚,野老时一望"),发展为唐代美人常晚起的城镇(孟浩然《早发渔浦潭》"美人常晏起")。《读史方舆纪要·萧山县》记载:"渔浦镇,在县治西南渔

---

① (唐)孟浩然著,佟培基笺注《孟浩然诗集笺注》,湖北教育出版社2017年版,第1页。

② (唐)孙逖《送裴参军充大税使序》,《全唐文》卷三一二,中华书局1983年版,第3167页。

③ 郁贤皓校注《李太白全集校注》,凤凰出版社2015年版,第4册,第1380页。

浦上。"①直到宋初,渔浦作为重要的渡头、市肆仍然存在,如宋初人刁约《过渔浦作》云:

> 一水相望越与杭,渡头人物见微茫。翩翩商楫来溪口,隐隐耕犁入富阳。市肆凋疏随浦尽,山峰重叠傍江长。民瞻熊轼咸相谓,太守经行此未尝。(《全宋诗》卷一七七)

此诗透露了宋初浙东渔浦的面貌,既有商船来往络绎不绝,又有市场店铺沿浦而建,而这样一个人烟鼎沸的渡口早在唐诗之路上就已形成。

正因渔浦逐步发展成一个城镇,其在唐诗中不仅有自然风貌,更多带上了人文情怀,如韩翃《送王少府归杭州》:

> 归舟一路转青蘋,更欲随潮向富春。吴郡陆机称地主,钱塘苏小是乡亲。葛花满把能消酒,栀子同心好赠人。早晚重过渔浦宿,遥怜佳句箧中新。②

这是韩翃送别王少府归杭州的诗歌,从诗句"早晚重过渔浦宿"来看,王少府归杭州的路线是坐船经渔浦向西到富春江再到杭州,要不然韩翃不会说"将来(早晚)你重过渔浦夜宿"这样的话,"重过"二字说明王少府归途是经过渔浦的。在韩翃看来,渔浦是一个能创造诗意的地方(遥怜佳句箧中新),那么此诗中的"渔浦"就不单是一个实指的地名,而是承载着诗人思念友人的情感归宿,所以渔浦被赋予了诗意化的人文情感。

又如,权德舆《富阳陆路》:

> 又入乱峰去,远程殊未归。烟萝迷客路,山果落征衣。欹石临清浅,晴云出翠微。渔潭明夜泊,心忆谢玄晖。③

此诗中的"渔潭"就是渔浦,丘迟《旦发渔浦潭》便云"渔潭雾未开"。从此诗题《富阳陆路》可知,权德舆是从陆路经过杭州富阳县,所以前三联均是描写富阳地貌。后来他来到了渔浦,他想到的不是怪石,也不是流沫,而是南朝文人谢朓,这应该是借鉴了李白的诗句"月下沉吟久不归,古来相接眼中稀。解道澄江净如练,令人长忆谢玄晖"④。李白在月下想到了谢朓的诗句"澄江净如练"(《晚登三

---

① (清)顾祖禹撰,贺次君、施和金点校《读史方舆纪要》卷九二,第4220页。

② 陈贻焮主编《增订注释全唐诗》卷二三四,第2册,第500页。

③ (唐)权德舆撰,郭广伟校点《权德舆诗文集》,上海古籍出版社2008年版,上册,第110页。

④ (唐)李白《金陵城西楼月下吟》,郁贤皓校注《李太白全集校注》,第3册,第893页。

山还望京邑》),而同样是在月下(明夜),权德舆夜泊渔浦时,懂得了(解道)渔浦内涵的澄净,体会到了桃源意境,从而也想到了谢朓的名句,故权德舆诗中月色下的渔浦也浸润了人文情怀。

当诗人笔下的渔浦成为寄托了诗人心境的客观物象时,渔浦就具有了象征功能,成为一种意象。这是唐诗艺术发展的结果,是唐代诗人创作的自觉追求,正如权德舆所提倡的:"凡所赋诗,皆意与境会,疏导性情,含写飞动,得之于静,故所趣皆远。"①他在描写渔浦潭时,就是将诗人所感受到的渔浦隐逸之意,与诗人所追求的桃源之境相融会,以构造能疏导情性的意境,渔浦也便成为这种人文意境的象征,深化了唐诗渔浦意象的内涵。

综观唐诗之路上的渔浦诗歌,皆未像南朝谢灵运、丘迟那样注重渔浦自然景观的描摹,而是不断将其内涵抽象化,并注入诗人的情性,使之具有了人文特征。萧山渔浦在唐诗中也逐渐具备了独立的审美意境,成为具有象征内涵的意象,其象征所指则依据诗意内容的不同而不一,但也有趋于统一的象征意象,如好几首唐诗中的渔浦象征远游。总而言之,萧山渔浦作为意象在唐诗之路上业已生成,这是唐诗之路发展史上的一个现象,并对后世渔浦诗歌的创作产生了影响。

三、经泛名至闻名:"渔浦"意象的影响

《全唐诗》中提及"渔浦"二字的诗作有近三十首,但并非全指萧山渔浦,其中有的是指打渔的江河岸边,且所在之地也不在浙江,如王维《送张五谞归宣城》:"五湖千万里,况复五湖西!渔浦南陵郭,人家春谷溪。欲归江淼淼,未到草萋萋。忆想兰陵镇,可宜猿更啼。"②诗中提到的"南陵"是唐代宣州属县,《元和郡县图志》卷二八云:"南陵郡,本汉春谷县地,梁于此置南陵县,仍于县理置南陵郡。隋平陈废郡,县属宣州。"③南陵县今属安徽省芜湖市,故此诗中的渔浦是南陵县郊一个打鱼的岸边。类似的诗作还有李绅的《毗陵东山》:"昔人别馆淹留处,卜筑东山学谢家。丛桂半空摧枳棘,曲池平尽隔烟霞。重开渔浦连天月,更种春园满地花。依旧秋风还寂寞,数行衰柳宿啼鸦。"④毗陵即今江苏常州,那么此诗中提到的渔浦也不是萧山渔浦,不仅如此,李绅《过钟陵》又云:"龙沙江尾抱

---

①　(唐)权德舆《左武卫胄曹许君诗集序》,郭广伟校点《权德舆诗文集》,下册,第527页。

②　(唐)王维撰,陈铁民校注《王维集校注》,中华书局1997年版,第275页。

③　(唐)李吉甫撰,贺次君点校《元和郡县图志》,中华书局1983年版,第682页。

④　(唐)李绅著,卢燕平校注《李绅集校注》,中华书局2009年版,第79页。

钟陵,水郭村桥晚景澄。江对楚山千里月,郭连渔浦万家灯。省抛双旆辞荣宠,遽落丹霄起爱憎。惆怅旧游同草露,却思恩顾一沾膺。"①钟陵即今江西南昌,则此诗中的"渔浦"是南昌渔浦。这些诗作中提到的浙江之外的各地渔浦,虽无法考证是当地实有之地名,还是诗人因诗歌对仗修辞需要而自编的名称,但可以肯定的是渔浦在唐诗中有泛名化现象,不过这并不影响唐诗之路上萧山渔浦意象的传播,因萧山渔浦相较其他地方的渔浦更为世人熟知,这从唐代及后世各类书籍的相关记载中可以看出。

首先,从史部文献来看,萧山渔浦是宋代以来浙江方志、舆地之书普遍记载的地方,如(嘉泰)《会稽志》卷十"水·萧山县"云:"渔浦,在县西三十里。《十道志》云:'渔浦,舜渔处也。'"王象之《舆地纪胜》卷十亦曰:"渔浦,在萧山西三十里,相传以为舜渔处也。"而这些史部方志、地理书却没有记载其他地方的渔浦,这说明萧山的渔浦已成为浙江地区的专有地名,更为人认可。

其次,就集部文献而言,《河岳英灵集》是反映盛唐诗歌面貌的重要选本,其中选编了王维、陶翰的诗,而这二人中仅陶翰的《乘潮至渔浦作》被选入,王维那首提到安徽南陵郊外渔浦的诗作未被选,尽管选录与否的标准和渔浦无关,但陶翰这首描写萧山渔浦的诗作被选中,客观上却促进了萧山渔浦的声名在唐代的传播。宋代重要的总集类选本如《文苑英华》卷一六二也选录了陶翰的《乘潮至渔浦作》,亦未选王维的《送张五諲归宣城》,那么陶翰笔下的萧山渔浦也便因《文苑英华》在宋代的传播而被宋人熟知。

所以萧山渔浦更为闻名,一个典型的例子就是李卓吾评本《水浒传》第一百十六回"卢俊义分兵歙州道"中提到了唐诗之路上的渔浦:"且不说两路军马启程,再说柴进同燕青自秀州槜李亭别了宋先锋,行至海盐县前,到海边乘船,使过越州,迤逦来到诸暨县,渡过渔浦,前到睦州界上。"②这个行军方向是从浙东诸暨到浙西睦州,途中要经过萧山渔浦,严维《送崔峒使往睦州兼寄薛司户》中提到的往睦州的路径也是要经过渔浦,由此可见,通俗小说中的渔浦不是虚构的,其行军路线的描写也证明了萧山渔浦的重要与闻名。

正因萧山渔浦更为闻名,所以宋代以来的著名文人在浙东时,大都会提及萧山渔浦,如苏舜钦《宿钱塘安济亭观潮》:

　　支肘听潮声,喧阗久未停。随风过渔浦(自注:江东地名。),伴月出沧溟。鳅穴浚时满,胥神果有灵。连天卷云雾,彻晓下雷霆。舍楫游心倦,凭

----

① (唐)李绅著,卢燕平校注《李绅集校注》,第 124 页。

② (明)施耐庵、罗贯中著,金圣叹、李卓吾点评《水浒传》,中华书局 2009 年版,下册,第 867 页。

阑醉魄醒。谁穷造物意,拟访郦元经。①

苏舜钦创作此诗时人在钱塘,而描写钱塘江大潮时却联想到了渔浦,这不仅与渔浦在钱塘江上的重要地理位置有关系,也说明了渔浦在当地的知名度很高,诗中苏舜钦便自注渔浦为"江东地名"。诗作最后苏舜钦想起要访《水经注》,原因是《水经注》不仅提到过钱塘江,卷四十也提到过渔浦,可见渔浦在浙江自古就是知名的。而且,这种联想也受到了唐诗的影响,唐代送别诗中提到的渔浦均是联想,其目的是要营造诗句意象的高度密集,以创作出精警名句。"随风过渔浦,伴月出沧溟"之句就有风、渔浦、月、海(沧溟)四种意象,而风中的渔浦、月下的渔浦都是唐诗中出现过的意象,所以萧山渔浦的闻名,加上唐诗渔浦意象的生成,影响了宋诗渔浦意象的创作。

不仅是宋诗,宋词中也会提到萧山渔浦,而且也受到唐诗渔浦意象创作的影响,如苏轼《瑞鹧鸪·观潮》:

> 碧山影里小红旗,侬是江南踏浪儿。拍手欲嘲山简醉,齐声争唱浪婆词。西兴渡口帆初落,渔浦山头日未欹。侬欲送潮歌底曲,樽前还唱使君诗。②

此词作于宋神宗熙宁六年(1073),苏轼到杭州为官的第二年,这是他第一次到浙江,不久便已知悉西陵(西兴渡)、渔浦这样的渡口,可见渔浦在当时还是很有名的。不过,苏轼同样是在杭州观潮,并未到渔浦,词中提到的渔浦也是联想,这种创作显然是唐诗渔浦意象创作手法的延续。

萧山渔浦在宋代的闻名,还使得当时的众多画家也以渔浦为创作对象,如宋代赵幹绘有《冬晴渔浦图》,《宣和画谱》卷十一云:"赵幹,江南人。善画山林泉石,事伪主李煜为画院学生,故所画皆江南风景,多作楼观、舟舡、水村、渔市、花竹,散为景趣,虽在朝市风埃间,一见便如江上,令人褰裳欲涉而问舟浦溆间也。"③又如,李公年绘有《秋霜渔浦图》,《宣和画谱》卷十二云:"文臣李公年,不知何许人。善画山水,运笔立意,风格不下于前辈。写四时之图,绘春为《桃源》,夏为《欲雨》,秋为《归棹》,冬为《松雪》。而所布置者,甚有山水云烟余思。至于写朝暮景趣,作《长江日出》、《疏林晚照》,真若物象出没空旷有无之间,正合骚人诗客之赋咏,若'山明望松雪,寒日出雾迟'之类也。公年尝为江浙提点刑狱公

①　(宋)苏舜钦著,沈文倬校点《苏舜钦集》,上海古籍出版社 2011 年第 2 版,第 73 页。
②　邹同庆、王宗堂《苏轼词编年校注》,中华书局 2016 年版,上册,第 37 页。
③　岳仁译注《宣和画谱》,湖南美术出版社 1999 年版,第 247 页。

事。"①赵幹与李公年,一位为江南人,一位在江浙为官,他们所绘的渔浦,自然是萧山的渔浦山水图,因江南地区仅萧山的渔浦最为知名。

与之相呼应的是题画诗,如朱翌《谢人惠浅滩一字水图》:

　　风行水上初如织,任使荡云高沃日。屏翳歇去冯夷归,本体湛然无损益。风本无形不可画,遇水方能显其质。画工画水不画风,水外见风称妙笔。清泉道人乃了此,笔下渊源心自得。斜斜一字浅可揭,渺渺横滩晚尤急。规模上继蜀两孙,妙处直度吴诸戚。老夫老矣不观澜,但爱溂涟才咫尺。面墙注目风萧萧,渔浦西兴待晚潮。纵贫那肯拆波涛,还渠并州快剪刀。②

元代延祐《四明志》卷四载:朱翌,字新仲,舒州灊山(今属安徽安庆)人,生于北宋末,南渡后曾在杭州为官,后居于四明(今宁波)③。他看到的如一字的浅滩水图画作,联想到了渔浦、西兴渡口一带的钱塘江潮,这自然与他长期生活在浙江的环境有关,同时也说明浙江的浅滩水图,多半会以渔浦、西陵为背景。

这类渔浦图与题画诗的涌现,起到了诗图互鉴的效果:一方面渔浦图将诗歌中的渔浦意象具象化为直观感受,"舟舡、水村、渔市",这是渔浦图的可视元素;另一方面题画诗又对渔浦图进行了深入解析,"物象出没于空旷有无之间"就是题画诗表达出的渔浦图的哲思。正如朱翌诗对水图的解读是围绕"风"这个物象来抒情的,"风本无形不可画",但是画水却能见风,风小则见水之涟漪,风大则可观澜,这可谓物象出没于小大之间,由这样的哲思又联想到了渔浦晚潮,这是画作对诗歌意象创作的影响,也是渔浦意象在宋代深入人心的必然结果。

总之,萧山渔浦在唐代浙江地区的闻名,直接影响到宋代诗词有关钱塘江的描写,因为宋人在描写钱塘时大都会联想到渔浦,甚至题画诗人也会因山水图而联想到渔浦,这种联想是唐诗渔浦意象创作中已有的手法,可看作唐诗之路上渔浦意象创作范式对后世的一种影响。

四、结语

渔浦意象是在唐诗之路上生成的,其象征内涵多以远游为主,也有文人化的

① 岳仁译注《宣和画谱》,第 259 页。

② (宋)朱翌《灊山集》卷一,《景印文渊阁四库全书》,台湾商务印书馆 1986 年版,第1133 册。

③ (元)袁桷《延祐四明志》卷四,《景印文渊阁四库全书》,第 491 册。

桃源意境,但随着唐宋转型,宋人的内向化,使得渔浦意象的桃源、隐逸内涵加强,如描写渔浦较多的宋代诗人陆游,他有首《渔浦》其一云:"桐庐处处是新诗,渔浦江山天下稀。安得移家常住此,随潮入县伴潮归。"①渔浦在陆游诗中不是象征远游的渡口,而是诗人心系的归处,表达了陆游隐逸的情怀,所以此诗中的渔浦意象具有桃源意境(天下稀),强化了唐诗之路上渔浦意象中的桃源内涵。而宋代之后的渔浦意象创作则继续朝着隐逸、桃源的方向发展,不仅丰富了原有意象内涵,也使渔浦意象深入人心。

---

① (宋)陆游著、钱仲联校注《剑南诗稿校注》卷十三,见钱仲联、马亚中主编《陆游全集校注》,浙江教育出版社 2011 年版,第 2 册,第 376 页。

论江淹渔浦之行的诗赋创作

李一凡①

南朝著名文人江淹在建安吴兴之贬的途中，行经萧山渔浦，留下《赤亭渚》《谢法曹赠别》《去故乡赋》三篇诗赋作品。这些作品反映了江淹的贬谪心境，取得了较高的艺术成就，也为浙东诗词之路增添了新色。当下，学界对江淹渔浦之行诗赋创作的研究尚不完备。江淹(444—505)字文通，南朝著名文人，尤以诗赋创作闻名。南朝宋元徽二年(474)，江淹远黜建安吴兴，途中便行经渔浦。我们暂将他这一年在萧山渔浦一带的行迹称为渔浦之行。渔浦居钱塘江、富春江、浦阳江三江汇流处，在历史上是沟通南北的最重要的水路枢纽之一。从南北朝时期开始，游历南北的文人墨客便往往会在旅途中经过渔浦，留下墨迹。满怀羁旅怨情的江淹在渔浦之行中，也被沿途山水所触动，创作出了《赤亭渚》《谢法曹赠别》②《去故乡赋》三篇作品。可以说，江淹在渔浦之行中的诗赋创作，蕴含了深厚的个人情感体验，也为渔浦染上了别样的诗情。但从现有研究情况来看，学界围绕江淹的渔浦之行及此行诗赋创作所开展的讨论相当有限。③ 江淹与渔浦的关系、江淹在渔浦之行中的诗赋创作及其艺术特点和价值意义，值得我们作进一步的探究。本文拟在系统考察江淹渔浦行迹与《赤亭渚》《谢法曹赠别》《去故乡

---

① 李一凡，上海大学文学院硕士研究生，研究方向为诗词学。

② 该诗曾收入义桥人民政府所编《渔浦诗词》，题作"赠别谢法曹惠连"。此处考江淹《杂体诗三十首》之诗题规律，从丁福林、杨胜朋校注《江文通集校注》之说，将诗题录作"谢法曹赠别"。

③ 如鲍江华《欸乃一声山水绿——历代渔浦诗词概述》，载《萧山记忆》，2016 年第十辑。论及《赤亭渚》、《赠别谢法曹惠连》两诗，但只对其艺术风貌进行了简单的评点。陆路《论六朝时期今浙江地区的诗歌创作》，载《浙江社会科学》2016 年第 11 期。谈到《赤亭渚》一诗，考得此诗作于富春江，但同样只对"水夕潮波黑，日暮精气红"两句进行了简单评析。

赋》等诗赋创作的基础上,揭示渔浦之行对江淹的影响与江淹有关创作对浙东诗词之路形成和发展的意义。

一、江淹与渔浦关系考

江淹的渔浦之行,与他元徽二年(474)的建安吴兴①之贬有极大的关系。从目所能及的文献来看,江淹于元徽二年(474)秋冬之际远黜建安吴兴的途中曾行经萧山渔浦,并在当地有过短暂驻留,而在元徽五年(477)自吴兴回京都的途中,他很可能再次经过渔浦。

从地理来看,江淹在南下吴兴的过程中行经渔浦是非常有可能的。南朝时,渔浦的地理位置正处在南徐州与建安吴兴的中间②。具体方位是"南接峡山头水道,承纳经临浦、通济的浦阳江水,东接石岩山与目尖山之间水道,沟通城厢片沼泽地河浜,北连西城湖、西陵湖,西襟钱塘江、富春江。"③而在文献记载中,渔浦也是六朝时期南北水路的必经枢纽。谢灵运《富春渚》有"宵济渔浦潭,旦及富春郭"的叙述。丘迟亦有《旦发渔浦潭》诗。江淹谪居之建安吴兴,古属江州,今属福建浦城。《宋书·州郡志》记载:"建安郡……去州水二千三百八十;去京都水三千四十,并无陆。"④可见当时建安与京都之间距离遥远,且要往返两地,所行多为水路。《读史方舆纪要》称:"吴兴即为现在浦城县,府东北二百七十里,东南至浙江龙泉县百八十里。北至浙江江山县二百三十里,东北至浙江遂昌县二百四十里,西北至安唐。"⑤可知建安吴兴地邻浙江,距浙江南部很近。而据《梁书·丘迟传》的记载,丘迟于"天监三年(504)出为永嘉太守"⑥。永嘉郡在今浙

---

① 江淹被贬之地建安吴兴在今福建浦城县,与浙江吴兴有别。丁福林《江淹年谱》云:"江淹今岁被黜之建安吴兴,乃今福建浦城县地,时属江州,已见前。而是时扬州又有吴兴郡,为著名的三吴富庶之地,《宋书·州郡志》:'扬州刺史……吴兴太守,孙皓宝鼎元年,分吴丹阳立。领县十,户四万九千六百九,口三十一万六千一百七十三。去京都水九百五十,陆五百七十。'治所在今浙江吴兴,与建安之吴兴县相隔千余里。然前人于此次江淹所黜之吴兴多有混淆者,故特志之以为辨。"见丁福林《江淹年谱》,南京:凤凰出版社,2007年版第83页。

② 参见谭其骧《中国历史地图集 第四册:东晋十六国、南北朝时期》,北京:中国地图出版社,1996年版,第25-26页。

③ 鲍江华《欸乃一声山水绿——历代渔浦诗词概述》,《萧山记忆》第10辑,2016年。

④ 梁沈约《宋书》卷三十六,中华书局,1974年版,第1092页。

⑤ 清顾祖禹《读史方舆纪要》卷九十六,中华书局,2005年版,第4035页。

⑥ 唐姚思廉《梁书》卷四十六,长春:吉林人民出版社,1995年版,第406页。

江南部,南朝时西邻建安吴兴。丘迟出任永嘉太守途中作有《旦发渔浦潭》,确曾经行渔浦。江淹建安吴兴之贬与丘迟出任永嘉一事中间仅隔三十余年,因此他在南下吴兴时很可能与丘迟行的是相似的一条水道,途经萧山渔浦。另外,江淹元徽五年(477)回京①,途中所作的《还故国》一诗或隐含了他再次经过渔浦的迹象。此诗题为"还故国",与被黜建安吴兴途中所作《去故乡赋》"泣故关之已尽,伤故国之无际"句中称京都为"故国"的做法颇为相合,是诗当作于自建安吴兴还京都途中。而诗中"遽发桃花渚"一句,则表明其回程亦走水路,甚至句中"桃花渚"是否就在渔浦之中,也是可待进一步考证的。从现有证据来看,至少我们可以认为,江淹在回程中与来时一样行经作为南北水路枢纽的萧山渔浦是非常可能的。

　　值得注意的是,江淹在贬谪途中虽经过渔浦,但只是短暂经停,并未久居此地。考察现有材料,江淹从南徐州出发到抵达吴兴的羁旅之途,应主要集中在元徽二年(474)的下半年。江淹《自序传》云:"在邑三载,朱方竟败焉。复还京师。""朱方"指的是刘景素当时所管辖地区京口,这里当代指刘景素。《宋书·后废帝纪》载有泰豫元年(472)闰七月甲辰,"新除太常建平王景素为镇军将军、南徐州刺史。"南徐州当时治京口,江淹被贬之前随景素在京口,作有《建平王让镇南徐州刺史启》《建平王之南徐州刺史辞阙表》。而刘景素在任四年后即发动了叛乱。《宋书·后废帝纪》载有元徽四年(476):"秋七月戊子,征北将军,南徐州刺史建平王景素据京城反……剋京城,斩景素,同逆皆伏诛。"再参《自序传》"在邑三载"之言,可推知江淹于元徽二年已抵吴兴。《宋书·后废帝》记载:"二年五月壬午,太尉、江州刺史桂阳王休范举兵反。"随后江淹代笔作《敕为朝贤答刘休范书》,并且《宋书》中记载景素于元徽二年(474)七月进号征北将军,江淹转征北参军,所以江淹被黜为吴兴令应是元徽二年(474)七月以后。从当时的交通条件来看,要在四个月内完成千里南下之行,江淹在渔浦是难以久居的。但从《赤亭渚》一诗中"坐识物序晏,卧视岁阴空"两句来看,江淹确曾夜宿渔浦。因此我们可以作出判断,江淹曾短暂驻留渔浦,但对渔浦而言,江淹的身份更多的是一个来去匆匆的羁旅之客。

　　此外,从其建安吴兴之贬的背景中,我们也可以推测江淹渔浦之行的心境。

---

　　① 江淹《自序传》云:"在邑三载,朱方竟败焉。复还京师。"可知其于景素事败后得还京师。《宋书·后废帝纪》载元徽四年(476):"秋七月戊子,征北将军,南徐州刺史建平王景素据京城反……剋京城,斩景素,同逆皆伏诛。"可知景素起兵至事败发生在元徽四年的下半年,而《还故国》诗中"遽发桃花渚,适宿春风场"两句涉及春日景象,故可推知江淹自吴兴回京师当在次年,即元徽五年(477)的上半年。

建安吴兴之贬,是江淹仕宦途中所受的一次沉重政治打击。江淹二十岁出仕,便入诸王幕府。这个看似不错的政治开端,也将江淹卷入了刘宋皇室内部围绕权力的争斗之中。大明八年(464)五月,前废帝刘子业继位,为稳固统治,对皇室兄弟展开凶残迫害。江淹奉事的子鸾、子真先后被赐死。① 幸而江淹的才名得到建平王刘景素的赏识,得以复入建平王幕府。② 泰始五年(469)十月,江淹转巴陵王刘休若右常侍。③ 泰始七年(471),江淹再入建平王刘景素幕下,任主簿。泰豫元年(472),江淹随景素之南徐州任。④ 然而,随着后废帝刘昱即位,饱受朝廷猜忌的刘景素开始和一些心腹密谋叛乱,欲夺得最高统治地位。江淹出于忠心,不愿景素引祸,多次从容晓谏,其谏言却均未被采纳。在这过程中,他屡屡触怒景素,最终招来元徽二年(474)的建安吴兴之贬。关于这次贬谪,江淹晚年《自序传》云:"而宋末多阻,宗室有忧生之难。王初欲羽檄征天下兵,以求一旦之幸。淹尝从容晓谏,言人事之成败……王遂不悟,乃凭怒而黜之,为建安吴兴令,地在东南峤外,闽越之旧境也。"《梁书·江淹传》亦有相关记载:"少帝即位,多失德。景素专据上流,咸劝因此举事。淹每从容谏……会南东海太守陆澄丁艰,淹自谓郡丞应行郡事,景素用司马柳世隆。淹固求之,景素大怒,言于选部,黜为建安吴兴令。"江淹一心报答景素的知遇之恩、忠心于他,却最终因忠言而被景素抛弃、远黜边远。可以想见,这段时期他的心中是何等的受挫,怀揣着何等的哀怨。

---

① 相关事件可见《宋书·孝武十四王传》:"子鸾字孝羽,孝武帝第八子,大明四年封新安王,五年迁北中郎将、南徐州刺史。前废帝即位,解中书令,领司徒,加持节,之镇。帝既诛群公,乃遣使赐死,时年十岁。""始安王子真,字孝贞,孝武帝第十一子……泰始二年,迁左将军、丹阳尹。未拜,赐死,时年十岁。"

② 江淹《自序传》云:"始安之薨也,建平王刘景素闻风而悦,待以布衣之礼。"见丁福林、杨胜朋《江文通集校注》,上海:上海古籍出版社,2017年版,第1717页。本文所引江淹作品及《梁书·江淹传》《南史·江淹传》俱见此本,以下不再出注。

③ 《梁书·江淹传》云:"宋建平王景素好士,淹随景素在南兖州。广陵令郭彦文得罪,辞连淹,系州狱。淹狱中上书曰……景素览书,即日出之。寻举南徐州秀才,对策上第,转巴陵王国左常侍。"

④ 《宋书·后废帝纪》载泰元年七月甲辰,"新除太常建平王景素为镇军将军、南徐州刺史"。《梁书江淹传》载:"及镇京口,淹又为镇军参军事,领南东海郡丞。"江淹《自序》亦云:"及王之移镇朱方也,又为镇军参事,领东海郡丞。"可知江淹确随景素就任南徐州。

二、江淹渔浦之行诗赋创作考

尽管只是短暂行经，但身在贬谪途中的江郎还是有感于渔浦山水，创作出了一系列诗赋作品。其中明确作于渔浦的，是《赤亭渚》一诗。而另有《谢法曹赠别》与《去故乡赋》两篇，很可能是江淹在去渔浦不远处的南下水行途中所作。三篇作品大体创作在元徽二年(474)秋冬之际，具体时地相近而不相同。

《赤亭渚》一诗写于渔浦附近是较为明确的。此诗所提及的赤亭渚，本身便处在渔浦地理范围内。《文选》谢灵运《富春渚》诗李善注云：“《吴郡缘海四县记》曰：‘钱塘西南五十里有定山，去富春又七十里，横出江中，涛迅迈以避山难。辰发钱塘，已达富春。赤亭，定山东十余里。’”①毛奇龄《杭志三诘三误辨》则对钱塘江东西两岸描述道：“西岸有定山，东岸有渔浦，夹江向峙。”②从文献记载的方位上来看，赤亭渚当靠近渔浦一侧。另外，从诗歌内容上看，我们也能大致判断其作于江淹前往吴兴的贬谪途中。如这首诗开篇“饶桂复多枫”等句，描绘的是晚秋之景，正与江淹被贬吴兴的时间相吻合。宋代柳永《望海潮·东南形胜》词有“重湖叠巘清嘉，有三秋桂子，十里荷花”几句，将钱塘江秋色聚焦于桂子上。可见，桂子在后世文人书写中，成为钱塘江一带秋日风物的代表，《赤亭渚》写“饶桂”，正与钱塘江秋天的这种典型景物相合。此外，诗歌的情感表达也符合江淹元徽二年的贬谪心境。例如，“一伤千里极”化用《楚辞·招魂》“目极千里伤春心”句意，已见羁旅之悲。“独望淮海风”句的“淮海”之望，则更蕴有对京都和主君刘景素的怀思。“远心何所类，云边有征鸿”二句进一步点明远行心境，并用征鸿意象，无疑是羁旅之人的口吻。而这四句前有“路长寒光尽”一句，反映出此诗当作于前往吴兴的半途。“瑶水虽未合，珠霜窃过中”则透露出其交通方式很可能是水行，时间在下半年。综合上述几点，我们大体可遵曹道衡、丁福林几位先生的说法③，将此诗的创作时间和创作地点系与元徽二年(474)晚秋的渔浦一带。

《谢法曹赠别》一诗严格意义上来说可能并非作于渔浦，但与《赤亭渚》创作时间相近，应是江淹未去渔浦多远时所作。《谢法曹赠别》一诗是江淹著名的一

---

① （梁）萧统编，（唐）李善注《昭明文选》，长春：吉林人民出版社，1998年版，第511页。

② 王国平主编《西湖文献集成》第9册，杭州：杭州出版社，2004年版，第507页。

③ 参见曹道衡《江淹作品写作年代考》，《中古文学史论文集续编》，北京：文津出版社，1994年版，第222-223页；丁福林《江淹年谱》，南京：凤凰出版社，2007年版，第86-87页。

组拟古诗《杂体诗三十首》的其中之一。过往学者在作江淹作品系年的工作时，较少对《杂体诗三十首》作细致考察。如曹道衡先生指出，《杂体诗三十首》由于没有明确记载，其具体创作时间难以断定。考虑到它是有意识的系统模仿活动，其创作时间跨度应该较小，至多不超过一年。而且《杂体诗三十首》模拟的均为已故作家，其模拟的最后一位是汤惠休。据正史记载，汤惠休主要活动在元嘉后期宋孝武时代，其生卒年不详。但钟嵘在《诗品》中曾品评其人，并放入南齐人之列，说明他曾活到南齐。出于上述几点理由，曹道衡先生认为《杂体诗三十首》系江淹后期所作，大约写于南齐永明初年（483）。① 然而，该观点若与《谢法曹赠别》诗歌文本对照起来看的话，恐怕是有待商榷的。《谢法曹赠别》虽是江淹拟谢惠连《西陵遇风献康乐》而作，但也融化了江淹自身的所历所感。开篇"昨发赤亭渚，今宿浦阳汭"两句，虽为仿效谢惠连"昨发浦阳汭，今宿浙江湄"的句式而来，但江淹有意将句中出发地改为"赤亭渚"，夜宿地改为"浦阳汭"。考察六朝时浦阳江与赤亭渚之间的方位，可知浦阳江分有南北岸时，已处渔浦以南，在绍兴一带，这与江淹的南行方向相吻合。"昨发""今宿"的行踪表明，两地相隔未远，且在行程上构成接续关系。而从"风雪既经时，夜永起怀思""无陈心悁劳，旅人岂游遨"几句中，我们可以看到与《赤亭渚》一致的羁旅哀怨与经秋如东的季节更替。另外，诗中"所托已殷勤，祗足搅怀人"两句表明，江淹对刘景素尚存忠心，这样的感情显然不太可能出现在元徽四年（476）景素伏诛后。综上所述，我们可以推论，江淹《谢法曹赠别》一诗很可能也作于元徽二年（474）的冬季，且是在去渔浦不远处创作的。

除诗歌作品外，江淹还有赋作《去故乡赋》作于浙东渔浦附近，其创作时间当在《赤亭渚》一诗之后，与《谢法曹赠别》较为相近。对于《去故乡赋》的创作时间，过往学者在考证过程中观点不一。曹道衡、俞绍初两位先生均认为此赋作于被贬吴兴的途中，但在具体时间上有所分歧。俞绍初先生认为："味其意，皆为去职辞建平王府时所作"②，视其为江淹刚离开建平王府的作品。曹道衡先生则认为："这篇赋和《无锡舅相送衡涕别》《赤亭渚》二诗，当是同一时期所作。"③另有观点指出此赋作于江淹吴兴任上，如王大恒称"此赋作于吴兴之迹甚明"，其证据是赋首对吴地环境的描绘以及文中"于是泣故乡之已尽，伤故国之无际"等句所

---

① 参曹道衡《中国历代名文学家评传》，济南：山东教育出版社，1983 年版，第 520 页。

② 刘跃进、范子烨编《六朝作家年谱辑要下》。哈尔滨：黑龙江教育出版社，1999 年版，第 109-110 页。

③ 曹道衡《江淹作品写作年代考》，《中古文学史论文集续编》。北京：文津出版社，1994年版，第 223 页

蕴含的情感。① 然而,这些学者所举证据均不充分,这就导致他们考证出的创作时地令人莫衷一是。从《去故乡赋》中"故关之已尽""江南之杜蘅"中我们可以推断,作此赋时江淹已经离开建康有一段距离,并且通过水路到达了江南,是故俞绍初先生的观点恐难成立。再看赋中"芳渊之草行欲暮,桂水之波不可渡"两句对水路行踪的叙述,则作赋时江淹很可能尚未定居,因此王大恒"此赋作于吴兴"的观点亦值得商榷。曹道衡先生称此赋和《无锡舅相送衔涕别》《赤亭渚》是同一时期的作品,时地范围亦大而模糊。而深入文本考察《去故乡赋》的内容,我们不难发现赋中与《赤亭渚》《谢法曹赠别》两诗相呼应的痕迹,从中可以考得此赋更加精确的创作时地。例如,《去故乡赋》首二句"日色暮兮,隐吴山之丘墟"与《赤亭渚》的"吴江泛丘墟"一句相呼应。按《江文通集校注》,"吴江泛丘墟"的"吴江"即指钱塘江,南朝宋时属吴郡,而"吴山"亦指吴郡之山。② 在《去故乡赋》写日暮而吴山丘墟隐去,说明创作此赋时,江淹白天仍可见到吴山丘墟,与渔浦相距未远。赋中有"爱桂枝而不见"之句,也可与《赤亭渚》之"饶桂复多枫"对照看待。后人考量此句中的"桂枝",多视其为建平王景素之比,但事实上,这里的"桂枝"亦可是实指之物,即江淹在赤亭渚较多见到的桂枝。由"饶桂复多枫"到"爱桂枝而不见",反映《去故乡赋》作于《赤亭渚》之后,且两篇作品创作时间上相去不远。另外,"泣故关之已尽,伤故国之无际"两句蕴含江淹切身的远行之痛以及对家乡的思念。而建安吴兴之行作为江淹生平唯一的一次远谪经历,正能够催生他的这种心境。这与《赤亭渚》中的"一伤千里极,独望淮海风"以及《谢法曹赠别》中"解缆候前侣,还望方郁陶"等句传递的情感是颇为相近的。赋中"对江皋而自忧,吊海滨而伤岁"两句则与《谢法曹赠别》中的"今行崦嵫外,衔思至海滨"两句存在相似之处,均是借海滨抒发心中的羁旅苦闷。从这点来看,《去故乡赋》的创作地点的所在方位应与《谢法曹赠别》相近。综合上述迹象我们可以推断,此赋既非作于江淹初别景素之时,亦非作于吴兴任上。具体来说,当系于《赤亭渚》一诗之后,与《谢法曹赠别》一诗的创作时间和创作地点相近,即作于元徽二年(474)冬季浙东绍兴靠近渔浦一带。

---

① 参见王大恒《江淹文学创作研究》。北京:中国社会科学出版社,2013年版,第20页。

② 参见丁福林、杨胜朋校注《江文通集校注》。上海:上海古籍出版社,2017年版,第27页,第473页。

三、江淹渔浦之行诗赋创作的艺术特征

对江淹《赤亭渚》《谢法曹赠别》《去故乡赋》在创作时间和创作地点的判定，有助于我们从新的角度把握江淹这几篇作品的创作心态与艺术风貌。不难发现，江淹在渔浦以及渔浦附近所作的诗赋，主要呈现出三大艺术特征：一是多采用逐层递进的抒情结构；二是在意象和语言的使用上往往求新求异；三是时常以自身情感融化典故。

首先，江淹在渔浦及其附近所作的诗赋作品，多采用逐层递进的抒情结构。在《赤亭渚》《谢法曹赠别》《去故乡赋》中，一以贯之的情感是对羁旅的哀怨和对景素的忠诚。但这两种情感并非直抒而出，而是经过艺术处理，逐层递进的。《赤亭渚》和《谢法曹赠别》两首诗歌还在抒发情感时添加波折，造成更为婉转的效果。

《赤亭渚》前半写景，在景物描写中，情感色彩逐渐加深。起首两句"吴江泛丘墟，饶桂复多枫"中，读者能感受到的情感色彩还不明显。随后，"水夕潮波黑，日暮精气红"两句，开始以色彩浓烈的日暮江景，渲染出一层不知名的哀怨氛围。紧跟着写到"路长寒光尽，鸟鸣秋草穷"，才真正见出羁旅之难与岁月之逝。至此，这哀怨之情落到实处，给人以强烈的凄凉之感。而景中之情达到高峰后，出现波折。"坐识物序晏，卧视岁阴空"，颇似玄言之笔。诗人用"识"、"视"的客观视角，似乎是想尝试以一种平淡的心态对待人事的变迁，岁月的流逝。但其后又出"一伤千里极，独望淮海风"两句，以一"伤"字，宣告了这种尝试的失败，并使此前的愁闷再次流出。"淮海"指扬州，是建平王刘景素的主要活动区域。这里写淮海之望，则更在原有的羁旅苦闷之上，平添了对主君的忠诚与怀思。由此，情感层累而起，既更显真实，又更加深厚。

《谢法曹赠别》在章法上稍有不同。"昨发赤亭渚，今宿浦阳汭"，好似平淡诉说行踪。随后，"方作云峰异，岂伊千里别"开始在景物更移中带出离别之感。而"芳尘未歇席，零泪犹在袂"，则将万般悲愁融于"泪"中。前六句情感的逐层递进，与《赤亭渚》颇为相似。随后，以"夜永起怀思"为转折，诗人开始回忆过往，悲意渐淡。到"所托已殷勤，祗足搅怀人"，则哀怨再起。而与《赤亭渚》不同的是，《谢法曹赠别》因篇幅更长、容量更大，因此也就能够在抒情结构中加上更多曲折部分。我们可以看到，哀怨再起后，诗人又写"幸及风雪霁，青春满江皋"，似乎想到风雪过后的春日江畔，有所宽慰。但随着"解缆候前侣"，离开岸边，再次踏上贬谪之路，这份短暂的宽慰也烟消云散了。他又一次在"还望"京都的过程中流

出悲郁之情。而到诗末,这份悲郁又以强调对景素忠心不减的"莫相继琼瑶"一句荡漾开去。这样的结构处理,使得全诗在情感的抒发上呈现出一波三折的艺术效果。

《去故乡赋》的情感抒发虽不再见波折处理,但仍然是层层递进、逐步累积的。从江淹生平来看,《去故乡赋》题中的"故乡"当指南徐州,而非其祖籍所在地河南考城。① 该赋与《赤亭渚》一样,以写景开篇,随后,由远黜建安,远离南徐州而生的种种情感接连带出,在循环往复中渐渐深化。"北风片兮绛花落"一句,在落花秋景中先点出岁月流逝、生命零落的感伤。"爱桂枝而不见,怅浮云而离居"一句紧随其后,生出此时对景素的怀思与远行漂泊的惆怅。接着,从"乃凌大壑"到"平芜蒂天",一气铺陈贬谪路途所见的荒凉,背后自有漫漫羁旅途中所积的怨苦。此后,出"泣故关之已尽,伤故国之无际"两句,再次回望,故土边际已不可见。这份离家的感伤在经由前面种种情感的加入后,显得尤为厚重。而在反复诉说心中愁怨后,赋文通过"绝世独立兮,报君之一顾""不贾名于城市"几句,进一步强调抒情主人公不落世俗的高尚情操。由此,至"若济河无梁兮,沈此心于千里"二句处,这份情感便能够与当年同样怀抱忠诚节操沉江的屈原形成共鸣。可见,《去故乡赋》的情感是在行文过程中愈加丰盈,又有所升华的。

其次,江淹三篇作品在意象和语言的使用上呈现出求新求异的倾向。江淹在《自序》中称自己"爱奇尚异"。在《赤亭渚》《谢法曹送别》和《去故乡赋》三篇作品中,他便通过巧用意象,锤炼语言,对当地景物作了一系列独特的描摹。

一方面,江淹在三篇作品中对浙东意象的选取和描摹是独特而精妙的。例如,《赤亭渚》中"水夕潮波黑,日暮精气红"两句,写日暮时分钱塘江潮在夕阳映照下的颜色,为今所见历代钱塘江诗作中的首例。江淹对颜色的运用是独到的。"红"本是明丽的艳色。这两句中,先出江潮之"黑",再言日暮夕阳之"红",既真实描摹出了傍晚时分江天红黑分明的景象,又使得明艳的红色在黑色的伴随下,为渲染哀情而服务。江淹对颜色的使用是大胆出新的。在江淹之前,"黑"很少出现在文学作品中。江淹这里用"黑"来写钱塘江潮,淡化了潮波涌动的灵动开阔之感,而营造出一种与其他咏潮诗不同的压抑的氛围。又如,《谢法曹赠别》中"灵芝望三秀"一句,选取山间灵芝与"三秀"作为意象。《楚辞·九歌·山鬼》有"采三秀兮于山间,石磊磊兮葛蔓蔓",王逸《章句》曰:"三秀,谓芝草也。"若《谢法曹赠别》中的"三秀"亦解为"芝草",则当与"灵芝"为同一物,"灵芝望三秀"或写

---

①　据丁福林《江淹年谱》(南京:凤凰出版社,2007 年版),江淹虽祖籍济阳考城(今河南南考),但一生未曾回到祖地。由江淹《自序》中"举南徐州桂阳王秀才"之说,可知其生长之地为江氏南渡之后的族居地南徐州。(关于这点的详细考证可参见丁福林《江淹年谱》第 2-4 页)

岸旁灵芝相对互望之态。这既是对自然风物形貌的一种独特抓取,也是一种以佳草之对望喻自己与景素明君贤臣之间的惺惺相惜的巧妙笔法。再如,《去故乡赋》中"芳洲之草行欲暮"一句。"芳洲之草"本是自然物象,自有盛衰规律。这里却写芳洲之草因羁旅之途将行而荒芜凋零,将自然物象与人事勾连,在无理之中,使意象更添凄凉之意,并传递出诗人不愿继续南行的情绪。

另一方面,江淹在三篇作品中都有着对语言的锤炼,遣词用句时出新奇况味。例如,《赤亭渚》中"珠霜窃过中"一句,写江水未完全冻结但已覆上薄霜。用一个"窃"字,从静态景物中看到动态变化,又赋予"珠霜"以人性。江淹面前的是已经结上霜的湖面,但他从结霜的静象中捕捉到此前结霜的过程。"窃"字点出浦阳江冬季结霜之快令人无法察觉。而"窃"又有冰霜偷偷蔓延到江心的含义,使物象拟人化,似偷偷帮助诗人滞留此地。又如《赠别谢法曹惠连》中"烟景若离远"一句,用"若离远"写舟行离岸后目中岸边烟影之貌。这里的烟可能来自江淹暂宿江畔时点起的篝火,也可能是岸边人家的炊烟。但对离开岸边的参照物,江淹偏选取了飘忽不定的烟,并用一"若"字领在"离远"之前。这种处理给人带来似乎远去而并未真正远去之感,与诗人忧郁怅惘、不愿南行的心境紧密贴合。《去故乡赋》中亦存在类似的例子,如"听蒹葭之萧瑟"一句。萧瑟的蒹葭本是视觉的体察对象,这里却用"听"字,从听觉角度写来,将秋风之呼啸声包含其中。《诗·秦风·蒹葭》有"蒹葭苍苍,白露为霜"。郑玄笺曰:"蒹葭在众草之中苍苍然强盛,至白露凝戾为霜,则成而黄。"是说白露带来了蒹葭的萧瑟。江淹则通过"听"这一新的观察角度,把言外之秋风归为蒹葭萧瑟之原因,见出新意。秋风自北向南吹,江淹亦是自北被贬往南方。在这样的联系下,蒹葭作为江淹自比之物,带上了更多羁旅悲凉的意味。

最后,江淹在三篇作品中时常以自身情感融化典故,既增添了诗赋的典雅气息,又做到典为其所用,使典故与所抒发的情感浑然相融,不落生涩窠臼。

一方面,江淹时常化用本就抒发羁旅愁思的前人骚、赋之句,在与古人的共情中增加情感想象空间与抒情张力。例如,《赤亭渚》末两句"远心何所类,云边有征鸿"化用曹植《九愁赋》中的"亮无远君之心,刘桂兰而秫马,舍余车于西林。愿接翼于归鸿,嗟高飞而莫攀。"若只从字面上看,则"远心"和"征鸿"已然点出了羁旅之意。但若联系语典,将"远心"发散到《九愁赋》中的"远君之心","征鸿"发散到《九愁赋》中的"接翼"之愿,则江淹心系主君景素的情感便呼之欲出了。联系诗歌上句的"独望淮海风",我们有理由认为,江淹末两句表达的意思绝不仅仅是一种对故土的悲思,而还有一重隐藏在典故中的对景素的忠诚与怀思。又如《谢法曹赠别》中的"解缆候前侣,还望方郁陶"二句。"郁陶"两字典出《楚辞·九辩》之"岂不郁陶而思君兮,君之门以九重。"在《九辩》中,"郁陶"带有"思君"的意味,且后言君门九重,有一种思君而不得见君的贬谪之叹。江淹这里写"还望方郁陶",在回头眺望中,想到远在京都的主君景素,想到自己被主君远黜岭南的凄凉境遇,在与宋玉的共鸣中传达出自己深厚的情感体验。类似的还有《归故乡赋》中的"出汀洲而解冠,入溆浦而捐袂",典出《楚辞·九歌·湘夫人》:"捐余袂兮江中,遗余褋兮澧浦。搴汀洲兮杜若,将以遗兮远者。"江淹本身处在贬谪途中,又行水路,因此这里用《湘夫人》的典故显得自然浑成,毫无生硬之感。而《归故乡赋》的这两句话也因典故所含有的祈之不来,表面决绝而内心依恋的意味,而具有了更强的情感张力,传递出江淹远离景素,不被待见,而心犹系之的痛苦。

　　另一方面,江淹还会把自身的羁旅之情融入一些原本与羁旅关系不大的典故之中,使诗赋中典故的运用呈现出个性色彩。例如《谢法曹赠别》中的"芳尘未歇席,零泪犹在袂"两句,化用谢灵运《石门新营所住四面高山回溪石濑茂林修竹》"芳尘凝瑶席,清醑满金罍"的语典,而染上了江淹自身的情感色彩。谢灵运的句子本意是对游览过程中沿途美景的欣赏。而江淹则通过将"凝瑶席"改造为"未歇席",使飞扬的芳尘给人带来漂泊无依的感受。这就使芳尘意象与身处贬谪途中的诗人主体产生了近乎自比的关联,实现了对原典的超越。再如《去故乡赋》中的"绝世独立兮,报君之一顾"两句,化用《汉书·孝武李夫人传》所载李延年歌中四句:"北方有佳人,绝世而独立。一顾倾人城,再顾倾人国。"李延年的歌词本言佳人之美色令人顾之绝倒。江淹这里将自己的高洁品格与对景素的忠心与怀思注入语典之中,从反面写来。通过把主君之顾移到独立之前,使"报君之一顾"成为美人绝世独立的动机。于是《去故乡赋》中的"绝世独立"便带上了江淹洁身自持、一心报效景素知遇之恩的个人情意。这种对典故的处理既为赋文增添了雅色,又使读者能够体验到更加深厚而真实的情感内涵。

四、江淹渔浦之行诗赋创作的意义

　　考察江淹的浙东渔浦之行及相关诗赋创作,对我们更好把握江淹的心境变化、江淹文学创作的发展以及浙东诗词之路的形成均有着重要意义。

　　首先,江淹渔浦诗赋的创作,反映出其羁旅悲怨之情的一系列新变。渔浦作为江淹吴兴贬谪途中的经行之地,对江淹而言意味着离京都和家乡更远了一步,是故经过渔浦,江淹对自己的贬谪遭遇有了更深厚的情感体验。在南下吴兴而未至渔浦时,江淹还作有《无锡县历山集诗》《无锡舅相送衔涕别》两首诗歌。尽管江淹在贬谪吴兴时期有着一以贯之的悲怨之情,但这种感情在具体内涵和深度上有所不同。这可以从他在无锡所作的两首诗和在渔浦一带所作诗赋的比照中看出。如《无锡县历山集诗》有"别鹤噪吴田"一句,用陵牧子《别鹤操》之典,将情感聚焦于与亲友妻子的离别之上。《无锡舅相送衔涕别》的"若无孤鸟还,沥泣何所因",则抒发了对即将面临孤苦无依的陌生环境的悲叹。及至渔浦,江淹情感表达又与前作有所不同。一方面,渔浦诗赋中,江淹的别愁程度更深。江淹一度希望通过渔浦的自然风光,来宽慰自己的心情。故《赤亭渚》前四句写"吴江泛丘墟,饶桂复多枫。水夕潮波黑,日暮精气红。"桂、枫的数量之多,似乎将要成为诗人的陪伴。日暮钱塘江潮的起伏,似乎能够洗涤心中的哀愁。然而这一切并没能实现。及至后两句,"路长寒光尽,鸟鸣秋草穷",诗人眼中的景色顿转萧条。迟暮的日光似乎因漫长的路途而变得更加寒冷,秋草在鸟鸣中更显枯萎之色。这其中恐怕就反映了诗人欲消愁而愁更愁的心理感受。随后,他在坐卧之间,进一步发出岁月年华空度、物事无情更替的慨叹。渔浦之景,曾给谢灵运带来"怀抱既昭旷,外物徒龙蠖"的超然体验,却似乎无法疏解江淹心中的悲怨,淘淘的江水反而令这种愁思愈发深厚。另一方面,在渔浦一带,江淹心中更多了一种对继续前行的抵触心理。《赤亭渚》诗云:"瑶水虽未合,珠霜窃过中。"说虽然江面没有完全结冰,但也有寒霜附于其上,似乎就可以视为一种滞留不前的借口。再一方面,江淹羁旅愁思的参照物也有了变化,似乎是因去京更远,江淹的怀思对象不仅仅是具体的人物,而扩大到了故地山水。江淹在渔浦多次回望北方,如《赤亭渚》中有"一伤千里极,独望淮海风",《谢法曹赠别》有"解缆候前侣,还望方郁陶",《去故乡赋》亦有"横羽觞而淹望,抚玉琴兮何亲"。而这或许也与浙东渔浦一带水上视野相对开阔有关。

其次,我们将江淹渔浦之行的诗赋作品与江淹之后创作的其他作品对照来看,可以发现渔浦之行对其后来的文学创作产生了影响。一方面,此行路途的绵延曲折,给江淹留下了深刻的记忆,而这份记忆也成为江淹后面一系列文学创作的材料。如《别赋》有"舟凝滞于水滨,车逶迟于山侧"之语,正与《赤亭渚》以江面结霜为由滞留渔浦的情形相近。《待罪江南思北归赋》亦有"跨金峰与翠峦,涉桂水与碧湍"之句,写远离国都的宦游历程。其在浙江所见的三江之水与两岸层峦,便融入"金峰""翠峦""桂水""碧湍"等意象之中,成为羁旅记忆的一个重要载体。另一方面,江淹经行渔浦的贬谪道路,丰富了其情感体验,增强了其作品内部的抒情张力。吴兴之贬作为江淹最大的一次政治挫折,给江淹的文学创作带来了很大的影响。其作品进一步摆脱了颜谢诗作中的玄言残留,呈现出极大的个人抒情色彩。这种作品面貌在江淹未至吴兴时,便已可见诸《赤亭渚》《谢法曹赠别》《去故乡赋》中。如《赤亭渚》以抒情的眼光考量山水风物。寒冷的阳光、稀疏的秋草不仅作为自然存在,更带有了凄凉的情感色彩。《谢法曹赠别》从"芳尘未歇席,零泪犹在袂"的离别之悲写到"烟景若离远,末响寄琼瑶"的宽慰与期望,将诗人在行程中随时、随景变化流动的心理活动表现了出来。而《去故乡赋》中多用"对江皋而自忧，吊海滨而伤岁""赡层山而蔽日，流余涕以沾巾"这样的抒情之笔，也可视为吴兴任上抒情名篇《恨赋》《别赋》的创作准备。再一方面，贬谪途中所经山水，或也令江淹心中升起对屈原、贾谊的共情，加上他在贬谪过程中对主君景素忠心不减，便得以更好接续了屈、贾的贬谪文学传统。如《去故乡赋》中有"绝世独立兮，报君之一顾"，用"北方有佳人，绝世而独立"之典，接续楚辞香草美人之比的传统，在贬谪哀怨中融合了自己的忠君之心与高洁品格。

最后，江淹的渔浦之行和在渔浦一代的文学创作，推动了浙东诗词之路的形成和发展。一方面，江淹揣五色笔，颇有开创性地注意到了渔浦景物的色彩，并使之进入诗歌书写。《赤亭渚》"水夕潮波黑，日暮精气红"两句，写日暮观潮，却不似前人般描写潮水的波澜壮阔。他抓住傍晚时分江潮之"黑"与夕阳之"红"，为我们呈现了一个明艳的山水世界。江淹继苏彦《于西陵观涛》的"洪涛奔逸势，骇浪驾丘山。訇隐振宇宙，漰磕津云连"的声势描写后，为钱塘江潮的描写加入了颜色的视觉角度，这就为钱塘江诗歌创作提供了新的路径。后世文人对渔浦日暮江景的书写，如鲁交《江楼晴望》有"远水碧千里，夕阳红半楼"二句，王雾楼《渔浦观日落》有"飞彩流金般，水天红一色"二句，或许便受到江淹的影响。另一方面，江淹将自身的羁旅怨情融于渔浦山水之景，超越了谢灵运的模山范水，使诗赋中的渔浦山水带上了浓厚的个人情感色彩。渔浦是三江汇流的水路枢纽，往来文人大多具有"客"的身份。江淹的有关创作继承了谢惠连《西陵遇风献康乐》的客心书写，又加上了属于他自身情感体验的政治理想的受挫以及对主君的赤诚忠心，进一步丰富了渔浦客心的内涵，也使渔浦诗意更具情感厚度。再一方面，后世文人见到渔浦山水，往往动容，与江淹产生相似的情感体验。如明代韩邦奇所作《南行》中"新砂潮接长江下，渔浦风从北海生"二句，与江淹"一伤千里极，独望淮海风"有着异曲同工之妙。他们均在渔浦北望，生发自北而来的羁旅感慨。而韩邦奇在《苑洛志乐》中曾记述江淹造《籍田歌二章》之事，可见他对江淹的生平遭际和诗歌创作是有一定了解的。韩邦奇在渔浦北望的过程中，很可能就会联想到古代著名才子江淹在贬谪途中也曾行经此地，由此产生情感的共鸣。

综上所述，江淹于被贬吴兴的途中行经渔浦，在羁旅愁思和浙东山水的触动下进行的诗赋创作，多采用逐层递进的抒情结构；在意象和语言的使用上往往求新求异，并且时常以自身情感融化典故。这些作品有其价值意义。一方面，它们反映出江淹贬谪期间情感的变化，推动了其后来文学创作的进一步发展。另一方面，江淹的渔浦诗赋创作也为后世浙东诗词创作提供了新的书写角度，为浙东山水染上了一层更加深厚的羁旅悲怨之色。再一方面，江淹渔浦之行的诗赋创作,可令后世文人行经此地后产生共鸣,挥笔创作出更多动情诗篇。是故,我们在考量浙东诗词之路的形成和发展时当不能忽视江淹渔浦之行及有关创作的贡献。而要想完善对才子江淹的认识,也离不开对其浙东渔浦之行更加细致的考察。

孟浩然的江南印象

——《早发渔浦潭》析论

吴怀东[①]

　　义桥渔浦是孟浩然在科举失利后越中之游的第一站,渔浦也是越中山水的起点——一个诗意高潮的起点。落第之心与越中风景的初次相遇,诞生了《早发渔浦潭》,此诗是孟浩然踏上越中土地所创作的第一首诗。孟浩然以"外来客"的新奇视角耳闻目睹,展示了新鲜的渔浦观感和越中"第一印象"——富有山水野趣、充满浓郁的生活气息,流露出"遁世无闷"的解脱感、自由感。此诗不同于一般情景结合的抒情诗,属于纪行诗,具有鲜明的纪实性,容易获得一般读者的"共情",如此朴素的写法在孟浩然山水诗、行旅诗中并不多见,别具一格。于此我们详细论述。

　　"生活除了眼前的苟且,还有诗和远方。"远游是人类进入文明时代以来探求未知、超越庸常、挣脱束缚的深刻精神需求,具有普遍性和本质性。《山海经》代表着先秦时代人们对远方与异域的好奇与想象[②]。诗歌是对世俗平淡生活的超越,盛唐是诗情勃发、魅力无限的时代,诗人多好奇,诗人好漫游,漫游是唐代,尤其是盛唐十分突出的士风,诗和远游相伴而生——这正是唐人的浪漫,也是唐代魅力之所在。李白名作《赠孟浩然》诗云:"吾爱孟夫子,风流天下闻。红颜弃轩冕,白首卧松云。醉月频中圣,迷花不事君。高山安可仰,徒此揖清芬。"在李白的心目中,孟浩然就是醉心山水、好饮迷花、遗世独立、清高自守的高人隐士。"五岳寻仙不辞远,一生好入名山游"(《庐山谣寄卢侍御虚舟》)的诗仙李白,对孟浩然特别崇敬,一生傲岸的李白竟然亲自给远游的孟浩然送行,其《黄鹤楼送孟

---

　　① 吴怀东,安徽大学文学院院长,教授、博士生导师。研究方向为古代文学。

　　② 对远方的想象书写是汉魏六朝的志怪小说以及地志的重要内容。

浩然之广陵》诗写道:"故人西辞黄鹤楼,烟花三月下扬州。孤帆远影碧空尽,唯见长江天际流。"亲自到江边送别,生动地表现出李白对前辈诗人孟浩然的深情厚谊,而"烟花三月"四个字,更表现了李白乃至孟浩然对远游、对扬州的浪漫想象和无限期待——送别之时,李白的心似乎也在温暖的春天里,随着孟浩然乘坐的小船,在春水里任意飘荡,顺流而下。李白的诗反映了盛唐的漫游风气,也反映出盛唐诗人对扬州以及江左吴越地区的诗意印象。盛唐诗人中,孟浩然虽然"终身白衣"(辛文房《唐才子传》本传),"未禄于代,史不必书"(王士源《孟浩然集序》),令人遗憾,不过,论游历范围之广,并不输于同代人。孟浩然"骨貌淑清,风神散朗"(王士源《孟浩然集序》),志趣洒脱从容、清雅脱俗、洁身自好,尚隐逸,好交游,喜山水,一生游历了很多地方,除了家乡襄阳以及荆州、岳阳之外,还北到京洛,西至巴蜀,南游湘桂、豫章,东下扬州,更游览了江南的核心区域吴越,在江南山水最为灵秀的越中盘桓四年①,其传唱久远的诗歌名作不少是在山程水驿中完成的,如《过故人庄》《与诸子登岘山》《夜归鹿门歌》《宿天台桐柏观》《宿建德江》《晚泊浔阳望庐山》《望洞庭湖赠张丞相》等,可见孟浩然爱好异域②远游,醉心于远方的山水风光、人文风情。

《早发渔浦潭》是孟浩然进入越中的第一站渔浦留下的作品,在孟浩然吴越之游期间所创作的诗歌乃至其现存全部作品中,似乎不太引人注目,既有的诗选和文学史研究基本上没有关注此诗③,但是,如果从六朝至初盛唐诗人的吴越旅行及其诗歌创作史角度看,并联系孟浩然一生经历和创作考察,《早发渔浦潭》反映了孟浩然对江南暨越中风土、风物、风景的认知,具有一定的艺术特色与独特的认识价值。

---

① 详论参见陈贻焮《孟浩然事迹考辨》,原载 1965 年 6 月出版之《文史》第四辑,后收入其著《唐诗论丛》,湖南人民出版社,1980 年。

② 按,"异域"一词今天多被用来指称遥远的外国,此词在古代除了此义项之外,更多的是指他乡、陌生甚至蛮荒之地,如《楚辞·九章·抽思》:"有鸟自南兮,来集汉北。好姱佳丽兮,牉独处此异域。"王逸注:"背离乡党,居他邑也。"宋之问《早发大庾岭》诗:"兄弟远沦居,妻子成异域。"杜甫《寄贺兰铦》诗:"勿云俱异域,饮啄几回同。"

③ 近些年出现了专门研究孟浩然吴越之游的论文,如渠红岩《试论孟浩然入吴越漫游的原因》(《徐州师范大学学报》2001 年第 3 期)、景遐东《江南文化与唐代文学研究》(人民文学出版社,2005 年)、徐欢欢《盛唐山水诗与文人漫游》(宁波大学硕士学位论文,2010 年)、秦忠良《孟浩然漫游吴越诗作研究》(中南民族大学硕士学位论文,2016 年)、薛雯静《初盛唐诗人漫游吴越现象研究》(华东师范大学国际汉语文化学院硕士学位论文,2019 年)等,不过,皆未讨论《早发渔浦潭》诗。

一、渔浦：一个诗意的起点

浦，《说文解字》释曰："浦，濒也。"即水滨的意思。《诗·大雅·常武》："率彼淮浦。"张衡《思玄赋》："召洛浦之宓妃。"因为南方河流较多，这个词语在描写南方的地理环境与风土时经常出现，《吕氏春秋·本味》："果之美味，江浦之橘，云梦之柚。"《楚辞·九歌·湘君》："望涔阳兮极浦，横大江兮扬灵。"值得注意的是，水似乎天然具有诗性，无论活水流动还是大海汪洋，很容易激发人的想象力。《国风·周南·关雎》就水滨景象起兴。《论语·先进》中，孔子对弟子"浴乎沂，风乎舞雩，咏而归"理想的共鸣，表达一贯严谨的思想家难得的心理放松和诗性。《论语·子罕》记载"子在川上曰：逝者如斯夫！不舍昼夜"，表达了思想家孔子的想象力。《论语·公冶长》还记载孔子的感叹："道不行，乘桴浮于海。"水与远方似乎是孔子可以安顿的处所。有人就认为，道家老子尚柔贵水，原因是他生活在多水的地方。比较而言，南方多河流，尤其是经过屈原和楚辞的诗化，江南是水流丰沛、感情丰沛的江南，也是诗意的江南，《楚辞·招魂》就曰："魂兮归来哀江南。"南朝江淹《别赋》："春草碧色，春水渌波，送君南浦，伤如之何！"刘师培《南北文学不同论》就说："大抵北方之地，土厚水深，民生其间，多尚实际。南方之地，水势浩洋，民生其际，多尚虚无。民崇实际，故所著之文，不外记事、析理二端。民尚虚无，故所作之文，或为言志、抒情之体。"所论符合唐及先唐文学发展实际。

水流而活，人动而生，向往远方其实是一种人类进入文明时代以来深刻的心理需求和文化体验。随着生产力的发展，人类的活动范围不断扩展，人类社会流动性日益增强，人类的探索欲使得人们对于远方充满着好奇与想象。当人类在一个固定的空间和社会结构里久了，就会向往远方的空间与文化——那里虽然陌生，却拥有自由。《山海经》的描写在后人看来荒诞不经，但它完全符合当时人的客观认知，虽然蛮荒却新鲜有趣。在中国文化中，远游与对远方的想象，其实不是单纯满足好奇心的好玩和新鲜，而是具有深刻哲学内涵，甚至关系社会制度与人生生活方式，这就是先秦道家思想产生的社会基础。与积极入世的孔子及其儒家思想形成对立与互补，道家思想是要把人从社会的束缚中解放出来，老子理想中的"小国寡民"也许就存在于蛮荒的远方①，当然，道家的真正理想不是去远方，而是回到自食其力的农耕渔樵状态②、田园生活，做避世的隐士或有文化的农民。孔子及其儒家也认识到农耕与渔樵的社会意义，《论语·微子》记载，"长沮、桀溺耦而耕"，他们对孔子师徒栖栖遑遑用世并不认可，而孔子也不认可他们的选择："鸟兽不可与同群，吾非斯人之徒与而谁与？天下有道，丘不与易也。"身为儒家的孔子，其实看出了这些坚持在土地上从事耕种、自食其力者的思想倾向及其与自己立场的区别。《庄子》就有《渔父》篇，渔父被庄子虚构出来作为自己人生哲学的代言人，渔父开导孔子要"法天贵真，不拘于俗"，应该懂得"处阴以休影，处静以息迹"的事理，"谨修而身，慎守其真，还以物与人，则无所累矣"，总体而言就是不要像儒家那样积极干政以自取其失败之辱，而要淡泊自守，自得其乐，"遁世无闷"。屈原创作《渔父》，诉说自己的愤懑和不平，"举世皆浊我独清，众人皆醉我独醒"，渔父要求屈原"不凝滞于物，而能与世推移"，如"沧浪之水清兮，可以濯吾缨；沧浪之水浊兮，可以濯吾足"，和光同尘，随人俯仰，顺其自然，也就不会痛苦。要解决心理的痛苦，一个重要的方式就是远游，《离骚》中就有远游的描写，"欲远集而无所止兮，聊浮游以逍遥"，"何离心之可同兮？吾将远逝以自疏"，而《远游》更集中，"悲时俗之迫阨兮，愿轻举而远游"。《论语·雍也》记载孔子语云："智者乐水，仁者乐山。"山水比德，表明人类的思维已逐渐走出蒙昧，脱离了对高山大河的神秘敬畏，开始用比兴诗性思维，重建人与自然的审美关系，发展到汉末以来，文人最终发现远方的山水就是精神的桃花源、心灵的栖息地③，"山水就是大地超越性的最后保留地"④，"'天地与我并生，万物与我为一'，这才是山水的情怀和理想"⑤，是自由和美的象征。东晋简文帝："入华林

---

① 西方文化恰好相反，一直认为异域的环境和"非我族类"的人群野蛮、落后，因此对之充满敌视，大航海以来的经验就是如此，直到十八世纪末、十九世纪初，反异化的浪漫主义思潮出现之后，"异国情调"才被视为浪漫有趣，"他们喜欢怪诞、原始、神秘等能唤起崇高美对抗秀丽美的东西"（美国学者罗兰·斯特隆伯格《西方现代思想史》第六版第 28 页，刘北成、赵国新译，中信出版集团，2021 年）；异域蛮荒的经验成为十九世纪末、二十世纪初兴起的各种现代主义艺术的思想资源（前引《西方现代思想史》第 227-228 页）。旅美华裔学者段义孚曾详细分析二十世纪初法国著名作家安德烈·纪德对访非洲的喜爱感，指出他"逃往非洲恰恰是因为他厌倦了欧洲那种偏好组织结构又以个体独立为荣的矛盾结合体"（《浪漫地理学：追寻崇高景观》第 75 页，陆小璇译，译林出版社，2021 年）。

② 参见张文江《渔樵象释》，收入其著《古典学术讲要》（修订本），上海古籍出版社，2018 年。

③ 类似研究成果很多，参见陶文鹏、韦凤娟主编《灵境诗心——中国古代山水诗史》，凤凰出版社，2004 年。

④ 赵汀阳《历史·山水·渔樵》第 69 页，三联书店，2019 年。

⑤ 渠敬东《山水天地间：郭熙〈早春图〉中的世界观》第 159 页，三联书店，2022 年。

园,顾谓左右曰:'会心处不必在远,翳然林水,便有濠濮间想也,觉鸟兽禽鱼,自来亲人。'"(《世说新语·言语》)宗炳说:"山水以形媚道。"(《画山水序》)宗白华说:"晋人向外发现了自然,向内发现了深情。"①山水诗从此出现在文学史上,山水旅游也演变为文人的爱好②。到了大唐盛世,古老深厚的思想传统与得天独厚的历史机遇、时代条件、精神氛围,使得唐代诗人们得以随心所欲,纵横四海,八方远游,从大漠西北到烟雨江南。唐人的江南山水远游,既是享受生活,也是回归自我,放松心灵,是身体之游与心灵之遊的密切结合。"我们是在风土中发现我们自身,在自我了解中完成自己的自由形成。"③"如果他们长期生活在他们的社会模式里,那他或许就需要有一个具解放性的改变。而此需要,可以借由赴世界各地旅游以得到暂时的解决。"④

　　渔浦,本来不是一个特指的地名,是指江河水滨可捕鱼的岸边,这个词语在全唐诗中出现的频率不低,大多是泛指⑤,如李绅《过钟陵》诗:"江对楚山千里月,郭连渔浦万家灯。"方干《送人宰永泰》诗:"舟停渔浦犹为客,县入樵溪似到家。"伍乔《寄史处士》:"长羡闲居一水湄,吟情高古有谁知。石楼待月横琴久,渔浦经风下钓迟。"但是,孟浩然《早发渔浦潭》诗中的"渔浦"却是六朝以来颇有影响的地点或地名,就是义桥渔浦。

　　义桥渔浦的出名,是魏晋南北朝时期政治中心与人群流动宏观历史运动之结果,东晋南北朝时期汉族政权政治中心与北民被迫南迁的过程是江南经济开发的过程,也是江南人民创造特色文化的过程⑥。从东汉末到东吴,伴随江南的开发,当地的风景与文化开始引起上层文人的关注,汉末民歌《江南》"江南可采莲,莲叶何田田,鱼戏莲叶间。鱼戏莲叶东,鱼戏莲叶西,鱼戏莲叶南,鱼戏莲叶

---

①　宗白华《论〈世说新语〉和晋人的美》,载其著《美学散步》第125页,上海人民出版社,1981年.

②　比较而言,山水诗在南朝就已经成熟,而散文体的山水游记一般认为到柳宗元的永州八记才形成典范并影响深远,时间上并不同步。

③　(日本)和辻哲郎《风土》第8页,陈力卫译,商务印书馆,2006年。

④　荣格《人类及其象征》,引自龚鹏程《游的精神文化史论》第149页,河北教育出版社,2001年。

⑤　浙江萧山《渔浦诗词》编纂委员会编纂的《渔浦诗词》收录唐代作品只有16首,如果认真搜集,应该还可以补充。

⑥　"江南"概念所指区域有变化。本文同意景遐东(《江南文化与唐代文学研究》,人民文学出版社,2005年)对"江南"意义的梳理、概括,即中古使用的"江南"概念所指区域有广义、狭义之分,狭义所指为吴越旧地,而广义所指还包括今湖南、江西(如杜甫《江南逢李龟年》),而唐人心向往之的"江南"则是狭义的江南,即吴越故地,此地到汉末魏晋南北朝以来才得到深度开发,本文所使用的"江南"概念正是此义。

北",再现了江南水乡的清丽景象。司马氏南渡,晋王朝政权在建康重建,高门贵族的活动范围从建康周围和吴地扩展到太湖南侧杭嘉湖平原和钱塘江以东的吴越故地、越中地区,东晋后期的高门世族谢氏家族的居住地就在会稽(会稽郡治所移至山阴县,今浙江省绍兴城区),《晋书·谢安传》记载:谢安曾"隐居会稽东山,年逾四十复出为桓温司马,累迁中书、司徒等要职,晋室赖以转危为安",因此,从杭州、钱塘江到越东、越中地区风景开始进入到当地生活的文人的视野,越中的山水开始受到他们的注意,物产丰饶的江南开始成为诗意的江南①。顾恺之从会稽还,"人问山川之美,顾曰:'千岩竞秀,万壑争流,草木蒙笼其上,若云兴霞蔚。'"(《世说新语·言语》)刘宋文学家谢灵运依靠越中山水间生活经验开创山水诗的写作先河,如《过始宁墅》诗句"白云抱幽石,绿筱媚清涟",《登池上楼》诗句"池塘生春草,园柳变鸣禽",《石壁精舍还湖中作》诗句"林壑敛暝色,云霞收夕霏"等,其山水诗更与他永嘉生活经验相关,而梁代文人吴均的《与朱元思书》云:"风烟俱净,天山共色。从流飘荡,任意东西。自富阳至桐庐一百许里,奇山异水,天下独绝。"再现了富春江的山水之美,这无疑都是得"江山之助"(刘勰《文心雕龙·物色》)。

虽然建都于建康的南方政权面对北方强势的少数民族政权一直处于弱势,但是,江南风景与文化却具有独特的魅力,对北方、对外地文人产生了强大的吸引力。这种文化与政治的"不平衡性"从南北朝延续到初唐,唐太宗亲自为西晋"文藻宏丽,独步当时"的陆机和书法家王羲之撰写传论、对艳丽的"庾信体"有着强烈的兴趣,山阴兰亭是唐代书家梦寐以求的游览目标,初盛唐之交"吴中四士"誉满京城,这些都表明以吴越为中心的江南文化深受当时人的喜爱②;盛唐之所以兴起漫游吴越的风气,则因为这里的历史底蕴深厚,山水风景优美,而且还是佛、道活动的胜地③,如天台山。唐代文人到吴中、越地,目的就是寻幽访胜、游山玩水、寻仙问道,获得诗意的超越与快乐。盛唐的艺术全才王维在《送沈子福之江东》诗咏叹道:"杨柳渡头行客稀,罟师荡桨向临圻。唯有相思似春色,江南江北送君归。"显示了盛唐人的单纯与深情,也显示出出生于北方的王维对"江南"的美丽认知。李白人在北方,想象越中:"海客谈瀛洲,烟涛微茫信难求;越人

---

① 详论参见钱志熙《东晋南朝时代钱塘江诗路的形成》,载《浙江学刊》2021 年第 5 期。

② 当然,南北统一之后,江南不再是政治中心,原来江南也得到"净化",初盛唐人喜爱的已经不是江南贵族文化,而主要是清新自然的山水文化。参见拙著《诗国花开——唐诗美感的生成与流变》第五章"吴越多才士风流入中原"(安徽文艺出版社,2017 年)之详论。

③ 薛雯静《初盛唐诗人漫游吴越现象研究》,华东师范大学国际汉语文化学院硕士学位论文,2019 年。

语天姥，云霞明灭或可睹。天姥连天向天横，势拔五岳掩赤城。天台四万八千丈，对此欲倒东南倾。我欲因之梦吴越，一夜飞度镜湖月。湖月照我影，送我至剡溪。谢公宿处今尚在，渌水荡漾清猿啼。脚著谢公屐，身登青云梯。半壁见海日，空中闻天鸡。千岩万转路不定，迷花倚石忽已暝。熊咆龙吟殷岩泉，栗深林兮惊层巅。云青青兮欲雨，水澹澹兮生烟。列缺霹雳，丘峦崩摧。洞天石扉，訇然中开。青冥浩荡不见底，日月照耀金银台。"（《梦游天姥吟留别》）可见吴越风景之绮丽、人文底蕴之深厚。李白名作《越中览古》云："越王勾践破吴归，义士还家尽锦衣。宫女如花满春殿，只今惟有鹧鸪飞。"杜甫的名作《壮游》诗句："东下姑苏台，已具浮海航。到今有遗恨，不得穷扶桑。王谢风流远，阖庐丘墓荒。剑池石壁仄，长洲苽菱香。嵯峨阊门北，清庙映回塘。每趋吴太伯，抚事泪浪浪。枕戈忆勾践，渡浙想秦皇。蒸鱼闻匕首，除道哂要章。越女天下白，鉴湖五月凉。剡溪蕴秀异，欲罢不能忘。"李、杜游览吴越的诗歌是最生动的写照。

　　如果说吴越的江南是诗意的，越中则是诗意的高潮，而渔浦则是诗意高潮的精彩起点。中唐白居易说："东南山水，越为首，剡为面，沃洲天姥为眉目。"（《沃洲山禅院记》）在陆路交通不发达的时代，河流水道是主要的交通与运输通道。从太湖平原进入浙东，跨过钱塘江，有两个去向：如果去今杭州湾南岸沿海平原地带即越东地区，游览兰亭、若耶溪等地，可经过春秋时期就已修筑的浙东运河，而如果去往山阴南面以天姥山、天台山为核心的越中地区①，义桥渔浦是必经之地，渔浦是重要的交通枢纽，是进入越中的第一站。渔浦既然是富春江、钱塘江与浦阳江三江交汇之处，渔浦潭之潭是深水窝。无论是前往永嘉，还是畅游富春江，走内地水路，渔浦都是必经之地，谢灵运《富春渚》诗句："宵济渔浦潭，旦及富春郭。定山缅云雾，赤亭无淹薄。"《文选》李善注引《吴郡记》："富春东三十里，有渔浦。"说是从渔浦潭登上越中大地。丘迟《旦发渔浦潭》诗云："渔潭雾未开，赤亭风已扬。"根据今人傅璇琮先生的研究，"义桥渔浦是浙东唐诗之路重要源头"。唐代诗人一般从这里溯流而上，踏上越中这块神奇的土地②。渔浦风景也就奔赴诗人笔下，渔浦的风光就是越中风景的"预告"。孟浩然《将适天台留别临安李主簿》诗云："定山既早发，渔浦亦宵济。"不仅是沿用谢灵运、丘迟诗典，而且是经

---

　　① 本文将学术界常用的概念"浙东"区分为"越东"和"越中"，孟浩然《渡浙江问舟中人》诗云："潮落江平未有风，扁舟共济与君同。时时引领望天末，何处青山是越中。"显然，"青山"正是"越中"的地质地貌和景观特点。

　　② 按，孟浩然之前，就有不少诗人到越地游历，当时主要是在越东，若耶溪、剡溪、兰亭等是对他们最有吸引力的景点，宋之问曾贬官越州长史，王维、崔颢在开元中都来过此地，而对修道感兴趣的文人则需要跋山涉水，才能到达越中天姥山、天台山，如吴筠等。从交通路线上考察，到越东和越中，路线不同，渔浦应是到越中的必经之地。

过渔浦"循浙江溯流赴天台上登览、求仙"①。

　　当代学者的研究已呈现了唐代文人浙东活动的丰富②,"唐诗之路"其实是一条从初唐一直延伸到晚唐的寻美之路、求索身心自由之路。历来往来越中的诗人很多,留下的作品也较多,涉及渔浦的诗人也较多,但比较起来,安史之乱后,随着大量文人来到吴中、越地,义桥渔浦在文人诗歌中出现频率更高,而在初盛唐著名诗人中,孟浩然即使不是开辟者,也是较早来到越中游览的著名诗人之一。

二、"外来客"的江南印象及其感知特点

　　孟浩然此行,和一般的江南吴越漫游者不同,眼前是一样诗意的风景,他的心头却有很多郁积,换言之,孟浩然对越中风土、风物、风光、风情的观察和感知一定会有他的特色和个性。

　　开元十七年,孟浩然京城科考失利,这次名落孙山对他震动很大。他从洛阳回到襄阳不久,又前往洛阳,从洛阳沿着大运河东下③。"借'游'浇愁",这是他越中之游的与众不同的心理前提。孟浩然登上东下大运河的船只时写了一首诗《自洛之越》和盘托出了他的动机:

---

　　①　陈贻焮《孟浩然事迹考辨》,《唐诗论丛》第28页,湖南人民出版社,1980年。

　　②　参见竺岳兵著《唐诗之路唐代诗人行迹考》(中国文史出版社,2004年)、《唐诗之路唐代诗人行迹资料索引》(中国文史出版社,2004年)、《浙东唐诗之路》(中国文化艺术出版社,2008年)等。

　　③　关于孟浩然的生平经历以及初次游吴越的时间、过程,学界歧说纷出(参见王辉斌《孟浩然生平研究综述》,载《四川大学学报》1995年第1期),其实,不少新说并无实证。谭优学认为孟浩然"以开元十三年秋自洛首途,以开元十五年冬回到荆州。历时三年"(《唐诗人行年考》第24页,四川人民出版社,1981年),陈铁民先生认为开元十二年至十四年在洛阳求仕,"结果一无所获,因于十四年夏秋之际,'自洛之越',滞留近三年"(傅璇琮主编《唐才子传校笺》第一册第366页,中华书局,1987年),而陈贻焮《孟浩然事迹考辨》(载1964年6月出版《文史》第四辑)通过详细考证,认为孟浩然开元十七年夏、秋间自洛阳出发赴吴越,开元二十一年五月回到家乡襄阳,"在越前后共四年",另,徐鹏《孟浩然集校注》("前言",人民文学出版社1998年)所论大体相同。台湾吕正惠教授2021年10月26日应邀在复旦大学中文系讲座,论题是"孟浩然浙东行迹新考",他认为孟浩然经渔浦溯流而上到达越中天台之前,先到山阴游历,并留下了《与崔二十一游镜湖寄包贺二公》等诗,可见这个话题还十分引人关注。本文仍从陈说。

　　皇皇三十载,书剑两无成。山水寻吴越,风尘厌洛京。
　　扁舟泛湖海,长揖谢公卿。且乐杯中物,谁论世上名。

　　郭璞《游仙诗七首》(之一)诗句:"高蹈风尘外,长揖谢夷齐。"表明孟浩然要远离官场达官贵人,要到吴越游山玩水,获得心理的放松和安慰。① 陈贻焮先生结合这首诗,就认为孟浩然的吴越之游"同谢灵运一样,是愤世、遁世的表现"②。徐鹏先生指出:"政治上的不得志使'忠欲事明主'的孟浩然失去了前进的信心,他想从遨游山水中得到心灵上的慰藉,这或许就是诗人在回乡后不久紧接着就有吴越之行的一个主要原因。"③孟浩然《初下浙江舟中口号》:"八月观潮罢,三江越海浔。回瞻魏阙路,空复子牟心。"表明他此行就是要努力忘却"魏阙之心"带来的烦恼。《渡浙江问舟中人》诗云:"潮落江平未有风,扁舟共济与君同。时时引领望天末,何处青山是越中。"显示了诗人对越中风景的无限期待。

　　孟浩然此次来到越中,盘桓多处,前后长达四个年头。他在越中活动的主要内容在《题云门山,寄越府包户曹、徐起居》诗有生动的描述:

　　我行适诸越,梦寐怀所欢。久负独往愿,今来恣游盘。
　　台岭践磴石,耶溪溯林湍。舍舟入香界,登阁憩旃檀。
　　晴山秦望近,春水镜湖宽。远怀仡应接,卑位徒劳安。
　　白云日夕滞,沧海去来观。故国眇天末,良朋在朝端。
　　迟尔同携手,何时方挂冠。

　　"台岭践磴石,耶溪溯林湍。舍舟入香界,登阁憩旃檀。"正是在游山玩水、寻仙问道之中,在与旧雨新知唱和中,度过四个年头。

　　孟浩然离开临安前往越中土地,逆流而上,第一站就来到渔浦。《早发渔浦潭》记录了越中的"码头"——渔浦给孟浩然的第一印象:

　　东旭早光芒,渚禽已惊聒。卧闻渔浦口,桡声暗相拨。
　　日出气象分,始知江湖阔。美人常晏起,照影弄流沫。
　　饮水畏惊猿,祭鱼时见獭。舟行自无闷,况值晴景豁。

　　孟浩然是一位好"卧"的诗人——卧不等于"躺平","卧"字在他的诗文中所在多有:"暝还高窗眠,时见远山烧。"(《宿终南翠微寺》)"南陌春将晚,北窗犹卧

---

　　① 　按,邵明珍认为孟浩然吴越之行,是带有"继续求仕的动机,而绝不是什么'遁世'或'放弃仕宦而走向山水'"(《唐宋经典作家仕隐思想研究》第 56 页,齐鲁书社,2013 年)。我们认为,此说未免极端。

　　② 　陈贻焮《孟浩然诗选》第 103 页,人民文学出版社,1983 年。

　　③ 　徐鹏《孟浩然集校注》"前言",第 6 页,人民文学出版社,1998 年。

病。"(《晚春卧疾寄张八子容》)"散发乘夜凉,开轩卧闲敞。"(《夏日南亭怀辛大》)"闲卧自倾彭泽酒,思归长望白云天。"(《和卢明府送郑十三还京兼寄之什》)"谢公还欲卧,谁与济苍生?"(《陪张丞相祠紫盖山途经玉泉寺》)"经过宛如昨,归卧寂无喧。"(《寄赵正字》)"归闲日无事,云卧昼不起。"(《白云先生王迥见访》)"一丘常欲卧,三径苦无资。"(《秦中感秋寄远上人》)"卧闻海潮至,起视江月斜。"(《宿永嘉江寄山阴崔少府国辅》)"昔余卧林巷,载酒过柴扉。"(《闻裴侍御胐自襄州司户除豫州司户因以投寄》)"因声两京旧,谁念卧漳滨?"(《送崔易》)"林卧愁春尽,开轩览物华。"(《清明日宴梅道士房》)"归来方欲卧,不觉晓鸡鸣。"(《寒夜宴张明府宅》)"就枕卧重帏,夜久灯花落。"(《寒夜》)"守岁家家应未卧,相思那得梦魂来。"(《岁除夜有怀》)不一而足,以至于李白《赠孟浩然》诗写他:"吾爱孟夫子,风流天下闻。红颜弃轩冕,白首卧松云。醉月频中圣,迷花不事君。高山安可仰,徒此揖清芬。"孟浩然反复使用这个"卧",既表明他生活节奏的舒缓从容,更表明不汲汲于富贵功名、坚守自我的价值立场。其名作《春晓》①,其实,也是写他的春日"卧"而不起的感受:"春眠不觉晓,处处闻啼鸟。夜来风雨声,花落知多少。"孟浩然在"山水寻吴越,风尘厌洛京"的路上,"卧闻"既表明了洒脱从容,更表现了诗人对此行的期待。"日出气象分,始知江湖阔",则说明诗人是夜晚来到渔浦,而"卧闻"是从声音入手写渔浦的氛围,"未见其景,先闻其声",表现出渔浦的热闹与喧嚣,而诗人还未起床就已开始关注渔浦,解释了诗人兴奋激动、迫不及待的心理状态,表明诗人对新奇的渔浦以及越中风物、风土、风景的热烈期待。

"东旭早光芒",是最新鲜、最真实的感受。在今天行走在东西部之间的人都会有这种感觉:如果长期生活在东北或华东地区,夏天去新疆,北京时间晚上九点,乌鲁木齐才是夕阳西下,而东部已是深夜。生活在襄阳的孟浩然,来到吴越之地,与襄阳同样的时刻却已是天光大亮。孟浩然述说了这种新鲜的时差体验,这种体验让诗人暂时忘记了科考失利的失落与抑郁。明亮总会引起人积极的情绪,新鲜感也会转移人的关注和情绪,这两句是写实,但诗人的关注也显示了诗人心情的变化:"一切景语,皆情语也。"(王国维《人间词话删稿》),越中的晨光驱走了黑夜,也驱散了诗人心头的阴霾,眼中的光明何尝不是心中的光明呢?

---

① 陈尚君教授考察发现,在宋初编订的《文苑英华》中,《春晓》诗题本做"春晚",今题应该后人依据诗首句"春眠不觉晓"而改,而"研味诗意,可以说这里写的春日,不是初春,而是暮春,所谓'雨横风狂三月暮',恰是落红飘零、春日将尽的时光,诗人之伤惋之情,正是从一夜风雨中,想见满地狼藉之残花,因此更有时光轻驰、生命足惜的感慨"(《〈春晚〉还是〈春晓〉?》,载其著《行走大唐》第191—192页,广西师范大学出版社,2018年)。

　　诗歌是时间的艺术,此诗从未起床前耳之所听,写到出门眼之所见,最后是心之所感——以感慨作结。前四句,是未出门前根据声音对渔浦景象的描绘:"东旭早光芒,渚禽已惊眪。卧闻渔浦口,桡声暗相拨。"渚禽的叫声,来来往往船桨的声音,显示了渔浦特有的热闹场景。中间六句,写出门所见:"日出气象分,始知江湖阔。美人常晏起,照影弄流沫。饮水畏惊猿,祭鱼时见獭。"江湖阔,美人水边梳洗,惊猿与獭祭鱼,都是自小生活在襄阳的孟浩然没见过的情景。江南水广,孟浩然《送杜十四之江南》"荆吴相接水为乡,君去春江正淼茫",可互证。唐时猿的分布很广,李白名作《早发白帝城》可证三峡一带有猿的活动,其《秋浦歌》(之五)还说"秋浦多白猿",而孟浩然《宿桐庐江寄广陵旧游》诗说"山暝听猿愁,沧江急夜流。风鸣两岸叶,月照一孤舟",证明富春江两岸暨渔浦附近也有猿的活动。獭祭,《说文解字》:"獭如小狗,水居,食鱼。"《礼记·月令》:"东风解冻,蛰虫始振,鱼上冰,獭祭鱼,鸿雁来。"《吕氏春秋·孟春》:"鱼上冰,獭祭鱼。"高诱注:"獭猵,水禽也。取鲤鱼置水边,四面陈之,世谓之祭。"獭常捕鱼陈列水边,如同陈列供品祭祀,故世谓獭祭鱼。水阔、猿现、獭祭,本来都属于书本知识,现在都是孟浩然现场耳闻目睹的真实、新奇的事实。最后两句,是触景生情,抒发感慨:"舟行自无闷,况值晴景豁。""无闷"出自《易·乾》:"遁世无闷。"谢灵运《登池上楼》:"持操岂独古,无闷征在今。""舟行自无闷,况值晴景豁",是说坐船本身不需要劳费体力,一路山水相伴,身心两健。

　　"异域的魅力源发于新奇和变化。"[①]每个旅游者和外来客到达一个陌生的地域,总是对自己不熟悉的要素格外敏感,这些要素包括当地独特的自然环境——声音和光线、语言和生产、生活方式。南朝谢朓早就说过"江南佳丽地"(《入朝曲》),唐人对江南的印象依然如此[②]。首先,这首诗展示了越中的山水风光。"神与物游"(刘勰《文心雕龙·神思》),江南给唐人印象最深刻无疑是山水,江南山高水阔绿树多,船多,鸟多,还有各种新奇的动物山猿水獭等。谢灵运《山居赋》就写到他的居所及其环境,"葺基构宇,在岩林之中,水卫石阶,开窗对山。仰眺曾峰,俯镜浚壑。去岩半岭,复有一楼,回望周眺,既得远趣,还顾西馆,望对窗户",真所谓"开门见山""两山排闼送青来"(王安石《书湖阴先生壁》)。孟浩然说:"山水寻吴越"(《自洛之越》)"江南佳丽地,山水旧难名。"(《送袁太祝尉豫章》)崔颢说:"鸣棹下东阳,回舟入剡乡。青山行不尽,绿水去何长。"(《舟行入剡》)崔国辅说:"越国青山际。"(《题豫章馆》)李白赞美"吴山高,越水清"(《下途

---

　　①　(英国)阿兰·德波顿《旅行的艺术》第 81 页,南治国、彭俊豪、何世原译,上海译文出版社,2012 年。

　　②　参见张伟然《中古文学的地理意象》第 101—122 页,中华书局,2014 年。

归石门旧居》)。孟郊说:"日觉耳目胜,我来山水州。蓬瀛若仿佛,田野如泛浮。碧嶂几千绕,清泉万余流。莫穷合沓步,执尽派别游。越水净难污,越天阴易收。气鲜无隐物,目视远更周。举俗媚葱蒨,连冬撷芳柔。菱湖有余翠,茗圃无荒畴。赏异忽已远,探奇诚淹留。永言终南色,去矣销人忧。"(《越中山水》)权德舆说:"越郡佳山水。"(《送上虞丞》)白居易说:"自秦穷楚越,浩荡五千里。闻有贤主人,而多好山水。"(《长庆二年七月自中书舍人出守杭州,路次蓝溪作》)孟浩然的《早发渔浦潭》就是渔浦风光的写实,诗人呈现了映入他眼帘的山高、水阔、天光明亮。其次,"一方水土养一方人",诗歌再现了此地朴实的世俗人文风情。特别是当地女性的美丽和公开参与社会活动以及热烈的情感表达,生机勃勃,给外来的诗人留下深刻的印象。古代此地就有西施浣纱的传说,西施之美已给诗人美好的"先入之见"。《图书集成》(第九百五十一卷)引旧志之资料,谓富阳附近有古迹,并说:"元帝时见富春青泉南有美女踏石而歌曰:'风凄凄兮露溶溶,水潺潺兮不息,山苍苍兮万重。'歌已,忽失所在,剖石得紫玉,长尺许,今亦不存。"①南朝的吴声歌给唐人应该有很深的印象。王勃曾经发出"吴姬越女何丰茸"(《采莲曲》)的感叹,杜甫年轻时游历吴越多年之后回忆起来还感叹"越女天下白"(《壮游》);杜牧观察更细腻,"京江水清滑,生女白如脂"(《杜秋娘诗》)。孟浩然来到渔浦,就注意到当地女性临水梳洗的情景或风俗,"美人常晏起,照影弄流沫"。闻一多曾注意到这首诗对江南女性水滨生活的描写,"他把美人作为山水中的点缀,把她看成风景的一部分,此是六朝以来未有的新境界,也是孟氏的创作"②。

孟浩然进入越地来到渔浦前所作《与颜钱塘登樟亭望潮作》《与杭州薛司户登樟亭驿》《初下浙江舟中口号》《将适天台留别临安李主簿》和离开渔浦溯流而上所作《经七里滩》《宿桐庐江寄广陵旧游》《舟中晓望》等诗,形式上大多是近体诗,对仗精工,文字都很讲究,内容大多突出山水景象的超越感,借景抒情,追求情景结合,从功能和性质而言,重在抒情③。相比而言,本诗属于纪行诗,其特点也比较明显:第一,从内容上说,呈现了孟浩然的渔浦观感,也是他的越中第一印

---

① 陈贻焮《孟浩然事迹考辨》引。

② 闻一多还从诗史发展的角度注意到孟浩然诗歌的新变:"到孟浩然手里,对初唐的宫体诗产生了思想和文字两重净化作用……孟浩然净化的痕迹,从宫体诗发展史来看,他对女人的观念犹如西洋人所谓'柏拉图式'的态度(精神恋爱),从他集里的宫体诗到他造诣最高的诗可看出这一思想净化的过程。"(郑临川述评《闻一多论古典文学》第 123 页,重庆出版社,1984年)魏耕原《孟浩然诗的女人、模式与用语创新》(载《安徽大学学报》2014 年第 4 期)有详论。

③ 历史地理学家陈正祥认为柳宗元永州游记"比较缺乏地理学的记录价值"(《中国历史文化地理》第 502 页,山西人民出版社,2021 年),因为中国古代作家的山水诗文更关注山水的审美价值,而不关注其科学价值,这类山水诗文和地志以及徐霞客游记性质上的区别清晰。

象——富有山水野趣、充满生活气息，真实、新奇、亲切，单纯、朴素而生动，比较重视客观环境描写。第二，从形式上看，此诗采用五言古体，只是对渔浦景色进行简单的再现或描绘，具有散点透视、多角度呈现的效果，也生动地反映出诗人迫不及待、目不暇给、眼花缭乱之心态。此诗没有刻意追求语言形式上的精美雕琢，没有华丽的词汇，没有精工的对仗和精巧的章法，更没有丰富的想象，这在孟浩然的山水诗、行旅诗中并不多见，在孟浩然越地创作的三十余首诗歌中也算别开生面。

　　趣味清雅（杜甫《解闷十二首》之六赞誉孟浩然"清诗句句尽堪传"）、为人矜持、喜欢"岩扉松径长寂寥，惟有幽人自来去"（《夜归鹿门歌》）的孟浩然，在科考失利之后，和其他文人一样，选择了到远离权力中心的美丽江南远游散心，游目骋怀，似乎有"回归人间烟火"的感觉，越中清丽的山水与生机勃勃的人文风情，让诗人暂时忘记了科考失利带给他的烦恼，从而获得"遁世无闷"的身心超越、解脱，"从欲念、利害以至整个认识领域里逻辑因果必然性的束缚下获得解放和自由"①。"朱绂遗尘境"（李白《春日归山寄孟浩然》），李白要远离的"尘境"正是世俗人间，而孟浩然追求"朱绂"却不得，回归"尘境"才获得了解脱和乐趣。孟浩然的这种感觉，就如陶渊明"不为五斗米而折腰"辞官归田时的感觉类似，"方宅十余亩，草屋八九间。榆柳荫后檐，桃李罗堂前。暧暧远人村，依依墟里烟。狗吠深巷中，鸡鸣桑树颠。户庭无尘杂，虚室有余闲"（《归园田居》其一）——朴素的农村田园风光充满了诗意，"乃瞻衡宇，载欣载奔。僮仆欢迎，稚子候门。三径就荒，松菊犹存。携幼入室，有酒盈樽"，"怀良辰以孤往，或植杖而耘耔。登东皋以舒啸，临清流而赋诗"（《归去来兮辞》），因为诗人从朴素的田园中才能获得"久在樊笼里，复得返自然"的身心自由。渔浦富有野趣的山水之美抚慰了孟浩然受伤的心灵，所谓"鸢飞戾天者，望峰息心；经纶世务者，窥谷忘反"（吴均《与朱元思书》）；陌生异域的人文风情和浓郁的生活气息，也让诗人重拾丰富的感性人生趣味，回归生活本色，暂时忘记了科考失败的烦恼。远方，美乎哉！

三、"影响的焦虑"与"往来成古今"的超越

　　在山长水阔的中华大地上，古往今来，很多名胜的产生除了名胜本来优越的自然地理条件之外，历史活动的沉淀、诗人的书写也是名胜形成的条件，人文性甚至成为名胜的核心内涵，这已是名胜形成的一般规则。"名胜离不开文字书

---

① 张世英《哲学导论》第 132 页，北京大学出版社，2002 年。

写:一处地点总是通过书写来指认、命名、界定和描写呈现,并因此而成其为名胜的。而书写的名胜也同时构成了本文化的风景","由于诗人的唱和应答,以及后来者的反复题咏,自唐代开始,每一处重要的名胜都形成了一个诗歌题写的系列,而每一个系列就是一部微型的或缩微版的诗歌史"①。当孟浩然来到渔浦,当他下笔描述渔浦暨越中风土给他的第一印象,他不仅要在和自己原来生活的环境进行比较,还要和既往获得的越中印象进行比较,而且前代、前人已有吴越诗歌、渔浦诗歌也必然会给他提供资源、经验或"压力"。

《早发渔浦潭》属于五言古体,根据其内容按照《文选》的分类当属于"游览"诗、"行旅"诗,而不是一般的借景抒情诗。此诗在语言风格上十分朴素,其写法上最大的特点就是纪实性,客观、写实、真实。作者对现场的描绘没有刻意使用想象,因为这种风土、风物、风景在诗人的心理感知中本身就具有新鲜感,毋须额外的"加油添醋"。

纪行、游览,自然必须关注环境和景物,必须注意纪实性,真实、客观,因此,对同一景象,前人的描写必然成为参照。前述獭祭鱼,对孟浩然而言只属于书本知识,如今是亲眼所见。而越地女子的大胆开放,此前诗歌已有书写,如南朝民歌吴声歌。谢灵运《东阳溪中赠答二首》:"可怜谁家妇?缘流洒素足。明月在云间,迢迢不可得。"(其一)"可怜谁家郎?缘流乘素舸。但问情若为,月就云中堕。"(其二)句写江边女子浣洗的情景。其实,不仅可观的风景对孟浩然的学习对象,前代诗人的登临此地的独特感受也得到孟浩然的共鸣。谢灵运《富春渚》诗:

> 宵济渔浦潭,旦及富春郭。定山缅云雾,赤亭无淹薄。
> 溯流触惊急,临圻阻参错。亮乏伯昏分,险过吕梁壑。
> 洊至宜便习,兼山贵止托。平生协幽期,沦踬困微弱。
> 久露干禄请,始果远游诺。宿心渐申写,万事俱零落。
> 怀抱既昭旷,外物徒龙蠖。

丘迟《旦发渔浦潭》诗:

> 渔潭雾未开,赤亭风已飏。棹歌发中流,鸣鞞响沓障。
> 村童忽相聚,野老时一望。诡怪石异象,崭绝峰殊状。
> 森森荒树齐,析析寒沙涨。藤垂岛易陟,崖倾屿难傍。
> 信是永幽栖,岂徒暂清旷。坐啸昔有委,卧治今可尚。

---

① 　商伟《题写名胜:从黄鹤楼到凤凰台》第 1-2 页,三联书店,2020 年。

　　白居易早已指出："谢公才廓落，与世不相遇。壮志郁不用，须有所泄处。泄为山水诗，逸韵谐奇趣。大必笼天海，细不遗草树。"（《读谢灵运诗》）这两首诗不仅都描写了渔浦潭及其周边可见的山水风景，而且也表达了遁世无闷的心理体验，"平生协幽期，沦踬困微弱。久露干禄请，始果远游诺。宿心渐申写，万事俱零落。怀抱既昭旷，外物徒龙蠖"，"信是永幽栖，岂徒暂清旷。坐啸昔有委，卧治今可尚"，这种感慨不正是孟浩然"舟行自无闷，况值晴景豁"的感受吗？好像他们不约而同，借越中山水之游，转移郁积之块垒。当然，差别也是很明显，谢灵运写景诗中还有玄理的影子，而孟浩然诗则是个人的真诚感受。晚唐皮日休曾说："先生之作，遇景入咏，不拘奇抉异，令龌龊束人口者，涵涵然有干霄之兴，若公输氏当巧而不巧者也。北齐美萧悫有'芙蓉露下落，杨柳月中疏'，先生则有'微云淡河汉，疏雨滴梧桐'；乐府美王融'日霁沙屿明，风动甘泉浊'，先生则有'气蒸云梦泽，波撼岳阳城'；谢朓之诗句精者有'露湿寒塘草，月映清淮流'，先生则有'荷风送香气，竹露滴清响'。此与古人争胜于毫厘也。他称是者众，不可悉数。"（《郢州孟亭记》）《早发渔浦潭》虽然不是孟浩然艺术上很究心的作品，但是，他创作时采用五言古体形式以及结构与前人作品的相似，表明他对前人诗歌经验的自觉体认和借鉴。这正应了美国诗论家艾略特的说法："假如我们研究一个诗人，撇开了偏见，我们却常常会看出：他的作品中，不仅最好的部分，就是最个人的部分，也是他前辈诗人最有力地表明他们的不朽的地方。我并非指易接受影响的青年时期，乃指完全成熟的时期。"①

　　唐代诗人看重诗歌创作的意义，诗歌创作中的争胜是一个很普遍的现象——这就是"影响的焦虑"②，尤其是进行题材相似、客观性较强的写景诗、纪游诗创作：看见崔颢精彩的《黄鹤楼》诗，自信、自负的李白当然不可能甘拜下风，多少年之后，他登览金陵凤凰台，创作《登金陵凤凰台》诗，据说争胜的对象就是崔颢的《黄鹤楼》诗："凤凰台上凤凰游，凤去台空江自流。吴宫花草埋幽径，晋代衣冠成古丘。三山半落青天外，二水中分白鹭洲。总为浮云能蔽日，长安不见使人愁。"此诗与崔颢诗的同与异，其实显示出李白自觉的争胜与超越。正因为诗人的"争胜"，不仅给山水名胜增加了人文内涵，增添了文化魅力，也给诗史呈现出既连续又不断变化的特点。对任何作家来说，在创作过程中，总是要面对"继承"与"创新"之间的矛盾张力，优秀的作家总是能在"继承"与"创新"之间取得平衡。"人事有代谢，往来成古今。江山留胜迹，我辈复登临。"（孟浩然《与诸子登

---

　　① （美）托·斯·艾略特《传统与个人才能》，收入其著《传统与个人才能：艾略特文集·论文》第 2 页，卞之琳、李赋宁等译，陆建德主编，上海译文出版社，2012 年。

　　② （美）哈罗德·布洛姆《影响的焦虑》，徐文博译，江苏教育出版社，2006 年。

岵山》)孟浩然对时间的永恒性和人生的有限性、历史的连续性如此敏感,认识如此深刻,所以,面对前代优秀的创作遗产,孟浩然寻求的并非使才呈性的争胜与"影响"的突破,而是平和的融通与自我表达。相比而言,孟浩然创作方面的争胜之心远没有李白那样强烈,李白的偶像孟浩然果然是一个低调、淡泊、平和的人。

唐代众多诗人的越中漫游,游出了一条精彩纷呈的"唐诗之路",这条山水之路是一条风景之路,也是一条放飞心灵的通天大道。"短褐即长夜"(杜甫《遣兴五首》之五)的孟浩然,也曾积极进取,"俱怀鸿鹄志,昔有鹡鸰心"(《洗然弟竹亭》),可是,时运不济,科考失利,于是,在盛唐时代漫游风气感染下,他也不断远游,以安顿受伤的心灵,落第之后的越中之行让他更能体会到异域风景的美好和生活的纯净,并将其长期的远游经历升华为不朽的文化创造。

孟浩然吴越之行,流连忘返,长达四年,留下不少诗歌作品,有的诗如《宿建德江》艺术性与感染力都极为突出,其他诗人越中之游创作的名作更不少,《早发渔浦潭》确实不能与《宿建德江》等诗相比,首先是因为渔浦的风景毕竟不能与"峻极之状,嘉祥之美,穷山海之瑰富,尽人情之壮丽"(孙绰《游天台山赋》)的天台山相比,不能与"半壁见海日,空中闻天鸡。千岩万转路不定,迷花倚石忽已暝。熊咆龙吟殷岩泉,栗深林兮惊层巅。云青青兮欲雨,水澹澹兮生烟。列缺霹雳,丘峦崩摧。洞天石扉,訇然中开"(李白《梦游天姥吟留别》)的天姥山相比。但是,读者阅读这首诗却觉得很亲近,因为渔浦毕竟是孟浩然登陆越中的第一站,孟浩然带着心理郁积来到越中游览,作为孟浩然来到越中所创作的第一首诗,落第之心与渔浦风景的初次相遇形塑了这首诗的独特个性:第一,此诗记录了孟浩然漫游越中的"第一印象",反映了他对越中山水野趣、民间世俗生活的热爱,表现了"遁世无闷"、寻求身心自由的心态调整。第二,此诗诗风的朴素,景物描写的纪实性,这在孟浩然的山水诗和游览诗、行旅诗中是不多见的,却完全是符合"外来客"的心理,正所谓内容与形式完全吻合——这也显示了优秀诗人驾驭诗歌艺术以表达思想感情的强大能力。《早发渔浦潭》读起来平常却很亲切,原因正是它符合一般人的感受:不可一世的帝王都不能确保子女一生平安,上帝之子也被绑上了十字架,何况平民百姓?谁能保证自己一生事事如意呢?孟浩然主动转换生活空间和场景,离开京城,离开家乡,通过异地优美山水游观和陌生而新鲜的风情体验以释放心理压力,回归世俗生活单纯的本色趣味和生机,这种自我调整的方式朴素而真实,一般的读者当然可以感同身受,自然容易形成共鸣、"共情"。此诗具有独特的认识价值和审美价值,在孟浩然的生活史上、在其诗歌创作历程中、在唐代吴越区域风景书写史上,都有独特的贡献和地位,别具一格。在盛唐诗人中,孟浩然的吴越之游时间比较早,活动时间比较长,创作也比较多,此诗和孟浩然的其他吴越诗及其新奇的审视态度应该对后来者具有一定的影响。

　　同时代人说孟浩然"游不为利,期以放性"(王士源《孟浩然集序》),江南之游留给孟浩然的是美的印象,是自由的印象。渔浦美丽的风景慰藉了脱俗的诗人敏感的心灵,而渔浦的风景从此又和诗人的诗作一起留给后代诗人以及今天的我们以美的享受和心理的愉悦:今天,借助文字和想象,我们依然可以跟着诗人去远游——享受身心放松的精神"瑜伽"。

论孟浩然的游浙诗

陈明虹①

孟浩然开元十七年冬由洛阳来到浙江,历时两余年游遍浙江的风光美景并留下多首诗歌。诗中所透露的思想除怡情山水的惬意外,还有仕与隐之间的矛盾心理。诗歌语言自然淡雅,结构上常使用移步换景、虚实相生的手法,并构成清新脱俗的绝美意境。游浙诗不仅丰富了孟浩然的诗歌题材,也推动其恬淡诗风形成的最终成型,并且是浙东唐诗之路的重要组成部分。盛唐时,山水诗已经发展到鼎盛阶段。更得益于漫游这一社会风尚的流行,文人们游遍名山大川。其中浙东清新秀美的山水,仙道胜地与历史古迹也成为诗人们漫游的不二选择。著名的山水诗人孟浩然也曾在浙东停留两年之久,历游了定山、渔浦、天台等美景胜地,留下了不少脍炙人口的诗篇。本文通过对孟浩然的浙东之行所留下的诗篇进行分析,探寻其浙东之行的原因、诗歌的内容主旨与艺术特点,以及对孟浩然山水诗的意义。

一、游浙的原因及路径

孟浩然早年有诗名,与友张子容隐居鹿门山,渴望以隐求仕,但并未成功。四十岁时,他前往长安参加科举考试,不幸落第,于是次年他自京洛游越,历时两年之久,才返回襄阳。这两年间他几乎遍赏了浙江所有美景,游渔浦、天台山访道、游镜湖、八月钱塘观潮,并写下了多篇与山水有关的诗歌。下文将逐一分析其浙江之行原因、过程与沿路所写下的诗篇。

---

①　陈明虹,上海大学文学院硕士研究生,研究方向为诗词学。

(一)游浙的原因

孟浩然突然决定自长安前往浙江漫游,有三个原因。第一,是盛唐的漫游传统。唐代文人漫游是一种社会风尚,盛唐经济繁荣,社会安定,加上运河的修建,使得人们出行大大便利。许多文人会在科举前外出漫游,扩大视野的同时创作出大量优秀诗篇,便于在之后的行卷中脱颖而出;①也有一些文人则是在落第后漫游,一方面通过山水来慰藉自己的心情,另一方面也是寻找新的仕途机遇。孟浩然科举落第后,在长安仍停留了一段时间等待被举荐,但根据"欲随平子去,犹未献甘泉"(《题长安主人壁》)可知他并未成功,于是他决定"去矣北山岑"(《答秦中苦雨思归而赠袁左丞相贺侍郎》)回到自己的故乡襄阳。于是在回乡路上途经浙江观景散心,可解释得通。

为何孟浩然会选择浙江而非其他地方呢? 这涉及第二个原因。因为浙江不仅有青山绿水的美景,还深受佛道文化的熏陶。最突出的是自然山水资源,如天台山、灵隐山、天姥山等,浓厚的植被提供清幽的环境,不仅适宜人观赏,也适合隐士的居住。因而它建有许多佛寺道观,以及浓厚的隐逸传统。许询、支遁、葛玄、谢安等人曾在此隐居,且天台山等地是佛道修炼的福地,不少有名的道士、官宦都曾在此地活动。一方面孟浩然必然是被浙江秀丽的景色吸引,另一方面也是为求仙访道,正如他自己所说的"纷吾远游意,乐彼长生道。"(《宿天台桐柏观》)

最后一个原因,也是最重要的一个。除去欣赏美丽风光与访道友仙客之外,他更是为了寻求新的干谒机会。否则很难解释襄阳也有美景,他却要在异乡的浙江滞留两年之久,作品中并非只有山水风光,还有不少与官场之人有交游与酬唱之作(下文会详细展开),从中可见可推知他的真实目的。

(二)漫游的路径

孟浩然的漫游路径主要集中于浙江东部,总体而言是由北而南,沿着水路而行,最终向西回到襄阳。②

开元十七年(729),孟浩然因科举失败离开了长安。由长安来到蓟门再到洛阳,秋天离开洛阳,经汴水至谯县,据《适越留别谯县张主簿申屠少府》可知其即将前往越地,诗中"幸值西风吹"说明此时为秋天。临涣与谯县接壤,因此《临涣拜裴明府席遇张十一房六》应也作于此时。冬,已在富阳。从《游江西上留别富阳裴刘二少府》"岁晏此中栖"可知已是冬天,"西上游江西"也印证了孟浩然接下来的路径。根据《经七里滩》《宿桐庐江》《建德江宿》可知他是溯江而上,依次经

---

① 诸葛忆兵《论唐宋诗差异与科举之关联》,载《文学评论》2012 年第 5 期,第 48 页。

② 路径参考自刘文刚著《孟浩然年谱》,人民文学出版社 1995 年版,第 46-63 页。

过了七里滩、桐庐江、建德江。

开元十八年(730),孟浩然前往天台山游览,在临安作《将适天台留别临安李主簿》,其中有"定山既朝发,渔浦亦宵济"之句,后在去天台途中作有《早发渔浦潭》《舟中晚望》,据《舟中晚望》:"挂席东南望,青山水国遥……问我今何去,天台访石桥。"可知孟浩然是沿着东阳江至天台,东阳江就在天台山的西边。游天台期间留下《寻天台山》《宿天台桐柏观》《越中逢天台太一子》等诗。后以天台为中心,在四周游览,如赤城山、四明山,还涉足临海,《腊八日于剡县石城寺礼拜》即作于此时。

开元十九年(731),主要在越州附近游览,春天时,游镜湖、探禹穴、拜云门寺,夏天时观浙江潮。须注意,孟浩然并非是孤身一人游玩,而是与一些官场朋友结伴,从这些所作的诗题目中可略知一二,如《夏日与崔二十一同集卫明府席》《与颜钱塘登樟楼望潮作》《与杭州薛司户登樟亭楼作》。冬,他前往乐城,据《除夜乐城张少府宅》《岁除夜会乐城张少府宅》可知,除夕夜他与张子容一起度过。

开元二十年(732)初春,孟浩然卧疾于乐城馆中,作诗感怀。后往游永嘉,与张子容告别,作《永嘉上浦馆送张子容》。经永嘉江,得知崔国辅即将入京后就寄诗给他,并再与张子容相遇,又作《永嘉别张子容》。后浮海北归,至鄞州。由《仲夏归汉南园寄京邑旧游》可知,该年夏已结束浙江之旅回到了襄阳。

二、游浙诗的特点

对孟浩然浙江之行的原因及过程进行简单分析后,不难发现其漫游浙江的动机很复杂,滞留时间也很长,留下的诗歌更是多达三十多首。下文将转入对其途中所作的诗歌的文本分析,主要从内容主旨与艺术价值这两方面展开。

(一)内容主旨

孟浩然游浙东所留下的诗歌并非只创作与山水有关的内容,其中不乏交友、宴饮这类诗作,这表明孟浩然此行目的并不简单,诗中也透露出复杂的思想。

首先,孟浩然大部分表现的是纵情山水的愉悦之情。如《舟中晚望》《耶溪泛舟》《宿建德江》这类诗都写的青山绿水之美景。《早发渔浦潭》:"东旭早光芒,渚禽已惊聒。卧闻渔浦口,桡声暗相拔。日出气象分,始知江路阔。美人常晏起,照影弄流沫。饮水畏惊猿,祭鱼时见獭。舟行自无闷,况值晴景豁。"写清晨从渔浦出发,正霞光万丈,禽鸟们被行船声惊动也纷纷飞起,作者惬意地卧在船上,听桨在水面划行的声音,看江边的美人正在细细地梳洗,沿路似乎还能看到猿与水獭,结句写道"舟行自无闷,况值晴景豁",可见其心情之惬意,作者沉醉于这秀美的山水中,全然忘我。还有如《济江问同舟人》:"潮落江平未有风,扁舟共济与君同。时时引领望天末,何处青山是越中。"首句就以景入诗,写潮落江平的恬静之景,风平浪静,天清水色,扁舟共济,作者从容自若的心情跃然纸上。

其次,这山水之景背后隐藏的往往是隐逸之心。从多首写给道人的诗如《越中逢天台太一子》《寄天台道士》,还有频繁游览佛寺道观写下的诗如《题大禹寺义公禅房》《寻天台山》《宿天台桐柏观》中都能从中窥探出其渴望归隐的心理。《将适天台留别临安李主簿》是作者从临安去天台时所作,诗中透露出强烈的隐逸思想。作者对友感慨自己的漂泊无所定,"江海非堕游,田园失归计",最后萌生出归隐之心,"羽人在丹丘,吾亦从此逝。""羽人"指有羽翼的仙人,"丹丘"据《钦定四库全书·明一统·卷四十七志》:"丹丘在宁海县南九十里,吴葛元炼丹处。"天台山以"佛宗道源,山水神秀"闻名于世,是中国佛教天台宗和道教南宗的发祥地,孟浩然前往天台山的目的也可想而知。还有如《腊八日于剡县石城寺礼拜》诗中透露出明显的禅意,作者观佛像后直言"回向一心归",在听完讲席后,忍不住发出"愿承功德水,从此濯尘机"的愿望,据孟浩然行踪可知,他在浙期间游历了许多名山古寺如天台山、四明山、桐柏观、云门寺、苻公寺等,还与道士有交往赠诗,这些都与他长期以来形成的隐逸思想分不开。他早年就曾隐居鹿门山,前期也一直过着隐居的生活,这次科举落第的挫败又让其产生了隐逸的想法,所以他在诗中不断透露"纷吾远游意,乐彼长生道"的想法。

最后,也须意识到,除了纵情山水与寻求隐逸这两种感情外,孟浩然还有强烈的入世之心。细检其这段时间留下的诗歌,就会发现他赠答诗中的对象多是一些官场中人,如《宿永嘉江寄山阴崔国辅少府》《久滞越中赠谢南池会稽贺少府》,并且还存在一定数量的宴饮诗,如《夜登孔伯昭南楼时沈太清朱升在座》《夏日与崔二十一同集卫明府席》。他笔下看似清心寡欲的山水风光,往往暗藏着波涛汹涌。《初下浙江舟中口号》中写到:"八月观潮罢,三江越海浔。回瞻魏阙路,空复子牟心。""魏阙"与"子牟"这两个典故的运用都可看出孟浩然仍渴望仕途,其思想中仍有儒家思想主导。回顾他的一生,少年时代就立下鸿鹄之志,渴望实现"忠欲事明主,孝思侍老亲。"(《仲夏归汉南园寄邑旧游》)。诗中也总是不断提到出仕的强烈欲望,如《书怀贻京邑同好》中的"执鞭慕夫子,捧檄怀毛公",《晚春卧病寄张八》中的"贾谊才空逸,安仁鬓欲垂"。因早年想走引荐的仕途路不通,才参加科考,结果考试也失败,于是他只能再寻其他机会。他频繁地与官场中人的诗酒唱和,并且诗中不乏一些过誉之言,从中可以窥见其真实心态。如《夏日与崔二十一同集卫明府席》中的"喜逢金马客,同饮玉人杯"。"金马客"出自《史记·滑稽列传》:"(东方)朔行殿中,郎谓之曰:'人皆以先生为狂。'朔曰:'如朔等,所谓避世于朝廷闲者也。古之人,乃避世于深山中。'时坐席中,酒酣,据地歌

曰:'陆沈于俗,避世金马门。宫殿中可以避世全身,何必深山之中,蒿庐之下。'
金马门者,宦者署门也,门傍有铜马,故谓之曰'金马门'。"①后遂以"金门客"指
翰林学士。可见孟浩然在会稽县令魏明府的宴会雅集上夸赞崔二十一作"金马
客",明显有奉承之意。②

总言之,孟浩然的游浙诗并非只是单纯地寄情山水之作,其中也隐含着他渴
望隐逸但又心系"魏阙"的矛盾思想,这两种感情的互相拉扯使得孟诗的层次更
加多样,内涵更加丰富,下文就谈谈其诗的艺术特点。

(二)艺术特点

孟浩然的诗外淡内丰,似清实腴,表面上似乎淡到看不见,但却是这种清幽
淡雅的风格构成了其独特风格,主要体现在三个方面:

其一,自然淡雅的语言艺术。孟诗中用得最多的色彩是"青"与"白"③,如
"青山水国遥"(《舟中晓望》)、"白云日夕滞"(《游龙门寺寄越府包户曹徐起居》),
还喜用"清""翠""月""泉""云"等词,这些明朗轻快的语言让诗洋溢着平和恬淡
之态。除淡雅之外还体现在质朴自然的特点,孟浩然诗中的语言往往如口语一
般,平淡自然,但却情味无限,如《宿桐庐江寄广陵旧游》:"山暝听猿愁,沧江急夜
流。风鸣两岸叶,月照一孤舟。建德非吾土,维扬忆旧游。还将两行泪,遥寄海
西头。"可谓是平白如话,除开头的"急""愁"略给人以经营锤炼的感觉,其余写景
部分用笔极淡,只轻轻点染就勾勒出一幅月夜行舟图景,借景写情,后部分的抒
情仿佛是脱口而出,直言旅途中的疲倦与对朋友的思念,全诗语言清淡冲远,真
有水中着盐之妙。

其二,移步换景、虚实相生的画面感。孟浩然诗的语言看似自然不事雕琢,
其实是自然化工,诗的结构布局也十分精妙。写景时常常喜欢用移步换景式的
结构,将远景与近景融合,构成一幅富有层次感的画卷。④ 最经典的是《宿建德
江》:"移舟泊烟渚,日暮客愁新。野旷天低树,江清月近人。"作者把船停在烟雾
迷蒙的江边,落日的余晖牵动了他的思乡之情。假设这是电影的画面,镜头第一
幕应切到江渚边的小船上,这是近景。然后再移向远处正缓缓落下的夕阳,天色
渐暗,苍苍茫茫,旷野无垠,远处的天似乎比近处的树木还低,又移回近景,月色

①　司马迁著《史记》,岳麓书社 1988 年版,第 905-906 页。

②　薛雯静《初盛唐诗人漫游吴越现象研究》,硕士学位论文,华东师范大学文学院,2019
年,第 36 页。

③　刘燕、郭春林《孟浩然山水诗"诗中有画"的审美透视》,载《湖北文理学院学报》2018
年第 7 期,第 22 页。

④　同上,第 23 页。

映在水里，和舟中的人是那么亲近。这难道不是一幅绝佳的画卷吗？一隐一现，虚实相间，野旷江清的秋色历历在目。还有《耶溪泛舟》，先写落日倒影清江之美，正是朦胧摇曳的晚景，再将画面移向江边之人，白发的垂钓老翁与新妆打扮的少女，似冲突又和谐的一幕，恰写出了江南水乡生活的静谧美好。从江面写起，再到江边人物的刻画，结构行云流水，一气呵成。

其三，清新脱俗的绝美意境。冲淡的语言、移步换景的写作结构共同构成了其清幽脱俗的意境，这意境是主客交融、物我两忘的浑融之境。如《题大禹寺义公禅房》："义公习禅寂，结宇依空林。户外一峰秀，阶前众壑深。夕阳连雨足，空翠落庭阴。看取莲花净，应知不染心。"全诗突出"净"这一字，用景净衬托心净，从写禅房前巍峨挺拔的秀峰，到庭中青翠欲滴的树木，俨然营造了一幅清幽空寂的禅境，虽一言未提义公其人，但这已经暗示其高超绝俗的品格。还有如"相去日千里，孤帆天一涯。卧闻海潮至，起视江月斜。"（《宿永嘉江寄山阴崔少府国辅》）"逆旅相逢处，江村日暮时。众山遥对酒，孤屿共题诗。"（《永嘉上浦馆逢张八子容》）都是情景交融极佳的例子，孟浩然所写的游浙诗可谓篇篇经典，句句神境。

三、游浙诗的意义

开元十七年，孟浩然写下《自京之越》，于是离开洛阳"寻吴越"而去，开元二十年夏才回到襄阳。这两余年的游历让孟浩然结识了许多朋友，也遍赏浙江的名川大山，沿途留下的诗篇也构成了孟浩然山水诗中不可忽视的部分，更是对唐诗之路有重大意义，其影响主要有以下几个方面：

第一，丰富了孟浩然诗歌的题材内容。在此之前，孟浩然一直生活在老家襄阳，所涉及的诗篇都不出这附近的地域，如《题鹿门山》《与贾主簿登岘山》，最远也只去过洞庭湖，写下《岳阳楼》，但还是主要集中于中部地区。漫游浙江让孟浩然看到了不同于家乡襄阳的秀丽风景，浙江的山水治愈了孟浩然落第的落魄心情，也让他的诗中出现不少新事物，观浙江潮，访天台山道友，石城寺礼拜等等，大大扩宽了孟浩然的视野，丰富其诗歌体裁，也无形之中丰富了盛唐山水诗的题材。

第二，推动其恬淡诗风形成的最终成型。翁方纲说："读孟公诗……只其清空幽冷，如月中闻磬，石上听泉，举唐初以来诸人笔虚实一洗而空之。"[1]此评价

---

[1]　（清）赵执信撰《谈龙录》（收《石洲诗话》），人民文学出版社1981年版，第28页。

十分中肯。孟浩然的诗清新淡雅,诗境明秀,诗味醇厚。其诗风在《登鹿门山》时已初露端倪,而江南清新秀美的自然风光,更是巩固并使孟浩然诗风最终成型的重要一环。正是柔美的浙江山水才让孟浩然写出"野旷天低树,江清月近人"这样柔情无限的诗句。浙江风光最切合其浪漫清逸的人生情怀,也激发了孟浩然的诗歌创作欲望,最终完善了他恬淡清逸的诗歌风格。

第三,是浙东唐诗之路的重要组成部分。若要从孟浩然山水诗中挑出佳篇,一定无法割舍在浙江留下的诗歌。它们描绘了江浙的自然美景、人文景观,向世人展示了浙江秀美风格。前有李白、贺知章,后有钱起、陆游、林希逸等众多文人也纷纷来到这里并留下无数讴歌的诗篇。他们以漫游走出了一条开阔的唐诗之路,使文学中心不再局限于京洛,[①]为唐诗的繁荣作出重要贡献,也为浙江渔浦留下宝贵的精神财富和文化遗产。

孟浩然是盛唐著名的山水诗人,一生遍赏中国的山川美景,其漫游浙江所留下的诗歌对其山水诗有着不可或缺的意义。这些诗不仅清新明丽,淡雅恬静,也构成了浙东唐诗之路的重要组成部分。阅读这些诗篇,仿佛也跟着孟浩然走进浙江,荡舟在桐庐江上,行船在渔浦口,攀登于天台山下,体会浙江的风光美景,重温唐诗带给后人的无限感动。

---

① 薛雯静《初盛唐诗人漫游吴越现象研究》,硕士学位论文,华东师范大学文学院,2019年,第 23 页。

千古风流贺知章

朱超范[①]

有唐一代,自贞观至开元稍后时期,国强民足,史称盛世,诸多大事彪炳史册。其间,极具历史开创意义之旅程文化代表者有二:一为北疆河西丝绸之路;二为南域浙东唐诗之路。

两晋伊始,中原士族南迁,南北文化交融,浙东遂成文人墨客聚集之地。既经几千年文明之历练,又受古越文化之继响,随之浙东唐诗之路逐步发展繁荣,使其内涵之丰富,积淀之厚重,恐为其他区域文化不能与之相比。故而古越文化于华夏历史进程中,其地位之重要不言而喻。唐朝为中华诗词鼎盛时期,名家辈出,流派纷呈,千帆竞逐,举世共称。而浙东唐诗之路成为鼎盛时期光辉印记。而在锦绣如云、星光璀璨众多诗人集群中,有一颗受浙东灵山秀水培育、承古越文化陶冶脱颖而出之耀眼明星——萧山籍诗人贺知章,此人被后世誉为千古风流,也对唐代以后浙东文化产生深远影响。

《旧唐书·贺知章传》记载:"贺知章,会稽永兴人,太子洗马德仁之族孙也。少以文词知名,举进士,初授国子四门博士,又迁太常博士。

开元十三年,迁礼部侍郎,加集贤院学士,又充皇太子侍读。

知章性放旷,善谈笑,当时贤达皆倾慕之。知章晚年尤加纵诞,无复规检,自号'四明狂客',又称'秘书外监',遨游里巷。醉后属词,动成卷轴,文不加点,咸有可观。又善草隶书,好事者供其笺翰,每纸不过数十字,共传宝之。"

贺知章家境贫寒,七岁丧父,由母亲抚养成长。其自幼聪颖,勤勉好学。萧山民间流传两个故事。一、"庙烛烷读"。因家贫无法上私塾,全凭自学,缺少纸

---

① 朱超范,杭州诗词学会副会长,野草诗社副社长,上海大学中华诗词创作研究院特聘研究员。

笔,即用木炭于石板及砖上练字。因其母常去寺庙念佛,知章每随之。佛堂烛火终夜不灭,烛光虽暗,然知章借助烛光诵读不倦。此事显教寺、元兴寺、水仙庙皆有传焉。二、"担母读经"。知章事母至孝,因母积劳成疾,双脚不能行走,而常去佛寺,知章特定制一副竹箩,一头装经书,一头坐老母,以此行遍乡里,倦时即取书阅读,或向人请教。后乡人称其为"贺担僧"、"贺担仙",称其母为"箩婆"。据《萧山丛书·固陵杂录》载:"'荷担僧'昔越州萧山人,七岁出家,十五修行去,以母老瘦,担荷之,经在前则北母,母在前则北经,于是横担之。"清代历史学者毛奇龄《荷仙词》序考证:"贺担仙"或"贺担僧"即贺知章也。《萧山县志》亦载"贺担僧姓贺"。因为"贺"与"荷"音近之讹传。萧山县城南自元明即有纪念贺知章之箩婆寺和箩婆桥,桥南现建有贺知章公园及纪念馆。

　　知章幼凭天赋,自学不休,数年苦读,既能工诗文,亦善书法,其之章草当时称绝。37岁前即以文词著称于世。周证圣元年(695)秋天,曙光初放,知章离别故乡,乘坐小船经官河至西陵渡,再换大船过钱塘江转大运河,赴京赶考。并留下五律《晓发》:"江皋闻曙钟,轻枻理还舻。海潮夜约约,川露晨溶溶。始见沙上鸟,犹埋云外峰。故乡杳无际,明发怀朋人。"此诗写景抒情,情景交融,江边晨曦始露,尚未褪尽之夜色犹伴随海潮隐约起伏,与吴山越水之岚气嶂雾相融交织,虽有晨鸟于沙滩飞翔,然诸多山峰仍缥缈难见。既写江畔独有美景,亦抒诗人欲去求取功名之迫切心情。而结联则表达诗人对故乡之留恋,对亲友之深情。即将远出,最留恋乃故乡也。若说此次远行为去长安应考,而五十年后告老还乡时所作《回乡偶书》之意境,恰好与此诗前后遥相呼应。

　　至长安,贺知章以进士中殿试一甲第一名,由武则天钦点为状元。此非但为萧山史上文官应考之最,为萧山第一位进士,亦为吾浙第一位状元。初授国子四门博士,后升任太常博士。逾三年入丽证书院参加《六典》及《文纂》等修撰。至开元十三年(725),迁礼部侍郎加集贤院学士,又充皇太子侍读。肃宗为太子,知章迁宾客,授秘书监,官阶为正三品,是以人称"贺监"。

　　贺知章学识渊博,并以诗文闻名,为当世所重。贺知章之诗虽保存甚少,然其《回乡偶书》及《咏柳》等即为体现时代精神之代表作,脍炙人口,流传千古。

《回乡偶书二首》

少小离家老大回,乡音无改鬓毛衰。

儿童相见不相识,笑问客从何处来。

离别家乡岁月多,近来人事半消磨。

惟有门前镜湖水,春风不改旧时波。

诗人离家五十年后，耄耋之年终返故土，人生易老，乡思长在，而今落叶归根，伤感之情油然而生，抒发诗人眷恋故土深厚而略带复杂之思乡情怀：当年离家，雄姿英发；今日归来，鬓毛早白。虽韶华易逝，然乡音依旧，我不忘故乡，故乡岂忘我乎？无尽感慨，幽深蕴涵，却用浅显明白之话信口道出，清新自然，毫无雕饰，而且趣味益然。首篇先写初回乡时久客伤老之情，若喜若悲，感触万千，此情最难言传，而于此不经意间妙用儿童笑问之场景倏然翻出，虽有问却无答，真是妙趣横生。后两句极具生活情趣，童稚天真无邪，因见诗人到来，虽礼貌相迎，却以为是异乡之人，此景此情更引发诗人岁月变迁之感慨，犹如空谷传音，余响不绝。第二首为续篇，诗人回家后了解家乡人事变化，抒发人间沧桑变化无常之感怀。诗人伫立镜湖之畔，目睹家乡变化，一种物是人非感触骤然而来，"惟有门前镜湖水，春风不改旧时波"，怀乡之伤感，恋土之情结跃然纸上，更显韵味绵长。经历半个世纪宦游生涯，年迈诗人终回故里，面对家乡山水，感慨万千。家乡风物既陌生又熟悉，一种喜悦而不无伤感之情油然而生。虽人之常情，然经诗人妙笔生花艺术提炼，即令人回味无穷。

贺知章《回乡偶书》不朽诗篇已臻化境，对后世影响久远，至宋代范希文赞严坦叔《还家诗》颇得贺知章之遗意。明代唐汝询评云："摹写久客之感，最为真切。"清代李德举赞云："不知唐诗中有如此淡瘦一种，却未尝不是高调。"古代诗论重视"以少总多"，此两诗可为范例矣。《回乡偶书》无愧为流传千古广为吟诵之篇章。

而贺知章写景咏物之作亦构思精巧、韵意深长，尤其是咏物杰出诗作《咏柳》：

> 碧玉妆成一树高，万条垂下绿丝绦。
> 不知细叶谁裁出，二月春风似剪刀。

诗人触景生情，意融景中，以"碧玉"比柳，碧玉青春，以切柳嫩，影射柳色；以"绿丝绦"，即绿丝带，比喻柳丝。《南史》记载益州刺史刘俊之献蜀柳数枝，"条长，状若丝缕"，齐武帝言是"风流可爱"正合此意。"高"字含苗条修长之意，凌波照影，折射柳之婀娜身影。而春风如心灵手巧之女神，沉睡三季苏醒之后开始筹划装扮自然，飞快舞动手中剪刀细细裁剪美妙春光。且"柳"有"留"之意，折柳以赠，以表"留"意。此诗运用比喻，生动贴切，形象传神，想象奇妙，语言清丽。描绘二月杨柳朝气蓬勃，妩媚婀娜之形象，可见贺诗神韵。而其后两句一问一答，显得跳脱有致，非仅为设想巧妙而已。名家评说此诗为千百年来最佳咏柳诗。

另外，尤须提及贺知章之七绝，被后世名家誉为"风调情韵"，其诗虽信口而成，从容款接，然摹写真切，使之情致百出，沧桑变幻，幽怨感慨，皆蕴含于其中，足见调悠扬而韵遒远焉。故贺知章之七绝首开盛唐注重风调之先河,具有先行导路之示范意义。而且贺知章亦和同时代诗人共同完成七绝体裁之律化,为推动七绝此后壮阔发展贡献良多,故而贺知章乃是中国古代诗歌发展史上可以大书一笔之人。

贺知章风流轻狂而极有声望,并以"文词俊秀""书法精绝"名扬京城。开元初与吴越人包融、张旭、张若虚以诗文齐名,世称"吴中四士",亦称"吴中四友"、"吴中四杰"。张旭,苏州吴县人,楷书精妙,草书称圣;包融,湖州人,官怀州司马大理寺司直,有《武陵桃源送人》等好诗;张若虚,扬州人,官兖州兵曹,所作《春江花月夜》,诗论界称为"孤篇压全唐"。贺知章邕容省闼,高逸豁达,为一代清鉴风流之士。贺知章之诗风"清淡风流",擅作绝句,独树一格,《唐代文学史》评论其为"得盛唐七绝风气之先的作家"。其写景、抒怀之作风格独特,其诗不事雕琢,自然流畅,虽明白如话,却时有新意,不落俗套。贺知章才华横溢,创作颇多,然其秉性洒脱,不喜收存,故大多散佚,传世极少。《全唐诗》仅存其诗 1 卷 19 首。除郊庙乐章和"奉和圣制"外不过 9 首,其中 6 首是绝句。文有《龙瑞宫记》《会稽洞记》各 1 卷。今存《龙瑞宫记》摩崖,留存于宛委山南坡飞来石上,为难得之古代题刻。《新唐书》《旧唐书》皆有传。贺知章诗文今存世极少,此为学界一大憾事,且多有诗文创作地点时间也成迷案。近年经萧山文史学者不懈努力,终于确定贺知章故宅所在,亦探索考证史料日臻清楚,由此诗作时间地点遂显明朗。自天宝三年(744)知章二月底荣归萧山,即作《咏柳》《回乡偶书(一)》《春兴》;五月至山阴镜湖定居,又作《回乡偶书(二)》《答朝士》《采莲曲》等诗篇,以及《龙瑞宫记》文及楷书。值此大半年间即留下如此之多诗文,由此推断,贺公一生应是著述颇丰,然由于其秉性洒脱,不喜录存,故多散佚也。今杭州湘湖(白马湖)研究院编辑《中华诗词·湘湖专刊》欲将复旦大学教授中国唐代文学学会会长陈尚君先生所辑校之《新编贺知章集》全文刊登,其中诗为 23 首,另增加多篇墓志铭等,总数已增至 36 件,随着以后考古出土等更多发现,贺公遗文将会与日俱增。

史载贺知章少以文词知名,故亦参与修编《六典》及《文纂》,然其文留传甚少,文献所载《上封禅仪注奏》与摩崖石刻《龙瑞宫记》虽为世所重,总觉略显单薄。然神妙之物,"在在处处,应当有灵物护之"(见《白氏长庆集》之《刘白唱和集》),好在近年相继出土贺知章撰写十方墓志:《唐故朝议大夫给事中上柱国戴府君墓志铭并序》《大唐故中散大夫尚书比部郎中郑公墓志铭》《唐银青光禄大夫使持节曹州诸军事曹州刺史上柱国颍川县开国男许公墓志铭并序》《大唐故银青光禄大夫行大理少卿上柱国渤海县开国公封□□□□并序》《大唐故大理正陆君墓志铭并序》《□□□银青光禄大夫沧州刺史始安郡开国公张府君墓志铭并序》《皇朝秘书承摄侍御史朱公妻太原郡君王氏墓志并序》《大唐故金紫光禄大夫行鄜州刺史赠户部尚书上柱国河东忠公杨府君墓志铭并序》《唐故光禄少卿上柱国虢县开国子姚君墓志铭并序》《大唐故司空窦公夫人邠国夫人王氏墓志铭并序》。虽经沧桑巨变，瑰宝重见天日，不唯史料翔实，可佐汗青，犹见文藻古朴沉稳，意蕴清迥拔俗，如此隽永俊逸文章，确实令人耳目一新，得以重新认识盛唐著名散文大家贺知章。

贺知章不仅以诗文闻名，书法亦冠绝一时，尤善书草隶，笔走龙蛇，行云流水。《述书赋》中赞其草书"落笔精绝"，"与造化相争，非人工即到"；吕总《续书评》则以为"纵笔如飞，奔而不竭"。而知章忘年交李白在《送贺公归越》诗中将其比作王羲之，赞云"镜湖流水漾清波，狂客归舟逸兴多。山阴道士如相见，应写《黄庭》换白鹅"。而唐代大中年间宰相全德舆赞贺知章为"草书之圣"，将其草书与秘书省之陨石、薛稷画鹤、郎余令绘凤、韩公武弹弓术，合称为秘书省"五绝"。并作《秘书阁五绝图，贺监草书赞》："季真造适，挥翰睨壁。酒仙逸态，草圣绝迹。兴涵云海，词韵金石。传于秘丘，永永无斁。"然而贺知章书法作品传世极少，现可见之草书只有《孝经》，此草书在江户时代中期传至日本，后入北京故宫博物院收藏，毛泽东主席曾认真研读，并认为乃贺老真迹。《千字文》草书亦乃贺公力作，为古代小学生识字课本，宋代虽有记载，然藏私于民间难露真容，后因山西某庄园发现石刻本，方窥全貌，是风雅极致之草书珍品。其法如龙翔凤翥，点画激越；瀑水进飞，汪洋闳肆；章法犹如脱缰之马腾空而来绝尘而去，犹如其超诣悬解、狂放不羁之个性。可见贺知章之草书开创了唐代风尚高远之浪漫流派。

贺知章自幼刻苦学习书法，年轻时为维持生计，常写书联出售，村邻有新房落成及婚丧之事，均请知章挥笔。考取秀才和中举后声名益盛，常有求墨宝珍藏者。而其当时亦深受当时家乡书法名家之影响，东晋兰亭盛会之后书法盛行吴越，除王羲之父子外，虞世南被封为"永兴（萧山）公"，永兴人对虞之才学及书法传颂不已，而大书法家褚遂良又师从虞世南，家乡相继几代书法名家必定会影响当时学子。唐李嗣真在其《书品后》云："褚氏临右军，亦为高足，丰艳雕刻，成为当今所尚。""当今所尚"范围不小，应也包括贺知章，后人评说贺知章之楷书乃师法于褚遂良，此于贺之《龙瑞宫记》正楷中可见痕迹。现绍兴城南苑委山南坡之飞来石壁，有知章书写《龙瑞宫记》楷书石刻传世，其法金钩铁划，气势雄浑，亦乃楷书大家也。

同为"吴中四士"之张旭，苏州吴县人，祖上属越州会稽，后从常熟尉调任京师，常拜访贺知章，讨教书法真谛。贺胸怀洒脱，倾囊以授。故明代丰坊在《书诀》中载："伯高（张旭）得法于贺季真（贺知章），其笔如空中抛弹，壮伟奇径，高视千古。"两人情投意合，交往甚密，常郊游同行，"凡人家厅馆好墙壁及屏障，忽忘机兴发，落笔数行，如虫篆飞走，虽古之张（芝）、索（靖）不如也。好事者供其笺翰,共传宝之"。时人奇之。两人同为当时草书圣手。后来张旭为纪念先师,曾在一法帖上书"贺八清鉴风流千载人也"十字以表崇敬之意。此后犹有颜真卿,楷书一绝,钱怀素,草书独步,皆得张旭传授,故后人称贺知章为张旭、怀素、颜真卿之先师亦乃当之无愧。

在贺知章逝世百年后,唐文宗大和年间,礼部尚书诗人刘禹锡在洛阳洛中寺,见到贺老当年此楼题壁,虎跃龙腾之"章草"使其惊叹不已,即题《洛中寺北楼见贺监书题诗》:

> 高楼贺监昔曾登,壁上笔踪龙虎腾。
> 中国书流尚皇象,北朝文士重徐陵。
> 偶因独见空惊目,恨不同时便伏膺。
> 唯恐尘埃转磨灭,再三珍重嘱山僧。

诗人慨叹无缘生逢贺老,向书法大师求教,只能谆谆叮嘱僧侣,要精心保护贺监墨宝不使磨灭。此亦可见贺老书法对后世影响之大。贺知章之草书"落笔精绝",真率轻逸,当时被尊为"草圣"传为一绝,世人以为珍宝,流传后代作品不少。据宋代《宣和书谱》所载,当时御府所藏草书一十有二:"《孝经》二,《洛神赋》上下二,《胡桃帖》、《上日》等帖二,《千文》五(内一轴不完)。"只可惜迄今仅一轴《孝经》传世。然草书《孝经》仍可窥见其书法雅逸风貌,亦体现贺知章在中国书法史上所居重要地位。

贺知章生性旷达豪放,谈吐诙谐,善于笑谑,不慕名利,又风流潇洒,其清高风度引领当时风尚,为时人所倾慕。其姑表兄弟工部尚书陆象先曾说:"季真清淡风流,吾一日不见,则鄙吝生矣。"

贺知章性嗜酒,人称"酒仙"。步入官场后他与李白、苏晋、张旭、李琎、焦遂、李适之、崔宗之时常饮酒赋诗,此八人因品格清逸高尚,超然若有仙人之姿,故当时号称"饮中八仙""醉八仙",亦因其人当时政治上遭遇失意,诗圣杜甫因和八人多有接触,曾作过一首《饮中八仙歌》,诗云:

> 知章骑马似乘船,眼花落井水底眠。汝阳三斗始朝天,道逢麹车口流涎,恨不移封向酒泉。左相日兴费万钱,饮如长鲸吸百川,衔杯乐圣称世贤。宗之潇洒美少年,举觞白眼望青天,皎如玉树临风前。苏晋长斋绣佛前,醉中往往爱逃禅。李白一斗诗百篇,长安市上酒家眠。天子呼来不上船,自称臣是酒中仙。张旭三杯草圣传,脱帽露顶王公前,挥毫落纸如云烟。焦遂五斗方卓然,高谈雄辩惊四筵。

杜甫把贺知章列为酒中八仙之首,起句就是:"知章骑马似乘船,眼花落井水底眠。"继以诗唱之形式淋漓尽致描绘当时八位酒仙。并泼墨酣畅,手法高超,各具形态地将各位酒仙形象,刻画得惟妙惟肖,饮中八仙醉态可掬跃然眼中。然又见贺公骑马欲坠未坠,恍如乘船,虽落井内,犹如醉眠,其余七位酒仙亦似醉非醉,神态各异。以今人之研究则另有深意——是以诗酒结盟,迷惑别人(政敌)以行韬晦。此八人作为当时高雅豁达朝中人物,其实均有清醒头脑,宽阔胸怀,其之善饮只是以酒养性,以酒冶情。虽有直逼刘伶之"但得饮酒,何论生死"之豪迈气概,但皆醉而不昏,清心淡泊,虽仕途蹭蹬,然不随俗流,其飘洒自得之节操始终守护心中浩然正气。故杜甫此诗别开生面,章法独特,摹写真切,手法高超,是一首描写饮者神态之千古奇诗。

贺老性好嗜酒,曾作五绝《春兴》:"泉喷横琴膝,花黏漉酒中,杯中不觉老,杯下更逢春。"自述个中趣旨。贺知章尤喜好在饮酒中乘兴书写诗文,往往笔不停书,文不加点,直到纸尽方止。《海录碎事》亦将其与陈子昂、宋之问、孟浩然等人并称为"仙宗十友"。

贺知章与吴筠同为道教名人,最早从吴筠处闻知李白才名。而贺知章慧眼识英才,初次相见即赐与李白"谪仙人"雅号,并演绎"金龟换酒"雅事,使之成为盛唐诗坛历史上千古传颂之佳话。据唐代孟棨《本纪事》载:"李太白初至京师,舍于逆旅,贺知章闻其名,首访之。既奇其姿,复请所为文,出《蜀道难》以示之,读未竟,称赏者数四,号为谪仙,解金龟换酒,与倾尽醉。期不间日,由是称誉光赫。"从此,"谪仙人"风雅之号遍传于世,使李白声名鹊起。后来李白又以《乌栖曲》等诗呈知章。贺老阅后连声惊叹:"可泣鬼神矣!"从此两人益见亲近,遂成莫逆忘年之交。由是经常同游,痛饮畅谈。有日对酌,两人因均未带银钱,贺老即解象征高官饰物金龟用以换酒,因此流传史上"金龟换酒"之千古佳话。噫吁嚱,风流大雅!余以为,华夏漫长历史诗酒文化,当今若评选一例最具传奇风雅典故,恐非"金龟换酒"莫属也。贺老乃向玄宗力荐李白,"言于玄宗,召见金銮殿,论当世事,奏颂一篇。帝赐食,亲为调羹,有诏供奉翰林"(见《新唐书》)。李白由是名扬上京。贺知章晚年尤为纵诞,醉里谈笑,嬉游里巷,狂姿雅态,自号"四明狂客",放意纵适,遂我自然。又因其诗豪放旷大,恃才傲物,人称"诗狂"。

唐天宝三年(744)正月,贺知章因病精神恍惚,上疏请度为道士,今存之《雪汀纪事》有载:"辞荣归道,独啸兰皋,行瑶芝间。上疏求官湖数顷为放生池,诏许之。"玄宗准之,度为黄冠道士,封紫阳真人,赐鉴湖剡川一曲为放生池颐养天年。知章由是感激,上表谢恩。玄宗亲诏曰:"卿儒才旧业,德著老成,方欲乞言,以光东序,而乃高蹈世表,归心妙门,虽雅意难违,良深耿叹。眷言离祖,是用赠诗,宜保松乔,慎行李也。儿子等常所执经,故令亲别,尊师之义,何以谢焉。"玄宗关怀备至,特命贺公长子典设郎贺曾改任会稽郡司马,以便侍养。由于贺公是"五车学富"(德、才、廉、书、诗),"四代元老"(武则天、中宗、睿宗、玄宗),德高望重,荣归故里，告老还乡，受当朝最高礼遇，太子及文武百官在长安东门外长乐殿设宴饯行，唐玄宗御制《送贺知章归四明》诗，序云："天宝三载，太子宾客贺知章，鉴上足之分，抗归老之疏，解组辞荣，志期入道。朕以其年在迟暮，用循挂冠之事，俾遂赤松之游。正月五日，将归会稽，遂饯东路。乃命六卿庶尹大夫，供帐青门，宠行道也，岂惟崇德尚齿，抑亦励俗劝人。无令二疏独光汉册，乃赋诗赠行。"

其一："遗荣期入道，辞老竟抽簪。岂不惜贤达，其如高尚心。寰中得秘要，方外散幽襟。独有青门饯，群英怅别深。"

其二："筵开百壶饯，诏许二疏归。仙记题金箓，朝章换羽衣。悄然承睿藻，行路满光辉。"

因玄宗作序赠诗，朝臣应制唱和。翰林供奉李白作《送贺监归四明应制》曰："久辞荣禄遂初衣，曾向长生说息机。真诀自从毛氏得，恩波宁阻洞庭归。瑶台含雾星辰满，仙峤浮空岛屿微。借问欲栖珠树鹤，何年却向帝城飞？"当时作诗有左相李适之、右相李林甫、尚书左丞席豫、陕西太守韦坚、右庶子韦述等百余人。据《会稽掇英总汇》记载，有三十六位官员诗作今尚存，其余已佚。盛宴后，玄宗令户部以金银帛缎相赠，以为勤政及教子之劳。此后，太子李亨率百官送至长安东门外十里渭桥。史云饯别宴会规模十分盛大："玄鹤摩子紫宵，吹笙击鼓，尽是仙乐，闻者无不慨叹。"史上二疏典故，传为美谈，而"青门饯行"送知章归乡，其隆盛之势远超对疏广、疏受叔侄之送行场面。有史以来，实属罕见，此为大唐王朝历史性盛典，贺知章告老还乡，可谓荣耀之极。于中国历史恐亦仅此一例，乃文坛千古难逢之盛事。另也呈现盛唐对贺知章人品、学问、官德充分认同，以及对其恬淡清介，狂放高蹈之尊重包容。

唐天宝三年二月，贺知章一家回归永兴（萧山）故里，永兴县及会稽郡（越州）官员至西陵驿迎接，即坐官船达运河梦笔驿上岸，身着道士服参加欢迎宴会。次日即回潘水河边"云门寺"旧居。此后先在永兴应酬，祭祖修桥筑路等，后再至杭州灵隐寺、抱朴道院游访。之后，贺知章即回越州山阴五云门外"道士庄"颐养天年，入住"千秋观"，领略"鉴湖一曲"。在此期间，曾由长子会稽郡司马贺曾陪同，贺公身着黄冠野服，游览鉴湖及四明山等地。由于年迈体弱，于十二月仙逝在千秋观，归葬越州城南九里山。后人为纪念贺知章，在城中建造了贺秘监祠。

肃宗登基后，以侍读之旧，于乾元元年（758）十一月诏曰："故越州千秋观道士贺知章，神清志逸，学富才雄；挺会稽之美箭，蕴昆冈之良玉。故飞名仙省，待诏龙楼；愿追二老之奇踪，克遂四明之狂客。允协初志，脱落朝衣，驾青牛而不还，狎白鸥而长往。舟壑靡息，人琴两亡；惟旧之怀，有深追悼。宜加缛礼，式展哀荣，可赠礼部尚书者也。"

"一心清鉴真名士，半生宦海天下客"，贺知章宦游生活五十年，在官场能清廉自律,不附权贵,虚怀若谷,礼贤下士,才雄学富,德高望重。而作为唐代诗坛核心人物,贺知章清新高雅,别开蹊径之诗风对后世影响深远。作为盛唐时期著名文人,贺公将越文化带进京师长安,在当时南北文化交流中,使之产生重大影响。可以说贺知章是唐代浙东最著名之诗人,也是吴越文学群体之领军人物。此为一九九八年夏,洛阳偃师市南蔡庄村北所出土《徐浚墓志》所佐证。墓志云:"至于制作侔造化,兴致穷幽微,往往警策,蔚为佳句。常与太子宾客贺公、中书侍郎族兄安贞、吴郡张谔、会稽贺朝、万齐融、余杭何詧为文章之游,凡所唱和,动盈卷轴。"此说徐浚颇为擅长诗歌,常与贺知章等人唱和。而所提及几位诗人都是吴越之人,且以越州为主,此乃说明开元、天宝时期,吴越一带唐诗已甚繁盛。该段墓志证明以贺知章为首之吴越之士,当时已形成文学群体。而且此文学群体,不止墓志中所提到之几人,《旧唐书·贺知章传》云:"先是神龙中,知章与越州贺朝、万齐融,扬州张若虚、邢巨,湖州包融,俱以吴越之士,文词俊秀,名扬于上京。朝万止山阴尉,齐融昆山令。若虚兖州兵曹,巨监察御史。融遇张九龄,引为怀州司户、集贤直学士。数子人间往往传其文,独知章最贵。"而文学史上之"吴中四士",应为此群体之中坚力量。

吴越诗人群体当时呈现极为繁盛局面,应该说贺知章作为领军人物作用不可忽视。知章回越州时,玄宗亲自送行并赠诗,百官和唱者逾百人,其中为数不少为吴越诗人。后知章返乡居住镜湖,不少诗人唱和,为浙东唐诗之路留下一道亮丽风景。自晋代始,包括会稽在内浙东一带名胜风物,已经牵惹人心,成为人文荟萃之地。众多胜迹及旖旎风光,吸引诗人登览怀古,宅心物外,成为吟咏风土、流连忘返理想之所。因此为浙东唐诗之路开辟并形成,创造机会与条件。

诗仙李白,于贺老仙去次年再赴会稽,面对"千秋观",即思"长安一相见,呼我谪仙人。昔好杯中物,翻为松下尘。金龟换酒处,却忆泪沾巾。人亡赊故宅,空有荷花生。念此沓如梦,凄然伤我情。"对贺公提携及唱和,充满感激怀念之情。又有《重忆一首》:"欲向江东去,定将谁举杯。稽山无贺老,却棹酒船回。"无限真情,表露心头。如诗仙李白之天生傲骨,目空宇内,可以视权贵如草芥,可以天子呼来不上船。然而贺公殁后,其思念刻不能止,经常凄然泪下,流露无限真情。"四明有狂客,风流贺季真……"在诗仙心目中,贺知章是千载难逢风流人物。而诗圣杜甫又何尝不是如此,杜甫性格内敛沉稳,然对贺公敬仰之至,颂扬之意热情洋溢。如其所作《饮中八仙歌》,将贺知章名列榜首,而汝阳王李琎,左相李适之却置其后,可见贺公在其心目中地位崇高,如此风流人物,焉能不占鳌头。而贺老仙逝杜甫更深切悼念,其《遣兴》诗曰:"贺公雅吴语,在位常清狂。上疏乞骸骨,黄冠归故乡。爽气不可致,斯人今则亡。山阴一茅宇,江海日凄凉。"敬慕怀念之情真切感人,非同寻常。

　　可见,大唐泱泱诗坛两座高峰——浪漫主义诗仙李白,现实主义诗圣杜甫,皆对贺公道德文章为之倾倒,此乃盛唐诗史足以留传之佳例。亲和底层傲视权贵乃贺知章一贯秉性,正如其后山阴道士与四明狂客为世所称相符。而以德为尊,崇圣尚贤,同样体现李杜情操。人文沃土,江山代人,文脉传承必当绵长。

　　贺知章提携后辈,超逸旷达,清鉴风流,高蹈远引,被时人及后人誉为千古风流人物。乃其修为懿德垂范,旷代风华所使然也。

　　而书圣张旭有法帖赞云:"贺八清鉴风流千载人也。"

　　苏东坡《送乔全寄贺君六首 其六》诗赞云:"千古风流贺季真,最怜嗜酒谪仙人。狂吟醉舞知无益,粟饭藜羹问养神。"

　　陆放翁《题张几仲所藏醉态道士图》诗赞云:"千载风流贺季真,画图仿佛见精神。迩来祭酒皆巫祝,眼底难逢此辈人。"

　　……

　　贺知章一代异人,天机卓绝,赢得历代后人崇高赞誉。据萧山文史学者陈志根先生考证统计,褒扬贺知章之名人学者计有 544 人,赞美品学达 1823 则。直至清乾隆年间,蘅塘退士(孙洙)编撰《唐诗三百首》,《回乡偶书》被列七绝第一。

　　民国年间,著名诗人,萧山长河匏园老人来裕恂敬仰先贤,所作长诗《贺知章》对其推崇备至——

> 天然风景美鉴湖,鉴湖风景世所无。
> 万壑争流岩竞秀,秀气流波入画图。
> 秘监夷旷性情真,诗酒风流品轶尘。
> 宁弃集贤为道士,不教冠带束其身。
> 太白文章有知己,诗坛恒对两军垒。
> 眼底何曾有俗人,饮中八仙首屈指。
> 不辱由来在知足,四明狂客淡无欲。
> 浊世能存高尚心,殆将一醉洗尘俗。
> 余事犹能草隶书,好书醉后写虫鱼。
> 天生贤达君王惜,抗志青冥凌太虚。
> 剡川一曲赐同时,山水有缘非好奇。
> 不投清谈生鄙吝,一生品节景初知。
> 越中高隐越风开,幸得遗荣栖草莱。
> 自是会稽诗学盛,瓣香敬祝鉴湖隈。
> 明禋礼肃在诗巢,一角龙山峙近郊。
> 越群词宗推鼻祖,诗龛终古占山坳。

　　贺知章作为一代文章才人，清雅高士，成为后人学习仿效之偶像，影响着后辈诗人之成长，在此后悠悠岁月中，浙东不断涌现出具有才华之诗人，然就声望和成就而言尚不能与知章相比，直到三百年后，才诞生南宋大诗人陆游。陆游是会稽山阴人，不仅是南宋最杰出诗人，更是可与李杜比肩影响千古之伟大诗人。经过历史基因熏陶、积淀并发展，此时之越文化不再是引进，更重要者已是外传。浙东宋诗之崭新发展，已于神州诗坛竖立大旗。追溯浙东宋诗之发展，正是源自浙东唐诗之坚实基础。因而回顾浙东唐诗发展历程中，被誉为千古风流之贺知章影响深远，值得永久缅怀纪念。

　　大唐以降迨至今日，所有史实证明，贺知章是唐代大诗人、大书法家、大散文家，亦堪称著名政治活动家。实则其已不再单属唐朝，早已演绎成为一个文化符号。而作为知章故里萧山，多年来着力打造贺知章文化，并且成绩斐然。区委区政府多次举办规模巨大层次高范之贺知章学术论坛，命名贺知章村及贺知章学校，建造贺知章公园及贺知章碑，境内所建贺知章塑像已达六尊之多。而贺监湖所在地湘湖研究院，贺知章故居所在地蜀山街道，浙东唐诗之路起点义桥渔浦等地，更是常态化而有序地对贺知章文化实施研究发掘，并取得骄人成绩。而且，萧山本土文史界亦集聚人才，著述颇丰，形成了方晨光、陈志根、李维松、刘宪康、柴海生、汪志华、孔鸿德等专家学者集群，使后续研究开发后继有人。贺知章之于萧山，是一张千古流传金名片，其历史文化贡献无人能出其右，精心做好贺知章这篇大文章，不但是政府之职，也是人民之责。这对于提高民族文化自信，提升萧山文化品位，可谓其善莫大焉！

　　三年前余曾作一诗《贺知章》，今稍修改，权作此文结尾：

千载风流贺季真，但凭诗酒见精神。
还乡绝句世无伦，至圣法书天阙陈。
自有文词泣凤麟，犹教清鉴证前因。
楚骚逸致近灵均，风骨承前晋魏循。
太白订交志乃伸，形骸便使阮稽羣。
金龟换酒值嘉辰，皆好千杯玉轳巡。
骑马乘船规迹遵，饮中总是八仙逡。
谪仙不醉倍相亲，落井眼花如隐沦。
意欲正声动帝宸，青莲莫逆此情纯。
遣怀欲使雅音淳，河洛蕴精理本申。
思欲华翰写绵茵，幼时试笔雨初匀。
烛光烷读聚阴磷，担母竹笋宵复晨。

汉隶唐楷象笏绅,草书皇象刻昆岷。

龙蛇笔走仗湘筠,造化相争斗转寅。

《千字文》遗历晋垠,《孝经》流落佚东旻。

功成欲隐镜湖滨,耄耋思家倚老椿。

应是羽衣难染尘,黄冠野服可舒身。

青门供帐列王宾,汉册独光称帝仁。

淡泊缘非百万缗,集贤宁弃不忧贫。

山阴道士仰洪钧,冠带难教爽气泯。

旷放天真气益振,殆将浊世俗风醇。

道袍虽着没儒巾,八秩龙钟雅素臻。

童稚相迎笑问频,不知翁是故乡人。

监湖多有陆机莼,碧水清波古黛皴。

佛影岩前老酒民,摩崖石刻瑞宫珍。

裁诗又写数篇新,一叶乌篷幽驶濒。

不作三朝社稷臣,愿随鹤驾到仙津。

放翁一世雨飘萍,好梦孰知非帝秦。

闲与斜阳垂钓纶,心期长醉雁壶春。

千秋观畔水如银,但得清风转玉轮。

文脉绵长功未竣,唐诗之路气氤氲。

论"大历十才子"的渔浦诗

付建雨[①]

近年来,优秀传统文化的传承与弘扬及地域文化的发掘和保护越来越受到重视。渔浦作为唐诗之路的起点之一,更是备受青睐。然而,目前学界关于渔浦的研究还仅局限在地域文化层面上,文学史层面的梳理则相对贫瘠,单个作家或作家群体的专题研究更是少之又少。研究唐人的渔浦诗,既可以观察其诗歌创作活动,又可以了解其诗歌内容和特点,还能窥探地域文化与诗歌创作的交叉影响。在抒写、吟咏渔浦的唐代诗人中,"大历十才子"占据着一席之地。通过对"大历十才子"渔浦诗的考述和整理(以《全唐诗》为参考),可以发现"大历十才子"渔浦诗内容丰富,或送别、或写景、或羁旅、或登高、或酬唱、或访友,具有很高的艺术价值。这些渔浦诗,一方面拓宽了山水诗的内容和表现对象;另一方面对江南文化的形成和塑造起到了一定作用;通过对这些渔浦诗的研究,还有利于我们研究江南水乡环境对大历十才子诗风的影响,有利于我们研究江南诗人群及其创作活动。渔浦位于今萧山区西南15千米处,地处富春江、浦阳江和钱塘江三江交汇之处,是当时的水上交通要塞,沿富春江、新安江可远至黄山,沿浦阳江可入剡溪,登天台。它既是"浙东唐诗之路"的起点之一,也是"浙西唐诗之路"的起点之一[②]。唐代,漫游风气盛行,浙江风景秀丽,拥有得天独厚的优势,自然备受文人喜爱,诸如李白、杜甫、白居易、孟浩然等人都曾"游浙"。渔浦作为当时重要的渡口,贯穿浙东与浙西,这些人的浙江之行必然会途经此地。面对渔浦秀美的风景,吟咏风雅,寄托兴发自然不可避免,"大历十才子"正是其中的代表之一。

---

① 付建雨,上海大学文学院硕士研究生,研究方向为诗词学。
② 鲍江华:《欸乃一声山水绿——历代渔浦诗词概述》,《萧山记忆(第十辑)》,杭州市萧山区人民政府地方志办公室专题资料汇编,2016年,第83页。

然而,目前关于"大历十才子"渔浦诗的论述相当贫瘠。作为中唐一个重要的诗歌团体,"大历十才子"的诗歌面貌一定程度上代表了中唐诗歌的面貌。因此,对其渔浦诗进行考察是很有必要的。

一、"大历十才子"之渔浦诗考述

"大历十才子"是活跃于唐代宗大历年间一个自然形成的诗歌群体,他们之间相互唱和,交往密切,故被时人称为"大历十才子"。关于"大历十才子"具体是哪十个人,目前学界说法不一,尚有争议,本文采用周流溪先生的说法,即把钱起、韩翃、郎士元、耿湋、李端、卢纶、吉中孚、司空曙、苗发、崔峒视为"大历十才子"①。于此,拟将通过两个方面对"大历十才子"的渔浦诗进行考察:一、《渔浦诗词》;二、《全唐诗》。

1.韩翃,字君平,南阳人。《渔浦诗词》收录其《送王少府归杭州》。《古今图书集成·方舆汇编·职方典》卷九百五十四《杭州府部艺文二》中此诗作《送王少府之富春》②。二者除题目中王少府目的地不同外,内容上仅"萍"和"蘋"、"渔"和"鱼"两字之差。

2.钱起,字仲文,吴兴人。《渔浦诗词》收录其作品两首,分别为《九日宴浙江西亭》和《渔潭值雨》。

此外,钱起诗与渔浦有关还有《同李五夕次香山精舍访宪上人》《题精舍寺》《东阳郡斋中诣南山招韦十》《登胜果寺南楼雨中望严协律》。

《同李五夕次香山精舍访宪上人》中的"香山",按王定璋《钱起诗集校注》云:"香山在吴兴东北"③,故此诗也当属于渔浦诗。

《题精舍寺》与《同李五夕次香山精舍访宪上人》疑为同时之作,均为诗人访友见闻。观前诗的内容,与后者颇多相似之处,如"入门神顿清"与"松门入幽映","房房占山色"与"初月开草堂","处处分泉声"与"泠泠功德池",两诗的景物描写几乎一致,前诗更像是对后诗所写经历的总结。在表达的感情上面,前诗感情是后诗感情的进一步发展,进一步深化,诗人感怀于世务繁杂,羁劳人生,在禅理的浸润感染下,诗人萌发了避世脱俗的思想。

---

① 周流溪:《"大历十才子"小考》,《北京师范大学学报(社会科学版)》2004年第6期,第142页。

② (清)陈梦雷:《古今图书集成》第135册,中华书局影印版,第44页。

③ 王定璋:《钱起诗集校注》,浙江古籍出版社1992年版,第10页。

《东阳郡斋中诣南山招韦十》(一作东阳郡斋书事),此处的"东阳"当为郡县名,属于今浙江省。《元和郡县图志》卷二十六载:"置都尉孙皓,始分会稽,置东阳郡。"①

《登胜果寺南楼雨中望严协律》,"胜果寺",据今人李芳民《唐五代佛寺辑考》,在仁和(唐钱塘)县凤凰山右有胜果寺②。

3.耿湋,字洪源,河东人。《渔浦诗词》收录其《送友人游江南》。此外耿湋的《登沃州山》《陪宴湖州公堂》亦与渔浦有关。

《登沃州山》,"沃州山",白居易《沃洲山禅院记》云:"沃洲山在剡县南三十里。"③《唐文粹》中作《沃州山禅院记》④,故"沃州山"与"沃洲山"为同一个地方。

《陪宴湖州公堂》,"湖州",《古今图书集成·方舆汇编·坤舆典》卷八十二《舆图部汇考四十》:"炀帝初,废湖州,分其地入余杭及吴二郡。大唐复置湖州,或为吴兴郡。"⑤湖州,今浙江北部。

4.郎士元,字君胄,中山人。《渔浦诗词》收录其《送奚贾归吴》一首。《古今图书集成·方舆汇编·职方典·卷九百五十四》中有郎士元的《富春渚送奚贾》,原文为"东南富春渚,曾是谢公游。今日奚生去,新安江正秋。水清迎过客,霜叶伴行舟。遥想赤亭下,闻猿应夜愁。"⑥二者仅一字之差。倘若《富春渚送奚贾》可信的话,那么郎士元送别奚贾的地点应为富春渚。此外,郎士元的《送李遂之越》亦与渔浦有关。"西兴待潮信","西兴",《古今图书集成·方舆汇编·职方典》卷九百三十二《浙江总部汇考二·浙江赋役考二》云:"西兴,在萧山县,即古西陵。"⑦西兴,位于今钱塘江南岸萧山区。此处的"潮"当为钱塘江潮。

5.卢纶,字允言,河中蒲(今山西省永济市)人。其诗《渡浙江》中的"浙江"指的是钱塘江。《元和郡县图志》卷二十六:"扬州之域,春秋时为吴越二国之境。其地本名钱塘,《史记》云:'秦始皇东游至钱塘,临浙江是也。'"⑧故亦属渔浦诗。

6.崔峒,博陵人。《渔浦诗词》中未收录其诗,然经笔者考证,其《送侯山人赴会稽》《送薛良史往越州谒从叔》与渔浦有关,当列入其中。

《送侯山人赴会稽》中提到"镜湖",按《古今图书集成·方舆汇编·山川典》

---

① (唐)李吉甫:《元和郡县图志》卷二十六,金陵书局光绪年版,第 6 页。

② 李芳民:《唐五代佛寺辑考》,商务印书馆 2006 年版,第 185 页。

③ (唐)白居易著、顾学颉校点:《白居易集》,中华书局 1999 年版,第 1440 页。

④ (宋)姚铉编:《唐文粹》,吉林人民出版社 1998 年版,第 783 页。

⑤ (清)陈梦雷:《古今图书集成》第 58 册,中华书局影印版,第 7 页。

⑥ (清)陈梦雷:《古今图书集成》第 135 册,中华书局影印版,第 45 页。

⑦ (清)陈梦雷:《古今图书集成》第 133 册,中华书局影印版,第 45 页。

⑧ (唐)李吉甫:《元和郡县图志》卷二十五,金陵书局光绪年版,第 21 页。

卷二百九十三《镜湖部汇考》云:"镜湖,一名鉴湖,一名庆湖,一名长湖,一名大湖,又名贺监湖。在今浙江绍兴府城南三里。周三百五十余里,总纳山阴、会稽二县之水。"①

《送薛良史往越州谒从叔》,"孤云随浦口,几日到山阴",古代到达越州的水路必然经过渔浦,所以这里的"浦口"指的是渔浦,应归属于渔浦诗。

以上便是大历十才子与渔浦有关的诗,其中《渔浦诗词》收录 5 首,后从《全唐诗》中辑补 10 首。

二、"大历十才子"渔浦诗的内容和艺术特色

"大历十才子"的渔浦诗题材多样,内容丰富,或送别,或写景、或羁旅、或酬唱、或访友,展现出了不同于北国风貌的水乡特色。其诗多五言近体,工于白描,语言典雅,格律谨严,意象具有明显的水乡面貌,意境清新绵渺,感情深微细腻。下面详述之。

(一)"大历十才子"渔浦诗之内容

"大历十才子"渔浦诗的内容极具包孕性,大致可以分为六类:送别、写景、羁旅、登高、酬唱、访友。在这些内容中,送别、羁旅、酬唱占据了大量的篇幅。

首先,"大历十才子"的渔浦诗以送别为主。其送别诗常常伴随着写景,与写景融为一体。亲友离别,互道珍重,诗人总是希望行者旅途中愉快轻松,一路顺风。因此,大历十才子每每借生花之笔,或描绘离别之地使人流连的景致,或虚拟沿途引人入胜的山水,或想象前方目的地那令人神往的风光。善于写景是大历十才子送别诗显著的创作特色。② "大历十才子"的渔浦送别诗描摹了大量的渔浦自然风光和水乡物产。他们笔下,有澎湃汹涌的钱塘江潮、煎盐叠雪的浪花、静谧柔和的烟光渔浦、随风飘零的霜叶、哀愁凄清的猿声、神秘莫测的海雾、清澈透明的镜湖、衍溢漂疾的鹭涛、形影单只的孤舟,为我们描绘出一个多姿多彩、富有生机和变化的渔浦。他们笔下的渔浦不仅仅是一个行政区域,一个地名,一个渡口,而是一位年轻活力的女子,候儿开心,一恍孤独,转而哀愁,进而幽怨,顷刻发怒,云谲波诡,变化莫测,使人应接不暇。另一方面,"大历十才子"的渔浦诗还描写了丰富的江南水乡特产,如青萍、葛花酒、木奴、桑酒、新荑,使人一

① (清)陈梦雷:《古今图书集成》第 206 册,中华书局影印版,第 41 页。
② 刘国瑛:《心态与诗歌创作》,学林出版社 1994 年版,第 135 页。

改对江南贫瘠荒芜的前见,感到江南的宜居宜住宜游。

其次,"大历十才子"的渔浦诗还有羁旅行役的内容。古代士人或因奔波仕途,或因贬谪迁任,或因游历山川,或因探亲访友,或因战争动乱,从而漂泊异地,淹留他乡,亲人分离,难得重圆。在这些诗中既有对家乡和亲人的浓烈思念,也有对前路艰难的担心和忧患,同时也表达出内心的孤独感和幻灭感。如《渔潭值雨》。这首诗的总体感情基调是悲哀的、忧愁的,表现了诗人如迢迢春水般的绵绵客愁。因为前山突如其来的一场雨,诗人难以行进,不得不停泊于此,等待雨停之后,再夜间行船。由于这一场雨,诗人回到家乡的时间被无限延长,亲人别离的时日增多,诗人有感于行船不易,前路艰难,一种浓浓的忧患感和危机意识不期笼罩在诗人的心上。再如《渡浙江》,诗人在行船途中,忽遇钱塘江潮,狂风乍起,飞沙走石,天昏地暗,波涛汹涌,船只相撞。在大自然的面前,人类始终是渺小的,不堪一击的,前面还风平浪静,温柔得像绵羊一样的钱塘江,旦夕间,变成了狮子,大发雷霆。这种前后鲜明的变化,使人生出一种无力感、幻灭感。

最后,"大历十才子"的渔浦诗还涉及酬唱的内容。这种应酬诗分为两类:一类是朋友间的唱和,如钱起《九日宴浙江西亭》。诗人与友人们在这一日赏菊饮酒,看那翻飞浪花轻拍岸壁,斑驳树影映入秋窗。"四子醉时争讲习,笑论黄霸旧为邦",诗人借用黄霸的典故大发厄言,表现了诗人空有才华而无处伸张的困顿处境和愁怨心情。一类是官场上的应酬,如耿湋《陪宴湖州公堂》,此诗单纯地描写官场上的应酬之时,内容单薄,感情缺乏,思想性不高。这是由大历十才子的位卑言轻决定的。这种地位上的不对等注定他们在宴会上难以抒发自己的真情实意,只能阿谀奉承上级官员,歌咏升平。

(二)"大历十才子"渔浦诗之艺术特色

在意象选择上,大历十才子更加偏向于具有柔、弱、细特点的意象,如青萍、虫声等,从而塑造出一种清新绵渺、彷徨迷离、迷茫怅惘的境界。

大历十才子选择这样的意象主要有以下几个原因:一方面,受地理环境的影响。大历十才子这些诗大都创作于南国水乡,在意象的使用上自然避免不了选择具有水乡风貌的事物、景物,最为典型的就是"水"意象的多次出现。"水"之柔婉绵长使得诗歌总体风貌必然会变得绵渺悠长,为诗歌意境增添一种烟水迷蒙的氛围和幽细柔婉的质感,①使诗人的感情更加缠绵、更加悠长。同时,"水"意象的使用,也会使整个诗境变得屡弱。比起北国"骏马秋风"的阔大气象,江南的"杏花春雨"风光毕竟显得纤弱。故而后者虽对造就作家和作品的细腻、委婉的

---

①　杨海明:《唐宋词美学》,江苏大学出版社 2020 年版,第 190 页。

气质和风格方面有所"滋养"和帮助,但对造就另一种恢宏、刚强的气度和风格方面,却又起着限制的作用。① 但是南国水乡还有其恢宏壮观的一面,如《渡浙江》中对钱塘江潮的描写"飞沙卷地日色昏,一半征帆浪花湿"使我们感受到了钱塘江潮的气势汹涌、雄伟壮丽。

另一方面,大历十才子人选择柔弱、细腻的意象构建诗歌意境,还与当时社会环境的变化有关。安史之乱后,盛唐之音成为绝响,社会环境急遽变化,面对这种情况,诗坛的总体风貌由盛唐的宏伟壮大转变为纤细柔弱。在这种环境的浸染下,大历十才子的诗风自然也表现出了一种冷落心境和彷徨迷茫。

再一方面,大历十才子选择这种意象还与他们自身的经历和遭遇有关。他们中有的出生于江南水乡,如钱起;有的有着水乡经历,如李端、耿湋,他们的籍贯和经历在很大程度上影响着诗歌的风格和面貌。"在心为志,发言为诗",诗歌的发展史,还是一部心灵史。透过诗歌,我们可以观照出诗人的心灵世界。安史之乱导致的社会动荡与他们仕途上的坎坷,朝不保夕的念头一直盘旋在十才子的内心,他们战战兢兢、如履薄冰,故而吟咏山水、朋友赠别、宴饮享乐、称道隐逸便成为其诗歌的基本主题。这种经历和遭遇必然会使他们的内心变得纤细软弱、怅然若失。因此,他们选择具有柔、弱、细特点的意象也就不足为奇了。

三、"大历十才子"渔浦诗的意义

作为中唐时期的一个重要诗歌群体,"大历十才子"的渔浦诗具有多重意义。一方面,他们的渔浦诗拓宽了山水诗的内容,表现出了与盛唐山水诗不同的面貌。同时,他们的渔浦诗还丰富了江南水乡诗歌群体,对江南文化的形成起到了一定的促进作用。另一方面,渔浦诗作为大历十才子诗歌创作的一部分,通过对其渔浦诗的研究,可以更好地了解大历十才子的诗歌创作活动、诗歌风貌以及诗风成因。再一方面,大历十才子中有江南籍的诗人,也有非江南籍却有着江南之行的诗人,通过对其渔浦诗的考察,还可以了解到江南诗人群体的诗歌创作活动。

首先,"大历十才子"的渔浦诗拓展了山水诗的内容。自谢灵运以来,山水诗成为一个新的诗歌题材,被人不断吟咏和抒写。到了唐代,山水诗歌的创作更是日益发达,内容更加丰富,艺术技巧不断成熟。但是唐代以前的山水诗内容更多侧重于"山","水"的内容较少。而"大历十才子"的山水诗则更多地偏重于"水",

---

① 同上,第194页。

为唐代山水诗注入了新的因素和成分,丰富了游山玩水的内容。大历十才子的山水诗主要有两类:一类根据自己的亲身经历而创作;一类是在一部分送别诗中记山水景象。① 在他们的笔下,我们可以感受到江南水乡的温柔绵婉,亦可以感受到钱塘江潮的波澜气势,还可以感受到水乡的宁静清幽。总体来看,"大历十才子"的渔浦诗为我们描绘了多姿多彩的水乡面貌,为山水诗增添了"水"的色彩,使山水诗的面貌和风格有了质的突破。

其次,"大历十才子"的渔浦诗在一定程度上丰富了江南水乡诗歌群体,促进了江南文化的形成。东晋时期,由于五胡乱华,中原战乱频仍,大量人口流入南方,促进了当地经济和文化的发展。同时,中原人民和当地人民的相互交流和融和更是形成了一种具有江南特质的文化。唐代,安史之乱更是加剧了经济中心和人口的南移,许多文人的南迁为南方文化的繁荣提供了便利。在大历十才子中,有的是出生于江南的,如钱起;有的是有着江南经历的,如李端、崔峒,这种江南水乡的经历使他们创作出大量与江南水乡相关的诗歌。大量诗歌的创作繁荣了江南诗歌文化,丰富了江南人民的精神世界,融入江南人民的血液之中,成为一种文化基因,同时也为我们了解江南水乡风貌提供了重要素材。

再其次,通过对大历十才子渔浦诗的考述和研究,对探讨大历十才子的创作活动发生发展、诗歌风貌、诗风成因有着积极作用。作为中唐时期的一个重要诗歌群体,大历十才子上承开宝,下启元和,他们的诗风在一定程度上代表了中唐诗歌面貌,同时也对元和及晚唐诗风的形成产生了重要的影响。他们诗歌主题的取向多为迷惘和反思、衰老的哀叹、孤独和友情、乡愁羁恨、隐逸的旋律和自然的新发现②。大历十才子清新绵渺、宁静明快、彷徨迷离、迷茫怅惘诗风形成的一个重要原因是江南水乡环境的熏陶。清灵秀丽的自然环境和相对稳定的社会环境为十才子的创作提供了便利。大历诗人或侨寓,或仕宦,或出使(如耿湋、崔峒),皆荟萃于此,游览酬唱,莫不得山川之助,尽人才之美。③ 孕育在江南水乡的诗歌,自然也不可避免地沾染了水乡的气息和文化。从意象的择取上看,"大历十才子"的渔浦诗中喜爱描绘的物象是山林泉石,水月松竹,同时他们赋予这些事物清空、幽静的气质。江南的天气,江南的山水,江南的物产,一切都是江南的,它们在诗人的笔下交织成一抹南国情调,与盛唐人笔下的北国风光和北方气质形成了鲜明的对照。④ 从情感的抒发上看,"大历十才子"的渔浦诗多以送别

---

① 刘国瑛:《心态与诗歌创作》,学林出版社 1994 年版,第 156 页。

② 蒋寅:《大历诗风》,上海古籍出版社 1992 年版,第 39 页。

③ 同上,第 98 页。

④ 同上,第 100 页。

怀念友人、羁旅客愁为主。渔浦诗中所言之情,以缠绵的友情、哀恨的乡情为主;所写之景,又以水乡的秀美、纤细、柔弱的景色为主。两相结合,自然就使诗风变得纤细柔弱了。

最后,对大历十才子渔浦诗进行研究,还有利于研究江南诗人群及其创作活动、作品风貌。在唐代众多的诗人中,除了李白、杜甫、高适、岑参、元结少数杰出的以外,大致可以分为两大群:一是以长安和洛阳为中心,那就是钱起、卢纶、韩翃等大历十才子诗人,他们的作品较多地呈现当时的达官贵人;一是以江东吴越为中心,那就是上文所举的刘长卿、李嘉佑等人,他们的作品大多描写风景山水。当然,这其间也有交错,如卢纶、司空曙等也写过南方景色。[①] 出生于江南的钱起,在来到京城后,必然会带来京都诗歌创作的变化,为京城诗歌文化注入江南水乡的特色;同样,当京城的诗人因为各种各样的原因来到江南后(如耿湋曾在浙江与秦系、刘长卿、严维等人唱酬[②]),势必也会为江南诗歌的创作带来改变。这种诗歌上的创作交流活动,由点及面,由面及场,形成了一个江南诗歌文化场域,形成了一个大历江南诗人群体。这个群体有江南籍的诗人(如钱起),也有非江南籍的诗人(如崔峒、卢纶),他们在此集会,相互唱和,促进了江南诗歌的创作、交流和传播。

结　语

在地理位置上,渔浦作为一个重要的渡口,许多诗人曾在这里留下足迹。作为唐代一个影响重大的诗歌群体,大历十才子,如钱起、卢纶、耿湋等,也曾经来到过渔浦,并留下佳作。在文化意义上,大历十才子与渔浦之间形成了良性互动。一方面,"大历十才子"的渔浦诗拓宽了山水诗的表现内容,沾溉着江南文化,推动了江南诗人群体的形成。同时,以渔浦为代表的江南水乡环境也对大历十才子诗风的形成有着一定的推动作用。作为唐诗之路的重要起点之一,渔浦在唐诗的发展史上具有重要的意义,同时也是江南文化的一个重要符号和象征因此。研究渔浦诗词有利于我们重新审视文人的诗歌创作轨迹,有利于挖掘渔浦文化的深层次内涵,弘扬渔浦诗词文化,保护渔浦文化遗产。

---

① 　傅璇宗:《唐代诗人丛考》,中华书局 1980 年版,第 232 页。
② 　刘国瑛:《心态与诗歌创作》,学林出版社 1994 年版,第 152 页。

附录　大历诗人所作渔浦诗词

钱起之作

《同李五夕次香山精舍访宪上人》："彼岸闻山钟,仙舟过苕水。松门入幽映,石径趋逶迤。初月开草堂,远公方觐止。忘言在闲夜,凝念得微理。泠泠功德池,相与涤心耳。"

《题精舍寺》："胜景不易遇,入门神顿清。房房占山色,处处分泉声。诗思竹间得,道心松下生。何时来此地,摆落世间情。"

《东阳郡斋中诣南山招韦十》(一作东阳郡斋书事)："霁来海半山,隐映城上起。中峰落照时,残雪翠微里。同心久为别,孤兴那对此。良会何迟迟,清扬瞻则迩。"

《登胜果寺南楼雨中望严协律》："微雨侵晚阳,连山半藏碧。林端陟香榭,云外迟来客。孤村凝片烟,去水生远白。但佳川原趣,不觉城池夕。更喜眼中人,清光渐咫尺。"

耿沣之作

《登沃洲山》："沃州初望海,携手尽时髦。小暑开鹏翼,新莺长鹭涛。月如芳草远,身比夕阳高。羊祜伤风景,谁云异我曹。"

《陪宴湖州公堂》："谢公为楚郡,坐客是瑶林。文府重门奥,儒源积浪深。壶觞邀薄醉,笙磬发高音。末至才仍短,难随白雪吟。"

郎士元之作

《送李遂之越》："未习风波事,初为东越游。露沾湖草晚(一作晓),月照海山秋。梅市门何处,兰亭水向(一作尚)流。西兴(一作陵)待潮信,落日满孤舟。"

卢纶之作

《渡浙江》："前船后船未相及,五两头平北风急。飞沙卷地日色昏,一半征帆浪花(一作潮浪)湿。"

崔峒之作

《送侯山人赴会稽》："仙客辞萝月,东来就一官。且归沧海住,犹向白云看。猿叫江天暮,虫声野浦寒。时游镜湖里,为我把渔竿。"

《送薛良史往越州谒从叔》："辞家年(一作日)已久,与子分偏(一作仍)深。易得相思(一作思乡)泪,难为欲别心。孤云随浦口,几日到山阴。遥想兰亭下,清风满竹林。"

晚唐渔浦诗歌创作考论

李姝威①

渔浦，位于今杭州市萧山区义桥镇，如今作为"浙东唐诗之路"的起点之一，再次吸引了人们的关注。这个地方曾牵引着无数诗人的步伐，在此流连驻足，触动诗思，落笔成篇。晚唐诗人中，因战乱、漫游、贬谪等因素经过渔浦者尤多，因而在此地留下诸多渔浦诗。《渔浦诗词》②中收录唐代渔浦诗共 15 首，为盛唐与中唐诗人之作，未收录晚唐诗人之作。晚唐③诗人对渔浦的独特书写，不仅彰显了萧山独具特色的地域文化，也成为印证浙东唐诗之路的重要资料。对晚唐渔浦诗的探究，有助于我们了解晚唐诗人与渔浦的关系，挖掘渔浦诗的精神内涵。

一、晚唐渔浦诗创作概况

渔浦作为地理概念的大致范围，狭义上指杭州市萧山区的渔浦，自萧山渔浦潭至南到渔浦街(今义桥镇江下三里)折西至富阳鱼山界；广义上包括钱塘江两岸的大范围。④ 当前对渔浦诗词的研究，对广义与狭义意义的使用兼而有之。

---

① 李姝威，上海大学文学院硕士研究生，研究方向为诗词学。
② 杭州市萧山区义桥镇人民政府：《渔浦诗词》，北京：中华书局，2010。
③ 本文中的中晚唐分期采用学术界通用的方法，以唐代宗大历元年(766)为中唐之始，以文宗开成元年(836)为晚唐之始，以哀帝天祐四年(907)为晚唐之终。
④ 王志邦：《钱塘江流域最早的渔浦地名》，《从义桥渔浦出发：浙东唐诗之路重要源头学术研讨会论文集》，中共义桥镇委、镇政府、区方志办编，杭州：浙江人民出版社，2013 年 8 月第 1 版。

　　举例来说,鲍江华《欸乃一声山水绿——历代渔浦诗词概述》从狭义概念出发,在明确而有限的地理范围内概述历代渔浦诗词;李维松《"义桥处处是新诗渔浦江山天下稀"——从〈村景八咏〉兼议渔浦诗词地域范围》则以广义渔浦为探讨范围,在更广的地理范围内包罗渔浦诗词。作为一处自然景观,渔浦在地理上的范围自然会随着环境、气候、灾害等因素发生变化。因此,为了相对广泛地考察渔浦诗歌,本文以广义概念上的"渔浦"作为渔浦诗的考察范围。

　　晚唐之前的渔浦诗歌已逐渐形成专门一类而小有规模。自南朝至中唐,已有多位诗人在渔浦留下诗篇。从南朝谢灵运的《富春渚》到盛唐孟浩然的《早发渔浦潭》,再到中唐钱起的《渔潭值雨》,或写行旅,或摹山水,或抒胸臆,已为后世的渔浦诗创作奠定了基础。晚唐叛乱频起,中原形势恶化,文人、士人纷纷因贬谪、游历、逃难等各种因素而去往江南。而下江南的路途中,必定会经过作为当时水路枢纽之一的渔浦。加之晚唐历时较长,晚唐渔浦诗因而得到长足发展。

　　在分辨真正地理意义上的渔浦诗前,有必要梳理出"渔浦"本身在诗歌中的各种使用情况。"渔浦"在诗歌中的演化,大致经历了由泛指到特指,而后固化为特定意象的过程。晚唐诗歌对于"渔浦"的呈现分作三种情况:其一,泛指江河边打鱼的出入口处或津渡,如郑准的《寄进士崔鲁范》中"会待路宁归得去,酒楼渔浦重相期",这里的"渔浦"可指任何一个渔浦渡口。其二,"渔浦"作为专有地名出现于诗中,如方干《别喻凫》诗句"渔浦夜垂纶"中的"渔浦",即是本文探讨的对象。其三,"渔浦"逐渐演化为一种特定的意象,如许浑带有"渔浦"意象的五首诗作中,"渔浦"均作为一种地点意象与对句的意象呼应,《寄天乡寺仲仪上人富春孙处士》中"云带雁门雪,水连渔浦风",《行次白沙馆先寄上河南王侍御》中"歌惭渔浦客,诗学雁门僧",《出关》中的"卧归渔浦月连海,行望凤城花隔云",《和李相国》中的"摘来渔浦上,携在兔园阴",或与"雁门"相对,或与"凤城"相对,"渔浦"成为一种带有水乡特色的意象。

　　综观唐诗,考察出晚唐渔浦诗有 15 首,分别是方干《别喻凫》《送人宰永泰》《旅次钱塘》《叙钱塘异胜》、罗隐《秋日富春江行》《钱塘江潮》、施肩吾《钱塘渡口》、许浑《游钱塘青山李隐居西斋》《寄天乡寺仲仪上人富春孙处士》、徐凝《观浙江涛》、喻坦之《晚泊富春寄友人》、张祜《早春钱塘湖晚眺》、郑谷《寄赠孙路处士》、吴融《富春》(二首)。具体考察过程将在下一节与渔浦诗的创作主体结合起来论说。

二、晚唐渔浦诗的创作主体

　　江南山光水色秀丽,气候温暖,河道密布,具有典型的"水乡泽国"特征,人性普遍灵秀。唐代江南士人往往诗、书、文兼长,体现出中国传统思维中的"人杰地灵",从中可见出人之性情与风土的关系。随着江南经济文化地位不断上升,这种特点表现得越来越突出。作为浙东至杭州的水路枢纽之一,渔浦因其独特的地理位置,成为出入江南的必经之地,加之"渔浦烟光"是著名的"萧山八景"之一,自然进入众多诗人的创作视野。渔浦诗的创作主体不仅有江南本土诗人,还包括大量因战乱、贬谪、漫游等因素来到江南的非江南籍诗人。

(一)渔浦诗与晚唐江南籍诗人

　　从唐代行政区划上看,"江南"包含江南东道的润州、常州、苏州、湖州、杭州、睦州、越州、歙州、明州、衢州、括州、婺州、温州、台州十四州与江南西道的宣州、池州,共十六州,相当于今之江苏安徽两省的长江以南部分、上海市及浙江省之全部。据统计,唐代(不包括五代)江南地区有诗作存世的诗人总数为 298 人,其中晚唐 94 人。[①] 晚唐所处末世光景,但晚唐诗歌创作仍然活跃,数量众多,山水诗这一脉始终保持着新鲜的活力。晚唐诗人题咏江南名胜的诗作不乏佳作,如杜牧《题扬州禅智寺》、喻凫《题弘济寺》、郑谷《登杭州城》、张祜《杭州晚眺》等。这些江南山水诗篇广泛地反映江南风物、浙东山水。其中,渔浦诗歌以其鲜明的水乡特色代表了江南山水诗中"水诗"的一部分。

　　江南籍诗人生于斯长于斯,浸润于江南秀美的山水与浓郁的文化氛围,使得他们以本土诗人的视角书写出自身对渔浦的体认。同时,漫游风气盛行。晚唐江南籍诗人李绅为润州无锡人,文宗七年擢为浙东观察使,期间游历浙东山水。《唐诗纪事》高度概括了其诗歌创作与生平游历的联系:"开成间,绅集其诗为《追昔游》,盖叹逝感时,发于凄恨而作也。或长句、或五言、或杂言、或歌、或吟、或乐府齐梁,不一其辞,乃由牵思所属尔。起梁汉,归谏垣,升翰苑,感恩遇,歌帝京风物;遭谗邪播越,历荆楚,涉湘沅,逾岭峤,抵荒陬,止高安;移九江,泛五湖,过钟陵,溯荆江,守滁阳,转寿春;改宾客,留洛阳,历会稽,过梅里;遭谗者再为宾客分务,归东周;擢川守,镇人一梁。词有所怀,兴生于怨。故或隐或显,不常其言,冀

---

　　① 景遐东:《江南文化与唐代文学研究》,复旦大学博士学位论文,附录表 2。

知音于异时时已。"①从这段文字中，也可见出诸多江南籍诗人的游历经历与创作心态。

睦州清溪人方干，开成年间久居桐江，与寓居桐江的喻凫为友。桐江位于富春江的上游，即钱塘江流经桐庐县境内一段，属于渔浦范围内。其《别喻凫》一诗应是他在此地赠别友人喻凫时所作。"离别波涛阔，留连槐柳新。蝶陵寒贳酒，渔浦夜垂纶。"从颈联与颔联的内容上可看出，诗人是从水路离开渔浦的。两岸波涛开阔，槐柳茂盛，以赊一壶酒和垂钓二事践行，分别之情与留连之意尽在其中。罗隐为杭州新城人，后依吴越王钱镠，曾任钱塘令。其《秋日富春江行》《钱塘江潮》两首诗便记录了出游渔浦的行程、风光与感悟。许浑为润州丹阳人，曾任润州司马、睦州刺史。在这一带写了诸多江南诗，其中《寄天乡寺仲仪上人富春孙处士》《游钱塘青山李隐居西斋》两首应作于渔浦附近。富春在今浙江杭州市富阳区富春街，近富春江一带。从诗歌内容可以看到，此诗是诗人赠予在润州天乡寺修道的孙处士所作，而孙处士为富春人，时常经行渔浦，因而在诗中诗人将两人的友情与渔浦联系起来，如诗云："诗僧与钓翁，千里两情通。云带雁门雪，水连渔浦风。"钱塘青山中青山应不是确指，在钱塘两岸范围内。"兰叶露光秋月上，芦花风起夜潮来"，独具水乡特色的自然风物、幽美的隐居环境使得诗人沉醉于此，并勾起了诗人"云山绕屋犹嫌浅，欲棹渔舟近钓台"的归隐之思。

值得注意的是，这些江南籍的渔浦诗诗人，都有在江南任职、定居、隐居的经历。他们游历浙东一带，秀美的风光、温润的气候、浓郁的文化氛围与安定的社会环境，为他们提供了便利而舒适的写作环境。因此他们在江南创作了数量众多的诗歌，渔浦诗是其中重要的组成部分，代表了他们的江南诗歌的部分风貌，但我们也要注意到在渔浦诗之外还存在有这些诗人所创造的更广阔的诗歌世界。施肩吾为睦州人，唐宪宗时被钦点为状元，是杭州地区第一位状元。曾在渔浦作有《钱塘渡口》一诗，而在江南地区则作有更多具体的吟咏名山胜水、寄赠友人的诗篇，如《送端上人游天台》《忆四明山泉》《江南织绫词》等。喻坦之为睦州人，久寓长安，因忆渔樵，还居旧山，在富春作《晚泊富春寄友人》。徐凝也为睦州人，元和年间有诗名，其作于江南的诗歌众多，有《忆扬州》《杭州祝涛头二首》《观浙江涛》等。

在江南籍诗人众多的渔浦诗中，吴融的渔浦诗尤具特色。他的创作体现了晚唐时期文人共有的一种心态，表面行吟于山水之间，实则借山水慰藉心灵、排遣苦闷。在诗人经行山水间，翰墨落笔处，我们均可看到他在时代与个人、兼济天下与独善其身之间的徘徊与挣扎。吴融，为越州山阴人。先随韦昭度入蜀平

① (宋)计有功撰：《唐诗纪事》第39卷，上海：上海古籍出版社，2013年，第596页。

乱,无功而返;回到朝廷,曾官至侍御史,又遭人谗言,遭贬荆南;后被召回京城,官至中书舍人,转而流落闽乡;后再度被召回任翰林,卒于任翰林承旨任上。观其一生,宦海浮沉,几度受到重用,旋即被贬或流落他乡,这与晚唐动荡不安的政局,有很大的关联。谪居江陵后,在短暂的东归途中,诗人写下了两首渔浦诗《富春》。从诗中可读出诗人对时局的关切中仍有返朝之心,对时事的无奈感伤中诗人渐生退隐之思。《富春·其一》中云:"未必柳间无谢客,也应花里有秦人。严光万古清风在,不敢停桡更问津。"表达了对古代隐者的企慕。无独有偶,罗隐《秋日富春江行》的末尾两句也表达了同样的归隐之念,有云:"严陵亦高见,归卧是良图。"

(二)渔浦诗与晚唐非江南籍诗人

综观整个唐朝,因游历、客居、贬谪、逃难等因素来到江南的非江南籍诗人不在少数。安史之乱后唐王朝陷入藩镇割据的危机之中,中原地区出现了较长时间的战乱,促使北方文士避乱江南,其后代随之在江南成长。且安史之乱后兴起隐逸之风,大量士人来到江南避难隐居,如清塞、朱湾、寒山子、项斯、方干、喻坦之、周朴等。因官职调动(多为贬谪)来到江南的诗人也不在少数,有李绅、李约、姚合、张祜、杜牧等。因此,晚唐时期在江南而非江南籍的诗人数量众多,其诗作中多有对江南风景以及漫游经历的书写。如晚唐诗人清塞为河南府洛阳县人,客居南徐(今江苏省镇江市)三年左右,在江南留有诗作《留别南徐故人》《送郭秀才归金陵》等。杜牧为京兆万年(今陕西西安)人,历任黄州、池州、睦州、湖州刺史,有《洛中送冀处士东游》《池州送孟迟先辈》等江南诗。这些诗作或咏叹名山胜水,或赠和友人,或抒写胸怀,从中可以看出诗人在江南地区的生活经历、文学创作情况及思想状态。

《早春钱塘湖晚眺》一诗为晚唐诗人张祜经行钱塘时所作。张祜,本为清河(今邢台市清河县)人,早年曾寓居姑苏。辟诸侯府,为元稹排挤,遂至淮南寓居,爱丹阳曲阿地,隐居以终。《早春钱塘湖晚眺》这首渔浦诗中对渔浦及渔浦周围的环境有直接描写,"轻澌流回浦,残雪明高峰"两句十分有画面感。春风料峭,登高晚眺,清冽的湖水入浦,残雪静卧于青山顶上。诗人漂泊流寓的心在渔浦暂时得到安歇,进而抒写意气,"仰视天宇旷,俯登云树重"。诗人渴望在俯仰之间获得一种超脱,对自然风光的描绘中无不体现出一种归隐情趣来。另一位非江南籍诗人郑谷,为袁州宜春(江西宜春)人。开成中为永州刺史,及冠,应进士举,凡十六年不第。光启三年(887)登进士第。后迁右拾遗补阙,归隐宜春仰山书屋,卒于北岩别墅。其《寄赠孙路处士》一诗为:"平生诗誉更谁过,归老东吴命若何。知己凋零垂白发,故园寥落近沧波。酒醒薜砌花阴转,病起渔舟鹭迹多。深入富春人不见,闲门空掩半庭莎。"从诗作内容来看,诗人以诚挚的感情抒写迁客之怀,蕴含着凄凉的人生况味。题为寄赠,概因孙路处士同作者一样都为归隐的迁谪者。首二句点明东归经过渔浦来到富春,故友之思、乡关之思、身世之哀共渔浦之水奔流不尽。末二句以克制、平淡的话语,传达出一种极致的寂寥之感。

可以看出,这些非江南籍诗人曾有过出仕的经历,因时乱或人事几经宦海沉浮。在经行渔浦时,诗人们退步而思,不再专注于羁旅、迁谪带来的痛苦伤感,漂泊异乡的悲怀确实得到了纾解。他们在渔浦诗中或缘情自遣,或忘情山水。作为外来者,渔浦在他们笔下得到了不同于江南本土诗人的更具新意的创作。可以说,这些渔浦诗作为诗人们在这一特殊创作阶段的产物,记录了这一心态的转变。

三、晚唐渔浦诗的题材内容

由于大时代的动乱,晚唐文人普遍处于难进难退的状态。无可作为的时代氛围消磨掉诗人进取的锐气。在此之际,晚唐诗人不再具有盛唐诗人的豪迈潇洒,也失去了中唐诗人的抗争精神。这种心态造成晚唐诗人普遍低迷的人生状态,因此他们的诗歌创作中少见人生抱负的书写,他们转而关心自身,或消极避世,或纵情山水。从题材来看,晚唐渔浦诗大致可分为三类。

一为记游诗。唐代行旅之风大盛。渔浦作为浙东胜景之一,自然成为诗人歌咏的对象。有罗隐《秋日富春江行》《钱塘江潮》、施肩吾《钱塘渡口》、许浑《游钱塘青山李隐居西斋》、方干《叙钱塘异胜》、徐凝《观浙江涛》、张祜《早春钱塘湖晚眺》、吴融《富春(二首)》共八首。这类诗以歌咏水景为主,如张祜《早春钱塘湖晚眺》:"落日下林坂,抚襟睇前踪。轻澌流回浦,残雪明高峰。"[①]着笔由远有近,既写夕阳时分钱塘湖色,又写早春时节山峦气象,以行客之笔记录景色。第三句对于湖水的描写极为生动,一个"轻"字为湖水的流动增加几分轻快、静谧之感,"回"字则呈现出水流的形状与流向。罗隐的《秋日富春江行》先写途中景色,后即景抒怀,抚今追昔之感灌注于山光水色之中。其中,"远岸平如剪,澄江静似铺"[②]两句是全诗的点睛之笔。诗人富于想象,将渔浦之水的平静、澄澈用"剪"与"铺"二字表现,将静景出之以动感,以简约精致的画笔勾勒出了江南水乡的清新幽美。

二为赠别诗,有许浑《寄天乡寺仲仪上人富春孙处士》、方干《别喻凫》《送人

---

①　(清)彭定求等编:《全唐诗》第十五册,北京:中华书局,1960 年,第 5817 页。

②　(清)彭定求等编:《全唐诗》第十九册,北京:中华书局,1960 年,第 7568 页。

宰永泰》、喻坦之《晚泊富春寄友人》、郑谷《寄赠孙路处士》五首。不同于盛唐时期赠别诗的平和乐观,晚唐赠别诗总体上表现出一种悲凉孤寂、彷徨无依的心情。晚唐渔浦诗中的赠别诗,情感基调也较为低沉。从内容来看,或送人出游、归隐,或自己因故离开,留诗以寄别。晚唐诗人喻坦之泊船至富春将要离开时,作《晚泊富春寄友人》①。首、颔联刻画眼前之景,寒江冷月,叶落潮回,一派清冷的江景,既描摹出景色,又为抒发离愁做铺垫。颈、尾联以一"独"一"别"点出离别时悲凉的心情,流露出十分浓重的孤独感。既写江景,又抒离情,完美地达到了以景衬情的效果。值得注意的是,部分赠别诗的诗题中明确了指涉对象,如《别喻凫》《送人宰永泰》《寄赠孙路处士》《寄天乡寺仲仪上人富春孙处士》等,从中可一窥作者的交游情况以及当时的文人生活。

三为思乡诗。多由游山水而生发思乡之情或归隐之思。唐代老庄、佛、道思想充分发展,隐逸之风颇为盛行。诸多士人往往将风光幽美的江南作为重要的隐居地。方干经行钱塘时作《旅次钱塘》:"此地似乡国,堪为朝夕吟。云藏吴相庙,树引越山禽。潮落海人散,钟迟秋寺深。我来无旧识,谁见寂寥心。"诗中表达了对故园的牵挂,侧面反映了诗人渴望安宁的心态。此诗开篇首先点明思乡的心境,接着刻画所见景物,云、树、潮、钟、寺,一派凄清,并由此带出心中的寂寥之情。中间二联景中含情,物物渗透着清冷氛围。首联与尾联相互呼应,写对钱塘有一种"似乡国"的感受,加上此地"无旧识",诗中透露的归乡之思愈发深重。这类诗除了抒写迁谪之怀、身世之哀外,更多了一层乡关之思,为渔浦诗涂抹了一道更为浓重的情感色彩。

从以上几类诗中,可看出"渔浦"不仅是诗歌内容描写风物的对象,更是诗人情感的寄托。渔浦的山水在这些诗中得到多样的呈现,用优美的诗笔还原出一个清幽的水乡环境。在为我们呈现出昔日渔浦盛景的同时,也记录了诗人们经行此地的所见所感。也正是在渔浦幽美的风光中,诗人们抽身时乱、漂泊异乡的悲怀暂时得到了纾解。

四、晚唐渔浦诗的艺术特色

晚唐渔浦诗以渔浦山水为主体,烘托以周围的意象群,营造出一种清新自然的意境。诗中频繁出现"渔浦""渔舟""钓台""江""霜""露""钟""鸟""风""云"等

---

① 《晚泊富春寄友人》全诗为:"江钟寒夕微,江鸟望巢飞。木落山城出,潮生海棹归。独吟霜岛月,谁寄雪天衣。此别三千里,关西信更稀。"

意象,这些意象具有鲜明的水乡特色,为我们呈现出清旷、幽静的渔浦山水风貌。喻坦之的《晚泊富春寄友人》选取了一连串江景意象:江钟、江鸟、落木、海潮、归棹、霜月、孤岛等,营造出冷清孤寂的意境。意象丰富,意境澄明。许浑诗歌具有鲜明的泽国情调,如《游钱塘青山李隐居西斋》中"翠萝""苍苔""露光""芦花""夜潮""渔舟""钓台"等的意象组合使许浑诗意境清新,呈现出滋润淡逸的艺术特色。

　　渔浦诗作为山水诗中一类,语言清丽是重要的特色。再加上体式多为五、七言律诗,部分诗作在语言上又呈现语言精妙、对仗工整的特点。罗隐的《秋日富春江行》中:"远岸平如剪,澄江静似铺。"[1]诗人以静化动,用"剪"的动作呈现水岸"平"的特点,"铺"的动作体现江面"静"的特点,将自然景物的特点用日常的行为动作联系起来,生动形象又充满生活气息。此诗中"远岸"对"澄江","平如剪"对"静似铺",简单几笔勾勒出富春江清新淡逸的特点,见出语言之精炼妥帖。又如郑谷《寄赠孙路处士》一诗中的颈颔联:"知己凋零垂白发,故园寥落近沧波。酒醒薜砌花阴转,病起渔舟鹭迹多。"颈联工整,颔联语序有所调整,读来自然清健。此外,晚唐渔浦诗中对"吴相庙""谢公""李衡奴""问阳侯"等典故的运用信手拈来,达到以典寓情、扩充诗境的效果。

　　在创作手法上,突出的特点有二:一为工于描摹,刻画细致;二为以景衬情,情景交融。吴融的《富春·其二》:"两岸山花中有溪,山花红白遍高低。灵源忽若乘槎到,仙洞还同采药迷。二月辛夷犹未落,五更鸦舅最先啼。茶烟渔火遥看处,一片人家在水西。"[2]从时间与空间、视觉与听觉的角度,细致地描绘了富春江畔山花烂漫、渔火点点的景致,末句宕开一笔,视角由近及远,宛如山水画卷铺展开来。诗人未将摹景与抒情分开书写,而是情寓于景中,对所见之景的书写无不体现诗人欢愉安宁的心情。前叙景而末尾抒情或讽今,形成"上景下情"的特点,方干《叙钱塘异胜》、罗隐《秋日富春江行》、吴融《富春·其一》等诗中均有所体现。

　　晚唐渔浦诗的诗歌风格总体上呈现出"清"的特点。"清"的内涵向来丰富,《说文解字》曰:"清,朖也。澄水之貌。"段玉裁注曰:"朖,明也。澄而后明,故云澄水之貌。"[3]即清新澄明,用于文学作品常指作品的格调、风格。这一风格的整体呈现往往来源于诗人的生活经历、对题材的选择、诗作体现的思想情感等多方面的融合。但在"清"的共同风格中,又呈现出多姿多态的风貌,风格偏于优美

---

① 　(清)彭定求等编:《全唐诗》第十九册,北京:中华书局,1960 年,第 7568 页。

② 　(清)彭定求等编:《全唐诗》第二十册,北京:中华书局,1960 年,第 7895 页。

③ 　(汉)许慎撰、(清)段玉裁注:《说文解字》,上海:上海古籍出版社,1981 年,第 550 页。

者,有许浑《游钱塘青山李隐居西斋》:"小隐西亭为客开,翠萝深处遍苍苔。林间扫石安棋局,岩下分泉递酒杯。兰叶露光秋月上,芦花风起夜潮来。云山绕屋犹嫌浅,欲棹渔舟近钓台。"①偏于清健,如罗隐《钱塘江潮》:"漫道往来存大信,也知反覆向平流。任抛巨浸疑无底,猛过西陵只有头。"②偏于雅正,如方干《别喻凫》:"知心似古人,岁久分弥亲。离别波涛阔,留连槐柳新。螟陵寒贳酒,渔浦夜垂纶。自此星居后,音书岂厌频。"③

可以说,诗人们在渔浦诗中为读者还原了一个绵渺、清新、旷远的水乡环境,也为我们呈现出晚唐时期文人进退两难的复杂心态,更建构起了一个个立体的容纳个人情感的诗歌世界。

结　语

渔浦诗从南朝发端,发展至唐代日益兴盛。晚唐延续着晚唐渔浦诗的脉络并不断开拓,为后世渔浦诗创作提供了重要的借鉴价值。首先在书写内容上,以纪游与赠别居多,从诗题中就可窥一斑,南朝之《旦发渔浦潭》《赠别谢法曹惠连》,盛唐之《宿范浦》《将适天台留别临安李主簿》,宋代之《泛富春江》《寄胡桐庐》,元明清之《舟次渔浦》《送葛元哲归江西》《宿渔浦江》等,一脉相承。艺术上,水乡意象的组合使用、语言的清丽、以景衬情的手法等在此后渔浦诗中均有体现。以宋代著名的渔浦诗为例,如沈括《送程给事知越州》、刁约《过渔浦作》、苏舜钦《宿钱塘安济亭观潮》,意象群的建构、以景衬情的手法以及清寂隽永的风格等等,在这些诗作中均有继承。

晚唐渔浦诗是晚唐诗人出仕与退隐矛盾心态的产物。江南籍诗人多有出仕经历,在官职调动过程中陆续经行渔浦、回归江南。他们本身是江南人且长期与江南山水为伴,其诗歌创作广泛地反映江南风物、浙东山水,并且诗作独具巧思,诗风清丽。在江南籍诗人众多的渔浦诗中,其创作体现了晚唐时期文人的一种心态,表面行吟于山水之间,实则借山水慰藉心灵、排遣苦闷。而非江南籍诗人则以外来者的眼光看待渔浦风物,对渔浦风光的描绘时有新意。在迷惘、无望的末世光景中,除了迁谪之怀、身世之哀之外,这些漂泊于江南的诗人更多了一层乡关之思,诗中蕴含的情感也更加真挚与深重。无论是江南籍还是非江南籍诗

① (清)彭定求等编:《全唐诗》第十六册,北京:中华书局,1960年,第6091页。
② (清)彭定求等编:《全唐诗》第十九册,北京:中华书局,1960年,第7556页。
③ (清)彭定求等编:《全唐诗》第十九册,北京:中华书局,1960年,第7442页。

人,在诗人经行山水间与翰墨落笔处,我们均可看到他们在时代与个人、兼济天下与独善其身的挣扎。也正是在浙东的行旅中,在渔浦幽美的风光中,诗人们抽身时乱,漂泊异乡的悲怀暂时得到了纾解。

渔浦诗歌作为江南诗歌的一部分,从一个较小的地域视角折射出晚唐江南文化独特的魅力,同时丰富了晚唐诗人在江南地区诗歌创作的内容。渔浦,位于杭州这座"东南名郡",其秀美的自然景观、浓郁的文化氛围、繁荣的经济面貌使得杭州以及江南地区成为文人漫游、求学、避难的首选之地。尤为突出的是,晚唐渔浦诗呈现出鲜明的"水乡泽国"特色,拓展了江南山水诗中"水诗"的创作,也印证了浙东唐诗之路在此时此地的发展盛况。

从文学史料的意义上看,晚唐渔浦诗或记录游玩,或描摹景观,或寄情山水,成为诗人们游历浙东的重要史料,同时丰富了我国游历诗的内容。渔浦作为浙东唐诗之路的起点之一,以其优越的自然地理条件与深厚的文化底蕴,吸引着历代文人,文人又以自己独特的创造回馈于渔浦。历代渔浦诗歌是渔浦文化的重要载体,晚唐诗人对渔浦的书写是对渔浦文化在新一阶段的继承与发扬。这些诗篇生动描绘了渔浦的山光水色和当地人民的生活,也记录了渔浦几千年来在地理和风貌上的变迁。如今的渔浦作为浙东唐诗之路的重要源头,已不仅仅作为一个地名而存在,其人文因素不断得到提升。渔浦诗不仅彰显了萧山独具特色的地域文化,也成为印证浙东唐诗之路的重要资料。

附录　晚唐渔浦诗录

许浑《寄天乡寺仲仪上人富春孙处士》
方干《别喻凫》《送人宰永泰》《旅次钱塘》《叙钱塘异胜》
罗隐《秋日富春江行》《钱塘江潮》
施肩吾《钱塘渡口》
许浑《游钱塘青山李隐居西斋》
喻坦之《晚泊富春寄友人》
徐凝《观浙江涛》
张祜《早春钱塘湖晚眺》
郑谷《寄赠孙路处士》
吴融《富春》（二首）

寄天乡寺仲仪上人富春孙处士
许　浑

诗僧与钓翁，千里两情通。
云带雁门雪，水连渔浦风。
心期荣辱外，名挂是非中。
岁晚亦归去，田园清洛东。

别喻凫
方　干

知心似古人，岁久分弥亲。
离别波涛阔，留连槐柳新。
蟆陵寒赏酒，渔浦夜垂纶。
自此星居后，音书岂厌频。

送人宰永泰
方　干

北人虽泛南流水，称意南行莫恨赊。
道路先经毛竹岭，风烟渐近刺桐花。
舟停渔浦犹为客，县入樵溪似到家。

下马政声王事少，应容闲吏日高衙。

旅次钱塘
方　干

此地似乡国，堪为朝夕吟。
云藏吴相庙，树引越山禽。
潮落海人散，钟迟秋寺深。
我来无旧识，谁见寂寥心。

叙钱塘异胜
方　干

暖景融融寒景清，越台风送晓钟声。
四郊远火烧烟月，一道惊波撼郡城。
夜雪未知东岸绿，春风犹放半江晴。
谢公吟处依稀在，千古无人继盛名。

秋日富春江行
罗　隐

远岸平如剪，澄江静似铺。
紫鳞仙客驭，金颗李衡奴。
冷叠群山阔，清涵万象殊。
严陵亦高见，归卧是良图。

钱塘江潮
罗　隐

怒声汹汹势悠悠，罗刹江边地欲浮。
漫道往来存大信，也知反覆向平流。
任抛巨浸疑无底，猛过西陵只有头。
至竟朝昏谁主掌，好骑赪鲤问阳侯。

观浙江涛
徐　凝

浙江悠悠海西绿，惊涛日夜两翻覆。
钱塘郭里看潮人，直至白头看不足。

钱塘渡口

施肩吾

天堑茫茫连沃焦，秦皇何事不安桥。
钱塘渡口无钱纳，已失西兴两信潮。

游钱塘青山李隐居西斋

许　浑

小隐西亭为客开，翠萝深处遍苍苔。
林间扫石安棋局，岩下分泉递酒杯。
兰叶露光秋月上，芦花风起夜潮来。
云山绕屋犹嫌浅，欲棹渔舟近钓台。

路泊富春寄友人

喻坦之

江钟寒夕微，江鸟望巢飞。
木落山城出，潮生海棹归。
独吟霜岛月，谁寄雪天衣。
此别三千里，关西信更稀。

早春钱塘湖晚眺

张　祜

落日下林坂，抚襟睇前踪。
轻溅流回浦，残雪明高峰。
仰视天宇旷，俯登云树重。
聊当问真界，昨夜西峦钟。

寄赠孙路处士

郑　谷

平生诗誉更谁过，归老东吴命若何。
知己凋零垂白发，故园寥落近沧波。
酒醒薜砌花阴转，病起渔舟鹭迹多。
深入富春人不见，闲门空掩半庭莎。

富春（其一）

吴　融

水送山迎入富春，一川如画晚晴新。
云低远渡帆来重，潮落寒沙鸟下频。
未必柳间无谢客，也应花里有秦人。
严光万古清风在，不敢停桡更问津。

富春（其二）

吴　融

两岸山花中有溪，山花红白遍高低。
灵源忽若乘槎到，仙洞还同采药迷。
二月辛夷犹未落，五更鸦臼最先啼。
茶烟渔火遥看处，一片人家在水西。

论唐诗中的钱塘潮

吴志敏[①]

　　钱塘潮为渔浦著名的自然奇观,早于魏晋、南北两朝就有不少文士前往观览,唐时赴杭游赏的文人墨客更是络绎不绝。钱塘潮作为吟咏对象深深根植于中国文学史,是中国诗歌的重要组成部分。近年来,钱塘江潮研究主要集中于钱塘江文化内涵及钱塘诗词之路的策略开发,诗词研究多局限两宋及明清的诗歌意象,唐代钱塘潮诗至今未有学者深入。然唐时文人对钱塘诗词题材多有关注,其蕴含的感情色彩亦为后世发展延续的根本。唐代观潮文化的兴起,对"咏潮"传统的延续、山水诗题材的丰富、观潮胜地的选址、城市旅游产业的发展及史料的留存等兼具重要文化意义,是值得研究分析的文学现象。"濡腺泽槁兮潮之恩,不尸其功兮归于混元",钱塘江潮凭借深厚的文化内涵及特殊的地理位置,在中国文学史上占有一定地位。钱塘诗歌的出现,不仅使钱塘潮涌成为独立的审美对象,亦对诗歌的自然审美趣味进行了有效补充。而唐代特殊的政治文化背景、文人士大夫复杂的文学思想反映到钱塘诗歌层面,便有助于诗歌意象多元化发展。在不同时期,钱塘诗歌的创作主体、作品内容和思想倾向都体现出明显差异,寄托着诗人对人生寄遇、社会现实的无限感慨,彰显出独特的艺术魅力。钱塘诗作为山水题材类诗歌,形象地展现出杭州典型的风景特色,诗歌所折射的江南品格对于研究浙东地域风貌具有重要意义。总之,分析唐代钱塘诗歌不仅有利于解读创作主体的情感寄托,亦有助于发掘其在山水诗题材的拓展,掌握唐代文人乐于游赏的生活情趣与审美精神。同时为钱塘潮的价值认知与重塑利用提供重要参考,为进一步剖析钱塘潮等风景遗产的文化意义提供巨大帮助。

---

　　① 吴志敏,上海大学文学院硕士研究生,研究方向为诗词学。

一、钱塘潮考述

我国历史上著名的涌潮有三处，分别为：山东青州涌潮、江苏广陵涛及浙江钱塘潮。清人费锡璜《广陵涛辩》辩云："春秋时，潮盛于山东；汉及六朝盛于广陵；唐、宋以后，潮盛于浙江，盖地气自北而南，有真知其然也。"涌潮最先出现于北方，据自然地理因素南移。青州潮年代久远难以考证，自春秋时期至汉代，广陵涛在许多诗词中都有提及。最早可追溯至西汉文学家枚乘的《七发》："将以八月之望，与诸侯远方交游兄弟，并往观涛乎广陵之曲江。"①广陵涛汹涌壮观，曲江观涛是文人热衷之雅事。较为典型的诗句有："春江潮水连海平，海上明月共潮生。"②"因夸楚太子，便睹广陵涛。""潮平两岸阔，风正一帆悬。""湍似黄牛去，涛从白马来"。唐代中期，大量人口由北方移入，长江流域农垦范围扩大，广陵涛由盛转衰。延续了近 600 年的潮涌最后一次出现在唐人笔下，"畏冲生客呼童仆，欲指潮痕问里闾"。据李绅提供的信息，可知在其所处时期仅有潮痕遗存，广陵潮约消失于"唐大历年间（766—779）"③。

钱塘江位于我国浙东省，水系庞大，其涌潮素以天下奇观而蜚声海内外。"浙江之潮，天下之伟观也"④。先民们依靠钱塘江水灌溉农作，潮水的不可或缺性使人们想要了解其成因与规律。由于缺乏科学认识，先民们只能把潮水的超人力量依托于一种想象，由此产生了诸多解释钱塘潮的神灵传说与历史人物传说。吕洪年《浙江民间传说与风俗》载：浙江人民从畏潮以至于弄潮，经历了漫长的过程，主要有"西施之说""伍子胥之说""钱镠之说""朱元璋之说"等⑤，其中"伍子胥之说"对唐代文人影响较大，"得得为题罗刹石，古来非独伍员冤""但褫千人魄，那知伍相心"，"因知吴相恨，不尽海涛声"。唐人亦称钱塘江潮为伍胥涛，"山藏伯禹穴，城压伍胥涛"。为纪念伍子胥，人们在吴山修建祠庙，"水色西陵渡，松声伍相祠"。实际上，钱塘潮是指潮水暴涨时产生的独特涌潮现象，由地理地势、天文和潮汐本身的变化等因素构成。

钱塘江潮约形成于春秋，至汉代有一定规模，东汉地方志《越绝书》卷四云：

---

① （梁）萧统、（唐）李善注：《文选》，西安：太白文艺出版社，2010 年，第 981 页。

② 本文所引唐诗均出自彭定求《全唐诗》，后文从略。

③ 傅桂明：《消失了的广陵涛》，中国水利报，2010 年第 8 期。

④ （宋）孟元老：《东京梦华录（外四种）》，台北：大立出版社，1980 年，第 381 页。

⑤ 乔国恒：《两宋钱塘潮诗词研究》，硕士论文，南京师范大学，2008 年，第 1 页。

"（吴）西则迫江，东则薄海。浩浩之水，朝夕既有时，动作若惊骇，声音若雷霆。波涛援而起。"①文中描绘了钱塘江潮汹涌浩荡的壮观景象。钱塘观潮的风气大致兴于晋代，"广陵曲江有涛，文人赋之"②。至唐宋愈发盛行，并发展出一项新的体育娱乐活动，"弄潮儿向涛头立，手把红旗旗不湿"。钱塘潮涌于"农历每月朔、望（初一、十五）以后的两三天潮最大，通常每年仲秋八月十八前后涌潮最盛"③。因此钱塘江以秋潮为最，唐代钱塘潮诗歌亦多写秋潮。钱起："诗人九日怜芳菊，筵客高斋宴浙江"；杜牧："燕任随秋叶，人空集早潮""江湖潮落高楼迥，河汉秋归广殿凉"；方干："潮落海人散，钟迟秋寺深""关外逢秋月，天涯过晚潮""入楼早月中秋色，绕郭寒潮半夜声"；吴融："檐横碧嶂秋光近，树带闲潮晚色昏"；徐凝《云封庵》："登岩背山河，立石秋风里。隐见浙江涛，一尺东沟水。""钱江秋涛"闻名于世，后世亦逐步演变出八月十八观潮节，"八月观潮罢，三江越海浔"，钱塘潮以其雄伟壮阔的景象与特殊的文化意义，成为诗人们反复吟咏的对象。

二、钱塘诗题材内容

唐人恢弘的胸怀与兼容的心态，前代文学思想的积淀与本朝政治背景的交融，钱塘潮终以一个多元的形象见于文人笔下。诗人们的生活与文学发展息息相关，最突出的就是国势概况、个人命运对诗歌主题的影响。诗人们或将钱塘潮这一客观物象作为载体表达情感、审美情趣及人格魅力，寄托个人感慨；或专门描绘钱塘江潮壮观景象，将这一幕载入史册。笔者以"潮""钱塘江""浙江涛"等关键词在中华书局 1999 年版《全唐诗》（增订本）检索，出现百余首诗歌，其中多见专绘钱塘潮涌的佳作。具体说来，唐代钱塘诗歌可分为三种题材。

一为贬谪诗人的行旅愁思。初唐国力渐盛，士人普遍勤于进取。长安与洛阳作为当时的帝都是文人仕途的寄托与机遇的象征。杭州偏居东南一隅，地理位置直接影响诗歌创作与流传，提及并留存钱塘诗作的仅宋之问一人。宋之问，字延清，生于高宗显庆元年，上元二年进士及第，因倾附安乐公主被贬越州（今浙江绍兴市）。诗人虽被贬谪，但内心仍抱有积极向上的人生理想，被贬途中所作

①　（东汉）袁康、吴平：《越绝书》，杭州：浙江古籍出版社，2013 年，第 27 页。

②　（东汉）王充：《论衡》，上海：上海人民出版社，1974 年，第 59 页。

③　林炳尧、周潮生、黄世昌：《关于涌潮的研究》，《自然杂志》，1998 年第 1 期。

诗歌可探其心迹,《灵隐寺》①:

> 鹫岭郁岧峣,龙宫锁寂寥。楼观沧海日,门对浙江潮。桂子月中落,天香云外飘。扪萝登塔远,刳木取泉遥。霜薄花更发,冰轻叶未凋。夙龄尚遐异,搜对涤烦嚣。待入天台路,看余度石桥。

诗歌从游览路线展开,描述登寺所见秋景。高耸葱郁的山峰、寂寞寥落的佛殿,登上寺内楼阁可眺望壮美日出,寺门正对汹涌澎湃的钱塘江潮。眼前的奇异美景,直击诗人心灵,不禁抒发人生慨叹,表达出"强烈的寻胜、猎奇的人生志趣"②。灵隐寺为观赏钱塘潮的一佳视角,诗人杨巨源亦到此处:"曾过灵隐江边寺,独宿东楼看海门。"

宋之问另一诗歌:《钱江晓寄十三弟》③:

> 晓泊钱塘渚,开帘远望通。海云张野暗,山火彻江红。客泪常思北,边愁欲尽东。从来梦兄弟,未似昨宵中。

首联"远""望""通"三字生动传神地描绘出钱塘江的广阔无垠。江水浩淼,乌云密布,红衰翠减。诗人在回首与眺望中看钱塘潮起潮落,泪落两行。此刻既有仕途向心力的吸引,又有惦念故乡的内在情愫,两者互动展现了诗人切身境遇与内心情志的愁思。

二为漫游诗人的游赏雅兴。盛唐至中唐时期,诗歌创作"既多兴象,复备风骨",慷慨激昂的时代风貌推动漫游风尚的兴起,士人在入仕前后多有漫游经历,诗人李白一生爱好游历祖国河山,《横江词》其四:"浙江八月何如此?涛似连山喷雪来。"以钱塘江潮喻横江浪涛之险,可见钱塘潮涌给作者留下的印象之深。

钱塘江潮多变,其早晚潮、回潮等奇特景象引发漫游诗人关注,描述钱塘早晚潮诗歌可见陶翰《乘潮至渔浦作》:"舣棹乘早潮,潮来如风雨。"捕鱼人趁早潮赶来捕捞,希冀获得更大的收获。贾岛《寄顾非熊》:"穴通茅岭下,潮满石头西。独立生遥思,秋原日渐低。"山河开阔,一人立于江岸,晚潮下日落西山,秋景伴着怀思。张祜《赠薛鼎臣侍御(一作送刘崇德尉睦州建德县)》:"夜潮人到郭,春雾鸟啼山。"人到时已入夜,鸟儿环绕着月色下的山水飞行。白居易《潮》:"早潮才落晚潮来,一月周流六十回。"潮水接连涨落,早潮刚落晚潮又来,一月周而复始六十次。诗人通过平易的语言道出钱塘潮汐的周流情况,点明潮汐涨落不息的特点。徐凝《观浙江涛》:"浙江悠悠海西绿,惊涛日夜两翻覆。"亦描绘了钱塘潮

---

① （清）彭定求:《全唐诗》(增订本),北京:中华书局,1999 年,卷 53。
② 韩兆琦:《唐诗百首》,北京:中国青年出版社,2004 年,第 16 页。
③ 陈尚君:《全唐诗补编》,北京:中华书局,1992 年,第 762 页。

水日夜交替的景象。除潮发的雄伟壮阔,潮退的舒缓静好,钱塘"回潮"这一奇特景象亦被诗人所载,顾况《从江西至彭蠡入浙西淮南界道中寄齐相公》:"晚霞烧回潮,千里光瞳瞳";李昌符《送人入新罗使》:"望乡当落日,怀阙羡回潮";皎然《冬日送颜延之明府抚州觐叔父》:"天寒惊断雁,江信望回潮"。

江潮的丰富姿态吸引文人墨客前往,钱塘观潮逐步成为浙江民俗风貌之一,诗人孟浩然《与颜钱塘登障楼望潮作》专门描绘群集观潮景象:

> 百里闻雷震,鸣弦暂辍弹。府中连骑出,江上待潮观。照日秋云迥,浮天渤澥宽。惊涛来似雪,一坐凛生寒。

江潮如雷,百里就可听闻其声,手中的鸣琴也停止了弹奏。诗歌开头作者先声夺人,渲染出钱塘江潮的磅礴气势。府中之人闻声骑马相继赶往江岸等候,进一步渲染潮来前的气氛,可看出众人对钱塘江潮的期待。"照日秋云迥,浮天渤澥宽"两句,以"日光""秋云""天空"等景物烘托钱塘江潮到来的壮丽景象。"惊涛来似雪,一坐凛生寒",钱塘江潮惊涛骇浪排空而来,潮水卷起的海浪如一道雪岭,将在场的人吓得胆战心寒。作者从感官出发,描绘钱塘江潮的波澜壮阔。另一佳作《与杭州薛司户登樟亭楼作》:"帟幕英僚敞,芳筵下客叨",亦描写官员们于钱塘江畔观潮的群集性活动。

中晚唐诗人中,白居易尤爱观潮,任职杭州刺史间常借观潮逸致,单从观潮地点来看就涉及郡亭、东楼、樟亭等地。《和春深》其十三:"涛翻三月雪,浪喷四时花。曳练驰千马,惊雷走万车。"《郡亭》:"潮来一凭槛,宾至一开筵。"《东楼南望八韵》:"鹘带云帆动,鸥和雪翻浪。"《初到郡斋寄钱湖州李苏州》:"霁后当楼月,潮来满座风。"《松江亭携乐观渔宴宿》:"雁断知风急,潮平见月多。"《吴中好风景二首》:"暑退衣服干,潮生船舫活。"《奉酬淮南牛相公思黯见寄二十四韵(每对双关分叙两意)》:"日落龙门外,潮生瓜步前。"这些诗歌均记录诗人观潮的场景及心境,为日后留下对杭州美好的回忆。此外,诗人亦借词作表达对杭州的忆念之情。《忆江南三首》其二即通过描绘钱塘观潮的画面来验证江南之好。《浪淘沙·借问江潮与海水》:"借问江潮与海水,何似君情与妾心。"作者以江潮为喻,表达了女主人公对所爱之人的无比情深。

"樟亭待潮处,已是越人烟",樟亭等待潮涌的地方,已到越州,可见至樟亭观潮已成当时越州标志性风俗习惯。随着京杭大运河的开通,水陆交通的便利为唐人赴杭游览赏会提供更多机会,愈来愈多的诗人至樟亭观涛,宋昱《樟亭观涛》:

> 涛来势转雄,猎猎驾长风。雷震云霓里,山飞霜雪中。激流起平地,吹潦上侵空。翕辟乾坤异,盈虚日月同。艅艎从陆起,洲浦隔阡通。跳沫喷岩

翠,翻波带景红。怒湍初抵北,却浪复归东。寂听堪增勇,晴看自发蒙。伍生传或谬,枚叟说难穷。来信应无已,申威亦匪躬。冲腾如决胜,回合似相攻。委质任平视,谁能涯始终。

诗人从触觉、听觉、视觉等多个感官描写潮来的壮观景象,江上长风大作、潮声如雷声般响彻云霄。潮涌激起巨浪,天地日月、红花绿树与之相应,这是一幅雄奇瑰丽的场景。"寂听堪增勇,晴看自发蒙",钱塘潮涌的气势令人平添勇气。最后"冲腾如决胜,回合似相攻",作者将波涛汹涌的潮水喻为奋力厮杀的战士,形象描绘出钱塘江潮的雄伟壮观,场面震撼强烈。

三为归隐诗人的愤懑茫然。安史之乱后,藩镇割据,士人昂扬入世的进取精神,让位于失落消沉的情绪,晚唐时期文学格调渐见纤弱。"帆生尘兮楫有衣,怅潮之还兮吾犹未归",钱塘潮的涨落象征着诗人的出世与入世,茫然失措与生不逢时之感现于战乱与衰败面前,诗人们南下在自然山水中寻找寄托。而旅杭文人的增加亦推进钱塘诗作的描写,诗人许浑、喻坦之、姚合、朱庆馀、罗隐均有咏潮之作。喻坦之《题樟亭驿楼》:

　　危槛倚山城,风帆槛外行。日生沧海赤,潮落浙江清。秋晚遥峰出,沙干细草平。西陵烟树色,长见伍员情。

诗人登楼远望,帆船向外行驶。太阳升起,染红江海。西陵树木见证着伍子胥的冤屈。这首诗歌寄托了诗人内心深厚的怀古情绪,蕴含着对伍子胥的崇敬与深切同情,表达出对当前统治者残害忠良者的痛恨与怨愤。罗隐《钱塘江潮》:

　　怒声汹汹势悠悠,罗刹江边地欲浮。漫道往来存大信,也知反覆向平流。任抛巨浸疑无底,猛过西陵只有头。至竟朝昏谁主掌,好骑赪鲤问阳侯。

钱塘江潮汹涌澎湃、来势汹汹,但任凭江潮如何激荡,终究要归于平流。"至竟朝昏谁主掌,好骑赪鲤问阳侯",诗人于无可奈何的惆怅下不由联想到当下混乱动荡的社会时局,期冀"乱世出英雄"。

三、钱塘诗意象指向

钱塘江流域的先民们傍江而居,与钱塘江水渊源深厚。钱塘江不仅为人们的生活提供基本保障,而且启迪了先民对自然与生命的思考。随着生产力水平的提高,千丝万缕的联系赋予了钱塘潮丰富多样的审美内涵,诗歌意象指向日益丰富。不同的时代背景、人生经历导致观潮心态不尽相同。诗人们常常将生活中的意象反映到诗歌中来,表达出不同的人生志趣。或是仕途失意、壮志未酬,抒发内心愤懑;或是人生得意,尽意畅游,描绘钱塘江潮壮丽奇景;或是由潮水引发相思,诉说离别愁绪。钱塘潮起潮落,与人物历史命运相呼应。具体说来,钱塘潮意象指向主要有五类。

一为弄潮,"浙江涛惊狮子吼,稽岭峰疑灵鹫飞",钱塘江潮汹涌壮观,诗人们常将强烈的进取精神赋予其上。孟浩然:"今日观溟涨,垂纶学钓鳌。"与群贤汇集樟亭楼观涛,澎湃雄伟的潮涌令人生垂纶钓鳌之意,由此表达出建功立业的情怀。赵嘏:"一千里色中秋月,十万军声半夜潮。"中秋月色如浩浩江水一泻千里,钱塘潮声如十万军马呐喊奔腾。"一千里""十万军",作者以数量突出潮声之浩大声势,以冲锋陷阵的军士喻江潮涌进,表达了锐意进取的人生抱负。刘禹锡《浪淘沙九首》节选:

> 八月涛声吼地来,头高数丈触山回。须臾却入海门去,卷起沙堆似雪堆。莫道谗言如浪深,莫言迁客似沙沉。千淘万漉虽辛苦,吹尽狂沙始到金。

诗歌描绘"八月十八"观潮时的壮观景象,海潮声吼地而来,高达数丈的海浪冲击山石,浪花喷涌间退回大海,卷起的沙堆仍留岸上。诗人由此抒发理想抱负与生活情志,概括从自我经历获得的真实感受。"千淘万漉虽辛苦,吹尽狂沙始到金"予人哲理的启示,正义之人历尽艰辛后依显英雄本色,表露了作者如潮水般坚定的初心。

二为怒潮,"飞沙卷地日色昏,一半征帆浪花湿",钱塘江潮涌急促,渡江常令人生艰辛之意。诗人或借渡江之难隐喻应举之艰,发出仕途坎坷的感慨。姚合《送盛秀才赴举》:"重重吴越浙江潮,刺史何门始得消。"周匡物《应举题钱塘公馆》:"钱塘江口无钱过,又阻西陵两信潮。"方干《送王霖赴举》:"北阙上书冲雪早,西陵中酒趁潮迟。"或借渡江之难,抒发壮志难酬,陈陶《渡浙江》:

> 适越一轻舸,凌兢截鹭涛。曙光金海近,晴雪玉峰高。静寇思投笔,伤时欲钓鳌。壮心殊未展,登涉漫劳劳。

小舟轻飘于江面,舟下暗潮翻涌。"曙光金海近,晴雪玉峰高",作者由近及远,描绘出眼前的开阔景致。静寇投笔、伤时钓鳌,作者内心的压抑苦闷显而易见。末尾两句:"壮心殊未展,登涉漫劳劳。"抒发出报国无门、前路漫长艰难的愤懑忧郁。在唐代,意象化的诗歌也是禅悟体验的有效表现方式,僧人齐己亦借钱塘潮水,感叹时局的动乱不安与前路艰难:"歧路时难处,风涛晚未平。"

三为闲潮,抒发诗人游览钱塘江潮的逸兴情怀,温庭筠《堂堂曲》:"钱塘岸上春如织,森森寒潮带晴色。"钱塘岸上春风已至,阳光照射下的江潮散发寒意。此

诗通过对钱塘江潮早春风光的描绘,表达出作者游湖的闲情雅致,抒发了对钱塘江潮的喜爱。李白《与从侄杭州刺史良游天竺寺》:

> 挂席凌蓬丘,观涛憩樟楼。三山动逸兴,五马同遨游。天竺森在眼,松风飒惊秋。览云测变化,弄水穷清幽。叠嶂隔遥海,当轩写归流。诗成傲云月,佳趣满吴洲。

乘坐帆船至蓬丘岛,上樟楼观赏钱塘江潮。诗人从钱塘潮、天竺寺等景观出发,勾勒出吴国的水软山温,"三山""五马",描绘出观潮人的浩大声势与兴致勃勃。展现了诗人傲视日月、观涛赏会的闲情。另一诗作《送王屋山人魏万还王屋》:"挥手杭越间,樟亭望潮还。涛卷海门石,云横天际山。白马走素车,雷奔骇心颜。"挥手扬帆,至樟亭可观潮时归来,一起看惊涛怒卷,听雷声骇颜。作者一方面借狂勇的钱塘江潮突出魏万寻找诗人的艰辛,一方面展现了方外胜游的无限乐趣。徐凝《观浙江涛》:"钱塘郭里看潮人,直至白头看不足。"至钱塘观潮已看不清观潮人是谁?只有看不尽的花白头发,描绘出看潮人络绎不绝的景象,展现了观涛赏会的逸兴闲情。

四为离潮,在古代,钱塘江为重要交通枢纽,钱塘江渡口送人的功用令人产生离愁之感。薛逢《送刘郎中牧杭州》:"一州横制浙江湾,台榭参差积翠间";清江《送坚上人归杭州天竺寺》:"云山零夜雨,花岸上春潮。"皎然《陪卢使君登楼送方巨之还京》:"万里汀洲上,东楼欲别离。春风潮水漫,正月柳条寒。"钱塘潮声呜咽,牵动着别离愁绪。皇甫松《江上送别》:

> 祖席驻征棹,开帆候信潮。隔筵桃叶泣,吹管杏花飘。船去鸥飞阁,人归尘上桥。别离惆怅泪,江路湿红蕉。

此诗诉离别之苦,以景物相称。开篇直陈其事,交代出故事背景。通过落花成阵、船去鸥飞、人归尘桥三图勾勒别离场景。主人公赠别好友,独自归途。"桃叶泣""惆怅泪""红蕉湿",化用拟人手法,借周围景物渲染主人公的惜别心理。

富春江为钱塘江中部河流的一段。其两岸山色清脆秀丽,常为诗人依依惜别之地。王维《送李判官赴东江》:"树色分扬子,潮声满富春。"韩翃《送王少府归杭州》:"归舟一路转青苹,更欲随潮向富春。"郎士元《送孙愿》:"悠然富春客,忆与暮潮归。"皎然《送陆判官归杭州》:"明朝富春渚,应见谢公船。"

大历年间,诗人多生不逢时之感,作品多为题赠送别之作。长期在江南任职的地方官诗人,因仕途艰辛失意多描写山水风景,而钱塘潮作为江南著名景色自然常见于诗人笔下。刘长卿:"正落寒潮水,相随夜到门""新家浙江上,独泛落潮归。""芳年临水怨,瓜步上潮过。""江潮淼淼连天望,旌旆悠悠上岭翻。"诗作既抒发了诗友间的离别愁绪,又在异地送别之中描绘了杭州风物特色,是对江南美景的生动写照。

五为思潮,"相恨不如潮有信,相思始觉海非深",君与潮相比,潮有信而人无信。在人们看来,汹涌澎湃、周而复始的潮水与狂热似火、魂牵梦萦的相思之意何其相似,浩瀚永恒的江潮,正如痴情儿缠绵忠贞的胸怀,"相思意,不离潮汐"。钱塘江口送人的功用引发诗人的相思之情,许浑《九日登樟亭驿楼》:

> 鲈鲙与莼羹,西风片席轻。潮回孤岛晚,云敛众山晴。丹羽下高阁,黄花垂古城。因秋倍多感,乡树接咸京。

诗人虽在杭州但心已驰骋于家乡江畔,"鲈鲙与莼羹,西风片席轻"。登樟楼远眺,钱塘江潮水回落露出孤岛,眼前的视野可一览众山。秋已忽至,时令的特殊性令人增添了更为浓郁的思乡之情。郑谷《登杭州城(一作题杭州樟亭,一作题樟亭驿楼)》:

> 漠漠江天外,登临返照间。潮来无别浦,木落见他山。沙鸟晴飞远,渔人夜唱闲。岁穷归未得,心逐片帆还。

全诗围绕作者登临望远所见景物来写,首句"漠漠江天外"营造出广阔的背景,"登临返照间"暗示出诗歌时间,眼前水天相接的别样景致,将作者"岁穷归未得"的思乡之情表达得十分自然,于壮阔的景物中得见作者深挚的情怀。钱塘潮以秋潮为最,月与潮水的结合亦为诗人相思之意的体现,"夜半樟亭驿,愁人起望乡。月明何所见,潮水白茫茫"。作者任职期间常至樟楼观潮,甚至夜宿樟楼。钱塘潮水茫茫,思乡之情如潮水般涌上心头,凸显出诗人孤单、寂寥之感。"逝者如斯夫,不舍昼夜",水流常作为时间流逝的代表被历代文学家吟咏,钱塘潮也同样承载了这一表意联系。在唐代,潮水意象与时间流逝、故国往事紧密相连,"树色连秋霭,潮声入夜风。年年此光景,催尽白头翁"。雨后初晴,诗人登亭眺望,眼前景色尽收眼底,抒发出作者对时光易逝的感叹。江城涛声依旧在,繁华世事不复再,诗人们亦借江潮抒发悲凉而复杂的国家衰亡之慨。"山趾北来固,潮头西去长。年年此登眺,人事几销亡。""云阴故国山川暮,潮落空江网罟收。还有吴娃旧歌曲,棹声遥散采菱舟。""故国无心渡海潮,老禅方丈倚中条。夜深雨绝松堂静,一点山萤照寂寥。"此中的故国皆指故都,多为诗人隐居时期所作。

四、钱塘潮诗歌意义

"钱塘风景古来奇",钱塘潮作为诗歌意象被历代文学家吟咏,诗作不仅展现出钱塘潮的壮丽之美,还寄托了诗人们细腻丰富的思想感情,具有多重意义。首先是对诗歌题材拓展方面,其内容若按照所游景物区分,可归为山水诗歌类。与其他题材的诗作相比,钱塘潮诗抒发了诗人多样的情志,丰富了山水文学的写作。尤其当前山水类诗歌研究主要侧重"山诗",对钱塘"水诗"进行分析,是对中国水文化的有益补充。钱塘潮诗赋予了水的审美性,这一特色利于带动其后山水诗词的写作,亦有助于探析水文化背后的诗人心态,尽可能把握游览类诗歌的整体面貌。

唐代以后,"咏潮"传统一直延续。唐诗中"潮"意象入诗词的描写,丰富、扩展并深化了诗词中的文学意象,增强了词的表现功能,钱塘潮意象在后世得到进一步发展。如前文《浪淘沙·借问江潮与海水》一词:"借问江潮与海水,何似君情与妾心","潮"意象的使用深化了诗人的情感。这种表达男女相思之情的潮水在宋词亦多见,"佳期漫自笑,不似浙江潮",钱塘江潮水在后世成为男女间相思之情的寄托与象征。北宋时期,钱塘潮诗将中晚唐诗歌的进取与退隐的矛盾双重心理发展到一个新的质变点,言语中除了怀才不遇的苦闷,还表现出归隐避世、安顿生命的意念。到了南宋,钱塘潮诗的归隐意念愈发闲适洒脱,而在明清遗民诗人笔下深沉而厚重的遗民之痛得到进一步的升华。钱塘江潮所引发的遥想,既有追求生命自由的向往,也有与故国前朝归隐思想的联系。唐代的故国衰亡之感到了北宋象征的是国家兴盛,而靖康之变后是呜咽难言的漂泊之苦。现实的忧患与个体独特的人生体验相融合,使钱塘潮叠合为一个多角度、多层次的立体意象,文学意义日益丰厚。

钱塘江"弄潮儿"精神经久不衰,逐步发展为钱塘江的文化内涵。21世纪以来,杭州从"钱塘江时代"再到"拥江时代",钱塘江成为杭州城市发展的核心轴带。2016年,习近平总书记在G20杭州峰会提出倡议:"让我们以杭州为新起点,引领世界经济的航船,从钱塘江畔再次扬帆启航,驶向更加广阔的大海。"2018年,杭州市政府出台《杭州市全面推进拥江发展行动实施方案(2018—2022年)》。同年,杭州市拥江发展领导小组办公室、杭州市发展研究中心、杭州市文化广电新闻出版局联合组织召开了钱塘江诗词之路文化带专家研讨会,旨在梳理钱塘江诗词文化脉络,使钱塘江诗词文化更好地融入杭州"拥江发展"战略,成为杭州建设独特韵味别样精彩世界名城的新亮点。由此可见,钱塘江诗词之路的文化谋划为当下突破点,研究分析唐代钱塘潮诗有助于提升钱塘江诗词之路的传播力和影响力,为钱塘江诗词之路提供更多的延展空间。

诗人们在观潮览胜过程中,激发了诗歌创作热情,钱塘江这一自然风光被写入诗中,真实记载游历的壮观景象。通过白居易、张祜等人的诗歌,我们可以了解到唐朝中后期的观潮胜地有郡亭、东楼、樟亭等地,通过"秋风霞贴弄涛旗"这句诗,我们可推测出随着观潮风俗日盛,在祭祀潮神风俗的基础上唐代逐渐形成了一种弄潮竞技表演的水上游戏。这些信息为我们研究史实提供了巨大帮助，当然诗里面不乏夸张和想象，不等同于百分之百的历史，但我们应同时注意到文学自身审美价值，诗歌是艺术，在它的夸张和想象里有情感的真实，从侧面可了解到历史的情况。因此唐诗中的钱塘江潮不仅仅有艺术价值，还为唐代杭州地域的文人生活史提供可靠史料。

钱塘潮本是钱塘江河口汹涌澎湃的自然"涌潮"现象，伴随以杭州为核心的江潮流经地域持续发展提升，"观潮"活动逐渐由水情观察转化为奇观欣赏，这不仅在空间上丰富了杭州诗歌的内容，也促进了杭州城市文化的发展及城市形象的树立与传播。古人观潮属于自发行为，结合"盐官古镇案例"，我们可将钱塘江潮壮丽的自然景观与城镇人文历史景观融合，通过观潮旅游业促进地方相关产业的发展。值得注意的是，水文自然演变与人工水利工程改造令钱塘江河口环境变化巨大，赏潮景区内已罕见昔日雄壮的钱塘潮。如何不令钱塘江潮重蹈青州潮覆辙，如何保护钱塘江潮不受现代化发展影响，有待进一步商榷。

附录　唐代钱塘潮诗录

唐诗中咏及"潮"的诗作特别多。我们将咏及钱塘潮的诗作以及诗中提及钱塘潮者考索后附录于此，以便学人研究"水"文化或"潮"文化。

灵隐寺
宋之问

鹫岭郁岧峣，龙宫锁寂寥。楼观沧海日，门对浙江潮。
桂子月中落，天香云外飘。扪萝登塔远，刳木取泉遥。
霜薄花更发，冰轻叶未凋。夙龄尚遐异，搜对涤烦嚣。
待入天台路，看余度石桥。

钱江晓寄十三弟
宋之问

晓泊钱塘渚，开帘远望通。海云张野暗，山火彻江红。
客泪常思北，边愁欲尽东。从来梦兄弟，未似昨宵中。

樟亭观涛

宋　昱

涛来势转雄，猎猎驾长风。雷震云霓里，山飞霜雪中。
激流起平地，吹涝上侵空。翕辟乾坤异，盈虚日月同。
艅艎从陆起，洲浦隔阡通。跳沫喷岩翠，翻波带景红。
怒湍初抵北，却浪复归东。寂听堪增勇，晴看自发蒙。
伍生传或谬，枚叟说难穷。来信应无已，申威亦匪躬。
冲腾如决胜，回合似相攻。委质任平视，谁能涯始终。

送李判官赴东江

王　维

闻道皇华使，方随皂盖臣。封章通左语，冠冕化文身。
树色分扬子，潮声满富春。遥知辨璧吏，恩到泣珠人。

乘潮至渔浦作

陶　翰

舣棹乘早潮，潮来如风雨。樟台忽已隐，界峰莫及睹。
崩腾心为失，浩荡目无主。陚僮浪始闻，漾漾入鱼浦。
云景共澄霁，江山相吞吐。伟哉造化工，此事从终古。
流沫诚足诫，商歌调易若。颇因忠信全，客心犹栩栩。

送张十八归桐庐

刘长卿

归人乘野艇，带月过江村。正落寒潮水，相随夜到门。

送金昌宗归钱塘

刘长卿

新家浙江上，独泛落潮归。秋水照华发，凉风生褐衣。
柴门嘶马少，藜杖拜人稀。惟有陶潜柳，萧条对掩扉。

毗陵送邹结先赴河南充判官

刘长卿

王事相逢少，云山奈别何。芳年临水怨，瓜步上潮过。

客路方经楚,乡心共渡河。凋残春草在,离乱故城多。
罢战逢时泰,轻徭仵俗和。东西此分手,惆怅恨烟波。

饯王相公出牧括州

刘长卿

缙云讵比长沙远,出牧犹承明主恩。
城对寒山开画戟,路飞秋叶转朱轓。
江潮淼淼连天望,旌旆悠悠上岭翻。
萧索庭槐空闭阁,旧人谁到翟公门。

与杭州薛司户登樟亭楼作

孟浩然

水楼一登眺,半出青林高。帟幕英僚敞,芳筵下客叨。
山藏伯禹穴,城压伍胥涛。今日观溟涨,垂纶学钓鳌。

与颜钱塘登障楼望潮作

孟浩然

百里闻雷震,鸣弦暂辍弹。府中连骑出,江上待潮观。
照日秋云迥,浮天渤澥宽。惊涛来似雪,一坐凛生寒。

初下浙江舟中口号

孟浩然

八月观潮罢,三江越海浔。回瞻魏阙路,空复子牟心。

横江词六首(其四)

李　白

人道横江好,侬道横江恶。
一风三日吹倒山,白浪高于瓦官阁。
海潮南去过浔阳,牛渚由来险马当。
横江欲渡风波恶,一水牵愁万里长。
横江西望阻西秦,汉水东连扬子津。
白浪如山那可渡,狂风愁杀峭帆人。
海神来过恶风回,浪打天门石壁开。
浙江八月何如此,涛似连山喷雪来。

横江馆前津吏迎,向余东指海云生。
郎今欲渡缘何事,如此风波不可行。
月晕天风雾不开,海鲸东蹙百川回。
惊波一起三山动,公无渡河归去来。

送王屋山人魏万还王屋

李　白

仙人东方生,浩荡弄云海。沛然乘天游,独往失所在。
魏侯继大名,本家聊摄城。卷舒入元化,迹与古贤并。
十三弄文史,挥笔如振绮。辩折田巴生,心齐鲁连子。
西涉清洛源,颇惊人世喧。采秀卧王屋,因窥洞天门。
揭来游嵩峰,羽客何双双。朝携月光子,暮宿玉女窗。
鬼谷上窈窕,龙潭下奔漯。东浮汴河水,访我三千里。
逸兴满吴云,飘飘浙江汜。挥手杭越间,樟亭望潮还。
涛卷海门石,云横天际山。白马走素车,雷奔骇心颜。
遥闻会稽美,且度耶溪水。万壑与千岩,峥嵘镜湖里。
秀色不可名,清辉满江城。人游月边去,舟在空中行。
此中久延伫,入剡寻王许。笑读曹娥碑,沉吟黄绢语。
天台连四明,日入向国清。五峰转月色,百里行松声。
灵溪咨沿越,华顶殊超忽。石梁横青天,侧足履半月。
忽然思永嘉,不惮海路赊。挂席历海峤,回瞻赤城霞。
赤城渐微没,孤屿前峣兀。水续万古流,亭空千霜月。
缙云川谷难,石门最可观。瀑布挂北斗,莫穷此水端。
喷壁洒素雪,空濛生昼寒。却思恶溪去,宁惧恶溪恶。
咆哮七十滩,水石相喷薄。路创李北海,岩开谢康乐。
松风和猿声,搜索连洞壑。径出梅花桥,双溪纳归潮。
落帆金华岸,赤松若可招。沈约八咏楼,城西孤岧峣。
岧峣四荒外,旷望群川会。云卷天地开,波连浙西大。
乱流新安口,北指严光濑。钓台碧云中,邈与苍岭对。
稍稍来吴都,裴回上姑苏。烟绵横九疑,漭荡见五湖。
目极心更远,悲歌但长吁。回桡楚江滨,挥策扬子津。
身著日本裘,昂藏出风尘。五月造我语,知非儓儗人。
相逢乐无限,水石日在眼。徒干五诸侯,不致百金产。
吾友扬子云,弦歌播清芬。虽为江宁宰,好与山公群。

乘兴但一行,且知我爱君。君来几何时,仙台应有期。
东窗绿玉树,定长三五枝。至今天坛人,当笑尔归迟。
我苦惜远别,茫然使心悲。黄河若不断,白首长相思。

与从侄杭州刺史良游天竺寺

李　白

挂席凌蓬丘,观涛憩樟楼。三山动逸兴,五马同遨游。
天竺森在眼,松风飒惊秋。览云测变化,弄水穷清幽。
叠嶂隔遥海,当轩写归流。诗成傲云月,佳趣满吴洲。

九日宴浙江西亭

钱　起

诗人九日怜芳菊,筵客高斋宴浙江。
渔浦浪花摇素壁,西陵树色入秋窗。
木奴向熟悬金实,桑落新开泻玉缸。
四子醉时争讲习,笑论黄霸旧为邦。

送王少府归杭州

韩　翃

归舟一路转青蘋,更欲随潮向富春。
吴郡陆机称地主,钱塘苏小是乡亲。
葛花满把能消酒,栀子同心好赠人。
早晚重过鱼浦宿,遥怜佳句箧中新。

送孙愿

郎士元

悠然富春客,忆与暮潮归。擢第人多羡,如君独步稀。
乱流江渡浅,远色海山微。若访新安路,严陵有钓矶。

送薛判官之越

皇甫冉

时难自多务,职小亦求贤。道路无辞远,云山并在前。
樟亭待潮处,已是越人烟。

从江西至彭蠡入浙西淮南界道中寄齐相公

顾　况

大贤旧丞相,作镇江山雄。自镇江山来,何人得如公。
处士待徐孺,仙人期葛洪。一身控上游,八郡趋下风。
比屋除畏溺,林塘曳烟虹。生人罢虞刘,井税均且充。
大府肃无事,欢然接悲翁。心清百丈泉,目送孤飞鸿。
数年鄱阳掾,抱责栖微躬。首阳及汨罗,无乃褊其衷。
杨朱并阮籍,未免哀途穷。四贤虽得仁,此怨何匆匆。
老氏齐宠辱,於陵一穷通。本师留度门,平等冤亲同。
能依二谛法,了达三轮空。真境靡方所,出离内外中。
无边尽未来,定惠双修功。蹇步惭寸进,饰装随转蓬。
朝行楚水阴,夕宿吴洲东。吴洲复白云,楚水飘丹枫。
晚霞烧回潮,千里光瞳瞳。冥开海上影,桂吐淮南丛。
何当翼明庭,草木生春融。

北固晚眺

窦　常

水国芒种后,梅天风雨凉。露蚕开晚簇,江燕绕危樯。
山趾北来固,潮头西去长。年年此登眺,人事几销亡。

渡浙江

卢　纶

前船后船未相及,五两头平北风急。
飞沙卷地日色昏,一半征帆浪花湿。

送章孝标校书归杭州因寄白舍人

杨巨源

曾过灵隐江边寺,独宿东楼看海门。
潮色银河铺碧落,日光金柱出红盆。
不妨公事资高卧,无限诗情要细论。
若访郡人徐孺子,应须骑马到沙村。

送元简上人适越

刘禹锡

孤云出岫本无依，胜境名山即是归。
久向吴门游好寺，还思越水洗尘机。
浙江涛惊狮子吼，稽岭峰疑灵鹫飞。
更入天台石桥去，垂珠璀璨拂三衣。

江上送别

皇甫松

祖席驻征棹，开帆候信潮。隔筵桃叶泣，吹管杏花飘。
船去鸥飞阁，人归尘上桥。别离惆怅泪，江路湿红蕉。

去杭州（送王师范）

元　稹

房杜王魏之子孙，虽及百代为清门。
骏骨凤毛真可贵，冈头泽底促足论。
去年江上识君面，爱君风貌情已敦。
与君言语见君性，灵府坦荡消尘烦。
自兹心洽迹亦洽，居常并榻游并轩。
柳阴覆岸郑监水，李花压树韦公园。
每出新诗共联缀，闲因醉舞相牵援。
时寻沙尾枫林夕，夜摘兰丛衣露繁。
今君别我欲何去，自言远结迢迢婚。
简书五府已再至，波涛万里酬一言。
为君再拜赠君语，愿君静听君勿喧。
君名师范欲何范，君之烈祖遗范存。
永宁昔在抢鉴表，沙汰沉浊澄浚源。
君今取友由取士，得不别白清与浑。
昔公事主尽忠说，虽及死谏誓不谖。
今君佐藩如佐主，得不陈露酬所恩。
昔公为善日不足，假寐待旦朝至尊。
今君三十朝未与，得不寸晷倍玙璠。
昔公令子尚贵主，公执舅礼妇执笄。

返拜之仪自此绝,关雎之化皎不昏。
君今远娉奉明祀,得不齐励亲蘋蘩。
斯言皆为书佩带,然后别袂乃可扪。
别袂可扪不可解,解袂开帆凄别魂。
魂摇江树鸟飞没,帆挂樯竿鸟尾翻。
翻风驾浪拍何处,直指杭州由上元。
上元萧寺基址在,杭州潮水霜雪屯。
潮户迎潮击潮鼓,潮平潮退有潮痕。
得得为题罗刹石,古来非独伍员冤。

宿樟亭驿
白居易

夜半樟亭驿,愁人起望乡。
月明何所见,潮水白茫茫

潮
白居易

早潮才落晚潮来,一月周流六十回。
不独光阴朝复暮,杭州老去被潮催。

和春深其十三
白居易

何处春深好,春深潮户家。涛翻三月雪,浪喷四时花。
曳练驰千马,惊雷走万车。余波落何处,江转富阳斜。

郡　亭
白居易

平旦起视事,亭午卧掩关。除亲簿领外,多在琴书前。
况有虚白亭,坐见海门山。潮来一凭槛,宾至一开筵。
终朝对云水,有时听管弦。持此聊过日,非忙亦非闲。
山林太寂寞,朝阙空喧烦。唯兹郡阁内,嚣静得中间。

东楼南望八韵

白居易

不厌东南望,江楼对海门。风涛生有信,天水合无痕。
鹢带云帆动,鸥和雪翻浪。鱼盐聚为市,烟火起成村。
日脚金波碎,峰头钿点繁。送秋千里雁,报暝一声猿。
已豁烦襟闷,仍开病眼昏。郡中登眺处,无胜此东轩。

初到郡斋寄钱湖州李苏州

白居易

俱来沧海郡,半作白头翁。谩道风烟接,何曾笑语同。
吏稀秋税毕,客散晚庭空。霁后当楼月,潮来满座风。
雪溪殊冷僻,茂苑太繁雄。唯此钱唐郡,闲忙恰得中。

松江亭携乐观渔宴宿

白居易

震泽平芜岸,松江落叶波。在官常梦想,为客始经过。
水面排罾网,船头簇绮罗。朝盘鲙红鲤,夜烛舞青娥。
雁断知风急,潮平见月多。繁丝与促管,不解和渔歌。

吴中好风景二首

白居易

吴中好风景,八月如三月。水荇叶仍香,木莲花未歇。
海天微雨散,江郭纤埃灭。暑退衣服干,潮生船舫活。
两衙渐多暇,亭午初无热。骑吏语使君,正是游时节。
吴中好风景,风景无朝暮。晓色万家烟,秋声八月树。
舟移管弦动,桥拥旌旗驻。改号齐云楼,重开武丘路。
况当丰岁熟,好是欢游处。州民劝使君,且莫抛官去。

奉酬淮南牛相公思黯见寄二十四韵 每对双关分叙两意

白居易

白老忘机客,牛公济世贤。鸥栖心恋水,鹏举翅摩天。
累就优闲秩,连操造化权。贫司甚萧洒,荣路自喧阗。
望苑三千日,台阶十五年。是人皆弃忘,何物不陶甄。

篮舆游嵩岭,油幢镇海壖。竹篙撑钓艇,金甲拥楼船。
雪夜寻僧舍,春朝列妓筵。长斋俨香火,密宴簇花钿。
自觉闲胜闹,遥知醉笑禅。是非分未定,会合杳无缘。
我正思扬府,君应望洛川。西来风袅袅,南去雁连连。
日落龙门外,潮生瓜步前。秋同一时尽,月共两乡圆。
旧眷交欢在,新文气调全。惭无白雪曲,难答碧云篇。
金谷诗谁赏,芜城赋众传。珠应哂鱼目,铅未伏龙泉。
远讯惊魔物,深情寄酒钱。霜纨一百匹,玉柱十三弦。
楚醴来尊里,秦声送耳边。何时红烛下,相对一陶然。

忆江南三首(其二)
白居易

江南忆,最忆是杭州。
山寺月中寻桂子,郡亭枕上看潮头。
何日更重游?

浪淘沙
白居易

借问江潮与海水,何似君情与妾心?
相恨不如潮有信,相思始觉海非深。

云封庵
徐　凝

登岩背山河,立石秋风里。
隐见浙江涛,一尺东沟水。

观浙江涛
徐　凝

浙江悠悠海西绿,惊涛日夜两翻覆。
钱塘郭里看潮人,直至白头看不足。

应举题钱塘公馆
周匡物

万里茫茫天堑遥,秦皇底事不安桥。

钱塘江口无钱过,又阻西陵两信潮。

送盛秀才赴举
姚　合

重重吴越浙江潮,刺史何门始得消。
五字州人唯有此,四邻风景合相饶。
橘村篱落香潜度,竹寺虚空翠自飘。
君去九衢须说我,病成疏懒懒趋朝。

杭州观潮
姚　合

楼有章亭号,涛来自古今。势连沧海阔,色比白云深。
怒雪驱寒气,狂雷散大音。浪高风更起,波急石难沈。
鸟惧多遥过,龙惊不敢吟。坳如开玉穴,危似走琼岑。
但褫千人魄,那知伍相心。岸摧连古道,洲涨踤丛林。
跳沫山皆湿,当江日半阴。天然与禹凿,此理遣谁寻。

赠薛鼎臣侍御一作送刘崇德尉睦州建德县
张　祜

一命前途远,双曹小邑闲。夜潮人到郭,春雾鸟啼山。
浅濑横沙堰,高岩峻石斑。不堪曾倚棹,犹复梦升攀。

题樟亭
张　祜

晓雾凭虚槛,云山四望通。地盘江岸绝,天映海门空。
树色连秋霭,潮声入夜风。年年此光景,催尽白头翁。

题吴兴消暑楼十二韵
杜　牧

晴日登攀好,危楼物象饶。一溪通四境,万岫饶层霄。
鸟翼舒华屋,鱼鳞棹短桡。浪花机乍织,云叶匠新雕。
台榭罗嘉卉,城池敞丽谯。蟾蜍来作鉴,蝴蛛引成桥。
燕任随秋叶,人空集早潮。楚鸿行尽直,沙鹭立偏翘。
暮角凄游旅,清歌惨沇寥。景牵游目困,愁托酒肠销。

远吹流松韵,残阳渡柳桥。时陪庾公赏,还悟脱烦嚣。

渡吴江
杜　牧

堠馆人稀夜更长,姑苏城远树苍苍。
江湖潮落高楼迥,河汉秋归广殿凉。
月转碧梧移鹊影,露低红草湿萤光。
文园诗侣应多思,莫醉笙歌掩华堂。

九日登樟亭驿楼
许　浑

鲈鲙与莼羹,西风片席轻。潮回孤岛晚,云敛众山晴。
丹羽下高阁,黄花垂古城。因秋倍多感,乡树接咸京。

送刘郎中牧杭州
薛　逢

一州横制浙江湾,台榭参差积翠间。楼下潮回沧海浪,
枕边云起剡溪山。吴江水色连堤阔,越俗春声隔岸还。
圣代牧人无远近,好将能事济清闲。

句
赵　嘏

浮云悲晚翠,落日泣秋风。(见《万花谷》)
语风双燕立,袅树百劳飞。
松岛鹤归书信绝,橘洲风起梦魂香。
徒知六国随斤斧,莫有群儒定是非。
(题秦皇句,宣宗览之不悦。以上见《优古堂诗话》)
一千里色中秋月,十万军声半夜潮。(钱塘)
梁王旧馆已秋色,珠履少年轻绣衣。(以上见《主客图》)

寄顾非熊
贾　岛

知君归有处,山水亦难齐。犹去潇湘远,不闻猿狖啼。
穴通茅岭下,潮满石头西。独立生遥思,秋原日渐低。

堂堂曲

温庭筠

钱唐岸上春如织,淼淼寒潮带晴色。
淮南游客马连嘶,碧草迷人归不得。
风飘客意如吹烟,纤指殷勤伤雁弦。
一曲堂堂红烛筵,金鲸泻酒如飞泉。

晚泊松江驿

李　郢

片帆孤客晚夷犹,红蓼花前水驿秋。
岁月方惊离别尽,烟波仍驻古今愁。
云阴故国山川暮,潮落空江网罟收。
还有吴娃旧歌曲,棹声遥散采菱舟。

送顾陶校书归钱塘

储嗣宗

清苦月偏知,南归瘦马迟。橐轻缘换酒,发白为吟诗。
水色西陵渡,松声伍相祠。圣朝思直谏,不是挂冠时。

送人入新罗使

李昌符

鸡林君欲去,立册付星轺。越海程难计,征帆影自飘。
望乡当落日,怀阙羡回潮。宿雾蒙青嶂,惊波荡碧霄。
春生阳气早,天接祖州遥。愁约三年外,相迎上石桥。

迎潮送潮辞·迎潮

陆龟蒙

江霜严兮枫叶丹,潮声高兮墟落寒。
鸥巢卑兮渔箔短,远岸没兮光烂烂。
潮之德兮无际,既充其大兮又充其细。
密幽人兮款柴门,寂寞流连兮依稀旧痕。
濡腴泽槁兮潮之恩,不尸其功兮归于混元。

旅次钱塘
方　干

此地似乡国，堪为朝夕吟。云藏吴相庙，树引越山禽。
潮落海人散，钟迟秋寺深。我来无旧识，谁见寂寥心。

送崔拾遗出使江东
方　干

九门思谏诤，万里采风谣。关外逢秋月，天涯过晚潮。
雁飞云杳杳，木落浦萧萧。空怨他乡别，回舟暮寂寥。

寄杭州于郎中
方　干

虽云圣代识贤明，自是山河应数生。
大雅篇章无弟子，高门世业有公卿。
入楼早月中秋色，绕郭寒潮半夜声。
白屋青云至悬阔，愚儒肝胆若为倾。

送王霖赴举
方　干

自古主司看荐士，明年应是不参差。
须凭吉梦为先兆，必恐长才偶盛时。
北阙上书冲雪早，西陵中酒趁潮迟。
郄诜可要真消息，只向春前便得知。

钱塘江潮
罗　隐

怒声汹汹势悠悠，罗刹江边地欲浮。
漫道往来存大信，也知反覆向平流。
任抛巨浸疑无底，猛过西陵只有头。
至竟朝昏谁主掌，好骑赪鲤问阳侯。

登杭州城—作题杭州樟亭,一作题樟亭驿楼

郑 谷

漠漠江天外,登临返照间。潮来无别浦,木落见他山。
沙鸟晴飞远,渔人夜唱闲。岁穷归未得,心逐片帆还。

赠日东鉴禅师

郑 谷

故国无心渡海潮,老禅方丈倚中条。
夜深雨绝松堂静,一点山萤照寂寥。

秋日经别墅

吴 融

别墅萧条海上村,偶期兰菊与琴尊。
檐横碧嶂秋光近,树带闲潮晚色昏。
幸有白云眠楚客,不劳芳草思王孙。
北山移去前文在,无复教人叹晓猿。

题樟亭驿楼

喻坦之

危槛倚山城,风帆槛外行。日生沧海赤,潮落浙江清。
秋晚遥峰出,沙干细草平。西陵烟树色,长见伍员情。

渡浙江

陈 陶

适越一轻艘,凌兢截鹭涛。曙光金海近,晴雪玉峰高。
静寇思投笔,伤时欲钓鳌。壮心殊未展,登涉漫劳劳。

送坚上人归杭州天竺寺

清 江

十年劳负笈,经论化中朝。流水知乡近,和风惜别遥。
云山零夜雨,花岸上春潮。归卧南天竺,禅心更寂寥。

陪卢使君登楼送方巨之还京

皎　然

万里汀洲上，东楼欲别离。春风潮水漫，正月柳条寒。
旅逸逢渔浦，清高爱鸟冠。云山宁不起，今日向长安。

送陆判官归杭州

皎　然

芳草潜州路，乘轺忆再旋。余花故林下，残月旧池边。
峰色云端寺，潮声海上天。明朝富春渚，应见谢公船。

冬日送颜延之明府抚州觐叔父

皎　然

临川千里别，惆怅上津桥。日暮人归尽，山空雪未消。
乡云心渺渺，楚水路遥遥。林下方欢会，山中独寂寥。
天寒惊断雁，江信望回潮。岁晚流芳歇，思君在此宵。

秋过钱塘江

贯　休

巨浸东隅极，山吞大野平。因知吴相恨，不尽海涛声。
黑气腾蛟窟，秋云入战城。游人千万里，过此白髭生。

论宋代钱塘潮词

郭雪颖[①]

　　钱塘潮是渔浦地区的名胜景观,在宋词中多有涉及。宋代钱塘潮词在内容上多描写观潮盛况,以钱塘潮为意象表达离情别绪、故国之思及对往昔繁华的追忆与感喟,借潮势的阔大歌颂升平,展现讴歌当地风土人情和风光环境。宋代词人对钱塘潮的描写,展现出与宋代钱塘潮诗的不同风貌,将自然奇观词化,开拓了词的题材、表现能力、境界及品格,是渔浦文化的重要组成部分。渔浦地区即富春江、浦阳江和钱塘江三江交汇处,是江南地区重要的水上交通枢纽。钱塘江涌潮于每年农历八月十八日前后潮水最盛,如苏轼诗中所写"八月十八潮,壮观天下无"。[②] 自春秋时便已有钱塘涌潮,如《越绝书》载:"浩浩之水,朝夕既有时,动作若惊骇,声音若雷霆,波涛援而起。"[③]李吉甫《元和郡县志》载:"浙江东在县南一十二里。……江涛每日昼夜再上。常以月十日、二十五日最小,月三日、十八日极大。小则水渐涨不过数尺。大则涛涌高至数丈。每年八月十八日,数百时士女共观,舟人、渔子溯涛触浪,谓之弄潮。"[④]由此可以见出,在唐代钱塘观潮风俗便已盛行。周密《武林旧事》和吴自牧《梦粱录》所载钱塘观潮之事,显示出宋代观潮活动之盛。钱塘潮的奇崛壮观引来文人骚客赋诗吟咏,自南朝已有,唐人创作了大量观潮诗,宋代随着词这一文学体式的发展兴盛,在观潮诗外涌现了大量的观潮词,展现出不同于诗的艺术风貌,丰富了渔浦文化的内涵。通过词人

---

　　① 郭雪颖,上海大学文学院硕士研究生,研究方向为诗词学。

　　② 钱塘江纪行编写组编:《钱塘江纪行》。上海:上海教育出版社,1981 年版,第 227-229 页。

　　③ (汉)袁康著:《越绝书》。上海:商务印书馆,1937 年版,第 21 页。

　　④ (唐)李吉甫撰:《元和郡县志》四十卷。广州:广雅书局,清光绪二十五年版。

生平、行迹考证出宋词中的钱塘潮词,对挖掘渔浦文化具有重要意义。

一、宋代钱塘潮词考述

钱塘江涌潮为"天下奇观",观潮风俗自唐而来兴盛不绝。此外,潮水作为自然景观,词人将其作为承载外化了的主观情感的意象。宋代钱塘潮词可大致分为以钱塘潮为主要表现对象和词作中涉及钱塘潮两类情况。

其一,以钱塘潮为主要表现对象,如潘阆《酒泉子·长忆观潮》、苏轼《南歌子·八月十八日观潮》《南歌子·再用前韵》《瑞鹧鸪·观潮》、赵鼎《望海潮·八月十五日钱塘观潮》、史浩《念奴娇·次韵楼友观潮》、曹冠《蓦山溪·渡江咏潮》、辛弃疾《摸鱼儿·观潮上叶丞相》、史达祖《满江红·中秋夜潮》、陈人杰《沁园春·浙江观潮》、林自然《酹江月·金丹合潮候图》、周密《闻鹊喜·吴山观涛》等十二首。

潘阆是宋代第一位以词体写钱塘潮的文人。他一生跌宕起伏,曾寓居钱塘,且多次经过钱塘。王兆鹏先生《北宋隐士词人潘阆生平考索》一文指出,潘阆在雍熙年间(984—987)以咏钱塘潮词著名,太子中舍李允为之作"潘阆咏潮图"①,王禹偁《潘阆咏潮图赞》载"昔王维爱孟浩然吟哦风度,则绘为图以玩之。李洞慕贾岛诗名,则铸为像以师之。近世有好事者,以潘阆遨游浙江,咏潮著名,则亦以轻绡写其形容,谓之《潘阆咏潮图》"。② 沈如泉《潘阆新考》指出潘阆最早可能于太平兴国五年已在吴越一带,并在那里生活很久。③ 因此潘阆应当亲历过钱塘潮的盛况,故能写出气势阔大的《酒泉子·长忆观潮》。

苏轼多次赴杭州任职。1071年十一月苏轼到杭州通判任,1089年赴杭州任知州。其《乞将台谏官章疏降付有司根治札子》载:"元祐四年四月十七日,龙图阁学士朝奉郎新知杭州苏轼札子奏。臣近以臂疾,坚乞一郡,已蒙圣恩差知杭州。"④上任后作《杭州谢上表》载:"伏奉制书,除臣龙图阁学士知杭州,臣已于今月三日到任上讫者。"⑤他的《南歌子·八月十八日观湖潮》一词作于此间,具体年份尚有争议。王文诰《苏文忠公诗编注集成总案》载:"熙宁五年壬子十八日观

---

① 王兆鹏:《北宋隐士词人潘阆生平考索》。济南:文史哲,2006年第5期,第91-92页。

② 吴处厚:《青箱杂记》卷六。北京:中华书局,1985年版,第60页。

③ 沈如泉:《潘阆新考》。北京:文学遗产,2012年第1期,第151页。

④ (宋)苏轼著:《苏轼文集·下》。长沙:岳麓书社,2000年版,第1046页。

⑤ (宋)苏轼著:《苏轼文集·下》。长沙:岳麓书社,2000年版,第1047页。

潮作南柯子词。"①王兆鹏先生将此词系年为1090年。

赵鼎为宋高宗朝宰相,经历了宋室南渡,因与秦桧等政见不合晚年境遇凄凉。靖康元年他被任命为开封府士曹,目睹社稷丘墟之况,其《辨诬笔录》载金人陷开封时的情况:"丙午冬……皆为金人占据,京师在数千里重围之中。"②赵鼎曾寓居杭州,绍兴九年又寓居会稽。《建炎笔录》载:"(建炎三年二月)二十二日,某买舟泛钱塘江之衢。"③由此可以见出赵鼎到过杭州且观看过钱塘潮。赵鼎为中兴名臣,励精图治,对南宋前期政局产生了不可忽视的作用。秦桧尚未发迹时赵鼎便不喜其为人,《宋史》载:"始,浚、鼎相得甚,浚先达,力引鼎。尝共论人才,浚剧谈桧善,鼎曰:'此人得志,吾人无所措足矣!'浚不以为然,故引桧,共政方知其暗。"④在秦桧的挑拨下,高宗与赵鼎的关系破裂,去职前赵鼎仍不忘家国大事,对高宗道:"后人必有以孝悌之说胁制陛下矣。臣谓凡人中无所主而听易惑,故进言者得乘其隙而惑之。陛下圣质英迈,洞见天下是非善恶,谓宜议论一定,不复二三。"⑤是以其《望海潮·八月十五日钱塘观潮》在写钱塘潮的壮阔之外,寄寓了对时局的嘲讽与忧虑,同时也表达了政治失意后的归隐情绪。

史浩为明州鄞县人(今浙江宁波人),孝宗朝两拜右相,又两次罢相。罢相后出知绍兴府,晚年治第鄞之西湖,笔下多有描写浙东山水之作。⑥ 史浩作为传统文人,一方面坚守儒家伦理道德,另一方面受到佛、道思想的影响,其思想中也有追求隐逸的一面。其《念奴娇·次韵楼友观潮》写钱塘观潮笔势飞扬,境界开阔,意蕴深沉,也显示出他的隐逸思想。

曹冠为东阳人(今浙江),曾为秦桧门客,教其孙埙。《老学庵笔记》载:"秦会之有十客,曹冠以教其孙为门客。"⑦绍兴二十四年(1154)与埙同登甲第,秦桧死后被驳放科名,曾任临安府通判。乾道五年曹冠再次及第,《建炎以来系年要录》有载。因与秦桧的关系,再次及第后未被重用。他的《蓦山溪·渡江咏潮》即反映了这种感慨国事之情,澄清宇内之愿。

辛弃疾也曾赴杭州任职,《宋史》稼轩本传载:"衡入相,力荐弃疾慷慨有大

① (清)王文诰撰:《苏文忠公诗编注集成总案》。成都:巴蜀书社,1985年版,第399页。
② 刘云军:《赵鼎年谱》。秦皇岛:中华历史与传统文化论丛,2020年,第144页。
③ 刘云军:《赵鼎年谱》。秦皇岛:中华历史与传统文化论丛,2020年,第146页。
④ (元)脱脱等撰:《宋史·奸臣三·秦桧传》。长春:吉林人民出版社,1995年版,第9468页。
⑤ (宋)熊克著:《中兴小纪》。福州:福建人民出版社,1985年版,第299页。
⑥ 赵晓岚:《论史浩的词》。上海:《词学》,2001年,第88页。
⑦ (宋)陆游:《老学庵笔记》。上海:上海书店出版社,1990年版,第45页。

略,召见,迁仓部郎官。"①1175 年在任上作《摸鱼儿·观潮上叶丞相》。

史达祖的父辈因"靖康之难"迁至江南,嘉泰年间任韩侂胄属吏,主要在临安活动。② 他一生未及第,曾为"陪节"出使金国,满怀光复之志和爱国之情。

陈人杰为南宋爱国词人,年少时寓居临安,嘉熙年间回到临安,其词作大胆批判宋室无能,和当权者的苟安无能、误国误民,词风慷慨激昂。

周密作为传统士人,胸怀匡世济民之志。他曾任两浙运司掾,任职丰储仓,出宰义乌,长期寓居临安。③ 并在临安广泛交游,开展了大量的文学活动。

其二,词作中涉及钱塘潮,如潘阆《酒泉子·长忆吴山》《酒泉子·长忆龙山》、林逋《相思令》、柳永《望海潮》、苏轼《谒金门·秋感》《八声甘州·寄参寥子》《渔家傲·送台守江郎中》、周邦彦《满庭芳·忆钱塘》、陈瓘《蓦山溪》、毛滂《惜分飞·富阳僧舍代作别语》、曹组《青门饮》、朱敦儒《好事近》《减字木兰花》、陆凝之《念奴娇》、仲并《念奴娇·同上》、韩元吉《水调歌头》《念奴娇》、侯寘《渔家傲·小舟发临安》、洪迈《十二时》、袁去华《风流子》、陆游《长相思·其四》、陈三聘《浣溪沙》、赵师侠《柳梢青·富阳江亭》、陈亮《南乡子·谢永嘉诸友相饯》、刘过《沁园春·卢蒲江席上、时有新第宗室》、姜夔《征招》、吴琚《酹江月》、程珌《西江月·癸巳自寿》、高观国《烛影摇红》、陈以庄《水龙吟·记钱塘之恨》、严羽《满江红·送廖叔仁赴阙》、吴文英《齐天乐》《桃源忆故人》《浪淘沙》、陈著《玉漏迟·四时怀古冬词》《青玉案·次韵戴时芳》、陈允平《八声甘州·代蔡泉使寿丁丞相》《氐州第一》《点绛唇》、李珏《击梧桐·别西湖社友》、刘辰翁《水调歌头》、张磐《绮罗香·渔浦有感》、周密《忆旧游·寄王圣与》《三姝媚·送圣与还越》、赵文《莺啼序·有感》、汪元量《金人捧露盘·越州越王台》《传言玉女·钱塘元夕》、罗志仁《金人捧露盘·丙午钱塘》、张炎《渡江云》《渡江云·次赵元父韵》、刘过《沁园春·卢蒲江席上、时有新第宗室》、陈著《青玉案·次韵戴时芳》、赵文《莺啼序·有感》、汪元量《金人捧露盘·越州越王台》、罗志仁《金人捧露盘·丙午钱塘》等五十五首。

这些词人或生于杭州、或流寓杭州、或在杭州任职,都曾亲历钱塘潮奇观,并在词作中表现出来,不仅给以清丽婉约为宗的宋词增添了豪健的审美范式,而且对丰富钱塘潮文化和渔浦文化具有重要意义。

---

① 邓广铭:《辛弃疾传·辛弃疾年谱》。北京:生活·读书·新知三联书店,2017 年版,第 287 页。

② 吕艺:《史达祖事迹略考》。《文献》,1984 年第 1 期,第 42-43 页。

③ 刘静:《周密研究》,四川大学博士学位论文,2005 年 3 月,第 27 页。

二、宋代钱塘潮词思想内容

宋代以前,对钱塘潮的描写以诗为主,宋代词体逐渐走向成熟,词从"绮筵公子,绣幌佳人"笔下的清切婉丽为宗,增添了平实质朴、健劲雄浑的品格,词的主体性和感事性增强。钱塘潮这一自然奇观是壮阔的,对观潮盛况的直接描写是观潮词的重要表现对象。由观潮、听潮而生发出的离别相思、黍离之悲及歌颂升平、赞美风土人情之意,则以"钱塘潮"为意象和背景进行抒发。

其一,以钱塘潮为主要表现对象。潘阆咏潮作品在北宋文坛极负盛名,如王禹偁《潘阆咏潮图赞》中道:"因赋《浙江观涛》之什,称为冠绝。……天生潘阆,以诗为名。卖药泽国,吟潮海城。风引鹤领,霜号猿声。天地借意,鬼神以惊。闻之心骇,诵之骨清。吴山未泐,浙江未枯,汤汤潮声,与诗名俱。"①他曾长期寓居杭州,亲历钱塘潮起的盛况,后作《酒泉子·长忆观潮》②回忆当时盛况,可以见出潘阆对钱塘潮印象之深。词作中"争"字体现了人们对钱塘潮的热切期盼,"沧海尽成空"以夸张之笔极写潮水声势之壮阔,弄潮儿立涛头则体现了他们的英勇无畏和技艺超群。词作从鼓声、观潮人、弄潮人、潮水声势、梦忆心理几个方面生动而全面地再现了钱塘观潮盛况。正如周密在《观潮》中所写"则玉城雪岭,际天而来","出没于鲸波万仞中,腾身百变,而旗尾略不沾湿","虽席地不容间也"③的盛况一般。描写观潮盛况的还有赵鼎《望海潮·八月十五日钱塘观湖潮》"依旧群龙,怒卷银汉下天涯",④陈人杰《沁园春·浙江观潮》"旋千旗万棹,一时东指,青山断处,白浪成层",⑤史浩《念奴娇·次韵楼友观潮》"转盼冯夷,奔云起电,两岸惊涛拍。振空破地,水龙争喷吟笛",⑥都以奔腾的笔势写出了钱塘潮的宏伟气势。

苏轼也作观潮词,如《南歌子·八月十八日观湖潮》。⑦ 苏轼以伯牙学琴之典写潮声之含情和动听。全词充满大胆豪放的想象,气象恢弘,意境壮阔,极尽钱塘潮之声与势。他的《瑞鹧鸪·观潮》写钱塘潮则以写实为主。"西兴渡口帆

① 曾枣庄、刘琳主编:《全宋文·第四册》。成都:巴蜀书社,1989 年版,第 503-504 页。
② 唐圭璋编:《全宋词》。北京:中华书局,1965 年版,第 6 页。
③ (宋)四水潜夫辑:《武林旧事》。杭州:浙江人民出版社,1984 年版,第 44-45 页。
④ 唐圭璋编:《全宋词》。北京:中华书局,1965 年版,第 945 页。
⑤ 唐圭璋编:《全宋词》。北京:中华书局,1965 年版,第 3080 页。
⑥ 唐圭璋编:《全宋词》。北京:中华书局,1965 年版,第 1281 页。
⑦ 唐圭璋编:《全宋词》。北京:中华书局,1965 年版,第 293 页。

初落、渔浦山头日未敧。侬欲送潮歌底曲,尊前还唱使君诗",①西兴渡口是渔浦地区钱塘江的一处重要渡口,显示出词人观潮和健儿弄潮的活动持续时间之久,可以见出钱塘潮的壮美独特和弄潮表演的精彩动人。不同于《南歌子》充满大胆奇崛的想象,《瑞鹧鸪》以描写眼前事为主,突出了弄潮活动的欢乐自在,展现了钱塘潮文化阔大、积极、自信的气质,暗含词人的喜爱之情。

　　辛弃疾的观潮词对潮水的描写更为细致,呈现出的风格更加雄健,极具风骨和兴寄,如《摸鱼儿·观潮上叶丞相》。②淳熙元年(1174)因右丞相叶衡荐辛弃疾慷慨有大略,辛弃疾得以来到杭州任仓部郎官,此词作于次年。钱塘潮的声势和吴地健儿的过人胆量和技艺是描写钱塘观潮惯于表现的对象,由眼前景而抒情,寄托了辛弃疾的理想抱负和对国事的思考。《宋史·河渠志》载"浙江通大海,日受两潮。梁开平间,钱武肃王始筑捍海塘,在候潮门外。潮水昼夜冲激,版筑不就,因命强弩数百,以射潮头",③一方面可以见出钱王心系百姓,不惧汹涌的浪潮与其对抗,体现了吴儿敢于面对困难、战胜困难;另一方面以弩射潮头并不能遏制住涌潮带来的巨浪,这种做法是唯心的、不科学的。是以辛弃疾在词中道"人间儿戏千弩"。吴王不听伍子胥的忠谏,反而听信谗言赐死伍子胥。伍子胥死后被吴王弃于江中,而后江水驰腾,势若奔马。辛弃疾词中所写是伍子胥的冤恨,也有他自己不被重用,壮志难酬的愤懑情绪。"功名自误"的是子胥也是词人自己。

　　其二,词作中涉及钱塘潮,借潮作为意象表意抒情。潮生潮落是自然界的规律,渔浦地区的西兴渡口是钱塘江边的重要渡口,潮水起落间船帆也随之起落,人事变迁而潮声依旧,自然界的规律影响了人事活动,从而牵动着词人的心绪情感。

　　借潮水抒发离别相思之情。如林逋《相思令》④,通过潮的起落表现了离人不舍之情。毛滂的《惜分飞·富阳僧舍代作别语》:"今夜山深处。断魂分付。潮回去。"⑤借佳人的口吻表达离愁别绪,将缠绵的相思和凄凉之意幽深婉曲地表达出来。又如苏轼《八声甘州·寄参寥子》,⑥此词作于苏轼即将离开杭州赴汴京之时。苏轼性情豁达,笔力雄健,以钱塘潮的起落为背景写与友人的离别之

---

①　唐圭璋编:《全宋词》。北京:中华书局,1965 年版,第 295 页。

②　唐圭璋编:《全宋词》。北京:中华书局,1965 年版,第 1868 页。

③　周魁一等注释:《二十五史河渠志注释》。北京:中国书店,1990 年版,第 187-188 页。

④　唐圭璋编:《全宋词》。北京:中华书局,1965 年版,第 7 页。

⑤　唐圭璋编:《全宋词》。北京:中华书局,1965 年版,第 677 页。

⑥　唐圭璋编:《全宋词》。北京:中华书局,1965 年版,第 297 页。

情,不似林逋的《相思令》般凄恻伤感,以平淡至真之语写超迈、豪健之情。

　　借潮水写故国之思和对往昔繁华的追忆与感喟。如周密《三姝媚·送圣与还越》,①周密为南宋遗民,入元后隐居不仕。与友人在西陵渡口送别,词作中离愁与落寞心绪尽显。汪元量《传言玉女·钱塘元夕》"一片风流,今夕与谁同乐。……钱塘依旧,潮生潮落",亦由"潮"这一意象生发出对往昔繁华的追忆、怅惘之情。② 又如陈著《青玉案·次韵戴时芳》,③南宋朝廷偏居南隅,钱塘江是国家守卫的重要防线,是以陈著在钱塘江边不忍回首,在词中寄寓了对故国深切、黯然的情思。如同孟元老在《东京梦华录》中所写:"一旦兵火,靖康丙午之明年……暗想当年,节物风流,人情和美,但成怅恨。"④朱敦儒的《朝中措·登临何处自销忧》:"悲凉故国,寂寞潮头",⑤亦借"潮"这一意象抒发故国之思。

　　借潮势歌咏升平。钱塘潮连天而来气势雄伟,南宋时期在东南沿海设立多支水军,并在钱塘江上检阅,发挥振奋人心士气之用。周密《武林旧事·观潮》载:"禁中例观潮于天开图画,高台下瞰,如在指掌。都民遥瞻黄伞雉扇于九霄之上,真若箫台蓬岛也。"⑥由此可见出最高统治者也会参与钱塘观潮。借潮势的阔大可以喻歌颂升平之意,如柳永《望海潮》。⑦

　　罗大经《鹤林玉露》载"孙何帅钱塘,柳耆卿作《望海潮》词赠之",⑧陈元靓《岁时广记·借妓歌》载"柳耆卿与孙相何为布衣交。孙知杭州,门禁甚严,耆卿欲见之不得,作《望海潮》词,往谒名妓楚楚",⑨此词为柳永为了拜谒任杭州知州的旧友孙何而作,竭尽笔力描写杭州的繁华,既有写实也有夸张,表达他对孙何的溢美之情,以期得到仕途晋升。柳永在描写杭州的繁华时,选择了钱塘江潮这一意象,写出了钱塘潮的壮阔和澎湃,激荡人心。描写杭州风物的词以望海潮为词牌,显示出在柳永心中钱塘潮较西湖更能代表杭州,可见钱塘潮之奇。在写潮的同时也包含了他对杭州富庶、安乐的风土民情和奇崛的风光环境的赞美之情。又如陈允平《八声甘州·代蔡泉使寿丁丞相》,洪迈《十二时》"浙江潮,万神护,川

---

① 唐圭璋编:《全宋词》。北京:中华书局,1965 年版,第 3291 页。

② 唐圭璋编:《全宋词》。北京:中华书局,1965 年版,第 3339 页。

③ 唐圭璋编:《全宋词》。北京:中华书局,1965 年版,第 3053 页。

④ (宋)孟元老著:《东京梦华录序》。北京:中国商业出版社,1982 年版,第 1 页。

⑤ 唐圭璋编:《全宋词》。北京:中华书局,1965 年版,第 847 页。

⑥ (宋)四水潜夫辑:《武林旧事》。杭州:浙江人民出版社,1984 年版,第 45 页。

⑦ 唐圭璋编:《全宋词》。北京:中华书局,1965 年版,第 39 页。

⑧ (宋)罗大经:《鹤林玉露》。上海:上海古籍出版社,2012 年版,第 150 页。

⑨ (宋)陈元靓编:《岁时广记》。上海:商务印书馆,1939 年版,第 356 页。

后滋恭。……歌清庙、千古诵高宗"①,亦借钱塘潮来歌颂升平。

时代环境的变迁使得北宋钱塘潮词和南宋钱塘潮词表现的情感呈现出不同的特点,南宋钱塘潮词较北宋增加了描写故国之思、兴亡之恨的内容。

三、宋代钱塘潮词的艺术特点

北宋初期,词风尚沿袭晚唐五代以清丽婉约为宗,多写闺阁、佳人、相思,风格以柔靡、温婉、蕴藉为主,词境不够阔大,词人的主体性尚未显现。随着柳永、苏轼、辛弃疾等人对词体的创新性运用,词的表现范围阔大,词的表现能力增强,词的境界、品格都得到了提升。词的篇幅较诗更长,在平仄、押韵上较诗稍显宽松,便于铺叙开来。宋代钱塘潮词不仅开拓了词体的表现范围,增添了词的审美品格,而且丰富了渔浦文化的内涵。

其一,宋代钱塘潮词在形式上将钱塘潮奇观词化。诗作为文学主流,是属于大传统精英阶层的"雅"文化,不利于普及和传播。而词体和音乐密切相关,可以和乐歌唱,从而促进了词作的流传,是以产生了"凡有井水饮处,即能歌柳词"②的盛况。且词体"能一调之中长短互节,数句之内奇偶相生,调各有宜,杂而能理,或整若雁阵,或变若游龙,或碎若明珠之走盘,或畅若流泉之赴谷,莫不因情以吐字、准气以位辞,可谓极织综之能事者矣",③词体字数长短的自由变换和之以音乐,形成了词不同于诗的体制特点。宋代词人将钱塘潮纳入词体的表现范围,有利于钱塘潮文化的传播。如柳永创制《望海潮》词牌,描写钱塘潮时,"云树""怒涛""霜雪""天堑"等词平仄交替,词句短小,音调急促,写出了钱塘潮水席卷而来的磅礴不可挡的气势美。又如姜夔《徵招》,在词前小序中道:"越中山水幽远。予数上下西兴、钱塘间,襟抱清旷。越人善为舟,卷篷方底,舟师行歌,徐徐曳之,如偃卧榻上,无动摇突兀势,以故得尽情骋望。予欲家焉而未得,作《征招》以寄兴。……予尝使人吹而听之,寄君声于臣民事物之中,清者高而亢,浊者下而遗。"④姜夔精通音律,重视词的音乐性,十分讲究词的音乐声调和文字声调的密切契合。虽写愁思,但全词风格上清空、雅致,托以兴寄,怨而不怒,和征招平和、雅顺、清和的音乐特点相符合。

① 唐圭璋编:《全宋词》。北京:中华书局,1965 年版,第 1489 页。
② (宋)叶梦得:《石林避暑录话》。上海:上海书店出版社,1990 年版,第 92 页。
③ 刘永济著:《词论》。上海:上海古籍出版社,1981 年版,第 5 页。
④ 唐圭璋编:《全宋词》。北京:中华书局,1965 年版,第 2183 页。

　　其二,宋代钱塘潮词多使用铺陈、细腻的描摹方法。在宋诗中,钱塘潮往往只是作为一个意象营造意境、氛围,如潘阆《岁暮自桐庐归钱塘泊渔浦》"久客见华发,孤棹桐庐归。新月无朗照,落日有余晖。渔浦风水急,龙山烟火微。时闻沙上雁,一一皆南飞",①这首诗作于潘阆从桐庐经富春江回到杭州的途中。在这首写归途的诗中,钱塘潮作为意象营造了萧飒、凄清的氛围。而在词中可以缓缓铺叙开来,将心绪、环境细腻地再现笔端,即词体抒情之深的特点。如罗志仁《金人捧露盘·丙午钱塘》,②词中词人对杭州残败、衰飒的景象细致铺叙开来,让感情的抒发更加淋漓尽致,不同于诗体写钱塘潮的节制、朦胧。赵鼎《望海潮·八月十五日钱塘观潮》承续了柳永《望海潮》词牌的原意,对钱塘江潮展开铺叙,③通过对钱塘潮声势的铺叙,奇崛的想像,奔峭的笔势,写尽潮水的声势震天、惊心动魄。词人雄健的笔力如同周密《武林旧事·观潮》中对钱塘潮的描写一般。在律诗匀称的八句间,绝句含蓄蕴藉的四句间,极难表现出钱塘潮这种豪健的气势。

　　其三,宋代钱塘潮词风既有婉约也有豪放。宋代钱塘潮词以观潮盛况为描写对象的因钱塘潮的特点在风格上以雄豪劲健为主,以"潮"为意象和背景写离情别愁的在风格上则以纤秾婉约为主,抒发兴亡之感的在风格上沉郁厚重。雄豪劲健的如陈人杰《沁园春·浙江观潮》,④赵文《莺啼序·有感》"男儿死耳,嘤嘤呢呢,丁宁卖履分香事,又何如、化作胥潮去"。⑤ 这类钱塘潮词打破了"词为艳科"的词体特点的束缚,将士大夫的主体情感寄托在词中,开拓了词境,提升了词体的品格。纤秾婉约的如吴文英《齐天乐》,⑥将凄凉的心绪与景物融合,更显相思之苦,表现了坠入相思恋情中幽约缠绵的心态。词境空灵,词意婉约。朱彝尊指出"词虽小技,昔之通儒巨公往往为之,盖有诗所难言者。委曲倚之于声,其辞愈微,而其旨益远",⑦显示出词体在抒发窈深怅惘之情上的优势。

　　南宋观潮词在数量上较北宋观潮词多,且北宋观潮词以写婉曲幽深的离愁别绪为主,而南宋观潮词表现的题材更为开阔。柳永、苏轼、辛弃疾词人对词体的创新性运用及主体性的融入,使词的表现能力增强,词境阔大,词从宋初的沿袭花间词风到发展出多样的面貌。风格劲健、豪迈的宋代钱塘潮词既是词人主

①　缪钺等撰:《宋诗鉴赏辞典》。上海:上海辞书出版社,1987年版,第30页。
②　唐圭璋编:《全宋词》。北京:中华书局,1965年版,第3429页。
③　唐圭璋编:《全宋词》。北京:中华书局,1965年版,第945页。
④　唐圭璋编:《全宋词》。北京:中华书局,1965年版,第3080-3081页。
⑤　唐圭璋编:《全宋词》。北京:中华书局,1965年版,第3324页。
⑥　唐圭璋编:《全宋词》。北京:中华书局,1965年版,第2885页。
⑦　朱彝尊著:《曝书亭集·上》。国学整理社,1937年版,第487-488页。

体气格、精神的融入而致，又为"以柔为美"的词体增添了豪放、刚健的审美趣味。

四、宋代钱塘潮词的意义和影响

宋代钱塘潮词是渔浦文化的集中体现。宋代钱塘潮词或写观潮盛况，或将"潮"作为意象和背景抒情表意，都涉及对钱塘江潮的描摹和歌咏，在数量上蔚为大观，是江南文化、杭州文化的重要组成部分，是渔浦文化的集中体现，也是中国潮文化的典范。钱塘潮作为世界三大涌潮之一，是自然奇观。潮水腾涌而起之时象征着吴地弄潮儿过人的勇气，和敢于同大自然搏斗的豪健精神；潮水退去之时，江面一望无际，钱塘江边重要的西兴渡口边的行船将要扬帆起航，此时潮水寄托了离人的无限相思，展现了江南文化婉约、纤细的一面；而江面上千百年来潮生潮落不为人世兴衰而有所改变，面对着滚滚东逝的江水，文人便产生兴亡之叹和身世之悲。因此钱塘江潮不仅是自然奇观，更是一道亮丽的人文风景线，是一个文化符号，承载了江南文化的特质和古往今来文人墨客的辗转情思。

吴人善水，《淮南子》载："白公曰：'若以石投水中，何如？'曰：'吴、越之善没者能取之矣。'"①越人性勇，《越绝书》载："夫越性……锐兵任死，越之常性也。"②吴越之人善水且性勇，因而能够形成弄潮的传统。其高超的技艺如周密《武林旧事·观潮》载："吴儿善泅者数百，皆披发文身，手持十幅大彩旗，争先鼓勇，溯迎而上，出没于鲸波万仞中，腾身百变，而旗尾略不沾湿，以此夸能。"③宋代钱塘潮词描写观潮盛况时都离不开对弄潮儿腾身巨浪间而手持红旗不被潮水沾湿的惊心而又振奋人心的场面再现。钱塘江潮和弄潮健儿承载着文化历史，描写钱潮的词因此也是文化的承载和表达。

宋词是以词体写钱塘江潮的滥觞，是历代咏钱潮诗词的重要组成部分，影响着其后钱塘潮词的创作。如柳永创制《望海潮》词牌写钱塘江潮后，后代写钱塘潮亦不乏承续这一词牌本意之作。如明于谦《望海潮·钱塘观潮》："日上海门红。正龛山遥望，一抹从冬。点破天青，浑疑白练卷秋风。须臾激怒鱼龙。任银河倒泻，雪浪排空。爱弄潮小艇，随潮上下，出没波中。视此意还雄。奈恨无万弩，射断长虹。"④清徐釚《望海潮·登吴山绝顶》："吴山如此，真堪立马，怒潮若

---

① （汉）刘安：《淮南子》。开封：河南大学出版社，2010 年版，第 413 页。
② （汉）袁康著：《越绝书》。上海：商务印书馆，1937 年版，第 39 页。
③ （宋）四水潜夫辑：《武林旧事》。杭州：浙江人民出版社，1984 年版，第 45 页。
④ 周明初、叶晔补编：《全明词补编·上》。杭州：浙江大学出版社，2007 年版，第 80 页。

个曾回。……忽银涛卷雪,铁马轰雷。"都以《望海潮》词牌描写了钱塘江潮的阔
大气势。

附录　宋代钱塘潮词

宋代有关钱塘潮的词作主要有专门吟咏钱塘潮者与词中涉及钱塘潮者两大
类。兹附于此,以供学人研究。

(一)吟咏钱塘潮的词作

酒泉子·长忆观潮
潘　阆

长忆观潮,满郭人争江上望。来疑沧海尽成空,万面鼓声中。　弄潮儿向
涛头立,手把红旗旗不湿。别来几向梦中看,梦觉尚心寒。

南歌子·八月十八日观湖潮
苏　轼

海上乘槎侣,仙人萼绿华。飞升元不用丹砂。住在潮头来处、渺天涯。
雷辊夫差国,云翻海若家。坐中安得弄琴牙。写取余声归向、水仙夸。

南歌子·再用前韵
苏　轼

苒苒中秋过,萧萧两鬓华。寓身化世一尘沙。笑看潮来潮去、了生涯。
方士三山路,渔人一叶家。早知身世两聱牙。好伴骑鲸公子、赋雄夸。

瑞鹧鸪·观潮
苏　轼

碧山影里小红旗。侬是江南踏浪儿。拍手欲嘲山简醉,齐声争唱浪婆词。
西兴渡口帆初落、渔浦山头日未欹。侬欲送潮歌底曲,尊前还唱使君诗。

望海潮·八月十五日钱塘观潮
赵　鼎

双峰遥促,回波奔注,茫茫溅雨飞沙。霜凉剑戈,风生阵马,如闻万鼓齐挝。

儿戏笑夫差。谩水犀强弩,一战鱼虾。依旧群龙,怒卷银汉下天涯。　　雷驱电炽雄夸。似云垂鹏背,雪喷鲸牙。须臾变灭,天容水色,琼田万顷无瑕。俗眼但惊嗟。试望中仿佛,三岛烟霞。旧隐依然,几时归去泛灵槎。

念奴娇·次韵楼友观潮
史　浩

银塘江上,展鲛绡初见,长天一色。风拭菱花光照眼,谁许红尘轻积。转盼冯夷,奔云起电,两岸惊涛拍。振空破地,水龙争喷吟笛。　　客有步屧江干,胸吞奇观,寄英词元白。素壁淋浪翻醉墨,飘洒神仙踪迹。好待波匀。横飞小艇,快引香筒碧。烟消月出,不眠拼了通夕。

蓦山溪·渡江咏潮
曹　冠

潮生潮落,千古长如许。吴越旧争衡,览遗迹、英雄何处。胥神忠愤,贾勇助鲸波,湍砥柱,驾鳌峰,万骑轰鼍鼓。　　连天雪浪,直上银河去。击楫誓中流,剑冲星、醉酣起舞。丈夫志业,当使列云台,擒颉利,斩楼兰,雪耻歼狂虏。

摸鱼儿·观潮上叶丞相
辛弃疾

望飞来、半空鸥鹭。须臾动地鼙鼓。截江组练驱山去,鏖战未收貔虎。朝又暮。诮惯得、吴儿不怕蛟龙怒。风波平步。看红旆惊飞,跳鱼直上,蹙踏浪花舞。　　凭谁问,万里长鲸吞吐。人间儿戏千弩。滔天力倦知何事,白马素车东去。堪恨处。人道是、子胥怨愤终千古。功名自误。谩教得陶朱,五湖西子,一舸弄烟雨。

满江红·中秋夜潮
史达祖

万水归阴,故潮信、盈虚因月。偏只到、凉秋半破,斗成双绝。有物揩磨金镜净,何人擘攫银河决。想子胥、今夜见嫦娥,沉冤雪。　　光直下,蛟龙穴。声直上,蟾蜍窟。对望中天地,洞然如刷。激气已能驱粉黛,举杯便可吞吴越。待明朝、说似与儿曹,心应折。

沁园春·浙江观潮

陈人杰

日薄风狞,万里空江,隐隐有声。旋千旗万棹,一时东指,青山断处,白浪成层。渐近渐高,可惊可喜,欻作雪峰楼外横。教人讶,是鲸掀鳌抃,蛟斗龙争。

属镂忠恨腾腾。要勾践城台都荡平。奈岸身不动,潮头自落,又如飞剑,斫倒鼍城。若到夜深,更和月看,组练分明十万兵。尤奇特,有稼轩一曲,真野狐精。

酹江月·金丹合潮候图

林自然

凿开混沌,见钱塘南控、长江凝碧。今古词人图此景,谁解推原端的。岁去年来,日庚月申,因甚无差忒。如今说破,要知天地来历。　　道散有一强名,五行颠倒,互列乾坤历。坎水逆流朝丙户,随月盈亏消息。气到中秋,金能生水,倍涌千重雪。神仙妙用,与潮没个差别。

闻鹊喜·吴山观涛

周　密

天水碧。染就一江秋色。鳌戴雪山龙起蛰。快风吹海立。　　数点烟鬟青滴。一杼霞绡红湿。白鸟明边帆影直。隔江闻夜笛。

(二)词作涉及钱塘潮者

酒泉子

潘　阆

其八(长忆吴山)长忆吴山,山上森森吴相庙。庙前江水怒为涛。千古恨犹高。　　寒鸦日暮鸣还聚。时有阴云笼殿宇。别来有负谒灵祠。遥奠酒盈卮。

其九(长忆龙山)长忆龙山,日月宫中谁得到。宫中旦暮听潮声。台殿竹风清。　　门前岁岁生灵草。人采食之多不老。别来已白数茎头,早晚却重游。

相思令

林　逋

吴山青。越山青。两岸青山相对迎。争忍有离情。　　君泪盈。妾泪盈。罗带同心结未成。江边潮已平。

望海潮
柳　永

东南形胜，三吴都会，钱塘自古繁华。烟柳画桥，风帘翠幕，参差十万人家。云树绕堤沙，怒涛卷霜雪，天堑无涯。市列珠玑，户盈罗绮竞豪奢。　　重湖叠𪩘清嘉，有三秋桂子，十里荷花。羌管弄晴，菱歌泛夜，嬉嬉钓叟莲娃。千骑拥高牙，乘醉听箫鼓，吟赏烟霞。异日图将好景，归去凤池夸。

谒金门·秋感
苏　轼

今夜雨。断送一年残暑。坐听潮声来别浦。明朝何处去。　　孤负金尊绿醑。来岁今宵圆否。酒醒梦回愁几许。夜阑还独语。

八声甘州·寄参寥子
苏　轼

有情风、万里卷潮来，无情送潮归。问钱塘江上，西兴浦口，几度斜晖。不用思量今古，俯仰昔人非。谁似东坡老，白首忘机。　　记取西湖西畔，正暮山好处，空翠烟霏。算诗人相得，如我与君稀。约他年、东还海道，愿谢公、雅志莫相违。西州路，不应回首，为我沾衣。

渔家傲·送台守江郎中
苏　轼

送客归来灯火尽。西楼淡月凉生晕。明日潮来无定准。潮来稳。舟横渡口重城近。　　江水似知孤客恨。南风为解佳人愠。莫学时流轻久困。频寄问。钱塘江上须忠信。

满庭芳·忆钱塘
周邦彦

山崦笼春，江城吹雨，暮天烟淡云昏。酒旗渔市，冷落杏花村。苏小当年秀骨，萦蔓草、空想罗裙。潮声起，高楼喷笛，五两了无闻。　　凄凉，怀故国，朝钟暮鼓，十载红尘。似梦魂迢递，长到吴门。闻道花开陌上，歌旧曲、愁杀王孙。何时见、□□唤酒，同倒瓮头春。

蓦山溪

陈　瓘

扁舟东去,极目沧波渺。千古送残红,到如今、东流未了。午潮方去,江月照还生,千帆起,玉绳低,枕上莺声晓。　　锦囊佳句,韵压池塘草。声遏去年云,恼离怀、余音缭绕。倚楼看镜,此意与谁论,一重水,一重山,目断令人老。

惜分飞·富阳僧舍代作别语

毛　滂

泪湿阑干花着露。愁到眉峰碧聚。此恨平分取。更无言语。空相觑。短雨残云无意绪。寂寞朝朝暮暮。今夜山深处。断魂分付。潮回去。

青门饮

曹　组

山静烟沈,岸空潮落。晴天万里,飞鸿南渡。冉冉黄花,翠翘金钿,还是倚风凝露。岁岁青门饮,尽龙山、高阳俦侣。旧赏成空,回首旧游,人在何处。　　此际谁怜萍泛,空自感光阴,暗伤羁旅。醉里悲歌,夜深惊梦,无奈觉来情绪。孤馆昏还晓,厌时闻、南楼钟鼓。泪眼临风,肠断望中归路。

好事近

朱敦儒

拨转钓鱼船,江海尽为吾宅。恰向洞庭沽酒,却钱塘横笛。　　醉颜禁冷更添红,潮落下前碛。经过子陵滩畔,得梅花消息。

减字木兰花

朱敦儒

花随人去。今夜钱塘江上雨。宿酒残更。潮过西窗不肯明。　　小罗金缕。结尽同心留不住。何处长亭。绣被春寒掩翠屏。

念奴娇

陆凝之

远山一带,逆晴空、极目天涯浮白。枫落鸦翻谈笑处,不觉云涛横席。酒病方苏,睡魔犹殢,一扫无留迹。吴帆越棹,恍然飞上空碧。　　长记草赋梁园,凌云笔势,倒三江秋色。对此惊心空怅望,老作红尘闲客。别浦烟平,小楼人散,回首千波寂。西风归路,为君重喷霜笛。

念奴娇·同上
仲 并

练江风静,卧冰奁百尺,朱阑飞入。江远浮天天在水,水满半天云湿。白鸟明边,青山断处,眼冷江头立。月明潮上,苇间渔唱声急。　　几度吹老萍花,野香无数,欲寄应难及。天借诗人供醉眼,尊俎一时收拾。竹里行厨,花间步障,风雨生呼吸。酒阑歌罢,钓船先具蓑笠。

水调歌头
韩元吉

七月六日与范至能会饮垂虹。是时至能赴括苍,余以九江命造朝,至能索赋。

江路晓来雨,残暑夜全消。人言天上今夕,飞鹊渐成桥。杳杳云车何处。脉脉红蕖香度。瓜果趁良宵。推枕断虹卷,抚槛白鱼跳。　　五湖客,临风露,倚兰苕。云涛四起,极目人世有烟霄。我送君舟西渡。君望我帆南浦。明日恨迢迢。且醉吴淞月,重听浙江潮。

念奴娇
韩元吉

中秋携儿辈步月至极目亭,寄怀子云兄。

去年秋半,正都门结束,相将离别。潋潋双溪新雁过,重见当时明月。步转高楼,凄凉看镜,绿鬓纷成雪。晚晴烟树,傍人飞下红叶。　　还记江浦潮生,云涛天际,涌金波一色。千里相望浑似梦,极目空山围碧。醉拍朱阑,满簪丹桂,细与姮娥说。倚风孤啸,恍然身在瑶阙。

渔家傲·小舟发临安
侯 寘

本是潇湘渔艇客。钱塘江上铺帆席。两处烟波天一色。云幂幂。吴山不似湘山碧。　　休费精神劳梦役。鸥凫难上铜驼陌。扰扰红尘人似织。山头石。潮生月落今如昔。

十二时

洪　迈

璧门双阙转苍龙。德寿俨祇宫。轩屏正坐，天子亲拜天公。仪绅笏，罗鹓鹭，粲庭中。仙家欢不尽，人世寿无穷。谁知云路，玉京成就，催返璇穹。转手万缘空。见说烟霄好处，不与下方同。尘合雾迷濛。笙箫寥寂，楼阁玲珑。中兴大业，巍巍稽古成功。事去孤鸿。忍听宵柝晨钟。灵举驾，素帏低，杳庞茸。浙江潮，万神护，川后滋恭。因山祇事，崔嵬禹穴，此日重逢。柏城封。愁长夜、起悲风。歌清庙、千古诵高宗。

风流子

袁去华

吴山新摇落，湖光净、鸥鹭点涟漪。望一簇画楼，记沽酒处，几多鸣橹，争趁潮归。瑞烟外，缭墙迷远近，飞观耸参差。残日衫霞，散成锦绮，怒涛推月，辗上玻璃。　　西风吹残酒，重门闭，深院露下星稀。肠断凭肩私语，织锦新诗。想翠幄香消，都成闲梦，素弦声苦，浑是相思。还恁强自开解，重数归期。

长相思·其四

陆　游

暮山青。暮霞明。梦笔桥头艇子横。苹风吹酒醒。　　看潮生。看潮平。小住西陵莫较程。莼丝初可烹。

浣溪沙

陈三聘

越浦潮来信息通。吴山不见暮云重。人生何事各西东。　　烟外好花红浅淡，雨余芳草绿葱茏。苦无欢意敌春浓。

柳梢青·富阳江亭

赵师侠

烟敛云收。夕阳斜照，暮色迟留。天接波光，水涵山影，都在扁舟。　　虚名白尽人头。问来往、何时是休。潮落潮生，吴山越岭，依旧临流。

南乡子·谢永嘉诸友相饯

陈　亮

人物满东瓯。别我江心识俊游。北尽平芜南似画,中流。谁系龙骧万斛舟。

去去几时休。犹自潮来更上头。醉墨淋漓人感旧,离愁。一夜西风似夏不。

沁园春·卢蒲江席上,时有新第宗室

刘　过

一剑横空,飞过洞庭,又为此来。有汝阳琎者,唱名殿陛,玉川公子,开宴尊罍。四举无成,十年不调,大宋神仙刘秀才。如何好,将百千万事,付两三杯。

未尝戚戚于怀。问自古英雄安在哉。任钱塘江上,潮生潮落,姑苏台畔,花谢花开。盗号书生,强名举子,未老雪从头上催。谁羡汝,拥三千珠履,十二金钗。

征　招

姜　夔

潮回却过西陵浦,扁舟仅容居士。去得几何时,黍离离如此。客途今倦矣。漫赢得、一襟诗思。记忆江南,落帆沙际,此行还是。　　迤逦。剡中山,重相见、依依故人情味。似怨不来游,拥愁鬟十二。一丘聊复尔。也孤负、幼舆高志。水葓晚,漠漠摇烟,奈未成归计。

酹江月

吴　琚

玉虹遥挂,望青山隐隐,一眉如抹。忽觉天风吹海立,好似春霆初发。白马凌空,琼鳌驾水,日夜朝天阙。飞龙舞凤,郁葱环拱吴越。　　此景天下应无,东南形胜,伟观真奇绝。好是吴儿飞彩帜,蹴起一江秋雪。黄屋天临,水犀云拥,看击中流楫。晚来波静,海门飞上明月。

西江月·癸巳自寿

程　珌

底事中秋无月,元来留待今宵。群仙拍手度仙桥。惊起眠龙夭矫。　　天上灵槎一度,人间八月江潮。西兴渡口几魂消(癸丑八月侍亲西兴)。又见潮生月上。

烛影摇红
高观国

别浦潮平,远村帆落烟江冷。征鸿相唤着行飞,不耐霜风紧。雪意垂垂未定。正惨惨、云横冻影。酒醒情绪,日晚登临,凄凉谁问。　　行乐京华,软红不断香尘喷。试将心事卜归期,终是无凭准。寥落年华将尽。误玉人、高楼凝恨。第一休负,西子湖边,江梅春信。

水龙吟·记钱塘之恨
陈以庄

晚来江阔潮平,越船吴榜催人去。稽山滴翠,胥涛溅恨,一襟离绪。访柳章台,问桃仙浦,物华如故。向秋娘渡口,泰娘桥畔,依稀是、相逢处。　　窈窕青门紫曲,蒨罗新、衣翻金缕,旧音恍记,轻拢慢拈,哀弦危柱。金屋难成,阿娇已远,不堪春暮。听一声杜宇,红殷绿老,雨花风絮。

满江红·送廖叔仁赴阙
严　羽

日近觚棱,秋渐满、蓬莱双阙。正钱塘江上,潮头如雪。把酒送君天上去,琼裾玉珮鹓鸿列。丈夫儿、富贵等浮云,看名节。　　天下事,吾能说。今老矣,空凝绝。对西风慷慨,唾壶歌缺。不洒世间儿女泪,难堪亲友中年别。问相思、他日镜中看,萧萧发。

齐天乐
吴文英

烟波桃叶西陵路,十年断魂潮尾。古柳重攀,轻鸥聚别,陈迹危亭独倚。凉飔乍起。渺烟碛飞帆,暮山横翠。但有江花,共临秋镜照憔悴。　　华堂烛暗送客,眼波回盼处,芳艳流水。素骨凝冰,柔葱蘸雪,犹忆分瓜深意。清尊未洗,梦不湿行云,漫沾残泪。可惜秋宵,乱蛩疏雨里。

桃源忆故人
吴文英

越山青断西陵浦。一片密阴疏雨。潮带旧愁生暮。曾折垂杨处。　　桃根桃叶当时渡。呜咽风前柔橹。燕子不留春住。空寄离樯语。

浪淘沙
吴文英

有得越中故人赠杨梅者，为赋赠。

绿树越溪湾。过雨云殷。西陵人去暮潮还。铅泪结成红粟颗，封寄长安。别味带生酸。愁忆眉山。小楼灯外楝花寒。衫袖醉痕花唾在，犹染微丹。

玉漏迟·四时怀古冬词
陈　著

故都冬亦好。风光可是，人间曾有。问雪楼台，肉阵不教寒透。妙手搀春弄巧，唤得应、千花如绣。灯市酒。笙歌镇似，元宵时候。　　见说是事都新，但破冻潮声，去来依旧。老梦无情，不到六桥风柳。回首孤山好景，倩人问、梅花安否。应自瘦。雪霜可能偻偬。

青玉案·次韵戴时芳
陈　著

钱塘江上潮来去。花落花开六桥路。三竺三茅钟晓暮。当年梦境，如今故国，不忍回头处。　　他谁做得愁如许。平地波涛挟风雨。往事凄凄都有据。月堂笑里，夕亭话后，自是无人悟。

八声甘州·代蔡泉使寿丁丞相
陈允平

帘垂鸥尾阁，桂花风、天香满黄扉。向郁罗霄汉，朝回金阙，心运璇玑。一点元台初度，八表共清辉。紫塞烟尘静，捷羽东飞。　　此际钱塘江上，爱月仍夜色，潮正秋期。想波仙冰妹，同日宴瑶池。报龙楼、玉音宣劝，赐紫金、杯泛日中葵。庆千秋，醉长生酒，歌太平诗。

氐州第一
陈允平

闲倚江楼，凉生半臂，天高过雁来小。紫芡波寒，青芜烟澹，南浦云帆缥缈。潮带离愁，去冉冉、夕阳空照。寂寞东篱，白衣人远，渐黄花老。　　见说西湖鸥鹭少。孤山路、醉魂飞绕。获蟹初肥，莼鲈更美，尽酒怀诗抱。待南枝、春信早。巡檐对梅花索笑。月落乌啼，渐霜天、钟残梦晓。

点绛唇

陈允平

　　分袂情怀,快风一箭轻帆举。暮烟云浦。芳草斜阳路。　　输与闲鸥,朝暮潮来去。空凝伫。小桥樊素。金屋春深处。

击梧桐·别西湖社友

李　珏

　　枫叶浓于染。秋正老、江上征衫寒浅。又是秦鸿过,霁烟外,写出离愁几点。年来岁去,朝生暮落,人似吴潮展转。怕听阳关曲,奈短笛唤起,天涯情远。双屐行春,扁舟啸晚。忆昔鸥湖莺苑。鹤帐梅花屋,霜月后、记把山扉牢掩。惆怅明朝何处,故人相望,但碧云半敛。定苏堤、重来时候,芳草如翦。

水调歌头

刘辰翁

　　丙申中秋,两道人出示四十年前濯缨楼赏月水调。瞿仙和,意已尽,明日又续之。

　　此夕酹江月,犹记濯缨秋。濯缨又去如水,安得主人留。旧日登楼长笑,此日新亭对泣,秃鬓冷飕飕。木落下极浦,渔唱发中洲。　　芙蓉阙,鸳鸯阁,凤凰楼。夜深白露纷下,谁见湿萤流。自有此生有客,但恨有鱼无酒,不了一生浮。重省看潮去,今夕是杭州。

绮罗香·渔浦有感

张　磐

　　浦月窥檐,松泉漱枕,屏里吴山何处。暗粉疏红,依旧为谁匀注。都负了、燕约莺期,更闲却、柳烟花雨。纵十分、春到邮亭,赋怀应是断肠句。　　青青原上荞麦,还被东风无赖,翻成离绪。望极天西,惟有陇云江树。斜照带、一缕新愁,尽分付、暮潮归去。步闲阶、待卜心期,落花空细数。

忆旧游·寄王圣与

周　密

　　记移灯蓟雨,换火篝香,去岁今朝。乍见翻疑梦,向梅边携手,笑挽吟桡。依依故人情味,歌舞试春娇。对婉娈年芳,漂零身世,酒趁愁消。　　天涯未归客,望锦羽沈沈,翠水迢迢。叹菊荒薇老,负故人猿鹤,旧隐谁招。疏花漫撩愁思,无句到寒梢。但梦绕西泠,空江冷月,魂断随潮。

三姝媚·送圣与还越
周　密

浅寒梅未绽。正潮过西陵,短亭逢雁。秉烛相看,叹俊游零落,满襟依黯。露草霜花,愁正在、废宫芜苑。明月河桥,笛外尊前,旧情消减。　　莫诉离肠深浅。恨聚散匆匆,梦随帆远。玉镜尘昏,怕赋情人老,后逢凄惋。一样归心,又唤起、故园愁眼。立尽斜阳无语,空江岁晚。

莺啼序·有感
赵　文

秋风又吹华发,怪流光暗度。最可恨、木落山空,故国芳草何处。看前古、兴亡堕泪,谁知历历今如古。听吴儿唱彻,庭花又翻新谱。　　肠断江南,庾信最苦,有何人共赋。天又远,云海茫茫,鳞鸿似梦无据。怨东风、不如人意,珠履散、宝钗何许。想故人,月下沈吟,此时谁诉。　　吾生已矣,如此江山,又何怀故宇。不恨赋归迟,归计大误。当时只合云龙,飘飘平楚。男儿死耳,嘤嘤呢呢,丁宁卖履分香事,又何如、化作胥潮去。东君岂是无能,成败归来,手种瓜圃。膏残夜久,月落山寒,相对耿无语。恨前此、燕丹计早,荆庆才疏,易水衣冠,总成尘土。斗鸡走狗,呼卢蹴鞠,平生把臂江湖旧,约何时、共话连床雨。王孙招不归来,自采黄花,醉扶山路。

金人捧露盘·越州越王台
汪元量

越山云,越江水,越王台。个中景、尽可徘徊。凌高放目,使人胸次共崔嵬。黄鹂紫燕报春晚,劝我衔杯。　　古时事,今时泪,前人喜,后人哀。正醉里、歌管成灰。新愁旧恨,一时分付与潮回。鹧鸪啼歇夕阳去,满地风埃。

传言玉女·钱塘元夕
汪元量

一片风流,今夕与谁同乐。月台花馆,慨尘埃漠漠。豪华荡尽,只有青山如洛。钱塘依旧,潮生潮落。　　万点灯光,羞照舞钿歌箔。玉梅消瘦,恨东皇命薄。昭君泪流,手捻琵琶弦索。离愁聊寄,画楼哀角。

金人捧露盘·丙午钱塘

罗志仁

湿苔青,妖血碧,坏垣红。怕精灵、来往相逢。荒烟瓦砾,宝钗零乱隐鸾龙。吴峰越嶂,翠鬟锁、苦为谁容。　　浮屠换、昭阳殿,僧磬改、景阳钟。兴亡事、泪老金铜。骊山废尽,更无宫女说元宗。角声起,海涛落,满眼秋风。

渡江云

张　炎

山阴久客,一再逢春,回忆西杭,渺然愁思。

山空天入海,倚楼望极,风急暮潮初。一帘鸠外雨,几处闲田,隔水动春锄。新烟禁柳,想如今、绿到西湖。犹记得、当年深隐,门掩两三株。　　愁余。荒洲古溆,断梗疏萍,更漂流何处。空自觉、围羞带减,影怯灯孤。常疑即见桃花面,甚近来、翻笑无书。书纵远,如何梦也都无。

渡江云·次赵元父韵

张　炎

锦香缭绕地,深灯挂壁,帘影浪花斜。酒船归去后,转首河桥,那处认纹纱。重盟镜约,还记得、前度秦嘉。惟只有、叶题堪寄,流不到天涯。　　惊嗟。十年心事,几曲阑干,想萧娘声价。闲过了、黄昏时候,疏柳啼鸦。浦潮夜涌平沙白,问断鸿、知落谁家。书又远,空江片月芦花。

陆游与钱塘江诗路

胡传志①　周青松②

钱塘江诗路是浙江四大诗路之一。陆游在钱塘江流域严州、临安为官经年，并有数次泛舟钱塘江的经历。钱塘江的自然景观、历史文化对陆游有重要影响。陆游以其天资、勤奋拓展了钱塘江诗路的长度、宽度，与钱塘江诗路相互成就。近年来，诗路研究渐成热点。有"天下诗人皆入浙"之称的浙江，得诗路研究、开发之先机。2018 年 5 月，浙江省委省政府印发《浙江省大花园行动计划》，提出建设江南运河诗路、钱塘江诗路、浙东唐诗之路、瓯江山水诗路等四大诗路。2019 年 10 月，浙江省政府又印发了《浙江省诗路文化带发展规划》，进一步细化四大诗路行动计划。2019 年 11 月，中国唐代文学学会在浙江成立唐诗之路研究会。可以说，浙江诗路建设得到了浙江地方政府和学界的共同关注。在四大诗路中，以浙江最大河流钱塘江为主线的钱塘江诗路是最长的一条。这条浙江最长的诗路与浙江最具影响力的诗人陆游之间有无联系？尚未引起学界足够的重视，本文拟就此略作论述。

一、陆游与钱塘江的交集

陆游与钱塘江的交集，最早可以追溯到靖康二年（1127）。这一年，徽宗、钦宗及宋皇室被金兵俘虏北上，高宗于南京（商丘）仓促即位，改元建炎，不久就撤退至扬州。由于金兵的威胁日益迫近，已罢官寓居寿春的陆宰偕家人返回山阴，

---

① 胡传志，安徽师范大学诗词学研究中心主任、教授、博士生导师。研究方向为古代文学。

② 周青松，安徽师范大学诗词学研究中心副教授。研究方向为古代文学。

而钱塘江是归乡的必经之路。陆游时方三岁,跟随父亲过钱塘江时,是否见到了大江,大江是否给其留下了潜意识的印象? 尚无从考证,但这应是陆游与钱塘江的第一次密切接触。绍兴十年(1140),16 岁的陆游自山阴至都城临安应试,钱塘江是必经之路,于情理而言,陆游应该见到了大江,可惜无诗作留存。此后的绍兴二十三年、绍兴二十四年,陆游又分别自山阴过钱塘江至临安应试,也无有关钱塘江的诗作留存。《剑南诗稿》存诗始于绍兴十二年(1142),那时陆游已崭露头角,曾几"大叹赏,以为不减吕居仁",十年后见到著名的钱塘江,按说应有诗歌创作,为何无诗作留存? 大概率是陆游在编纂《剑南诗稿》时未加收录,而实际上《剑南诗稿》收录陆游 30 岁之前的诗作也是屈指可数的。这可能有两方面的原因:一是陆游在编纂诗稿时认为年少时的诗作不成熟或者不满意,有意未加收录;二是《剑南诗稿》在严州刊刻时,陆游已 63 岁,34 年前的诗作也不易回忆、整理,故未收录。

　　如果说上述交集都是匆匆一瞥的相见,那么陆游与钱塘江的相知则要从陆游的宦游经历谈起。陆游在钱塘江的下游临安(杭州)、上游严州为官经年,以临安、严州为两端,陆游又有数次泛舟钱塘江水路两端之间,恰构成了两点一线。笔者翻检《剑南诗稿》,发现陆游在这两点一线存诗颇丰。详见下表:

序号	年份	地点	诗作数量
1	绍兴三十一年	临安	7
2	绍兴三十二年	临安	13
3	淳熙七年	自严州东归,泛舟钱塘江途中	9
4	淳熙十三年	临安	10
5	淳熙十三年	严州	87
6	淳熙十四年	严州	176
7	淳熙十五年	严州	24
8	淳熙十五年	自严州东归,泛舟钱塘江途中	4
9	淳熙十五年	临安	10
10	淳熙十六年	临安	31
11	嘉泰二年	临安	112
12	嘉泰三年	临安	103

　　从以上统计来看,陆游在临安任上存诗 286 首,在严州任上存诗 287 首,在取道钱塘江东归旅途中存诗 13 首,合计 586 首,这是一个不小的数字。需要说

明的是,上述诗作并非都是直接书写钱塘江的,但本文关注的是,钱塘江及其流域内的自然、文化对陆游的诗歌创作有何影响?陆游钱塘江诗作的价值如何?

二、陆游与钱塘江自然景观

淳熙十三年(1186)春,陆游以朝请大夫出知严州,在临安面见孝宗时,孝宗说了一句意味深长的话:"严陵,山水胜处,职事之暇,可以赋咏自适。"①这一年,陆游已经 62 岁,在山阴已乡居 5 年,5 年前的淳熙八年,陆游本有提举淮南东路常平茶盐公事的新命,却被以"不自检饬,所为多越于规矩"②论罢。这次论罢与陆游爱议论抗金之事或有联系。孝宗此言虽为关怀,实则也是委婉提醒陆游少谈国事。从陆游严州诸作来看,仍不乏抗金忧国之作,可见陆游并没有全面贯彻孝宗的意图。但是钱塘江的山水,却实实在在为陆游赋咏自适提供了"江山之助"。

钱塘江是两浙最长的河流,也是两浙最美的山水景观带。陆游于钱塘江上、中、下游均有所游历,那么,哪些"山水胜处"最能触动陆游的诗情呢?陆游在《严州重修南山报恩光孝寺记》中很好地回答了这个问题:

> 浙江自富春溯而上,过七里濑桐君山,山益秀,水益清。乌龙山崛起千仞,鳞甲爪鬛,蜿蜒盘踞。严州在其下,有山直州之南,与乌龙为宾主。乌龙以雄伟,南山以秀邃。形势壮而风气固……予行天下多矣,览观山川形胜,考千载之遗迹,未尝不慨然也。晚至是邦,观乌龙似赤甲白盐,南山似锦屏,一水贯其间,纡余澄澈似渭水,而南山崇塔广殿,层轩修廊,山光川霭,钟鸣鲸吼,游者动心,过者骇目,又甚似汉嘉之凌云,盖兼天下之异境而有之。骚人墨客,将有徙倚太息援笔而赋之者。予未死,尚庶几见之。③

山清水秀的富春江、崛起千仞的乌龙山,集秀丽与壮美于一体,触发无数文人墨客吟诵赋之,这其中当然也包括陆游。

富春江位于钱塘江中游,两山夹峙,碧水中流,素有"奇山异水,天下独绝"的赞誉。淳熙七年(1180)冬,陆游自抚州东归,至桐庐县,泛舟富春江中,有《渔浦》二首:

---

① (元)脱脱等著:《宋史》卷三九五《陆游传》,中华书局,1985 年,第 12058 页。

② 刘琳等校点:《宋会要辑稿》职官七二,上海古籍出版社,2014 年,第 8 册,第 4983 页。

③ 马亚中、涂小马校注:《渭南文集》卷十九《严州重修南山报恩光孝寺记》,浙江古籍出版社,2015 年,第 2 册,第 258 页。

桐庐处处是新诗,渔浦江山天下稀。安得移家常住此,随潮入县伴
潮归。

渔翁持鱼叩舷卖,炯炯绿瞳双脸丹。我欲从之逝已远,菱歌一曲暮
江寒。①

这是陆游第一次泛舟富春江中,富春江桐庐段的秀美风光、天下稀有的渔浦
江山、富足安乐的渔家生活,都给诗人以新鲜的刺激,仿佛处处都能触发诗人写
出新诗。陆游沉醉其间,甚至想要移家常住此地,伴随着江潮入县归家,与渔翁
一同泛舟歌唱。富春江地处亚热带季风气候地区,冬季不是富春江的最佳观赏
季,诗人发出这样的赞赏,除了初见富春江的新鲜感外,大概还有另一层原因。
此次陆游自抚州东归,是在抚州任上受到弹劾被召回临安。这次东归,陆游心情
郁闷,这从其同期前作"不须更把浇愁酒,行尽天涯惯断魂"②可以窥见一二。东
行至严州寿昌县界,陆游接到准免入奏,仍除外官的旨意,这也一扫陆游心中的
阴霾,但政治的复杂依然让陆游觉得疲惫,故而当他沉浸在富春山水中时不禁生
发寄情山水之意。淳熙十五年(1188)陆游自严州回山阴,途中作《泛富春江》诗:

双橹摇江叠鼓催,伯符故国喜重来。秋山断处望渔浦,晓日升时离钓
台。官路已悲捐岁月,客衣仍悔犯风埃。还家正及鸡豚社,剩伴邻翁笑
口开。③

陆游带着喜悦之情,伴随着快乐的鼓乐,泛舟富春江,展望前程,即是明珠般
的渔浦,更幻想到家之后,与邻翁聚会谈笑之乐。随后,陆游抵达渔浦,有《宿渔
浦》诗:

东归刬曲只三程,旅泊还如万里行。灯影动摇风不停,船声鞺鞳浪初
生。曳裾非复白头事,瞑目那求青史名。归去若为消暮境,一蓑烟雨学
春耕。④

船行缓慢,夜宿渔浦,从次联来看,似宿于船中。这时陆游已年逾花甲,旅途
孤寂,情绪低落,不得不作归老田园之想。渔浦舟行强化了陆游的动荡感。渔浦
舟行,给陆游留下终生难忘的深刻印象,直到开禧元年(1205),年逾八十的陆游

①　(宋)陆游著,钱仲联、马亚中主编:《陆游全集校注》,钱仲联校注《剑南诗稿校注》卷
十三《渔浦二首》(其一),第2册,第376页。

②　《剑南诗稿校注》卷十三《航头晚兴二首》,第2册,第373页。

③　《剑南诗稿校注》卷二十,第3册,第290页。

④　《剑南诗稿校注》卷二十,第3册,第291页。

还回忆起这美好快意往事："剡溪挂风帆,渔浦理烟榜。奇云出深谷,新月生叠嶂。"①嘉定二年(1209)仍幻想重游桐江："病境虽犹在,秋天已自清。闲思寻酒伴,懒畏主诗盟。烟艇桐江去,篮舆剡溪行。"②

乌龙山地处严州西北方,高近千米,山势巍峨,矗立在富春江北岸,因山体乌黑,山体蜿蜒如龙,故而名乌龙山。山上乌龙庙,是当地官员、民众祭祀祈福之地,陆游有《严州乌龙广济庙碑》记之,并有《乌龙庙》诗："江边苍龙背负天,蟠踞千载常蜿蜒。其前横辟为大州,高城鼓角声隐然。龙庙于山家于渊,世为吾州作丰年。老守虽愧笔如椽,洁斋试赋迎神篇。"③更多的时候,陆游是从严州城远眺乌龙山,如《乌龙雪》:

> 乌龙如真龙,妥尾卧江碛。时时登楼望,爪尾略可识。今朝事大异,千嶂忽如失。遥知重云外,已有雪数尺。颇念采薇人,清坐焉得食。裹饭欲问之,矫首空峭壁。念昔故山时,僵卧风雪夕。静闻长松折,声若裂巨石。天晴视岩涧,鸟兽死如积。清梦不可寻,抚楯三太息。④

隆冬时节,乌龙山被皑皑白雪覆盖,诗人登楼远眺,以为乌龙山忽然消失。进而联想到乌龙山上的隐士可能要面临饥寒,欲裹饭问之。这里的隐士可以与陆游同期《有为予言乌龙高嵚不可到处有僧岩居不知其年予每登千峰榭望之慨然为作二诗》参看。诗的最后,诗人联想到故山大雪的情景,生发故山之情,情与景达到了完美的融合。

此外,钱塘江的山山水水都有可能激发陆游的诗情,如著名的钱塘江大潮。且看《观潮》:

> 江平无风面如镜,日午楼船帆影正。忽看千尺涌涛头,颇动老子乘槎兴。涛头汹汹雷山倾,江流却作镜面平。向来壮观虽一快,不如帆映青山行。嗟余往来不知数,惯见买符官发渡。云根小筑幸可归,勿为浮名老行路。⑤

诗人精彩地描述了钱塘江潮的壮观景象,江面的静与江潮的动也代表了两种心境,而诗人给出了自己的选择。

---

① 《剑南诗稿校注》卷六十三《读王摩诘诗爱其散发晚未簪道书行尚把之句因用为韵赋古风十首亦皆物外事也》,第 7 册,第 22 页。
② 《剑南诗稿校注》卷八十四《病中思出游》,第 8 册,第 4499 页。
③ 《剑南诗稿校注》卷十九《乌龙庙》,第 3 册,第 254 页。
④ 《剑南诗稿校注》卷十九《乌龙雪》,第 3 册,第 260 页。
⑤ 《剑南诗稿校注》卷二十一《观潮》,第 3 册,第 328 页。

三、陆游与钱塘江历史文化

触动诗人不仅是自然景观,还有历史文化。钱塘江一代的历史文化有哪些会对陆游产生影响呢?试举三位人物。

陆轸,是陆游的高祖,大中祥符年间进士,曾任睦州(严州)军事,官至吏部郎中,是陆氏家族在宋代起家的关键人物。据载,陆轸在睦州为官刚正清廉,约己爱民,广有赞誉,当地还供有他的遗像,陆游有《先太傅遗像》记之。陆游对高祖敬重有加,"游童子时,先君谆谆为言,太傅出入朝廷四十余年,终身未尝为越产;家人有少变其旧者,辄不怿;晚归鲁墟,旧庐一椽不可加也。"①正是基于对高祖的追踪,陆游自称任职严州"实继遗躅"②。在严州任上,陆游适遇严州灾荒,陆游一面向朝廷上书减免税收,一面组织恢复农业生产。这在其严州诗文中有不少体现,如其《丁未严州劝农文》:

> 盖闻农为四民之本,食居八政之先,丰歉无常,当有储蓄……汝其语子若孙,无事末作,无好终讼,深畎广耰,力耕疾耘,安丰年而忧歉岁。太守亦当宽期会,简追胥,戒兴作,节燕游,与吾民共享无事之乐,而为后日之备,岂不美哉!③

陆游不仅勉励农民以农为本,辛勤耕耘,更对自身提出明确要求,"宽期会,简追胥,戒兴作,节燕游"。在他的努力下,严州"民租屡减追胥少,吏责全轻法令宽"④。试看其《荞麦初熟刈者满野喜而有作》:

> 城南城北如铺雪,原野家家种荞麦。霜晴收敛少在家,饼饵今冬不忧窄。胡麻压油油更香,油新饼美争先尝。猎归炽火燎雉兔,相呼置酒喜欲狂。陌上行歌忘恶岁,小妇红妆穗簪髻。诏书宽大与天通,逐熟淮南几误计。⑤

诗人以其细腻的笔触,描绘了荞麦初熟的丰收景象,并联想到百姓的幸福生活,颇具生活气息。

---

① (宋)陆游撰:《放翁家训》,中华书局,1985年,第1页。
② 《渭南文集校注》卷二十七《先太傅遗像》,第3册,第188页。
③ 《渭南文集校注》卷二十五,第3册,第106页。
④ 《剑南诗稿校注》卷十九《秋兴二首·其二》,第3册,第234页。
⑤ 《剑南诗稿校注》卷十九,第3册,第242页。

范仲淹,世称范文正公,是北宋名臣。景祐元年(1034),范仲淹因上书废后一事被贬到两浙西路睦州任知州,是陆游的前任地方官。陆游在《送关漕诗序》中充分肯定了范仲淹,他认为"范文正之贬,士以不同贬为耻"。① 范仲淹"先天下之忧而忧,后天下之乐而乐"的为政理想和"居庙堂之高则忧其民,处江湖之远则忧其君"的高尚品格都对陆游产生了积极影响。其中,尤为陆游称道的则是其被贬睦州后所作的《潇洒桐庐郡十咏》所表现出的豁达与自适。在《潇洒桐庐郡十咏》中,范仲淹描绘了"乌龙山霭中""公余午睡浓""春山半是茶""清潭百丈中""身闲性亦灵"等十个美好的场景,陆游读罢,有《读范文正潇洒桐庐郡诗戏书》:

> 桐庐朝暮苦匆匆,潇洒宁能与昔同。堆案文书生眼黑,入京车马涨尘红。逢迎风月曲生事,弹压江山毛颖功。二子年来俱扫迹,颓然堪笑一衰翁。②

诗人虽自嘲"潇洒宁能与昔同",但不可否认的是,范仲淹《潇洒桐庐郡十咏》为陆游提供了一个诗意栖居富春江的范本。而《潇洒桐庐郡十咏》所咏的十个场景确也时常在陆游严州诗作中出现,如"香浮鼻观煎茶熟,喜动眉间炼句成"③,"莫道斋中日无事,焚香扫地又诗成"④,"醉眼本轻千古事,钓竿新赐一滩秋"⑤,"一壶花露拆黄縢,醉梦酣酣唤不应"⑥,"下岩紫壁临章草,正焙苍龙试贡茶"⑦等等。

还有一位人物就是范仲淹称赞有加的严光。严光,字子陵,是东汉著名隐士。据载,严光与东汉光武帝刘秀为同窗好友,刘秀即位后,几次欲延聘严光,但严光却始终不肯接受,他隐姓埋名,隐居在富春江畔,以垂钓度日,终生不仕。严光淡泊名利,为后世所称道。范仲淹到任睦州后,不仅为严光营建祠堂,并写下了著名的《严先生祠堂记》,称赞严光"先生之风,山高水长"。范仲淹之所以十分赞赏严光,不仅表达了对严光的敬佩,还暗含以光武帝刘秀与严光对比当今朝政,表达了对明主、善政的期待。千百年来,以严光及其钓台为代表的山水隐逸文化逐渐成为钱塘江文化的一个重要内核。这种文化对陆游也产生了重要影响,陆游时常在诗中流露出还乡、退隐的想法。且看其《钓台见送客罢还舟熟睡至觉度寺》:

---

① 《渭南文集校注》卷十四《送关漕诗序》,第 2 册,第 106 页。
② 《剑南诗稿校注》卷十九,第 3 册,第 271 页。
③ 《剑南诗稿校注》卷十八《登北榭》,第 3 册,第 177 页。
④ 《剑南诗稿校注》卷十八《斋中闲咏》,第 3 册,第 179 页。
⑤ 《剑南诗稿校注》卷十八《遣兴》,第 3 册,第 190 页。
⑥ 《剑南诗稿校注》卷十八《病中偶得名酒小醉作此篇是夕极寒》,第 3 册,第 197 页。
⑦ 《剑南诗稿校注》卷十八《大阅后一日作假》,第 3 册,第 221 页。

　　抽身簿书中,兹日睡颇足。缥缈桐君山,可喜忽在目。纷纷众客散,杳杳一筇独。昔如脱渊鱼,今如走山鹿。诗情森欲动,茶鼎煎正熟。安眠簟八尺,仰看帆十幅。逍遥富春饭,放浪渔浦宿。送老水云乡,羹藜勿思肉。①

　　淳熙十五年(1188),陆游在严州任满,泛舟东归。从簿书中抽身的轻松、安睡的舒适和富春秀美的山水,都让诗人的诗情萌动。诗人以脱渊鱼和走山鹿作对比,形象地表达了东归的喜悦,并流露出退隐水云乡的想法。由于年久失修,严光祠堂损坏严重,陆游十分关注祠堂的修复,可惜未能在任上解决此事。开禧元年(1205),陆游听闻严州知州孙叔豹在祠堂周围置办田地,以解决祠堂的维护与供养问题,十分欣喜,并作《严州钓台买田记》以记之。

四、陆游钱塘江诗歌的意义

　　“句到桐江剩深稳,气含玉垒旧飘扬。”②姜特立在收到陆游于严州刊刻的《剑南诗稿》后大为称赞。值得思考的是,陆游为何会选择在淳熙十四年严州任上刊刻《剑南诗稿》呢?除了外部的因素,从主观上来看,是陆游诗歌风格趋于稳定,诗人认为已到了对自己的诗歌进行整理删汰的时机了。且看其《夜坐示桑甥十韵》:

　　好诗如灵丹,不杂膻荤肠。子诚欲得之,洁斋祓不祥。食饮屑白玉,沐浴春兰芳。蛟龙起久蛰,鸿鹄参高翔。纵横开武库,浩荡发太仓。大巧谢雕琢,至刚反摧藏。一技均道妙,佻心讵能当。结缨与易箦,至死犹自强。东山七月篇,万古真文章。天下有精识,吾言岂荒唐。③

　　陆游在此诗中明确回答了自己对好诗的认识,这种自觉的意识,是其诗歌风格成熟的重要标志。陆游以其天资,融汇吸收钱塘江自然、文化等因素,取得了突出的成就,这是钱塘江给予陆游的“江山之助”。同时,离不开诗人自身的勤奋,陆游在严州任上七百日左右,存诗、文近 400 篇,这还是在“簿书来衮衮”④的

---

① 《剑南诗稿校注》卷二十,第 3 册,第 290 页。
② (宋)姜特立著,钱之江整理:《姜特立集》,浙江古籍出版社,2016 年,第 17 页。
③ 《剑南诗稿校注》卷十九,第 3 册,第 257 页。
④ 《剑南诗稿校注》卷十八《送客》,第 3 册,第 203 页。

情况下完成的。"马上看山细咏诗"①,"急雨好风当有诗"②,"零落新诗假寐中"③,"书尽还重读,诗成更自哦"④,陆游坚持日课、坚持读书,这是他能够做到"吾行在处皆诗本"⑤的重要原因。

从另一个层面来说,陆游也成就了钱塘江山水。钱塘江,自谢灵运作《初往新安至桐庐口》《七里濑》《夜发石关亭》《富春渚》诸诗,钱塘江诗路顺利起步。谢灵运以后,沈约、孟浩然、范仲淹等人沿着这条路道路向前推进,但沈约、孟浩然等人皆是匆匆的过客,范仲淹在桐庐的任期也就几个月。钱塘江缺少大诗人在诗路上安营扎寨,陆游的出现恰好弥补了这一缺憾。一个方面,陆游江上之作拓展了钱塘江山水诗的长度;另一个方面,陆游在严州、临安等钱塘江城的创作拓宽了钱塘江诗路的宽度。借助陆游,钱塘江诗路文脉得以传承、开拓。

正如赵蕃所言:"江山不因人,何以相发挥。人而非江山,兴亦无所归。是故新定郡,得公倍光辉。岂惟江山然,鸥鸟亦依依。"⑥江山与诗人是相互成就的关系,陆游的诗歌流淌在钱塘江中,钱塘江也因陆游的诗歌熠熠生辉。

---

① 《剑南诗稿校注》卷十八《春晴》,第 3 册,第 207 页。

② 《剑南诗稿校注》卷十九《夏日北榭赋诗弈棋欣然有作》,第 3 册,第 227 页。

③ 《剑南诗稿校注》卷十九《马上作》,第 3 册,第 245 页。

④ 《剑南诗稿校注》卷十九《燕堂东偏一室颇深暖尽日率困于吏牍比夜乃得》,第 3 册,第 248 页。

⑤ 《剑南诗稿校注》卷二十《梅雨初晴迓客东郊》,第 3 册,第 288 页。

⑥ (宋)赵蕃著:《淳熙稿》卷一四,商务印书馆,第 1 册,第 4 页。

查慎行《江行六言杂诗十八首》与渔浦关系论说

陈必欢[①]

　　查慎行(1650—1727)，原名嗣琏，字夏重，浙江海宁人。后因故改名慎行，字悔余，号他山，又号查田。晚年取苏轼《龟山》"僧卧一庵初白头"诗意，于家乡袁花龙尾山查家桥筑初白庵以居，自号初白老人。作为清初六大诗人之一，查慎行与施闰章、宋琬、王士祯、朱彝尊、赵执信等齐名。其诗歌创作代表了当时宋诗派的最高成就，成为宋诗坛的典范，对清代诗坛产生了广泛的影响。对查慎行的研究，目前成果较多，主要集中在诗歌分析、诗歌批评、文章探讨、词研究等相关方面。从研究的方面来看，研究范围十分广泛，研究层次渐趋深入。但也存在一些薄弱方面，如对其诗歌的具体研究方面还有待进一步加强。这可能与其诗歌的数量有莫大关系。从而立之年开始，诗人就一直来回奔波，足迹遍及祖国大江南北，留下了大量诗作。据大约统计，查慎行所作的诗歌有5000多首。从这些诗歌来看，游历的诗歌就有2500多首，占50%。查慎行的游历生活为他的诗歌提供了丰富的题材，也为后人了解其思想提供了重要的基础。其诗歌数量过于庞大，研究者对其诗歌作品研究未能全部涉及，一些问题尚未展开，因此犹有再深入论述之余地。文章主要以《江行六言杂诗十八首》为对象，从其江行的经历、江行诗的特点、江行诗的意义等方面展开探讨，力求揭示查慎行与渔浦之间的紧密关联，确定其在旅游文学和旅游文学史上的地位和价值。

---

　　① 　陈必欢，上海大学文学院博士研究生，研究方向为诗词学、民国旧体文学。

一、纪"钱塘江"之行

查慎行的《江行六言杂诗》共十八首。这十八首诗,乃其由浙入赣之途中所作。从《江行六言杂诗十八首》(其二)、《江行六言杂诗十八首》(其三)、《江行六言杂诗十八首》(其六)、《江行六言杂诗十八首》(其十一)、《江行六言杂诗十八首》(其十七)等诗中,读者似可发现其江行经历。

"鲁公传乞米帖,元亮有饥驱诗"(《江行六言杂诗十八首》其一),包含着两个经典的故事。颜真卿是我国唐代著名书法家。因封鲁郡开国公,故后人称他颜鲁公。《乞米帖》便是他向别人借米的书简。宋代周密以《鲁公乞米帖》为题,写下了这样一首诗歌:"当年食粥老尚书,乞米长安李大夫。饥死只今谁裹饭,可怜曼倩羞侏儒。"而晋宋之际大诗人陶渊明亦创作了一首以《乞食》为题的五言诗。其中"饥来驱我去,不知竟何之。行行至斯里,叩门拙言辞",写出了诗人为饥饿所逼迫,不得不去乞食的痛苦情态。就这首江行诗而言,传达出怎样的江行经历?据《宾云集》小序:"戊寅四月。是夏复偕竹垞先生作闽南之行,渊明所谓饥来驱我也,往返五阅月,共得诗若干首,唱酬者居其半,厘为三集曰宾云者,纪游武彝也。"①《查继佐查慎行年谱》云:"复,偕竹垞之闽中,及秋而还。"②《查慎行年谱》亦云:"四月作《宾云集》第二十八。与朱彝尊同游闽南,舟经富春江、七里泷、兰溪,入赣后,又经玉山、铅山,至湖口登陆,度分水岭至福建崇安,游武夷山。"③由此可知,《江行六言杂诗十八首》(其一)当写于其赴闽南途中,有所感而作。

"人家泥浦渔浦,驿路樟亭赤亭"(《江行六言杂诗十八首》其二),展现了查慎行经过渔浦、樟亭、赤亭等地的行踪。顾夷《吴郡记》:"富春东三十里有渔浦。"④这是对渔浦的最早记载。渔浦风光,自南朝以来,历代文人吟咏不绝。渔浦作为萧山县八大胜景之一,载入县志。《萧山县志·疆域志》载:"镇三:曰西兴镇,曰渔浦镇,曰钱清镇。"⑤可见,渔浦在清代属萧山县。作为蒲阳江口的渔浦,与西

---

① （清）查慎行《敬业堂诗集》,上海古籍出版社 2015 年版,第 868 页。
② （清）沈起、陈敬璋撰,汪茂和点校《查继佐查慎行年谱》,中华书局 1992 年版,第 192 页。
③ 张晨《查慎行年谱》,广西师范大学,2010 年,第 38 页。
④ 刘纬毅《汉唐方志辑佚》,北京图书馆出版社 1997 年版,第 99 页。
⑤ 费黑《萧山县志》,浙江人民出版社 1987 年版,第 120 页。

陵(今杭州市滨江区西兴)一样,是钱塘江南岸重要的津渡。唐代孟浩然《早发渔浦潭》诗有"卧闻渔浦口,桡声暗相拨。日出气象分,始知江湖阔"句。清代《浙江通志》对樟亭的位置也有这样的记载:"樟亭,在钱塘县旧治南五里,后改为浙江亭,今浙江驿其故址也。"①这一记载不多,却为我们提供了丰富的信息:一是樟亭的位置在钱塘县旧治南五里。樟亭在钱塘江边,那么钱塘县旧治应该在北面的城里;二是樟亭曾改名浙江亭;三是清代这里成为浙江驿。赤亭,古名赤亭山、华盖山,位于富春江北岸,相传为东汉著名隐士严子陵的隐居和垂钓处。聂大年《严先生祠记》:"富春今属杭邑,而桐庐旧境也。邑东有赤亭山,相传为先生钓游之处,固宜有祠。"②可见,泥浦、渔浦、樟亭、赤亭在古代已占有重要的交通位置。

"船头载余杭酒,枕上看富春图"(《江行六言杂诗十八首》其三),将查慎行经过余杭、富春江等地行程直接呈现出来。余杭,在浙江省北部,杭州市东北。《越绝书》卷八载:"越人谓盐曰余。"③余杭乃古越语地名。《太平寰宇记》引《郡国志》云:"夏禹东去,舍舟船登陆于此,乃以为名。"④富春江,在浙江省中部。浙江省桐庐至萧山段的别称。《水经注·浙江水》:"浙江又东北径富春县南。"⑤江因富春山得名。"余杭酒"与"富春图"对举,一个是饮的佳品,另一个是看的美景。读者可看出诗人江行之闲适心态。丁仙芝《饥杭醉歌赠吴山人》中即有"十千兑得余杭酒,二月春城长命杯"之句。而《富春山居图》乃元代画家黄公望于1350年创作的纸本水墨画。该图描写富春江两岸初秋景色。林峦深秀,草木华滋,充满了隐者悠游林泉、萧散淡泊的诗意,散发出浓郁的江南气息。诗人查慎行在江行途中欣赏富春江两岸的风景,亦可见其行踪。

"千点桃花拍岸,春潮不过桐庐"(《江行六言杂诗十八首》其六),短短两句,已点出其江行之位置。桐庐,乃浙江省杭州市辖县,位于浙江省西部、杭州市中部低山丘陵区,分水江和富春江交汇处。《水经注·浙江水》:"紫溪又东南流经桐庐县东为桐溪,孙权藉溪之名以为县目,割富春之地立桐庐县。"⑥梁载言《十道志》载:"桐庐县,吴黄武四年,分富春置,以桐溪侧有大椅树,垂条偃盖,傍荫数

---

① (清)嵇曾筠、李卫等修;沈翼机、傅王露等纂《浙江通志》,上海古籍出版社1991年版,第220页。

② 何善蒙《君子有终——浙江省祠庙资料汇编》,九州出版社2010年版,第71页。

③ 张仲清注、乐祖谋点校《越绝书》,上海古籍出版社1985年版,第120页。

④ (宋)乐史著、王文楚点校《太平寰宇记》,中华书局2008年版,第580页。

⑤ (北魏)郦道元著,陈桥驿、叶光庭、叶扬译,陈桥驿、王东注《水经注》,中华书局2020年版,第485页。

⑥ 同上,第486页。

亩,远望似庐,因谓之桐庐。"①《方舆胜览》卷五《建德府山川》载:"桐君山在桐庐。有人采药结庐桐木下,人问其姓,指桐木示之,因山名桐君,郡曰桐庐。"②据《桐庐县志》记载:"旧县市在县北十五里;横江浦市在县北二十里;焦山市在县西四十五里;孝泉市在县西五十五里;柴埠市在县东十五里。"③这几个市镇都处在沿江位置,交通便利。

"挂剑谢皋羽墓,插竿严子陵坛"(《江行六言杂诗十八首》其七),既表明了查慎行所经之地,也传达出他对这两位隐士的态度。谢皋羽,本名谢翱,南宋末诗人。福州长溪(今福建霞浦县)人。景炎元年(1276)七月,文天祥起兵,他率乡兵数百人投效,署咨议参军。文天祥被俘遇难,谢翱登上西台祭吊文天祥,以竹如意击石,写下了悲壮的《登西台恸哭记》。而谢皋羽墓当在富春江七里泷上。近代吴寿彭有诗云:"水咽岩滩残雪尽,有人晞发哭泷濆。"这里的"晞发"指的是谢皋羽,乃其号。《后汉书·严光传》:"严光字子陵,一名遵,会稽余姚人也。少有高名,与光武同游学。及光武即位,乃变名姓,隐身不见。帝思其贤,乃令以物色访之……除为谏议大夫,不屈,乃耕于富春山,后人名其钓处为严陵濑焉。建武十七年(41),复特征,不至,年八十,终于家。"④严子陵,会稽余姚人。东汉著名隐士。刘秀即位后,多次延聘严子陵,但他隐姓埋名,退居富春山。相传其垂钓处的严陵濑,在今钱塘江干流桐江上桐庐、建德之间的七里泷中。谢皋羽、严子陵作为两位著名隐士,其高风亮节历来受人推崇。诗人查慎行以谢皋羽、严子陵对举,表明了他对这两位富春江畔的隐士,充满了无比崇敬之情。

"兰溪飞回肠曲,瀫水一指掌平"(《江行六言杂诗十八首》其十一),写出路途之曲折艰难。《兰溪县志》载:"邑虽褊小而实当四冲。踞杭严之上游,职衢婺之门钥,南蔽瓯括,北捍徽歙。定职方者,谓为浙东之要区,洵不诬也。"⑤可知,兰溪地理位置重要。它地处钱塘江中游,自古有"三江之汇""七省通衢"之称。瀫水,即衢江,在今浙江省西部。《汉书·地理志》:"縠水东北至钱唐入江。"⑥《水经注·浙江水》:"浙江又东北流至钱唐县,縠水入焉。"⑦《元丰九域志》:"'縠'

①　(唐)梁载言《十道志》,(宋)李昉、李穆、徐铉等《太平御览·州郡部》,中华书局2000年版,第350页。

②　(宋)祝穆撰、祝洙增订、施和金点校《方舆胜览》,中华书局2016年版,第368页。

③　桐庐县志编纂委员会编《桐庐县志》,浙江人民出版社1991年版,第252页。

④　(南朝宋)范晔撰、(唐)李贤等注《后汉书》,中华书局2016年版,第1300页。

⑤　(清)秦簧、唐壬森《兰溪县志》,清光绪十四年刊本,第120页。

⑥　(汉)班固撰、(唐)颜师古注《汉书》,中华书局2016年版,第1560页。

⑦　(北魏)郦道元著,陈桥驿、叶光庭、叶扬译,陈桥驿、王东注《水经注》,中华书局2020年版,第486页。

'濲'皆'縠'之变字,说者遂以为水文如縠,缪也。"①依考证,兰溪、濲水皆处在钱塘江中游,是诗人江行之地。"兰溪飞回肠曲,濲水一指掌平"形象地写出了这两个地方所处的位置,也表明了路途之曲折艰难。

"安稳烟波六宿,卸帆已到常山"(《江行六言杂诗十八首》其十七),表明其已经到达常山。诗句中的"常山",隶属浙江省,地处浙江省西南部、钱塘江上游,东邻柯城区,南靠江山市,西南与江西省玉山县交界,西北与开化县毗邻,东北部与杭州市淳安县相接。《元和郡县志》卷二十六衢州常山县:"因县南有常山为名。"②《读史方舆纪要》卷九十三衢州府常山县:常山"在县东三十里,县以此名。一名长山。绝顶有湖,广数亩。亦曰湖山,巨石环绕,俨如城郭。……旧志云,唐时常山县城,盖常山之麓"。③

综上所述,查慎行的《江行六言杂诗十八首》反映了其江行的交通路线。总结起来,诗人首先从江干出发,经渔浦,舟行经富春江、七里泷、兰溪,过常山,入赣后,经玉山、铅山,至湖口登陆,度分水岭至福建崇安。

二、"钱塘江"之行诗特色

依据上文所述,集中体现查慎行"钱塘江"之行的诗歌主要有七首。下面笔者就这些诗歌来做进一步分析,以揭示其诗歌特色。

查慎行《自题癸未以后诗稿四首》(卷四十《长告集》)第四首提到了自己的诗歌主张:"拙速工迟任客夸,等闲吟遍上林花。平生怕拾杨刘唾,甘让西昆号作家。"查慎行要"甘让西昆号作家",就是要"诗成亦用白描法,免得人讥獭祭鱼"(《东木与楚望叠鱼字凡七章连翩传示再拈二首以答来意》续集卷三《余生集上》),"诗成直述目所睹,老矣焉能事文饰"(《自题庐山纪游集后》卷十五《云雾窟集》)。这说明他要改变堆垛典故、逞博炫奇、生吞活剥等用典过多的现象。在他看来,一味强调这些,势必造成诗格低下。

查慎行推崇的白描手法,是摈弃华辞丽句,洗尽铅华,追求平淡自然的风格,"至味淡乃全"(《初登惠山酌泉》卷二十二《中江集》)。他的《江行六言杂诗十八首》(其二)、《江行六言杂诗十八首》(其六)、《江行六言杂诗十八首》(其十一)等诗集中体现了这一特点。《江行六言杂诗十八首》(其二)云:"人家泥浦渔浦,驿

---

①　(宋)王存《元丰九域志》,中华书局1984年版,第248页。

②　(唐)李吉甫纂修《元和郡县志》,国家图书馆出版社2011年版,第680页。

③　(清)顾祖禹《读史方舆纪要》,中华书局2005年版,第1800页。

路樟亭赤亭。黄犊鸣边草绿,画眉啼处峰青。"整首诗以简洁的笔调,叙写江行途中的经历,对沿途风景进行了描绘。前两句写旅行途中经过"泥浦""渔浦""樟亭""赤亭",路线清晰明朗。后两句写"黄犊""绿草""画眉""青峰",景物活跃有力。寥寥数笔,其境界全出。此首诗绝不是简单罗列,实乃诗人精心所致。读者读来不感觉其生硬,实乃高妙之致。与马致远的《天净沙·秋思》相比,亦有异曲同工之妙。《江行六言杂诗十八首》(其六)写道:"水色绿头雄鸭,鸟形缩项鳊鱼。千点桃花拍岸,春潮不过桐庐。""水色""鸟形"两词分别描写看到的江水和鸟的情形。"千点"则描绘出桃花之广。这几个词的运用,从宏观上着眼。诗人行船江上,映入眼帘的是江水广阔和野鸟成群的景象。不过,诗人观察细腻,紧紧抓住"雄鸭"和"鳊鱼"的特点,极有韵致。"绿头"是用来描绘"雄鸭"的,而"缩项"是用来形容"鳊鱼"的。细细体味一下,浩瀚的江面上,冒出"绿头"的"雄鸭",浮起"缩项"的"鳊鱼"。此处宏观和微观结合,富有生趣。而"千点桃花拍岸,春潮不过桐庐",一个"拍"字、一个"过"字,将桃花和春潮写活了。整首诗富有意味,读来有韵致。《江兴六言杂诗十八首》(其十一)亦云:"兰溪飞回肠曲,潋水一指掌平。鹅卵石多濑浅,鱼鳞云起天晴。""飞回肠曲""一指掌平"写出了兰溪的曲折和潋水的平静,生动形象。"多濑浅"和"起天晴"写出了水流石头、云过天晴的景象。而"鹅卵石"和"鱼鳞云"用比喻的手法,将石头和云的特点表现得淋漓尽致。整首诗而言,各种景象描绘得自然、生动,有强烈视觉冲击感。类似这种表现特点的诗,查慎行《江行六言杂诗十八首》中还有其他,如"一两竿飏酒旆,四三点散渔灯。朝来露裛长湿,月下风樯不停"(其五)、"乍合乍开烟霭,一重一掩霏微。紫鳞出网能跃,翠鸟踏波乱飞"(其八)、"村鸡唤曙非一,野鹜眠沙必双。时有飞星过水,忽看苦雾吞江"(其十)等。诸如这一类诗歌,无不从尚自然、去雕饰着眼。

《瓯北诗话》卷十对查慎行诗歌运用白描手法所取得的成就给予了很高的评价:"七律如《与汪紫沧同寓》下半首云:'同槽厩马无蹄啮,典谒家僮互使令。怪底群情皆贴妥,多缘君与我忘形。'《将去官归有笑其乘驴车者》下半首云:'得免徒行犹有愧,更争先路欲何求? 冗官只算骑驴客,老向天街阅八骓。'此种眼前琐事,随手写来,不使一典,不著一词,而情味悠然,低徊不尽,较之运古炼句者更进矣。又如《长告将归过别撰恺功园中看荷花》云:'繁华肯斗春三月,澹荡偏宜水一方。'以花自比,正喻夹写,句中有意,句外有味,此画中神品也。"①朱庭珍《筱园诗话》卷二也对查慎行这方面的艺术成就进行了高度评价:"查初白诗宗苏、陆,以白描为主,气求条畅,词贵清新,工于比喻,善于形容,意婉而能曲达,笔超

---

① (清)赵翼撰,马亚中、杨年丰批注《瓯北诗话》,凤凰出版社 2009 年版,第 120 页。

而能空行,入深出浅,时见巧妙,卓然成一家言。"①查慎行这一类诗歌善于以简洁的语言,白描的手法描写江行所见所闻,成就了自己的境界。

查氏江行诗善于融纪游、咏史、抒情为一体。《江行六言杂诗十八首》(其一)说道:"鲁公传乞米帖,元亮有饥驱诗。不妨举家食粥,笑问此去何之。"此首诗,诗人运用典故。前一句写颜真卿因为关中大旱,不得不举家食粥,由此留下了千古传世作品《乞米帖》;后一句陶渊明写诗人一次由于饥饿而出门借贷,异常困窘,由此发出"不知竟何之"的感叹。诗人江行途中,借用两位历史人物,似表达自己生活的困顿。据张晨《查慎行年谱》,"春,往返嘉兴、湖州两地两个月,三月后回家"。② 此时应在这次江行之前。这首《江行六言杂诗十八首》(其一)正契合他目前处境。《江行六言杂诗十八首》(其三)亦说:"船头载余杭酒,枕上看富春图。老伴不离鹅鸭,浮踪又落江湖。"此首诗写出了江行途中的乐趣。在江行途中,诗人一边喝着"余杭酒",一边欣赏着"富春图"。唐代丁仙芝《余杭醉歌赠吴山人》:"十千兑得余杭酒,二月春城长命杯。酒后留君待明月,还将明月送君回。"写出了诗人饮酒时的畅快。正和查慎行此时的心境。而《富春图》,则将江行两岸之美景表现得极其真实。此等情境,可见查慎行江行之愉悦。"老伴不离鹅鸭,浮踪又落江湖"两句又进一步表达了诗人萧散自然之情。又有《江行六言杂诗十八首》(其七)言道:"挂剑谢皋羽墓,插竿严子陵坛。身后哭余两友,生前笑掷一官。"此首诗借用典故,较为自然,不觉生涩。诗人行走在钱塘江上,两岸风光尽收眼底。谢皋羽墓和严子陵钓台勾起诗人无限追思。"身后哭余两友"写的正是谢皋羽,而"生前笑掷一官"说的正是严子陵。整首诗构思巧妙,将历史中的人物行为勾连起来,呈现出一种历史的厚重感。同时,诗人巧借历史,表达出自己对他们高风亮节的崇敬之情。类似这样的诗歌,《江行六言杂诗十八首》中比比皆是。可见,纪游、咏史、抒情已经成为他诗歌不可分割的部分。

为何诗人能够融纪游、咏史、抒情为一体?这与他的人生经历和诗歌的主张有关。以人生经历而言,他一生游历甚广,从而立之年开始,他就不断奔波,足迹遍及大江南北。从他三十岁至七十二岁这三十八年间,他的游历足迹遍及今河北、北京、天津、山东、江苏、浙江、江西、湖南、湖北、贵州、福建、广东、河南、安徽、广西、云南等地。在游历祖国的大河河川之时,诗人广泛接触到了底层生活。从他的诗歌当中,我们能够看到连年战争后各地的凋瑟局面,还能了解清政府的苛捐杂税、河道治理情况,更能理解平定三藩之乱、噶尔丹叛乱等重大军事斗争。诸如此类的情况,我们在他的诗歌中可以清晰地把握。如诗人傍晚停泊白杨堤

---

① 何文焕辑《历代诗话》,中华书局 2004 年版,第 358 页。
② 张晨《查慎行年谱》,广西师范大学,2010 年,第 58 页。

所见到的那样。《白杨堤晚泊》（卷一《慎旃集上》）："客行公安界，榛莽遥刺天。百里皆战场，废灶依颓垣。岂惟人踪灭，鸦鹊俱高骞。但闻水中凫，拍拍绕我船。朝来望洋阳，稍稍见疏烟。晚泊得墟落，潭沙水洄沿。天风鸣枯杨，众鸟巢枝颠。居民八九家，其下自名村。野火烧黄茅，瘦牛皮仅存。姻亲儿女舍，相对篱无樊。我前揖老父，款曲使尽言。云自南北争，兵火六七年。初来尚易支，斗米换百钱。去秋忽苦旱，谷价十倍前。朝市有推移，世业誓不迁。况闻江南北，兵荒远袤延。遁逃等无地，旅仆谁哀怜。我感此语真，唏嘘泪流泉。有生际仳傺，朝夕计孰全。悠悠逐徒御，即事思田园。"这里描写了战争所带来的伤害。村落里只剩下零星几户人家，战乱致使生活艰难。大江南北、长城内外依然如此。战争使得老百姓过着朝不保夕的生活。就其诗歌主张来说，查慎行的诗歌主张'唐宋互参'，主要学习杜甫和苏轼。正如王新芳所言："从《初白庵诗评十二种》评点分量的先后排名来看，查慎行除了最为推尊苏轼之外，同时亦主张尊杜、学杜，从而得出了学杜、学苏才是查慎行唐宋互参主张的具体体现这一结论。"①此论断是对查慎行学苏轼、陆游为主说法的有益补充。下面笔者结合其《江行六言杂诗十八首》进行具体说明。在文学史上，杜甫一直有"诗史"之称。通过他的大量诗歌，读者能了解那个时代广泛的社会生活。查慎行的这十八首诗歌亦体现了这样的时代精神。这十八首诗歌既有对自己生活困顿的反映，如《江行六言杂诗十八首》（其一）；亦有大量地纪游风光描绘，如《江行六言杂诗十八首》（其二）、《江行六言杂诗十八首》（其三）等。无论是自己的生活还是自然风光，都成为查慎行生活的一部分。另外，查慎行对杜甫的"平淡自然"风格也有吸收。一般认为，杜甫的诗歌以律法取胜，呈现出"奇崛雄壮"。但杜甫的"平淡自然"风格亦体现在其诗歌中。如杜甫《水槛遣心二首》其一："去郭轩楹敞，无村眺望赊。澄江平少岸，幽树晚多花。细雨鱼儿出，微风燕子斜。城中十万户，此地两三家。"查慎行评曰："三四不如五六，取其自然。"②按，"细雨鱼儿出，微风燕子斜"一联缘情体物，天然工妙，确实比颔联"澄江平少岸，幽树晚多花"来得自然。又如《客亭》颔联"日出寒山外，江流宿雾中"，查慎行评曰："不事炉鞲，他人百炼不到。"③又如杜甫《和裴迪登蜀州东亭送客逢早梅相忆见寄》："东阁官梅动诗兴，还如何逊在扬州。此时对雪遥相忆，送客逢春可自由。幸不折来伤岁暮，若为看去乱乡愁。江边一树垂垂发，朝夕催人自白头。"查慎行评曰："通首跌宕自如，林君复、陆务观梅花诗，连篇

① 王新芳《查慎行诗歌批评研究》，河北大学，2015 年，第 204 页。
② （清）查慎行撰，张载辑《初白庵诗评三卷》，清乾隆四十二年（1777）刻本，第 387 页。
③ 同上，第 387 页。

累牍，争新出奇，看先生潴潴写来，自然高出一格。"①就其《江行六言杂诗十八首》而言，诸多诗歌多实践他评点的主张，即以"平淡自然"作为自己的诗歌追求。《江行六言杂诗十八首》（其五）言道："一两竿飔酒旆，四三点散渔灯。朝来露蓑长湿，月下风樯不停。"其中"一两竿"、"四三点"，亦可看出其推崇平淡自然之风。从学苏轼而言，笔者认为查慎行主要能熟练运用其学力才情，达到"平淡"的境界。杨钟羲《雪桥诗话》云："初白诗以透露为宗，肖物能工，用意必切，得宋人之长，无粗直之病。"②朱庭珍《筱园诗话》卷二云："查初白诗宗苏、陆，以白描为主，气求条畅，词贵求新，工于比喻，善于形容，意婉而能曲达，笔超而能空行，入深出浅，时见巧妙，卓然成一家言。"③可见，查慎行诗风学宋，诗学苏轼、陆游，清新老成，以白描见长。《江行六言杂诗十八首》（其八）云："乍合乍开烟霭，一重一掩霏微。紫鳞出网能跃，翠鸟踏波乱飞。"整首诗歌写出了所见景物之美。既写自然之景，亦写灵动之动物。"乍合乍开""一重一掩"等炼字、炼词，显示诗人学力之精深。细细回味，此首诗歌却看不出苦练痕迹，读来自然高妙。

三、查慎行《江行六言杂诗十八首》之价值

查慎行的《江行六言杂诗十八首》主要是诗人钱塘江之行所写，纪录诗人沿途所见所闻，展现出了钱塘江沿线的美好风光。这里有浙江两大奇景：钱塘江潮和渔浦日落。清代王雾楼《渔浦观落日》诗曰："钱塘看潮涌，渔浦观日落。浙江两奇景，亘古称双绝。秋晴江面阔，日落近黄昏。飞彩流金般，水天红一色。"足见这一带风光之秀。实际上，渔浦风光，自南朝以来，历代文人吟咏不绝，如南朝谢灵运、丘迟，唐朝孟浩然，宋朝陆游，元朝王冕，游历渔浦后，都曾留下诗篇。渔浦被列为萧山县八大胜景之一，载入县志。自临浦至上沙渡，今义桥镇范围浦阳江段出现了碛堰、义桥、渔浦3个渡口。渔浦镇的地位开始下降，义桥街镇兴起，并逐渐取代渔浦而成为一大集镇。随着当地政府对旅游业的重视，义桥逐渐成为旅游重镇。查慎行的《江行六言杂诗十八首》所纪录的美丽风光必将让更多的人了解，给当地旅游业的发展带来巨大的动力。

旅游，不仅能够促进当地经济的发展，而且能够留下更多的文学印迹。钱塘江一带的美丽风光，历来是文人雅士吟诵的对象。如南朝谢灵运早在《富春渚》

---

① 同上，第389页。

② 杨钟羲著，雷恩海、姜朝晖校《雪桥诗话全编》，人民文学出版社2011年版，第1225页。

③ 何文焕辑《历代诗话》，中华书局2004年版，第360页。

中写道:"宵济渔浦潭,旦及富春郭。定山缅云雾,赤亭无淹薄。"又如唐代孟浩然在《早发渔浦潭》言道:"东旭早光芒,渚禽已惊聒。卧闻渔浦口,桡声暗相拨。"又如宋代陆游《泛富春江》写道:"双橹摇江叠鼓催,伯符故国喜重来。秋山断处望渔浦,晓日升时离钓台。"再如清代查慎行《江行六言杂诗十八首》(其二)亦写道:"人家泥浦渔浦,驿路樟亭赤亭。黄犊鸣边草绿,画眉啼处峰青。"诸如此类诗歌不胜枚举。这么多优秀的诗歌存留于世。从当地文学而言,我们不得不重视旅游文学的发展。在搜集当地旅游留下的文学作品基础上,我们应该着手编纂当地旅游文学史。这将有利于完善地方旅游文学,拓展旅游文学发展的空间。

　　海宁查氏家族名人辈出,形成了典型的家族文学。查氏家族成员多有文学作品传世。查慎行高祖查绘著有《箕裘发微》《雪坡芜稿》等,曾祖查秉彝有《掖垣奏议》《觉庵存稿》《近川芜稿》等,祖父查志文也有文集行世,父查崧继有《澄清堂集》《学圃堂集》等。查慎行及三个儿子,皆有文学成就,俱以能诗文著称。此外,查慎行两个弟弟也皆有文名。查嗣瑮有《查浦辑闻》《南北史识小录》《音韵通考》等,查嗣庭有《晴川集》《双遂堂遗集》等,二人之子也都有文集行世。同时,查氏家族也不乏才学出众的女性作家。查氏子弟多崇尚文学艺术,以诗文创作为中心,在文学史上占有重要地位。虽两遭"文字狱",却凭借着深厚的家学家风保持门第不衰。作为家族中的代表,查慎行通过《江行六言杂诗十八首》,传达了自己的文学主张,对家族成员起了重要的引领作用。这十八首诗以白描见长,不尚雕饰。袁枚曾高度评价查诗白描特色,指出:"他山是白描高手,一片性灵,痛洗阮亭敷衍之病,此境谈何容易。"[①]

　　作为清初重要诗人,查慎行以《江行六言杂诗十八首》这一组诗歌,记录了其钱塘江之行,反映了其与渔浦的重要关联。从诗歌上来看,这一组诗歌具有显著的特点和重要的意义。从整体上而言,查慎行的诗歌还需要进一步挖掘,展示其丰富的价值。

---

① 　(清)袁枚《随园诗话》,人民文学出版社 1982 年版,第 78 页。

重建的"诗巢"

——论近现代湘湖诗人群体及其诗词创作

刘慧宽 ①

"湘湖诗巢"是指出生、寓居和游赏湘湖地区的诗人对该地进行大量题咏的文化现象。近现代以来的湘湖地区形成了以湖贤、游客和青年学生为主的三个诗人群体。他们绍继前贤,吟咏不辍,完成了"湘湖诗巢"的延续和重建。近现代湘湖诗词在主题内容、语言风格和传播方式等方面与时俱进,新变迭出。这些新现象和新特征反映了古典诗词在现代文化变革下的发展方向。今年是"浙江省诗路文化带规划"的收官之年,我们研究该诗人群体及其诗词创作对于浙江诗路文化建设、当代诗词史编纂以及文学地理学学科发展等方面具有多重意义。

位于钱塘江南岸、萧山区西南部的湘湖是该区域重要的自然水域和水利工程,特别是经过北宋杨时修缮之后,对周边的政治、经济和社会生活影响深远。由于其独特的自然生态、经济结构和社会环境,历史学者钱杭称之为"库域型"水利社会。② 学界对湘湖的研究长期集中在历史、地理、经济和社会学方面。从文学研究的视角来看,湘湖作为当地风景名胜,在历史上吸引了许多文人到访和游览,加之本土文人的题咏唱和,留下了大量诗词作品,有学者更将其命名为"湘湖诗巢"。这些作品过去多散见于文人别集、诗文总集以及方志、家谱中。21世纪以来,随着杭州地区文化建设工作的推进,湘湖地区文学文献整理也迎来了新局

---

① 刘慧宽,1989年生,河南博爱人。文学博士,副研究员。任教于上海大学文学院。

② 详见钱杭《库域型水利社会研究:萧山湘湖水利集团的兴与衰》,上海人民出版社2009年版。

面,已编辑出版《萧山诗选》《萧山古诗五百首》《湘湖古诗五百首》①《湘湖诗词》《古韵流风》和《湘湖历代文学文献集成》等多种代表性成果。以《文献集成》为例,共收录湘湖文学作品多达 1600 余篇,其中诗词占绝大多数。尽管诗词文献整理工作已初见规模,但学界对湘湖诗词②的研究仍处于起步阶段,仅有方晨星《文脉湘湖》和《从诗词歌赋看"湘湖诗巢"的特色》两种论著较有影响。后者重点梳理了湘湖诗词的历史演变及其特征,并认为"清后期,随着湘湖的淤塞,风光渐消,诗词也随之减少"。由此可见,学界对于近现代③湘湖文人群体和诗词作品缺乏关注,其地位和价值也有待评估。

"湘湖诗巢"是指出生、寓居和游赏湘湖地区的诗人对该地进行大量题咏的文化现象。清末以前,湘湖诗词的作者多为科举出身的官僚文人,均有深厚的古典文化素养。从唐宋的贺知章、杨时到明清的魏骥、毛奇龄,以及留下大量湘湖诗词的陆游、陶元藻等人,都是该时期的朝廷命官或幕僚。他们处理政务之余或辞官归乡之后专注治学和创作诗词。近现代剧烈的文化变革使得官僚文人群体逐渐退出历史舞台。过去乡贤诗人多由科举入仕途,近现代以来,其职业背景和知识结构日渐多元化,并与游客文人和青年学生一起成为三个主要的诗人群体。近现代湘湖诗词虽然在作者、作品的数量和名气方面略逊于前代(目前生平可考或有诗词存世的诗人有 64 位,作品 232 首),但在诗人群体结构、作品的主题内容、文体语言和传播方式上发生了诸多空前的新变化。这些新现象和新特征不仅反映了古典诗词在现代文化变革下的发展状况,同时也是当代湘湖诗词的先驱和先兆,对于认识"湘湖诗巢"的重建具有重要意义。

一、湖贤群体的诗词传承与变迁

长期居住于湘湖地区的文人群体一直是湘湖诗词写作的主力军,后人仿照"乡贤"一词将其称之为"湖贤"。近现代以来该群体仍然活跃于诗坛,代表诗人

---

①　该书是在《萧山古诗五百首》的基础上增删而成,题咏范围以湘湖流域为限,收录民国以前诗词作品凡 508 首。

②　湘湖诗词,狭义上应指直接以湘湖景观为书写内容的诗词作品。广义的湘湖诗词则兼及对周边地区的题咏,例如湘湖灌溉范围内的"九乡"(现为萧山区、滨江区所辖街道和乡镇)、萧然山和渔浦地区等。本文中的"湘湖诗词"主要取其狭义概念,但部分与湘湖关系紧密的诗词也适当涉及。

③　本文中的"近现代"即清末民国时期,具体指 1901 年"湘湖吟社"成立至 1949 年中华人民共和国成立这一时段。

有黄元寿(1858—1912)、来裕恂(1873—1962)、周铭慎(1877—1948)、周寿堂(1911—1980)、周明道(1936—2013)等。值得注意的是,受科举制度解体等一系列政治动荡的影响,诗人的政治身份也发生重要变化,由传统官僚文人转为学者、教师、医生、商人、工农等多种职业。尽管古典教育和诗词训练的减少使得该群体在诗词数量和质量与前代较难与前代比肩,但诗人们在文化变革的环境下仍能保持对诗词的热衷,不仅延续了当地的诗词文脉,也蕴藏着巨大的创作潜力。

清末民初是湖贤群体变迁的过渡阶段,该时期的代表诗人多出生于十九世纪中叶并有科举功名,如姚莹俊(1844—?)、黄元寿、周易藻(1864—1936)、田履耕等,并形成了近代第一个文学社团——湘湖吟社①。早在清嘉庆年间,汤元裕等一批文人与湘云寺住僧达能、有成商定,在湘云寺设"湖贤会",祀杨文靖公以下有功于湘湖之人,且共同以诗词吟咏湘湖。光绪二十七年辛丑(1901),黄元寿诸人于在湘云寺成立的"湘湖吟社",实为诗词结社活动在近现代的承续与发展。据黄元寿诗题中"是日予以他事未与,因补以诗"等语,可见作者当时虽未亲临,但以诗为贺。该社以湘湖为名,并集会于湘云寺,亦见将湘湖背后的文化传统也是当时诗人的共识。姚莹俊和周易藻为当地的知名学者,并在地方志编纂方面取得重要成就。前者于1920年担任《萧山县志稿》总纂,后者于编成《萧山湘湖志》。周易藻还于1921年在湘湖缸窑湾筑"周孝廉墓",墓东侧建四合院式庭院一座,命名"辛庐"。其友人及萧山的文人雅士称其为周易藻在城郊的"别墅",纷至沓来,诗酒文会,往来不绝。② 以上黄元寿、周易藻、田履耕均为清末举人,姚莹俊为岁贡生,可以说是古典科举时代的文人代表。但由于不能借助科举制度完成向官僚阶级的跃升,他们已经开始向商人和学者过渡。他们留下的诗词数量不多,但却特别注意对传统诗题和诗社活动的继承,其间流露出强烈的文化自觉。作为清代"萧山八景"之一的"湘湖云影"和描写湖间风物民俗为主题的"湘湖竹枝词"是明清文人最常写作的两个主题,倪朝宾、毛万龄、蔡惟慧、张元彪、黄道之、沈士藻、王廷枢、何鋆、何尚贤以及沈堡、汪继培、王端履、王勉等都有同题之作,姚莹俊、黄元寿也以此为题与前贤们遥相呼应。至于湘湖吟社的成立,王

---

① 清末期刊《著作林》曾于1900年登载一则"湘湖社主胡藐庐"的介绍,此人"工诗,尤好古,著有《藐庐金石录》……而不知藐庐今年才十九耳"。据考证,胡藐庐还曾在民国小报《大世界》《新世界》上发表诗文,但由于诗人背景资料缺乏,"湘湖社"与湘湖渊源的关系亦难考索,故暂不将其作为近代湘湖诗词社团。

② 参见周解秋:《周易藻年谱》,《萧山记忆》(第四辑),浙江人民出版社2011年版,第88页。

恩元①在诗注中写道"越中吟事,皋社而后未有继者。兼庐创举湘社,议假撷乌山、湘云寺设诗龛,奉乡先栗主",实际上是将湘湖吟社作为孙垲、李慈铭"皋社"的赓续。黄元寿也在贺诗中写道"南斋以后西河继,文酒当年此往还。世事从来苍狗幻,独留诗句寿江山",向魏骥和毛奇龄致敬。站在近现代转型的时空交汇点,湖贤们表现出一种通达与乐观。正如田履耕所云"人间原有蓬莱境,未必蓬莱胜此间"(《湘湖》),他们在与先贤的神交之中获得自信心与使命感,通过诗词书写传承着湘湖文化。

　　湘湖当地世家望族的诗人也是近现代湖贤群体的重要组成部分。湘湖的灌溉区域素有"九乡"之称,此范围内形成了几个较大的世族,其中位于长河镇的来氏家族是最为显赫的一支。来世家族不仅历史上进士辈出,近现代亦多人能诗。他们不仅钟爱诗词创作,而且特别注意家族诗词文献的汇集,编有《萧山长河来氏诗钞》《冠山逸韵》《冠山逸韵续编》等诗词总集。就近现代诗词创作来看,来鸿瑨(1850—1909)、来裕恂、来嗣毂、来锡晋(1886—1914)、来其苏、来长泰等均有诗词存世。其中以来裕恂影响和成就最大,其《匏园诗集》和《续集》收录诗词多达5000余首。此外,与之唱和交游的诗人颇多,从而形成了一个以之为核心的"匏园交游圈"。如萧山徐听泉为其谱兄,不仅与之唱和,有《读〈匏园诗集〉》一诗,还将女婿请列来氏门下。诗人周铭慎也曾受其指导,并著有《龙潭百首》②。来国表幼年随其读书,后虽从商,仍以诗词述其闻见③。来裕恂由于长期居住湘湖,且家学渊源深厚,所作诗词不仅颇见功底,而且涉及范围也相当广泛。既有《西陵怀古》《怀固陵关》《越王卧薪尝胆歌》《萧山近代人物杂咏》《十三日至湘湖拜始祖墓》等对湘湖地区历史与人物的题咏,又有《湘湖四时曲》《冬日游览湘湖》等对其自然风光的描绘,还有《西湖采莼曲》《咏湘湖水利》等对当地农业生活的记叙。这既是出于对家乡的热爱和先贤的崇敬,也与其在编纂《萧山县志》过程中大量阅读文献、了解地方掌故的经历有关。此外,诗人将诗笔诗思延展到生活中的各个细节,如《东塘散步》《岁暮归家》《春夜有月自萧城归》《湖上即以寄内》。将以上内容合而观之,俨然一部用诗词写就的"湘湖大辞典"。以诗词造诣及其影响来看,可以说毛奇龄之后当非来裕恂莫属。徐听泉在《读〈匏园诗集〉》中称

---

①　王恩元,字葆堂,号南津,绍兴上虞人,为画家赵士鸿(1879—1954)之母舅。赵氏于1916年冬在萧山陈彦畴表兄(疑为吟社中陈念畴)处得《南津遗诗》数十首,载于绍兴地方刊物《小铎》之上。据赵氏跋语称,王恩元晚清时举孝廉,三十岁拔优,早年,后家居读书,"修《上虞县志》,董筑虞西砂堤",四十六岁而殁,约在1902—1907年间。

②　参见来小钦:《古韵流风》,西泠印社出版社2007年版,第267页。

③　参见周明道:《湘湖诗话》,钱塘诗社1991年自印本,第93页。

其诗"取精既多用物宏,清词丽句漫相与。诗仙诗圣并诗豪,都向匏园笔底聚",足以概括来裕恂诗词的容量与丰富度。

此外,该时期还有一批职业身份复杂、经历坎坷但钟爱诗词的乡邦诗人,他们创作活动和诗词规模也颇可观。这些诗人在青年时期虽名不见经传,但在1949年后坚持创作,交游唱和,提携后进,成为延续湘湖"诗巢"文脉的重要力量。该群体代表诗人有何篪芬、周清水、周铭慎、华钧珊(1878—1961)、李又芬(1907—)、周寿堂、蒋杏沾(1919—2000)、高卓(1927—2021)、周明道等。其中一些人并未取得显赫功名,多为底层公职人员,人生经历极为曲折。如何篪芬在青年时期正值科举废除,举秀才后已无进身之阶,入浙江高等警察学校肄业,《萧山县志稿》载其曾任当地警察局长。但此人"不慕荣利,不治生产,至老一贫如洗"[①],有《小东阁诗稿》存世。周清水"虽出身名门,而师心自用,故一生落魄,晚景萧条"[②],《苎罗山诗荟》录其诗。李又芬1927年之前曾入中国共产党,而后度过了近十年的牢狱生涯,抗日期间曾任吴江县代理县长,新中国建立后任《绍兴新闻》总编辑,"文化大革命"时颠沛流离、备受折磨,著有《五味楼诗选》。另有一些诗人以行医或农工商为业,业余坚持诗词创作。如华钧珊曾于"弱冠举孝廉,无意仕进,悬壶萧山县城及杭垣者垂数十年"[③],爱作诗,亦善为人改诗,有《壶隐医案》(附录"随华先生受业时师友唱和诗"33首)《耋龄唱和集》传世。集其中不乏湘湖内外的诗人如洪传经、田赢宿、沈祖绵等人的作品。周寿堂早年学贾,为米行会计,中年务农,著有《潜湖遗墨》《潜湖老人遗稿》。值得一提的是周明道,他为周寿堂之子,又受业于著名诗人洪经传和中医华钧珊。幼时阅览祖姑母家的藏书,受鲁燮光《萧山儒学志》影响较大,积累了古典文化和地方文化知识。后来又得洪、华二氏影响,在行医之余,不仅大量创作诗词,而且担任钱塘诗社社长等职,积极搜集和编辑乡邦诗词文献。编撰有《观沧楼诗文钞》《中国历代名医传咏》《湘湖合钞》(选李又芬、蒋杏芬、高卓以及己作为一集)等。还撰写《湘湖诗话》《观沧楼随笔》,记载湖贤事迹、摘录佳句,许多地方诗人赖此以存。另如上文提到的周铭慎(1877—1948)别号龙潭老农,民国时期曾任萧山县农会会长,六十六岁学诗,诗中亦多写农事活动。蒋杏芬1942年在广西全州省立中学任文史教员。1945年入钱塘江桥工程处,1949年后在杭州铁路局工作,坚持业余自学诗书画。高卓曾先后在杭县、桐庐及萧山等地任小学校长,后转入工业企业工作,著有《残砚斋诗词》。此派作诗多主张"性灵",不拘一格,语言质朴,颇见真纯。

---

① 参见周明道:《湘湖诗话》,钱塘诗社1991年自印本,第60页。
② 参见周明道:《湘湖诗话》,钱塘诗社1991年自印本,第89页。
③ 周明道:《追念先师华钧珊先生》,《壶隐医案》,1960年自印本,第1页。

其中既有抒发热爱家乡的朴素情感,如周寿堂"一曲莼歌十里蒲,湘湖何事逊西湖"(《湘湖莼》),周铭慎"今朝洞闸谋完善,定卜年年大有年"(《创设洞闸》)。此外也有对抗战时期的生活描写,表现对家乡遭难的痛心与感伤。何篑芬《庚辰重阳》写抗战中湘湖人民遭受的艰难困苦,其中"大炮飞来惊落帽,小兵苛扰过催租"等句尤能刻画入微,令人动容。周寿堂诗中还蕴藏着一定的反思和批判意识,如"绘影纪功多士聚,开筵张乐美人归。沼吴事业凭谁问,空见台前越雉飞"(《越王台》),就讽刺了名为怀古实则娱乐的畸变现象。《采桑曲》也与竹枝词中的"采莼"主题不同,而承袭自《蚕妇》《卖炭翁》和"新乐府精神",将春和景明时节下农民的辛苦劳作与微薄收入对比,再将视点移向城中的纨绔子弟,营造了多重矛盾。收尾处"暮暮朝朝陌上忙,身无寸绮惟裙布""采尽村边桑万枝,侬家能有几绚丝。伤心翻作采桑曲,唱与城中纨绔儿"等句,更将这种矛盾推向高潮,引起反思,无疑是近现代湘湖诗词中的佳作。

需要说明的是,上述诗人出生于晚清民国时期,很多人创作在1949年以后,尤其是改革开放以后,但是他们年幼时或成长过程中受父辈和乡贤的影响不言而喻。他们的身份不断迁移、职业不断分化,实际上却促进了湘湖诗词的境界走向扩大。诗人们根据自身所处环境的不同,在诗词中或描摹刻画,或讴歌礼赞,或题赠酬唱,或讨论历史、战争、经济和社会矛盾等严肃问题,阐发其见闻与思考。这既显示了近现代湖贤群体对于居住地域及其社会生活的人文关怀,也推动着湘湖"诗巢"的重塑与发展。

二、游客群体诗词中的时代见证

来往游客是湘湖诗词的又一创作群体。湘湖地区作为联通浙东浙西的交通要道,加之得天独厚的自然风光,给无论途经还是特意造访的文人留下深刻印象。这些游客一部分来自浙江省内的周边地区,如董咏麟(1892—1981)、谢虚谷、徐定勘、郁达夫(1896—1945)。另一部分来则来自省外各地,如常州的唐玉虬(1894—1988)、上海的秦伯未(1901—1970)等。他们不像上述湖贤那样对湘湖拥有深厚的乡情与成长记忆,而是多从自然和文化意义上对湘湖景观进行题咏。部分诗词中呈现出鲜明时代特点,还对湘湖文化的宣传具有促进作用。

到访的诗人们在作品中不仅描绘了清新静谧的自然风光和当地的乡村生活,同时见证了中国内河客运时代最后辉煌。湘湖以其与西湖齐名却风格迥异的景观闻名。与西湖的繁华艳丽、游人如织的环境不同,湘湖由于面积广阔、远离城厢且居住人口以农民为主,呈现在游客诗中也别是一种风貌。游客与在观赏动机和创作心理上就与长期居住在湘湖的诗人有着很大差别。一方面,游客在湘湖诗词中营造理想的世外桃源和逃禅之地,从将身心从世俗的矛盾和压力中抽离,让精神得到放松和慰藉。湘湖周边古寺和山林不免引发游人的隐逸情怀。如谢虚谷"多年古刹远嚣尘,疑是桃源好避秦""怯无猿足探樵径,虔有禅心扣佛关",写出了诗人在民初乱世之下避祸与遁世的心态。① 而徐定戡在《游湘湖》中所写"人事辄相阻,夕阳偏与期""悠然疑世外,清绝见吾心""清游须恣意,慎莫为愁侵"更透露出游览山水对于排遣心中愁绪的重要作用。另一方面,很多看似寻常的乡村生活场景也成为游客诗人笔下的审美对象。湘湖作为历史上知名的村落聚集区,有着农业社会的典型特征。如茅屋、柴扉、田垄、渔舟等乡村风物以及耕种、灌溉、渔樵、采集、烧窑等丰富农业活动在久居书斋或闹市的游客眼中却呈现出独特的美感。钱健美写下《春游湘湖》《定山村夜兴》《定山一瞥》等一组描写农村生活的诗歌。其中"剩笑儿童不知学,绿杨堤畔捉飞花""屈曲径通幽,沿溪一水流""地僻茅为屋,家贫竹作楼。客来不相见,门外看斑鸠"一幅返璞归真又温情脉脉的乡村素描。但是诗人以"农家乐"心态体验乡村生活,在遭遇"隐隐蚊雷喧竹屿,荧荧萤火照柴扉"的简陋时,也不禁发出"行乐莫教虚一刻,身如过客有时归"的感慨。② 此外还应值得注意的是,湘湖地区是浙东唐诗之路的起点,这条古老的水路全程约 190 公里,《全唐诗》记载的 2200 余位诗人中就有400 多位诗人走过。近现代湘湖地区既是一个大型水利工程,也包含西兴、渔浦等多个重要渡口,同时也是连接萧绍运河、萧山县城与西南诸乡的重要航道。该时期游赏或途经湘湖的诗人大多走水路,因此泊船、摆渡、泛舟、渡江一直是诗词中常见的景象之一。如郁达夫"西兴两岸沙如雪,明月依依夜泊船"③、秦伯未"渡江饱看越山青,渺渺烟波向晚冥"④、严芥畴中"斜阳欲陷乱山中,反射帆光渡口红"⑤等等,都是作者乘舟游历的亲身体验。当代游客到湘湖旅游,都选择乘坐飞机、汽车、火车、地铁等航空或陆运方式,基本告别了内河航行的方式。这些创作于渡口、船舶上的诗词是那个时代的真实写照,也是湘湖地区珍贵的文学遗产。

---

① 见谢虚谷《游湘湖复作四律》《庚申腊月秒雪霁游萧山湘湖归而赋此》,《姚江同声诗社初编》,1922 年铅印本。

② 见《康健杂志》1934 年第 2 卷第 9 期。

③ 曹海花编《湘湖(白马湖)文献集成》第 5 册《湘湖文学文献专辑》,杭州出版社 2019年版,第 425 页。

④ 秦伯未《湘湖吟》,《前线日报》1948 年 5 月 31 日第 6 版。

⑤ 严芥畴《晚发九龙头渡浙江望见鼍子罍抵越获览〈萧山湘湖志〉》,《闲话》1929 年 12月 14 日第 3 版。

　　不少游客结合近现代特殊的社会背景,借助对湘湖周边古迹的题咏,表现出对现实的关切和忧虑。怀古也是湘湖诗词中重要的主题之一。湘湖地区除了旖旎的自然风光之外,还拥有不少名胜古迹,饱含具有厚重的历史感。湘湖周边的洗马池、古战场、越王台激发游人对历史上吴越之战的想象。杭州金兆芬女士"好山好水历沧桑,洗马池遗古战场。天地悠悠看万象,卧薪尝胆写悲昂"①(《湘湖游记》)诗中所写即此。更重要的是,一些游客诗人还借题咏名胜呈现出对当时战争问题的反思。1937 年 7 月,随着卢沟桥事变的爆发,中国进入全面抗战阶段。在民族危亡的时刻,从常州迁居杭州的唐玉虬造访湘湖,登越王城,拜越王庙,作《越王山城歌》。其诗序中云:"昔越王勾践伐吴丧师,收残卒渡江保此山……吾国百年来丧师辱国事,涕洟拜庙下而作歌。"②时人一般以宋人衣冠南渡与抗战相类比,诗人将之与勾践卧薪尝胆最终复国的典故相联系。无疑是对当时民族命运的又一种阐释,其间也既饱含着耻辱,又寄寓着希望。另外,董咏麟有《强盗弄》一诗写道:"湖山胜处植杨桃,风景依稀拟六桥。一自侵凌来日寇,遂令强盗恶名招。"其小序云:"杨桃弄在湘湖东北,地颇幽胜。自日寇驻军肆虐,乡人视为畏途,遂名强盗弄。"③诗人从更为直接的事件入手写出了当地百姓对侵略者的厌恶。以上二诗分别从宏观的历史对照和微观的生活体验出发,蕴含着作者对战争的态度和理解。诗人虽非湘湖本地人士,但在民族危亡之际,在国土沦陷之时,在领会到同胞们无声的反抗之后,反而更能增强自身对于国家和民族认同,从而引发强烈同情与感慨。

　　不少外地诗人慕名而来,对湘湖及其物产、新地标和相关文化产品进行题咏,呈现出别样的宣传效果。自苏轼写出"欲把西湖比西子"之后,诗人经常将与之相关的风景拟人化。湘湖作为与西湖一江之隔的靓丽风景,经常被游客拿来互相比较。明朝张岱在《西湖梦寻》中提到其弟将西湖、湘湖、鉴湖比喻为美人、隐士和神仙,而自认为将三者比作名妓、处子和闺淑更为适宜。④ 20 世纪 30 年代以来,随着自身和周边环境的变化,湘湖的性质开始由水利工程向风景区过渡。特别是 40 年代后期,在浙江省主席沈鸿烈、中国旅行社社长唐渭滨等任的留意和介绍下,湘湖作为与西湖相对的游览胜地更为时人所知,并以其相距不

---

　　①　曹海花编《湘湖(白马湖)文献集成》第 5 册《湘湖文学文献专辑》,杭州出版社 2019年版,第 444 页。

　　②　曹海花编《湘湖(白马湖)文献集成》第 5 册《湘湖文学文献专辑》,杭州出版社 2019年版,第 423 页。

　　③　曹海花编《湘湖(白马湖)文献集成》第 5 册《湘湖文学文献专辑》,杭州出版社 2019年版,第 439 页。

　　④　参见(明)张岱著、林邦钧注评《西湖梦寻注评》,上海古籍出版社 2013 年版,第 4 页。

远、交通便捷,吸引不少文人雅士前来观赏①。近代游客诗人在诗词中延续了湘湖形象人格化的修辞方式,且得到了细化和扩展。香白在《衷澄县长邀游湘湖》中"浓抹淡妆比西子,乱头粗服爱湘湖",化用周济云对南唐后主李煜词的评价。唐玉虬在《湘湖曲》对湘湖的人格形象做了多重类比。如"上湖窈窕美人姿""下湖洒落高士怀"将上下湖的形象做了区分。又如"湘湖尺寸供实用,不似湘湖惹游众""美人不屑剜肌肤,西方大士身可舍",写出湘湖对于乡民挖湖泥烧砖窑的慈悲与大度。作者还将之比作诸葛亮("早年潇洒名士风,一朝幡然答三顾,尽瘁王事歼厥躬")、文天祥("年少风流听丝竹,一朝横身当战场,洒血幽燕天下哭")。诗末总结道"由来水德称利济,虚美悦人何足录",可以说是对湘湖形象的升华。② 上海名医秦伯未也在 1948 年慕名而来,并写作《湘湖吟》(一名《游萧山湘湖口占》)四首。其中不仅有"浪把西湖比西子,疑从湘水访湘灵"这样的人物典故的"对标",还提到"荻滩渔舍自成村,不信中留杜甫魂",还通过谐音,将湘湖特产的"杜父鱼"(一名"吐哺鱼")同诗圣杜甫相联系。③ 打趣之中令人记忆深刻,也提升了湘湖的知名度。此外,湘湖在近代建设和考古发掘中诞生的新标志物,也被敏锐的诗人们揽入作品中。董咏麟《西陵》"北往钱江是大桥,六合宝塔望非遥。苍茫凭吊西陵渡,千古兴亡迹已消",提到了民国时期新建的钱塘江大桥。金兆芬《湘湖游记·其三》"跨湖遗址露华鲜,倒溯时空越两千。瑰宝珍藏非终极,文明光大后来先"④,更将 1990 年发现的跨湖桥遗址写入诗中,是对湘湖历史文化意义的重要升华。需要补充的是,该时期画家陈见思就其所绘《湘湖渔隐图》发起了一次征题活动,著名词家林铁尊(1871—1939)为此写作了《风入松·题湘湖渔隐图》⑤一词。这是继明代刘基《题湘湖图》、清代来福藻《题季父〈按剑迎湖图〉》之后又一次针对湘湖绘画的题咏。可惜的是,该画作者陈见思及其画作暂无资料可考,其他诗词也暂无记载。此外,周易藻的《萧山湘湖志》是继毛奇龄、於士达以后对湘湖史的系统构建,也是近代湘湖研究的集大成者。上述严芥畴《晚发九龙头渡浙江望见鼍子礨抵越获览〈萧山湘湖志〉》一诗中写到了在钱塘江上读此书的感想,无疑是也给了湘湖文献一次在时人面前呈现的机会。

---

① 傅浩军主编《湘湖(白马湖)专题史》,浙江人民出版社 2018 年版,第 191 页。
② 参见《中央日报》1937 年 5 月 17 日第 4 版。
③ 见秦伯未《湘湖吟》,《前线日报》1948 年 5 月 31 日第 6 版。
④ 曹海花编《湘湖(白马湖)文献集成》第 5 册《湘湖文学文献专辑》,杭州出版社 2019 年版,第 444 页。
⑤ 见《词学季刊》1933 年创刊号。

三、学生群体与诗词空间的拓展

近代教育制度的变革造就了现代教育机构和青年学生,他们在校园环境下中组织了丰富的文化活动。湘湖师范是著名教育家陶行知及其学生金观海为实现乡村改造的教育理想,参照南京晓庄师范学校的办学模式,于1928年在湘湖创办的一所乡村师范学校。湘湖师范的创立以及多种校园刊物的流行,使得该校学生成为湘湖诗词创作的新势力。校园里诞生了如沈子忠、翁育修、陈演、朱宗英、勉等诸多学生诗人,他们的诗词为湘湖文学带来了新气象。目前《湘湖文学文献》仅收录诗题中有"湘湖"二字的作品,且对该时期的大量白话诗和民歌也摒弃不录。然而,当时有不少学生采集了当地的民歌民谣,也用白话诗歌描写湘湖生活以及身处湘师校园中的所感所思。我们认为以上都属于湘湖诗词的组成部分,而且体现了学生群体对湘湖诗词题材、内容和风格上的开拓,应当作为一个整体的文学现象进行讨论。

学生诗词是近现代湘湖诗词中数量最多的一类。之所以有此创作盛况,首先应归因于校园文化的变革和学生刊物的流行。戊戌以降,为了推行新政、传播新学,全国各地开启了创办新式学堂的风潮。新式学堂无论从组织形式还是学习氛围上均与传统的私塾、书院和学宫大不相同。特别是新文化运动以来,学界风气为之一变,校园诗词也深受当时各类新潮思想的影响。湘湖师范就是在这一背景下,成为湘湖诗词的"孵化园"。一方面,现代教育变革使得他们脱离了儒家教育浓厚的道德束缚,消解了"天地君亲师"牌位下旧伦理的思想控制。学生诗人不同于乡贤与游客,也不同于儒家思想下的生员,而是充满革新精神的新青年。他们的诗词围绕各种新思潮和校园生活展开。"创造社"文学与浪漫主义思潮的流行,使得充分个人化的抒情被赋予审美意义。学生也在诗词中寄托了个人对于青春的复杂情感。这种情感将憧憬、热情、彷徨、哀怨甚至恐慌交织在一起,显然是混沌、分裂而且摇摆不定的,因此相关诗歌中也充满着种种矛盾的表达。一面是《崖边泉声》《春光好》中通达、乐观与热情讴歌,一面是《落花》《新月》中无尽的多愁善感与无明烦恼。[①]《湘湖生活》同一期上相连的两篇诗歌,一首写道"忘机在这一刹那的恬静",一首写道"我海流一样滚滚的思潮……要把地球吞了"更形成了鲜明的对比[②]。而当时思想界对自由恋爱的歌颂和提倡更前所

---

① 参见《湘湖学生》1937年第3期,《湘湖生活》1929年第4期、第7期。

② 参见《恬静》《思潮》,《湘湖生活》1929年第6期。

未有地冲击着湘师校园中少男少女的心扉,催生大量恋爱主题的诗词。像《伊》《单恋》《忆街头匆匆相见》《俟候》《柳絮》《红豆》①等,无论篇名还是内容都透露着学生们对异性的暧昧情感和浪漫幻想。另一方面,校园刊物是学生诗词的展示窗、试验场和交流平台,对维系校园诗词的持续发展至关重要。据统计,湘师学生们在 1928—1949 年间创办了《湘湖生活》《锄声》《湘湖学生》《湘师学生》《湘湖通讯》《湘师简讯》等六种杂志,前四种刊物中均设有诗歌专栏。此外,当时国内其他学生刊物如《国立浙江大学农学院周刊》《国立浙江大学校刊》《学生文艺丛刊》《学校生活》《文学月刊》《中学生文艺季刊》等杂志上也发表湘湖诗词。校园刊物的盛行不仅为学生提供了发表的阵地,满足了诗人的创作欲和发表欲,而且提升了诗词的艺术水平。特别是像《湘湖生活》这样的受众有限但固定的小型校园刊物,作者与读者处在几乎完全相同生活环境和人际关系中。作者诗词能够及时得到周围人的阅读和反馈,无疑是对创作的巨大激励。这类刊物在编辑上也有较大的空间和灵活度,可以满足作者更多的发表需求。一位诗人的多篇作品可以在一期之内发表,也可以选择分多期刊载。作者甚至能对某些诗词作品做出及时修改。如沈子忠、翁育修、陈演、勉、落等人都是各杂志诗歌专栏中的"常客"。而翁育修还在《湘湖生活》先后两期上发表《燃烧》,对诗歌字句、标点均做了调整。② 这种对于乡村青年诗人的重视和优待,是《申报》《东方杂志》甚至《新青年》等大型知名刊物难以顾及的。由此可见,中小型校园刊物对于特定人群具有重要的功能和意义,而一个上下兼备、能够满足各层次需求的文化生态对于文学发展的促进作用也是显而易见的。

　　自由包容的校园文化生态不仅活跃了诗坛氛围,也驱使湘师学生打开了诗词艺术上的突破口,在诗歌语言和体式的方面勇于尝试,新变迭出。一方面,诗人们从白话文中汲取丰富资源。受白话文运动的影响,湘师学生们也开始用白话创作新诗、填写歌词甚至模仿民歌写作。傅斯年在《怎样写白话文》一文中提出两种方法,即"留意说话"和"直用西洋词法"③,二者在湘师学生的白话诗中均有充分体现。前者首先表现在学生们经常用对话体、告语体和独白体来写作诗歌,将诗歌视作对自然语言的模仿。如《悬崖上的泉声》通篇模拟人与泉水的对话,《送别的歌》《赠毕业同学》《燃烧》等诗中大量使用人称代词"我"和"你",均拉近了诗歌与口语的距离,凸显了二者的一致性,同时也增强了诗歌的主观抒情功能。其次,学生们在采集农谚民谣的过程中也模仿其浅显直率的语体风格进行

---

① 参见《湘湖生活》1929 年第 4、6、7 期,1933 年第 2 卷第 2 期。
② 参见《湘湖生活》1929 年第 6、7 期。
③ 参见《新潮》1917 年第 1 卷第 2 期。

创作。如《自来管》《五月里》《植树歌》《湘湖生活歌》等民歌新作都是以农友为受众的作品，目的是在农村中普及新文化，使农民养成良好的生活习惯。后者则表现在诗人大量运用定语堆叠、复句和倒装变形等翻译体诗歌常用句法结构。例如"披上自然柔绮的淡雅衣装""把绚烂的晚霞做成件幸福的衣裳""夏的彩笔胶抹着你的头""纵然乌鸦翅上还留着些金光，但黑夜却慢慢地笼住了柳姑的轻狂""纤纤的几只，从地底下钻起来的，卑不足道吗"等句式都有显著的欧美语法特征。尽管有些具体作品的艺术效果并不突出，甚至适得其反，但其作为诗歌语言试验的意义是值得肯定的。另一方面，湘师学生新旧体诗歌兼善，不仅创作了不少具有新意的旧体诗词，还在新诗中借鉴旧诗的词汇、句法以及韵律节奏。陈演、张惠连和笔名为"勉""云"的几位学生均以旧体诗词见长，创作了《城山怀古》《眺湖雨后》《溪边夕照》《采豆》以及《湘湖杂咏》《送别》等反映湘师生活的绝句和律诗。张生春还将自创的十二首《湘湖生活歌》配上音乐，并以五线谱的形式发表在校园杂志上①，与《杭唷歌》《湘湖乡村青年服务团团歌》等白话歌曲相呼应。反观沈子忠、傅骏琳等新诗作者，也在其作品中融入了典型的文言表达。如"是天孙绣就的绫缎"中"绣就""绫缎"以及"万山重叠，平野浩浩""力田躬耕"等文言词汇②，还有"而今闻道，春风乳燕，画梁稳栖""传播大地以光明"③等文言句法，更有如"鱼儿戏水深深见，蝴蝶穿花款款通"④等诗句直接化用自古人作品。部分学生还在作品中借鉴了旧体诗词的句式与格律。如傅骏琳的《春光好》："春光好，快意事，尽情找！须知光阴似流水，转眼春光老"，以及王让《祝母校新舍落成》："夏至近了，雏燕辞巢；临去依依，梦魂至今恨未消。记得辛勤卵巢，个中老燕将雏抱；记得呢喃学语，个中老燕将雏教"，这种三、五、七言的句式搭配、逐句和隔句押韵形成的节奏韵律感，无疑源自古体诗和词调。

　　除了艺术形式上的突破之外，湘湖学生诗词的一大特色是发扬了以乡村改造和民族救亡为双重内核的"湘师精神"。湘师教师俞承祜在《生产教育乎？救亡教育乎？》中敏锐地指出自九一八事变以后，政府的教育侧重点开始由民生主义偏向民族主义⑤。湘师学生的诗词创作也可以据此分成前后两个时期。前期

---

　　①　该组诗为七言绝句体，作者发表时，仅在第一首上搭配了乐谱，其余各首均用此调演唱。《湘湖文学文献》所收该组作品仅有文字，未录乐谱。

　　②　沈子忠《湘堤晚眺》，《湘湖学生》1937 年第 3 期；云《责任》，《湘湖生活》1933 年第 2卷第 2 期。

　　③　参见王让《祝母校新校舍落成》，《湘湖生活》1933 年第 2 卷第 2 期；沈子忠《送别的歌》，《湘湖学生》1937 年第 3 期。

　　④　傅骏琳《春光好》，《湘湖学生》1937 年第 3 期。

　　⑤　参见《湘湖生活》1932 年第 2 卷第 1 期。

主要关注和描写乡村农民生活。要改造和教育乡村，首先要了解和融入。陶行知在《题赠湘湖师范同人》和《自立歌》中写道"滴众人的汗，吃众人的饭，众人的事不肯干，架子搞成老爷样，可算是好汉"与"靠人靠天靠祖上，都不算好汉"，以期学生告别"万般皆下品，惟有读书高"的传统思维，踏实地深入到农业劳动中，体察农村和农民生活，"闻钟声于札札，结农友以同盟"①。湘师学生对当地民歌的采集活动就是融入乡村的重要途径之一。学生们一边采集、模仿农谚和民谣，一边在新诗中表达对于乡村生活的感受和思考。由湘师学生自治会编辑的《锄声》杂志设有"民间文学"专栏，仅 1933—1934 两年之间就发表了 48 首诗歌，其中绝大多数为采集和自创的民歌民谣。如《农民晴雨歌》记录当地四季气候与农业生产的关系。《山栀花》《月亮环环》等生动记录了当地某种独特的民俗。一些民歌记录者还采用了当时正在推广的注音符号，更为准确地记录了民谣中常见的方音和拟声词，如《月亮》《磨麦》以及张之义《湘湖歌谣》等。在创作方面，《春种》和沈子忠《希望》等都对农民的辛勤劳作。张生春《湘湖生活歌》模仿《豳风·七月》的结构和民歌的语言风格，书写一月到十二月中湘师学生的生活体验。当然，诗人们也并不盲目迷恋过于诗意化的、田园牧歌式的"农村想象"，而对农村现状具有清醒认知。上述诗人沈子忠就在《割草的姑娘》反思了战争造成的农村破产和家庭悲剧。徐圆梁还将自创民歌《五月里》《劳作歌》《植树歌》《戒烟》《戒酒》《戒求神》编入农民教材，用生动俏皮的语言教育民众不违农时、勤劳致富，改掉破坏生态、堕落迷信的不良风气。这既是对"新文化运动"以来刘半农等人发起"歌谣运动"的积极响应，也是湘师实施乡村教育的应有之义。爱国救亡则是学生诗词中另一个主要命题。三十年代以来日本帝国主义得寸进尺的侵略行径加深了民族危机和国际矛盾，同时激发了学生们的爱国情怀。郁达夫早在《题湘湖师范〈锄声〉壁报》中就写道"神州多故斯民苦，力挽狂澜期尔侪"，对学生们奋发努力挽救民族危亡寄予厚望。"卢沟桥事变"之前，沈子忠《我们的机会来了》和杨恩培《自来管》二诗已经吹响了抗日的号角。进入全面抗战阶段后，这一精神的发扬更成为诗词中的主旋律。如 1939 年的《湘师生活》第 2 期刊载的 11 首诗歌中，与抗战相关的就多达 7 首。姚吉昌《我所思兮洞庭南》、丁宗文《血洒海宁》以及赵宇旷《血与红叶》《伟大的苗族》等都是代表作品。诗中以几次重大战役为主题，表现出诗人对抗日军民的无限崇敬，展示了学生们威武不屈的民族气节。尽管 1937 年后湘师学生不得不告别风景如画的湘湖，四处流徙，但从他们的诗词作品中我们始终能窥见"湘师精神"的延续。以湘湖师范学生为代表的青少年诗人群体是近现代湘湖"诗巢"重建的主要力量之一。

---

① 张惠连《湘湖杂咏》，《学生文艺丛刊》1936 年第 8 卷第 5 期。

　　近现代的教育体系虽然已经基本完成转型，一些学校在诗词文化方面也经历了短暂的兴盛，但政治局势的动荡还是严重限制了其发展的方向和路径。战后的湘湖师范无论是在学生刊物还是诗词创作方面似乎都难以为继。而湘师在诗词文化建设方面的历史经验，对于当代"诗巢"的建设显然具有借鉴意义。

四、近现代"湘湖诗巢"研究的意义

　　综上所述，近现代以来湘湖地区聚集了一批新的诗人群体，共同推动了"湘湖诗巢"的重建。他们题咏湘湖的诗词反映了近现代湘湖的地理、人文风貌和历史变迁，具有显著的"诗史"精神。与此同时，新生代诗人们通过诗词文体和语言的革新，极大地丰富了湘湖诗词题材内容和艺术表现力。今年是"浙江省诗路文化带规划"的收官之年，我们研究该诗人群体及其诗词创作对于浙江诗路文化建设、当代诗词史编纂以及文学地理学学科发展等方面具有多重意义。

　　首先，研究近现代"湘湖诗巢"有助于进一步推动"浙江省诗路文化带"的建设和发展。自从浙江省政府于 2019 年发布《浙江省诗路文化带发展规划》并提出"四条诗路文化带"以来，各相关地市均积极响应，采取了一系列繁荣诗路文化带的措施。从空间上看，湘湖地区处于"浙东唐诗之路""钱塘江诗路"两个文化带的交汇点。从时间上看，"湘湖诗巢"贯穿了整个中国诗词发展史，并且紧密连接着古代、近代与现当代三个时间段落内的诗人与诗歌作品。从文化意义上看，"湘湖诗词"自身不仅拥有丰富的诗词文化资源，而且对于诗路文化带之间的文化交流具有特殊意义。因此，近现代湘湖诗巢就是浙江近现代文学和文化变迁中一个重要的"横截面"。它集合了诗人、诗词、家族、社团、学校、山水、古迹、田园、航运、政治、军事、教育、文集、方志、报刊等多种文学和文化要素，相当完整地反映了浙江诗词从古典到现代各个阶段的变化特点。近现代湘湖诗巢研究既有助于"解码"浙江诗词的文化基因，也为浙江省诗路文化带建设提供了坚实的文献基础和理论支持。

　　其次，近现代湘湖诗巢研究有助于浙江现代诗词史的编纂。近年来，大型地方文献的编纂和地方文学史的编写成为地方文化建设的一股潮流。一方面，目前"现当代诗词入史"问题逐渐成为文化热点，以中华诗词学会为主要力量的学术机构、专家学者以及诗人群体致力于推动现当代诗词史的编纂。在全国性的现代诗词史编纂活动尚未正式启动之前，地方诗词史的编纂显得尤为重要。就浙江而言，目前虽有《浙江文学史》《浙江 20 世纪文学史》《浙江山水文学史》等多部著作问世，但以上著作均未将现当代以来省内的旧体诗词创作纳入其中，缺失了文学史上的重要板块。"湘湖诗巢"是浙江地方诗词创作的源流之一,近现代以来湘湖地区的诗词创作具有典型的地域和时代特征,是浙江现代诗词史中不容忽视的一部分。另一方面,"湘湖诗巢"的文献整理和文学研究已经具有一定基础,为编纂浙江现代诗词史提供了丰富的前期成果。近现代湘湖诗词文献的搜集和整理已经初见规模,特别是《湘湖文学文献》和《湘湖师范期刊文献专辑》等收录了大量诗词作品。笔者也在报刊诗词和民歌方面做了一些辑佚工作(见《〈湘湖文献集成·湘湖文学文献〉近现代诗词、民歌辑补》)。此外,本文从近现代湘湖诗人群体的角度做了相对系统的考察,也为浙江现代诗人群体的演变发展及其创作特色提供了一个研究样本。①

　　最后,近现代湘湖诗巢研究有助于进一步认识文学地理学的学科特色,从而探索新的研究视角与方法。文学地理学是目前学术界重要的研究领域之一,近现代湘湖诗巢研究是一个典型的文学地理学的样板。一方面,湘湖作为一个地理区域,最先被纳入历史地理学者的研究范围。随着地方文化建设的深入,其文学价值逐渐得到重视和发掘。此外,湘湖诗词的繁荣与该地区的航运和农耕文化密不可分,而该地航运和农耕文化的衰落为该地区文学转型带来了危机。近现代湘湖由"航运区""农耕区"逐渐向"旅游区"的转型,一定程度上渡过了这次危机,同时也深刻影响了其文学面貌的变化。以上现象均反映了文学地理与历史地理和地方文化三者的互动关系,同时也表明后者正是文学地理学需要广泛汲取的学术和文化资源。另一方面,湘湖相对于享誉全国的西湖,属于"次级名胜"。它被西湖文化辐射的同时又被遮蔽在其盛名之下,给湘湖文人带来了一定的文化焦虑。面对这一焦虑和尴尬处境,湘湖文人多在诗词中表现湘湖与西湖截然不同但又足以平分秋色的特征,试图抬高其地位。这一努力虽未能彻底改变人们对于二者的认知,但对湘湖的形象塑造起到了重要作用。后者的文学价值和审美价值在这一过程中显然已经得到了更多群体的认同。与湘湖处境类似的还有颍州西湖、惠州西湖等,另如晴川阁之于黄鹤楼、天柱山之于黄山、峄山之于泰山,都是文学地理学研究中经常遇到的典型现象。我们对近现代湘湖诗巢的研究为阐释该现象提供了路径和方法上的启示。

　　尽管在当时动荡的环境下,"诗巢"并未完全恢复往日的盛况,但为数不多的诗人们还是继承了诗词创作的传统,并播下诗词的种子,延续了湘湖诗脉。当前,杭州市及各区县地方政府部门主动牵头策划,通过编辑地方文献、举办诗词

---

　　①　值得注意的是,近现代之际诗人群体的演变情况非常复杂,特别是新旧诗人群体的并存与交叉,社团文献也具有"杂、广、散、残"四大特点,需要进一步考证和分析。参见曹辛华《晚清民国旧体诗词结社文献的类型、特点及其价值》,《复旦学报》2015年第1期。

大会、邀请专家演讲、组织学术研讨等多项措施,助力湘湖诗词文化的复兴和繁荣。此外,当代湘湖地区教育水平提升很大,附近不仅有多所高等院校、职业技术学院以及为数众多的中小学,以学生为主的诗词社团数量也呈上升趋势。湘湖地区的诗词社团成员、大专院校师生也像当年的湘湖师范一样,积极创作、唱和交流、编辑刊物。当代湘湖诗坛还有大量的民间人士参与其中,呈现出高昂的创作激情和多样的创作生态。如高卓、朱超范等当代诗词作家在当地诗坛均享有较高声誉,而他们均对近现代湘湖诗人来裕恂、周铭慎等诗界前辈推崇备至,并表示在创作上深受其感召和影响。由此可见,近现代湘湖诗人群体完成了"湘湖诗巢"的现代转型,并为当代湘湖诗坛奠定了基础。在官方引领、校园传承、大众参与和媒体推广等多重合力之下,当代"湘湖诗巢"已呈现出持续繁荣、蒸蒸日上的文化景象。

《渔浦出发》"行吟诗歌"勾连古今的内涵意蕴

潘如成[①]

近年来,唐诗发展的地理和空间研究取得了很多重要的成果。聚焦唐诗之路的研究与开发,也陆续在各地形成了一定的热潮。渔浦古镇作为"浙东唐诗之路"的重要组成部分也引起了学界与诗坛的高度关注。一方面,近年来在萧山当地政府与古代文学研究界的共同推动下,"渔浦诗词"逐渐成为学术研究热点,相关研究成果不断涌现。例如2010年萧山区义桥镇政府组织选编出版了《渔浦诗词》,选录南朝至清代近百位文人叙写渔浦的诗词共107首,为"渔浦诗词"研究奠定了坚实的文献基础。2012年"从义桥渔浦出发:浙东唐诗之路重要源头学术研讨会"的顺利召开,推动了"渔浦诗词"学术研究的深化。此次会议云集了清华大学傅璇琮教授等一批国内研究唐诗和历史文化的专家学者,并达成共识,正式确定渔浦为"浙东唐诗之路"的重要源头。另一方面,当代诗坛接续千年"渔浦诗歌"创作传统,创作出大量歌咏新时代渔浦风貌的诗词作品,为"渔浦诗情"的传承与发展奠定了创作基础。值得注意的是,当代创作的"渔浦诗歌"中不乏新诗作品,其中大量融汇古典诗词艺术内涵与时代思想主题为一体的佳作。然而,当前学界对于"渔浦诗歌"的研究重点仍主要集中于古典诗词,对于新诗的关注则显得不足。当代叙写渔浦的诗歌作品是"渔浦诗歌"传统的延续,而新诗作品作为其中的重要组成部分,理所应当被纳入研究视野。因而本文将以《渔浦出发》"行吟诗歌"为中心,考察当代"渔浦诗歌"新诗部分的内涵意蕴。

"唐诗之路,缘起萧山"。萧山古镇渔浦因其地处钱塘江、富春江、浦阳江三江汇流处的区位优势,孕育出了代代相传、生生不息的诗歌灵气与魂魄。渔浦与

---

① 潘如成,上海大学文学院博士,上海大学中华诗词创作研究院兼职研究员。主要研究方向为诗词学、现当代旧体文学。

诗歌的联结起源于南朝,谢惠连、江淹、丘迟、沈约等诗人曾游览渔浦并留下了歌咏此地秀丽风光,迷离景色的传世佳作。逮至唐代,渔浦的交通、经济、文化诸业渐兴,更多诗人至此漫游、寓居,渔浦与唐诗之间的不解之缘由此缔结。据考仅《全唐诗》所收入的诗人中,就有 312 位诗人先后游历渔浦,并留下大量叙游、吟咏佳作。其中不乏李白、杜甫、白居易、孟浩然、刘长卿、元稹、贯休等唐代诗坛的杰出人物。唐以后,宋元明清历代经由渔浦穿行、吟咏于"浙东唐诗之路"的诗人络绎不绝,确保了渔浦诗情涵养的养成与诗歌传统的延续。

渔浦诗情涵养与诗歌传统的延续在当代新诗中也有鲜明的体现,《渔浦出发》"行吟诗歌"即是其中具有典型意义的代表。《渔浦出发》"行吟诗歌"是当代新诗人整理、回溯渔浦诗路文化遗产和渔浦古典诗歌精神,并结合新时代风尚对之进行重新认知与诠释的产物。其直接来源是萧山当地组织的诗歌采风活动。2019 年"唐诗之路·缘起萧山"首届钱塘江诗词大会系列活动在渔浦启动,叶延滨、黄亚洲、李成恩、张思浩、梁晓明、蒋兴刚等多位当代著名诗人参与其中,重走渔浦唐诗之路。他们在此访古觅胜并将真情实感诗意地融入新诗创作中。后经萧山文化部门的汇编整理,这些诗人诗作被收入《渔浦出发》"行吟诗歌"栏目出版。共收录叶延滨等 6 位诗人 6 组 24 首新诗。具体分别为:叶延滨《义桥三唱》组诗《渔浦读秋阳》《义桥识匠心》《越王台怀想》3 首;黄亚洲《萧山义桥抒怀》组诗《渔浦》《义桥,纯手工古籍印制艺术》《周恩来曾经在萧山义桥发表演说》《清官韩惟论》《每次船游湘湖,都会想起两支划桨》5 首;李成恩《浙东唐诗之路》组诗《渔浦》《九月》《唐诗之路》《李白寻访贺知章》《壮游》5 首;张思浩《追溯唐诗的源头——萧山(外两首)》组诗《追溯唐诗的源头——萧山》《在义桥,我想拜访一个青年》2 首;梁晓明《义桥二题》组诗 2 首;蒋兴刚《中秋,行三江口寄孟浩然》组诗《三江口》《中秋,行三江口寄孟浩然》《三江口札记》《在诗路源头义桥镇致友人》《义桥镇》《同游富春江》《登寺坞岭》7 首。仔细研读《渔浦出发》"行吟诗歌"这一组新诗,可以清晰地梳理出其主题内容、内涵意蕴中所包含的打通古今情感勾连的脉络。

一、追怀唐诗之路古诗先贤风采

唐宋诗人是《渔浦出发》"行吟诗歌"中着墨最多的意象。这组新诗中有部分作品追寻和缅怀唐诗之路上的诗人风雅身影,勉励和鞭策自身接续先贤遗志再创佳作。正如李成恩《唐诗之路》诗中所写,这些当代诗人踏上渔浦这片属于诗歌的热土伊始,思绪便不自觉地重回唐诗之路,去追寻李白、杜甫、白居易、陆游等等诗人"不死的灵魂"在此地"投下白雾的足迹"。在这一组诗篇中诗人们追叙了贺知章、李白、杜甫、孟浩然、常建、白居易、苏东坡、陆游等多位唐宋诗人游历渔浦时期的风姿。其中,尤以孟浩然、李白二位与渔浦联系较为紧密的诗人被描写得最多。黄亚洲《渔浦》一诗将渔浦的鱼儿比作诗歌,将到此的历代诗人比作渔夫,将诗人作诗形象化地譬喻为钓鱼,生动重演了孟浩然在渔浦创作《早发渔浦潭》这一唐代诗坛盛景。孟浩然在开元十二年至十四年(724~726)曾滞留洛阳,后自洛至越,游历两年多。他沿汴河南下,经广陵渡至杭州。然后,又渡浙江之越州,途经渔浦,写下了《早发渔浦潭》:"东旭早光芒,渚禽已惊聒。卧闻渔浦口,桡声暗相拨。日出气象分,始知江湖阔。美人常晏起,照影弄流沫。饮水畏惊猿,祭鱼时见獭。舟行自无闷,况值晴景豁。"此诗以舟行早发渔浦为视角,跟随诗人的描画,时间缓慢推移,由熹微"早光"到"日出气象",再到"晴景豁",构成一幅完整的图画,渐次展现出由静而动的生态和由朦胧到开豁的景象。不仅以宏丽的文笔表现了渔浦壮伟的江山风貌,还表现出孟浩然山水诗富于生机的意境。诚如《渔浦》诗中所言,当孟浩然高超的诗艺与渔浦灵动的自然山水相互碰撞,创作诗歌正如抛竿钓鱼一般顺畅简单,浑然天成。李成恩《李白寻访贺知章》一诗则全景回顾了诗仙李白与其忘年之交贺知章之间的交往历程,并揭示出渔浦作为成就和维系这一段唐诗史重要交谊之精神纽带的作用。唐天宝元年(742),李白首次南下游越,经杭州渡钱塘江并沿浙东运河一路游览了越王城(又称越王台)、会稽城、若耶溪等名胜古迹。其诗《送友人寻越中山水》记录了他首游越地的行进路线。同年,李白来到长安,结识了贺知章。二人一见如故,结为忘年交,贺给李白起了个"谪仙"雅号。之后贺告老返回故乡越州,李白赋诗惜别,想不到这一别竟成永诀。贺知章在越州谢世不久,李白即被"赐金还山",开始浮游四方的生活。距上次入越两年后,李白再次入越,此次入越的行进路线是"北抵赵、魏、燕、晋……至洛阳","南游淮、泗,再入会稽"①。李白此次入越的一个重要目的即是悼念已经仙逝的贺知章。在祭时,他创作了《对酒忆贺监二首》,二诗采用今昔对比的手法,以"金龟换酒"事为中心追忆与贺老的过往,将之与目睹之"人亡余故宅,空有荷花生"现状对比,发出"念此杳如梦,凄然伤我情"的悲叹。其他诗作则瞻顾了其他曾经游历渔浦的唐宋诗人。李成恩《壮游》一诗以清新活泼、饱含生趣的笔触描绘了青年杜甫赴越地游历的这一段"短暂的,浙东唐诗之路的好时光"。梁晓明《义桥二题》则摄取了苏东坡沉浸于渔浦美景当中,遗世独立、翩然饮酒的风姿,并由衷地感慨"翩然一生,能安闲喝酒,便是此生最

---

① 见于〔唐〕李白著,(清)王琦注:《李太白全集》下册卷三十五附录《李太白年谱》,中华书局,1977 年版,第 1594 页。

好的消息"。

从表层意义看,当代新诗表现古代诗人,是为了表达瞻仰缅怀之情。但从深层内涵来看,新诗形式上虽截然不同于格律诗词,但其内蕴的文化内涵和艺术精神却与古典诗歌有着不可割裂的联系。古典诗歌丰厚的历史积淀为当代诗歌创作树立了丰碑,激励和鼓舞着当代诗人传承创新。如何整合与利用古典诗歌遗留的思想文化资源是当代新诗创作发展的重要命题。对于这一命题,行吟渔浦的新诗人们有着清醒的认知。他们追寻渔浦前代诗人的诗作中,或隐或现地表达了接续前人脚步,再攀诗歌高峰的愿望。张思浩《追溯唐诗的源头——萧山》写道:"秋风从唐朝吹过来,一条条生动的古道,像遒劲的草书,书写着恒久的梦想。"对于诗歌的热爱是古今诗人一致追求的恒久梦想,它激励着诗人不断钻研诗艺,精益求精。黄亚洲《渔浦》写道:"今天,许多当代诗人都来咬孟浩然的钓钩了。他们都愿意变成鱼,并且,长久地集聚渔浦。"表达了对于以孟浩然为代表的诗人及古典诗歌成就的敬仰,暗涵了要接收和承继古诗资源借以精研诗艺的意愿。黄亚洲《义桥,纯手工古籍印制艺术》记叙了参观义桥古籍印刷工艺后与老板的一则对话"很想托老板,把我的诗作也印一下,以便在未来也能苟延残喘。老板想半天,说那要看内容好不好"。由这则平常的对话,诗人却总结出"来自历史的鞭策,总是最凶狠的"这样深刻的体悟。这"来自历史的鞭策"实质所指是来自古典诗歌无形的鞭策与激励。

二、咏怀义桥古镇厚重历史人文

咏史怀古是《渔浦出发》"行吟诗歌"最为鲜明的题材之一,从中亦可看出当代新诗与古典诗歌资源的施受传承关系。这组新诗最为鲜明的主题之一是凭吊和咏怀义桥古镇厚重的历史人文,寄予和表达对于历史与现实的沉思。义桥古镇存在千年的悠久历史,拥有厚重的历史遗存和人文景观,这为来此采风创作的当代诗人提供了丰厚的思想素材。叶延滨《越王台怀想》一诗,从义桥镇越王台山的古称"固陵"出发,带领读者穿透时空界限,直观了解春秋时期吴越争霸这一段出生于义桥的史事——"三江汇流的义桥古镇,有一座叫越王台的小山。小山有一个牛气冲天的名字,固陵,固若金汤的小山。湘湖之畔这座小山上,当年的小国之君勾践。留下一个成语卧薪尝胆—— 这个成语比越国命长,这个成语比吴国命大。这个成语让无数绝望的人,在梦里看到了朝霞…… 三江汇流的义桥古镇啊!"咏怀吴越争霸这一春秋时期重要的历史事件,不仅确证了义桥古镇历史的悠久,还为义桥人文精神和文化品格的血脉寻找了历史根源。卧薪尝胆的精神奠定了越人刻苦自励、奋发图强的精神根基,是义桥为代表的越地历史人文精神和文化品格形成和延续的保障。正如叶诗所咏"固陵一定是——义桥人最硬的那块骨头! 义桥最稳的那座桥基石!"

一方水土养一方人。义桥历史上涌现出很多忠贞清正的贤士,足称代表义桥的地域文化品格。诗人黄亚洲为了颂扬义桥先贤的精神品质,写下了《清官韩惟论》《每次船游湘湖,都会想起两支划桨》两首诗歌。前一首表现的主人公是明代清官韩惟论。韩惟论生平事迹《义桥镇志》有详细记载,其生卒年为 1515—1564 年,字仲文,号玉吾,义桥镇联三村金山人。明嘉靖二十五年任山东汶上县知县,著有《五经类纂》。在汶上任上颇有政绩,严律法,裁冗员,肃贪枉,还为当地农民传授农艺。汶上百姓为感念他,特立一祠祀之。时著名清官海瑞南平县为官,俩人引为知己,结为至交,秉公办事,赢得一方拥护,因此是义桥一位难得的清正贤士。黄诗记叙了海瑞与韩惟论的交谊,并对其"一个朝代的白蚁,由于这两个人的存在,减损了一些"的历史功绩予以褒扬。后一首表现的主人公是曾任萧山县令的北宋文学家、名臣杨时。杨时为官政绩突出,先后历官之处"皆有惠政,民思之不忘"。其在萧山任上,清廉正直,体恤民瘼,开凿湘湖,造福一方,湘湖今存有为纪念其建湖而命名的杨堤。黄亚洲在诗中称颂其为"侍候着时代"的"地方官",揭示出其为民拥戴的关键在于"都想着百姓,都想着水""善于幻想,如何用波浪的弧线,弯成百姓的笑颜"。

"哀民生""为美政"是古典诗歌始终坚守的精神。这样的精神同样延伸到当代诗人的家国之忧中,辗转蔓延到当代新诗创作当中。《渔浦出发》"行吟诗歌"咏史怀古诗在追溯历史、纪念先贤的表层意义之下隐藏着对于当下社会现实问题的关心关怀的深层意味。这主要表现在《清官韩惟论》《每次船游湘湖,都会想起两支划桨》等诗歌在颂扬古代清官的同时,还以古论今、追古抚今的方式论及了对于当下社会仍然存在的贪腐问题的关切与反思。《清官韩惟论》写道"在萧山义桥镇的乡贤馆里,我听见老韩在墙上叹了口气但我一直没有弄清这一声叹气的含义,是不是在说,当代各地虫害,仍旧凌厉"。以"虫害"譬喻贪腐,以扫除虫害譬喻肃贪倡廉,借古人之口揭露出当代社会依旧困扰百姓生计的腐败现象。如此写法,不着痕迹地打通古今情感的交流通道,让中华民族传承千年的廉政精神既不失古韵魅力,更充满当代反思的生命力。然而,当代尤其是新时代以来党领导下的国家正以雷霆万钧之势高压反腐,仍将反腐希望寄托于"清官"的个人作为之上,一定程度上弱化了诗歌反映现实、干预现实的能力。

三、宣传义桥传统工艺的现代发展

　　《渔浦出发》"行吟诗歌"的另一主题是展示和宣传义桥传统工艺的现代化成果,歌咏和展望渔浦新时代的发展未来。与诗歌的紧密联结,为渔浦古镇注入了文化基因和书香气质,为以古籍印刷为代表的传统文化工艺的产生、发展营造了优越的环境。时至今日,在勤劳、智慧的义桥人的努力之下,这些传统工艺在新时代实现了二次绽放,为渔浦文化的传承与推广注入了不竭的活力。在寻访义桥古籍印刷工艺后,叶延滨、黄亚洲两位诗人分别创作了《义桥三唱》《萧山义桥抒怀》2首诗歌,抒发了对于此种绝美工艺新时代传承发展的诸多感情。其一是揭示古籍印制艺术对于文化传承、文明发展的重大意义。正如叶诗所写"义桥古籍印刷是非遗工艺。线装,宣纸,手工,让那些在兵火与灰尘中的幸存者,重生——枯萎的叶子重新展开,凋零的花再次开放,破碎的江山紫气东来,颓败的书生桌案,墨香扑笔"。传承千年的古籍印制工艺担负着承载知识、传播文明的责任与使命,使得人类文明经受战火、灾祸的考验,生生不息、薪火薪传。其二是表达对于义桥古籍印制工艺之高超、样态之精美的惊艳之情。传承千年的古籍印制艺术寄托了历史的厚重与智慧,进入新时代经由技术创新,绽放出令人惊叹的绚烂色彩。这种惊叹之感在黄亚洲《萧山义桥抒怀》展现得淋漓尽致,诗人初入古籍印务公司就由衷地感慨道"走进古籍印务公司,就意味着走进了鲜活的古代"。高超的印制技艺化腐朽为神奇,使得"许多憔悴、凋零、颓败,在这里都呈现出青春期的样子",使得"所有的古绘画线条,灵动得都像水里的鱼"。数字彩印技术的运用使得原本黑白单调的古籍变得色彩斑斓、生机灵动,正如黄诗所写"唐明皇与苏东坡,都穿着炫目的衣裳。一部《三国演义》,里面兵器的碰击都很清脆"。义桥古籍印制工艺是众多传统工艺精益化、现代化变革的代表,是新时代以来匠心独运、精益求精的中国制造的缩影。经由对义桥古籍印制工艺的赞颂,诗人进一步升华,剖析新时代以来中国智造走向世界的原因正是源于代际相传的匠心精神。其诗写道:"在宣纸上印制,在丝绢上印制。什么都搞得像5G一样真切,但全是手工。所以,'华为'出现在中国是不奇怪的。"由此引出其三对于义桥古籍印制工作者传承非遗工艺的责任和匠心精神的肯定与赞誉。叶延滨《义桥三唱》写道:"剪裁兮修复兮皆可成巨匠,宣纸兮丝绸兮都源于历史。有什么不同吗? 答道:萧山的兴刚是友,义桥的古籍工匠是师。"值得一提的是诗中提及的蒋兴刚先生也是《渔浦出发》"行吟诗歌"的作者之一,他是义桥本土诗人,同时还是义桥有名的旗袍制作师。与古籍印制工艺一样,旗袍制作工艺这一江南传统工艺也在历史传承中走向了新发展,让延续千年的丝绸文化迸发出全新的生命活力。因而叶诗称誉其精湛的工艺"他叫那些婀娜旗袍,也在创造历史。让千年的丝绸文化,剪裁现实之需,合体合身"。诚如叶诗所云,中国传统文化中所深蕴的工匠文化在新时代条件下发扬光大,开创和引领中国制造的历史新纪元。其中所蕴藏的是一丝不苟、精益求精、重细节、追求完美的工匠精神。这种精神在中国诗歌的传承与发展也起到不可或缺的关键作用,因而黄、叶等诗人希望以工匠为师,从中汲取有益于诗歌创作的精神力量。

在所有的文学体裁中,诗歌与本民族传统文化的关系最深、最富有韧性。中国现代新诗在思想、语言及审美形态上都与传统诗歌有很大的差异,但同时也有着更深刻的关联。从思想主题意蕴到艺术审美特性,莫不留着中国古典诗歌精神的印记。《渔浦出发》"行吟诗歌"诗歌虽在形式上打破了古体格律的规范,但是其在思想内容层面穿越古今,成功打通渔浦诗歌传承千年的情感勾连,让气韵深厚的渔浦诗词焕发新时代的魅力。

唐宋诗词中的"南浦"意象

陈阳阳[①]

古典诗词中的"南浦"是人类特定心理和地理相结合的产物。《风土记》曰："大水小口别通为浦。"[②]受南北地理环境的影响,北方交通多靠车马,而南方则以水路为主,这体现于诗词中,则有"长亭""阳关""南浦"的不同。可不管怎样,人货停留分离的地方自然都显得相当重要。"南浦",有的为实指,但地点不是很确定,有很多地方都可称为"南浦"。如《太平御览》引《江夏记》曰："南浦,在县南三里。《离骚》曰:'送美人兮南浦。'其源出京首山,流入大江,春冬涸竭、秋夏泛涨。商旅往来,皆于浦停泊,以其在郭之南,故称南浦。"[③]像这类记叙还有很多。有的则为泛指,如《山带阁注楚辞》:"南浦,以在大河之南,故名。"[④]"南浦"予人的特殊感受是季节、气候等诸多环境因素混合而成的,是"南浦"周围自然景色与人们的生活情感两相作用的产物。由于"南浦"地点本身蕴含的情韵,所以当它被文人用到诗词中时,其含义也逐渐从实指走向泛化。"南浦"被写入诗词中,最早见于屈原的《九歌·河伯》:"子交手兮东行,送美人兮南浦。"如此缠绵的场景一开始就给"南浦"染上了一层极为深情美丽的色彩。而让"南浦"从此与送别结下不解之缘的自然是江淹的《别赋》,从此"南浦"便作为一个文化符码流淌在一代代文人的笔下,文化内涵也逐渐变得丰富起来。唐宋诗词中,有直接以"南浦"为诗题或者词牌的,也有借"南浦"而言己物的,其中以白居易的《南浦别》最为出名。

---

① 陈阳阳,沈阳工业大学副教授,主要研究方向为诗词学。
② (唐)欧阳询《艺文类聚》,上海古籍出版社,2013年。
③ (宋)李昉《太平御览》,中华书局,2011年。
④ 蒋骥《山带阁注楚辞》,上海古籍出版社,2019年。

一、唐宋诗词中"南浦"意象的内涵

唐宋诗词中的"南浦"意象主要用来抒离愁别绪、陈相思之情。另外，"南浦"意象还可表达隐逸、失意的内容。

第一，唐宋诗词中，"南浦"作为一个审美意象被诗人广泛地运用，主要为了表现离别之情。由于古人受到交通条件的限制，一旦离别，便很难再相见，所以离别带给他们复杂的人生体验。它属于人类共同的感情，是一种普遍的哀伤，正所谓"黯然销魂者，唯别而已矣。"由此，"南浦"也就成了诗人情感的载体，烙上了别离的印记。

"南浦"送别诗是浸着水的浓愁，层层氤氲。如在《别赋》中，江淹以深情伤感的笔触直触离别文化的核心，他所创造的意象也因此流淌在无数诗人的记忆里。一般说来，唐代送别诗的基调比较高昂，这当然与唐代社会风尚及唐人的胸襟气度有关，如"阳关"诗，多写边塞豪情，极少小女儿之态，因此它的美多体现为一种粗犷和悲壮。而唐人笔下的"南浦"诗则呈现出另外一番面貌，诗人自觉不自觉地给送别诗涂上了一层哀怨的色彩。如王维《齐州送祖二》："送君南浦泪如丝，君向东州使我悲。为报古人憔悴尽，如今不似洛阳时。"整首诗感情朴素真挚，结句沉痛，回肠百转。再看白居易的《南浦别》："南浦凄凄别，西风袅袅秋。一看肠已断，好去莫回头。"这首诗的情绪是凄惨的，色调是肃杀的，诗中人物动作愈是决绝，便愈显伤心。若是论到融情于景、韵味无穷的话，则要数武元衡的《鄂渚送友》了，其诗曰："云帆森森巴陵渡，烟树苍苍故郢城。江上梅花无数落，送君南浦不胜情。"充分展现了南国文化的特色，仿佛一幅水墨画，于淡淡的描绘中尽显惜别之情。还有些起着交代送别地点或渲染离情的作用，相当于"兴"的功能。如宋之问《送赵六贞固》一诗，即以"目断南浦云，心醉东郊柳"开篇，引出下文的"怨别"情绪及离别时的场景。

"南浦"是送别的地方，所以在诗词中往往又成为相思怀人的媒介，正所谓"有多少相思，都在一声南浦。"（张炎《长亭怨·别陈行之》）王昌龄《赠史昭》："怀哉望南浦，眇然夜将半。"林月初升，诗人独自一人在斋中长叹，思念远方的友人，因为怀念，便想起了别离之地，然而友人已去，秋水的声音反而使诗人更加忧愁，诗人深切的思念弥漫于诗中，挥之不尽。主要体现的是文人政治上的失意和才华满腹，不为所用的苦恼。贺铸《伴云来》："流浪征骖北道，客樯南浦。幽恨无人晤语。"主要表达了词人作为天涯倦客的孤栖之情，在此，"南浦"便是漂泊流浪的象征。所以诗词中只要写到"南浦"，有时尽管并不是直接描写送别场景，但我们却可以通过它触摸到诗人所散发的愁情。

离别有生别,有死别,所以"南浦"有时也用于伤悼。杨炯《和崔司空伤姬人》:"昔时南浦别,鹤怨宝琴弦。""佳人不再得,云日几千年。"感叹对象既是佳人,又红颜薄命,叫人伤之痛之。储光羲《陆著作挽歌》:"寒水落南浦,月华虚北堂。"以"寒水落南浦"喻示陆著作的逝世,其寒冷凄清的意境也正如挽歌相符。

第二,"南浦"意象与"隐逸"相关联。张九龄诗《同綦毋学士月夜闻雁》:"避缴归南浦,离群叫北林。"在这首诗里,"南浦"成了全身远害的地方,作为"避地",与"隐逸"发生关联。李白《赠张公洲革处士》:"革侯遁南浦,常恐楚人闻。"诗人在这首诗里描写了革侯闲逸的隐逸生活,赞美他为"真隐者"。再如孟郊《南浦篇》:"南浦桃花亚水红,水边柳絮由春风。鸟鸣喈喈烟濛濛,自从远送对悲翁。此翁已与少年别,唯忆深山深谷中。"诗人给我们描绘了一幅美丽的桃源景象,意境清幽,风格冲融,结尾则点明了自己的归隐之志。李纲的《望江南》是一首渔父词,其中"云棹远,南浦绿波春",体现的是一种悠然闲散的意趣。元代的陶宗仪亦承此意,有《南浦词》一首,表现了作者的高致。

第三,"南浦"也是一个词牌名,而受其声情影响,运用此词牌所填的内容也染上了一层哀伤温柔的色彩。如孔夷的《南浦》就是抒发词人的旅怀的;王沂孙的《南浦》则借描写春水抒发离情。总之,以《南浦》为词牌写成的词在整体上的风格基本与诗词中的"南浦"内涵是一致的。

除此以外,"南浦"意象有时还可表示为失意之吟,如杜甫《凭孟仓曹将书觅土楼旧庄》:"北风黄叶下,南浦白头吟。十载江湖客,茫茫迟暮心。"诗中表现了自己经年漂泊的苦辛以及英雄迟暮的伤感。从上面可看出,"南浦"文化的内涵极为丰富,并非仅仅与离别相连。

二、唐宋诗词中"南浦"意象运用的特征

唐宋诗词中"南浦"意象的运用有其独特的文化特征,它既烙上了楚地文化的印记,又与诸多事物组成了丰富的文化意象群,表现出某种幽迷的色调。

(一)楚地文化的呈现

纵观唐诗宋词,楚地文化给"南浦"染上了一层浪漫神秘的特征,可以发现"南浦"与湘江文化有着密切的关系。

第一,"南浦"意象的运用常与楚地、楚物、楚语、楚风俗相联系。如:

北走平生亲,南浦别离津。潇湘一超忽,洞庭多苦辛。秋江无绿芷,寒

汀有白蘋。（骆宾王《在江南赠宋之问》）

送君在南浦，侘傺投此词。（张说《赠赵公》）

南浦逢君岭外还，沅溪更远洞庭山。（王昌龄《西江寄越弟》）

楚女欲归南浦，朝雨，湿愁红。（温庭筠《荷叶杯》）

南浦东风落暮潮。被襟人归，相并兰桡。（贺铸《摊破木兰花》）

从上面诗词中可看出，"潇湘""洞庭""沅溪"为楚地；"绿芷""白蘋"为楚物；"楚女"自然为楚地人；"侘傺"一词频繁出现在楚辞中，为典型的地方语言，乃楚语；而"被襟"则是与楚地的巫文化密切相关，乃楚地风俗。当"南浦"与这些具有楚文化特征的事物相联系时，就不可避免地打上了楚文化特有的印记。

第二，诗人在"南浦"意象的运用中有一种"美人"情结。虽然同属送别，但因为对象是"美人""佳人"，所以整首诗词就染上了缥缈缠绵的色彩，与中国传统的"美人"文化发生关联。如屈原的《九歌·河伯》："子交手兮东行，送美人兮南浦。"可见，"南浦"中"美人"意义的源头亦在楚辞。"美人"实际上是一种美的象征，具有可望而不可及的属性。因此"美人"意象赋予"南浦"最优美的形式，最缠绵的离情以及最无奈的感伤。

后来南北朝的一些诗词亦承此意，如谢朓《送远曲》："北梁辞欢宴，南浦送佳人。"王台卿（梁）《南浦别佳人》："敛容送君别，一敛无开时。只应待相见，还将笑解眉。"但得其形而未得其神，在感情上有些单薄无力，失去了楚辞中那种深厚涵永的力量。到了晚唐五代词人的词中，"美人"形象失去了形而上的意义，多为"红粉"替代，因此多了一层脂粉气，少了一些绵邈流动的意蕴。虽然如此，但词中那痛楚感伤的感情，相爱却不能在一起的无奈则是相同的。如牛峤《更漏子》："南浦情，红粉泪，争奈两人深意。"欧阳炯《春光好》："红粉相随南浦晚，莫辞行。"

及至唐宋，诗词中又重新回归了楚辞传统，且往往与湘水二妃的神话相联系，由此"南浦"诗词中的"美人"从唐五代的实指走向虚化，并且更加缠绵婉约，含蓄蕴藉。

唐诗宋词中的"南浦"与"美人"的联系既有直接的，又有间接的。直接的如许浑《过湘妃庙》："古木苍山掩翠娥，月明南浦起微波。九嶷望断几千载，斑竹泪痕今更多。"刘辰翁《乳燕飞》："渺渺美人兮南浦，耿余怀、感泪伤离索。"王沂孙《声声慢》："犹记凌波欲去，问明珰罗袜，却为谁留。枉梦相思，几回南浦行舟。"诗人直接以优美的笔触勾勒了"美人"的形象。

"南浦"与"美人"的间接联系则是通过"明月生南浦"和"芙蓉"这两个美丽的意象来实现的。"明月生南浦"一句极是出名，以至于后来成了词牌名（即《蝶恋花》）。首先将"明月"与"南浦"联系起来的是许浑，其"月明南浦起微波"一句既是实景描写，又仿佛湘妃在水波上轻盈地飞动，极具灵动之美。之后徐夤的"月明南浦梦初断,花落洞庭人未归。"(《览柳浑汀洲采白蘋之什,因成一章》)则颇哀婉无端。而让其出名的是《本事词》中记录的苏小小词的故事,说得是秦少章(少游之弟)听闻苏小小的托梦词以后,立即续之,云:"斜插犀梳云半吐。檀板轻敲,唱彻黄金缕。梦断彩云无觅处,夜凉明月生南浦。"表现出美人那种可羡而不可企的特征,然而在美丽空灵的意象中,一切情思又似乎得到超越与净化,故事未必真实,但其中的情感却能引人共鸣。

间接联系之二是"芙蓉"。南国水滨多芙蓉,而芙蓉在江湘文化中又常与"美人"密切相连,尤其是与舜之二妃的神话,因此它往往是美丽哀怨的象征。如李贺《黄头郎》:"黄头郎,捞拢去不归。南浦芙蓉影,愁红独自垂。水弄湘娥珮,竹啼山露月。"仇远《台城路》:"野旷莎长,山空木短,零落红衣南浦。游云路阻。便魂断苍梧,怨弦谁鼓。"姜夔《念奴娇》:"只恐舞衣寒易落,愁入西风南浦。"在这些诗词中,写"芙蓉"即是写"美人",可以说它们是二位一体的。

(二)丰富的文化意象群组合及其幽迷的色调

"南浦"与诸多意象相互交融,它们共同给予了整首诗词"暗""萋萋"以及"迷"的色调。

第一,"南浦"组合意象主要有"春草""绿波""帆影"以及上面提到的"芙蓉""美人"等。"南浦"与"春草""绿波"的意象组合,自然是得益于江淹的《别赋》:"春草碧色,春水渌波。送君南浦,伤如之何!"所以之后的诗人也经常直接写进诗词里,如林表民《玉漏迟》:"草色将春,离思暗伤南浦。"殷文圭《春草碧色》:"细草含愁碧,芊绵南浦滨。萋萋如恨别,苒苒共伤春。"可见,"春草""绿波"一旦与"南浦"相联系,便多了一层烟水迷离之致。这些不仅加强了离别的感伤,赋予诗词中无穷无尽的愁思,销魂的景致,同时还增加了一层春逝的惋惜留恋之情。因此使得诗词中的意境显得更加深情绵邈。

第二,"南浦"意象群组合呈现出的色调是相对比较幽迷灰暗的,主要表现为"暗""萋萋"和"迷"。"暗"更多体现为周围的环境色调,"萋萋"侧重于表现诗人的悲伤心境,"迷"则似乎更多景物之"暗"与诗人主观情志交融时的产物。写"暗"的如刘辰翁《兰陵王·丙子送春》:"秋千外,芳草连天,谁遣风沙暗南浦。"柴望《祝英台》:"燕子归时,芳草暗南浦。"高观国《祝英台近·荷花》:"拥红妆,翻翠盖,花影暗南浦。"这种暗淡的色调虽主要表现为景物,但景中见情,我们可以从中感受到诗人或词人沉重的心曲。相比于"暗"而言,"萋萋"的情感色调就更直接强烈了,罗邺《芳草》:"曲江岸上天街里,两地纵生牛马多。不似萋萋南浦见,晚来烟雨半相和。"李中《赋得江边草》:"送别王孙处,萋萋南浦边。"哀伤的心境相和着烟雨,愈觉愁得无穷无尽。而当诗人自己也无法分清自己的感情时,此时"迷"就正是他们所感受的,如杨适《南柯子》:"怨草迷南浦",杨无咎《滴滴金》:

"萋萋芳草迷南浦",万俟咏《春草碧》:"东风里,谁望断西塞,恨迷南浦。"从中可看出,"迷"既是景色的迷蒙,又是诗人复杂心情的写照,并且赋予整个画面一种迷离、深情之美。

总之,春水春波、碧帆云影、荷花美人一起与"南浦"组成了一个美的世界,这些意象的组合使用使得诗词的色调呈现出总体低暗的特征,而这也是与"南浦"的文化内涵相符合的。

三、唐宋诗词中"南浦"意象的作用

唐宋诗词中"南浦"意象的丰富表达具有重要的作用,主要包括以下几个方面。唐宋诗词中"南浦"意象丰富完满,且为后世诗词提供了一种音乐形式。一方面,唐宋诗词中的"南浦"意象对后世影响深远,以至于"南浦"意象内涵并无多大发展。元代丁鹤年《武昌南湖度夏》诗:"南浦幽栖地,当门罨画开。"就承袭了"南浦"的隐逸文化内涵;杨基《登豫章城忆滕王阁故基》:"春风南浦青青草,暮雨西山淡淡云。"其诗叠用了"南浦"诗词中常用的意象群,并与"西山"相对出现,同时暗用王勃《滕王阁》诗:"画栋朝飞南浦云,珠帘暮卷西山雨"的典故和意境。另一方面,由于"南浦"诗词中体现的风情美韵,人们便赋予"南浦"以音乐的形式,从此"南浦"成了一个词牌,并且被保存和流传下来,尽管它没有"阳关"那样被广泛使用,但本身的音乐定型却从某种程度上传达了它独特的美学价值。

第二,唐宋"南浦"意象多出现于词中,充分体现了词的美感特质、南方文化与水文化的交融。据笔者统计,写入"南浦"的唐宋词有137首,其中以"南浦"为词牌的有9首,而唐代涉及"南浦"的诗只有87首。杨海明先生在《唐宋词美学》一书中论证了词中写景的"南方化"(水乡化)倾向,认为唐宋词是偏属于"南方文学"的主体特性。① 唐宋诗词中大量的"南浦"词不仅向我们展现了南方水乡的特点,而且其中意境的构建又极其符合词的温婉柔美的特性。

第三,唐宋诗人赋予"南浦"意象以优美的情感及形式。在屈原对"南浦"进行构码的基础上,唐宋人逐渐发展并丰富了这个文学代码,其后"南浦"则不断地被人重构与解码,这种行为实际上是人类将自己的情感与古人情感相互印证及融合的一个过程。而在后人对唐宋"南浦"诗词进行探索的过程中,又得以发掘与感受"南浦"诗词中呈现得最为美丽的东西,并由此激发人类对美的忧伤与渴望。通过前文分析,这种渴望又典型地表现于"南浦"与"美人"的关系上。 所以

---

① 杨海明《唐宋词美学》,江苏教育出版社,1998 年。

从某种程度上说,"南浦"就是一个人类心理学的代码,通过此微型语码,我们可以从中获得丰富的情感体验。

　　综上所述,唐宋诗词中"南浦"意象的运用具有鲜明的特征,"南浦"超越了地理意义上的存在,成为人们审美文化与情感心理的表征,它是人类别离之情的凝缩,承载着厚重的离愁与丰富的文化内涵。

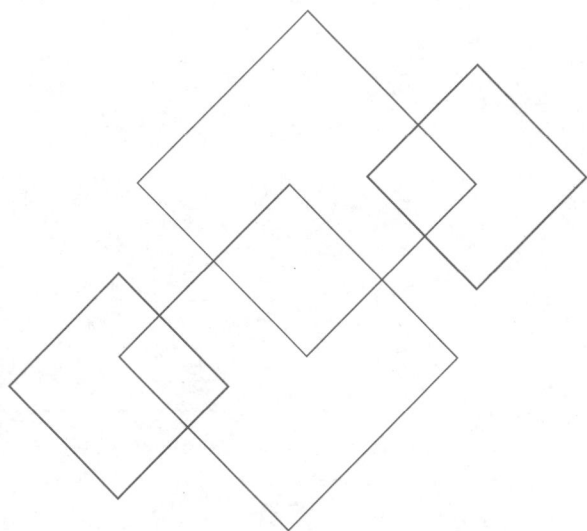

萧山渔浦诗词文献补辑

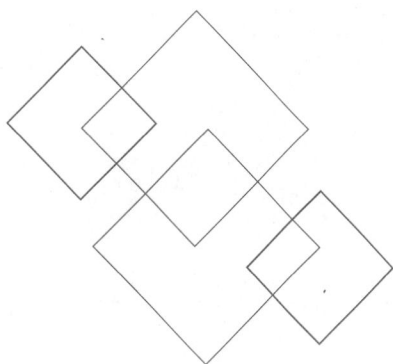

论历代萧山渔浦诗词判定与补辑问题

曹辛华①

《渔浦诗词》前言曾指出："萧山渔浦在义桥。她既是浙东至杭州水路枢纽之一，也是浙东唐诗之路的重要源头——还是浙西唐诗之路的重要结点，更是钱塘江诗词之路的重要一环。历代萧山渔浦诗歌是渔浦文化的重要载体。义桥镇党委政府为积极创建浙江省诗词之乡，曾出版线装书版《渔浦诗词》，这是继《义桥镇志》《许贤乡志》《义桥文物》《义桥渔浦是浙东唐诗之源头研讨会论文集》之后，义桥人民与时俱进，传承和弘扬渔浦文化的又一个具体行动，也是义桥人民打造生活品质之镇的又一个具体成果。"（见《渔浦诗词》前言，《渔浦诗词》，萧山区义桥镇委员会编，中华书局，2018 年，线装本）由于各种原因，《渔浦诗词》所收作品并非全部，尚有大量的作品并未收录。为此，我们陆续补辑从唐朝至清季的作品，目前已 220 多首。于此，我们对渔浦诗词的判定与补辑问题予以讨论，以促进萧山渔浦诗词、文学与文化的研究。渔浦，除了专指萧山义桥镇的渔浦湖或渔浦潭外，还具有多重内涵。它既是地理名词，在全国不止一处；又是湖岸、渡口等名胜的代称；还是诗歌套语与意象之一，并非实际名称。因此，我们要判定与萧山渔浦相关的诗词，就必须首先判定各种文献中的"渔浦"属于哪种情形。

---

① 曹辛华，1969 年生。河南巩义人。文学博士，二级教授。任教于上海大学文学院，中华诗词创作研究院院长。中华诗词协会副会长兼现当代诗词研究工作委员会主任，中国韵文学会常务理事。

一、作为地名的"渔浦"

作为地名或地理名词,渔浦不止义桥渔浦,根据历代方志、地理文献记载,还有多个名"渔浦"的地方存在。

1. 在浙江宁波有"渔浦门"。据元代《(延祐)四明志二十卷》四明志卷第八所记:"东渡门城东左门、和义门城东门俗曰盐仓门;永丰门城北西门,旧曰郑堰门。鄞江门、来安门、渔浦门、达信门,今皆废。"① 又据明杨寔纂《成化本宁波郡志》有:"门有十:曰望京,曰甬水,曰鄞江,曰灵桥,曰采安,曰东渡,曰渔浦""后塞鄞江、来安、渔浦、达信,今存者惟曰盐仓,曰达信,曰郑堰。六门上各置楼,罗以月城。"②

2. 浙江湖州有余渔浦。明张渊纂《(成化)湖州府志(二十二卷)》第五:"余渔浦,在县东地。……《风俗记》云:'诸渔浦,一名僚吾浦。即阳羡之东乡也。'吴越之间渔、吾同音。"③ 又明董斯张纂《(崇祯)吴兴备志(三十二卷)》卷之十五引路史:"余渔浦一名余吾溪虞舜渔时人化之来居。"④

3. 上海有渔浦桥。明郭经修、唐锦纂《(弘治)上海志(八卷)》卷之五:"渔浦桥、魏庄桥、许浦桥、双泾桥,俱二十九保。"⑤(民国)吴馨修、姚文枏纂《(民国)上海县续志三十卷》卷二十九:"河凡有五:如丁墅团之渔浦、水洞二港。"⑥

4. 湖北襄阳有渔浦潭。明张恒纂修《天顺重刊襄阳郡志》:"渔浦潭,在县南八里。其潭深而聚鱼,故名。"⑦

5. 山东海阳有虎墩渔浦。《乾隆海阳县志》:"虎墩渔浦。浦在邑西南二里,有石如虎适墩。建此,故名。虎墩,面临海。春夏间,渔艇鳞集。迷离来往,直入画图。明万历间,村人夜常见虎,时失牛羊,捕之不得。村人疑此石,凿其后肘而患息。"⑧

6. 江苏靖江有渔浦庙。《(光绪)靖江县志十六卷》卷三补遗:"渔浦庙在五

---

① (元)马泽修、袁桷纂《(延祐)四明志》卷第八,清刻宋元四明六志本。

② (明)杨寔纂修《成化本宁波郡志》,明成化四年刊本、卷之一,第24页。

③ (明)张渊纂《(成化)湖州府志》卷第五礼集,明成化十一年刊本、弘治补刊本。

④ (明)董斯张纂《(崇祯)吴兴备志三十二卷》卷之十五,清康熙钞本。

⑤ (明)郭经修、唐锦纂《(弘治)上海志》上卷之五,明弘治刻本。

⑥ (民国)吴馨修、姚文枏纂《(民国)上海县续志》卷二十九,民国七年铅印本。

⑦ (明)张恒纂修《(天顺)重刊襄阳郡志》,明天顺三年刻本。

⑧ (清)包桂纂修《(乾隆)海阳县志》,清乾隆七年刻本、卷之一、第17页。

图。康熙间建,咸丰十一年毁于兵。同治五年,朱忠魁、严依仁等重建。"①

7. 江苏江阴有渔浦。《(民国)江阴县续志二十八卷》卷二十五:"利港,在县西五十里。《四蕃志》云:'本名渔浦,因渔得利故名。'"②

8. 湖南慈利县有渔浦。《(民国)慈利县志二十卷》卷三:"又南径层岩峪,有洞曰弦歌之洞。又南凡十余里,得寺曰报恩。洞冈萦复,静远宜隐。其左曰寨冈头,渔浦学校在焉。初渔浦建舍平潭,号曰集义。俄徙渔浦。始定今名,规制亦备。今舍旁有义祠,列主崇祀。曰以奖义。又左曰渔浦。塘水由右迤而左,环绕其前,有若带然。"③卷九有:"渔浦高等小学校,八都渔浦书院。"④

9. 安徽南陵县有渔浦。《(嘉庆)南陵县志(16卷)》卷之一:"浣溪,县东溪上流五里。明邑人刘柯幽栖于此,号钓隐征君。渔浦,今名龙潭湾。王维诗'渔浦南陵郭'是也。"⑤

10. 福建福清市有渔浦。(明)释隐元《黄檗山寺志》卷二云:"(堤)在苏溪里渔浦南濒地也。唐天宝中尝为田,后废。至宋天禧间僧履元重堤之长二百二十丈,址广三丈,高一丈二尺,陡门十四。间望若长坂焉。今稍坏,亦属民间。"⑥

11. 广东佛山有柳渔浦。《(道光)广东通志》卷一百一:"绥江,经醉翁山东。又南经三水县城西;又西南与西江之支津会。折而东经县南,又东南会北来支津。又东南至西樵山折而东至江口司北。又分一支南通西江,又东北经佛山镇南过荔枝湾、柳渔浦于广州府城之西南。"⑦

以上根据各种史志记载考得有"渔浦"地名者凡 11 处。这些地名或径称渔浦,或含"渔浦"之字眼,都是我们在考察文献中出现的"渔浦"是否属于萧山时应当注意的。如清人李珌所作《虎墩渔浦》:"虎踞滩头波自平,钓鳌人醉饮如鲸。只今盛世无烽火,日暮渔歌处处声。"收录于清乾隆七年(1742)海阳知县包桂主持纂修的《海阳县志》中,就不能视为萧山渔浦之作。

①　(清)叶滋森修、褚翔纂《(光绪)靖江县志》卷三,清光绪五年刻本。

②　陈思修、缪荃孙纂《(民国)江阴县续志》卷二十五,民国九年刊本。

③　田兴奎修、吴恭亨纂《(民国)慈利县志》卷第三,民国十二年铅印本。

④　田兴奎修、吴恭亨纂《(民国)慈利县志》卷第九,民国十二年铅印本。

⑤　(清)徐心田纂修《(嘉庆)南陵县志》卷之十五,清嘉庆十三年刻本。

⑥　(明)释隐元《黄檗山寺志》,清顺治刻本,卷二,第 47 页。

⑦　(清)阮元修、陈昌齐纂《(道光)广东通志》卷一百一,清道光二年刻本。

二、作为风景名胜的"渔浦"

由于渔浦在不少文献中,通常作为风景名胜的代称,我们也必须辩明。前述"虎墩渔浦",就是"海阳十景"之一。《(山东)海阳县志》第一卷曾对"海阳十景"有描述;李本渥《海阳十景》诗和鞠逊行的《海阳十景》(集唐)诗将"虎墩渔浦"与"高顶仙踪、龙山远照、嵩院藏经、东门海市、奇峰虎踞、凤台日出、玉山卜雨、沙峰擎石、岾嵋瀑布"等并列吟咏。当时李汝英也有咏八景之作,时任知县王敬勋为新十景画图分别配题的诗作。荣宪所作《渔舟》"岸上风林岸下舟,生涯渔浦几经秋。倒含石影泛江月,斜带风声惊海鸥。闲取补簑防雨落,倦来作茵卧滩头。停桡一任东西去,若个双飞冒钓钩"①中所提及的"渔浦"即指海阳之虎墩渔浦。除此之外,还有多处以渔浦为名的景观。

1. 贵州石阡"阡阳八景"中有"渔浦文澜"。《(乾隆)石阡府志》所列"阡阳八景":"五老屏山、太虚石硐、龙川古渡、渔浦文澜、琵琶清韵、挂榜平崖、温泉漱玉、文笔栖霞。"每一景下均配有诗。其中"渔浦文澜"下附有清人黄良佐《渔浦文澜》"软绿看金柱,江空净晓晖。回澜荣鹭渚,濯锦漾鱼矶。鼓枻歌初起,垂纶钓未归。最幽绝处,吉水共依依"、罗文思《渔浦文澜》"渔浦濠梁兴,澜生细蹙文。无风成宝篆,有日映绞纹。方折游鲜断,圆流荡桨分。机潘词藻味,临眺息纠纷"②等作品。

2. 江苏"靖江八景"中有"渔浦鸣榔"。《(嘉靖)新修靖江县志》中有朱得之《八景因革记》云:"景以胜题,胜由人见。式览史志类有八景。……迨嘉靖初,令尹易东桂以得遗碣为奇,而圣水井始设禁。乃更立名曰:长江汇流、田庐星布、烽堠烟消、长安井洌、马沙遗碣、诸港潮平、孤山屹镇、渔浦鸣榔。"③此志中还录有易干、韦商臣、刘乾、华察、张秉铎等咏"渔浦鸣榔"等八景之作。易干《渔浦鸣榔》诗云:"水国周转地,渔翁撒网时。长竿垂泺钓,高择起潜鬐。得鱼聊自足,鼓枻更何为。独愧沧江叟,营营逝不归。"④

3. 江苏常熟"文村八景"中有"渔浦荷香"。《(光绪)重修常昭合志》载:"季凤光,字文起。亦工诗。尝咏文村八景曰:御桥春水、湖墅秋月、南皋锦树、东国

---

① (清)包桂纂修《(乾隆)海阳县志》,清乾隆七年刻本,卷之八,第296页。
② (清)罗文思纂修、版本:清乾隆三十年刻本,第八卷,第232-234页。
③ (明)王叔杲修、朱得之纂《(嘉靖)新修靖江县志》,明隆庆三年刻本,卷之七,第170页。
④ (明)王叔杲修、朱得之纂《(嘉靖)新修靖江县志》,明隆庆三年刻本,卷之七,第184页。

香雪、双松插云、万枫落日、渔浦荷香、村寺镛声。"①

4. 江苏淮安"涟水八景"诗中有《雍正安东县志》卷一中说明"形胜"时指出"涟水八景"包括：金城晚照、赤岸寒潮、能仁宝塔、硕项清波、龙潭夜雨、豹隐春风、丹井甘泉、墨池飞雾等。其中虽然未有专门"渔浦"之名，但当时稽钢咏"赤岸寒潮"时有"河吞淮泗奔沧海，海若相迎亦到涟。新涨每惊渔浦上，旧痕尝接雁沙边。乾坤阖辟盈消息，朝暮盈虚自往还。阅到龙池观赤岸，风声雨意听潺湲"②诗及"渔浦"者。

与前面所考相应的是，浙江"萧山八景"中也有"渔浦渔歌"或"渔浦烟光"出现。如清康熙《萧山县志》（康熙十一年，1672）记载萧山明代前期旧八景为：湘湖云影、海门潮势、北岭烟光、西山月色、祇园霜钟、樵楼晓角、渔浦渔歌、乐丘埋玉；又记载明正德改元时（1506）新拟的萧山八景为：湘湖云影、罗刹潮声、渔浦烟光、清江月色、北干松风、西村梅雨、书院遗香、文峰拱秀。民国《萧山县志稿》（民国二十四年，1935）所载清杨绳祖《萧山赋》中的萧山八景：湘湖云影、罗刹涛声、渔浦烟光、清江月色、北干松风、西村梅雨、书院遗芬、文峰拱秀。虽然文字微有不同，但均少不了"渔浦烟光"这一名胜。这些以"渔浦"为中心的名胜出现，是水乡生活、湖光景色、浦岸渡口等元素组合的结果。由此激发了诗人的诗情，形成"渔浦"诗作。由此也可以看出，萧山渔浦，为众多渔浦名胜的一部分。其诗词也是渔浦文化的反映之一。我们在判定萧山渔浦诗词时，自然可依此考辨来进行。

三、作为意象的"渔浦"

渔浦，由于作为水乡生活、风景的承载者或代表，在古代吟咏风景、名胜、抒写离别、行旅、怀古之情以及题山水画的诗词中更多地被当作套语或意象来运用，并不专指地名，也不作名胜来讲。如诗中"鸿雁影沉渔浦晚"，既是实写渔浦风光，又是以此来造景。宋人江景春《费拾遗书堂》："投闲深感圣君恩，放浪华山酒满樽。高下数峰撑日月，东南一柱壮乾坤。雁拖秋色迷渔浦，鸦背斜阳过洞门。偶听山中风水响，恐疑仙乐和朝垣。"③此诗见于明《九华志》。其"雁拖秋色迷渔浦"句说明费氏书堂在湖边的同时，也只是用此意象来表现其景色之迷离。元人张翥《述慈溪景》："往年使过慈湖上，风景依稀可画传。红叶树藏秋水寺，白

---

① （明）王叔杲修、朱得之纂《（嘉靖）新修靖江县志》，明隆庆三年刻本，卷之七，第170页。

② （清）余光祖修、孙超宗纂《（雍正）安东县志》，清钞稿本，卷之十四，第528页。

③ （明）顾元镜《九华志》，明崇祯二年刻本，卷之五，第188页。

头僧渡夕阳船。竹林雨过山多笋,渔浦潮来海有鲜。藉尔远公能爱客,不妨酬倡酒樽前。"①实写慈溪湖之景,因其环境与萧山渔浦相似,遂用"渔浦"这一镜像来表达。清苏祐《下邳述怀濮州》:"东风鼓棹下邳城,此日重来秋水生。鸿雁影沉渔浦晚,芙蓉花倚露台清。桥边黄石嗟何在,海上丹砂恨禾成。回首年光如电急,不堪华发映符明。"②唐杜牧《行次白沙馆先寄上河南王侍郎》:"夜程何处宿,山叠树层层。孤馆闲秋雨,空堂停曙灯。歌惭渔浦客,诗学雁门僧。此意无人识,明朝见李膺。"则借"渔浦客"来写行旅之状。③ 古人写水乡名胜、怀古时也多用"渔浦"意象。如清李予望《历下亭》诗:"买棹入明湖,清流澹容与。……孤亭几兴废,胜迹踵前武。名士今何存,残碑重摩抚。遐瞩寄永怀,苍烟点渔浦。"④写历下亭时以苍烟渔浦来表怅惘之情。其他诸如,刘烜《龙门小饮》:"舟系龙门口,樽开渔浦边。林深猿啸杳,风急雁行偏。秉钺非吾事,乘桴亦宿缘。论文共樽酒,景物自堪怜。"⑤王惟无《洞庭湖》:"天接君山一发青,平湖岁晚快扬舲。南风浪涌八千里,北斗光涵三四星。渔浦钓船烟雨螟,龙宫物怪水云腥。中流矫首频回顾,恐有飞仙度杳冥。"⑥姚福《白鹭洲》:"十里芳洲一水吞,香风两岸起兰荃。蜃楼远映朝职出,渔浦深添夜雨浑。野鹭野鸥闲寂历,江花江草自黄昏。何人得似扁舟似,欸乃一声烟水村。"⑦清张笃行《流觞处》:"云岫千层杯底入,山泉百折座中过。一尊曲水嵩阳观,三月兰亭晋永和。湍落鸭栏沙迹见,绿浓渔浦树阴多。知予白发禁春得,好唤游鱼听醉歌。"均是将渔浦当作描绘江湖水乡之景以怀古的元素。

在一些题画诗中,不少用到"渔浦"语汇。如清陈盟《题画》:"涧水淙淙万壑阴,荒村渔浦隔松林。扁舟不尽看山意,洞口桃花独自寻。"⑧则又将"渔浦"当作画中实境。清王士禛《题张敦复大宗伯赐金园图》中有"溪流百曲学印文,山色千层累重甗。龙公鸾尾啸烟雨,鹿角鼠须饱霜霰。岈峍忽断渔浦开,仰见云中泻飞练。草堂抱膝还读书,乐此长年可忘倦。此山此图世稀有,终拟他年追胜践"⑨

---

① (明)宋绪辑《元诗体要》,明宣德八年刻递修本,卷第十二,第341页。

② (清)孙居湜修、孟安世纂《康熙邳州志》,清康熙三十二年刻本,卷之九下,第332页。

③ (宋)岳珂《宝真斋法书赞》,清武英殿聚珍版丛书本,卷六,第119页。

④ (清)李予望《宫岩诗集》,清乾隆三十五年李犖等刻本,卷四,第72页。

⑤ (清)董绍美修、吴邦瑷纂《(雍正)钦州志》,清雍正元年刻本,卷之十三,第293页。

⑥ (明)薛纲纂修、吴廷举续修《(嘉靖)湖广图经志书》,明嘉靖元年刻本,卷之七,第1446页。

⑦ (清)唐开陶纂修《(康熙)上元县志》,清康熙六十年刻本,卷十五,第566页。

⑧ (清)何源浚修《(康熙)四川叙州府志》,清康熙刻本,卷之六,第388页。

⑨ (清)王士禛《带经堂集》,清康熙五十七年程哲七略书堂刻本,卷五十四,第937-938页。

之语,其"渔浦"也指代画中场景。又如宋黎廷瑞《酹江月·题永平监前刘氏小楼》下片有"烟寺晚钟渔浦笛,都入王维画里。欹枕方床,凭栏往古,世界浮萍耳。湖天风紧,白鸥欲下还起"①之语,将永平"渔浦"之景与王维名画《雪霁捕鱼图》结合起来。而元好问《王右丞雪霁捕鱼图》:"江云溅溅阴晴半,沙雪离离点江岸。画中不信有天机,细向树林枯处看。渔浦移家愧未能,扁舟萧散亦何曾。白头岁月黄尘底,笑杀高人王右丞。"②将"渔浦"当作隐逸之处的代称。

当然,以渔浦表隐逸,最早由南朝梁丘迟《旦发渔浦潭》诗奠定。其诗描写渔浦风貌后有"信是永幽栖,岂徒暂清旷。坐啸昔有委,卧治今可尚"③之语。由此可知,渔浦作为意象,既被当作写水乡胜境的代语或套语;又补当作隐逸之所的代称。古人有白云乡之隐或山林之隐,也有姜太公、严子陵、张志和之类的钓隐或渔隐。古诗词中的"渔浦"与磻溪、钓台一样,均指向隐逸。只不过因为与水乡场景、水乡平常地名多有重合,才不如钓台一样成为专门的典故。更多的情形是,人们将渔浦作为写水乡必用"套语"、写水乡离情场景的代语(而此点又有专门的"南浦"典故)。

由以上三方面的论述可知,"渔浦"在古典诗词中具有多方面的义项或内涵。当我们判定何者为萧山渔浦时,不仅要排除其他地区曾有过"渔浦"之地名,还要排除其他作为名胜景点的"渔浦",更要对诗词中"渔浦"意象或套语进行鉴别。

四、萧山"渔浦诗词"的判定

以上我们对"渔浦"从各方面进行了辨别与判定。其目的是为萧山"渔浦诗词"的辨别与判定提供依据与铺垫。由前面判定可知,古典诗词中不是出现"渔浦"字眼的诗歌就可收入萧山渔浦诗词中。这里我们对萧山渔浦诗词的判定问题予以论述,以利于渔浦文化研究的深化。

其一,凡作于萧山(义桥)"渔浦"的诗词均可视为渔浦诗词。这里要说明的有两方面。一方面,"渔浦诗词"不仅包含古代(六朝至清季)的义桥诗人所作,还应当包含现代或民国时期、当代义桥诗人所作诗词。目前人们所搜辑、整理萧山"渔浦诗词"主要集中在民国以前的作品。对民国时期的渔浦诗词重视不够。萧山曾有黄元寿(1858—1912)、周易藻(1864—1936)、赵士鸿(1879—1954)、来裕

---

①　(清)史简编《鄱阳五家集》,民国豫章丛书本,卷三,第 64,85-86 页。

②　(明)曹学佺编《石仓历代诗选》,四库全书本,第 5021 页。

③　逯钦立辑校《先秦汉魏晋南北朝诗》,中华书局 2017 年版,第 2 册,第 1602-1603 页。

恂(1873—1962)、周铭慎(1877—1948)、周寿堂(1911—1980)等均有诗词创作。这些本土诗人不可能不吟咏及渔浦。由于种种原因人们对其相关文献未能纳入搜辑、整理范围。当代萧山特别是义桥的诗人如高卓、吴容、朱超范等所创作的诗词中当更多涉及渔浦者。由于属于当代文学研究的范畴,又加上当代文学研究界对旧体诗词的排斥或无视,这些诗人诗词作品未能得到足够的关注与研究。这就要求我们论"渔浦诗词"时不能目光仅盯在唐宋时期,而应当在顾及元明清的同时,将民国时期、当代义桥诗人所作也纳入。特别是,对现当代义桥诗人创作的有关渔浦的诗词纳入研究范围,有利于看到作为唐诗之路源头的渔浦诗词对后世的影响及传承。另一方面,作于渔浦的诗词还包含那些流寓或游览渔浦的诗人们所写作的诗词。此点人们在整理的《渔浦诗词》中已注意到。其难点还在近现代部分。由于这一时期所存留的相关文献数量大却情况复杂,按目前的数据库或图书库来检索难度相当大。虽然如此,还是应当从已知的文献信息中筛选出重要的或优秀的作品,以见近现代诗人对渔浦文化的贡献。

其二,对诗词中包含"渔浦"字眼的诗词,应依照前面我们的辨析来判断是否与萧山渔浦诗词有关。如果诗词作者无江浙之游经历,而诗词中出现了"渔浦",这些作品基本上可视为非萧山渔浦诗词。但有的诗词作者虽无此经历,但由于其诗题中所赠别、送行者为江浙人。诗中提及了"渔浦"就当视为与萧山渔浦有关者。如宋释行海《送清上人归暨阳》:"中分吴越大江流,君自东归我尚留。烟锁白杨渔浦晚,风鸣黄叶凤城秋。穷途散尽三千客,故国难忘十二楼。依旧团圆今夜月,照吟不照别离愁。"即提及"吴越大江",显然此"渔浦"当为萧山的。又如一些题画诗中的"渔浦"在无法确定所题作者或所画环境是否萧山渔浦时,暂时将其归于"非"渔浦诗词之列。另外,包含"渔浦"字眼的诗词之作者如果为江浙人,其诗词题目虽然为明言在江浙作,我们基本上视之为萧山渔浦诗词。因为作者身份、经历最易与钱塘江或萧山渔浦产生联系。

其三,对诗词中无"渔浦"字眼,但包含有义桥渔浦风物、名胜与人文的诗词,我们应当根据萧山渔浦的地方志等来辨别。如清人翟均廉所编纂的《海塘录》中收有大量有关钱塘、观潮、西陵、定山等地方、名胜、景观的诗词。由于其内容关联较广,并且杂糅,不如有"海角渔浦"字眼者容易辨别,这就要与熟悉当地地理、风物与历史的人士联合才能从中找寻出"渔浦诗词"。其他如《萧山民国县志》《许贤乡志》《义桥镇志》《北坞刘氏宗谱》《埭上黄氏宗谱》《文起堂初录》《渔浦新咏》《李又芬诗选》等本土文献中当有更多相关诗词。但《渔浦诗词》却因专门收有"渔浦"字眼者而忽略了。以后可以再专门搜辑。萧山或杭州本土诗人的诗集中当也包含有此类诗词,当再专门辨别收录。又如宋代俞桂,为仁和(今浙江省杭州)人。绍定五年(1232)进士,曾在滨海地区为官。有《渔溪诗稿》二卷、《渔溪乙稿》一卷等。我们从其诗中已辑出有"渔浦"字眼者三首:《江上》《江头》《提干渔溪》。而其他诗作因无"渔浦"二字其中,就比较难断定是否与渔浦有关。这就需要我们对其诗中的地点、风物、名胜等进行一一辨别。此项工作相对讲比较复杂些。又加上我们并非在编纂萧山渔浦诗词"大全",容以后再进行。萧山本地诗人诗词作品中如俞桂《渔溪诗稿》之类者相当多,这也是我们以后再补辑萧山渔浦诗词时应当努力的方向。

其四,由于萧山义桥在历史上行政区划曾属于会稽(绍兴、山阴),这就要求我们不能仅仅从与钱塘、杭州有关的文献中去辑寻"渔浦诗词"。南宋嘉泰《会稽志》曾记载,这里设有渔浦镇、渔浦寨、渔浦驿、渔浦务、监渔浦使臣廨、渔浦税场、渔浦酒务等官府机构。事实上,我们也曾从历代绍兴文献找到不少渔浦诗词。如宋孔延之辑《会稽掇英总集》就收有杨蟠《忆越》:"蓬莱阁面对青山,地上游人半是仙。渔浦夕阳横挂雨,鉴湖春浪倒垂天。高城尚锁当时月,故殿空留几处烟。长爱剡溪堪乘兴,雪中曾棹子猷船。"还收有宋赵抃《次韵程给事会稽怀古即事》长篇古诗,诗中也提及"渔浦"。历史上,许贤、湘湖、义桥、渔浦、西陵等也都属于萧山,并且地方毗邻,与这些地方相关的文献中当亦有不少可以取材的内容。如《历代湘湖(白马湖)文献集成》(杭州出版社)中就有不少涉及萧山渔浦的诗词。另外,对凡曾在萧山为官或流寓过萧山的诗人的作品当一一勘查,也会发现不少无"渔浦"二字但确与"渔浦"有关的诗词作品。

其五,我们研究萧山渔浦诗词,不当仅局限于旧体诗词。有两类诗歌也当纳入我们的视野。一是民歌。民歌是老百姓的发自内心的声音。从古而今,都有不少民歌文本存留。有的还一直在当代百姓口中传唱者。此点我们也应当注意并择机择时专门探讨。一是新诗。渔浦作为诗词之乡、浙东唐诗之路的源头,其诗风必然会泽被现当代新诗创作。义桥不仅有旧体诗词作家,也有新诗作家。其作品是我们研究诗词文化传承的重要"证据"与"样本库"。这是我们特别强调之处。相信以后会有专门"现当代渔浦新诗选"之类的文献整理出现。

最后,我们于此将补辑萧山"渔浦诗词"的凡例列出,作为我们搜辑原则与出发点。

(一)各种文献中凡带"渔浦"二字者优先收录。但我们仅收确实与浙东、萧山、钱塘有关系者。或作者为江浙人;或作者有江浙之行的经历;或从诗题、内容、上下文可以判定其中"渔浦"为浙之渔浦者。此补编所收录"渔浦"诗词主要有三类。一为吟咏渔浦者。一为诗中吟咏浙江、杭州、钱塘等涉及渔浦者;一为送别、题赠之诗对象与浙东或杭州相关者。至于诗中有"渔浦"意象,据其作者或为浙江人或有浙行经历者始酌情收录。

(二)渔浦,作为地名或名胜。古代有多处。或在江苏镇江、靖江;或在湖北襄阳、河北;或在福建、湖南。凡与此地或名胜相关的"渔浦"诗词,均不属于我们所搜集对象,并予以剔除。

(三)渔浦,作为诗词意象,与"南浦"一样多是诗人为诗的套语。古代诗词中出现"渔浦"字眼的诗词,从诗题、内容以及作者经历、史实来判,若非专指"渔浦",我们本着从严原则,基本不收入此补编。

(四)所补辑的作品中酌情收入与萧山、钱塘、浙江潮等相关的少量作品。之所以"少量"一为标明渔浦诗词并非仅有"渔浦"字眼的诗词。一为避免喧宾夺主,因吟咏钱塘、浙江潮诗词作品过多而淹没了"渔浦"这一中心。

(五)此补编主要得益于《全唐诗》《全宋诗》《全宋词》《全金元词》《基本古籍库》《鼎秀古籍数据库》等大型文献数据库。

(六)所补辑的"渔浦"诗词文献,文本尽可能做到齐清定。并予以新式标点。注明出处,以备核查。

(七)此补编所收诗词的判定,由于具体写作情形不能一一判定,必有误收、失收之问题。为避免此情形出现,我们在必要时说明其理由。

(八)为便于渔浦诗词的深入研究,我们于此还专门附录整理过含有"渔浦"信息但经判定非萧山渔浦的诗词。一是以见渔浦文化或浦渡文化传统之广泛。一是为后来续补萧山渔浦诗词者,扫清道路。

唐宋萧山渔浦诗词补编

袁晓聪^①　李姝威^②　整理

　　唐宋时期有不少诗人创作过与渔浦相关的诗歌,其中有一大部分已被收辑入《历代渔浦诗词》(萧山义桥编)中。但是通过我们考察发现唐宋诗人作品中还有一些可以断定为萧山渔浦诗词的未能被收进。于此我们予以标点、整理。唐人作 7 首,宋人诗词 50 余首。为方便起见,先附目录,再附全文。以时代与诗人所处年代先后为序。

目　录

①　袁晓聪,文学博士,运城学院中文系副教授。研究方向为诗词学、现当代旧体文学。
②　李姝威,上海大学文学院硕士研究生。研究方向为诗词学、现当代旧体文学。

游永明寺　宋　陈尧佐

洞仙歌　宋　柳永

登湖州销暑楼　宋　陈亚

次韵程给事会稽怀古即事　宋　赵抃

初赴新定过钱塘江　宋　张方平

登江楼　宋　文彦博

酒肆柱间词

安河阻风　宋　刘敞

瑞鹧鸪·观潮　宋　苏轼

往富阳新城,李节推先行,三日留风水洞见待　宋　苏轼

昭君怨·雪词　宋　韩驹

晓乘大雾访仲固　宋　胡寅

江头　宋　俞桂

江上　宋　俞桂

提干渔溪　宋　俞桂

将适天台留别临安李主簿　宋　李庚

次沈商卿见怀韵　宋　章甫

江村晚眺　宋　吕浦

越九歌　宋　姜夔

菩萨蛮·又再在西冈兼怀后湖作　宋　苏庠

送李仲文赴省试　宋　王庭珪

渔浦夜雪怀季扬　宋　钱时

出关　宋　岳珂

江行迓宪使遇风　宋　崔敦礼

梅根夹　宋　范成大

甲午岁朝寓桂林记去年是日泊桐江谒严子陵祠迤逦度岭感怀赋　宋　范成大

三江亭观雪　宋　范成大

送八哥归寓里　宋　韩淲

浙运寄声子任子恕　宋　韩淲

苕溪夜泛　宋　释文珦

题江湖伟观　宋　释文珦

在所叹　宋　赵肃远

春日途中五首·其五　宋　项安世

过钱塘旧京　宋　方一夔

渔 浦
唐·常建

春至百草绿,陂泽闻鸧鹒。别家投钓翁,今世沧浪情。沤纻为缊袍,折麻为长缨。荣誉失本真,怪人浮此生。碧水月自阔,安流净而平。扁舟与天际,独往谁能名。

——出自《全唐诗》,(清)曹寅,清文渊阁四库全书本,卷一百四十四,第866页。

和李相国
唐·许浑

蒙宾客相国李公见示和宣武卢仆射以吏部高尚书自江南赴阙贶大梨白鹇,因赠五言六韵攀和

巨实珍吴果,驯雏重越禽。摘来渔浦上,携在兔园阴。霜合凝丹颊,风披敛素襟。刀分琼液散,笼簌雪华深。虎帐斋中设,龙楼洛下吟。含消兼受彩,应贵冢卿心。

——出自《全唐诗》,(清)曹寅,清文渊阁四库全书本,卷五百三十七,第3677页。

出　关
唐·许浑

　　朝缨初解佐江滨,麋鹿心知自有群。汉囿猎稀慵献赋,楚山耕早任移文。卧归渔浦月连海,行望凤城花隔云。关吏不须迎马笑,去时无意学终军。

　　——出自《全唐诗》,(清)曹寅,清文渊阁四库全书本,卷五百三十七,第3673页。

漳州于使君罢郡如之任漳南去上国二十四州使君无非亲故
唐·方干

　　漳南罢郡如之任,二十四州相次迎。泊岸旗幡邮吏拜,连山风雨探人行。月中倚棹吟渔浦,花底垂鞭醉凤城。圣主此时思共理,又应何处救苍生。

　　——出自《全唐诗》,(清)曹寅,清文渊阁四库全书本,卷六百五十,第4451页。

送弟子伍秀才赴举
唐·方干

　　天遣相门延积庆,今同太庙荐嘉宾。柳条此日同谁折,桂树明年为尔春。倚棹寒吟渔浦月,垂鞭醉入凤城尘。由来不要文章得,要且文章出众人。

　　——出自《全唐诗》,(清)曹寅,清文渊阁四库全书本,卷六百五十,第4451页。

寄进士崔鲁范
唐·郑准

　　洛阳才子旧交知,别后干戈积咏思。百战市朝千里梦,三年风月几篇诗。山高雁断音书绝,谷背莺寒变化迟。会待路宁归得去,酒楼渔浦重相期。

　　——出自《全唐诗》,(清)曹寅,清文渊阁四库全书本,卷六百九十五,第4764页。

回文诗二首
唐·徐夤

　　飞书一幅锦文回,恨写深情寄雁来。机上月残香阁掩,树梢烟澹绿窗开。霏霏雨罢歌终曲,漠漠云深酒满杯。归日几人行问卜,徽音想望倚高台。

　　轻帆数点千峰碧,水接云山四望遥。晴日海霞红霭霭,晓天江树绿迢迢。清波石眼泉当槛,小径松门寺对桥。明月钓舟渔浦远,倾山雪浪暗随潮。

　　——出自《全唐诗》,(清)曹寅,清文渊阁四库全书本,卷七百八,第4850页。

鸂鶒
唐·詹敦仁

栖息应难近小池,性灵闲雅众禽希。蒲洲日暖依花立,渔浦烟深贴浪飞。遗羽参差沾水沫,余踪稠叠印苔衣。晚来林径微风起,何处相呼着对归。

　　——出自《全五代诗》,(清)李调元,清函海本,卷六十二,第581页。

伍子胥庙
宋·王禹偁

一路翠烟垂柳驿,满川红雨落花村。云随钓艇归渔浦,潮送沙鸥入店门。

　　——出自《锦绣万花谷》,清文渊阁四库全书本,卷三。

游永明寺
宋·陈尧佐

附郭山光峭若烟,倚空楼殿白云巅。孤轩半出青松杪,颢气疑游碧汉边。惜别拟留风外燕,伤秋因感雨中蝉。人家掩映藏鱼浦,岛树扶疏没水天。痛饮岂同莲社客,狂歌聊许竹林贤。忘形且尽尊前乐,休忆楼岩与济川。

　　——出自(明)释大壑《南屏净慈寺志》,明万历刻清康熙增修本,卷二建置。

洞仙歌
宋·柳永

乘兴,闲泛兰舟,渺渺烟波东去。淑气散幽香,满蕙兰江渚。绿芜平畹,和风轻暖,曲岸垂杨,隐隐隔、桃花坞。芳树外,闪闪酒旗遥举。羁旅。渐入三吴风景,水村渔浦。闲思更远神京,抛掷幽会小欢何处。不堪独倚危楼,凝情西望日边,繁华地、归程阻。空自叹当时,言约无据。伤心最苦。伫立对、碧云将暮。关河远,怎奈向、此时情绪。

　　——出自(宋)柳永《乐章集》,清劳权钞本,卷下。

登湖州销暑楼
宋·陈亚

重楼肆登赏,岂羡石为廊。风月前湖近,轩窗半夏凉。瞢青识渔浦,芝紫认仙乡。却恐当归阙,襟灵为别伤。

　　——出自《皇朝文鉴》,(宋)吕祖谦辑,宋嘉泰四年新安郡斋刻本,卷第一,第735页。

次韵程给事会稽怀古即事

宋·赵抃

东南杭与越，形势夹长川。地占一方秀，天生万象全。两城俱卓尔，列郡岂加焉。异世称无间，同时较有偏。厥民如贵简，彼国实居先。大海收淮渎，群山冠幅员。古人踪欲见，游客目先穿。况自醇风俗，从来省扑鞭。有年人既庶，乐教志弥坚。每得前朝事，尝由众口传。土疆归阙下，州宇辟湖边。未苦秦来幸，先经霸擅权。有贤思避世，择地效高眠。盘屈稽山势，嵯峨玉笥巅。茂林侵碧汉，修竹挂青烟。东浙潮声近，西陵草色鲜。四明登陆显，五泄夹溪沿。渔浦从舟楫，仙居远市廛。山青难入画，花灼正如燃。石伞阴遮径，松潭韵写弦。千峰云暧靆，双涧水潺湲。灵迹曾游处，清风可坐延。龟浮山出浪，龙去井迷年。泉涌寻源出，萝繁附木缠。屏危开石上，星摘射岩前。仙髻传今古，峰形露丑妍。法华初赐号，释子已超禅。一感因人异，群言可理诠。遍随高下赏，潜解利名牵。民室常盈目，城闉异及肩。通幽云底路，朝接洞中天。必有千年隐，都忘万事煎。严园烟水乱，樊榭柳花颠。圣阁迎仙母，湖楼望彩船。越台凌缥缈，溪女斗婵娟。野景诚无限，游人岂独专。清虚宫刹古，恍惚岁时迁。宝相灵犹验，云门瑞复还。尘埃笼古壁，章句列前贤。醮礼因勤甚，龙宫尚俨然。鱼池乖本意，僧罟触轻涟。凿石成金像，营庵对玉莲。瑰奇天桂室，潇洒宝林篇。历历森豪俊，昭昭着简编。兰亭真翰笔，桃谷旧神仙。想象人堪慕，凄凉物足怜。公卿夸道路，父子遁林泉。废宅仙宫立，还乡世事捐。嗟时徒役役，味道益干干。种墓藏山穴，丛祠阚水堧。方干栖逸地，祖贯起英躔。相隐今遗迹，侯封昔见膻。锦衣惭我得，车帐为民褰。臣力难堪矣，君仁未舍旃。挺身徒尽瘁，报德乏微涓。所向知师古，干时愧学圆。玑衡中切冒，条教外颁宣。每慕黄居颍，曾卑隗相燕。有为怀虿兔，无术可收甄。得请乡邦便，躬祠祖垄虔。耕桑初劝谕，饥疫偶成连。赈发无深惠，疲劳获少痊。阃封方富稔，载路息逋遭。近幸同年代，前符昔日缘。一麾来镇抚，千骑为盘旋。弊政因民革，烦文到日镌。恩随和气浃，令比置邮遄。美誉皆腾实，清香已胜膻。善良陶静化，奸猾洗前愆。吏畏输心鉴，民深入善渊。课书人第一，轺召里逾千。身起侯藩政，班趋秘殿联。谋猷光帝座，议论溢经筵。道合风云会，功高玉石镌。正宜裨日月，未可问园田。士论逾时望，人心曷月湔。声名加显显，歌颂转翾翾。预喜明贤遇，须知直道便。中宸深有眷，外补实难铨。行为山阴老，聊收一大钱。

——出自《清献集》，（宋）赵抃，四库全书本，卷三，第43-45页。

初赴新定过钱塘江

宋·张方平

扬帆上渔浦，随潮宿雁湾。烟火指富阳，云树连萧山。曲岸蓼花疏，清波鸥鸟闲。江外信清旷，吾心睢洛间。

——出自《四朝诗》，(清)张豫章，清文渊阁四库全书本，宋诗卷十五言古诗一。

登江楼

宋·文彦博

飞观接江干，乘闲独凭栏。鲜云横列岫，芳草蔽遥滩。梅笛吹渔浦，荃桡泛鹭湍。登临谢康乐，寄远折瑶兰。

——出自《宋百家诗存》，(清)曹庭栋，清文渊阁四库全书本，卷六。

酒肆柱间词

秋风吹渭水，落叶满长安。黄尘军马道、独清闲。自然墟鼎，虎绕与龙盘。九转丹砂就。琴心三叠，蕊宫看舞胎仙。便万钉，宝带貂蝉。富贵欲熏天。黄粱炊未熟，梦惊残。

按：(宋)祝穆《方舆胜览》(宋刻本，卷之七十，第1014页)：黄鲁直(黄庭坚)谓州东酒肆或书词云："秋风吹渭水，落叶满长安。黄尘军马道、独清闲。自然墟鼎，虎绕与龙盘。九转丹砂就。琴心三叠，蕊宫看舞胎仙。便万钉，宝带貂蝉。富贵欲熏天。黄粱炊未熟，梦惊残。"再游渔浦，庐山后有醉道士于广陵市上歌此曲，或云即吕洞宾也。

安河阻风

宋·刘攽

随湖寄渔浦，村戍起孤烟。水色连天黑，沙禽亦昼眠。柘田春种麦，客渡晚争船。尽日无他事，寻村听野泉。

——出自《彭城集》，(宋)刘攽，清刻武英殿聚珍版丛书本，卷十一，第184页。

瑞鹧鸪·观潮

宋·苏轼

碧山影里小红旗，侬是江南踏浪儿。拍手欲嘲山简醉，齐声争唱浪婆词。西兴渡口帆初落，渔浦山头日未欹。侬欲送潮歌底曲，尊前还唱使君诗。

又

城头月落尚啼乌，朱舰红船早满湖。鼓吹未容迎五马，水云先已漾双凫。映山黄帽蜻头舫,夹岸青烟鹊尾炉。老病逢春只思睡,独求僧榻寄须臾。

　　　　　　　——出自《东坡词》,(宋)苏轼,四库全书本,第 49 页。

　　按:《瑞鹧鸪·观潮》原两阕,只录其"碧山影里小红旗"一阕,另一阕当补。

往富阳新城,李节推先行,三日留风水洞见待
宋·苏轼

　　春山磔磔鸣春禽,此间不可无我吟。路长漫漫傍江浦,此间不可无君语。金鲫池边不见君,追君直过定山村。路人皆言君未远,骑马少年清且婉。风岩水穴旧闻名,只隔山溪夜不行。溪桥晓溜浮梅萼,知君系马岩花落。出城三日尚逶迟,妻孥怪骂归何时。世上小儿夸疾走,如君相待今安有。

　　　　　　　——出自《西湖手镜》,(清)季婴辑,清借月山房汇钞本,第 65 页。

昭君怨·雪词
宋·韩驹

　　昨日樵村渔浦,今日琼川银渚。山色卷帘看,老峰峦。锦帐美人贪睡,不觉天花剪水。惊问是杨花,是芦花。

　　　　　　　——出自《古今词统》,(明)卓人月,明崇祯刻本,卷三。

　　按:此词(宋)岳珂《桯史》(元刻本,卷第八,第 109 页)又云为完颜亮所作。其"逆亮辞怪"条云:"金酋亮未篡,伪封岐王,为平章政事。颇知书,好为诗词语。出轵崛疆整整有不为人下之意。……又尝作《雪词·昭君怨》曰:昨日樵村渔浦,今日琼川小(眉批:'小'当作'玉')渚。山色卷帘看,老峰峦。　锦帐美人贪睡,不觉天花剪水。惊问是杨花,是芦花。"

　　杨慎《词品》:"韩驹,字子苍。蜀之仙井人,今井研县也。其《中秋·念奴娇》'海天向晚'一首亚于东坡之作。草堂已选。昭君怨云(略)。"(见杨慎《词品》,清道光十一年六安晁氏木活字)

晓乘大雾访仲固
宋·胡寅

　　稚金不耐老火铸,有烈秋阳尚骄倨。汗流亭午忆凄风,气应佳辰欣白露。朝来开窗迷眼界,雾色无边莽回互。谁为夜半有力者,窃负群山著何处。却驱沧海白潮来,涛浪初平不成怒。人家惨淡暗渔浦,水墨微茫认烟树。我行有似江湖雀,彼岸庆怪浮杯渡。从教弱水三万里,一棹桃源未迷路。忽然五霞漏激射,清飙作阵翻空鹜。渤澥尽输无极底,祖龙柱被徐生误。云屏俨映蓬峤矗,凤翼骞带瀛洲婺。连苍接翠层叠青,秀色著绚忘初素。前观象罔非梦迷,后瞩离娄岂惊

瘵。真化自然相隐显,幻士谬尔生智故。有真无幻信诞分,此境易透亦难觑。要知万理无不寔,聚散一致此焉悟。常记向时闻剧论,知自少年得真趣。风云变态襟抱开,山水之乐仁智具。胡为钘呻不料理,冰炭受坐疟鬼怖。愿君读此一醒然,未负当年少陵句。

> ——出自《斐然集》,(宋)胡寅,四库全书本,卷二,第 50 页。

江　头
宋·俞桂

渔浦山边白鹭飞,西兴渡日夕阳微。等闲更上层楼望,贪看江潮不肯归。
《历代》收此诗诗题误为"登望海楼"

> ——出自《渔溪诗稿·补遗》,(宋)俞桂,明汲古阁景钞南宋六十家小集本,卷二,第 13 页。

江　上
宋·俞桂

江头云阁雨,柳色与春深。船发春风阻,谁知客子心。

> ——出自《渔溪诗稿·补遗》,(宋)俞桂,明汲古阁景钞南宋六十家小集本,乙稿第 15 页。

提干渔溪
宋·俞桂

不涉惊涛心自稳,柳阴阴处著孤舟。的知世路多机阱,一线闲名会直钩。

> ——出自《渔溪诗稿·补遗》,(宋)俞桂,明汲古阁景钞南宋六十家小集本补遗第 23 页。

将适天台留别临安李主簿
宋·李庚

枳棘君尚栖,匏瓜吾岂系?念离当夏首,漂泊指夷裔。江海非情游,田园失归计。定山既早发,渔浦亦宵济。泛泛随波澜,行行任舻枻。故林日已远,群木坐成翳。羽人在丹丘,吾亦从此逝。

> ——出自《天台集》,(宋)李庚,四库全书本,卷上,第 12 页。

次沈商卿见怀韵
宋·章甫

　　歌喉宛转变鸣禽,载酒曾同花下吟。寒潮不应宿渔浦,挑灯还忆夜深语。十载故人谁似君,便拟卜邻桑柘村。青钱未办归期远,满目春山空秀婉。有酒何须身后名,高轩未必如徒行。朝看桃杏发红萼,晚来风雨嗟零落。寻幽选胜不应迟,百岁光阴能几时。问君何日憩奔走,忍令春色成乌有。

——出自《自鸣集》,(宋)章甫,四库全书本,卷二,第33页。

江村晚眺
宋·吕浦

　　极目烟村晚,风帆未系船。沙明霞映日,江阔水涵天。失侣鹇孤下,忘机鸥自眠。一声渔浦笛,洗尽万尘缘。

——出自《竹溪稿》,(宋)吕浦,民国续金华丛书本,卷上,第6页。

越九歌
宋·姜夔

　　海门碧兮崔嵬,潭上去兮潭下来。予乘舟兮迟女,目屡眩兮沤飞。白马驶(旧抄本作驶)兮素纛舞,驱银山兮叠万鼓。泪予从天兮南逝,经西陵兮掠渔浦。夫在舶兮妇在房,风浩浩兮波茫茫。沥予酒兮神龙府,我征至兮无所苦。

——出自《白石道人歌曲》,(宋)姜夔,四部丛刊景清乾隆江都陆氏本,卷一,第68页。

菩萨蛮·又再在西冈兼怀后湖作
宋·苏庠

　　短船谁泊蒹葭渚,夜深远火明渔浦。却忆槿花篱,春声穿竹溪。云山如昨好,人自垂垂老。心事有谁知,月明霜满枝。

——出自《乐府雅词》,(宋)曾慥,四库全书本,卷下,第151页。

送李仲文赴省试
宋·王庭珪

　　何人解荐相如赋,狗盗鸡鸣岂此流。壮志未登龙虎榜,荐书重入帝王州。烟生渔浦雁初下,月满江楼雾已收。早晚书来闻好语,沙头春晚望归舟。

——出自《卢溪集》,(宋)王庭珪,四库全书本,卷十八。

渔浦夜雪怀季扬

宋·钱时

季扬欲我来山阴,季思欲我归严陵。严陵山阴两无住,来去于我如浮云。飞雪漫漫浙江暮,朔风吹船渔浦渡。咫尺不到兴有余,底须夜出山阴路。东华尘土缁人衣,顾瞻禹穴何巍巍。克艰一言万世师,季扬季扬何时归。

出　关

宋·岳珂

朝缨初解佐江濆,麇鹿心知自有群。汉囿猎稀慵献赋,楚山耕早任移文。卧归渔浦月连海,行没尘埃花隔云。关吏不行迎马笑,去时无意学终军。

——出自《宝真斋法书赞》,(宋)岳珂,清武英殿聚珍版丛书本,卷六,第106页。

江行迓宪使遇风

宋·崔敦礼

星使乘槎势若飞,微官奔走遂忘危。扁舟掀舞身如叶,短棹欹斜命缀丝。乱眼云山疑醉梦,拍天波浪意蛟螭。西风送我归渔浦,落日衔山未晚炊。

——出自《宫教集》,(宋)崔敦礼,清文渊阁四库全书本,卷二。

梅根夹

宋·范成大

辛苦凌波棹,平安入夹船。日明渔浦网,风侧瓦窑烟。老圃容挑菜,村巫横索钱。且投人处宿,终夜得佳眠。

——出自《石湖诗集》,(宋)范成大,四库全书本,卷十九,第297页。

甲午岁朝寓桂林记去年是日泊桐江谒严子陵祠迤逦度岭感怀赋

宋·范成大

去年晓缆解江皋,也把屠苏泛浊醪。一席饱风渔浦阔,千山封雪钓台高。将军老矣鸣孤剑,客子归哉咏大刀。

——出自《石湖诗集》,(宋)范成大,四库全书本,卷十四,第196页。

三江亭观雪
宋·范成大

阴山阳朔雪中回,行到天西玉作堆。乘兴却游东海上,白银宫阙认蓬莱。

——出自《石仓历代诗选》,(明)曹学佺编,四库全书本,第4142页。

送八哥归寓里
宋·韩淲

我觉日已老,梦寐思故山。故山修竹多,春流正潺湲。喜汝调官归,尚得年岁闲。为我守坟墓,经理田舍间。四时温饱外,寻幽可怡颜。出入更择友,势利常怀奸。因风频寄书,慰此双鬓斑。潮横渔浦渡,水满龙山湾。离眼望征棹,形滞心已还。谁怜辇毂吏,青衫裹痴顽。

——出自《涧泉集》,(宋)韩淲,四库全书本,卷三,第56页。

浙运寄声子任子恕
宋·韩淲

浙水文场好,成才属少年。龙游看过锁,渔浦发潮船。才地当强仕,朝廷正选贤。会逢余与赵,为报各扬鞭。

——出自《涧泉集》,(宋)韩淲,四库全书本,卷八,第211页。

苕溪夜泛
宋·释文珦

萍踪人泛清苕去,水宿风餐几度经。结网灯沈渔浦雾,待艘船泊酒家亭。树头栖鹭疑残雪,草上流萤似乱星。夜后梦回寒月上,棹歌声里弁山青。

——出自《潜山集》,(宋)释文珦,四库全书本,卷十,第71页。

题江湖伟观
宋·释文珦

左右江湖仙圣宅,龙飞凤舞帝王家。楼台高下随山势,渤澥微茫涌日华。渔浦风和翻柳影,官河春尽落桐花。钱唐佳丽今无比,回首中原望眼赊。

在所叹
宋·赵肃远

事已如斯可奈何?王不敢爱山河。独松岭上叹兴败,渔浦江头客。朝禾黍,夕阳多。无情犹有西湖路隐约。

按:(清)孙诒让《温州经籍志》注:茗屿子,按所录茗屿诗有《在所叹》一篇云(略),则茗屿当为宋末元初人。而肃远诗又桥饮酒和卢申之韵诗。申之,卢祖皋字。肃远与唱和,则当为宋宁宗时人。以相参验,疑肃远非茗屿子。内如赵克非赵处澹,诸人事迹他书别无所见。而此集所录诗多至数十首,殆即从遗芳集采入邪?(《温州经籍志》,(清)孙诒让,民国十年浙江公立图书馆刻本,卷三十二,第1057页)

春日途中五首·其五
宋·项安世

微风急雪点微茫,渔浦江边上客航。逆水趁潮如顺水,他乡送客似离乡。

——出自《平庵悔稿》,(宋)项安世,清钞本,卷十,第45页。

过钱塘旧京
宋·方一夔

曾逐东风过曲江,人间俯仰隔兴亡。江头潮涸趋渔浦,山下城空失凤凰。漠漠黄埃昏草棘,悠悠陈迹阅星霜。由来离黍游麋地,不分铃鸣替戾冈。

——出自《富山遗稿》,(宋)方一夔,四库全书本,卷七。

送郑惟泰丞江山
宋·张柏父

都城十两车,送子江之浒。目寄片帆飞,水国沿渔浦。怜子经世才,战笔文中虎。小试乘田车,暂为民父母。民社不轻寄,忧戚抱民苦。忠孝指心切,求不愧仰俯。青天遇有阙,思惟炼石补。效职了男儿,一扇醇风古。送子独钟情,淮河共乡土。

——出自《宋诗纪事补遗》,(宋)陆心源,清光绪刻本,卷六十一,第669页。

邂逅宇文
宋·邓肃

闽山去天余尺五,渔浦撼舟滨九死。临水登山万里来,却向春围饮墨水。白云目断无飞翰,夜将剑铗于谁弹。世人相马例嫌瘦,饿死首阳不作难。侧闻天下有人杰,洗出新诗耿冰雪。年来亦复坐文穷,空使品流居第一。抠衣浩歌起相从,雨意那忧泼墨浓。匆匆对语一笑粲,万斛穷愁一洗空。公今清誉高星斗,我乃栖迟事奔走。收拾政赖退之豪,瘦寒不复麾郊岛。

——出自《栟榈集》,(宋)邓肃,明正德刻本,卷五,第20页。

送三兄出宰常山
宋·苏泂

官次淹时久，才华应世须。及瓜逢六月，行李过三衢。迓吏江边少，赍装驿外都。潮经渔浦夜，樯泊富阳晡。柳障飞云合，花溪落照孤。别情初岛溆，行色半菰蒲。后日思家否，兼旬到县无。衙新夸彩栋，俗厚省鸣枹。陆走通闽蜀，川浮赴越吴。往来纷雁鹜，富贵几金珠。故老知名父，诸公拜画图。琴声追旧宓，谣咏溢今苏。驯听桑间雉，欢瞻屋上乌。源流从孔氏，操履是颜徒。卓鲁方如许，龚黄盍念夫。吾侪甘龃龉，仕路不崎岖。霜叶看青绶，秋蓬类白须。但令民若子，何恤吏如奴。宰相曾传业，郎官此问途。入朝端继轨，负郭款营租。女大宜招婿，儿单切教渠。箕裘绵代远，门户更谁扶。乃伯偏怜我，尊兄况友于。中年嗟契阔，少小事差殊。木拱人难作，庭怀鲤共趋。鹏程方衮衮，愚意独区区。日者门关隔，兹行郡国迂。吟风谁属和，饮月欠相呼。一室甘岑寂，回舟思郁纡。㥨归存懒拙，应与钓耕俱。

——出自《泠然斋诗集》，(宋)苏泂，四库全书本，卷四，第 33 页。

临高台三首
宋·吴沆

高台跨崇冈，檐宇锁空雾。新晴洗双目，十里在跬步。霏霏渔浦烟，冉冉富春树。风花不我私，何以理愁绪。谁梳白玉窗，中有浮云度。浮云吹不开，不见行人去。

——出自《宋诗纪事》，(清)厉鹗，四库全书本，卷四十二，第 690 页。

孤坐无聊每思江湖之适
宋·陆游

世上元无第一筹，此身只合卧沧洲。橹摇渔浦苍茫月，帆带松江浩荡秋。有酒人家皆可醉，无僧山寺亦闲游。老来阅尽荣枯事，万变惟应一笑酬。

——出自《剑南诗稿》，(宋)陆游，四库全书本，卷五十二，第 675 页。

冬　晓
宋·陆游

恩免宵兴趁晓班，养慵终觉愧吾颜。浮名半世虚催老，高卧何时复得闲。两岸夕阳渔浦市，数峰寒霭沃洲山。扁舟来往无穷乐，此事天公岂所悭。

——出自《剑南诗稿》，(宋)陆游，四库全书本，卷五十二，第 675 页。

题曾无已渔浦晚饭图

宋·杨万里

浦,吾里;舴艋,吾宅;黄似郎,吾似也。苒苒京尘,于今三年。偶开曾无已此轴,风烟惨淡,波涛汹欻,欣然振衣登舟云。乾道癸巳月日书。

——出自《诚斋集》,(宋)杨万里,四部丛刊景宋写本,卷第九十八,第1711页。

题寒光雪嶂图

宋·陈造

暗寒流覆绝壁,君才得想象间。输我一庵渔浦,雪中真看江山。

——出自《御定历代题画诗类》,(清)陈邦彦辑,清康熙四十六年内府刻本,卷二,第62页。

钱　塘

宋·傅梦得

苍茫空阔海云开,浙水东西隔岸限。我到龙山呼渡晚,谁从渔浦趁潮回。蓦惊塞雁声嘹呖,静看沙鸥独往来。山外中原皆在望,英雄谁肯便心灰。

——出自《诗渊》,(明)编,明抄本,地理门,第1961页。

送清上人归暨阳

宋·释行海

中分吴越大江流,君自东归我尚留。烟锁白杨渔浦晚,风鸣黄叶凤城秋。穷途散尽三千客,故国难忘十二楼。依旧团圆今夜月,照吟不照别离愁。

送人渔浦渡

宋·黄宜山

一片轻帆等羽翰,渔歌疑乃夕阳寒。看来浮世风波险,自觉长江天地宽。潮入海门来钓艇,云收山寺出幡竿。济川作楫人能几方,信中流砥柱难。

——出自《诗渊》,明抄本,地理门,第2143页。

次李参政晚春湖上口占十绝

宋·洪咨夔

褵褷瘦鹤耻乘轩,踏遍莓苔十亩园。欲下横塘还决去,涨痕一尺晚来浑。
藉地残花五色茵,东风来去寂无痕。余香不肯污尘土,留得蜂房活计温。

一帘风雨搅黄昏,归思无边客倚门。乌贼江鱼潮后市,龙山渔浦渡头村。　雨过桃花尽处源,庭前新绿长芳荪。目前点检燕支篆,手汲清泉洗着樽。　屋角春声几样翻,勾牵春梦绕丘樊。三桃二李成阴早,恨不安仁老灌园。　濡需附势几崩奔,独抱离骚细讨论。万事只凭方寸去,刚风元不隔天关。　近山气候易凉温,云为阴晴半吐吞。草木趋新千万态,芸芸何者是归根。　绿阴羃定蔚蓝天,庭户萧然有漏仙。麦饭熟时蚕百箔,山中啼鸟识丰年。　燕子将雏鹿养茸,年华冉冉鬓成翁。拂开万古蕌腾眼,多少英豪老彀中。　潼关杀气渺春阴,渭水泱泱柳色深。为问草庐人起否,汉家遗老尚讴吟。

　　——出自《平斋文集》,(宋)洪咨夔,四部丛刊续编景宋钞本,卷第三,第115 页。

临江仙

宋·赵长卿

日暮舟中,月明,寒甚,忆暖春围炉赵长卿。

日欲低时江景好,暮山紫翠重重。钓筒收尽碧潭空。一船霜夜月,两岸荻花风。遥忆暖春新梦火,黄昏下了帘栊。水村渔浦舣孤篷。单衾愁梦断,无梦转愁浓。

　　——出自《历代诗余》,(宋)沈辰垣,四库全书本,卷三十八,第541 页。

绮罗香·渔浦有感

宋·张盘

浦月窥檐,松泉漱枕,屏里吴山何处。暗粉疏红,依旧为谁匀注。都负了、燕约莺期,更闲却、柳烟花雨。纵十分、春到邮亭,赋怀应是断肠句。青青原上荞麦,还被东风无赖,翻成离绪。望极天西,惟有陇云江树。斜照带、一缕新愁,尽分付、暮潮归去。步闲阶、待卜心期,落花空细数。

　　——出自《绝妙好词笺》,(清)查为仁、厉鹗,乾隆十五年钱塘徐氏刊本,卷六,第188 页。

江楼晴望

宋·鲁交

江干一雨收,霁色染新愁。远水碧千里,夕阳红半楼。笛寒渔浦晚,山翠海门秋。更待牛津月,袁宏欲泛舟。

　　——出自《得树楼杂钞》,(清)查慎行,民国适园丛书本,卷八,第123 页。

宗兄端叟年七十六来访二首

宋·方回

年才逾壮早相知,北骑南船几别离。二老皆邻八旬寿,一生谁赋万篇诗。特承枉顾元无说,获侍同行识者谁。流水桃花别天地,碧山许到果何时。

辽广归来二纪强,脱身烟瘴远沙场。僧多吟友诗常淡,家见玄孙寿且康。残月夜潮渡渔浦,飞花春雨客钱塘。西山后会何妨数,管趁年年早茗香。

　　——出自《桐江续集》,(宋)方回,四库全书本,卷二十五,第648页。

元明时期渔浦诗补

王　婵[①]　付建雨[②]　整理

元明时期也有不少"渔浦"诗词，除收录进《历代渔浦诗词》（萧山义桥编）外，我们通过考索，从大量的相关文献中又判断并发现元代30篇，明代64篇。这些萧山渔浦诗词也是我们研究萧山文化不可缺少的史料。于此我们先列其目，然后按时代及诗人生活年代来标点、整理顺序录示，以享学人。

元代萧山渔浦诗词补

送沈敬叔之建德次王性存韵　元　钱惟善

山居有怀　元　钱惟善

送魏好义尹分水　元　钱惟善

渔浦春潮　元　钱惟善

浮屿藏鱼　元　钱惟善

浙江耀武　元　钱惟善

题青山白云图　元　揭傒斯

舟次渔浦　元　金涓

浙江晓渡　元　金涓

怀玉山子　元　马治

送万谦甫归铭山　元　卢琦

题萧山韩家湖亭　元　卢琦

---

① 王婵，上海大学图书馆馆员，研究方向为图书情报信息。

② 付建雨，上海大学文学院硕士研究生，研究方向为诗词学、现当代旧体文学。

明代萧山渔浦诗词补

赋九峰归趣送礼部王濬郎中　明　杨溥

题画赠柏椿先生　明　黎淳

野舟为过时霁赋　明　秦夔

晚泊　明　倪岳

渔村图　明　张宁

夜泊方桥　明　王鏊

闲云歌　明　林俊

太冲十咏其十　明　王廷相

南行　明　韩邦奇

秋兴八首　明　林大辂

常山白龙洞和王笔峰韵因简守嘿秦少尹　明　邵经济

鹧鸪天四首（其四）　明　吴子孝

送同年施钦甫宰萧山二首施与余同座主　明　梁有誉

云村以杂题见示奉赠二首　明　朱朴

宗师阮夫子按节严陵雨中追送　明　田艺蘅

送人宦东阳　明　沈一贯

晚步　明　祝世禄

以诗代书期陈七过酌　明　赵世显

自横塘放舟宿渔浦作　明　朱长春

至浙江驿作　明　朱长春

自钱塘放舟,乘月夜行,遂达富阳有述　明　陈邦瞻

晚泊渔浦潭　明　黄汝亨

郡人张樵溪服采　明　某山人

过七里濑（其八）　明　徐明彬

山水图为钱塘周士廉作　明　魏时敏

寒梦　明　吴稼竳

归省过太湖　明　王鏊

竹墟席上用家字　明　张时彻

赠孙簿春芳迁连江丞四首（其二）　明　范钦

社中诸子同咏严子陵先生像　明　欧大任

草秋郊园　明　欧大任

和许去疾午日感怀　明　汪道昆

安宁东楼　明　骆问礼

晚登钓台沈侍御携楄枉过　明　赵用贤

夏五月十日,邀史子美比部登城观澜阁。于时风月清嘉,湖山竞爽,敬步佳什,赋五言排律一首　明　王世懋

秋日泛泖四首(其三)　明　董其昌

三过瓠阁和前韵　明　何白

访苏潜夫于小龙湖赋赠　明　袁中道

春初城上二首　明　熊明遇

瑞石山楼望江　明　高应冕

同方潜夫泊弘济寺潜夫宿澄观阁東之　明　阮大铖

雨宿阮溪　明　祁彪佳

端阳　明　梁以壮

富春渚　明　陈子龙

西湖歌寄方思道　明　彭孙贻

耆旧会初集喜邱梅仙至感怀　明　徐凤垣

酬姜十七廷梧送归苕溪之作　明　魏耕

元代萧山渔浦诗词补

送沈敬叔之建德次王性存韵

元·钱惟善

惜别风花急,唤愁江草新。鲈鱼肥可钓,鸥鸟静相亲。月转星滩夜,潮回渔浦春。赠行无好句,家训足书绅。湖居负郭轮,蹄远残春樱。笋佳湖天翻,白浪山日黯。黄霾梦蝶鸟,观鱼画舫斋。何人契幽赏,高致到无怀。

——出自《江月松风集》,(元)钱惟善,四库全书本,卷一,第5页。

山居有怀

元·钱惟善

窗前草带不须删,车马来稀梦亦闲。夜雨欲添渔浦浪,夕阳偏照富春山。岂无高士藏玄豹,会有幽人寄白鹇。见说城南春正好,相期杖履过桃关。

——出自《江月松风集》,(元)钱惟善,四库全书本,卷二,第20页。

送魏好义尹分水

元·钱惟善

东来众水发新安,历历桐川第二滩。万叠冷云藏乱石,一江春水落惊湍。青

山隔树连渔浦,白鸟迎潮入钓坛。地占客星高隐处,时飞凫雁上云端。

—— 出自《江月松风集》,(元)钱惟善,四库全书本,卷三,第 27 页。

渔浦春潮
元·钱惟善

与定山相对,谢灵运《富春渚》诗有曰"宵济渔浦潭"者是也。邱希范亦有《旦发渔浦潭作》。

江涨夜来高几寻,轻涛拍岸失蹄涔。迟明帆发星滩远,尽日舟横雨渡深。杜若风回赪鲤上,桃花浪起白鸥沉。越人艇子来何处,欸乃若闻空外音。

—— 出自《江月松风集》,(元)钱惟善,清武林往哲遗著本,卷四。

浮屿藏鱼
元·钱惟善

在定山侧。浮江如盘,石下有潭,聚鱼玲珑可观,潮出海门中分为两派,东派沿越岸向富春,西派则直抵兹山而回,谚谓之回头浪。

潭色空澄岛影孤,潜鳞时出迓天吴。浪吞泗磬秋浮玉,月照骊龙夜吐珠。万骑西来疑滟滪,扁舟东去想陶朱。投渊每笑穷渔者,何处烟波觅钓徒。

—— 出自《江月松风集》,(元)钱惟善,清武林往哲遗著本,卷四。

浙江耀武
元·钱惟善

将坛在定山北。每岁春秋,万夫长分翼江上帅士卒,习水战于此。

年年江上习舟师,故事相传劫火池。春日楼船观晋相,秋风弓弩学吴儿。素车白马迎旟隼,紫凤玄夷畏虎貔。日暮元戎归细柳,散花洲畔凯歌时。

—— 出自《江月松风集》,(元)钱惟善,四库全书本,卷四,第 37,38 页。

题青山白云图
元·揭傒斯

寂寥青嶂晓,迢递白云生。众树春已暗,高原人未耕。方思看桃去,复拟采苓行。深谷无机事,白发枕松声。

—— 出自《御定历代题画诗类》,(清)陈邦彦辑,清康熙四十六年内府刻本,卷九,第 251 页。

舟次渔浦

元·金涓

双溪东入浙,终日坐危舟。流水远明目,小蓬低压头。烟村鸦入暮,江国雁宾秋。一片凄凉景,安排独客愁。

　　——出自《青村遗稿》,(元)金涓,德化李氏木犀轩钞本,第 4 页。

浙江晓渡

元·金涓

片帆风力饱,凉气碧飕飕。江阔欲沉雁,天空惟见秋。渔歌闻四起,人影在中流。隔望秦峰出,东南第一洲。

　　——出自《青村遗稿》,(元)金涓,四库全书本,第 8 页。

怀玉山子

元·马治

我识玉山子,吴江春梦中。鸣桡渔浦夕,吹笛酒楼风。豪思千夫勇,神交四海同。他时雪中棹,俱出葑门东。

　　——出自《荆南倡和诗集》,(元)周砥、马治,明成化五年李廷芝刻本第 15 页。

送万谦甫归铭山

元·卢琦

每向铭山山下过,还来此地却逢君。少年从吏身何忝,平日吟诗兴不群。十月虎林天欲雪,一舟渔浦水连云。自怜客况无聊赖,耳畔蛙声不忍。

　　——出自《圭峰集》,(元)卢琦,四库全书本,卷上,第 55 页。

题萧山韩家湖亭

元·卢琦

坦荡主翁能爱客,暇日开樽湖上亭。渔浦秋潮生野岸,山阴寒翠落疏棂。香云凝纸诗都好,凉月当轩酒未醒。自笑红尘吹两鬓,隔江遥望数峰青。

　　——出自《圭峰集》,(元)卢琦,四库全书本,卷上,第 67 页。

韩季博所藏青山白云图

元·黄玠

门外马蹄三尺尘,屋底青山看白云。不知身世在城市,但觉爽气吹冠巾。鸭嘴滩头头沙渚露,依约西陵近渔浦。恼人归思满江东,烟树半沉天欲雨。

——出自《弁山小隐吟录》,(元)黄玠,四库全书本,卷二,第 73 页。

早发钱塘抵渔浦

元·沈梦麟

户外有霜鸡既鸣,官船当槛唤人行。五更风雨春潮上,万里云霄北斗横。江树离离微可辨,冥鸿肃肃不胜情。老来自笑犹行役,又听前山伐木声。

——出自《花溪集》,(元)沈梦麟,四库全书本,卷三,第 107-108 页。

余留市泾积庆寺壁间有刘时中阻风之作因次其韵

元·释善住

江郊岁晚草树黄,原野拍塞浮晴光。飞鸿冥冥楚山远,游子睿睿吴天长。柳并寺楼摇碧霭,笛横渔浦隔苍茫。如今海宇清宁久,声教雍容洽大荒。

——出自《谷响集》,(元)释善住,四库全书本,卷二,第 64 页。

送彭彦明还渔浦

元·郯韶

江头高树系浮槎,秋水生时客到家。为语白头扬执戟,门生今喜识侯芭。

——出自《草堂雅集》,(元)顾瑛辑,明末抄本(清李文田跋),卷十,第 395 页。

送致用游闽

元·倪瓒

韩众禹穴来,语我长生诀。偶坐听春雨,雨止即言别。乃知茅君山,贞居相往还。山经许寄秋,依依师友间。贞居登真久,识子十年后。掣箱出遗文,犹作蛟鼍吼。子去游七闽,渔浦桃花春。白鸥飞送尔,停桡采绿蘋。慢亭几日到,言笑邈无因。凭将棹歌去,歌向武夷君。

——出自《倪云林先生诗集》,(元)倪瓒,景秀水沈氏藏明天顺刊本卷之一,第 21 页。

题　画
元·李继本

山翠浮空初过雨,山麓晴云散芳渚。雾合长林生晓寒,人家更在林深处。涧泉六月翻松根,石洞千年隐仙侣。有谁共奕橘中来,无人问路桃源去。白烟遮尽青林花,野簌嫩香应可茹。清幽不减山之阴,只欠兰亭列觞俎。谁乎写此怪而奇,莽莽云山入毫楮。细看犹有遗恨处,胡不著我山之墅。我生本是丘壑姿,误落京尘几寒暑。小时耕牧岘山阳,闲从野人学种树。门前渔浦啼竹禽,屋上鹤巢走松鼠。独行采药日莫归,才得芝术一斗许。纵令服食不得仙,何若长年艺禾黍。小村秋晚鸡正肥,大瓮春浮酒新煮。老翁醉舞儿子歌,笑语喧华忘宾主。此乐不见十许年,兵火煌煌照南楚。思归见画万感生,怅望风帆横浦溆。时清即好谢官归,全家移向山中住。

　　——出自《一山文集》,(元)李继本,四库全书本,卷一,第18页。

环翠亭宴饮
元·麻革

坐客终朝望眼西,好山高与暮云齐。鹤鸣渔浦天风急,鳌背仙宫海浪低。千古地形雄妹土,一川烟景胜耶溪。歌声唤起凌波梦,莲叶香深路恐迷。

　　——出自《元诗选》,(元)顾嗣立,四库全书本,三集卷一,第2213页。

书庙山驿
元·何景福

一巷人家白板扉,数间驿舍粉墙围。舟师聚泊鱼为市,使客稀来马脱鞯。江转潮冲渔浦震,天低云压燕山微。太平有象边无警,打鼓邮亭送落晖。

　　——出自《元诗选》,(元)顾嗣立,四库全书本,三集卷十三,第2479页。

瑞石山楼望江
元·方凡叙

一江秋色石楼前,杳杳西陵隔暮烟。草合樟亭迷旧驿,潮回渔浦灌新田。阳侯浪静犹平岸,罗刹年深欲碍船。几度登临容发改,青门无路揖飞仙。

　　——出自《湖山便览》,(清)翟灏等,清乾隆三十年刻本,卷十二,第481页。

西村三首和韵

元·王恽

种来佳树日扶疏,秋草当阶不忍锄。城府事嚣闲静重,林墟秋熟物情舒。溪行改径农耕后,渔浦移梁水退余。我自兴来成独往,手拖拄杖不巾车。

——出自《秋涧先生大全文集》,(元)王恽,元至治元年二年嘉兴路儒学刻明修本,第427页。

浙江晚眺

元·马臻

昔年吴越事并吞,留得青山只断魂。落日正明渔浦渡,归鸦遥点范家村。云分雨脚回沙溆,帆趁潮头出海门。欲问凄凉千古意,鸱夷何处有儿孙。

——出自《海塘录》,(清)翟均廉,四库全书本,第872页。

旦发渔浦夕宿大浪滩上

元·虞集

张帆得顺风,飞鸿与争疾。后浪蹙亦舒,前山过如失。桐江转数湾,上濑未入日。篙工幸安便,坐稳头屡栉。人生倚造物,理微难究诘。处顺安可常,离忧讵能必。白鸥知此情,故向波间没。

——出自《元诗选》,(元)顾嗣立,四库全书本,初集卷三十二,第633页。

次韵韩伯清见寄之什

元·张伯雨

久客黄冈地,新年白发侵。笑歌思执手,忧患苦关心。市井皆吴语,山林独楚吟。羡君渔浦上,高饮贵要金。

——出自《六艺之一录》,(清)倪涛,四库全书本,卷三百八十四,第11650页。

寄答翟彬文中时避地慈溪

元·张翥

往年使过葱湖上,风景依稀可画传。红叶树藏秋水寺,白头僧渡夕阳船。竹林雨后山多笋,渔浦潮来海有鲜。藉是县公能爱客,不妨酬唱酒樽前。

——出自(元)张翥《蜕庵诗》卷之四,四部丛刊续编景明本。

题赵仲穆江浦归帆图
元·张翥

渔浦八十五里为苎萝浦口,有西施庙存。

西施浦头鸿雁声,苎萝山下於菟行。前村路暗愁未到,回首海天秋月生。

　　——出自《草堂雅集》,(元)顾瑛辑,明末抄本(清李文田跋),卷四,第173页。

富春江中
元·陆厚

万山窟里水东流,着我闲来一小舟。黄叶树根黄犊卧,白沙滩嘴白鸥浮。眼因睹物添新句,心为伤时感旧游。云罅斜阳照渔浦,人家筌罟未曾收。

　　——出自《诗渊》,明抄本,地理门,第2227页。

鲜于瑞卿还碧亭
元·谢应芳

鲜于公子平泉庄,有亭翼然水中央。天光云影白日静,菱叶荷花清露香。柳下系船鱼可钓,坐中留客酒盈觞。门前渔浦接洮漷,白鸟飞去烟苍茫。

　　——出自《龟巢稿》,(元)谢应芳,四部丛刊三编景钞本,卷二,第11页。

题春江送别图
元·胡布

碧草满江南,杂花迎远渚。东风晚来急,立马向渔浦。歌余折杨乱,别思黯清酤。落日照兰(以下原文阙)。

　　——出自清抄本《元音遗响》卷十,(元)胡布等,第331、332页。

赋得浙江送别
元·刘绍

大江蟠东区,云堑限吴越。连樯互来往,利涉由两浙。壮哉潮汐势,神怪日隳突。万鼓喧海门,惊涛卷飞雪。缅思鲸鸥夷浮,沈魄郁忠烈。白马跃中流,时犹见旌节。君归且前渡,落日兰棹发。吊古岂无怀,悲歌向山月。

　　——出自清抄本《元音遗响》卷十,(元)胡布等,第331页。

明代萧山渔浦诗词补

泊　舟

明·钱子正

泊舟渔浦暝,客怀谁与同。烟消天正绿,目送孤飞鸿。

——出自《三华集》,(明)钱子正,四库全书本,卷五,第 159 页。

舟过钱塘有感

明·陈汝言

钱塘江上水悠悠,落日扁舟送客愁。云气欲含千嶂雨,潮声远带大江流。征帆且复停洲渚,晚饭应须上柁楼。见说西湖载歌舞,春风不似旧时游。

送王景方归杭州

明·顾润

阊阖城外送归航,流水何如客思长。已遣停杯倾别酒,还教携手上河梁。白苹渔浦迷秋色,红树官亭带夕阳。最是不堪凝望处,青山无数隔钱塘。

——出自《海塘录》,(清)翟均廉,四库全书本,第 880 页。

寄浙江王氏得月楼

明·施敬

跨鹤仙人冰雪颜,结楼宴坐月中闲。笙声夜响闻天外,桂子秋香落座间。斜日黄来渔浦树,隔江青度海门山。西风满抱登临兴,携酒何时一往还。

——出自《石仓历代诗选》,(明)曹学佺编,四库全书本,第 7239 页。

荷　伞

明·谢肃

癸亥夏六月八日,余自南原将还渔浦。道经皂李湖,命甥唐鋆折莲叶以障炎日,而凉飙飒。然不知蕴隆之虫。虫也名之曰荷伞。既还草堂,所谓荷伞叶则已痿。遂截筒以饮酒,存蒂以疗病,因作律诗一首,以示鋆云。

客行触暑向湖涯,拗得青荷作伞持。岛雨乍来珠乱走,浦风飒至扇同挥。清香立鹭空思近,圆影游龟竟失依。正爱微凉消热恼,敢论高盖带倾危。水中好葺湘累室,阵外何妨蜀客衣。谁谓脆柔难久恃,自怜芳洁少相知。截筒拼饮匏尊尽,屑蒂须将肺病治。摧折敷荣吾庇赖,休歌柱镜不堪为。

　　　　　　——出自《密庵集》,(明)谢肃,四库全书本,卷四,第 82 页。

舟次松陵
明·姚广孝

　　一上松陵道,秋怀便不同。橹鸣渔浦雨,帘曳酒家风。沙鸟双飞白,江枫半带红。离人千万意,都在短亭中。

　　　　　　——出自《逃虚子集》,(明)姚广孝,清钞本,卷第五,第 59 页。

题　画
明·胡奎

　　沙明渔浦近,水落钓船低。野树长含雨,山云欲渡溪。

　　　　　　——出自《斗南老人集》,(明)胡奎,四库全书本,卷六,第 430 页。

钱唐遣怀
明·刘琏

　　江风吹浪雨冥冥,云暗春山雾压城。箭镞不随钱氏没,黍苗还向宋陵生。海门潮击千年恨,渔浦帆开万古情。昔日繁华总徂谢,苍茫流水乱蛙鸣。

　　　　　　——出自《自怡集》,(明)刘琏,四库全书本,第 21 页。

奉次素轩大人夏暑寄示诗韵三首(其一)
明·平显

　　名闻大廷重,政及远人多。平缅来重译,元江奏凯歌。农郊丰黍稑,渔浦足菱荷。愿作廛氓去,其如老病何。

　　　　　　——出自《松雨轩诗集》,(明)平显,清嘉庆宛委别藏本,卷之四,第 46 页。

夏夜舟中
明·王恭

　　暑气夕仍炽,澄江思夜游。孤舟乘楚月,醉客发吴讴。渔浦钟初断,枫林火渐收。鸡鸣看海色,城阙复堪愁。

　　　　　　——出自《草泽狂歌》,(明)王恭,四库全书本,卷三,第 54 页。

山水扇面

明·王恭

一

茅舍青山少四邻,萧条苔径绝红尘。相逢试问山中事,老向林泉有几人。

二

鸟外垂阳覆石矶,隔江晴翠晒行衣。苍苔野径柴门尽,相对云山共息机。

三

夕阳溪上掩荆关,渔浦风村杳霭间。莫学林僧解忘世,有钱莫买沃洲山。

　　　　　　——出自《草泽狂歌》,(明)王恭,四库全书本,卷五,第 115 页。

去　雁

明·梁兰

无数春鸿向北征,相呼相唤恐违程。来时流落悲俦侣,归路仓皇顾弟兄。晓度戍楼声渐杳,夜移渔浦梦犹惊。十年离别关山远,月黑云寒何处鸣。

　　　　　　——出自《畦乐诗集》,(明)梁兰,四库全书本、畦乐诗集、第 61 页。

赋九峰归趣送礼部王濬郎中

明·杨溥

粉署仙郎未白头,九重恩诏许归休。禁城钟鼓三更梦,故国江山一酒瓯。雨后紫鳞渔浦晚,霜余香稻大田秋。人生何幸升平日,况是桑榆景尚优。

　　　　　　——出自《杨文定公诗集》,(明)杨溥,明抄本,卷之五,第 98 页。

题画赠柏椿先生

明·黎淳

郊野云归宿雨收,远山重叠暗沧洲。人家隔水桥梁小,僧寺栖岩树木稠。仿佛潇湘渔浦晚,依稀庐阜雁时秋。看图想我江南乐,醉里题诗棹小舟。

　　　　　　——出自《黎文僖公集》,(明)黎淳,明嘉靖三十五年陈甘雨刻本,卷之五,第 41 页。

野舟为过时霁赋

明·秦夔

懒从尘海觅通津,飘泊东西不属人。野水寒云成独往,清风明月自相亲。秋高渔浦垂纶迥,春满花溪载酒频。莫道巨川浑未济,要将踪迹继玄真。

　　　　　　——出自《五峰遗稿》,(明)秦夔,明嘉靖元年秦锐等刻本,卷之七,第 85 页。

晚　泊
明·倪岳

迢迢客路近流河,渔浦风晴起棹歌。夹道短篱村巷小,两行疏柳夕阳多。

——出自《青溪漫稿》,(明)倪岳,四库全书本,卷九,第 149 页。

渔村图
明·张宁

荒山野水通渔浦,浦山渔家隔芳屿。放棹晨炊北渚烟,联蓬夜宿西岩雨。停罾晒网收鸬鹚,仿佛潇湘日暮时。不知何处乘桴伴,犹唱三洲估客词。

——出自《方洲集》,(明)张宁,四库全书本,卷六,第 155 页。

夜泊方桥
明·王鏊

天暝去程远,扁舟宿雁沙。风烟渔浦树,汀水野人家。不识剡溪路,空怀博望槎。邻邦犹蹇涩,况欲走天涯。

——出自《震泽集》,(明)王鏊,四库全书本,卷七,第 192 页。

闲云歌
明·林俊

素翁汝老不能军,天地化汝为闲云。闲云散漫无羁束,始得野老相朝曛。云庄数椽屋新立,墙低不禁云出入。酒酣放浪抱云眠,酒醒月小衾裯湿。日日踏云云不嗔,造化知汝非忙人。故令此云备驱使,游走八极空秋旻。低声问云汝何补,大旱苍生正霖雨。西郊之密徒尔为,小制荷衣覆渔浦。

——出自《石仓历代诗选》,(明)曹学佺编,四库全书本,第 9046 页。

太冲十咏其十
明·王廷相

江有浦兮水漫漫,鱼烝烝兮游其间。朝下濑兮暮来还,鼓枻而歌兮志意闲。杜若芳兮秋已阑,风露凄兮蛟螭翻。愿往从之兮邈哉,艰徒有所期兮不得与言。

——出自《王氏家藏集》,(明)王廷相,明嘉靖刻清顺治十二年修补本,第 67 页。

南 行

明·韩邦奇

两岁天涯总客程,萧萧此日复南行。新砂潮接长江下,渔浦风从北海生。春色欲随吴地尽,野花空逐越山明。当年俊逸微垣使,千里方舟独有情。

——出自《苑洛集》,(明)韩邦奇,四库全书本,第 386 页。

秋兴八首

明·林大辂

野老年来一散人,侧身天地亦栖真。痴童不报公卿札,梦鹤频惊车马尘。云碧鸡峰深种玉,潮明渔浦静垂纶。秋风短发萧疏久,把酒相看野菊新。

——出自《愧瘝集》,(明)林大辂,明嘉靖林敦履刻本,卷之十三,第 392 页。

常山白龙洞和王笔峰韵因简守嘿秦少尹

明·邵经济

懒性常便麋鹿群,长途万里困尘氛。夜行渔浦日出海,晓发兰阴江吐云。入蜀未缘窥汉相,出关早已愧终军。白龙洞口分杯酌,隐隐风烟含夕曛。

——出自《泉厓诗集》,(明)邵经济,明嘉靖四十一年张景贤王询等刻本,卷之九,第 260 页。

鹧鸪天四首(其四)

明·吴子孝

客馆蹉跎岁已残,拥炉还觉弊裘寒。茅斋霜濯松千尺,渔浦波环竹万竿。嗟暮景守微官时,归梦到吴关石。湖烂熳梅花发,雪后何人载酒看。

——出自《玉霄仙明珠集》,(明)吴子孝,明嘉靖间刻本,卷之一,第 4 页。

送同年施钦甫宰萧山二首(施与余同座主)

明·梁有誉

羡君墨绶去翩翩,茂邑风流此日传。绿树人家渔浦外,白云官舍凤山前。琴弹单父庭稀讼,花发河阳赋几篇。共是郑庄门下客,报恩应拟在何年。

——出自《兰汀存稿》,(明)梁有誉,清康熙二十四年梁氏诒燕堂刻本,卷之四,第 68 页。

云村以杂题见示奉赠二首
明·朱朴

遥天垂旷野,远海入平川。北崦通渔浦,南垞绕秋田。
名山茶磨转,细瀑水帘悬。自设云中榻,常时借鹤眠。

　　——出自《西村诗集》,(明)朱朴,四库全书本,卷下,第 49 页。

宗师阮夫子按节严陵雨中追送
明·田艺蘅

遥知文旆发,追送浙江滨。化雨先车集,西风拨棹频。定山秋色迥,渔浦浪
花新。别后宫墙梦,迢迢绕富春。

　　——出自《香宇集》,(明)田艺蘅,明嘉靖刻本,卷七,第 134 页。

送人宦东阳
明·沈一贯

几看春草歇,仍为一官留。海月泊渔浦,江帆入婺州。青毡犹旧物,白发满
孤舟。何处堪长啸,吾家八咏楼。

　　——出自《喙鸣诗集》,(明)沈一贯,明刻本,卷八,第 124 页。

晚　步
明·祝世禄

命酒着颜酡,行行只自歌。石门山翠重,溪阁月华多。夜语闻渔浦,秋声出
女萝。上方灯影静,何处一僧过。

　　——出自《环碧斋诗》,(明)祝世禄,明万历刻本,卷一,第 14 页。

以诗代书期陈七过酌
明·赵世显

与子别来久,山堂静素琴。世情闲自见,愁思病难任。潮满龙江阔,雨昏渔
浦深。明朝扫萝径,迟尔坐论心。

　　——出自《芝园稿》,(明)赵世显,明万历间刻本,卷之十,第 193 页。

自横塘放舟宿渔浦作
明·朱长春

清晨发横塘,日暮宿渔浦。清川何悠悠,林木澹回互。众山春气鲜,远近发

烟溆。鸡鸣过村舍,鸟落荡洲渚。落日照富阳,潮声散如雨。兹行涉清境,人事惜多阻。孤舟抱风疾,薄暮江气苦。前程问舟人,形胜卧中数。遥忆越王山,莽莽空怀古。

　　——出自《朱太复文集》,(明)朱长春,明万历间刻本,卷之九,第 179 页。

至浙江驿作
明·朱长春

　　朝行出富渚,未午登钱塘。微风送我舟,平波荡春阳。白日照浮山,回顾沙渚苍。吴城既可望,越岸杳以茫。江气霭渔浦,但见稽山长。此行入山阴,跋跋何仓皇。胜地遥经过,吊古空慨慷。人生忽如寄,富贵非我常。出门试远游,佳兴常苦妨。对此不恣意,坐为达者伤。登高望海门,风起涛茫茫。愿言续斯游,临发申此章。

　　——出自《朱太复文集》,(明)朱长春,明万历间刻本,卷之九,第 180 页。

自钱塘放舟,乘月夜行,遂达富阳有述
明·陈邦瞻

　　出郭已知尘事少,临流况作放舟行。江山到处疑图尽,云水何年变姓名。渔浦烟销寒树出,海门风过晚潮平。片帆夜半忘南北,一曲沧浪自月明。

　　——出自《荷华山房诗稿》,(明)陈邦瞻,明万历四十六年牛维赤刻本,卷之十九,第 433 页。

晚泊渔浦潭
明·黄汝亨

　　江声催急棹,夜色泊空潭。近浦烟初暝,远峰月正含。因之停谢屐,况复对瞿昙。无问仙源胜,清机赴尘谈。

　　——出自《寓林集诗》,(明)黄汝亨,明天启四年刻本,卷之四,第 124 页。

郡人张樵溪服采
明·某山人

暮秋同朱文学舡上人过逸之别业,得疏字
去郭耽嘉遁,临流结隐居。门依征士柳,床满邺侯书。鸿雁乘秋尽,芙蓉过雨疏。醉归渔浦曲,兴入棹歌余。

　　——出自《梅坞贻琼》,(明)汪显节辑,明夷门广牍本,卷之二,第 33 页、第 34 页。

过七里濑（其八）

明·徐明彬

庚午谢康乐云："石浅水潺湲，日落山照曜。"过此将夕，欣然有合，遂以为韵。

有此清娱好，何峰是定山。赤亭迟屐齿，渔浦浴云鬟。挽棹堪延景，闻歌或化顽。江风日夕急，对面叩船还。

——出自《摩麟近诗》，（明）徐明彬，明崇祯建阳书坊刻本，卷之二，第 39 页。

山水图为钱塘周士廉作

明·魏时敏

佳气接蓬莱，衡门掩绿苔。山深云自合，江涨浪初回。帆影归渔浦，滩声落钓台。画图殊有兴，千里共徘徊。

——出自《石仓历代诗选》，（明）曹学佺编，四库全书本，第 9710 页。

寒　梦

明·吴稼澄

道里岂云远，寒深梦欲迷。初疑渔浦上，复在敬亭西。野树乌能宿，陂塘雁亦栖。寥寥空宇内，独使有分携。

——出自《玄盖副草》，（明）吴稼澄，明万历间家刻本，卷之十二，第 303 页。

归省过太湖

明·王鏊

十年尘土面，一洗向清流。山与人相见，天将水共浮。落霞渔浦晚，斜日橘林秋。信美仍吾土，如何不少留。

——出自《震泽集》，（明）王鏊，四库全书本，卷三，第 66 页。

竹墟席上用家字

明·张时彻

画栋连云水上家，新添曲馆遍栽花。已无俗驾惊栖鹤，时与仙朋醉落霞。星散银河垂雉堞，风生渔浦乱蒹葭。不知门外霜华白，击节高歌兴未涯。

——出自《芝园集》，（明）张时彻，明嘉靖刻本，卷之十五，第 228 页。

赠孙簿春芳迁连江丞四首（其二）
明·范钦

林居懒性避尘纷,意气相看自不群。忽漫鹭车天末去,凄凉龙剑日边分。潮冲渔浦晴看雪,台跨严陵晓出云。囊底千鱼应好在,幔亭将礼武夷君。

——出自《天一阁集》,（明）范钦,明万历刻本,卷之十四,第205页。

社中诸子同咏严子陵先生像
明·欧大任

汉主中兴日,斯人不可留。云霄频凤诏,天地一羊裘。御榻客星夜,钓竿渔浦秋。富春徒想望,千载竟悠悠。

——出自《欧虞部集十五种》,（明）欧大任,清刻本,第189页。

草秋郊园
明·欧大任

蹉跎犹作客,为爱辟疆园。渔浦亭临水,人家艇到门。白云屯大泽,秋色满中原。欲赋思归引,江蓠傍酒尊。

——出自《欧虞部集十五种》,（明）欧大任,清刻本,卷下,第1673页。

和许去疾午日感怀
明·汪道昆

射堂垂柳翳青霞,渔浦涛声走白沙。何事中洲捐楚佩,忽闻西夏入胡笳。九皋刈艾风犹怒,独立倾葵日未斜。好饮阏氏蠲内热,东陵不用故侯瓜。

——出自《太函集》,（明）汪道昆,明万历刻本,卷之一百十九,第2722页。

安宁东楼
明·骆问礼

六月南中桂子秋,同携绿骈一登楼。夕阳古道匆匆马,渔浦荒烟渺渺舟。水注金沙巫雨上,山连铜柱粤云浮。百年胜会天涯几,肯惜疏狂赋远游。

——出自《万一楼集》,（明）骆问礼,清嘉庆活字本,卷十一,第293页。

晚登钓台沈侍御携檠枉过
明·赵用贤

渔浦烟消日欲昏,登临何意枉高轩。悠然挂笏西山爽,忽尔披襟北海尊。天入平湖低晚树,云归远渚暗孤村。游人莫作江南望,春草王孙自五原。

　　——出自《松石斋集》,(明)赵用贤,明万历刻本,卷之三,第968页。

夏五月十日,邀史子美比部登城南观澜阁。
于时风月清嘉,湖山竞爽,敬步佳什,赋五言排律一首

明·王世懋

　　那堪有情客,频此见茫茫。水约三垂素,山严四面妆。烟疑鲛女织,星是使臣芒。剪毂生凉月,流膏媚夕阳。帆飞渔浦暗,笛引赑宫长。楼迥如无地,天清若有霜。凭栏为浮白,遮莫出吾狂。

　　——出自《王奉常集》,(明)王世懋,明万历刻本,卷十三,第239页。

秋日泛泖四首(其三)

明·董其昌

　　白芷青兰夙有盟,浮天一叶带鸥轻。几经陵谷长为沼,似障波涛复化城。渔浦每看罾在屋,莼乡宁怅食无羹。只疑重向潇湘道,试听参差野塞声。

　　——出自《容台文集》,(明)董其昌,明崇祯三年董庭刻本,卷九,第106页。

三过瓠阁和前韵

明·何白

　　斜光在蘋末,凉酎酌流霞。欸乃生渔浦,烟波荡客槎。蜇寒迎露咽,萤湿受风斜。谁谓溪枫冷,青腠染作花。

　　——出自《汲古堂集》,(明)何白,明万历刻本,卷之十四,第370页。

访苏潜夫于小龙湖赋赠

明·袁中道

　　聚落虽然住,何曾异泛家。扫门千丈雪,出水万株花。渔浦通僧寺,游舟乱钓槎。不须重点缀,烟水也繁华。

　　——出自《珂雪斋近集》,(明)袁中道,明书林唐国达刻本,卷二,第70页。

春初城上

明·熊明遇

其　一

　　雉堞逼春阴,周遭爽气侵。竹光招乱鸟,泉溜斗鸣琴。小市春山口,长溪古渡浔。试看幽曲处,何异碧桃林。

其　二

南山朝雨暗,北郭早霞鲜。气候由春幻,风光置日偏。驿楼群走马,渔浦聚行船。最是削成壁,苔文剥古钱。

———出自《文直行书诗文》,(明)熊明遇,清顺治十七年熊人霖刻本,诗部卷之六,第 174 页。

瑞石山楼望江
明·高应冕

高阁凭临绝壑幽,山城一带俯江洲。疏林断壁分青霭,远岸残潮急暮流。鸟屿沙明十嶂夕,海门云散片帆秋。雄图千古怜吴越,风雨西陵一钓舟。

———出自《湖山便览》,(清)翟灏等,清乾隆三十年刻本,卷十二。

同方潜夫泊弘济寺潜夫宿澄观阁柬之
明·阮大铖

红蓼青菰暝色深,相从渔浦放闲吟。夕阳已下江峰翠,清梵遥闻水寺音。雨后野萤飘乱草,灯前吹叶响空岑。思君高枕莲花界,梦里能观不染心。

———出自《咏怀堂诗集》,(明)阮大铖,明崇祯八年刻本,四卷,第 132 页。

雨宿阮溪
明·祁彪佳

忽失前峰面,犹余半岭青。无声涨渔浦,有约负山灵。四野沉天去,一灯同酒听。但能游兴剧,何必在兰亭。

———出自《远山堂诗集》,(明)祁彪佳,清初祁氏东书堂抄本,第 67 页。

端　阳
明·梁以壮

端阳归且好,恰有卖文钱。杨柳边沽酒,离支下放船。细风渔浦晚,疏雨汩罗天。才是人间妒,当空哭古贤。

———出自《兰匾前集》,(清)梁以壮,清康熙六十一年刻本,卷三,第 51 页。

富春渚
明·陈子龙

宾雁冥遥渚,崇兰芳幽林。远踪物自贵,清芬神所歆。萧晨发渔浦,企彼春山岑。同云翳重壑,群溪挟滞霖。余涨没洲坻,蕉涛搏岖嵚。三港合何时,沧江流至今。无涯悟观化,泛应离赏心。宿志在耿介,婴务任浮沈。哗嚣愧巢涧,薄拙负华簪。终当协禽尚,丘中有徽音。

——出自《云间三子新诗合稿》,(明)陈子龙,峭帆楼重校刻本,卷一,第18页。

西湖歌寄方思道
明·彭孙贻

西湖窈窕三十里,柳丝含烟拂湖水。青山荡漾春风来,苏公堤边花正开。玉缸春酒映江碧,几醉江边柳花白。城头日出照高楼,银筝翠管喧行舟。吴姝如花卷绡幕,山水倒入金屏流。朝来复脱千金骏,还有床头紫绮裘。人生行乐莫顾惜,落日松风吹古丘。我忆京华旧游地,渔浦东看动愁思。醉里空歌镜湖月,梦中尚识孤山寺。信安使君还旧溪,应对花扄惜解携。白沙翠竹无人问,湖上孤吟闻马嘶。

——出自《茗斋集》,(明)彭孙贻,四部丛刊续编景写本,明诗钞卷二,第1945页。

耆旧会初集喜邱梅仙至感怀
明·徐凤垣

零雨江皋鼛簜鸣,故人怀抱强登城。归田久忆陶彭泽,散发重逢阮步兵。柳色渐侵渔浦绿,水光高浴麦天晴。年来老友俱衰落,坐守孤檠向月明。

——出自《续耆旧》,(清)全祖望辑,清槎湖草堂抄本,卷三十四,第235页。

酬姜十七廷梧送归苕溪之作
明·魏耕

公子餐霞客,每泛桃花津。家住渔浦口,喜与幽人亲。秋风昨夜起,丝管横相陈。殷勤酌我酒,送归苕溪滨。苕溪在何处,一望迷烟云。遥遥挂帆席,几日到柴门。童子扫竹候,田父荷蓧询。芋羹饭香稻,蔬盘荐紫鳞。小隐谅如此,为欢未可论。感君沧洲言,无由赠采蘋。还将别时意,再拜书之绅。

——出自《雪翁诗集》,(明)魏畊,民国二十三年四明丛书本,卷二,第39页。

清代萧山渔浦诗词补

王卓华[①]　　陈明虹[②]　　整理

　　清代诗词数量众多,其中包含的萧山渔浦诗词自然不少。现在出版的《历代渔浦诗词》(萧山义桥编)中收录了一部分,但还有许多未能收录。我们对通过考索,目前收集到110余首。兹标点整理附于此,以便学人研究渔浦文化。

目　　录

---

①　王卓华,上海大学文学院教授、博士生导师,研究方向为诗词学。

②　陈明虹,上海大学文学院硕士研究生,研究方向为诗词学。

月夜泊虎山桥　清　陈文述

自郎当岭,遂至云栖小憩,晚循江干归,湖上记游五首,书示方苣堂稚韦兄弟
清　陈文述

题徐坚临曹云西长卷　清　沈钦韩

龙游晓发　清　彭蕴章

将至兰溪怀家乔仙江羧叔吴门　清　彭蕴章

桐庐　清　吴振棫

搊江沙　清　吴振棫

早发用邱迟旦发渔浦潭韵　清　陈起诗

高丈铭西归里口占送之兼柬雨农舍人　清　张际亮

薄暮自小榭泛舟至北渡宿延青楼　清　姚燮

旦发渔浦潭用邱从事韵　清　林寿图

题叶润臣名澧莺湖话别图　清　方浚颐

快阁夕望　清　李慈铭

宿渔浦潭作寄妇　清　王闿运

铜关行,寄章寿麟,题感旧图　清　王闿运

送弟子伍秀才赴举　清　端方

次韵韩伯清见寄之什凡五首(其一)　清　端方

山庄观梅即事拈十五咸　清　胡荣

九日飞来登高　清　张孺怀

行途　清　范兆龙

鹤冲天·题莼鲛小像和葆谿原韵　清　张翼

望白马湖　清　王康

偶然作画戏题二绝　清　大岩

淀河道中　清　何阆霞

富春渚　清　苏世璋

初夏泛舟湘湖怀西湖同学诸子　清　韩栋

龙吟阁集唐十截句　清　俞堃

红情·赋得杏花春雨江南　清　何五云

摘句　清　金綖

萧山县令尹本中吴越南山亭　清　张宣

渔浦潭　清　沙维杓

钱塘观潮

清·沈谦

开襟遥睇大江皋，八月秋风正怒号。蜃气南生渔浦暗，潮声西上钓台高。犹怜古堑沈飞弩，谁向寒沙洒浊胶。浪泊迢迢铜柱起，烟尘此日愧吾曹。

　　——出自《海塘录》，(清)翟均廉，清文渊阁四库全书本，卷二十四。

遣信吴门买书未至

清·董说

思远不成梦，瑟瑟飞寒雨。屡误风窗声，呕哑认归橹。吴山梅未花，留连定何取。天明呼小童，顶笠候渔浦。

　　——出自《丰草庵集》，(明)董说，民国吴兴丛书本，卷五，第56页。

夏日晤长啸翁斜阳别去

清·董说

旧事相逢话半忘，樵船还望寄笺长。<small>数年，长啸翁每寄书樵艇</small>东京录里寻渔浦，郑谷诗中忆草堂。<small>孟元老著《东京梦华录》，郑谷《咏鹧鸪》，名郑鹧鸪。</small>何国姓何山海阔，昔人非昔水田装。休将乐府题拈遍，生怕伤心结客场。

　　——出自《丰草庵集》，(明)董说，民国吴兴丛书本，卷六，第69页。

次韵答姚文初

清·董说

高贤挥麈未亲逢，愁对楼西数点峰。旧学晚周卑白马，新图出震表苍龙<small>余著</small>《易发》定出震全图。苹洲花落风前艇，渔浦春深病后容。肯结烟波人外约，笔床茶灶定追踪。

　　——出自《丰草庵集》，(明)董说，民国吴兴丛书本，卷七，第90页。

忆萝月·送石林归拓溪草堂

清·高士奇

马头残月，暂别黄金阙。一路秋山枫落叶，到向菊花时节。江鲈二尺新烹，年来最系归情。桂棹棠舟渔浦，持螯持酒谁争。

　　——出自《蔬香词》，(清)高士奇，清康熙间刻本，第5页。

界石山

清·陈时

唐《元和郡县志》："钱塘有灵隐、界石二山。"灵隐则武林矣,界石今不复闻。以陶翰及皎然诗度山,似今龙凤诸山祖名。大约唐以灵隐属北路诸山,别称南路诸山为界石。五代、两宋渐有南屏、玉岑、大慈、龙凤、灵石等名。界石以无专属而晦,犹天竺灵隐诸名立,而武林晦也。

渔浦迹尚存,界石名久晦。我读唐贤诗,来寻界石界。老僧指南山,峰峰染寒黛。

——出自《湖上青山集》,(清)陈时,清武林掌故丛编本,第 3 页。

浮　山

清·陈时

在定山南江而山噢浮江,如盘百下。有潭聚鱼,玲珑可观。潮出海门,中分为二派。东派沿越岸向富春,西派直抵兹山,怒激而回,谚谓之回头浪。

浮山江面浮,隔江望渔浦。力折江潮西,气劲钱王弩。其下有澄潭,行鱼静可数。

——出自《湖上青山集》,(清)陈时,清武林掌故丛编本,第 32 页。

由虎跑至理安复过翁家山龙井

清·王纬

苍蔚大慈山,泉甘移二虎。小坐含晖亭,岭畔真珠吐。洞敞生烟霞,钱五罗汉补。水乐听悠然,金石声堪取。九溪径匼匝,方池观法雨。修竹凤毛齐,乔松龙鳞聚。秋时满觉坞,桂花香曲鸭。浮屠南高巅,尚余天福古。联吟一小庵,聊避日亭午。呼童汲龙泓,瀹茗涤灵府。是日经历多,胜地屈指数。坡陀下山来,贾舟向渔浦。

——出自《湖山杂咏》,(清)王纬,清武林掌故丛编本,第 33 页。

银山晚眺

清·徐骏

蟠山龙骨斗,逝水兔轮催。迹古昏渔浦,风凉扫寺槐。立樯浮树杪,飞鹭逐帆回。皛皛清澜照,霞城天半开。一丘才数仞,南锁大江来。吴楚交星纪,风涛鼓地雷。文螭几下老,秋鹊月中哀。独立云台望,江深渡未开。山名小云台。

——出自《石帆轩诗集》,(清)徐骏,清康熙刻本,卷六,第 55 页。

渔浦词

清·徐骏

白浪堆中赤鲤多,放帆烟艇逐流波。传家只有山前月,一度圆来一度歌。

——出自《石帆轩诗集》,(清)徐骏,清康熙刻本,卷十,第 73 页。

雨后登马鞍

清·梁逸

独向峰头年,遥空树色微。春寒浑未减,湿翠已先飞。野寺连渔浦,苍烟接钓矶。沈吟如有待,日暮竟忘归。

——出自《红叶村稿》,(清)梁逸,清康熙间刻本,卷三,第 41 页。

己巳年菊花开盛于前

清·卢见曾

郡典冲繁四载零,惭无异政报明廷。只余嘲笑传佳话,菊圃侵寻占讼庭。艳阳风信送春和,长夏芳华瞥眼过。赢得傲霜声价在,便宜得处较谁多。柳折残条眉欲颦,离筵何计可娱宾。好听一夜潇潇雨,催绽黄花送故人。

重阳前三日送黄工部振公

清·卢见曾

几盆散对致疏斜,丛色堆山兴更奢。真赏由来通象外,不须篱落似陶家。

——出自《雅雨堂集》,(清)卢见曾,清道光二十年卢枢清雅堂刻本,卷上,第 19 页。

雨中江上六言四首

清·厉鹗

树外雨随风至,塘边水入田流。帆低庙子沙口,人语龙山渡头。
橘蠹化双飞蝶,桑芽饲再熟蚕。隔岸云屯黑白,近城岫洗青蓝。
村娃向井提瓮,田父冲烟曳柴。老我三家竹墅,宜人一緉棕鞋。
梅候不便北客,波官多赛南朝。江平观涨小艇,雨歇迎神洞箫。

——出自《樊榭山房集》,(清)厉鹗,振绮堂刻本,卷第五,第 109 页。

游吴山

清·陈樽

客路秋偏早,登临意惘然。乾坤双白眼,家业一青毡,日落暄渔浦。钟鸣冷渚烟,钩帘时纵目,孤鹤正高骞。

　　　　　　——出自《古衡山房诗集》,(清)陈樽,清刻本,卷之二,第 21 页。

渡钱塘江

清·陈樽

罗刹江边系画桡,布帆叶叶待乘潮。平沙一雁冲山脊,秋色西兴隔岸遥。

萧山道中

清·陈樽

清彻江桥水,萧条北干园。浪花平岸影,螺子远山处。秋色明渔浦,孤帆出海门。鉴湖留一曲,投老乞君恩。

越江词

清·陈樽

苎萝村冷日迟迟,越女如花唱艳词。一自捧心人去后,五湖踪迹尽堪疑。

　　　　　　——出自《古衡山房诗集》,(清)陈樽,清刻本,卷之八,第 119 页。

春日郊行

清·许全治

细草沿堤绿,莺声出谷幽。晓晴开远嶂,春色遍芳洲。柳暗通渔浦,花深到酒楼。日高人不见,惆怅碧溪流。

　　　　——出自《稽古堂诗集》,(清)许全治,清乾隆十一年许安澜等刻本,第 34 页。

题金江声先生渔浦归耕图

清·周长发

船头笭箵狎江渔,浦口蒲帆亦晏如。罢钓有时还负耒,秧针绣绿爱吾庐。
饭稻羹鱼尽佐餐,墟烟沙水本来宽。云川总有霎红旆,不及珊瑚六尺竿。
盈阶春草水初波,雨后扶犁买绿蓑。试向东阡闲植杖,江村齐唱插秧歌。
声清雏凤看双举,粉署兰台已并传。早欲抽身依白发,风篁岭上课山田。

　　　　　——出自《赐书堂诗钞》,(清)周长发,清乾隆刻本,卷三,第 86 页。

蕙窗先生桐槐旧馆图
清·汪远孙

五里塘南路，翛然自一村。扁舟人影散，老屋树阴繁。旧隐闲渔浦，新图傲鹿门。酒边回忆处，相与话黄昏。

移家江上住，弹指廿年过。涛白连云阔，山青着树多。故人感风雨，心事托烟波。花木庭前好，扶疏又若何。

——出自《借闲生诗》，(清)汪远孙，清道光二十年钱塘汪氏振绮堂刻本，卷二，第35页。

又长短句一首
清·黄周星

沙市江天夜，村岚暮雪晴。晚钟秋月寺，夕照远山平。雁落潇湘，渔浦帆归，烟雨洞庭。

——出自《九烟先生遗集》，(清)黄周星，清道光二十九年左仁周诒朴刻本，卷四，第116页。

再别宋二荦
清·侯方域

尽此一杯酒，诘朝赋远游。客中过旧国，岁晚付轻舟。橘柚红渔浦，星辰白蜃楼。怀人殊漭漾，不敢更淹留。

——出自《壮悔堂集》，(清)侯方域，康熙刊本，卷之五，第244页。

云木一色渔翁维舟山侧
清·姚文然

水皓皓兮连云，林沉沉兮欲雨。借问苔雪浮家，何似南陵渔浦。

——出自《姚端恪公集》，(清)姚文然，清康熙二十二年姚士舞刻本，卷十二，第686页。

长亭怨·送徐鄘伯还西泠，倚玉田词韵，同桐初京少蕺山次山赋
清·陈维崧

此阕与十五卷内《吴门寄内》词句同后半阕多一字，原本系《长亭怨》，故仍之。

有墙外、紫丁香树。簸影钩帘，牵留数数。可记年时，凤城灯市夜游否。黄

金台古,招手唤、燕昭共语。霎地秋来,便去也、匆匆如许。　虽去。暂盟鸥狎鹭,奈肝胆、酒边还露。烹羔酌苦,归及见、江潮堆絮。看万阵、犀弩张时,正百丈、银泷喧处。意气尽昂藏,肯只鸣榔渔浦。

　　——出自《迦陵词全集》,(清)陈维崧,清康熙二十八年陈宗石惠立堂刻本,卷十六,第214页。

初夏青莲庵同程燧四程质生方圣与程于庠赴程次清招同赋
清·蒋梧

　　载酒过前溪,回廊丽日西。风尘驱野马,鼓吹出田鸡。俗名蛙曰田鸡。远树围干叠,连樯到一齐。烟中渔子梦,归去水禽啼。

　　锦席俯清溪,春残水寺西。云沉渔浦罩,风送客船鸡。特立怀无忌,群居慕不齐。途穷须尽醉,肯向俗人啼。

　　——出自《天涯诗钞》,(清)蒋梧,清康熙三十三年丘如升刻本,卷三,第65页。

永嘉除日述怀
清·朱彝尊

　　不作牵裾别,飘然到海隅。谋生真卤莽,中岁益艰虞。乡里轻孙楚,衣冠厌鲁儒。微名翻诋挫,暇日少欢愉。处贱无奇策,因人远祸枢。同舟邀楚客,王明府世显。听曲赏巴歈。岸转群峰出,潮回众壑趋。江声渔浦静,树色钓台殊。祠宇浮空翠,松林俨画图。羁怀方浩荡,前路已崎岖。草宿侵寒兔,林栖逐夜乌。微茫辞建德,缥缈望仙都。水讶溪流恶,山将栈道纡。仆夫行木末,风雪洒天衢。老鹤侵晨语,穷猿入暮呼。转思临嵊岘,谁分久泥涂。柔橹轻帆下,青田丽水区。哀禽争叫啸,孤屿忽须臾。淘美东瓯地,由来谢客娱。诗篇留汗漫,旅食慰饥劬。强禁樽中酒,难凭肘后符。朋簪方克萃,礼法未应拘。生意窥笼鸟,流年过隙驹。笑看风土别,惊见物华徂。红绽官梅萼,青分析马刍。深杯期夜酌,细菜出春厨。坐久亲孤烛,更深判百觚。远书劳日夜,归梦越江湖。正忆高堂在,知携两弟俱。屡空无长物,相视必长吁。菽水承颜好,辛盘令节须。艰难存病妇,灯火索邻逋。书籍愁捡卖,衣裳定有无。女长工翦彩,男大学投壶。倚著忧他日,沉吟愧壮夫。虞翻仍去越,张翰未归吴。讵有追风骠,恒随泛渚凫。达生兼止托,齐物任荣枯。述作安时论,莺花尽友于。莫将乡国泪,频洒阮公途。

　　——出自《曝书亭集》,(清)朱彝尊,刊本,卷第五,第163-164页。

满庭芳·奉答张桐君惠阳幕中见怀

清·屈大均

堤接鹅城,桥横渔浦,渺茫尽是春烟。故人愁断,多为草连天。谁料才华莫用,空趋府、蛮语年年。怀人句,花中叶外,多少泪光妍。　情牵教凤子,西从药市,东至香田。谩衔得相思,一一红笺。此恨何时解释,垂白矣、犹自婵娟。明妃好,胭脂未落,青冢已凄然。

　　——出自《屈翁山诗集》,(清)屈大均,清康熙李肇元等刻本,附词,第284页。

河渎神

清·屈大均

榕树与油葵,掩映天妃庙西。一江新水带春泥。数行鹚鹢飞低。　妇女枫香烧早暮,魂断茫茫江路。生怕去年风飔。破蓬休起渔浦。

　　——出自《翁山诗外》,(清)屈大均,清康熙刻凌凤翔补修本,词二,第1159页。

二郎神·忆富春旧游前段第二句多一字

清·彭孙遹

富春七里,水拖蓝、游鳞堪数。看来往云帆,浅深沙石,渺渺青溪渔浦。南北峰头登临远,望不尽、斜阳疏树。怅星子台空,桐君佩冷,旧游何处?　羁旅又经几度,他乡寒暑。自芍药花残,樱桃梦醒,肠断锦鞋一赋。谢客沧洲,潘郎绿鬓,心迹犹然朝暮。算只有、山中明月,江上清风如故。往在富春,作《锦鞋赋》,颇为彼中传诵。新安江,一名青溪。渔浦,去富春渚三十里,桐君山在桐庐境。

　　——出自《松桂堂全集》,(清)彭孙遹,四库全书本,卷四十,第659页。

题张敦复大宗伯赐金园图

清·王士禛

我昔曾过龙眠山,山雪苍茫岁方晏。龙眠山庄知有无,空向图中几回见。遗墟但指璇源馆,在舒城,亦伯时别业。芒鞋未踏垂云畔。见《栾城集》。只今弹指阅七载,过眼流光等飞电。龙眠尚书早致身,玉斧森沉侍清燕。承恩暂许休沐归,朱提赐出蓬莱殿。鉴湖一曲落公手,草木云岚荷深眷。数问家金供宾客,遗事兰陵何足羡。三年却返承明庐,梦寐家山写东绢。溪流百曲学印文,山色千层累重甗。龙公鸾尾啸烟雨,鹿角鼠须饱霜霰。岹峣忽断渔浦开,仰见云中泻飞练。草堂抱膝还读书,乐此长年可忘倦。此山此图世希有,终拟他年追胜践。待公功成归故山,江帆特乞樵风便。

　　——出自《渔洋山人精华录》,(清)王士禛,清康熙三十九年林佶写刻本,卷四,第108页。

登　舟
清·王士禛

十里云霞色,城隅晚放船。江城明落照,渔浦飒风烟。玉镜遥相映,金沙剧可怜。数行隋苑柳,萧瑟入秋天。

——出自《带经堂集》,(清)王士禛,清康熙五十七年程哲七略书堂刻本,卷十一,第 166 页。

题李氏曼园水亭二首
清·王士禛

君家亭榭好,渔浦在亭中。朝夕登临意,邈然江海同。当杯上明月,送客起樵风。疑有秦人在,言从世外逢。

——出自《带经堂集》,(清)王士禛,清康熙五十七年程哲七略书堂刻本,第 173 页。

白沙江上雪却寄家兄扬州
清·王士禛

停舟扬子县,支枕夜寒侵。人语烟初暝,鸡鸣雪渐深。江天多旷望,渔浦极枫林。不见梅花阁,烟波愁暮心。

——出自《带经堂集》,(清)王士禛,清康熙五十七年程哲七略书堂刻本,卷十六,第 238 页。

送许竹隐之绍兴三首
清·王士禛

头白征蛮府,飘零万里归。会稽乡郡接,太末羽书稀。时金衢渐平。虾菜连渔浦,楼台隐翠微。由来岩壑美,终日爱清晖。

一棹西陵去,名山入剡中。放衙临鉴水,行部逐樵风。江渚凫乌集,苏台麋鹿空。沼吴兼霸越,怀古意无穷。

蝉声集深树,驿路遍槐花。黄鹄逝千里,浮云天一涯。莺啼范蠡宅,草长谢敷家。迢递相思处,春风满若耶。

——出自《带经堂集》,(清)王士禛,清康熙五十七年程哲七略书堂刻本,卷三十一,第 440 页。

题王石谷画送竹垞归禾中二首

清·王士禛

渔浦樵风望欲无,烟波一幅小长芦。明年禹穴添奇事,更写名山入剡图。

西清载笔十三年,清切长依尺五天。回首玉堂春梦醒,何妨有绿续归田。

——出自《带经堂集》,(清)王士禛,清康熙五十七年程哲七略书堂刻本,卷五十四,第 936 页。

渡滹沱河

清·陈廷敬

晨兴越大河,霜气压清波。秋日石梁外,人家渔浦多。远鸥浮水去,高叶趁风过。来往恒山道,征车奈晚何。

——出自《百名家诗选》,(清)魏宪辑,清康熙魏氏枕江堂刻本,卷之十六,第 331 页。

拱极台招宋既庭、蒋玉渊、柳长在、李艾山、汤孙、皇望、 周安期、朱天锦、汪柱东、徐兰江、丙文、陈鹤山纳凉,即席分赋

清·孔尚任

孤亭渔浦外,雨过偶招携。无限新烟水,曾经旧品题。酒瓶荷气重,客棹柳风低。爱此吟坛好,初来试鼓鼙。仙裳云:"公至昭阳,第一会诗,步止安,闲信足扶风振雅。"

——出自《湖海集》,(清)孔尚任,清康熙间介安堂刻本,卷三,第 53 页。

昭阳拱极台,余题曰"海光楼",十月廿四日悬额其上。 黄仙裳、交三、缪墨书、柳长在、于臣虎、汪柱东、朱天锦、陈鹤山、 邑人朱鹤山、李艾山、若金、九畹、释云闲同来落成,即席分赋

清·孔尚任

重来台上旧僧迎,云物荒城看即惊。经夏荷香支枕处,连天海气得楼名。芦歊渔浦添寒水,水落人家住晚晴。客里登临同胜事,诗成却有仲宣情。仙裳云:"昭阳拱极台,擅一邑之胜。先生馆其上,题以佳名,大会宾客,子男泰来,即席作赋,四座谬为许可。先生诗传事传而此赋,亦托以问世,何幸如之。"

——出自《湖海集》,(清)孔尚任,清康熙间介安堂刻本,卷三,第 61 页。

野　泊
清·查慎行

浊浪三百里，黄河疑倒流。归心虽汲汲，行役且悠悠。新月生渔浦，残阳下柁楼。人家当不远，鹅鸭满滩头。

　　——出自《敬业堂诗集》，(清)查慎行，清乾隆查学等刻本，卷六，第844页。

金缕曲·寄李分虎
清·查嗣琪

查嗣琪，字德尹，海宁人。康熙三十九年进士，官侍讲。有《查浦词》一卷。

败柳西风老。记年时、折残恁处，旧游草草。十二桥边回首处，十四楼前月小。说别后、酒狂绝倒。红袖乌丝双凤管，尽挑灯、自唱新词好。传写去、寄同调。　斜阳篱落虫初报。又新凉、床空簟滑，一番秋到。梦去秦淮烟水阔，也拟他时一棹。怕压土、相逢难料。准理蚕乡渔浦约，算棋灯、药火资还少。还相约，杜门早。

　　——出自《国朝词综》，(清)王昶辑，嘉庆七年刊本，卷十六，第146页，第147页。

月夜抵富阳
清·张鸿烈

凉飔吹布帆，新月映遐浦。崖谷杳苍翠，萧条肃孤旅。林暝樵火微，江静山容古。才历渔浦潭，忽到富春渚。客怀正纷错，肆瞩久延伫。惜哉孙伯符，霸业归何所。

　　——出自《晚晴簃诗汇辑》，(清)徐世昌辑，民国退耕堂刻本，卷四十二。

孙北海先生出示倪云林山水画卷属赋长歌
清·潘耒

我昔读书天平山，空中万笏落窗牖。层峰叠嶂相盘回，怪石侧立千丈陡。翠微蒙蒙长湿衣，朝昏变态无不有。空林无人苍涧寒，微雨不知落叶厚。看云老僧坐断崖，晒药人家傍高柳。枫林早霜红半溪，粳稻秋风黄十亩。溪桥渔浦不见人，沙鸟滩鱼静相守。尔时逸趣疲烟霞，不识人问有尘垢。自从负笈来京华，梦中猿鹤空回首。高斋忽见倪迂图，胜概分明眼中取。倪生笔态最萧远，临摹枯涩恨凡手。是幅苍郁绝不群，重重岩壑鸿蒙剖。清词一阕书上头，题名别署曲全叟。词中风致何飘萧，淡墨模糊字旁纽。苦心爱者今退翁，雅趣由来寄林薮。清秋曲室坐相对,包山笠泽吞八九。客子入门翻怅然,始觉家山别来久。尘沙冥冥霜霰烈,木得躬耕归谷口。君家退谷香山下,万树松杉面苍阜。鄙生有意同幽栖,茅斋一椽能借否。即寻灵药攀三花,便发藏书探二酉。

——出自《遂初堂集》,(清)潘耒,清康熙刻本,卷之一,第 12 页。

题郭天锡画卷
清·沈季友

门外马蹄三尺尘,屋底青山看白云。不知身世在城市,但觉爽气吹冠巾。鸭嘴滩头露沙渚,仿佛西陵与渔浦。恼人归兴满江东,烟树半沉天欲雨。

——出自《檇李诗系》,(清)沈季友,四库全书本,卷五,第 203 页。

渔浦野眺
清·沈季友

长途寂寂越山前,日暮孤征见辋川。牙桨银篙飞鹤渚,雨蓑风笠捕鱼船。溪边落木三江地,城外归帆半雾天。漂泊只今嗟已甚,沧洲不断有荒烟。

——出自《檇李诗系》,(清)沈季友,四库全书本,卷二十三,第 1037 页。

雨中钱塘江登舟
清·赵执信

息棹六桥曲,西湖不我留。径去勿返顾,趁此江上秋。八月天宇廓,千里风力遒。潮如万山雪,胥怒殊未休。身非弄潮儿,疾呼转船头。萧条飞雨来,洗我懦与羞。西南江山丽,可以穷讨搜。坐览云木秀,卧挹沙水幽。宵为渔浦济,明追康乐游。

——出自《因园集》,(清)赵执信,四库全书本,卷五,第 82 页。

且　复
清·郑性

且复留于此,谁能出个中。春风苍狗黑,夜雨宝珠红。游客抛心惯,吟僧琢句工。一般还造化,渔浦具穷通。

——出自《南溪偶刊》,(清)郑性,清乾隆七年刻本,卷下,第 199 页。

露
清·纳兰揆叙

仙掌擎空又一时,夜凉先濯最高枝。黄沉渔浦兼葭乱,翠减龙堆草木知。正使成霜犹有待,若教益海定无期。庭前暗满当年景,佳句重窥杜拾遗。杜诗"庭前有白露,暗满菊花团。"

　　——出自《益戒堂诗集》,(清)纳兰揆叙,清雍正元年揆永寿谦牧堂刻本,卷六,第550页。

晚发江干
清·厉鹗

　　落日挂帆去,背人飞鹳鹅。风烟秋半净,江水晚来波。渔浦山争出,樟亭树忽过。寻源意飘荡,一听越乡歌。

　　——出自《樊榭山房全集》,(清)厉鹗撰,龚胡鉴辑,光绪,卷第二,第39页。

雪后放舟出山
清·韩骐

　　季冬十日寒阴霾,茅檐风劲雪不开。尔时雪霁冻亦解,扁舟将我归去来。嗟予生苦厌尘市,阅历人境多伤怀。半生悲哭双泪尽,十年举动百事乖。今春聊营五亩宅,耕凿暂寄湖山隈。行将投老向丘壑,无复奋志从风雷。闭门无山更垒石,辟径去草多植梅。况当积雪满林谷,轩阁何处非琼瑰。奈何舍兹入城郭,去住不由身可哀。须知景好别复恋,亦苦事至情难排。水深山折漫摇橹,溪鸟与客相低回。林塘风静竹欹侧,渔浦日照泉潆洄。我今何为转潦倒,夫亦爱此无氛埃。要知是别本不久,身或拘困心则孩。交春定欲理烟楫,山水之癖仍能谐。回头谢我猿鹤侣,只须相候无相猜。

　　——出自《补瓢存稿》,(清)韩骐,清乾隆刻本,卷一,第33-34页。

舟中夜读孟山人诗一章
清·陈浩

　　孟老高吟处,生平梦想间。晚停渔浦棹,遥对鹿门山。烟树月中远,沙禽人外闲。赏音谁与共,掩卷叹尘颜。

　　——出自《梧门诗话》,(清)法式善,稿本(存卷一至七,十二,八旗诗话),卷二,第46页。

金江声先生渔浦归耕图
清·陈兆仑
　　去及春江涨绿波,春江旧侣半烟蓑。儿童拍手避骢马,隔水遥闻铜斗歌。有田不归如江水,坡句江上先生不谓然。毕竟未浓归去兴,蹲鸥山下半闲田。

　　——出自《紫竹山房诗文集》,(清)陈兆仑,清嘉庆刻本,卷六,第619页。

西山省墓夜宿草庵

清·彭启丰

篷艇悠悠路,秋云漠漠阴。迷茫渔浦隔,杳曲砚山深。禾稼经虫啮,田畴苦浪侵。松门亲告祭,乌鸟早投林。

——出自《芝庭诗文稿》,(清)彭启丰,清乾隆刻增修本,卷八,第525-526页。

次刘广文渔浦秋夜书怀原韵

清·陈诗

兀坐空斋里,闲翻压架书。碧湖凋叶后,红蓼放花初。剧饮如无限,联吟愧不如。烟波容我觅,欲访钓台渔。

——出自《淮海英灵集》,(清)阮元,清嘉庆三年小琅嬛仙馆刻本,卷四,第469页。

水　纹

清·沈维基

冰绡微绉绿杨风,渔浦丝添杏雨红。织得浪花圆个个,人间异锦占鲛宫。

——出自《紫薇山人诗钞》,(清)沈维基,清乾隆刻本,卷一,第10页。

柏　林

清·钱载

渔浦潭西树,富春郭外舟。相看叶如染,却得子兼收。低映碧山艳,浓当斜照秋。客心向鸦点,亦欲择淹留。

——出自《萚石斋诗集》,(清)钱载,清乾隆刻本,卷第十,第100页。

题项孔彰松阴高士图

清·查礼

胥山老樵客,不屑俗士伍。平生好画松,枝叶最疏古。白衣馈酒来,手写空坛与。坛中桃柳枝,乱作春风舞。兹图亦写松,百树密难数。下坐两高人,相对寂无语。但看松阴深,缺处松云补。松根立瓦亭,松顶见桥柱。飞泉石罅流,喷瀑涨渔浦。晴烟起夕岚,湿气成山雨。披图想幽境,几静日当午。动我跻攀心,空岩结徒侣。

——出自《铜鼓书堂遗稿》,(清)查礼,清乾隆查淳刻本,卷七,第108页。

嵊口渡

清·陶元藻

嵊波广且长，行行日将午。十里一酒村，五里一渔浦。篱落走鸡豚，隐隐在烟树。春山俯入舟，历舞青无数。沙崩波色浑，滩高水声怒。舵师溯逆流，挽缫力如虎。

——出自《泊鸥山房集》，（清）陶元藻，清刻本，卷十八，第 383 页。

钱塘发舟即事二首

清·王鸣盛

凤山根下峭帆低，渔浦空潭击汰齐。白塔朱栏迷远近，绿榕乌柏乱东西。鸥夷事往还余恨，犀弩潮回自拍堤。此去富春江郭好，风岩水穴遍攀跻。

赤亭已过岸弯环，回指西兴莽苍间。上水船迎三叠浪，中流人看两边山。斜飞片雨青襄湿，横没孤云白鸟闲。千载登临怀谢客，清溪一为洗尘颜。

——出自《西庄始存稿》，（清）王鸣盛，清乾隆三十年刻本，卷十三，第 287-288 页。

渡钱江之西兴

清·阮葵生

之字江边纵棹回，夕阳峰外殷轻雷。江豚拜浪风初起，海燕衔泥雨欲来。窄径低枝防箬笭，长亭野店贳松醅。经过不少勾留处，林际轻黄熟早梅。

——出自《七录斋诗钞》，（清）阮葵生，清稿本，卷七，第 96 页。

萧山舟中

清·阮葵生

橹声出东郭，夹岸绿春芜。楼小垂帘过，帘飘待客沽。湘湖莼叶滑，渔浦浪花粗。高士怀王许，风流今已无。唐人过萧山诗"渔浦浪花摇素壁，西陵水色入秋窗。"

——出自《七录斋诗钞》，（清）阮葵生，清稿本，卷七，第 96 页。

钱塘江阻风

清·朱筠

一桥还出渔浦口，惊绝风电逼江晚。两舟沉沉有死者，我行急泊门家堰。今朝又闻尸倒流，风甚不前方早饭。仆者来告为废箸，我亦江行彼独塞。细思兹江南岭来，顺水乘之势瓴建。不知风反在其下，寸步难前如设圈。侧耳飞廉尔胡怒，垂篷四下窗长捷。闷余起绕板四隅，时一旁窥小隙窦。山川好在孰蔽之，废然入榻坐甔甒。我友舟避沙洲间，数竹围之状饮鼹。悬悬念子噫恶风，咫尺眼中成阔远。我仆一舟风打去，势疾飞流落竹榫。同行有急遣视之，稳坐忍饥在对阪。此去杭州三十余，行不能良类马踠。若前十五泊范村，转可舍缆涉翠。云栖竹径恣清游，一任虚舟自横挽。岂料行止分有定，浮生本自水中宛。飘然一往思千里，去住离合劳缱绻。达观转瞬成独笑，吾身何必殊鲤鲩。鱼出自水困在仰，人入自水困在偃。大小司命播弄之，自古翻覆有邬鄢。自从久病理益悟，何取珍躯同璋琬。且复秉烛读离骚，遐想当时凌汨沅。披帷上床即稳睡，酣于沈醉疑嵇阮。明晨风定若尚存，又看西湖秀而婉。

　　——出自《筼河诗集》，（清）朱筠，清嘉庆九年朱珪椒华吟舫刻本，卷九，第241、242页。

严州晚泊
清·吴省钦

　　建德非吾土，斯言怆孟公。如何渔浦梦，仍绕钓坛东。郭转双峰合，罾高一濑通。自崖吾未返，江上怨青枫。

　　——出自《白华前稿》，（清）吴省钦，清乾隆间刻本，卷三十四，第512页。

潞河舟中同青柯作
清·顾光旭

　　新水涨前浦，虚舟放溜行。柁楼人晚饭，海色月华生。来帆接荆扬，去帆落青豫。九点齐州烟，水平天静处。去来西复东，一湾一转篷。朝朝占五两，今日正南风。梦醒山忽断，烟暝水无涯。系缆听人语，悬灯照浪花。前洲树如荠，铙吹发行舟。津吏休迎候，渚花新白头。风行万斛舟，厥贡自吴会。欲问江南春，连樯出云外。离离水中草，拍拍波上鸥。带雨有时没，因风逐水流。渔浦舟自横，渔翁夜收网。不见芦中人，萧萧芦叶响。古戍河西务，空仓鸟鼠多。前朝流水绿，萤火乱烟莎。白河河水清，黄河河水浊。海舶入苍茫，海水摇空绿。草深闻乱蛙，波静见飞鸟。斜月半平林，远钟声未了。

　　——出自《响泉集》，（清）顾光旭，清宣统刻本，诗六，第102、103页。

将至富阳
清·秦瀛

　　忆昨到西泠，便放樟亭橹。梦醒五更初，依稀过渔浦。潮喧天始曙，日上云复吐。回首定山村，一片蒙蒙雨。

　　——出自《小岘山人集》，（清）秦瀛，清嘉庆刻增修本，卷十七，第358页。

题观潮图

清·戴殿泗

古今几人晰潮理,应月之说最得之。天垂阴精水阴象,缺圆翕辟同厥仪。海鳅出入语斯诞,种胥追逐事亦疑。候因子午抉倪筦,信挟胐望交春椎。气盈朔虚不失一,是谁布算精赢畸。金行太白气特盛,抱朴秋减理未窥。此如明晖随皓月,大造斡运无参差。或言广陵及津口,扶胥黄木潮未奇。之江雄豪甲天下,鼋赭约束增嵬嶷。斯谈亦未臻理奥,试探巨浸穷端涯。昆仑一山屹天柱,四流四下归滇池。浮天载地四实一,起伏嘘噏皆有期。虞州禹迹据震位,浙境所值真东维。汪洋大气所喷薄,正与渐水相荡弥。奇姿遂纳万渤澥,素车白马词何卑。我家上流三百里,搴篷狎浪如等夷。定山渔浦实坦道,六和窣堵森如锥。时登吴山揽怪猱,桂香馥馥风披披。愿探天根追月窟,大观藉作穷神资。客投新图起逸兴,定恢胸宇吞瀛裨。枚生已去谪仙远,倩谁鸿笔驱虬螭。

　　——出自《风希堂诗文集》,(清)戴殿泗,清道光八年九灵山房刻本,卷第五,第 82、83 页。

王蒙友鹿图

清·黄钺

款云:至正十一年六月八日,黄鹤山樵画于湖山渔浦村舍,后有沈石田跋。

双鹿下饮幽涧深,一人隔涧抱膝吟。层峦叠巘树交翠,两忘人物无机心。画时至正元季世,其年寿辉僭称帝。逐鹿中原得者谁,淮泗真人起匡济。山樵避乱栖黄鹤,饮石泉兮荫松柏。胡为走险入朝市,友群却忘山中乐。邀僧观画致足佳,祸机那得从中来。似闻荦确潺湲处,呦呦尚助松风哀。

　　——出自《壹斋集》,(清)黄钺,清咸丰九年许文深刻本,卷十二,第 145 页。

斜塘晓行

清·王昶

西风初定快扬舣,细雨浓云尚未醒。渔浦潮回波渐绿,潮水浑,故必退而江水始绿。女墙春晚草全青。已收枕簟陈茶具。还焫炉香展道经。忽忽前尘犹似梦,酒楼长笛唱珑玲。

　　——出自《春融堂集》,(清)王昶,清嘉庆十二年塾南书舍刻本,卷二十二,第 482 页。

姚江棹歌一百首（其一）
清·邵晋涵

全家生计渔舠上，识字才教记姓名。读得黎贞三字训，便称渔浦小书生。

《三字经》为南海黎贞所作，赵考古自琼山携归，以授村塾，别见《广东新语》。

——出自《南江诗文钞》，（清）邵晋涵，清道光十二年胡敬刻本，卷一，第570页。

泛清发
清·许兆椿

出郭平临古渡头，轻风自信木兰舟。人烟在树疏将尽，山色迎波翠不流。南下涛声通汉水，春时弦管按凉州。竭来诗思清如月，欲剪江云写胜游。

江北江南总旧游，今看云水豁双眸。为寻古寺依渔浦，更傍垂杨问酒楼。沙鸟风前真浩荡，美人天际望夷犹。湘兰沅芷无消息，采采苹花为少留。

——出自《秋水阁诗文集》，（清）许兆椿，清道光二十五年刻本，卷三，第61页。

庆宫春
清·杨芳灿

渔浦云荒，野门霞暝，天半落帆风色。颓岸沙澜，空潭冰镜，吴绵真恐吹折。旅宿淹留，羡水鹤、踏波无迹。冷淡冬心，净名经卷，好依枯佛。　夜静星斗高寒，船尾商声，玉龙吹雪。遥山瘦尽，烟魂欲化，飘出一丝丝碧。元晖老去，但博得、吟怀清发。更长梦醒，霜气如潮，泋蟾孤白。

——出自《芙蓉山馆全集》，（清）杨芳灿，清光绪十七年活字印本，文钞目录，第279页。

渔　浦
清·詹应甲

轻舠放溜稳如磐，雨后山声到枕寒。白鹭春畴平野阔，黄鱼新水大江宽。沿堤一曲帆樯聚，远市千家竹树攒。差喜潮头从此落，推蓬当作雪花看。

——出自《赐绮堂集》，（清）詹应甲，清道光止园刻本，第19页。

渡钱塘江

清·詹应甲

武林南尽大江平,一霎轻帆百里程。泽国蛟龙嘘蜃气,海门风雨变潮声。仙踪试问三山远,霸业难消万弩鸣。回望定包渺天际,怒涛直压富阳城。

——出自《赐绮堂集》,(清)詹应甲,清道光止园刻本,第18页。

西陵晓渡

清·查揆

江潮未东上,江月已西落。婆留城下争渡喧,罗刹矶头波浪恶。樯乌啸风津鼓鸣,客子挂帆何处行。二月春水生,三月春波绿。越女颜如花,高歌渭城曲。长艑大舸疾于马,高浪压帆帆在下。渔浦苍然,浮玉初洗,远人如豆,远树如荠。昔日浪花今平沙,到岸脚踏双牛车。牛车砑匐牯牛牵,水牯当官不论钱。客子行坐青竹篾,呀呀轧轧却复前。沙中一回首,雉堞堕寒雾,还将故乡思,挂在西陵树。春风不到空江中,江中春寒愁煞侬。鲥鱼初肥,柳花未白,江天日暮,奈此孤客。江潮平,江月黑,江南人望江北。

——出自《筼谷诗文钞》,(清)查揆,清道光刻本,诗钞卷六,第88页。

桃源送渔人出洞赠别

清·盛大士

连朝钓艇泊溪旁,花送君归水亦香。小住偶然谈魏晋,重来恐又感沧桑。客寻渔浦春常在,山入云林路易忘。莫使缘悭虚后约,落红门巷锁斜阳。

——出自《蕴愫阁诗集》,(清)盛大士,清道光元年刻本,卷四,第54页。

西湖归梦诗和钱谢盦吏部枚

清·陈文述

六桥杨柳晓啼鸦,往事分明记梦华。秋涧白喷龙井雪,春风红上马塍花。西泠松柏埋苏小,南宋楼台说赵家。何处酒垆堪赀,醉竹梢轻扬一旗斜。

最忆深宵载月游,阑干四面水云浮。醉看星影连天远,卧听潮声入海流。渔浦秋灯移短笛,藕花凉露滴闲鸥。池塘梦断红棠冷,愁绝湖边第一楼。

——出自《颐道堂诗选》,(清)陈文述,清嘉庆十二年刻道光增修本,卷三,第96页。

月夜泊虎山桥

清·陈文述

西华翠隐隐,上堰烟蒙蒙。微风夜船静,澹月春山空。万梅绿成海,残香入孤篷。波上渔浦笛,云外荒庵钟。月华三万顷,照见七十峰。随风渡湖水,梦逐孤飞鸿。

——出自《颐道堂诗选》,(清)陈文述,清嘉庆十二年刻道光增修本,卷十一,第 360 页。

自郎当岭,遂至云栖小憩,晚循江干归,湖上记游五首,书示方苣堂稚韦兄弟

清·陈文述

松风吹客衣,言陟江皋路。青儿越中山,还见越山树。潮落沙土润,去帆不知数。空山媚晴岚,渔浦喧晚渡。徐村与范村,古意霭可暮。古塔钟响停,石桥人影度。沿绿入九溪,鸦背夕阳暮。

——出自《颐道堂诗选》,(清)陈文述,清嘉庆十二年刻道光增修本,卷二十,第 684 页。

题徐坚临曹云西长卷

清·沈钦韩

林泉偃卧长清净,翰墨倾交共老苍。眉寿声名俱不减,心源造化各分行。胜水残山轻禹玉,千岩万壑富长康。诗脾清入三秋杪,渔浦溪桥初见霜。

——出自《幼学堂诗文稿》,(清)沈钦韩,清嘉庆十八年刻道光八年增修本,卷十一,第 262 页。

龙游晓发

清·彭蕴章

船到龙游水渐平,晓风吹送一帆轻。苍庄烟树人家远,渔浦天寒闻雁声。

——出自《松风阁诗钞》,(清)彭蕴章,清同治刻彭文敬公全集本,卷十,第 172 页。

将至兰溪怀家乔仙江㲄叔吴门
清·彭蕴章

一滩初过碧溪平，两岸微闻欸乃声。渔浦风寒征雁急，沙洲日冷晓霜清。舟中联句怀前度，来时与乔仙侄联句。马上看山记远程。㲄叔有《立马雪中看岳色图》在山左时作。此去吴门重话旧，侵寻岁序又将更。

——出自《松风阁诗钞》，（清）彭蕴章，清同治刻彭文敬公全集本，卷十三，第221页。

桐　庐
清·吴振棫

潇洒桐庐县，征帆第几程。潮痕没春草，山势俯孤城。树暝云无鳞，江空雨有声。牵箝读若弹。就渔浦，船尾乍鸣钲。

——出自《花宜馆诗钞》，（清）吴振棫，清同治四年刻本，卷三，第50页。

掬江沙
清·吴振棫

官浙东，图浙西。西陵上，喧鼓鼙。掬沙祷，师克济。星与月，不敢霁。富阳击，渔浦攻。九十三所屯兵空。一朝身入会稽市，何如且作廉察使。金刀谶，脍刀逃，奈何终污钱公刀。

——出自《花宜馆诗钞》，（清）吴振棫，清同治四年刻本，卷六，第106页。

早发用邱迟旦发渔浦潭韵
清·陈起诗

雾薄日未曀，风定帆犹扬。晓色隐孤楂，曙云起遥嶂。梦醒天乍明，残星炯在望。鄙事少贱能，高秋此难状。但闻人语喧，稍觉江波涨。平生行路难，薄命危樯傍。聊欢病起身，天地增清旷。

——出自《沅湘耆旧集》，（清）邓显鹤辑，清道光二十三年邓氏南村草堂刻本，卷一百三十九，第3197页。

高丈铭西归里口占送之兼柬雨农舍人
清·张际亮

哲弟吾知己，经寒感别离。何当分手地，更在异乡时。风雪行山驿，梅花照鬓丝。暮年犹侠骨，远道不须悲。为报张平子，天涯有四愁。昨看沧海月，兴在白云楼。渔浦帆先去,家山酒可筥。雪梧冰竹下,待与解征裘。雨农家青山白云楼有梧竹之胜。

——出自《思伯子堂诗集》,(清)张际亮,清同治八年姚浚昌刻本,卷六,第123-124 页。

薄暮自小榭泛舟至北渡宿延青楼

清·姚燮

乱岛森连营,大峡束门户。风崖纳潮激之吐,野喊声中万挝鼓。天霞一划中水分,海客驶舵如驶轮。衣裾五色交缤纷,千叶百叶华旃云。回岩倒折暗木俯,蒸起苍烟欲为雨。眼明南岸一角城,高下山灯入渔浦。迎潮送潮渔唱多,山灯岚翠渔灯波。渔灯山灯错星点,汉流十里开银河。此外溟濛浮六宇,籁合高穹有人语。残年独客依片篷,万里孤身漂一黍。斯时郡县方撤兵,夜气遥指东南清。纷纷雁鹜过天杪,去傍千章郭树青。郭树青青覆吾屋,屋角寒簹动疏绿。遥知怨女梦羁人,梦我沙遥抱鸥宿。沙鸥拍拍沙气黄,此夕羁人不梦乡。梦撷芙蓉鳌背坐,飞随朱鸟向扶桑。

——出自《复庄诗问》,(清)姚燮,清道光姚氏刻大梅山馆集本,卷三十二,第822 页。

旦发渔浦潭用邱从事韵

清·林寿图

飞雨洒蓬莱,轻舫入烟扬。赤城无回波,定山有复障。心非鸱鹩食,目似鸿鹣望。浑涵岛屿影,秘密鳞鬣状。树昏宿寒云,沙没留春涨。隔浦色未分,孤村势莫傍。万象被收揽,方寸理开旷。信知狎鸥人,领异视标尚。

——出自《黄鹄山人诗初钞》,(清)林寿图,清光绪六年刻本,卷四,第63 页。

题叶润臣名澧莺湖话别图

清·方浚颐

记得相逢已暮春,天涯同是别离人。辛丑春季与润臣遇于山左,同行数日。杨花三月游踪倦,莲叶双湖画本新。君向吴门寻旧侣,我归濠水寄吟身。枝山风格披图见,祝子伟画图灯火扁舟笑语亲。

雪压銮江买棹迟,篷窗空写梦游诗。怜剧独客眠渔浦,且喜同舟傍凤池。郢曲几人追绝调,燕云今日慰相思。何当共踏琴川月,唤取流莺醉一卮。

——出自《二知轩诗钞》,(清)方浚颐,清同治五年刻本,卷五,第133 页。

快阁夕望
清·李慈铭

高阁几登临,湖山阅世深。凭阑今昔感,对酒乱离心。渔浦分残照,人家映远林。犹怜近城市,未得遂幽寻。

——出自《白华绛柎阁诗集》,(清)李慈铭,清光绪十六年刻越缦堂集本,第34页。

宿渔浦潭作寄妇
清·王闿运

宵梦故山梅,灼灼春前荣。晓看平洲树,纤纤雪中清。路远思不迩,何用采芳馨。想见倚幕叹,宁念孤舟行。云昏翳后途,水阔鹜前征。极望已悲虑,况乃离思并。知衰不觉镜,怀音傥报琼。即是相倾企,弥增他日情。

——出自《湘绮楼全集》,(清)王闿运,光绪三十三年墨庄刘氏长沙刻本,诗集五,第417页。

铜关行,寄章寿麟,题感旧图
清·王闿运

桂平盗起东南卷,唯有长沙能累卵。三年坐井仰恃天,城堞微风动矛䂎。凶徒无赖往复来,潘张迁去骆受灾。闭门待死谥忠节,未死从容居宪台。曾家岭柳偏在颈,三家村儒怒生瘿。劝捐截饷百计生,欲倚江吴效驰骋。庐黄军败如覆铛,盗舟一夜满洞庭。抚标大将缒楼走,徐公绕室趾不停。省兵无人无守御,却付曾家一瓦注。空船坐守木关防,直置当锋寻死处。军谋兵机不暇讲,盗屯湘潭下靖港。两头张手探釜鱼,十日淘河得枯蚌。刘郭苍黄各顾家,左生狂笑骂猪耶。彭陈李生岂愿死,四围密密张罗置。此时蛣筒求上计,陈谋李断相符契。彭公建策攻下游,捣坚禽王在肯綮。弱冠齐年我与君,君如李广欲无言。日中定计夜中变,我归君去难相闻。平明丁叟蹋门入,报败方知一军泣。督师只拟从湘累,主簿匆匆救杜袭。十营并发事全虚,从此舍舟山上居。七门昼闭春欲尽,独教陈李删遗疏。版桥漂破帅旗折,铜官渚畔烽明灭。岂料湘潭大捷来,千里盗屯汤沃雪。一胜申威百胜从,塔罗如虎彭杨龙。时人攀附三十载,争道当年赞画功。骆相成名徐陶死,曾弟重歌脊令起。惟余湘岸柳千条,犹恨当时呜咽水。信陵客散十年多,旧逻频迎节镇过。时平始觉军功贱,官冗闲从资格磨。冯君莫话艰难事,倔得偾失皆天意。渔浦萧萧废垒秋,游人且觅从军记。

——出自《湘绮楼全集》,(清)王闿运,光绪三十三年墨庄刘氏长沙刻本,诗集十一,第560页。

送弟子伍秀才赴举
清·端方

天遣相门延积庆,令同太庙荐佳宾。柳条此日同谁折,桂树明年为尔春。倚棹寒吟渔浦月,垂鞭醉入凤城尘。由来不要文章得,要且文章出众人。

——出自《壬寅消夏录》,(清)端方,稿本,唐尉迟乙僧刷色天王象卷,第129页。

次韵韩伯清见寄之什凡五首(其一)
清·端方

久客黄冈地,新年白发侵。笑歌思执手,夏患苦关心。市井皆潇洒,山林独楚吟。羡君渔浦上,高隐贵腰金。

——出自《壬寅消夏录》,(清)端方,稿本,唐尉迟乙僧刷色天王象卷,第410页。

山庄观梅即事拈十五咸
清·胡荣

梅绕清溪迥不凡,数椽茅屋傍山岩。暗香风过通渔浦,老干苔荒点客衫。好饮芳樽偿酒债,愧吟春草发书函。迟来践约贪游晚,卧看银钩树杪衔。时二月四日也。

——出自《容安诗草》,(清)胡荣,清康熙刻三色套印本,卷六,第95页。

九日飞来登高
清·张孺怀

良朋九日共相招,一径攀崖倚碧霄。渔浦霞明当落照,海门风急上秋潮。重岩细菊开樽得,绝涧飞泉出树遥。归路上方钟磬晚,松阴竹色冷萧萧。

——出自《增修云林寺志》,(清)厉鹗,清光绪刻本,卷六,第147页。

行　途
清·范兆龙

夹路松阴满,征途喜暂留。马嘶残垒月,虫语乱山秋。远火明渔浦,疏钟隐梵楼。只疑岑寂处,世外此林丘。

——出自《南州诗略》,(清)朱滋年辑,清乾隆刻本,卷九,第130页。

鹤冲天·题莼鲛小像和葆翂原韵
清·张翼

鸥汀鹤渚。不是君栖处。只合凤池游，清平句。纵情深渔浦，怎容得，扁舟住。有二三逸侣。琴酒从容，犹忆秋深白苎。　　霜清烟暮，几度□花去。把钓得银鳞，呼童煮。看邻舟送酒，尽消受、篷窗雨。桃笙八尺许。丸髻吹箫，绣被鄂君情绪。

——出自《国朝词综》，（清）王昶，嘉庆七年嘉庆八年刊本，卷六，第 102 页。

望白马湖
清·王康

澄波如练亘天涯，万顷苍茫一望赊。泽国频年沈瓠子，春流何日宴桃花。烟村远树三家出，渔浦轻帆几叶斜。罴社波光同一色，明珠空自夜行沙。

——出自《淮海英灵集》，（清）阮元，清嘉庆三年小琅嬛仙馆刻本，卷四，第391 页。

偶然作画戏题二绝
清·大岩

爱绝溪山此结庐，苔花青长屐痕疏。桐阴瑟瑟路幽寂，夜静月明闻读书。村流一带碧鳞鳞，向晚微风动白蘋。隔岸烟生渔浦静，半船明月载诗人。

——出自《国朝画识》，（清）冯金伯，清道光十一年刻本，卷十五，第 384 页。

淀河道中
清·何阆霞

沧波万顷浸琉璃，一镜空明击楫齐。杨柳摇风巢翡翠，菰蒲响雨起凫莺。千家白板临渔浦，十里红桥隐画堤。绝似江南烟景好，垂虹亭北武塘西。

——出自《名媛诗话》，（清）沈善宝，清光绪鸿雪楼刻本，卷四，第 81-82 页。

富春渚
清·苏世璋

朝发富春渚，清晨展游眺。定山杂云雾，逝湍见奔峭。迢迢万里帆，中流歌水调。碕岸参错分，日落山照耀。忽闻殷殷雷，临圻相唬叫。周遭三十里，翻浪恣叫啸。但抱中孚心，风涛讵能剽。宵济渔浦潭，飞泉媚孤峤。芳林搴落英，野旷景逾妙。中怀得昭朗,外物共谈笑。临流发长吟,湖光尽诗料。

　　——出自《国朝闺阁诗钞》,(清)蔡殿齐编,清道光二十四年蔡氏琅嬛别馆刻本,第三册瑞圌诗钞卷十,第 156 页。

初夏泛舟湘湖怀西湖同学诸子
清·韩栋

　　苹绿莎青香满船,凉风深处噪新蝉。荒村树暗黄梅雨,平野人耕蔓草烟。鸥鹭洲中沙似雾,鹧鸪声里水如天。旧游何处联裙,越峤吴门落日边。

　　——出自《两浙輶轩录补遗》,(清)阮元,清嘉庆刻本,卷一,第 402 页。

龙吟阁集唐十截句
清·俞堕

　　花边春水水边楼白居易,剑气徒劳望斗牛谭用之。渔浦浪花摇素壁司空曙,春风澹澹影悠悠张仲素。

　　——出自《乾隆平湖县志》,(清)高国楣修、沈光曾纂,清乾隆十年刻本,卷八,第 705 页。

红情·赋得杏花春雨江南
清·何五云

　　偏他招雨。只一窥笑靥,浮阴何许。况是江天,春闹胭脂万千树。湿雾行云似梦,帘扬外、酒家三五。短笛出、村远唱断渔浦。　　凝伫。枉眉妩。休滴透芳心,惹愁无数。倩风吹去。霱压落花不能舞。新柳新莺细唤,唤破红楼香处。蹴碧草,回玉勒,就花软语。

　　——出自《百名家词钞》,(清)聂先,清康熙绿荫堂刻本,一曲滩词,第1399 页。

摘　句
清·金綎

　　寒潮月稍落,渔浦烟初起。须臾沉雾迷,不辨天与水。使我神恍惚,置身云海里。柴桑有处士,襄阳有遗老。尽室入蓬蒿,终年颜色好。

　　——出自《国朝诗人征略》,(清)张维屏辑,清道光十年刻本,卷二十五,第419 页。

萧山县令尹本中吴越南山亭

清·张宣

丹崖青壁莫可攀，十年饱看江上山。江山于人岂寂寞，我自不留山水闲。柁楼晚饭发渔浦，大山西来凤飞舞。小山势走虬龙形，半壁峻嶒天一柱。吴耶越耶山莫知，两家强为山作主。冥搜遐讨兴难极，白日惨惨云愁雨。深林杂树鸟相呼，似向江山话今古。仰天不见卧薪人，构兵无在争桑女。吴宫霜露沾裳衣，越王台榭荆人归。迩来废兴几千载，空令山水含清晖。金支翠旗光闪洒，冉冉灵胥骑白马。飞书下招魂不采，洪波连天向空写。西陵却买阊门船，春风满眼闻啼鹃。千岩空翠生云烟，再往之计何茫然。萧山郎官好事者，作亭名山政闲暇。登高自比古大夫，赋成肯落他人下。开图邀我新诗好，每一看山被山恼。买鱼沽酒办行缠，更约林逋寻驾老。

——出自《大观录》，（清）吴升，民国九年武进李氏圣译庼铅印本，总目，第483页。

渔浦潭

清·沙维杓

起视越江湄，磊落晨星朗。舟子贪兼程，闻鸡拨兰桨。宿阴晓尚屯，信潮寒未上。森森岸峤高，漾漾川路广。急湍多回流，迅飙无停响。探奇矜远涉，踏险怯初往。界峰云溟蒙，赤亭树莽苍。壁险猿挂藤，水清鱼避网。缘源去安极，遐眺益萧爽。暂违尘世喧，聊资烟霞赏。

——出自《湖海诗传》，（清）王昶辑，清嘉庆八年青浦王氏三泖渔庄刻本，卷十二，第233-234页。

非萧山的"渔浦诗词"汇辑

周子翼[①]　李一凡[②]　整理

　　为了更好地研究萧山渔浦诗词,我们对古典文献中所出现的有"渔浦"字眼的诗词进行一一判定。其中属于萧山渔浦者,已收辑并整理入萧山义桥镇所出版的《历代渔浦诗词》与由曹辛华教授等人所辑《历代渔浦诗词·补编》中。而经判定不属于萧山渔浦者或仅仅是将渔浦作为典故或意象者,我们特附于此,以方便后来从其他文献中汇辑萧山渔浦诗词的学人。于此我们仍按时代先后排序。

目　录

[①]　周子翼,南昌大学文学院教授,研究方向为诗词学。

[②]　李一凡,上海大学文学院硕士研究生,研究方向为诗词学。

别夔州众官　宋　李复

拟岘台　宋　谢逸

王右丞雪霁捕鱼图　宋　元好问

酹江月·题永平监前刘氏小楼　宋　黎廷瑞

次韩陆韵并观古墨诗帖次韵韩伯清见寄之什凡五首　元　张伯雨

述慈溪景　元　张嵲

舟次松陵　明　姚广孝

靖江八景·渔浦鸣榔　明　易干

夜泊方桥　明　王鏊

过天津见新筑台　明　邵宝

白鹭洲　明　姚福

涟水八景·赤岸寒潮　明　嵇钢

发湘江　明　严嵩

磻溪　明　何景明

渔浦鸣榔　明　韦商臣

渔浦鸣榔　明　刘干

常山白龙洞和王笔峰韵　明　邵经济

和韵咏靖江八景·渔浦鸣榔　明　华察

赠白宇林公敏西游兴化　明　王襞

范东生招游岘山二首　明　王穉登

咏八景·渔浦鸣榔　明　张秉铎

洞庭湖　明　王惟允

金山　明　屠隆

龙门小饮　明　汤惟允

送同舟归州人　明　袁中道

题画　清　陈盟

夏日陪祝给舍饮齐王孙乌龙潭水阁　明　郑明选

卧牛山　明　沈际盛

望扬子江　明　祁彪佳

被谪过桃源县　明　刘永之

送杜丹丘补任江宁　清　刘正宗

发天津　清　刘正宗

江村秋思　清　陈芝英

浴佛日集诸子于大士阁同胡醉愚十韵　清　孙承荣

万安道中病卧至章门小差时值清明　清　邓汉仪

晓渡扬子　清　沈荃

除夜泊邗关　清　彭孙遹

真州城南作　清　王士祯

瓜步镇渡　清　王士祯

白沙江上雪却寄家兄扬州　清　王士祯

题张敦复大宗伯赐金园图　清　王士祯

渡滹沱河　清　陈廷敬

夜泊京口　清　顾嗣协

秋山晚眺　清　李天任

龙津夜月　清　王廷抡

露　清　纳兰揆叙

历下亭　清　李予望

渔舟　清　荣宪

送卢龙令万鸣嘉致仕归南昌　清　卢见曾

扬州杂诗　清　卢见曾

五老屏山　清　黄良佐

太虚石硐　清　黄良佐

渔浦文澜　清　黄良佐

阡阳八景·渔浦文澜　清　罗文思

虎墩渔浦　清　李珌

虎墩渔浦　清　李汝英

虎墩渔浦　清　李本渥

虎墩渔浦　清　鞠逊行

次经畬主人咏归雁韵二首　清　弘晓

登天马山诗　清　陈天禧

渔浦　清　刘阮

别宜昌友人下汉川　清　胡苏云

姚江棹歌一百首　清　邵晋涵

六月八日新会舟中晓起作　清　百龄

发京口　清　杜堮

由西便门至卢沟雨后车中写望　清　斌良

摸鱼儿·溧阳道中　清　斌良

舟过黄天荡　清　胡嵩龄

早发用邱迟旦发渔浦潭韵　清　陈起诗

金宫词　清　陆长春

自南台江至水口　清　陈肇兴

漳州于使君罢郡如之任漳南　清　端方

新安江行　清　钱纫蕙

早过临淮

唐·陶翰

潮中海气白,城上楚云早。鳞鳞渔浦帆,漭漭芦洲草。川路日浩荡,怒焉心如捣。且言任倚伏,何暇念枯槁。范子名屡移,蘧公志常保。古人去已久,此理难足道。

——出自《全唐诗》,(清)曹寅,清光绪十三年(丁亥)上海同文书局石印版卷五,第473页。

行次白沙馆先寄上河南王侍郎一首

唐·杜牧

夜程何处宿,山叠树层层。孤馆闲秋雨,空堂停曙灯。歌惭渔浦客,诗学雁门僧。此志无人识,明朝见李膺。

——出自《全唐诗》,(清)曹寅,清光绪十三年上海同文书局石印版,卷一九,第1855页。

幼　作

唐·郑愚

台山初罢雾,岐海正分流。渔浦扬来笛,鸿遥翼去舟。

——出自《全唐诗》,(清)曹寅,清光绪十三年上海同文书局石印版,卷二十,第2122页。

费拾遗书堂

宋·江景春

投闲深感圣君恩,放浪华山酒满樽。高下数峰撑日月,东南一柱壮乾坤。雁拖秋色迷渔浦,鸦背斜阳过洞门。偶听山中风水响,恐疑仙乐和朝垣。

——出自《九华志》,(明)顾元镜,明崇祯二年刻本,卷之五,第188页。

送人宰永泰
宋·方雄飞

北人虽泛南流水,称意南行莫恨赊。道路先经毛竹岭,风烟渐近刺桐花。舟停渔浦犹为客,县入樵溪似到家。下马政声王事少,应容闲吏日高衙。

——出自《方舆胜览》,(宋)祝穆,宋刻本,卷之十,第163页。

鸂鶒诗
宋·王鼎

栖息应难近小池,性灵闲雅众禽希。蒲洲日暖依花立,渔浦烟深贴浪飞。遗羽参差沾水沫,余踪稠叠印苔衣。晚来林径微风起,何处相呼着对归。

——出自《诗话总龟》,(宋)褚斗南辑,明影宋抄本,卷之三十二,第188页。

送何水部蒙出牧袁州
宋·宋绶

梧楸初谢楚天凉,亲见腰间换印囊。渔浦雾浓沈叠鼓,溢江风急下危樯。帝城云表瞻龙首,故国星边认剑光。退食斋中多燕喜,暖泉春酿泛瑶觞。

——出自《宋诗纪事》,(清)厉鹗、马曰琯辑,清乾隆十一年厉氏樊榭山房刻本,卷第九,第410页。

颖上人南徐十咏·铁瓮城
宋·梅尧臣

堑江以为池,增山以为壁。铁瓮喻其坚,金城非所敌。前朝经丧乱,曾是轻锋镝。览古一徜徉,空听渔浦笛。

——出自《宛陵集》,(宋)梅尧臣,康熙四十一年刊本,卷第十,第85-86页。

登湖州销暑楼
宋·陈亚

重楼肆登赏,岂羡石为廊。风月前湖近,轩窗半夏凉。曾青识渔浦,芝紫认仙乡。却恐当归阙,襟灵为别伤。

——出自《皇朝文鉴》,(宋)吕祖谦,宋嘉泰四年新安郡斋刻本,卷第一,第735页。

陈商学士知常州
宋·韩琦

叠鼓声喧下鹢舟，书山萧索别英游。青藜照字观奇废，朱雀分符锡命优。霞夹乌樯晴旆卷，星摇渔浦夜灯幽。莼风正熟帆无恙，一色江天望处秋。

　　——出自《安阳集》，（宋）韩琦，明正德九年张士隆刻本，卷第八，第83页。

别夔州众官
宋·李复

半年渔浦巴城守，两任云台太华宫。岂欲背时聊免俗，但能省事略成风。玉泉古刹须留客，峡水安流好向东。祖帐联翩催棹急，临溪洒泪落丹枫。

　　——出自《潏水集》，（宋）李复，清文渊阁四库全书本，卷第十六，第284页。

拟岘台
宋·谢逸

在抚州城东隅，守裴某建。曾文定公为记。

耿耿抱孤韵，寂寂扃柴扉。束书卧环堵，交游车马稀。风流佳公子，妙年秉天机。邀予步层云，目送孤鸿飞。山影漾清流，翠色侵人衣。渔浦晚烟暝，霏雾蒙夕晖。静言思叔子，怅然澹忘归。坐有庖丁手，奏刀心术微。万象含笔端，缣素聊一挥。古来胜达士，歘如朝露晞。吾人各勉力，毋为邹湛讥。

　　——出自《宋诗纪事》，（清）厉鹗、马曰琯，清乾隆十一年厉氏樊榭山房刻本，卷三十三，第1227页。

王右丞雪霁捕鱼图
宋·元好问

江云滉滉阴晴半，沙雪离离点江岸。画中不信有天机，细向树林枯处看。渔浦移家愧未能，扁舟萧散亦何曾。白头岁月黄尘底，笑杀高人王右丞。

　　——出自《石仓历代诗选》，（明）曹学佺，四库全书本，第5021页。

酹江月·题永平监前刘氏小楼
宋·黎廷瑞

远山如簇，对楼前、浓抹淡妆新翠。应是西湖湖上景，移过江南千里。旧日春光，重归杨柳，苒苒黄金缕。市声分付，画桥之外流水。最好叠观泥金，危城带粉，文笔双峰倚。烟寺晚钟渔浦笛，都入王维画里。欹枕方床，凭栏往古，世界浮萍耳。湖天风紧,白鸥欲下还起。

  ——出自《鄱阳五家集》,(清)史简,民国豫章丛书本,卷三,第 64,85-86 页。

次韩陆韵并观古墨诗帖次韵韩伯清见寄之什凡五首
元·张伯雨

  久客黄冈地,新年白发侵。笑歌思执手,忧患苦关心。市井皆吴语,山林独楚吟。羡君渔浦上,高隐贵要金。

  ——出自《六艺之一录》,(清)倪涛,四库全书本,卷三百八十四,第 11649-11650 页。

述慈溪景
元·张翥

  往年使过慈湖上,风景依稀可画传。红叶树藏秋水寺,白头僧渡夕阳船。竹林雨过山多笋,渔浦潮来海有鲜。藉尔远公能爱客,不妨酬倡酒樽前。

  ——出自《元诗体要》,(明)宋绪,明宣德八年刻递修本,卷第十二,第 341 页。

舟次松陵
明·姚广孝

  一上松陵道,秋怀便不同。橹鸣渔浦雨,帘曳酒家风。沙鸟双飞白,江风半带红。离人千万意,都在短亭中。

  ——出自《逃虚子集》,(明)姚广孝,清钞本,卷第五,第 59 页。

靖江八景·渔浦鸣榔
明·易干

  水国周□地,渔翁教能贵。长竿□□钓,高□起潜鬐。得鱼聊自足,鼓枻更何为。独愧沧江叟,营营逝不归。

  ——出自《(嘉靖)新修靖江县志》,(明)王叔杲、朱得之,明隆庆三年刻本,卷之七,第 184-185 页。

夜泊方桥
明·王鏊

  天暝去程远,扁舟宿雁沙。风烟渔浦树,汀水野人家。不识剡溪路,空怀博望槎。邻邦犹蹇涩,况欲走天涯。

  ——出自《石仓历代诗选》,(明)曹学佺,四库全书本,第 9080 页。

过天津见新筑台

明·邵宝

台起孤城外,风尘地有余。奔鲸回筑观,飞鸟避储胥。鸥白连渔浦,杨青引漕渠。他年志兵卫,史笔定堪书。

——出自《石仓历代诗选》,(明)曹学佺,四库全书本,第9331页。

白鹭洲

明·姚福

十里芳洲一水吞,香风两岸起兰荃。蜃楼远映朝职出,渔浦深添夜两浑。野鹭野鸥闲寂历,江花江草自黄昏。何人得似扁舟似,欸乃一声烟水村。

——出自《(康熙)上元县志》,(清)唐开陶,清康熙六十年刻本,卷十五,第566页。

涟水八景·赤岸寒潮

明·嵇钢

河吞淮泗奔沧海,海若相迎亦到涟。新涨每惊渔浦上,旧痕尝接雁沙边。乾坤阖辟盈消息,朝暮盈虚自往还。阅到龙池观赤岸,风声雨意听潺湲。

——出自《(雍正)安东县志》,(清)余光祖、孙超宗,清钞稿本,卷之十四,第528页。

发湘江

明·严嵩

人日移舟湘水岸,东风吹浪彻寒阴。城边柏叶留春酌,沙际沧浪待客吟。烟村小径通渔浦,石壁回溪映竹林。

——出自《钤山堂集》,(明)严嵩,明嘉靖二十四年刻增修本,卷第六,第69页。

磻　溪

明·何景明

丈人昔未遇,钓此溪中。不感风云会,谁知八十翁。晚枫渔浦暗,春草猎原空。独令千载下,怀古意无穷。

——出自《大复集》,(明)何景明,四库全书本,卷二十二,第377页。

渔浦鸣榔

明·韦商臣

极浦无人到,渔榔时自鸣。漫随风力眇,偏傍月华清。沙鸟醒幽梦,江蘺散落英。得鱼呼酒伴,此足了吾生。

——出自《(嘉靖)新修靖江县志》,(明)王叔杲、朱得之,明隆庆三年刻本,卷之七,第 185-186 页。

渔浦鸣榔

明·刘干

黄帽老翁隽短棹,鸣榔江上水云腥。惊鱼出冗漫投网,宿鹭冲烟欲下汀。沃日波涛声未已,暗江风雪响初停。个中别有人间乐,夜宿西严醉未醒。

——出自《(嘉靖)新修靖江县志》,(明)王叔杲、朱得之,明隆庆三年刻本,卷之七,第 188 页。

常山白龙洞和王笔峰韵

明·邵经济

懒性常便麋鹿群,长途万里困尘氛。夜行渔浦日出海,晓发兰阴江吐云。入蜀未缘窥汉相,出关早已愧终军。白龙洞口分杯酌,隐隐风烟含夕曛。

——出自《泉崖诗集》,(明)邵经济,明嘉靖四十一年张景贤王询等刻本,卷之九,第 260 页。

和韵咏靖江八景·渔浦鸣榔

明·华察

渔舟横别浦,时听夜榔鸣。帝月行吟久,随风入梦清。寒沙惊宿雁,夕渚落秋英,浪迹何劳问,烟波寄此生。

——出自《(嘉靖)新修靖江县志》,(明)王叔杲、朱得之,明隆庆三年刻本,卷之七,第 191 页。

赠白宇林公敏西游兴化

明·王襞

君去西游及早秋,昭阳城里雨初收。蝉声逼暑诉方歇,蛛网随风荡未休。闲过相门观□画栋,又寻渔浦问眠鸥。人闻夜半传清调,疑尔槎曾海上浮。

——出自《新镌东崖王先生遗集》,(明)王襞,明万历间刻明崇祯至清嘉庆间递修本,卷下,第 78 页。

范东生招游岘山二首
明·王穉登

同心怜我病,载酒入名山。出郭云三里,当门水一湾。昔贤今寂寞,我辈复跻攀。何事羊公石,都无涕泪斑。　　湖光槛外浮,点点下轻鸥。泽国多渔浦,家山隔虎丘。留君共明月,把酒过中秋。忽漫先归去,令人生旅愁。

　　　　——出自《王百谷集十九种》,(明)王穉登,明刻本,卷下,第234页。

咏八景·渔浦鸣榔
明·张秉铎

烟雨孤蓑昼欲寒,一声欸乃入江干。桃花不是秦时路,牛渚虚疑汉使翰。云卧竿头鱼已得,鸥迎莎底梦初宽。醒来弄得山前月,谁信风波世上难。

　　——出自《(嘉靖)新修靖江县志》,(明)王叔杲;(明)朱得之,明隆庆三年刻本,卷之七,第193-194页。

洞庭湖
明·王惟允

天接君山一发青,平湖岁晚快扬舲。南风浪涌八千里,北斗光涵三四星。渔浦钓船烟雨暝,龙宫物怪水云腥。中流矫首频回顾,恐有飞仙度杳冥。

　　——出自《(嘉靖)湖广图经志书》,(明)薛纲、吴廷举,明嘉靖元年刻本,卷之七,第1446页。

金　山
明·屠隆

大江滔滔流日夕,控压乾坤画南北。潮涌千帆瓜步青,云连万树扬州白。何来小山一点浮虚空,吞江截浪开琳宫。细路半璧生海月,高窗四面来天风。尘氛杳然夏无暑,灵境不与人世通。岸坼沙崩大石走,深潭龙起鼋鼍吼。洪波欲卷狐峰去,黑雾黯霪亦何有。须臾天朗青黛出,历历松杉抱寒溜。老僧禅房都不局,藤花倒垂烟峦冥。挂衲犹畏鹤巢冷,洗钵似嫌渔浦腥。日暮疏钟度空水,谈经说法龙女听。吁嗟乎!长安红尘高十丈,吾已拂衣游澹荡。埋忧地下,寄愁天上。好携鸡犬住此山,兴到乘船踏高浪。

　　　　——出自《白榆集》,(明)屠隆,明万历龚尧惠刻本,卷之三,第64页。

龙门小饮

明·汤惟允

舟系龙门口,樽开渔浦边。林深猿啸杳,风急雁行偏。秉钺非吾事,乘桴亦宿缘。论文共尊酒,景物自堪怜。

——出自《(崇祯)廉州府志》,(明)张国经,明崇祯十年刻本,卷之十三,第448页。

送同舟归州人

明·袁中道

汉阳江头水正白,青翰舟里送归客。好雨打帆汉川渭,北风吹草潜江陌。黑牛渡口生红日,襄江两岸火云出。夜眠滩上愁蚊蚋,早起舟中畏梳栉。三湖漾漾见澄波,月明渔浦唱湖歌。绿树苍苍山隐见,细看是江陵县。青林数点水中洲,转入花源曲曲流。暑中最宜河朔饮,与君一上仲宣楼。

——出自《珂雪斋集》,(明)袁中道,明万历四十六年刻本,卷之一,第87页。

题　画

清·陈盟

涧水淙淙万壑阴,荒村渔浦隔松林。扁舟不尽看山意,洞口桃花独自寻。

——出自《(康熙)四川叙州府志》,(清)何源浚,清康熙刻本,卷之六,第388页。

夏日陪祝给舍饮齐王孙乌龙潭水阁

明·郑明选

乌龙潭上水风凉,帝子开樽碧酒香。落日半侵渔浦静,好山斜带凤城长。文章典则陪枚叟,礼乐从容接献王。共托升平歌既醉,艰难回首说高皇。

——出自《郑侯升集》,(明)郑明选,明万历三十一年郑文震刻本,卷之十,第289页。

卧牛山

明·沈际盛

高郭人烟聚,追陪尺五天。水翻晴树外,峰乱翠云边。渔浦家家笛,风帆处处船。黍苗膏雨后,点染似花田。

——出自《(道光)巢县志》,(清)舒梦龄,清道光八年刊本,卷之十六,第466页。

望扬子江
明·祁彪佳

极目穷天际,孤云落古汀。雁芦随岸阔,渔浦隔江腥。波合天沉影,潮回山换青。为思今夜梦,几度到沧溟。

——出自《远山堂诗集》,(明)祁彪佳,清初祁氏东书堂抄本,五言律,第50页。

被谪过桃源县
明·刘永之

江枫洒去舟,迁客动离忧。白发违慈母,青松忆故邱。驿楼鸦噪晚,渔浦雁惊秋。李白夜郎谪,钟仪绛邑囚。倚棹悲身世,翩翩羡白鸥。

——出自《刘仲修先生诗文集》,(明)刘永之,清抄本,卷二,第34页。

送杜丹丘补任江宁
清·刘正宗

闻道兵戈后,钟山翠未收。送君何所赠,斋马旧无俦。秋月明渔浦,江花隐戍楼。飞凫应计日,慎勿虑淹留。

——出自《逋斋诗》,(清)刘正宗,清顺治间刻本,卷之二,第171页。

发天津
清·刘正宗

解缆津门犯晓霜,海天凉月尚苍茫。风前断柳沉渔浦,塞上哀笳彻女墙。数里人烟残垒外,廿年客绪一樽傍。自怜老懒归休晚,却背征篷望故乡。

——出自《逋斋诗》,(清)刘正宗,清顺治间刻本,卷之二,第220页。

江村秋思
清·陈芝英

驹隙流光唤奈何,闲居潘鬓已婆娑。江田夜雨菰蒲长,泽国秋风稻蟹多。未了尘根终是梦,才看平陆又沈波。悲来尚觉雄心健,自和沧浪白石歌。　　荒涂横睇欲何之,仍向琴书结旧知。燕处危巢原自乐,乌当绕树惜无枝。高原纵猎风偏劲,急水操舟棹独迟。万感不胜中夜集,潘郎已是二毛时。　　登登声是筑瓜场,三两人家带夕阳。鸟下湖田知稻熟,风来渔浦杂菱香。荷锄人比归云静,行路心如落叶忙。我羡为农粗饭稳,行歌真欲住江乡。

——出自《(光绪)江阴县志》,(清)卢思诚、季念诒,清光绪四年刻本,卷之二十八,第1418页。

浴佛日集诸子于大士阁同胡醉愚十韵
清·孙承荣

绿柳含烟芳草菀,百花香动昙云拂。眼前禅趣自皈依,社子同入欢沐佛。好鸟嘤嘤求友生,溪声渔浦弄新晴。门风何事高元礼,青眼犹怀阮步兵。散发枯樵终唤癖,临流一啸芝兰液。弹棋呼酒任翩跹,得句何妨惊破碧。吊古何愁行路难,杯中赋色半欲寒。颐情几许狂歌尽,雅尚逢人乐事宽。梦醒百年空草草,携手林泉真足老。陶公一醉白莲时,高贤今在谁为夭。

——出自《(雍正)瑞昌县志》,(清)郝之芳、章国录,清雍正四年刻本,卷之八,第344页。

万安道中病卧至章门小差时值清明
清·邓汉仪

过岭风花陌上狂,冥冥细雨入孤航。客中人病经寒食,愁里莺啼入豫章。垂柳军城残日动,新烟渔浦战云荒。不知麦饭江村路,寂寞谁来吊国殇。

——出自《淮海英灵集》,(清)阮元,清嘉庆三年小琅嬛仙馆刻本,卷四,第387页。

晓渡扬子
清·沈荃

曙色初开扬子渡,片帆遥挂海门西。横江晓雾千峰失,隔岸寒云万堞齐。短棹苍茫渔浦外,长天缥缈雁行低。中流倚棹频回首,吴楚山川极望迷。

——出自《晚晴簃诗汇》,徐世昌,民国十八年退耕堂刻本,卷第二十六,第931页。

除夜泊邗关
清·彭孙遹

越客晚停桡,凄凉廿四桥。江声悬夜枕,渔火乱春潮。岁月流波驶,烟尘涨海遥。竹西亭畔路,风物入萧条。除夜入春阳,邗沟接渺茫。五年逢此夕,三度在他乡。星汉浮渔浦,风烟冷战场。微名真自累,客泪满河梁。

——出自《松桂堂全集》,(清)彭孙遹,四库全书本,卷六,第167页。

真州城南作
清·王士祯

真州城南天下稀,人家终日在清晖。长桥渔浦晚潮落,曲港丛祠水鹤飞。新月初黄映江出,远山一碧送船归。白沙洲上楼台静,好与提壶坐翠微。

——出自《带经堂集》,(清)王士祯,清康熙五十七年程哲七略书堂刻本,第168-169页。

瓜步镇渡
清·王士祯

秣陵方怅望,瓜步屡洄沿。渔浦连江口,归潮落渚田。风帆入空霭,云木秀通川。一听濯缨曲,深知渔父贤。

——出自《带经堂集》,(清)王士祯,清康熙五十七年程哲七略书堂刻本,卷十六,第231页。

白沙江上雪却寄家兄扬州
清·王士祯

停舟扬子县,支枕夜寒侵。人语烟初暝,鸡鸣雪渐深。江天多旷望,渔浦极枫林。不见梅花阁,烟波愁暮心。

——出自《带经堂集》,(清)王士祯,清康熙五十七年程哲七略书堂刻本,卷十六,第238页。

题张敦复大宗伯赐金园图
清·王士祯

我昔曾过龙眠山,山雪苍茫岁方晏。龙眠山庄知有无,空向图中几回见。遗墟但指璇源馆,在舒城,亦伯时别业。芒鞋未踏垂云畔。见《栾城集》。只今弹指阅七载,过眼流光等飞电。龙眠尚书早致身,玉斧森沉侍清燕。承恩暂许休沐归,朱提赐出蓬莱殿。鉴湖一曲落公手,草木云岚荷深眷。数问家金供宾客,遗事兰陵何足羡。三年却返承明庐,梦寐家山写东绢。溪流百曲学印文,山色千层累重甗。龙公鸾尾啸烟雨,鹿角鼠须饱霜霰。崦岈忽断渔浦开,仰见云中泻飞练。草堂抱膝还读书,乐此长年可忘倦。此山此图世稀有,终拟他年追胜践。待公功成归故山,江帆特乞樵风便。

——出自《带经堂集》,(清)王士祯,清康熙五十七年程哲七略书堂刻本,卷五十四,第937-938页。

渡滹沱河

清·陈廷敬

晨兴越大河,霜气压清波。秋日石梁外,人家渔浦多。远鸥浮水去,高叶趁风过。来往恒山道,征车奈晚何。

——出自《百名家诗选》,(清)魏宪,清康熙魏氏枕江堂刻本,卷之十六,第331页。

夜泊京口

清·顾嗣协

帆落依斜岸,残烟隔石头。人归野市晚,潮近海门秋。远火明渔浦,悲笳集戍楼。茫茫江口望,一带是芦洲。

——出自《依园诗集》,(清)顾嗣协,清康熙三十九年刻本,卷一,第8页。

秋山晚眺

清·李天任

落日登临兴未终,杖藜独对晚秋风。云霞深浅孤峰顶,烟火苍茫落木中。画意凭谁能澹远,诗情对此尽清空。莫愁归路钟声歇,渔浦犹留晚照红。

——出自《沅湘耆旧集》,(清)邓显鹤,清道光二十三年邓氏南村草堂刻本,卷三十八,第1174页。

龙津夜月

清·王廷抡

龙津桥,在邑治东,当置邮冠盖之冲。上有快倚、凌云二阁。西曰凤翔桥,壮清阳之形胜。

龙津桥下水汤汤,桥上清辉皎若霜。月荡流波飞电彩,波吞皓月散珠光。歌声傍火来渔浦,笛韵因风起凤翔。今日夜游非秉烛,劳人于此暂徜徉。

——出自《临汀考言》,(清)王廷抡,清康熙间刻本,卷之四,第118页。

露

清·纳兰揆叙

仙掌擎空又一时,夜凉先濯最高枝。黄沉渔浦兼葭乱,翠减龙堆草木知。正使成霜犹有待,若教益海定无期。庭前暗满当年景,佳句重窥杜拾遗。杜诗:"庭前有白露,暗满菊花团。"

——出自《益戒堂诗集》,(清)纳兰揆叙,清雍正元年揆永寿谦牧堂刻本,卷六,第550页。

历下亭

清·李予望

买棹入明湖,清流澹容与。方舟缆湖滨,尚见此亭古。周玩缅前良,音徽俨可睹。物役感少陵,吾宗称贤主。芳宴揖遥林,台观借回溆。冠盖罗轩楹,乌履交廊庑。杯觞互献酬,玉佩杂樽俎。白云湖阴,修竹消溽暑。风流照海石,清兴留北渚。所嗟人代速,倏忽成黄土。孤亭几兴废,胜迹踵前武。名士今何存,残碑重摩抚。遐瞩寄永怀,苍烟点渔浦。落日水风凉,湖光浸环宇。

——出自《宫岩诗集》,(清)李予望,清乾隆三十五年李翚等刻本,卷四,第 72 页。

渔　舟

清·荣宪

岸上风林岸下舟,生涯渔浦几经秋。倒含石影泛江月,斜带风声惊海鸥。闲取补簑防雨落,倦来作茵卧滩头。停桡一任东西去,若个双飞冒钓钩。

——出自《(乾隆)海阳县志》,(清)包桂,清乾隆七年刻本,卷之八,第 296 页。

送卢龙令万鸣嘉致仕归南昌

清·卢见曾

春荫蔽苻野棠新,祖帐壶箪夹道陈。威少恩多古循吏,名通位塞旧词臣。羽书汗赤卢龙塞,渔浦烟青彭蠡滨。同是杖乡游倦客,可堪歧路独逡巡。

——出自《雅雨堂集》,(清)卢见曾,清道光二十年卢枢清雅堂刻本,卷上。

扬州杂诗

清·卢见曾

渔浦枫林了此生,柘湖烟月正鲜明。品题不费长芦老,五字诗传谢朓清。长洲郑鈗有《柘湖稿》,朱竹垞先生举"诗传谢朓清"句评之。

——出自《雅雨堂集》,(清)卢见曾,清道光二十年卢枢清雅堂刻本,卷上。

五老屏山

清·黄良佐

列岫何高古,苍然五老颜。凌空依日驭,倒影落溪湾。黛色开青嶂,炉光绾翠鬟。相连为伯仲,作镇表东山。

——出自《(乾隆)石阡府志》,(清)罗文思,清乾隆三十年刻本,第八卷,第 232 页。

太虚石硐

清·黄良佐

硐幽无锁钥,门辟接天衢。虚室乾坤别,灵岩物象殊。纵观峰窈窕,缓步径尚纡。朦似桃园景,金沙佛地铺。

——出自《(乾隆)石阡府志》,(清)罗文思,清乾隆三十年刻本,第八卷,第232页。

渔浦文澜

清·黄良佐

软绿看金柱,江空净晓晖。回澜萦鹭渚,濯锦漾鱼矶。鼓枻歌初起,垂纶钓未归。最怜幽绝处,吉水共依依。

——出自《(乾隆)石阡府志》,(清)罗文思,清乾隆三十年刻本,第八卷,第232页。

阡阳八景·渔浦文澜

清·罗文思

渔浦濠梁兴,澜生细縠文。无风成宝篆,有日映绫纹。方折游鲜断,圆流荡桨分。机潘词藻味,临眺息纠纷。

——出自《(乾隆)石阡府志》,(清)罗文思,清乾隆三十年刻本,第八卷,第234页。

虎墩渔浦

清·李玼

虎踞滩头波自平,钓鳌人醉饮如鲸。只今盛世无烽火,日暮渔歌处处声。
——出自《(乾隆)海阳县志》,(清)包桂,清乾隆七年刻本,卷之八,第290页。

虎墩渔浦

清·李汝英

黑虎墩前白鹭洲,新生桂月影如钩。垂天应镇珊瑚纲,海大鲸鲵敢出头。
——出自《(乾隆)海阳县志》,(清)包桂,清乾隆七年刻本,卷之八,第291页。

虎墩渔浦

清·李本渥

风静烟消碧海平,渔航欸乃棹歌声。墩头老子垂纶坐,香饵安排钓巨鲸。

——出自《(乾隆)海阳县志》,(清)包桂,清乾隆七年刻本,卷之八,第291-292页。

虎墩渔浦

清·鞠逊行

鸦路今无羽檄飞,半山溪雨带斜晖。素沙见底空无色,鱼拥香钩近石几。

——出自《(乾隆)海阳县志》,(清)包桂,清乾隆七年刻本,卷之八,第293页。

次经畲主人咏归雁韵二首

清·弘晓

桃花浪暖度衡阳,杨柳风微返北乡。晓雾龙沙迷朔漠,晚烟渔浦梦潇湘。春波漫衍鱼龙字,瑶岛班联鸤鹭行。我欲援琴赓古调,晴空呖呖兴偏长。

——衔芦亦解谋,数声叫破旅人愁。雨深戢翼栖沙浦,风劲呼群过白沟。几处金筍催大漠,一声玉笛傍高楼。天衣漫志碑中语,云影禅心幻碧流。右"秋雁用米",海岳天衣碑怀公语也。

——出自《明善堂诗文集》,(清)弘晓,清乾隆四十二年刻本,卷二十九,第409页。

登天马山诗

清·陈天禧

峰势嶙峋阚碧溪,高秋蜡屐共攀跻。同人又是竹溪逸,半岭屡吟崔颢题。岚气满林频滴沥,幽禽见客忽惊啼。十年重到山应笑,咫尺游踪路欲迷。崎岖沙路滑晴天,列岫亭空更豁然。万井人烟归杖履,四围山色落阶前。松林涛卷西风急,渔浦帆飞夕照悬。扰扰浮生成底事,何如卜筑老峰巅。

——出自《(光绪)福安县志》,(清)张景祁、黄锦灿,清光绪十年刊本,卷之三十二,第648页。

渔　浦

清·刘阮

桃源谁信在人间,灵境周遭碧水环。入径烟云随杖转,生新丘壑引心闲。辋川秀句垂千古,渔浦幽寻隐一湾。风景自今增胜概,竹坪花坞共追攀。

——出自《(嘉庆)南陵县志》,(清)徐心田,清嘉庆十三年刻本,卷之十五,第642页。

别宜昌友人下汉川

清·胡苏云

旗亭酾酒相候,落日放舟欲行。霁树沧江森漫,寒云秋水凄清。叶飞渔浦霜色,梦在芦汀雁鸣。此去萧然白发,问何为是孤征。

——出自《芥浦诗删》,(清)胡苏云,清乾隆刻本,卷之十一,第146页。

姚江棹歌一百首

清·邵晋涵

全家生计渔舠上,识字才教记姓名。读得黎贞三字训,便称渔浦小书生。《三字经》为南海黎贞所作,赵考古自琼山携归,以授村塾。别见《广东新语》。

——出自《南江诗文钞》,(清)邵晋涵,清道光十二年胡敬刻本,卷第一,第570页。

六月八日新会舟中晓起作

清·百龄

夜雷惊枕聚飞蚊,晓拓船窗散郁氛。渔浦远分双桨雨,戍楼浓压半山云。兵真是火愁难戢,事本如丝治敢棼。群盗蚁屯迟扫穴,炎天海角尚悬军。时孙军门驻师厓门。

——出自《守意龛诗集》,(清)百龄,清道光二十六年读书乐室刻本,卷二十六,第397页。

发京口

清·杜堮

铙吹出京江,江云护客艭。桥凌城上堞,屋压岸头桩。草色连渔浦,泉声落蜃窗。晚来寒雨急,前望几□□。

——出自《遂初草庐诗集》,(清)杜堮,清同治九年杜受廉刻本,卷七,第115页。

由西便门至卢沟雨后车中写望
清·斌良

甘膏霡霂高陇侵，厚生利用胜黄金。茅茨山农笑抵掌，丰登有获酬痴想。我虽无田喜亦真，软红幸少扑面尘。花须柳眼相媚妩，衬出浓岚隔渔浦。人言得句胜得官，爵縻朱紫丛忧患。何如披披曳衫袖，朗吟惊破春云绹。

　　——出自《抱冲斋诗集》，（清）斌良，清光绪五年崇福湖南刻本，卷二十三之一，第 597-598 页。

摸鱼儿·溧阳道中
清·斌良

指平陵、接天短荠，晨霞赪尾初吐。鸥边晓梦低徊久，曳破一枝柔橹。窗暝度。刚渔浦桥痕，低碍云帆住。羁凄情绪。惯坐拥寒毡，风尖雪冱，隔岸动津鼓。邮筒数。胥濑昔投金处。红旌霜外重渡。螺研石屋烟痕细，约略春人眉妩。归未赋。讶青鬓年华，酿得愁如许。年时记否。正暖炙鸾笙，斜拢凤拨，花爨锦镫舞。

　　——出自《眠琴仙馆词》，（清）斌良，清光绪五年崇福湖南刻本，眠琴仙馆词，第 11 页。

舟过黄天荡
清·胡嵩龄

览遍东南胜，平生此快游。大江风浪静，一叶地天浮。远火明渔浦，轻帆指石头。何人吹铁笛，隐约舞潜虬。

　　——出自《沅湘耆旧集》，（清）邓显鹤，清道光二十三年邓氏南村草堂刻本，第 2979 页。

早发用邱迟旦发渔浦潭韵
清·陈起诗

雾薄日未暾，风定帆犹飏。晓色隐孤楂，曙云起遥嶂。梦醒天乍明，残星炯在望。鄙事少贱能，高秋此难状。但闻人语喧，稍觉江波涨。平生行路难，薄命危樯傍。聊欢病起身，天地增清旷。

　　——出自《沅湘耆旧集》，（清）邓显鹤，清道光二十三年邓氏南村草堂刻本，卷一百三十九，第 3197 页。

金宫词

清·陆长春

开宴刚逢撒雪时,数峰青敛远山眉。樵村渔浦都如画,点缀荒寒入小词。

——出自《辽金元三朝宫词》,(清)陆长春,吴兴嘉业堂从书本。

自南台江至水口

清·陈肇兴

乍过罗星塔,还看福斗山。舟穿千岭曲,帆转一溪湾。夜火明渔浦,人声出市阛。前头烟树里,已是万安关。①

——出自《陶村诗稿》,(清)陈肇兴,民国二十五年杨珠浦刊本,卷四。

漳州于使君罢郡如之任漳南

清·端方

漳南罢郡如之任,二十四州相次迎。泊岸旗幡邮吏拜,连山风雨探人行。月中倚棹吟渔浦,花底垂鞭醉凤城。圣主此时思共理,又应何处救苍生。

——出自《壬寅消夏录》,(清)端方,稿本,唐尉迟乙僧刷色天王象卷,第128页。

新安江行

清·钱纫蕙②

乘潮渡渔浦,沓嶂夹江喷。下瞰绿波影,能令纤芥分。筏移疑入镜,碪落自春云。听尽潺湲水,滩高易夕曛。

——出自《晚晴簃诗汇辑》,徐世昌辑,民国退耕堂刻本,卷一百八十四。

---

① 杨珠浦纪:"《陶村诗稿》共八卷,系磺溪陈肇兴先生壮年时所作也,贵写实、尚平易。余二十五年前,偶然得之书笥,回环三复,不求甚解。民国八年,请示于吴德功先生。先生喜出望外,详为说明:'此卷乃台湾诗学之结晶,现存殆无完本。卷中虽有蛀失,当为补记。'至十年,阅毕;告曰:'好自珍藏!'余以是更加爱惜。屡思翻版,踌躇莫进。此次受林耀亭先生及乡中父老之怂恿,乃决意付印重刊,以公同好,藉以保存台湾地方文学之一助,亦可以谢故吴德功先生指导后学之劳也。爰为之记。中华民国二十五年秋,杨珠浦记于南屯爱仁医院。"

② 钱纫蕙(生卒年不详),字秋芳,号清荫居士,吴县(今苏州)人。许廷鑅之妻。有《清荫阁集》。

民国时期湘湖旧体诗词辑补

张幼良[①]　刘慧宽[②]　整理

中国文学史上存在大量以湘湖为题诗词作品。21世纪以来,随着杭州地区文化建设工作的推进,地方政府和文化机构先后编辑出版《萧山诗选》《萧山古诗五百首》《湘湖古诗五百首》《湘湖诗词》《古韵流风》等多部诗词集。曹海花编《湘湖文学文献专辑》共收录湘湖文学作品多达1600余篇,但对民国时期的湘湖诗词遗漏较多。笔者主要从湘湖师范师生所办《湘师学生》《湘湖生活》《锄声》等杂志以及民国时期其他报刊、诗文集中辑录13位诗人的旧体诗词作品凡39首,均为上述著作所未收,兹录于此,以补各本之缺。

王恩元

失题四首

鹅鼻山(旧名)高势切星,鼻头端合见沧溟。自惭腰脚顽无力,辜负凌虚一览亭。

丽泽麻源比未工,莼鲈况复胜江东。季鹰当日疏狂甚,不道秋风在越中。

越绝风骚叹寂寥,别开诗境向山椒。凭君主张莲花社,遍与词人赋大招。越中吟事,皋社而后未有继者。兼庐创举湘社,议假撅乌山、湘云寺设诗龛,奉乡先栗主。

最喜精庐得静便,蒲团松尘亦前缘。相期玉带留山日,重上米家书画船。兼庐拟为湘云重造山门。

---

①　张幼良,常熟理工学院文学院教授,主要研究方向为诗词学、现当代旧体文学。

②　刘慧宽,上海大学文学院博士后,主要研究方向为诗词学、现当代旧体文学。

兼庐主人见示菊花诗次韵戏代菊花答一首即请粲政

屈陶去我久,寒英亮谁好。邂逅陈子昂,欢若酥雨膏。众卉叹零落,纷华甘刮扫。翻谓有真意,五字辱见劳。南山青眼看,东篱素心到。感兹岁寒知,襟抱剧倾倒。一心媚夫君,幸免后时懊乐天诗"愿谓尔菊花,后时何独鲜",昌黎诗"后时徒悔懊"。荐枕伴清醒,压帽助啸傲。虽微绮霞姿,庶勖严霜操。相守期百年,愿假长生号。

(原载《小铎》1917 年第 185 期第 2 版)

野　尘

过湘湖　三首

极浦烟波望欲无,跨湖桥畔雨模糊。游人竞说孤山好,不及湖湖有鹨鸟。
一双银桨水如油,两岸桃花送客舟。急雨打篷云压树,不知身在画图不。
莼羹味美夸江乡,春笋芽茶亦上场。我欲浩歌归去也,漫山桃李竞新妆。

(原载《国立浙江大学农学院周刊》1928 年第 1 卷第 29 期)

严芥畦

晚发九龙头渡浙江望见鳖子亹抵越获览萧山湘湖志

斜阳欲陷乱山中,反射帆光渡口红。键户扼当孤鳖在,大江横截九龙东。伤时客老求文献,末世民趋不武风。逆作千秋封建想,康王孱弱越王雄。

(原载《闲话》1929 年 12 月 14 日第 3 版)

张生春

湘湖生活歌（乐谱）①

（原载《湘湖生活》1931 年第 12 期）

郁达夫

西兴口占

山城十月水云蒸，神似东坡大匠称。

落日半江红欲紫，几星灯火点西兴。

子瑜附识：此诗录自杭江小历寄程，十一月九日午后五时作。原仅有后二句，特为补足一绝。

（录自郑子瑜编《达夫诗词集》，宇宙风社 1948 年 6 月印行）

徐定戡

游湘湖二首

看山意未尽，乘兴泛连漪。人事辄相阻，夕阳偏与期。归来坐林下，正及晚晴时。一角明霞丽，多情映柳丝。

压帽乌篷小，一湖春可寻。悠然疑世外，清绝见吾心。藻影漾空碧，莼香入定深。清游须恣意，慎莫为愁侵！

（原载《越国春秋》1934 年第 67 期）

---

① 曹海花《湘湖文学文献专辑》收录该词全文并将其列入曲类，兹将曲谱辑录于此，以还其全貌。

席凤阁

拟浙大十二景分咏·湘湖春色

极目春光接太空,桑麻柳麦碧葱葱。寻芳记否重来日? 更有桃花分外红。

(原载《国立浙江大学校刊》1933 年第 120 期)

杨恩培

居湖杂感（四十三）·自来管

大来晓得亡国恨,现在切莫忘自身。一般大人先生们,国难临头还不醒。你推来,我推去。中国推到日本去。

你不管来我不管,中国人民自来管。你织布,我种田,做成衣服送前线。

赶紧步,加重担,大家赶快来生产。造起军火积起粮,三年五年任你打。裹好衣服背上枪,藏好粮草准备杀。你可知道元鞑子,关门闭户杀尽过。小小日本人不多,你杀一个我一个,那怕狗血不成河!

(原载《锄声》1935 年第 1 卷第 7 期)

张惠连

湘湖杂咏并序十首

风景之胜,莫不以人工之点缀,以增其媚,独湘湖则不然。古人每淡妆浓抹而比西子,吾则以为未出闺门之处女足以喻湘湖。湖位于萧山县治之南,浦阳江之东岸。环湖数十里,峰峦怀抱,绿草迤逦,水道互通,支流错综。舟行则菰芦蒲苇,纷披水涘,青巘碧波,自相映发。漫流洄溇,环山沧涟,不啻入芦花荡中景也。湖形端大中小,类似葫芦。中有跨湖桥隔焉。北毗越王城,相传为吴越时越王勾践卧薪尝胆之处。城山巍峨,荒草凄迷,可以想见当年耐苦坚忍之风。有宋一代,骚人逸客,留恋吟赏,称盛一时,足为湖山生色。西为一览亭,在石岩山之巅。为明嘉靖十年,郡守洪珠所建设。邑人文士,春秋游眺。东望越山之秀,西瞰钱江之流。俯视湖中,澄清如镜,渔鼓之声,犹隐约于风声相应之中。青山数点,于烟云荡漾之际。时相出没者,即吾校压湖山之所在地。吴校在湖中压湖山之南麓,闻钟声于札札,结农友以同盟。天时人事,俱令人忘俗。视彼繁华之都市,诚有清浊之判矣。深疑晋时桃源境中人,亦不过如此。感兴之余,遂狂吟以记之。

其一

泛尽湘湖路几程,疏星皓月碧波清。长堤古树西风急,都入寒芦作雨声。

其二

晴烟漠漠草凄凄,只恐轻舟水路迷。好是斜阳风定后,声声渔鼓逐东西。

其三

漾漾平湖趁晚风,单船叠舸影摇空。晚来隔断村前路,多少朦胧烟雨中。

其四

闲泛湘湖趁夕阳,优游犹处白云乡。渔翁还解春秋事,指点山头话越王。

其五

翻翻刮尽一湖芦,篱菊吹开落到梧。谁恤忍怜舟子妇,筝摇无力击残荸。

其六

西村桃李淡春烟,百亩湖田却自然。过得谁家门外墙,游人出艑助拖船。

其七

几曲山头接水村,轻烟渺渺暗无痕。闲云底事东西逐,遮住湖光障赤暾。

其八

袅袅微风绉碧波,远山更觉好峰多。轻舟过去成佳画,绿草平湖点白鹅。

其九

几枕青山抱草湖,小桥低处动菰芦。渔人更掉孤舟去,一片湖光入画图。

其十

吹尽浮云似欲晴,满滩芦荻任纵横。时来采得湘莼叶,拟命厨娘做菜羹。

（原载《学生文艺丛刊》1936 年第 8 卷第 5 期）

唐玉虬

湘湖曲

　　萧山之西有湘湖,烟波缈缈绝世无。斜阳照树岩花远,天开一幅思训图。共说湖长九十里,一桥压湖如束绮。(压湖桥东为上湖,西为下湖)上湖窈窕美人姿,微风麟麟縠纹绮。春山两岸临妆镜,画得长眉正入时。下湖洒落高士怀,吐出良田前顷赊。(下湖多半长为田)芃芃禾黍连云种,冷灶生烟一万家。上湖临流民无稼,探湖出土陶砖瓦。美人不屑剜肌肤,西方大士身可舍。于嗟乎!湘湖尺寸供实用,不似西湖惹游众。我驾扁舟独往来,未有湖风作迎送。令人恍入潇湘游,重崖翠竹幽禽咮。曾闻汉季有卧龙,早年潇洒名士风,一朝幡然答三顾,尽瘁王事殉厥躬。又闻宋季文信国,年少风流听丝竹,一朝横身当战场,洒血幽燕天下哭。今之湘湖毋乃是?何限饥鸿生机托。摩顶放踵甘为之,湖身湖心任耕凿。犹能不改美人度,动如绤绤静寒玉。由来水德称利济,虚美悦人何足录。吾将老矣心慨然,抽豪一赋湘湖曲。

（原载《中央日报》1937年5月17日第4版,《铁报》1937年6月3日第4版）

陈　演

采　豆

秋深豆荚满田黄,老妇携儿采撷忙；一撮一株采不尽,归来笑指豆盈筐。

登云母山望广因寺

高登云母山,遥望广因寺；茅茨掩采椽,历历幽篁里。

九月三十日早晨至田野散步

我呼红日起,红光照我衣；惊起山中鸟,三二满空飞；老农勤工作,荷锄出荆扉；入畦除杂草,草稀蔬菜肥；隔篱望苗圃,松竹共翠微。

爬　山

山路崎岖山景幽,山泉汩汩泻清流；落照寒潭红树晚,牧樵归去唱同仇。

溪边夕照

独坐溪边石,静闻鸟噪晴；浮云收雨意,落日照山明；两岸溪沙白,一涧秋水清；野天何辽阔,不觉暮寒生。

至湖溪宣传

缓步向湖溪,行行□阡陌,低田麦初绿,高地土才翻,努力扩冬作,国难共纡蠲。

（原载《湘师学生》1939年第2期）

香　白

衷澄县长邀游湘湖

萧然四顾古今殊,一隔江流判越吴。浓抹淡妆比西子,乱头粗服爱湘湖。身经忧患诗情减,地太荒凉宦味孤。邀我同游趁夕照,水光山色未模糊。

（原载《浙赣路讯》1947年第5期）

秦伯未

湘湖吟—名《游萧山湘湖口占》四首

渡江饱看越山青,渺渺烟波向晚冥;浪把西湖比西子,疑从湘水访湘灵。

荻滩渔舍自成村,不信中留杜甫魂;(湖产吐哺鱼,亦成杜甫鱼。)双桨圆桥春水阔,四围岚翠落无痕。

美人静好思悠悠,(居民以西湖拟名妓,湘湖为淑女。)湖水湖山笑白头;蓦地东风送微雨,红陵庙口夕阳收。

几生修得到仙区,游遍阴晴上下湖。无数烟发谁管领,一峰深秀着诗徒。(湖中群峰,以压乌山为长,俗呼压湖山。)

　　(原载《前线日报》1948 年 5 月 31 日第 6 版,《申报》1948 年 7 月 2 日第 8 版)

民国时期校园杂志刊载湘湖新诗辑补

李　雪[①]　刘慧宽[②]　整理

曹海花编《湘湖（白马湖）文献集成·湘湖文学文献》共收录湘湖文学作品多达 1600 余篇，但多为旧体诗词，对民国时期的新诗收录较少。文学革命和新文化运动以来，学生成为新诗创作的主要群体，笔者从《湘师学生》《湘湖生活》《锄声》湘湖师范学校所办杂志，以及《文学月刊（北平）》《中学生文艺季刊》等民国时期其他校园杂志中辑录 20 位诗人的新诗作品凡 41 首，兹录如下。

陶行知

自立歌

滴自己的汗，
吃自己的饭。
自己的事情自己干，
靠人靠天靠祖上，
都不算好汉。

（原载《湘湖生活》1929 年创刊号）

翁育修（翁衍桢）

春　朝

一阵鸟语，
一阵花香，

①　李雪，上海大学文学院博士后，主要研究方向为诗词学、现当代旧体文学。
②　刘慧宽，上海大文学院博士后，主要研究方向为诗词学、近现代旧体文学。

一阵阵的晨风送来，
陶醉我的胸怀！

蜂儿与花

乖巧的蜂儿啊呀，
请别扰乱她的情绪吧！
因为她正在相思呵。

红　豆

她怀着如火的热情，
她将红豆粒粒种在泥里。
红豆滋蔓了园地，
相思满怀无着处。
她要毁灭相思，
把红豆收藏在葫芦里。
葫芦里的红豆，
尽是她眼眶中滴滴血泪。

流　萤

流萤飞过我底窗前，
我疑心她是深闺中出来的游魂。
不然，何以明明暗暗地在窗前彷徨？

新　月

玉梳一样的新月呀，
你高高挂在柳梢。
玉梳一样的新月呀，
你可曾梳过我心中如乱麻的烦恼。

伊

伊倚着窗儿，
没甚心儿打量，——
听黄蜂儿吟歌，
看红蝴蝶飞翔。

何限闲愁憎东风，
有意调弄落花。——
反复吹起，
春情懒，懒。

（原载《湘湖生活》1929 年第 4 期）

恬　静

是那儿的笑声并歌声？
悠悠扬扬，袅袅婷婷。
扰攘而可哀的人生呀，
也忘机在这一刹那的恬静。

燃　烧

桃花似笑，
杨柳青了。
我的堕落了的灵魂呀！
你快快引着生命之火燃烧吧！

（原载《湘湖生活》1929 年第 6 期）

燃　烧

桃花如笑，
杨柳青了。
我底堕落了的灵魂呀，
你快快引着生命之火燃烧！

落　花

落花在风中飘了，
黄莺儿听了歌唱，
司春的女神去了。

狼藉在夕阳道上，
红消香断了。
美满的春光，
且换了万斛哀愁，

千种烦恼。
呵！生命的时间呀，
你如金箭一般的，
弃我而遁逃！

（原载《湘湖生活》1929 年第 7 期）

佚　名

春　种

无情的雨，
无情的风，
打也打那吹也吹那，
勤苦的劳农！
一滴滴的汗，
一点点的血，
播满了田中，
化成春种。

单　恋

上帝呵！
为我解释吧！
我的心缘何夜夜萦绕着她？

柳　絮

柳絮儿的飘零，
不是困着失望而离分！
春风呀！春风呀！
我的心已醉了，
你别吹我这山到那山，
这家到那家，吹进了她的窗中去呀！

俟　候

我敛收了旧时的伤悲，
低下眉峰，待我心知的爱。
不管落红陨岭月盈头，

只俟那人儿来不来。

思　潮

我海流一样滚滚的思潮，
正是那窗外狮吼虎啸的风涛，
要把地球吞了！

（原载《湘湖生活》1929 年第 6 期）

朱晟旸

杭唷歌

（原载《湘湖生活》1930 年第 11 期）

王　让

祝母校新校舍落成

夏至近了，
雏燕辞巢；
临去依依，
梦魂至今恨未消。

记得辛勤卵巢，
个中老燕将雏抱；
记得呢喃学语，
个中老燕将雏教；
记得围绕翩飞，
我辈于中长羽毛。
去了！——别了！
怎免得几回眷恋几魂消！

老燕衔泥，
更添新垒，
而今闻道：
春风乳燕，
画梁稳栖，
新垒更比旧巢好！

云

责　任

万山重叠。
平野浩浩。
大地中华，
如有寸土不毛，
便是我责任未了！
尽我心，尽我力。

用手兼用脑！
力田躬耕,应共农友耐苦劳！
促进生产谋改造,要有科学头脑！
劳力劳心建设改造,
共登光明大道！

二一,五,一五,于湘湖

落

忆街头匆匆相见

忆街头匆匆相见
　　两壁儿都默默无言；
只剩下微笑的两靥,
　　到今朝依旧还牵连。

我曾将这相思吐露在书简,
　　多次烦了鱼雁；
春去也,
　　只苦了我底心田！
说不尽的相思次第增添,
　　可怜的心成了碎片；
梦也无定期,
　　只有伊底两靥时在眼前！

（原载《湘湖生活》1933 年第 2 卷第 2 期）

朱宗英

忆湘湖

（湘湖在钱塘江南萧山县境内）
　　我像淡月寒空里一颗流星,
　　悄悄地从杭州流到北平,
　　往时风华冥冥地消尽,
　　现时的梦还留旧时湖影。

风絮满城那是四月里的清明，
男女伴侣同到湘湖旅行，
春郊浅缘微雨初晴，
红杏满树百鸟怡鸣。

雨岸春山迷迷如笑，
水光云影时在船篷缭绕，
远远行鹅仿佛白莲飘摇，
水滨黄花里飞去消闲的鸥鸟。

淡淡晴空飘来一片流云，
冉冉地在那绿波湖底流行，
新野辽阔满目浅碧闲花，
除了山边渺无烟火人家。

他好像乡村活泼年轻的女郎，
披上自然柔绮的淡雅衣装，
香红丽花象征他的美貌，
盈盈光波媚若爱人的微笑。

片片梨花潇洒地飞飘，
捉蝶儿童跌在春晖里欢笑，
探茶姑娘唱着抒情山曲，
乱语飞燕度过那春野的溪桥。

我当时赞扬他的热情狂烧，
口腔里唱着无名的皮黄小调，
如今身居北国心弦凄零，
只有那梦里怜火隐现在他的香境。

那时歌音笑语漫在湖上流荡，
风光轻雾笼罩湖水渺茫，
空谷流水吞灭了歌语音浪，
但往时游踪永远印在那乡野湖上。

绿杨村水画船轻晃，
姑苏水田里飞去的白鹭，
各地风光都足惹人留连，
但总不及那我最爱的湘湖。

湘湖！我爱你的热情连绵难忘，
只因你春风白水旖旎的风光，
待有机缘我必重泛轻舫，
饮酒谈天终日醉游在你的湖上。

1931,12,作于清华

注:绿杨村在扬州城西北角,为景色最好之处,与瘦西湖紧接。

原载《文学月刊(北平)》1932 年第 3 卷第 1 期

落

赠毕业同学

万树榴花留不住离人。
半月梅雨,旦正水涨着舟程。
别了,同学们!
放出勇士的精神,英雄的毅力;
莫学那闺中女人,
情丝牵住前程!

这前程,这新程,——
多少伟大的事业,
等候诸君去完成。

努力创造,努力奋斗;
肩着锄头,捧着书本,
站在革命的前线,
莫怕赤血白刃!
要知道:头颅换得的河山,
才算作真正的神圣。

别了,同学们!
万树榴花留不住离人,
半月梅雨旦正水涨着程。

潘岳群

杀　敌

同胞!同胞!听,听呀!
他人的炮声隆隆,
同胞的哭声嘤嘤;
昙花一现的生命,
泡影也似的人生!
贪什么苟延的岁月,
快披戎衣执锐兵,
四万万人共一命!
前进!前进!
浴着敌人的鲜血,
把民族的奇耻洗清!
冲锋!冲锋!
张着正义的旗号,
把违背人道的兽兵杀尽。
这是我们的责任,
何必说万古留名。

性　白

一个爱国者的出征歌

出征!出征!莫踌躇!
我挚爱的东北,
你是亚洲的乐土,
太平洋的明珠,
你是我灵魂寄托的巢窠;
我不能眼看你被人抢占,

我愿你牺牲头颅，
来争你的自由。

出征！出征！莫畏缩！
萧萧的是寒风，
迷濛的是大雾。
这巍峨的华夏，
被蹂躏于异族；
快把热血来喷洒，
驱彼伪国的妖魔。

片片被烧的余灰，
返映着落晖，
是谁造的巨祸？
是谁身为罪魁？
这狰狞的夜鬼，我何所畏？
我愿牺牲一切，
来与死神共追随。

惨淡的星辰，还在闪烁，
阿儿与爷娘，
离别在瞬息；
莫存着孺慕，莫只是悲恻，
望把征歌来唱，
慷慨壮行色。

（原载《锄声》1933 年第 1 期）

郑善林

湘湖夜泛

天那样沉静，
　水那样沉静，
没有微星，
　也没有行人，

只有零碎的桨声——轻脆,清新。
　桨声激动了我的心琴,
　　同样的,
　　　轻脆!
　　　清新!

(原载《中学生文艺季刊》1936 年第 2 卷第 3 期)

春笋编者

《春笋》题记(骥骅编辑):《春笋》本来是个漫画和漫笔综合的周刊,因为代表会的决议,把他移到这里,然为篇幅的限制和漫画制版的费钱,所以只能刊出这一点点。

献　诗

纤纤的几只,
　从地底下钻起来的,
　　卑不足道吗?
明天就可以长过你底头;
　娇嫩无力吗?
满山的老竹本来就是如此的哪!
　灌给他需要的圣水,
　　当心你底脚尖损害。
　　　他年——
　　蓬蓬勃勃,
　就是今天扶持的功绩。

(原载《湘湖学生》1937 年第 2 期)

施伯泉

崖边泉声

泉声汩汩,
你诉说些什么,
"我在石壁间碰破了头脑,还弄得我身体浑浊!"
是啊! 你得仔细想想!
那边有多少的好花送你归!
多少的年轻朋友曾把闲情托;

你曾洗涤尽人世间一切秽恶。
你的明洁可比天上银河，
虽然那河岸有牛郎织女在私语，
泉啊！怎敌得你逍遥自在光明磊落

泉声汩汩，
就这样慢慢地流着。
流到堤边，
你须抚摸那些细枝嫩芽，
有否因了你的浸润而生气勃发？
慢慢地流着，流着；
流到小滩间。
你还得问声："昨日的我有否在此地徘徊，蹉跎，还是已经化身了江海大河？"
再叮咛一声："明日的我也莫叫他在此地蹉跎。"
泉啊！流罢！流罢！

（原载《湘湖学生》1937 年第 3 期）

傅骏琳

春光好

春光好，
谁不晓！
斜阳里，柳丝袅！
湘堤上，往来人多少！
自有那——
温和的晚风，
为他们殷勤照料！

春光好，
游兴浓！
无事闲步湘堤东！
瞧啊——
鱼儿戏水深深见，
蝴蝶穿花款款通！

春光好，
快意事，尽情找！
须知光阴似流水，
转眼春光老！
试问人生有几何？
黄金时间——
莫让它，轻轻溜过！

（原载《湘湖学生》1937 年第 3 期）

沈子忠

我们的机会到了

塞北的战幕揭开了，
绥东的战云密布着。
朋友，
你曾看见炮火的直冲云霄，
你曾听见战鼓的震撼山岳？
英雄的热血溶解了白雪，
壮士的宝刀戳尽了魑魅！

红盖尔图的轰炸，
百灵庙的肉搏，
战士的头颅，
豪杰的身手，——
所争取的是什么？

铁鸟翱翔在塞北的领空，
匪骑蹂躏着绥东的山河。
死伤在沙场上的是谁？
浴血在白雪里的为谁？

忆否？
长白山头的遗尸未腐，

黑龙江中的血水尚赤；
鸭绿江边的冤魂啾啾，
沈阳城内的孤鬼咻咻；

朝鲜，
安南，印度，缅甸，
亡国奴的殷鉴不远，
阿比西尼亚的前辙昭然。

朋友，
在这弱肉强食的世界中，
要生存便要挣扎，
要雪耻更须奋斗！
要胜利只有牺牲，持久！

与其忍辱生，
毋宁报国死。

塞北的战幕揭开了，
绥东的战云密布着。
朋友，
我们的机会到了，
且跑上前线去显显身手！
歼灭了倭匪，踏沉了三岛，痛饮虏血当醇酒！

一九三六、十一、三十

割草的姑娘

迂曲葱绿的河堤上，
割草的是一个十多岁的小姑娘。
一蓬卷曲的乱发，
烘托出一张憔悴的面貌；
瘦弱如柴的躯体，
掩遮着一身褴褛的衣裳。
她菜黄色的脸孔，

充分地象征了已破产的农庄。

拿着刀,割着青草,
黝黑的皮肤,——
不怕荆棘的刺伤。
棚中的牛儿已在嘶鸣了,
父亲又要责骂了,
今夜的晚饭呢?
一幕幕恐怖的印象,
又在她稚弱的心头重现了。

(原载《湘湖学生》1937 年第 1 期)

祝　词

春的脚步响动在林梢,
他从泥土中钻出来了。
瞻仰着身旁笔立的一排,
不要觑觎——他们从前是和你一样。

夏的彩笔胶抹着你的头,
绿油油的在阳光下反射;
正是年富力强的时候
及时努力——让生命放一些光彩。

秋的肃杀展开了黄脸,
你怀着颗有力的决心,
奋斗到底——西风中显示着胜利的威严。

冬的流银镀白了世界,
你张着饱经风霜的脸,
北风中散落着抗战的甲片,
敬祝你得到最后的胜利——永远永远。

(原载《湘湖学生》1937 年第 2 期)

湘堤晚眺三首

（一）

微波立着夕阳，
芦苇鞠着躬，
蛙叫得响；
但小黄花却垂下了脸庞。

（二）

夕阳给乌云吞噬了一半，
乌云叫夕阳镶上一条金边；
银红的、紫红的、浅蓝的……
是天孙绣就的绫缎。

（三）

远山像一只静止的骆驼，
背上放着一盆火。
纵然乌鸦翅上还留着些金光，
但黑夜却慢慢的笼住了柳姑的轻狂。

希　望

五月的淫雨，
洒绿了无边的草木，
宇宙的心活跃了。

青蛙涨破了肚皮，
——咽咽咽！
今年该要丰稔了。

一个老农夫，背上
驮一身夕阳，黎黑的
额角，汗珠闪出新秋的希望。
牧童卧在牛背上，哼一曲
山歌，把绚烂的晚霞
做成件幸福的衣裳。

炊烟四起了
工作也完毕，回家去
喝一碗麦汤

去年，前年，大前年
——晚风吹着衣裳，
也似乎有这样一个希望。

送别的歌

榴花红了，
永远可纪念的五月要去了，
去罢，我为你唱一支送别的歌。

去罢，像一只受伤的狮子！
请记住一月的仇恨，
磨快你已钝的爪齿，且莫忘记敌人。

去罢，像一只搁浅的蛟龙！
请记住一月的仇恨，
潮水来到，尽尽使出你的技能。

去罢，像一只折翅的大鹏！
请记住一月的仇恨，
飞起来时，背负日月，传播大地以光明。

去罢，带着血腥的五月去罢！
我们的血液里已注满了仇恨，
将如黄河决口时那样奔腾！

去罢，去等待着——
我们将用热血洗清一切污痕，
发扬起我大中华民族之精魂！

——榴花红了，

永远可纪念的五月要去了，

去罢，我为你唱这支送别的歌。

（原载《湘湖学生》1937 年第 3 期）

赵宇旷

伟大的苗族

他们生长在南中国翁郁的山林里，他们保有先民的风气；

    吃生的东西，

    居住在山穴里，

好像与我们隔了一条鸿沟。

但是他们是中华民族的血统，

也知道了谁是他们的敌人，

也晓得了中华伏下了危机，

他们是出力了。

他们用魁梧的身体，

    英勇的气概；

    四十万的兄弟，

    齐动双手，

替国家民族造了铁路——

    民族解放的生路，

建立了卫国的大功。

谁说中华民族是散沙呢！

中华原来是一体；

我们要向解放的路走，

大家敌忾同仇，

哟！伟大呀！

四十万南中国的苗族兄弟。

血与红叶

西北风巡视在田野，

白日监视着大地；

一个强烈的反照，

大地是一个红色世界——

疆场淌流着殷红的血，
原野飘扬着片片的红叶。

将士身上的血，
树枝脱蒂的叶，
一样地，都是红的呀！
一样地，都是牺牲，
也一样地，保护整个的生命，
他们是可佩服的烈士。

流血，保护国家的安宁，
落叶，保护树干的生存；
为了安宁，为了生存；
他们牺牲了本身。
然而——
暴日是要灭亡的，
严寒只是暂时的；
来日——
依旧绿叶丛丛底森林，
依旧安宁自由的国家。

殷红的血呀！
脱蒂的红叶！
你们是胜利解放的先声。

姚吉昌

我所思兮洞庭南

这只是几月前的事啊——
　灰黯的湖水气得软瘓在湖床里，
阴霾的夜籁悲悼着湖民的遭遇；
　腥风，他偏偏携来了生生鬼啾，
惨绿的磷火也晃白了那骷髅堆堆！

突的,火鸦又冲上那灰黑的天幕,

　　红光映逼迫了湖水、芦苇、与那仰天的破船,

　　那凄厉的哀号啊,传遍了大街、小巷、颓壁、残墙!

　　"鬼子又在猖狂!"——芦叶中传出几声唏嘘,

一阵排枪,几声"野罗支那!"四周仍归寂静,除掉那芦苇中几(口悉)嗦!

洞庭的怒涛起了,

　　三色国旗重又树编汨罗、新墙,卑怯的败北,仅仅显出了"武士逃"!

　　英勇的肉搏,才足扬我"中华魂"。

但,万千狗尸啊! 不足供壮士一饱,

　　那成渠的血流,又何尝能浇灭我心头怒火!

　　再——冲杀上去啊! 叫倭奴一个不留,

　　那——"血的债啊! 还须用血来偿还!"

丁宗文

血洒海宁

何必泪沾巾,

记住倭贼的兽行,

他是我们六十年来的大仇人。

何必泪沾巾,

这勇毅之死事光荣,

忠毅的灵魂早已飞升。

嘉兴西门,南湖三塔附近

啊,妙谛的血印未干,

又一个,又一个血洒海宁!

(本事见本年十月十八日《东南日报·海宁通讯》)

(原载《湘师学生》1939 年第 2 期)

佚　名

北　风

谁愿学春风醉卧道旁？
谁愿学秋风呻吟高岗，
任冬寒残酷，
任大地冰荒；
我，保持我孤军奋斗的精神，
决不向暴者投降。

我决不向暴者投降，
午夜，我奔驰，
白昼，我歌唱；
我不辞疲劳像那浩荡的黄河长江直奔到
　　海洋；
我愿历尽人间辛苦——哪怕这些小丛林
　　山冈！

我哪怕这些小丛林山岗；
我不叹渺茫的前程，
我不恋旧梦的荒唐；
我要吹开冰封锁的江河，
我要拉暴者倒地，
　　让大地换上绿的衣裳。

我要拉暴者倒地，
　　让大地换上绿的衣裳；
到那时，
到处是颂春的歌声，
我便带着愉悦，
从眉弯的柳叶尖里，
从酣眠的锦鸭翅旁，
悄悄地，
悄悄地归航！

（原载《湘师学生》1939年第2期）

民国时期湘湖师范学校采编民歌辑录

陈　更[①]

  1918 年，刘半农等人拟定《北京大学征集全国近世歌谣简章》，在全国范围内征集歌谣作品。一批学者随后成立歌谣研究会，创办《歌谣》周刊，形成影响广泛且深远的"歌谣运动"。湘湖师范学校当时作为继南京晓庄学院之后全国第二所实施乡村教育的师范学校，非常重视民间歌谣的文化价值和教育意义。师生们一边采集各地的农谚民谣，一边模仿民谣风格进行创作。由湘师学生自治会编辑的《锄声》和杂志设有"民间文学"等专栏，其中绝大多数为采集或自创的民歌民谣。抗战期间，湘湖师范迁至松阳办学，校园杂志《湘师学生》也刊载了当地的多首儿歌。这些民歌有些属于萧山者。有些并不是，但因此杂志为萧山所办，故录于此。目前学界对湘师的民谣运动关注不多，笔者将两种杂志所刊载的 64首民歌作品辑录如下，以备考察民国时期歌谣运动的发展与影响。

徐圆梁

自编民众夜校补充教材一束

植树歌（一）

  小癞子，斫茅草，勿斫树，只斫草。桃树结子，小癞子吃桃子；杉树大了，小癞

---

  ①　陈更，北京大学博士、上海大学文学院博士后，主要研究方向为诗词学、现当代旧体文学。

子造房子；毛竹老了，小癞子编畚箕。

植树歌（二）

　　王阿狗，拿斧头，走到长河头，剥落！剥落！斫杨柳。爸爸走来一拳头，打得阿狗眼泪流。爸爸为甚要打我，爸爸对你说：柳根保堤埂，柳阴好乘凉，你来斫去他，该打不该打？

植树歌（三）

　　天旱了，树下的地不会燥。大水来了，有树的埂不会倒。大风来了，树林里的房子不会倒。鸟儿来了，树上做个窝，窝里唱支歌，唱得多么好。

植树歌（四）

　　六月猛太阳，走到大路上，衣服汗流涨。你也来，我也来，大树之下乘风凉。

油菜（一）

　　油菜蕻，嫩冻冻，炒年糕，味道好，大家吃个饱。

油菜（二）

　　油菜！油菜！也叫芸薹。二月里，菜蕻嫩。开黄花，结菜子。收菜子榨菜油。

戒　酒

　　蒸白米，伴黄面，娘儿忧，一家食量变老酒。今日醉，明日醉，醉得百事懒做疾病来。何不盛夏吃酒钱，给与儿子买纸砚。

戒　烟

　　一天只赚三角钱，拿了一角买香烟。一根火柴一缕烟，吃了不鲜又不甜。熏得气管要咳嗽，刺的脑筋要痴呆。何不省下香烟钱，给与儿子买笔砚。

戒求神

　　我要出门做生意，去问菩萨利不利。求张签经真滑稽，不说利不利。我还没娶妻，他说生儿子。我不打官司，他说讼宜和。我不去求医，他说病无忧。你看菩萨的话对不对。不如省上香烛钱，给与儿子买笔砚。

五月里

五月里,南风起,打了大麦收菜子,还有蚕豆在田里。五月里,南风起,田里作物都收齐,耕田插秧种荸荠。

劳作歌

墩茶烧炉锅,挑担耙猪屎。出了一身汗,多吃半碗粥。日里多劳动,夜里睡得熟。只怕没力气,不怕没工作。

谜语(一)

一条虫儿白颈项,没脚没眼睛。吃坭饭,撒坭粪,田里有我不用耕。

谜语(二)

肚皮白,背脊绿,坐在田里咽咽咽。捉个虫儿当点心,帮助农民保五谷。

谜语(三)

从小生在污水里,有了翅膀就会飞,咬人吸血真厉害,原来他是疟病鬼。

谜语(四)

伸一伸,像根针;缩一缩,像颗豆,会伸会缩水里游。若还被他咬一口,二个洞儿鲜血流。

(《锄声》1934 年第 1 卷第 2、3 期)

李发祥

松阳儿歌七则

紫表花(杜鹃花)杂杨柳,外甥女儿嫁娘舅。娘舅会撑船,赚到一个破铜钱。钱有边,换斤盐。盐有渣,换个猪。猪有油,换只牛。牛有角,换支棹。棹有脚,换支老喜鹊。喜鹊叫,亲家亲母到,坐凉轿。凉轿停,杀鸡请。鸡肚肠,好杀羊。羊角湾湾,请判官。判官开口,杀老狗。老狗吓的动动声,杀老鼠精。

艾艾!艾艾(蚂蚁)大哥担牛粪,小哥担秤锤。担到牛栏门口,一交跌的倒。牛痢耙起当红枣。

灯火！灯火（萤）落来吃麦粿。麦粿弗曾（没有）熟，赏你三片大肿肉（肥肉）。肿肉弗曾烂，赏你三个大巴掌。

畲客婆，上山□制陀（摘草果）。弗管（不怕）制陀刺，只管（只怕）小大猫儿（小虎）拖□制，（拖去吃）。

牛耕田，马吃谷。爷做官，儿享福。

粪缸鸟儿担石灰，担的半晚子时归。

打大腿，唱山歌。唱个那侬（什么）山歌，三姐三妹打老公（丈夫）。

（《湘师学生》1939 年第 2 期）

民间文学

白花老

白花老，一年来一遭；门门人家要走到。若有一门不走到，灶司菩萨胡须翘得八丈高。老巜老，小巜小，小官人，眼睛亮晶，读书真聪明。三三间九进，三四十二进。拣个日子造台门，台门里头做戏文。头场鼓，二场闹，三场踢奎调财神。财神调好停一停，我做头家拣戏文。拣起戏文雷峰塔，小凤春，五美图出老丁。老丁抢娇娇，打得来讨饶，——若还下次再来吵，变猪变狗变阿猫。

蚕豆夹夹

蚕豆夹夹，佛豆夹夹，牧牛小鬼冷饭夹夹。你口内吃一夹，我手里破一夹，吃得牧牛小鬼饱啦啦。

蝉

咤了，知了，黄斑老虎拖了。"你鞋怎干①叫？""我要借把刀。""刀借借做鞋怎格②?""毛竹砟砟做鞋怎格?""打③花花米筛。""接外婆。""外婆鞋里ㄉて?④"

---

①　"鞋怎"即"什么"，"干"字犹言"缘故"。
②　"格"即"的"字的意义。
③　"打"即"制"的意义。
④　"鞋里ㄉて"即"什么地方"。

"外婆天角落头。""鞋怎埂格①走上开?②""花花米筛筛上开。""鞋怎埂格走落来?""花花米筛筛落来。"

吃　果

排排坐,吃果果,爹爹回来割耳朵。秤秤看,两斤半,蒸蒸熟来两大碗。吃一碗,存一碗,门角落头着罗汉。罗汉勿吃晕,豆腐麦浆囵囵吞。

得啊得

得啊得,得啊得,嘉祥儿子我叫得。前得三,后得四,刚刚揪成一十四。

候　鸟

燕子来,好种田。天鹅来,好过年。燕子飞,飞上天。天门关,飞过山。山头白,飞过麦。麦头摇,飞过桥。桥上迎新妇,桥下打花鼓。

黄狗追狗娘

田间菜花黄,黄狗追狗娘。追得狗娘,快乐洋洋。田间菜花黄,黄狗追狗娘,追不得狗娘,癫癫狂狂。

癫痢癞

癫痢癞,偷只鸡来换只鸭。把在"或里"③杀?把在"娘娘"④放里杀。刀"呵"⑤钝,鸡"呵"叫。弄得癫痢活气杀,拉起"夜壶"⑥当酒喝。

癫　子

癫痢!癫痢!我有药医。三两甘草,四两陈皮。一堆牛尿,头发出齐。

癫子油油

癫子油油,挑担桐油。桐油打翻,癫子讨饭,讨得三升黄麦。黄麦卧东,癫子

---

① "鞋怎埂格"即"怎么样"。
② 吾乡呼"去"曰"开"。
③ "或里"即"那里"。
④ "娘娘"即"老婆"
⑤ "呵"即助词。
⑥ "夜壶"即"水瓶"。

跪东。黄麦竖起,癞子立起。忽然北风起,黄麦吹得飞,癞子活淘气。

懒学精

懒学精精,搞碎尿瓶。尿瓶丢得灶心里,灶司菩萨吃一惊,五圣菩萨收魂灵。

六只手

三个儿子六只手,没得给爷娘到口。

麻雀娘

麻雀娘,跳姑娘。姑娘九月归,初一十五归。弄得贺礼送送,一盒馒头一盒粽。大争争,小争争,争得一毛坑。你捞捞,我捞捞,捞捞一只黄鸡娘。拿去请爷娘,爷吃头,娘吃脚,癞痢自己吃双老八八。

磨　麦

叽咕ㄍㄠ,叽咕ㄍㄠ。大吃大麦,小吃小麦,花花吃荞麦。老公公给我来ㄅㄛㄅㄛ,ㄅ来ㄅㄛ。给你一个小铜钱,买包烟吃吃。丫晒ㄐㄧㄝ,丫晒ㄐㄧㄝ。

你也错

你也错,我也错,荞麦果当银果。你在塘中摸菱角,我在十字街头打滴答,有人翻冤马出角。

怕吃苦

种田怕吃苦,山上怕老虎,当衙门怕打屁股。

排排坐

排排坐,吃饼饼。饼饼甜,计个添。

敲钟鼓

敲钟鼓,保佑嫁个好老公①。敲敲鼓,保佑生儿托媳妇。

---

① "老公"即丈夫也。

山栀花

山栀花,桶盘心。外婆①呕②我吃点心。舅姆③勿甘心——拔双筷,水淋淋;捧饭碗,冷冰冰。

湾里湾

湾里湾,山里山,萝卜开花结牡丹;牡丹娘子要嫁人,石榴姊姊做媒人。媒人到,敲胡桃,胡桃粒做三朝,——养个儿子"现世报"④,勿赌铜钱就打宝;卖来卖去吭人要,换得三斤豆腐糟。

小癫子

小癫子,小癫子! 毛坑沿里掷骰子。抡起金镗子,赢起薄皮子,买个铜钱烂橘子。吃吃看,苦口之。想想看,苦脑子。大癫子看见,一等火稍丝⑤。

小癫子

小癫子,毛坑沿边掷骰子。输去金顿子,赢来薄皮子。婆婆看他苦恼子。妈妈看见他,屁股面上打得黑紫紫。

一粒菜籽鸟绣球

一粒菜子鸟绣球,杭州少年好梳头。房里梳头乌东东,堂前梳头有公婆。厅上梳头客人多,天井檐头梳头麻雀多。楼上梳头喜鹊多,灶底梳头灰尘多。门上梳头过路多,只好剃了头发做尼姑。尼姑做了三年半,聚起头发嫁丈夫。丈夫嫁得连夜爬起吃黑枣,丈夫嫁得早连夜爬逃。公种婆,婆叶青,公做亲,婆叶黄,公拜堂。

月 亮

月亮煌煌,照地照明堂。小新妇一背背到明堂,花花鸡跌落粪坑捞来请姑娘。姑娘不吃荤,鸡子囫囵囵,生个儿子无服穿。

---

① "外婆"即外祖母。
② "呕"即叫喊。
③ "舅姆"即舅母。
④ "现世报",不长进的意思。
⑤ "火稍丝"即细竹枝,"火"读若虎,或处作葫筱。

月　亮

月亮光光①，囡来望②娘。娘看见，心肝肉来啊。爷看见，一盘花来啊。妈妈③看见，穿针囡囡来啊。爷爷④看见，敲背囡囡来啊。哥哥看见，赔钱嫁来啊。嫂嫂看见，搅家精来啊。吃爷饭，穿娘衣。勿吃哥哥分家饭，勿穿嫂嫂嫁时衣。

月亮歌

初三初四娥眉月，月半十六真团圆。十七十八杀只鸭⑤，十八十九坐顿酒⑥，念五六月起好煮粥。

月亮环环

月亮环环，环到西山。西山庙里一条蛇，游来游去吃蛤蟆。蛤蟆田鸡吃青草，青草窠里出牡丹。牡丹姐姐要嫁人，石榴姐姐做媒人；媒人到，好商量。轿子到，哭爷娘。上轿哭三声，下轿拜观音。大哥送上轿，二哥送到城隍庙，城隍庙里暗洞洞。

月亮婆婆

月亮婆婆，拜你三拜。做双花花鞋，妹妹穿穿。妹妹穿穿破⑦，丢得大门外；讨饭⑧捉捉去⑨，拿去做草鞋。

月亮生毛

月亮生毛，好吃毛桃。毛桃有核，好吃狸肉。狸肉有筋，好吃菜心。菜心有花，好吃黄瓜。黄瓜有子，好吃鸡子⑩。鸡子有壳，好吃菱角。菱角两头尖，放屁

---

①　读若ㄨㄤㄨㄤ。
②　读若蒙。
③　"妈妈"即祖母。
④　"爷爷"即祖父。
⑤　十七八的月亮要过杀只鸭的时候才出来。
⑥　坐顿酒后才出来。
⑦　读如ㄆㄞ。
⑧　"讨饭"即乞丐。
⑨　"捉捉"，拾的意思。
⑩　"鸡子"即鸡蛋。

连连千①。

地方民歌

十个月的工作（富阳民歌）
张中堂

正月正,姑娘出去看龙灯。二月二,手捏剪刀剪花儿。三月三,红男绿女齐上山。四月四,做盆茧儿请灶司。五月五,黄鱼粽子过端午。六月六,猫儿狗儿同洗浴。七月七,西瓜葡萄随我吃。八月八,杭州看潮是十八。九月九,黄花篱边吃老酒。十月十,乡下老娘都着急。

打铁（诸暨民歌）
王钦良

早打铁,晚打铁;打把剪刀送姐姐;姐姐留我息一息,我不息,还要回家去打铁。

月亮（诸暨民歌）
黄正华

月亮婆婆急急拜,拜得明年有世界;世界多,杀只老雄鹅,请请月婆婆。

拆破布（於潜民歌）
俞鲸

老太婆,拆破布;拆到午时过;肚皮饿不过;买条油煎个(就是油条);吃吃肚皮涨不过。

路不平（於潜民歌）
林振吾

正月春,闹殷殷;瞎子聋子跷子去看灯。聋子说:炮不响;瞎子说:灯不明;跷

---

① “连连千”即继续不断。

子一听怒冲冠,你们俩人语不真,炮也响,灯也明,只怪世上路不平。

三月三(龙游民歌)

徐文淇

三月三,四月八;青草花,插头角。荞麦粉,四面搭。一走走道城隍庙里拜菩萨。

四季的农产(龙游民歌)

戴文颜

正月甘蔗节节长,二月橄榄盆盆香。三月清明吃果子,四月枇杷树树黄。五月杨梅红如火,六月莲子水中央。七月鸡头来报晓,八月菱角大刀枪。九月柿树摘红柿,十月采菊东篱下。

（《锄声》1934年第1卷第2期）

龙游民歌选(倪正平)

一　种田鸟

种田鸟,哭哭连。三寸金莲下烂田,丈夫出门十八年。种起稻,青鲜鲜。舂起米,两头尖。磨起粉,白仙仙。做起粿,菜油煎。路过客人吃了吃个添。

二　牵牛小鬼不是侬

牵牛小鬼不是侬,一碗生菜半碗虫。一碗豆像蛔虫,一碗辣椒巧公公。一碗粥烫死侬。日里认不到侬,夜里摸不到门。东家妈妈睏到日头红。

三　海龙王讨新妇

黑洞洞,洞洞乌,海龙王讨新妇。怎轿顶,破蒸盖。怎轿扛,破扁担。怎轿门,破围裙。怎名字,樟树奶。

四　晚娘[①]毒

月月亮,照粉墙,亲爷讨晚娘。晚娘拷侬门闩棍,亲娘拷侬蒙花拐。亲娘盛

---

① "晚娘",读曼。

饭满满碗，晚娘盛饭没半碗。往年读书上街头，今年牵牛田中央。今年牵牛田中央，啊呀呀，晚娘毒。

五 红丸毒

一年到头吃红丸，二只角子买四粒。三万家私都用了，四季衣服不周全。五个指头黄焦焦，六亲无靠苦连连。七无朋友来帮助，八面威风赤屁股。九死一生是烟毒，十劝同胞莫吸烟。

六 四季农产物

正月甘蔗节节长，二月橄榄两头黄。三月青梅当果子，四月枇杷叶上黄。五月杨梅红如火，六月莲子水中央。七月鸡啼来报晓，八月菱角如刀枪。九月上树摘红柿，十月橙橘满园香。十一月焙笼焙炒榧，十二月荔枝桂圆凑成双。

（《锄声》1934 年第 1 卷第 3 期）

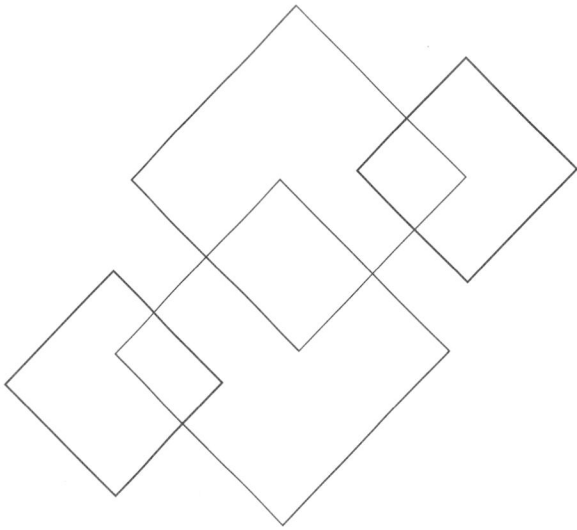

当代渔浦诗词研究专题

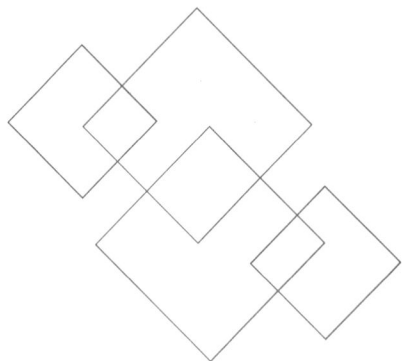

千载唐诗之路　赋中渔浦多娇

——论高卓《渔浦赋》

郑虹霓[①]

　　"渔浦江山天下稀",宋代大诗人陆游对山明水秀的渔浦风光高度赞扬;"宵济渔浦潭,且及富春郭",中国文学史上第一位山水诗人谢灵运赴永嘉太守任的途中经渔浦而流连。作为浙东唐诗之路重要源头,千百年来,渔浦引得众多文人墨客发感慨、寄诗情,留下大量佳作。"渔浦烟光"被列为"萧山八景"之一。物换星移,诗韵依旧,进入新时代以来,越来越多的人关注渔浦,让这个千年古渡重焕光彩。而生于斯长于斯的萧山本土著名诗人高卓先生,对此地更是情有独钟,采用诗词联赋多种形式描景抒情,作品中既有深深的眷恋,又有如画的四季,笔墨酣畅,运笔如神。这里就从他的《渔浦赋》入手,窥一斑而知全豹,领略一下高卓笔下鲜活灵动的渔浦风景图吧。

　　赋体文学是我国优秀传统文化的重要组成部分,刘勰《文心雕龙·诠赋》对这一文体作了如下阐述:"赋者,铺也;铺陈摛文,体物写志也。"就是说赋是用驰骋文辞来刻画物象、抒发情志。曹丕在《典论·论文》中则明确提出"诗赋欲丽"的主张。回顾中国文学史,我们看到汉唐歌赋的磅礴恢弘,感受到那个时代的盛大。放眼新时代,城市建设日新月异、城市生活绽放异彩,很多城市都希望打出文化名片,提升文化价值,增加人文气息,扩大知名度。于是大赋这种尚华丽的文体自然也获得了新生,《光明日报》开辟"百城赋"专栏,中华辞赋网发起"千城赋"的创作征集,都是这种背景下的产物。但是当代辞赋创作在兴盛的同时也存在一些问题,比如堆砌罗列景点、模拟习气严重,等等。但高卓则不然,他没有一味地墨守成规,而是赋予赋体以新的时代特征,让赋体形式与其描写对象融合为

　　① 郑虹霓,阜阳师范大学文学院教授,主要研究方向为诗词学。

一，相得益彰，收到了文质彬彬的效果，带给我们完全不一样的体验。这篇《渔浦赋》在艺术上的成就，大体可以概括为以下几方面：

一、跨越时空　气度恢弘

文章开篇即从渔浦所在的地理位置和周边环境写起："越山积翠，越水沧浪。发天台之余脉，萧山效灵蕴秀；控三江之汇会，渔浦源远流长。上溯富春、新安，承支派遥通皖赣；下联浣溪、剡水，挟鉴湖直逼海疆。"鸟瞰渔浦：山势连浙东天台山、萧山诸峰，水路上溯到富春江、新安江，更旁逸斜出，流域宽广，支脉及于安徽、江西，尺幅之间含万里之势。再从历史时间上说，"舜耕禹穴""西子灵妃"道出渔浦人杰地灵，有着深厚的历史底蕴。相传上古时舜帝曾耕种于此，浙江上虞区还保留有舜耕公园。又传此地还是大禹归葬之所，《史记·夏本纪》中记载"禹东巡狩至于会稽而崩"。西子在这里指西施，而灵妃则是指舜帝的妃子女英，她们都是人间绝美的人物。再看第二段开头"江山形胜，扼东浙之咽喉；河海要津，踞西陵之上游"，用字准确有力，强调了渔浦在历史上的重要战略位置。

《渔浦赋》的这种写法应该得益于对传统诗赋的学习，读此文，使人不由得想起班固的《西都赋》。《西都赋》也先介绍西都长安的地理位置，突出其战略地位之重要："汉之西都，在于雍州，实曰长安。左据函谷、二崤之阻，表以太华、终南之山。右界褒斜、陇首之险，带以洪河、泾、渭之川。众流之隈，汋涌其西。华实之毛，则九州之上腴焉。防御之阻，则天地之隩区焉。"但《西都赋》接下来是依次介绍宫室台榭，铺陈田猎游览的场面：

> 金釭衔璧，是为列钱。翡翠火齐，流耀含英。悬黎垂棘，夜光在焉。于是玄墀扣砌，玉阶彤庭，碝磩彩致，琳珉青荧，珊瑚碧树，周阿而生。红罗飒纚，绮组缤纷。精曜华烛，俯仰如神。

语言华丽奢靡，汉代的繁华、宫廷的奢侈生活跃然纸上，而高卓先生的《渔浦赋》则没有这样堆砌辞藻，他在学习汉赋的同时又得唐宋文赋之力，善用虚词，句式多变，形成浑然天成的气势。如最后一段：

> 吁嘻！胜地永恒，人事代兴，乘鼎革之宏图，百废更新；振文风之浩荡，历史重光。爰措辞为赋兮，述渔浦之胜猷；引诗成文兮，慕唐贤之风流。弘我浙东之风物兮，邀四海之高朋轩辕；扬我唐音之高韵兮，招天下之诗人回舟。赏美景，伸雅怀，请倾珠玑之采藻，抒怀古之幽情；逞锦绣之雄才，登颂今之歌台。今刷新唐诗之路兮，气振振；迎诗潮压江潮兮，滚滚来。

"吁嘻！胜地永恒，人事代兴"，学习王勃《滕王阁序》中的"呜呼，胜地不常，盛筵难再"的句式，但意思上却变慨叹为高歌。"气振振""滚滚来"让人心潮澎湃，恨不得立即去渔浦一览如此气象。这便是高卓老先生的高明之处，这也是《渔浦赋》气势宏伟的奥秘。

二、用典恰切　推陈出新

渔浦文化与吴越文化有着密不可分的关系。这里曾孕育出一批文人雅士：思鲈归乡的张翰、乡音无改的贺知章、卧薪尝胆的勾践、仙姿佚貌的西施，等等，都与渔浦的钟灵毓秀有着密切关系。渔浦如此丰富的历史文化，既给文人以启发，为创作取材之武库，但同时也给写作诗赋带来了挑战。

"登高能赋，可以为大夫"，先秦时期诸侯外交往来，注重微言大义，见面揖让时每每诵诗来表达心志。由此可以见出个人才学气度的高下，国家的盛衰。而能写作诗赋自然是更高的境界了。能够创作精妙的诗词表达自己的想法、情感与志趣已经不易，而辞赋创作对于个人的才学胆识都有要求。司马相如以《上林赋》耸动人主，左思一篇《三都赋》令洛阳纸贵，那样的赋可不是十天半个月能写出来的，据考证《上林赋》写了三年才定稿，《三都赋》则是花了十年之久，在古典诗文盛行的时代尚且如此，当代能写出佳作更是不易。和历代辞赋一样，《渔浦赋》大量引入典故，上至上古尧舜，下及吴越春秋。既有事典，如舜耕禹穴、文君当垆、山阴访戴；也有语典，如"阴阴夏木啭黄鹂""孤舟蓑笠翁，独钓寒江雪"。高先生似乎得了江淹的五彩笔，又似手持并州快剪刀，对相关典故巧加剪裁，重新组合。除了用当地的人物故事，还发挥想象，连类以及："春来遍是桃花水，接武陵之仙源""阴阴夏木啭黄鹂，居辋川之图里""至天秋月又满，正宜载酒作赤壁之游"将陶渊明的桃花源、王维的辋川图、苏轼的赤壁游等等，都搬到渔浦来了。

面对胜境古迹，高先生浮想联翩，文思泉涌，但正如苏轼写作，百斛泉水看似不择地而出，实际还是有意为统帅。如下面这一段：

> 春来遍是桃花水，接武陵之仙源，爱此乐土，爱得我所非避秦；阴阴夏木啭黄鹂，居辋川之图里，诗情画意，何拒时人来问津。至天秋月又满，正宜载酒作赤壁之游；若人归暮雪时，不妨乘兴驾访戴之舟。

依次描写春夏秋冬之景，春日以桃花着色，夏天听黄鹂传声，秋夜学苏轼载酒，冬日如子猷驾舟。首句是个长联，上联引王维《桃源行》"春来遍是桃花水"；下联引王维《积雨辋川庄作》"阴阴夏木啭黄鹂"，十分巧妙。"爱此乐土，爱得我所非避秦"则是做翻案文章,化用《诗经·魏风·硕鼠》"乐土乐土,爰得我所",给人新奇之感。

还有采取移花接木的方法,将本来与此处并无联系的历史人物引入文中。"横塘棹歌,闻云间灵瑟和唱",湘灵本是湘水之女神,"横塘"或说在苏州吴县西南,或说在南京秦淮附近,有时还可以泛指池塘,拿来作为渔浦的代称也没有问题。"列肆长堤,当垆吴姬卖酒",卓文君曾当垆卖酒,而吴地的女子呢? 李白在金陵曾遇到"吴姬压酒唤客尝",韦庄的词中也有江南"垆边人似月,皓腕凝霜雪"的画面。就这样,高卓借典故的重新组合,发掘出典故的新意,妙合无垠。

三、以诗入赋　造境优美

渔浦美景吸引了历代大批诗人的到访,最初是谢灵运发现了渔浦:"定山缅云雾,赤亭无淹薄。溯流触惊急,临圻阻参错。"在经过渔浦潭时,诗人看到山中云雾之变换,而遇到惊涛骇浪时又让人惊心动魄。面对此景,诗人心中郁结已久的苦闷得到抒发,最终发出了"怀抱既昭旷,外物徒龙蠖"的感慨。在谢灵运之后,南朝的谢惠连、江淹,唐代的孟浩然、钱起,宋代的陆游、陈允平,元代的张翥,明代的刘基,清代的查慎行、朱彝尊,等等,都曾于此驻足,写下诗词。面对如此丰富的文学宝库,高先生既要学太史公"通古今之变",又需要如郑板桥"删繁就简三秋树",还不能像时人嘲笑李商隐的"獭祭鱼"。我们来看他是如何调配资源的:

> 江山信美,人文萃英。景物旖旎,胜迹盈野,潮汐奔涌,壮观天下。会稽岩壑秀奇,天姥云霞明灭。诗人好入名山游,李谪仙神往梦达;浙东美景最清幽,孟夫子宵济朝发。"夜入江潭泊,渚上潮未还",孙尚书之雅兴可诵;"路转定山绕,塘连范浦横",崔司马之直笔可风。至"浦口霞未收,潭心月初上",暮景如画;"云景共澄霁,江山相吞吐",胜概何雄! 或"青枫独映摇前浦,白鹭闲飞过远村";或"早晚重过渔浦宿,遥怜佳句箧中新"。或"冰水近开渔浦出,雪云初卷定山高";或"漠漠烟光渔浦晚,青青草色定山春"。唐音唐韵,只窥文豹一斑;咏志抒怀,尽显盛唐气象。

首先借用王粲《登楼赋》之"江山信美",但高卓比王粲幸运,如此美好的渔浦正是他生于斯长于斯的故乡,所以他兴致高昂,纵笔驰骋。先总括渔浦风景旖旎,到处都是名胜,再扩大视野,将浙东美景会稽、天姥山都纳入描写范围。"诗人好入名山游,李谪仙神往梦达;浙东美景最清幽,孟夫子宵济朝发。"以李白梦游为宾,衬托孟浩然之游渔浦。面对渔浦美景,孟浩然写下《早发渔浦潭》,可谓开启唐诗之路的先锋。紧随其后,孙逊留下了《夜宿浙江》:"扁舟夜入江潭泊,露白风高气萧索。"崔国辅的《宿范浦》以白描手法记游:"路转定山绕,塘连范浦横。"薛据《西陵口观海》:"浦口霞未收,潭心月初上",抓住了夜幕降临之前,晚霞未收,月亮初升的瞬间景色。陶翰《乘潮至渔浦》:"云景共澄霁,江山相吞吐",学到了谢灵运山水诗中对光与影关系的揭示。而"青枫独映摇前浦,白鹭闲飞过远村"(李嘉祐《送朱中舍游江东》)"早晚重过渔浦宿,遥怜佳句箧中新"(韩翃《送王少府归杭州》)"冰水近开渔浦出,雪云初卷定山高"(严维《送崔峒使往睦州并寄薛司户》)"漠漠烟光渔浦晚,青青草色定山春"(耿湋《送友人游江南》)等大历诗人的诗句经高卓先生特为拈出,形成组合优势,如钱江大潮澎湃而来,果然是可以对窥唐音唐韵之一斑,"尽显盛唐气象"。

文学史上向来有文体互动的情况,尤其在六朝时,文人讲究音韵和谐,或者赋后系诗,出现了赋的诗化趋势。如谢惠连的《雪赋》,篇末有两首诗,程章灿师以《积雪之歌》《白雪之歌》命名。而庾信的《春赋》五言、七言句式连用,首段就如七言歌行一般,整篇作品声情摇曳,给人以诗的享受。诗与赋这两种文体的互动使赋摆脱了汉代大赋的板滞,让赋体文学更加灵动,富有美感。渔浦本是文化之乡,诗歌之源,赋写此地,诗情画意似乎也是题中应有之意,难得高卓先生有如椽巨笔,对千古名篇用得如此自如!

四、与时俱进　古为今用

渔浦历史上是浙东至杭州水路枢纽之一,六朝时与西陵(西兴)同为钱塘南岸重要的物资中转地,浙东诸郡运往北方的物资从这里转运。历经隋、唐、五代到宋朝,浙东物产由此转运杭州再向北方输送,商旅不绝,市场兴隆。在古代还是非常重要的战略要地:"江山形胜,扼东浙之咽喉;河海要津,踞西陵之上游。通往来之商旅,宜保境设戍守。当年巡司、税局,知地理之险要;曾建兵寨、驿站,忆风云之驰骤。城山、东山、冠山,群山四围拱秀;渔浦、南浦、范浦,极浦雅名传久。"

随着时代的进步,渔浦也在不断发展,物产丰富,交通便利,商业发达,如何刻画这些新面貌呢? 当代创作的城市赋多存在一个通病,就是龚克昌说的:"有一些作者甚至连古代诸种赋体的不同特征都不甚了解,自以为用古文写作自称为赋便算赋,古代赋的体式气势韵味全失。"尤其在描写城市新面貌、大发展的时候,语言过于直露,几乎就是口号、标语堆砌而成,毫无艺术美感可言,更遑论赋文所特具的气势和韵味了。差不多就是顶着"赋"的题目的工作报告之类的官样文章。而高卓先生则不然,他写新时代不需要抄报纸文章,写新气象不需要攘臂高呼。试看下面这段:

> 今日之渔浦,牛埭古筑存先贤之智慧;蠡塘史实系吴越之国魂。山驿水程,已延伸于无边极限;舟渡车驰,更无阻于山高水深。梵宫圣殿,聚东方文化于一园;琼楼玉宇,迎天下嘉宾驻旅辕。贺监归来,应向儿童问故乡;诗仙重到,不劳卢敖引天堂。天堂不远兮,彩云仙人近相望;列邦来朝兮,曾见群帝骖龙翔。

如同电影的蒙太奇,用分镜头将渔浦的古今同时展现,一方面强调渔浦当年风采:"牛埭古筑存先贤之智慧;蠡塘史实系吴越之国魂",一方面写出如今的变化:"山驿水程,已延伸于无边极限;舟渡车驰,更无阻于山高水深"。还巧妙地引入古代名人,来了一个时间上的穿越:"贺监归来,应向儿童问故乡;诗仙重到,不劳卢敖引天堂。"

"江山不老,桑海递新"。都知道沧海桑田的典故,而高卓先生稍加改换意思就变了,语言凝练,感情充沛,这八个字可以说是对渔浦古今之变的总结。

"今刷新唐诗之路兮,气振振;迎诗潮压江潮兮,滚滚来。"读高卓先生此赋,果然提神振气,相信源远流长的渔浦文化会不断传承下去;浙东唐诗之路的影响将会更加深广远;唐诗余韵将播散千秋万代。千年回望,唐诗之路悠远;一赋多娇,渔浦胜景如诗。

论朱超范七律诗作的题材选择与艺术特色

张立荣[①]

朱超范先生自幼酷爱诗词,吟读不辍,在花甲之年还能"两年内得诗几千",令人感佩。现将其作品中七言律诗的题材选择与艺术特色略作分析。

一、《湘湖风韵五百咏》的题材与艺术风格

湘湖位于浙江省杭州市萧山区城西,隔钱塘江和西湖风景名胜区相对,因其风景秀丽而被誉为西湖的"姊妹湖"。湘湖的出现得益于"程门立雪"的主人公杨时。北宋政和初年,杨时任萧山县令。当时百姓苦于屡旱,要求城西的水田辟湖。政和二年,杨时"以山为界,筑土为塘",建成了一个人工水库——湘湖。用湘湖的蓄水,灌溉 9 乡 14 万亩稻田。"水能蓄潦容千涧,旱足分流达九乡",这是后人对杨时关心农事的歌颂。湘湖是浙江文明的发祥地,也是华夏文明的发源地之一。在这里发现了跨湖桥文化遗址,出土了大量的石器、木器、陶器、骨器、玉器、编织物,以及极为丰富的野生动物遗骨和人工栽培的水稻等植物,并且发现了许多灰坑与柱洞。尤其令人惊喜的,是出土了世界上最早的独木舟。跨湖桥文化遗址是迄今为止浙江省 5 个新石器时代文化遗址中年代最早的一个,将浙江文明史追溯到了 8000 年以前。再次有力地证明了长江流域也是中华文明的发源地之一。春秋战国末期,湘湖属于越国疆域,是古代吴越相争的主战场之一,这里不仅是当年勾践屯兵抗吴的重要军事城堡,还见证了"卧薪尝胆"的历史

---

①　张立荣,山西大学文学院教授、博士生导师,研究方向为诗词学。

风云。而且湘湖还是唐代伟大诗人贺知章的故里,贺知章八十多岁告老还乡,写下了吟咏至今的《回乡偶书》:"少小离家老大回,乡音无改鬓毛衰。儿童相见不相识,笑问客从何处来。"李白、陆游、文天祥、刘基等著名诗人也在此留下了不朽诗文。湘湖历经了时事沧桑,如今更是焕然一新,生机勃勃。2005 年 4 月 8 日及 2006 年 4 月 14 日,时任浙江省委书记的习近平两次视察湘湖,并在第二次视察时说:"一年以前,来这里看还是一片砖瓦地、农居房,一年以后,看了为之一震,感到换了人间。如果把钱塘江比作一条龙的话,西湖是龙的一只眼睛,但是龙不应该只有一只眼睛,湘湖是点睛之笔。"

从朱超范先生的《湘湖风韵五百咏》中可以看出他具有深厚的古典文学修养,博古通今,学富五车,对各个历史时期以及当下发生的重大事件都了如指掌,并能把传统诗词的意境与现代的艺术手法相融合,来描写湘湖的美景,叙述曾经在这片土地上发生过的且具有重大意义的事件,表达了自己对于祖国大好河山的热爱与赞叹,以及对其未来的蓬勃发展的美好祝愿。

朱超范先生的《湘湖风韵五百咏》共分为 12 大类:历代湘湖景名题咏六十首、古迹十五首、跨湖桥遗址十四首、古寺五十六首、祠庙庵殿社三十四首、书院桥亭二十二首、池泉井溪二十八首、山岭八十首、渔浦五十首、江潮五十首、杂咏一百首以及长歌四首。

从诗歌的内容来看,作者主要描写并描写了湘湖以及湘湖周边的美景和建筑、记述跨湖桥文化遗址发现的这一重大事件,回忆记叙发生在这里的重大历史史实,同时赞美了为湘湖的建立、成长和发展做出贡献的人。

湘湖,在萧山城的西侧,黛色的群山中,荡漾着一片浩渺的碧水,犹如天宫遗落人间的一面宝镜,清澈而明净,清代诗人周起莘称之为"涵虚天镜落灵湖"。作者用敏锐的观察力将湘湖的美景以及江南地区特有的景观通过诗歌的形式形象地刻画在读者面前,使读者未到湘湖,已觉湘湖之美。著名的"湘湖八景",作者就在诗中一一进行了形象描绘,以下仅举数例:"览亭眺远"——临江远眺与天连,绕屋松篁接岳巅;"跨湖夜月"——日暮归鸢水上飞,月波百里傍山依;"杨岐钟声"——云霞烟雾落清虚,天籁钟声入锦湖;"横塘棹歌"——横塘近漾动微波,湖畔峰青映绿萝。涨水百浮天水碧,棹声一歇听笙歌;"湖心云影"——万顷琉璃画卷帷,雨丝风片动旌旗。波心云影银河合,暧靆清风贞秀姿;"山脚窑烟"——挖泥弄瓦野烟斜,暮色苍茫面似涂。日落窑头添晚火,湖风吹拂月笼纱。作者用极简洁的文笔勾勒出湘湖风景的风貌,未言美,而美在其中矣。

对于跨湖桥文化遗址这一重大发现,作者在诗集中专门开辟一个专题来记叙回忆这一伟大发现并赞叹古人的伟大智慧,以此来纪念这一光辉时刻。

为纪念跨湖桥文化遗址发现的重大意义,便有"新石器时千万年,跨湖桥畔祖生先。史前文化惊天下,绝世辉煌普照宣"的诗句。跨湖桥文化遗址是我国东南沿海地区迄今发现的年代最早的新石器时代遗址,比著名的河姆渡文化遗址要早 1000 年,将浙江的文明史追溯到 8000 年以前。跨湖桥文化遗址中出土了最早的独木舟,还出土了大量的石器、木器、陶器、骨器、玉器、编织物,以及极为丰富的野生动物遗骨和人工栽培的水稻等植物,并且发现了许多灰坑与柱洞。作者不吝笔墨,一一进行了咏叹和赞美。如:"横空出世叹无俦,湖底深藏独木舟","慢轮修整惊奇叹,光亮彩陶颜色丹"等等诗句。

湘湖地处江南,有山有水,人杰地灵,各种各样的古刹、祠堂林立。作者通过对于古刹等建筑以及其周围风景的描写,或带人们欣赏古建筑的风貌及周围美景,例:竹林寺——"蝉鸣深夜入初弦,一片竹林生紫烟。月落西山思好梦,幽虚望月伴云眠。"或带人们回忆历史人物的光辉事迹,缅怀先贤,激励后进。例:勾践寺——"烟横古道何依恋,落日余晖志未灰……往事千年谁欲问,越王薪胆世间无……当思范蠡谋韬远,西子随波楫浦湘。"

湘湖自建成到如今,其中经历不少坎坷,废湖、保湖战争时有发生,作者在诗中赞美了为了保护湘湖而做出奋斗的人物。北宋时,杨时建立了湘湖,作者赞到"龟山遗爱杨公在,立雪程门百代芳";明朝的魏骥保湖,作者写道"至今故里乐丘墓,魏骥芳名鹤舞楹";明天顺年间,何舜宾保护湘湖付出生命,其子何竞继续保湖,作者感叹"父子诛奸抛热血,如今凭吊击甄歌"。

从诗歌的风格来看,诗人描写景物的诗句气象壮大,气势宏伟,有盛唐气象。有的诗句想象奇特,气势如太白:写井有"清泉势带双蛟注,甘冽琼浆发海沤",写湖心云影有"挽得流霞能织锦,当携明月至玄都",写山则"疑是高天银伞落,万件琼衣舞婆娑",写江潮则如"八月涛声震鹿台,裂琼破玉似奔雷。山摇地动城将碎,丧胆涌潮天际来"。有壮大气象亦不乏清新明丽的优美意象,如"平湖如镜碧天平,寂静片云新月明","春风吹绿满池萍,无数桃花柳色青","湖深野寺静中峨,碧浪清风抱翠螺"等等。有的诗句则气势豪迈如东坡:"声丧胆,情凶猛。翻江倾地势,掏海排山景。魂失却,霎间若梦方惊醒","狂涛怒卷千堆雪,策长驱、虎嗥狮啸。月娥恩赐,古今窈窕,地营天造"。

从诗歌的技巧来看,诗人善用夸张、比喻等修辞手法,运用典故,化用前人诗句等技巧来进行创作。足见诗人广博的见闻,丰富的知识,博古通今,取百家之长形成了自己的独特的风格。"动地惊天千马奔,晴空霹雳进江门","八月涛声震鹿台,裂琼破玉似奔雷","千鹅振翅横银练,万马扬蹄溅玉屏"等诗句运用夸张和比喻写出了江潮之大,气势之汹涌,将江潮的汹涌澎湃形象直观地展示在了读者眼前。"犹记湖边尝胆事,欲寻江上射潮人。连山石列秦皇渡,万载木舟泱浦津"此诗中,三句用典,"尝胆事、射潮人、秦皇渡",均为正用典故,回忆了当时发生在这里以及与此有关的史实和传说。"峭拔城山宝剑横,当年勾践角弓鸣。双鱼胜值金千斗,屏退吴军十万兵"用"立马馈鱼,智退吴兵"的典故,再次展示了当时发生在越王城山的历史史实,不得不为古人的智慧惊叹。此外,诗人在诗中还多次化用李白、苏轼、张继等诗人的诗句,展示了诗人高超的融会贯通的能力,使得古诗句在今诗中熠熠生辉,如:"沿岸莺声啼不住"化用唐代诗人李白《早发白帝城》的"两岸猿声啼不住";"夜夜钟声绕泊船"化用唐代诗人张继《枫桥夜泊》中的"夜半钟声到客船";"云影天光拂紫烟"化用宋代诗人朱熹《观书有感》中的"天光云影共徘徊";"江南水暖鸭先知"化用了宋代诗人苏轼《惠崇春江晓景二首》之一的"春江水暖鸭先知"……由此可见诗人对于古代诗歌的熟练掌握和深入理解,巧妙地融会贯通使得诗意更为深广,增添了更多的韵味。

　　从地域文化来看,湘湖位于中国浙江省杭州市的萧山区,属于江南文化也是吴越文化。江南自古就有水乡之称,气候温和,季节分明,雨量充沛,因此形成了以水运为主的交通体系,拥有许多与北方不同的物产和美景。许多诗人都曾在江南留下了很多脍炙人口的名篇,如:白居易的《忆江南》:"江南好,风景旧曾谙。日出江花红胜火,春来江水绿如蓝。能不忆江南?"诗人根据江南水乡的特点,不仅展示了江南的美景,更在美景中叙述了精彩的史实。

　　江南水乡,水多,自然江潮多,桥多,亭多,船多,鱼多,渔浦多。所以诗人在诗中花费了大量的篇幅来吟咏和"水"有关的一切。吟水的有"平湖如镜碧天平",吟江潮的有"千鹅振翅横银练,万马扬蹄溅玉屏",吟桥的有"脚踏仙桥贴水荷,手攀一望仰天螺。凭栏远眺孤鸿去,漫步江边好句哦",吟亭的有"一亭飞峙倚云端,两岸潮声破胆寒。远望三江吞白雪,龙飞凤舞眼前看"……有水即有山,有山即有池井泉溪。江南的山是秀美的,有山即有寺,寺庙之多如"南朝四百八十寺,多少楼台烟雨中"。作者不仅描写古刹建筑的壮丽以及周围美景,更是赞叹了历史人物的丰功伟绩。即使小小的池井泉溪,也能使诗人即兴作诗一首。

　　春秋战国末期,湘湖属于越国疆域,也是吴越相争的主战场之一。因此吴越相争的历史故事时不时会出现在诗人的诗中,增加了趣味性也使得人们对于过去有了更多的了解。如:"满江倾泻子胥泪,卷起狂澜千古飙","三千越甲战姑苏,一个西施已沼吴","当思范蠡谋韬远,西子随波楫浦湘"。

　　诗集的结尾,诗人通过四首长诗,叙述了发生在杭州湘湖的一系列有重大意义的历史事件,展示并赞叹了湘湖的人文文化之深远,表达了自己对于祖国大好河山的热爱与赞美,以及对于其未来美好发展的祝愿。

二、《钱塘龙韵五百咏》的艺术特色与情感表达

《钱塘龙韵五百咏》中除咏钱塘以外,还有咏潮专题以及钱塘几个干流、支流专题,而每一部分都各有特点。例如《钱塘江五十章》读来感觉视野开阔,诗境悠远;《咏潮两百首》中场面壮观,多用夸张、比喻手法,给人一种雄浑壮阔之感;而《新安江六十首》读来忽觉清新自然,颇有闲适享乐的氛围。好奇之下查阅资料,才发现新安江素以水色佳美著称,沿江有白沙大桥、落凤山、千岛湖、双塔凌云等胜迹,是国家级风景名胜区,且有"奇山异水,天下独绝"之称,也难怪朱先生所作"新安有景胜瀛洲"。先生文采烂然,才气过人,其所作诗词也有鲜明的风格特色。本篇从用典、意象选取和情感表达三方面浅析《钱塘龙韵五百咏》的艺术特点。

一、用典

援引典故来议论抒情是朱先生诗作的一个重要特点,我个人总结了以下四类:

一是将历史事件提炼成句,入诗入词,以此来抒发感情或表达思想。例如《钱塘江五十章》中"一笑何能亡敌国,千仇难解怨夫差"一句,化用了西施美人计的典故,引用历史故事抒发己怀,伫立江边,回想吴越之争,不禁感叹吴灭越复的历史结局,表达了对吴国的惋惜。

二是直接引用历史人物,整部《钱塘龙韵》多次出现伍子胥、范蠡、钱镠等历史名人。例如"伍相祠前读石碑,大夫遗恨有谁知""子胥泪洒倾盆雨,化作之江八月潮""伍相发威声,东溟潮乍涨""浪际子胥肝胆裂,潮顿涨,夕阳哀"等诗句当中,"伍相""子胥"即是春秋末期吴国士大夫伍子胥,作者用"大夫遗恨""泪洒倾盆雨""肝胆裂"等感情色彩非常鲜明的词组表达了对伍相命运悲剧的叹惋,我们也可以从这些无限愤慨的诗句中感受到朱先生对伍相的崇敬;又如"范蠡功成入五湖,愚忠文种受欺诬""灵胥范蠡泯恩仇""谁问人间蓬岛境,西施伴蠡越中游"中提到的范蠡,也是春秋时期著名的政治家、军事家,他帮助勾践兴越国、灭吴国,成就霸业之后急流勇退,隐居五湖。

至此我们也不难发现,作者对典故的选取也有一个特点——充满了浓厚的地域色彩。因为朱先生是浙江人,所以多选用与本地相关的典故及名人。首先是占很大比例的吴越历史战事,例如"应吁越国须眉汉,可惜吴宫傅粉娃""千年往事有诗无,吴越钱塘当可书""千年吴越兴亡事,万代晨昏起伏潮"等;其次便是吴越两地的名人,吴国国境包含浙江北部,越国则在今天的钱塘江以南,故而伍

子胥、范蠡以及吴越武肃王钱镠等均属于是浙江杭州、钱塘江一带的历史人物，伍子胥是吴国大夫，而范蠡是越国大夫，钱镠则是吴越武肃王。

三是引用神话和传说故事，给诗词意境添一份神秘之感，也借此表现多样事物。如"精卫无心馈三水，女娲有意缀双瞳。而今画卷瀛蓬景，时代图雄诗句中。"两句中的精卫、女娲和蓬莱、瀛洲，是神话传说中的始祖和仙境，利用这两句诗作为《钱塘龙韵》开篇之作，让人顿觉此处美景当是始祖的神来之笔，钱塘一带或是烟雾缭绕的人间仙境。又如"强弩三千射罗刹，军声十万遍中流。六鳌浪驭东溟水，伍相心驰浮海仇。"这两句中的"罗刹"传说是佛教中的恶鬼，"六鳌"是神话中负载神山的六只大龟。再如"月娥戏水舞蹁跹，素练横空妙手牵"中的"月娥"，是传说中住在月亮上的仙子，这是《咏潮两百首》中的一句，将钱塘江大潮比作是月上仙子在戏水，十分巧妙的比喻，给江潮增添了几分灵动。

第四是引用前人诗文。例如"鲲鹏展翅九万里，直上扶摇凌碧霄"化用了李白《上李邕》当中的"大鹏一日同风起，扶摇直上九万里"。这句诗摘自《咏潮两百首》，上句中朱先生提到白雪恣意纷飞，江潮自在逍遥。下句的化用非常自然，如若己出，恰当地将自己的豪迈借由李白的凌云壮志表现出来，也表达了作者对逍遥自由生活的向往。

二、意象选取

《钱塘龙韵》中的诗词大都歌咏江、湖、潮等事物，水无非是两种状态，或动或静，故而我将朱先生的意象选取分为两大类，即"静意象"和"动意象"。静意象，是衬托江河湖水沉静无波的意象；动意象则是描写江潮湖面波涛汹涌的意象。

朱先生通过静意象营造出很多轻快浪漫的场景，例如"碧水无风镜面平"和"笛奏江潮万籁鸣"是同首诗的两个分句，将"碧水"比作"镜面"，突出水面平静，此时有笛声传来，有万籁鸣，却反而营造出安静氛围；"潮声已伴斜阳去，春色相随雨露迟"中的"斜阳""雨露"描写江潮褪去后的平静场面，给人一种风雨过后，山静日长，分外美好安心的感觉；还有"沉鱼碧水流风雅，印月澄波浮桂香"中的"沉鱼""碧水""印月""澄波"，"带雨山花沐芳艳，蒸云蜃气拂胧朦"中的"带雨山花""蒸云蜃气"等等，沉静的湖面和潺潺流动的江水、两岸的青山白花、薄雾斜阳，这些静意象营造出一幅幅恬淡宁静的山水画面。

与之相反，动意象的使用往往是为了营造广阔宏大的场景，例如"狂雪逆冲银汉落，怒涛自激海门来"中的"狂雪""怒涛"；"青天飞鹄腾云处，碧海奔涛荡漾时"中的"奔涛"；"雪涛初卷随天落，冰浪长抛带日晴"中的"雪涛""冰浪"；"鲸波横激千鹅舞，蛟浪飞冲万马催"中的"鲸波""蛟浪""万马"，写钱塘江大潮来时浪之高、宽、大，滔天巨浪来势汹汹，直面景观，描写非常震撼。

三、情感表达

《钱塘龙韵》以钱塘江一带支流、干流以及钱塘江大潮为主要描写对象,而作者立于千姿百态不断变化的自然场景之下,自然会生发出多种情感,总结大致有四类:

首先便是对锦绣山河的喜爱与赞美。如"人立江头夕照微,饱看景色不思归"一句,用"不思归"来表现景色之美使人流连忘返;"奇山异水清新色,都是天堂彩墨磨"这句与上文提到的《钱塘龙韵》开篇用典一句有异曲同工之妙,将山水颜色说成是天堂彩墨绘制;"早入唐人诗句中,风光绮丽夺天工"这句直接赞美自然风物巧夺天工,从唐开始就有诗人为此美景吟诗作赋;"不必乘舟东海去,新安有景胜瀛洲"一句,作者更是直言新安江的景色胜过瀛洲仙境。

其次是抒发怀旧兴叹之感。如"伍胥只合姑苏老,如镜平湖少劫灰"一句,便是称赞伍子胥的贡献,伍相对苏州水利建设作出了巨大贡献,但吴王夫差听信谗言,认为伍子胥有谋反之心,就赠剑令伍子胥自尽,想到伍相的结局,难免惋惜。再如"石垒江堤铁幢列,至今俎豆忆钱镠"一句,《钱塘龙韵》中多次提到钱镠,有时尊称为钱王,钱王建功立业、除暴安良、关心百姓疾苦,朱先生对这位先王的历史功绩做出极大肯定,也表示无限怀念。

第三是表达洒脱浪漫的生活态度。作者多次提到"酒"和"醉"二字,可见也是豪饮之人,美景与美酒相配之时,朱先生的姿态总是感性洒脱的,如"快意千杯酒满斝""人生快意酒缸醅""纵得清歌酒满斝"等几句道出作者在快意人生的时刻必是要有美酒相衬,又如"醉倚秋风呼客梦,坐看云月唤山樵""欲说还休多少事,举觞酹酒过千巡""已戒香烟无感恋,忧愁不再酒壶空""何以解千愁,酒酹涛头"等几句,又可窥见作者的洒脱随性——烦忧之时便喝酒,酒壶空了,愁绪也随之消失。

最后则是对家乡的真挚热爱和思念。例如"秋思最爱是家乡,云静天高雁字长""浪动商船击我情,乡愁满载趁潮行。相思欲寄天涯意,万里风涛可有程""浩荡秋涛动地鸣,乡思无限涌诗情。天涯虽远闻佳句,却似身临故里行"等诗作,萧瑟秋风中最易勾起思想之情,钱塘江潮最壮观之时便是初秋,作者离家甚远,作诗聊表思念,透出浓浓乡愁。

除以上四点之外,我认为不得不提的还有作者选词炼字的功力,例如《兰江六十首》中"南朝古意自然赒,沈约吟篇韵独悠"一句的"赒"字,是接济、救济之意,南朝古意诗是拟古的传统在南朝发生新变时产生的,以古意写今情,在题材上复古,在形式上又受到近体诗影响,所以呈现古今交杂的面貌,但在南朝诗坛上具有恢复汉魏古诗传统的积极意义,而"赒"字既押了尤韵,又有"救"的意思,这一字的遣用足见作者文字功底深厚。

但有些作品或是作者兴起之作，而后不求反复推敲，所以读来感觉衔接不很紧密，整首诗的基调不太明确，有时甚至分句之间可以调换位置。例如"早潮方去午潮来，白浪排空雪作堆。已沐金风秋意爽，晚潮隐隐远如雷"，这一首给人一种高开低走的感觉，用"晚潮隐隐远如雷"这句结尾总觉有些敷衍，"已沐金风秋意爽"这句之后，继续抒情或许比叙述晚潮更合适些。

三、《西湖拾韵五百咏》的艺术特色与文化内涵

西湖作为杭州的著名景点，文明四海，这不仅得益于其自身得天独厚的优美景色，而且古往今来数不胜数的文人墨客为之提笔也为西湖的美添了浓墨重彩的一笔。朱超范先生的《西湖拾韵五百咏》对西湖各个著名景点都进行描写，在导师的督促与指导下，我将从内容、风格、技巧、地域文化等方面对其展开粗浅地赏析。

一、内容方面

作者以西湖各处景点为诗词描写对象，分别作了苏堤春晓、曲院风荷、平湖秋月、断桥残雪、柳浪闻莺、三潭印月、花港观鱼、双峰插云、南屏晚钟、雷峰夕照、云栖竹径、满陇桂雨、虎跑梦泉、龙井问茶、九溪烟树、吴山天风、阮墩环碧、黄龙吐翠、玉皇飞云、宝石流霞、灵隐禅踪、六和听涛、岳墓栖霞、湖滨晴雨、钱祠表忠、万松书缘、杨堤景行、三台云水、梅坞春早、北街梦寻、湖山春社、功德崇坊、玉带晴虹、海霞西爽、梅林归鹤、鱼沼秋蓉、莲池松舍、宝石凤亭、亭湾骑射、蕉石鸣琴、玉泉鱼跃、凤岭松涛、湖心平眺、吴山大观、天竺香市、云栖梵径、韬光观海、西溪探梅、六桥烟柳、九里云松、灵石樵歌、孤山霁雪、北关夜市、浙江秋涛、葛岭朝暾、冷泉猿啸、西湖夜月、两峰白云、冷泉亭、飞来峰等景点的诗词，形式以七言绝句为主，每个景点五到十首。

除了以上为某一特定景色作诗外，作者在开篇十章和杂咏二十四首中则主要为西湖整体美景、西湖相关典故及文化内涵等方面的诗作。

二、风格方面

首先是辞藻华丽，充满诗情画意。诗词主要内容是景点景色，选取的字词大多有艳美华丽之感，每一首诗读起来都像是一幅风景画。例如"春晓苏堤展锦翠，流莺飞柳惹芳菲。接天湖色沧浪涌，水墨新磨卷翠微。"中"锦翠""流莺""芳菲""水墨""翠微"用词华美，描写出苏堤春晓的靓丽景色。不仅此，作者在苏堤春晓诗词的意象选取上多为"堤、莺、燕、鹭、柳、桃李、湖水、云、阳"等美好事物，

不管如何拼凑搭配,合起来总是一幅生机盎然、莺飞草长的苏堤春晓图。

其次是简易通俗,细腻全面,以写景为主、抒情为辅。诗人的西湖诗词主要是绘景,向我们展示出某一景点在不同时间、不同角度、不同意象的参与下带给诗人不同的美感体验,诗词华美但不失通俗,细腻但不乏全面,让人读起来如身临其境。例如"一湖绿叶碧茏葱,映日荷花夹岸红。戏浪蜻蜓忙点水,风光已入画图中"中,绿叶红花和蜻蜓点水的画面仿佛就在眼前。静态事物中红绿色彩对比鲜明,使人眼前一亮;动态事物一"戏"一"点"使人观赏之心随之跳跃,这也体现出诗人独具匠心的观察力。不过因为诗词数量之多,有的句子相对来说也难免缺乏诗情画意,例如"人民币里三潭月,刻影幽深景独佳"就表达直接,简易通俗,对于对仗平仄的要求相对也放低了。撇开单首诗词,诗词整体以写景为主,较少抒情,情感上主要是对西湖美景的歌颂、赞美与喜爱,这也可能与诗人选用七言绝句的形式更适合绘景有关。

三、技巧方面

第一是善用颜色词。诗人不仅在选取意象上多为生机活泼、动静兼济之物,例如"莺、鹭、燕、黄鹂、堤、荷、蜻蜓、烟、风、柳、桃李、湖水、云、阳"等等,而且多采用颜色词对其进行修饰,例如"墨、翠、绿、碧、青、红、金、艳、赤、苍、紫"等等。例如诗句"碧水翠萍红菡苕,菱歌吟赏水中央。""锦鳞浪漫澄波赤,自得悠悠漾碧虚。"皆为将色彩明亮鲜艳的事物放于一句中,画面感强烈。

第二是借用典故,不仅增添诗词的文化内涵,而且有一定表情达意的作用。例如"雾锁长堤落天幕,王维诗意总难删。""谁知苏子千年事,一座长堤百丈巍。""观音佛座倚昙华,圣叶田田赖女娲。传说西施采莲后,越吴女子媲琼花。"又如"鹤梅未尽逋翁意,欲去断桥收白蛇。""玉枝无意负佳期,踏雪寻梅正及时。孤岭林逋留胜迹,冲寒正好展清姿。"林逋以梅为妻、以鹤为子,自恃清高,在历史上尤为著名,可见诗人写梅很难不提到他。

第三是手法多样、格式工整,叠词、押韵、对仗等运用广泛。例如"明湖雨过飞鸥鹭,荷色青青格外柔。""叶叶扶苏万缕光,丝丝雪扣白银妆。茫茫云散东坡月,飒飒秋风忆故乡。""静静三潭翠接天,涓涓夜语问婵娟。涟涟水韵索新赋,凛凛冰轮句好联。""潺潺溪水随波走,袅袅钟声绕九寰。""山涧时时鸣汩汩,寒泉刻刻雪飞飞。""弯弯曲曲九溪随,叠叠重重好共持。壑壑沟沟涓细注,悠悠静静入江湄。"不仅运用叠词,而且韵脚显著。

四、地域文化方面

第一是禅文化。"南朝四百八十寺,多少楼台烟雨中"描述的就是杭州寺庙繁盛之貌,这些寺庙体现出杭州西湖悠久浓厚的禅文化。除灵隐寺、净慈寺之外,杭州四大名寺中的另外两个——凤林寺、云栖寺的历史也均和禅宗戚戚相关,这些寺庙及禅文化也都在词句中大有体现,尤其是南屏晚钟、云栖竹径、灵隐禅踪、天竺香市、云栖梵径等部分。例如"高僧眠月凭谁倚,夜语孤云与佛通。""深山古寺磬声弥,竹径清幽画意滋。""名山灵隐向谁开,月桂莲花筑佛台。""冷泉丹井两相连,佛地名山拂暮烟。""禅烟缈缈意无忧,佛法无边普渡舟。"等等。

第二是茶文化。西湖的茶文化与禅文化是相辅相成的。自唐开始,在寺僧的精心培育和管理下,灵隐、天竺所产之茶一直延续了优秀的品质,成为杭州西湖茶的源头。陆羽在《茶经》中还把杭州"天竺、灵隐二寺"所产的茶定为当时全国名茶之一。"龙井茶、虎跑水""杭州双绝"描绘的是杭州茶的独特品质,灵隐寺、天竺寺、虎跑泉、龙井泉等等又是西湖著名景点,因此诗人关于西湖的词句中虎跑梦泉、龙井问茶以及其他部分自然而然地蕴含了当地浓厚的茶文化。例如"御沟幽邃绣帘斜,绿树参差龙井茶。""东坡欲问两旗新,龙井而今万象春。""虎移泉眼得看先,沥出清茶可品泉。炉煮试泉尝欲醉,再听泉韵吐龙涎。""烟云三竺悟玄禅,虎迹如今著物妍。滴翠岩边泉滗汩,西湖龙井竟谁宣。"等等。

第三是故事文化。围绕西湖有很多佳话传说,诗人也将其收入词句当中,例如"梁山伯与祝英台,惜别长桥蝶恋媒。桥曰西泠苏小小,才华一代瘦于梅。""许郎蛇女堪情侣,天地相邻柳线长。"等等。

这些涉及地域文化的词句,使诗词从西湖优美景色的角度上升到悠久浓厚的文化层面,使诗词达到能与杭州西湖相媲美的境界。

总体来看,诗人关于西湖的诗词内容上以西湖某一特定景色为主,同时包括西湖整体美景。诗词风格上,辞藻华丽,充满诗情画意;简易通俗,细腻全面;以写景为主、抒情为辅;观各优美景点,不失地域文化。

四、《四时吟稿》《秋声吟稿》的题材选择与艺术特色

《四时吟稿》和《秋声吟稿》是两组以时间为主轴的诗作。现从内容、风格、表现形式及艺术手法、地域文化特征等角度分析两部集子里的七言律诗。

一、题材选择

1. 写景之作

这两部集子里的七言律诗所写的内容极为丰富,其中最为突出的是写景之作,诗人写景能抓住景物最突出的特点,写得生动鲜明。其中最具特色的要数《四时吟稿》中对二十四节气的描写,诗人能突出每一个节气最明显的特征,将每

一个节气都写得生动而真实。如其对"雨水"这一节令的描写:"瑶池王母启高闸,隐含老君开大阁",将雨水这一节令的多雨写得生动而富有传奇性。"水随万户餐如蜜,雨落千家润似酥",雨水节气的多雨对于越冬的农作物有很大的影响,诗人也很鲜明地突出了这一点,将千家万户对雨水的珍视表现得一览无余。再如诗人对"大暑"的描写:"六月迎将大暑风,炎蒸忆昔暖云烘。欣收早稻尝新米,抢种晚禾循老农。田水如汤濡地浚,骄阳似火溽天融。伊谁欲洗乾坤热,当把秋霜洒碧空",给人最直观的感觉就是高温炎热,首联中"炎蒸""暖云"已经给人一种类似蒸笼的感觉,颈联"田水如汤濡地浚,骄阳似火溽天融"又将热的感觉加深,热到地都要濡湿,天都要融掉。诗人紧紧地抓住高温酷热这个特点将其描写到极致。再如"朔雁远驰何处尽,寒蝉长唱几时休""暑去烟霞标海树,凉来涌浪展江虹",这两句诗没有提到一个"秋"字,却将秋描写得淋漓尽致,让人一读便觉秋意浓浓。"朔雁""寒蝉"都是秋天的标志,"暑去""凉来"也是立秋这一节令所独有的特点。由此看来,诗人对于二十四节令的描写是很成功的,对于每一个节令的特点都拿捏得很准,并且能将其形象地描写出来。

2.节日之咏

此外,还有一个引人注目的内容,即节日之咏。诗人能够将不同节日的习俗详尽地描写出来,展示出各个节日独有的特色,并且将人们过节时的情感细致入微地传达出来。如对春节的描写:"门槛又见换桃符,照眼迎新启罱图""年年守岁庆良辰,烛尽曦升岁月新","换桃符""守岁"都是春节传统的习俗,诗人也抓住这一特点对春节进行描写。"虽是冬心萧瑟后,莺歌一路总迎春""正道弘扬须守正,新年砥砺赖创新""坐对华灯未成寐,明天不可负朝曦",新春佳节,家家户户辞旧迎新,对过去的一年进行一个总结反思,然后展望新的一年,赋予新的一年更大的希望。再如诗人对元宵节的描写:"烟花一片火红天,难见今宵玉镜圆""彩灯高挂蛰龙动,烟火飞空走马迎""龙舞神州动银汉,狮腾瀛海启芳研",上元佳节是春节之后的又一重大节日,"烟花""彩灯""舞龙""舞狮"是这一节日特有的习俗,诗人也能抓住这些特点将这一节日描写得热烈而喜庆。除此之外,诗人还能结合当下所发生的时事,写出不同的节日氛围。如《庚子元辰有咏》"远望烟波黄鹤楼,瘟君肆虐使人忧。千家蓄志封妖孽,万户清闲作楚囚""迎新子鼠感忧伤,冠状肺炎灾楚襄。无奈良辰缺春色,可怜亲友欠馨香",元旦标志着新的一年的到来,在这一天,民间都会有很多庆祝活动,以迎接一年之始,寄托人们对新的一年的美好期盼。但是庚子年的元旦不同寻常,我们知道,这一年的元旦正是新冠肺炎疫情猖狂肆虐的时候,人人蜗居家里,更别谈庆祝活动了。因此诗人在写元旦时不再描写庆祝活动,而是写人们居家不出、人心惶惶的状态,"万户清闲作楚囚",虽是清闲,确实不得已而为之,一个"楚囚"写出了人们在元旦因疫情无法出门的落寞,本应一家团圆的良辰佳节,奈何只能终日惶惶不安。"单凭四海高情注,更赖三军大爱藏。自信时艰终可渡,收将风雨乃晴阳""已见钟馗星夜至,当挥长剑晓霾开",诗人没有将悲伤的笔调贯彻到底,转而描写全国人民的守望相助,众志成城,诗人相信在这样的团结一心之下,疫情终将会被战胜,风雨终会过去,阳光会驱散阴霾,希望的曙光就在前方。

3.人物论赞

集子中还有一少部分关于人物论赞的作品。一部分是对抗疫人员的颂赞,如《赞李兰娟》:"诤言建议口刊碑,大士观音竹帛垂。居宅隔离非错谬,封城堵道固神奇。白衣赴死真堪壮,赤胆扶危了不悲。赤脚医生施酷爱,三春好赋少陵诗。"写出了在新冠疫情蔓延之时,李兰娟院士顶着压力几度提出"封一座城,护一国安康"的建议,有效遏制了病毒的扩散,她还主动请缨,赴鄂抗疫。诗人歌颂了李兰娟院士其心若兰、心济苍生、身先士卒、舍小家为大家的高贵品质。另一部分是悼诗,如《沉痛哀悼傅展吟翁》:"一生坎坷志坚强,待到清秋桂馥香。九四年华容易过,百千故事总难忘。含冤处境辛艰度,颠沛时期壑泽藏。今虽魂飞苍昊去,丹心托迹付鸿鹄。"诗人写出了傅展一生坎坷而志坚,九十四年时光过,留下许多佳篇,表达了诗人沉痛的心情。再如《咏林俊德将军》,诗人歌咏了林俊德将军一生的功业,表达了诗人对逝者的崇敬之情。"男儿报国足堪夸,功在平生奏塞笳""深藏朔漠摅宏志,碑勒燕然安小家",林将军五十二载默默无闻地在西北戈壁沙漠从事核技术研究,直到生命的最后一刻,都还在整理研究资料,为铸造大国和平之盾立下了汗马功劳,而林将军的"玉骨"也永远留在了那片刻着他的青春年华和滚烫理想的荒漠,马兰精神也将继续在这片荒漠上绽放。

4.闲适生活

在这两部集子里还包含了诗人因疫情在山村居住之时的闲适生活。其中既有对山村自然风光的描写,如"孤溪断崖林春阳,气象涵波入草堂。桃岭先登随蝶影,茶园漫步惹衣香。黄鹂始啭堪倾耳,紫燕初飞正绕梁。若问幽禅持静烛,谁携月魄到书床","孤溪""断崖""春阳""桃岭""蝶影""茶园""黄鹂""紫燕"等意象构成一幅生动活泼的山村田园画,写出了山村环境的优美与祥和。还有对诗人山村生活的描写,如"稍憩山村闲有家,青松翠竹倚溪奢。园中雨种町畦菜,篱外风开次第花。往昔殷勤劝耕耡,而今缺乏问桑麻。踏青赏景多来此,吟笔持杯到日斜",诗人在此种花种菜,耕田养蚕,踏青赏景,饮酒作诗,生活自在闲适,很是惬意。另外还有在山村居住之时对疫情生发的感慨,如"已是剿毒杀新冠,何必再言春色阑。暖日披山添秀气,东风拂树逐余寒。传来莺语倾神听,绽了桃花着意看。若是犹嫌米醪浊,清溪耐可把鱼竿",诗人表达了对战胜疫情的希望,暖阳、东风已来,它们终会驱散寒冷与阴霾,莺啼已传来,桃花已绽放,一切都是生机勃勃、充满希望的样子,春天要来了,希望也要来了,体现了诗人乐观积极、希望满怀的情感态度。

5.即事咏怀之作

除以上所举之外,还有一部分值得注意的内容,即作者的即事咏怀之作,这些作品都是国家、企业、村镇、家族等举办一些盛会或发生重大事件时诗人所发的吟咏。如《朱氏宗祠重建落成有咏》:"广宇重开举鼎鼒,子孙欢聚玉泉堂。祖功宗德风流远,武略文涛世泽长。一瓣心香尊俎豆,千年瓜瓞荐馨香。钱塘沃衍根基固,族发萧然脉叶昌",首联中诗人将宗祠重建时族人欢聚一堂的喜悦淋漓尽致地表现出来,颔联是对祖宗的歌功颂德以及对祖宗的崇敬,颈联和尾联表达了诗人对朱氏家族美好的祝愿,祝颂子孙昌盛。再如《河上镇乡贤盛会有咏》:"长空雁字寄家邮,贤达驰归一笛秋。继往开来辟新境,登高望远步层楼。参差山色青云聚,澹荡溪光明月浮。银汉汤汤槎可泛,依然载不动乡愁",在这首诗中诗人描写了河上镇乡贤聚会的盛景,这些乡贤常年漂泊在外,虽功成名就,但依然掩盖不了内心的乡愁,此次聚会给乡贤们提供了一个很好的归乡的机会,以慰藉思乡之情,表现了他们对家乡的眷恋。再如《港珠澳大桥通车志庆》:"一贯长虹横瀚海,犹连巨堑压云舻。一桥跃岸创新景,三地跨岸开锦图。奇迹惊天千国誉,豪情动地兆民呼。酹涛喜引鲲鹏舞,奋翅高飞展坦途",首联是对港珠澳大桥长度的描写,"贯长虹""横瀚海""连巨堑"都写出了大桥的长虹卧波、雄跨两岸。颔联写出了港珠澳大桥带来的益处,大桥通车之后祖国各地人民来往更加方便。颈联是对人民豪情欢呼的场面的描写,表现出了港珠澳大桥通车之后人民的喜悦与激动。尾联是诗人对未来的展望,同时也表达了诗人自身对港珠澳大桥通车的喜悦、自豪之情。

6.游览咏怀之作

最后还有一大部分诗人中在游览、登临、采风等过程中由所临之地、面前之景而引发的感慨。如《望南山有感》:"陶公腰直欲何为,归去来兮正及时。鹤寿稀龄难免老,奴颜媚骨不能医。谁凭胆略欺纱帽,余事推敲卧竹篱。落日霞光堪醉饮,一杯笑举说愚痴",我们知道南山是陶渊明归隐躬耕的地方,诗人来到这里,不免想起千年前的陶渊明"不为五斗米折腰"、安贫乐道的高贵品质,诗中"奴颜媚骨"与陶渊明的不卑不亢形成鲜明的对比,"奴颜媚骨"之人曲意逢迎赢得乌纱帽,而陶渊明挺直腰杆退出官场,过着"采菊东篱下"的自在生活,可能有人会嘲笑陶渊明愚痴,而作者则认为"归去来兮正及时",给予陶渊明高度的赞扬。再如"登临欲问乱云由,勾践祠前认旧游。已把胆薪传故事,且将霸业写春秋。烟横古道西风紧,夕照荒台剑气浮。可惜英雄皆已矣,夜间有梦去难留",诗人来到湘湖勾践卧薪尝胆之处,忆起勾践不惧失败与屈辱,卧薪尝胆成就霸业,其故事被历代文人所传唱,而今旧地仍在,英雄已去,诗人发出无限的感慨。再如"曾经百战卷旌旗,鹤唳秋风鼓角悲。锦地已非於越国,青山却有沼吴碑。功成刺剑全文种,业虑经商走范蠡。何以沧浪知伍怒,一樽独酌笑吾痴",诗人来到吴越争霸之地,想象着这里曾经战斗的场面,心中不免悲伤,今时不同往日,此处也非曾经勾践的于越国,颈联和尾联表达了诗人对功臣不得善终的同情与惋惜。

　　总之,诗人的作品包含的内容十分广泛,诗人总能抓住所要描写对象最突出的特点,将其写得生动鲜明。

二、风格特色

　　1.写景之作清新自然。如"已露晴阳草色肥,出门不必着寒衣。郊无满地琼花舞,堤有弥天柳絮飞。细雨轻风滋翠黛,娇桃嫩杏展芳菲。暮霞色醉门庭寂,不见清游众客归",诗人抓住春天最典型的景物,用"琼花""柳絮""细雨""轻风""娇桃""嫩杏"等清新自然的景物描写出春天的生机与活力,同时也将春日之美展现出来。再看诗人的用词,"翠黛""芳菲"把春天描写得像一个温柔迷人的小姑娘,"滋"和"展"则将春天的柔和与活力充分地展现出来。再如"草青阡陌莺穿柳,水碧池塘鱼戏莲",诗人的视角由高到低,写出了山村景色的清新活泼,尤其是"穿"和"戏"两个动词,用拟人的手法生动形象地写出了莺和鱼的灵动与可爱,营造出一片祥和的氛围。

　　2.咏怀之作典雅深沉。如"饮剑曾令暮雨愁,西山孤冢越王羞。沼吴虽用西施计,兴越全用文种谋。尊酒筹巡无范氏,江湖款渡失扁舟。而今'九术'藏何处,唯有高风莫与俦",诗人临湘湖之地,想起两千多年前吴越之争,越王用"西施计"与"文种谋"灭掉吴国,兴盛越国,然而兴国之后功臣都不得善终,因此诗人认为"越王羞",表达了诗人对文种、范蠡等谋士的同情与惋惜之情。再如"山光水色烟霞惹,笛弄姮娥天籁寡。鹏展云抟魏阙寒,鳌翻海动瑶池泻。犹教文种度乌鸢,能使伍胥驱白马,信美秋涛绝世奇,钱塘一脉真风雅",诗人与友人前往钱塘江观潮,前两联写出了潮水的波涛汹涌、气势壮大,紧接着颈联连用两个有关钱塘江典故,一为勾践听取文种与范蠡之计前往吴国作人质,在渡钱塘江时勾践夫人见乌鹊啄食江渚之虾,因而恸哭而唱《乌鸢歌》;二为夫差不听伍子胥劝告,听信谗言,赐死伍子胥并将其尸首抛入江中,而后伍子胥化为涛神,乘白马素车往来于钱塘江水之上。诗人用两个典故将越王勾践与吴王夫差对比,一个听信忠言忍辱负重成就霸业,一个听信谗言祸害忠臣国破身死,钱塘江见证了两个国家的兴亡,也正因如此,钱塘江有了独特的文化内涵,引得历代诗人前来观潮吟咏。

三、表现形式及艺术手法

1.诗人对组诗形式的运用。用组诗的形式描写二十四节气为诗人所独创，与同是现代人的郑天一所写的二十四节气七律诗相比，内容更加丰富，描写更加详尽细致，格调也更高。如同是描写惊蛰，郑天一的诗"春雷乍响轰隆隆，唤醒冬眠鸟兽虫。大地回春千草绿，芳苞绽放万花红。山清水秀春光美，鸟语花香暖意融。细雨丝丝浇沃野，麦苗垄垄绿葱葱"，准确地将惊蛰这一节令的特点写了出来，但是其对仗不够工整，用词也过于口语化，不够文雅；再看诗人所写的惊蛰，第一首中"一雷惊蛰动坤垠，几道孤光始立新。谁启熙阳潜地脉，尔开瑞气转天循"，两联写出了惊蛰天气回暖、春雷始鸣的节令特征，同是写春雷乍动，与郑天一的诗句相比，诗人写得更加文雅，且意境阔大，气势磅礴。第二首中"疑与人间看骤雨，于无声处听鸣雷"，第三首中"隐隐轻雷动惊蛰，飘飘喜雨醉屠苏"，第四首中"已动新雷始惊蛰，犹施沛雨洗尘埃"，都写出了惊蛰雨水渐多的特征，与郑天一的"细雨丝丝"相比，诗人描写的雨更加全面，"骤雨""飘飘喜雨""沛雨"都是不同的降雨，也符合节令的特点。第三首中"老鸠喈喈互相呼，新燕翩翩绿水趋"，第四首中"飞飞社燕衔泥遽，哧哧鸣鸠布谷催"，都写出了天气回暖之后，鸠和燕的欢腾，郑天一的诗中并没有对这一特点进行详尽的描绘，而诗人则运用众多叠词及动词"呼""趋""遽""催"将鸠和燕的活泼可爱与忙碌生动地描写出来，同时"哧哧鸣鸠布谷催"也写出了惊蛰之时"鹰化为鸠"的特征。第四首中"总觉严寒悖天意，晴阳已促锦春回"，则写出了惊蛰乍寒乍暖的气候特点。总之，整体来看，诗人选择用组诗来描写二十四节令是明智的，组诗的形式可以更加具体详细地将每一个节令的特点表现出来，同时还能写得生动形象。

2.副词的大量运用。副词的运用可以使诗歌的语言平易流畅，使诗歌具有口语化的倾向，如"未曾清气人间满，知否阳和海上升"，否定副词"未曾"写出了初春时节寒气尚未完全退去，春天的清明之气还未遍布人间，将初春时节乍暖还寒的特点表现出来，同时也使得诗歌的韵律节奏更加协调。再如《淫雨神问中》"瑶池防水须关闸，银河决堤当固垠"，"须"和"当"两个肯定副词的使用表达出了诗人的坚决，终日淫雨霏霏，诗人认为上天应该担责，"关闸""固垠"，解决长雨无霁的问题。再如"沧桑饱历杜工苦，学养长储白傅通。其有文章钦域内，我无鸿业启乡中"，其中"有"和"无"两个副词形成对比，与杜甫、白居易的文章流传海内相比，自己没有什么功业，表达出了诗人的自谦。总之，副词的使用使得诗歌上下更加连贯，语言更加晓畅。

3.善于用典。诗人在诗歌用了大量的典故，语典与事典兼具，使得诗歌委婉含蓄，同时也使得诗歌的内容更加丰富。语典如"恐无龙驭留金爪，应有鸿飞踏雪泥"，化用了苏轼"人生到处知何似，应似飞鸿踏雪泥"的语句，表达了诗人渴望留下一些诗句以传后世。再如"畴处洛范千重雨,卦出河图万壑云",化用了《易·系辞上》"河出图,洛出书"的句子,表达了诗人对王林旭的画的赞赏与高度评价。诗人对于语典的运用准确得当,能够精确地反映出诗人的思想感情,语典也能自然妥帖地融入诗歌当中。事典如"不信温情会长久,东君已驾马蹄回",东君是司春之神,象征着春天与希望,诗人在元宵节新冠疫情蔓延之时在诗句中用"东君"之典,表达了诗人对战胜疫情的坚信,诗人相信胜利的曙光就在前方。再如《浙东唐诗之路源头渔浦展望》(六)"夫差旧迹随水流,勾践英明附岫云",化用了夫差听信谗言、残害忠良终致亡国和勾践卧薪尝胆、忍辱负重成就霸业的典故,对比之下表明了作者的态度,也使得诗歌的内容更加饱满,同时也起到了使渔浦这个地方的文化底蕴更加深厚的效果。诗人对事典的使用使得语言含蓄而电压有味,同时以事典寓褒贬,达到了很好的艺术效果。

4.对仗工整有趣。诗人诗中用了大量的数字对、颜色对以及叠字对,使得诗歌工整而有趣味。数字对如《小满》"每至大忙惊四野,更逢小满动三车","四"对"三",夸张地写出了小满时农忙的场面。再如《大暑》"千枚翠盖亭亭立,万柄红花袅袅开","千"对"万",同时也是互文,写出了夏日荷塘里荷叶和荷花的繁密与茂盛。另外还有一些单纯形式上的数字对,尤以数字对修饰地名较为突出,如"三镇难容冠毒虐,九州不许鬼神哀""何叹九衢封里巷,堪嗟三楚护群生""已携海气入三吴,也带西风侵两浙"等,虽看似简单,却也对诗人的文化水平有极高的要求。这些数字对使得诗歌更加灵动,给读者一种独特的审美体验。颜色对如"岭上红霞云际出,林间紫雾树中悬",用"红霞"和独特的"紫雾"营造出一种很美的意境。再如"已临赤旭山隅照,犹听黄鹂柳外啼。翠竹穿缘应有宅,青松掩映似无溪",用一系列的颜色对描写出山村景色的多姿多彩、生机盎然。再如《赞李兰娟》"白衣赴死真堪壮,赤胆扶危了不悲",这句与前面描写自然之境的例句不同,"白衣"是医生所穿的白大褂,"赤胆"是白衣天使勇于奉献的赤诚之心,是具体颜色与抽象颜色的对仗,表达出了作者对李兰娟心济苍生、舍己为人的高贵品质的歌颂与赞扬。诗人所用的颜色对一方面使得诗句色彩鲜明,充满画面的美感,另一方面又给颜色蒙上了一层情感色彩,将诗人内心的情怀抒发出来。另外,诗人诗中的叠字对也很多,如《白露》"西风飒飒驱残暑,银汉迢迢驭劲秋","飒飒"与"迢迢"是拟声词与形容词的对仗,将白露时节清冷与萧条之感生动地描绘出来。再如《端阳有咏十章》"猎猎霓旌翻碧汉,咚咚鼍鼓击滂沱","猎猎"与"咚咚"两个拟声词对仗,通过两个声音描写,我们似乎已经看到了鼍鼓声中人们热火朝天地划着自己的龙舟,龙舟上的霓旌随风飘舞着,端午节热闹的习俗活动通过声音展示出来,同时也使得诗歌具有了音乐的美感。再如"翠竹幽幽竞青碧,红枫谡谡见斑斓","幽幽"对"谡谡",写出了深秋时节翠竹的幽深与红枫的挺拔,突出了竹与枫不惧秋寒、依然傲立的品质。使读者读来便能体会到其傲然之气。叠字对的使用一方面可以加强表达效果,传达出更强烈的情感,另一方面也可以使诗歌读来朗朗上口。

四、地域文化特征

诗人之诗大多数都是在湘湖一带写就,而湘湖有着悠久灿烂的历史文化,早在八千年前这里就孕育了"跨湖桥文化",是浙江乃至华夏文明的源头之一。到北宋时期,萧山县令杨时率百姓筑湘湖,造福邑民。同时,杨时还是"程门立雪"的主人公之一,因此在诗人的诗中时常可以见到杨时,如"程门立雪滋春雨,杨岭关情立古碑"。既提到杨时,就不得不提魏骥,魏骥同样在湘湖修水利、解民患之苦,在他的治理下,湘湖周围的农田仍然保有防旱防涝之利。明成化年间,宪宗下诏允许魏骥入祀德惠祠,与杨时同祠,因此我们可以在诗人的诗中看到二人并称,如"湘浦赓伸杨魏旨,竹林又现阮嵇身",以表达诗人对二位先人的感激与崇敬。此外,湘湖相传是越王勾践"卧薪尝胆"之地,因此与吴越争霸相关的一系列人物轶事都被诗人列入诗中,如"西施已杳隐陶朱,何必城山问霸图。莫叹夫差是先困越,何嗟勾践后吞吴。乌鸢只向轻风落,白马遍从巨浪趋。长使烟光偕落夕,好留渔浦句中娱",西施、范蠡、夫差、勾践、乌鸢、白马等典故前文已经说过,此处不再赘述。同时,湘湖地区还有很多历史文人,如贺知章,诗人同样在诗中提到过,如"欲举鸥盟狂客领,骚人尽醉玉壶春"。当然,相互还有著名的八景,即城山怀古、览亭眺远、先照晨曦、跨湖夜月、杨岐钟声、横塘棹歌、湖心云影、山脚窑烟。诗人在诗中写过部分景色,如《浙东唐诗之路源头渔浦展望》(二十七杨崎钟声)、(三十横塘牛埭)、(三十二罗峰晨光)等。最后,湘湖地区还属"浙东唐诗之路","浙东唐诗之路"是以唐代诗人在浙东运河西段、曹娥江、剡溪沿线的水陆交通行迹为依托,在浙东一湖(镜湖)、两盆(剡中盆地和沃州盆地)、三山(会稽山、四明山、天台山)区域内形成的一个以诗歌为纽带,将丰富多样的单个自然和文化资源串接在一起的独特整体。唐代来此游览过的著名诗人有李白、杜甫、贺知章、王维、贾岛等,诗人也在诗中提到最多的当属李白和贺知章,如"清闲狂客无非酒,逸趣谪仙堪泣麟""谪仙慷慨占贤重,狂客豪情今乢推"等。这样独特的地域文化的融入使得诗人的诗歌更具地方特色,同时,湘湖深厚的历史也为诗人提供了更多的创作题材。

五、《砥砺吟行》《浙东唐诗之路渔浦五百咏》内容与艺术特色

《砥砺吟行》《浙东唐诗之路渔浦五百咏》两组诗歌中七律创作仍占多数,可见作者对这一诗体的偏爱。现从诗歌内容、艺术特色、风格等方面进行分析。

一、诗歌内容

1、吟咏时事

在《砥砺吟行》、《浙东唐诗之路渔浦五百咏》这两本诗集中，朱超范先生写有大量的吟咏时事之作，且他所咏的这些时事大多都是一定时段内举国皆知的重大事件，具有一定的历史意义。例如《两会有怀》以及《纪念红军长征八十周年》中的十二首七律等等。其中一首为：

> 足踏山河百世垂，长征万里好催诗。湘江渡口溅丹血，遵义长空卷赤旗。
>
> 水暖金沙轻巧渡，桥寒泸定苦辛移。行军一路播薪火，光耀红星夜幕时。

在这首七律中，作者先对长征这一事件进行总述性的概括，突出了其对文学创作的影响。随后，他更以万里长征中的重要事件来结撰诗歌，如湘江战役、遵义会议、渡金沙江、飞夺泸定桥等等，末联对全诗予以总结，对长征的历史功绩也予以赞颂。且纵观同一名目下的其他七律，从内容安排上讲，作者也习惯于在中间两联以重要的长征故事来充实内容，例如"雪山草地声声吼，铁马金戈步步雄"，"四经赤水神奇渡，三过娄关奋勇扬"，"草地深渊情未了，雪山高峤意无惶"，"湘江堤岸迎顽敌，遵义城头舞赤旄"，"三军马踏雪山白，四渡旗扬赤水红"，最后尾联予以赞颂。

2、节日庆贺诗

在这两本诗集中，作者还写有一些节日庆贺诗，《除夕咏怀》、《为我镇国遗板龙元宵节题》。这里以《除夜咏怀》为例：

> 围炉守岁把屠苏，堪醉忘眠笔漫题。念里风情思恋恋，望中桑梓绪栖栖。
>
> 冬霾霭霭何能刷，春色曈曈当可犁。一唱金鸡寰宇白，神州万里舞雄猊。

这首诗从除夜时围炉守岁的细节写起，由作者把屠苏饮酒到忘眠漫题，然后由此写到自己思绪翩飞，望着园中栖栖桑梓凝思迟迟。最后转为赞颂之辞，歌唱神州大地之雄伟。在这一类诗中，诗人也惯于提到一些民俗活动，例如他写道，"鸡啼春色到元宵，河上板龙奢世骄"，"板龙沸地蹁跹舞，宝马喧天叱驭驱"，"板龙时作唐时舞，宝马传承宋代珍"，在这些诗句中，作者所指称的"板龙"，亦称"凳板龙""挡龙"，是中国民间龙灯的一种，流行于浙江温州、江西彭泽浩山地区，其形状就如真龙一般，由一节节的木板制成，且每节前后都要点上蜡烛，非常美丽壮观。在这些诗中,他也写到了过节时的盛况,例如:"宝马雕车香满道,旌旗鼓角烛烟销""千村缛彩繁光缀,万户落红灯火烧"等等,这些都反映了过节时人烟阜盛的景况。

3、咏史怀古

其次,在其中,有大量的咏史怀古之作。这些咏史怀古之作主要立足于当地所特有的历史景致,进行吟咏歌唱,例如:

> 干戈满目霸图分,此地曾经战火焚。铜戟难攻於越垒,锦鳞缓解句吴军。
> 石岩山险腾青霭,洗马池深起紫云。阅罢兴亡千载后,静宵尚有鼓鼙闻。

诗人登高临远,目见曾经金戈铁马的战场,今时今日已经惨遭战火洗劫,然后他又联系到了石岩山和洗马池这两个历史景致,写了其中升起的"青霭"和"紫云",仿佛若有所思。末联"阅罢兴亡千载后,静宵尚有鼓鼙闻。"这两句以景结情,给人营造了一个静谧安详的夜晚,使诗的结尾颇有韵味,耐人深思。

除了这首诗,诗中涉及历史典故的句子还有很多,比如"风邪江流限吴越,烟随海道接瑶台""古渡尚遗秦帝石,青山犹住越王城"等等,这些都赋予了这首诗历史沧桑感以及厚重深沉感,富有一定韵味。

4、当地景致

这首诗集中有大量诗歌都是依据当地景物的吟咏之作,例如:

> "乘槎欲溯严陵濑,八月潮来吉可期。
> 杨岐山麓藓苔滋,清磬几声江水悲。因有山僧朝说法,还随墨客夜吟诗。
> 青松日暖人游后,黄菊风寒雁叫时。过眼烟云看变幻,妙高台上倚栏思。"

在这首诗中,出现了很多当地的地名,例如"严陵濑"、"杨岐山"等等。诗歌以描写景物为主,整个诗歌风格平淡自然,末联两句仍有韵外之致。

除此之外,在这些诗作中,有些诗歌的写景主要集中在中间两联,例如:"屹峙江滨虎爪山,优罗环向富春攀。萦回白鹭高翔久,点缀青云自在闲。落日沉江霞未散,归舟倚岸客初还。夜临得句题何处,浦口清吟切莫删。"在这首诗中,中间两联通过"白鹭""青云""落日""归舟"以及"客"这几个景物,勾勒出了一幅恬淡渺茫、自然宁静的落日归舟图:几点白鹭在空中萦回高翔,久久不去。闲云数片点缀在空中,远处落日沉江,倒映在一碧万顷的水面上,漫天的红光,粉霞久未散去,而归舟停驻在岸边,只余几点缓缓归去的行人。这两句诗构景闲适,对仗工整,用语也十分萧散自然,给人以清新之感。还有"赏心碧水如琼露,悦目清岚似翠寰","田田荷叶浮江渚,渺渺螺头耸海湄","严濑故台双凤下,海门新浪六鳌归"等等,同样也是写景之句。

二、艺术特色

1、用典

诗中有大量的用典之处,例如在《浙东唐诗之路怀鱼浦五百咏》中的《唐诗渔浦五十章》中有句:"伫立迷茫千古意,银涛白马莫衔哀。"中"银涛白马"的典故,就是使用伍子胥死后"因随流扬波,依潮来往,荡激崩岸"的典故,不仅勾画了一副惊涛拍岸的画面,也为这首诗歌增加了独特的历史底蕴。"避世西施方外静,功成范蠡竹阴移。""黄竹鞭移凭范蠡,姑苏锁解赖西施。"这两句也是用了范蠡和西施的典故。还有"《偶书》情感莼鲈味,此生敢不爱乡邦。"这一句诗用了贺知章《回乡偶书》和张翰莼鲈之思两个典故,表达了诗人对家乡的眷恋与热爱。

从这些典故的归纳来看,作者对于同一典故的运用还是比较频繁的。比如上述诗句中提到的西施和范蠡的典故、陶潜归隐的典故,且它们大多并不是无中生有,而是与当地长久以来形成的文化积淀相匹,因此便形成了比较有文化特色的诗歌。

2、对仗

从表现方式上看,这两部诗集共一百多首七律中,作者运用了大量的对仗,这些对仗有些较为景致,有些则比较工稳,构成了诗歌的艺术特色。

在七律的中间两联,作者运用了大量工对,例如:"奋翮鸟鸢何日返,奔涛白马几时回。"在这句诗中,"奋翮"与"奔涛"动词相对,"鸟鸢"与"白马"名词相对,"何日返"与"几时回"以提问句式相对。上下联虽写的是"鸟鸢"与"白马"两种不同的对象,但其实表达的是同一个意思,比较工整。还有"但见疏黄融月色,犹看冷翠浸秋声。""但见"与"犹看"相对,"疏黄"与"冷翠"相对,"融月色"和"浸秋声"相对,这句的用词也比较考究,"疏黄"、"冷翠"尽皆较清冷的意象,且色彩都比较浓郁,"融月色"与"浸秋声"分别是诗人在视觉与听觉上对四周景致的关照,其中的"融"和"浸"有明显的炼字痕迹,因此比较精致玲珑。

除工对以外,诗歌中还留有一些流水对,例如"阅罢兴亡千载后,静宵尚有鼓鼙闻","为叹山水浙东胜,行李一肩趋若耶","不知神仙在何处,沽酒烹鱼亦斗茶"等等,这些流水对自然宛转、起伏有致,也构成了其诗歌艺术的特色。

3、风格

纵观整首诗集,以平淡自然为主。例如:

晨转红轮映曙霞,青青江树满枝花。钱江浪起风烟直,古渡帆驰蜃气斜。碧渚连天翔雁鹜,沙滩接岸漫蒹葭。不知神仙在何处,沽酒烹鱼亦斗茶。

所写内容不过是日常之景,抒发的也不过是日常之情,全诗也没有使用刁钻字眼以及典故,只是平铺直叙地发所想所念表达出来,甚至是浅俗易懂的,但于平淡之中又可见真淳自然。

也有韵致深沉之作。以景结情,读来余味悠长:

西风塞雨入汀洲,鹤驭寒云梦未休。造物犹知人易老,逝波欲意水难流。远山翠渺天无际,近岸帆低眉结愁。无数江萍今可佩,栖衔落日不胜秋。

这首诗歌从写景入手,营造了一种较为凄冷的氛围,随后由景入情,抒发了古今易有的人事易变的沧桑感慨,后转入写景,最后落脚在"栖衔落日不胜秋",采用以景结情的手法,以"落日"作为最后留在读者心中的印象,就像是留给读者一个含着落日的空镜头,留给人无限遐想,因而从风格上言,这些诗歌也有韵致深沉的特色。

总之,从朱超范先生诗作整体的诗体选择来看,他比较偏爱七律和七绝。其七律不仅诗歌内容丰富,并对前代诗歌进行了广泛的学习,而且将传统的用典、对仗等手法运用得比较娴熟,形成了平淡自然、韵致深沉的特色,具有一定的审美价值。

(本文由张妮、杨应欣、车二丽、高彩丹、张静怡等同学参与)

爱家国于颂赞　历恒久而弥新

——读朱超范《浙东唐诗之路渔浦五百咏》有感

朱国伟[①]

中国是诗的国度,在各种文学体裁中,诗歌最早成熟,是中国古代文学的经典代表形式,历代名家辈出,佳作精彩纷呈。五四新文化运动兴起,至今已有百余年的时间。百年来,中华诗歌发生了翻天覆地的变化。这是一个新旧诗歌的交织、纠结、互动、变化的过程,主要表现为:白话诗歌的凌空出世与旧体诗歌的跌而不落;新诗的"民间化"与旧体诗的潜滋暗长;新诗的精英转向与旧体诗的复兴苗头。

唐诗是中国诗歌的顶峰,唐代的著名诗人们喜爱浙东山水,因做官、访友、修道、游历,大规模、长时间地沿着水路旅行,并作了脍炙人口的名篇佳作,既为山水增色,更为文化添彩,是自然与人文的相得益彰,诗天工与人工(创作)的珠联璧合。当今学者们把这条水路命名为"浙东唐诗之路"。这条诗歌之路其实一直没有断绝,从古代到近现代,浙东都是人文荟萃之地,也是诗歌的渊薮:贺知章、陆游、鲁迅、矛盾、郁达夫……他们像璀璨的星辰,从历史照进现实,向人们展示着古典诗歌坚韧的品格、恒久的魅力。

浙东唐诗之路的起点(之一)是萧山的渔浦,相传渔浦是虞舜渔耕的地方。渔浦山川秀美,"渔浦烟光"是萧山古八景之一。於越散人朱超范先生生于渔浦、长于渔浦,得山水之灵气,种诗学之慧根,远绍唐人,近接民国,歌咏渔浦,得诗五百首之多,篆为一书,曰《浙东唐诗之路渔浦五百咏》,可谓琳琅满目,美不胜收矣。朱超范先生为中华诗词学会会员、浙江诗词与楹联学会理事、杭州诗词楹联学会副会长、野草诗社副理事长、鸿雪诗词顾问、中华诗词创作研究院特聘研究

---

① 朱国伟,信阳师范学院文学院副教授,研究方向为诗词学、现当代旧体文学。

员。读其新作,得江山之助,进而明悟:传统诗词,其体式似乎陈旧,实则古色古香、历久弥新,是对前人的继承与创新,在当代诗坛具有重要的价值与意义,让我们先从中华诗歌百余年来在传统与新变的互动中体会传统诗词的坚韧与强大的生命力。

一、新文化运动后的"新"兴"旧"伏

随着新文化运动的开展,与提倡白话文相对应,白话诗歌凌空出世。新文化运动,冲击了中国古典诗歌的地位,白话诗歌占据了诗歌的主流主导地位,出现了一大批新诗人,如胡适、郭沫若、闻一多、刘半农、徐志摩、戴望舒、李金发、卞之琳、何其芳、艾青、臧克家等等。同时也出现了一些新的诗派,如新月诗派、九叶诗派、湖畔诗派等。他们热情地创作白话诗,也很有成绩。但也不停地被人怀疑、质疑。胡适的《两只蝴蝶》:"两只黄蝴蝶/双双飞上天/不知为什么/一个忽飞还/剩下哪一个/孤单怪可怜/也无心上天/天上太孤单。"时人评为浅露,并用白居易《长恨歌》"在天愿为比翼鸟,在地愿为连理枝"来比较,以为两者高下立判。新诗人群体,除了向民间口语学习以外,更积极地向欧美诗歌学习,从理论到形式,全方位地学习。他们相当一部分人是翻译家,翻译诗歌,更是二次创作。但梁实秋也有"中国人写外国诗"的批评。新诗毕竟是被当时的青年接受了,称为诗歌的主流了,创作上成就斐然,佳作频出。

旧体诗歌跌而不落。与此同时,长时期被人忽视的是,民国期间的传统诗词(或曰旧体诗词)创作也一直相当多。从遗老遗少到鼓吹革命的激进人士,都继续在写旧体诗词,并在报纸上发表,还组织诗社,互相切磋、支持。如在上海作寓公的朱祖谋就曾把整理、写作词作的工作,视为"不为无益之事,何以遣有涯之生"。南社诗人群体后期扩大至数千人,其他小规模的旧体诗词社也被更多的研究者挖掘出来。另外一个值得注意的现象是一些新文化运动的干将们,同时创作大量的旧体诗词,贬刺黑暗,抒发幽思,艺术水平很高。如鲁迅、郁达夫、矛盾、郭沫若、张恨水等等,他们不像陈寅恪只写旧体诗,而是新旧都写。郁达夫《题钓台壁》之"曾因酒醉鞭名马,生怕情多累美人"一联,历来为人激赏,播于众口,将来也会随着经典化的加强而流传后世。由此带来第三个现象:即新诗深受旧体诗的影响。如鲁迅的《我的恋爱》:"我的所爱在山腰,想去寻她山太高。"明显就是模仿东汉张衡的《四愁诗》:"我所思兮在太山,欲往从之梁父艰。"再如闻一多的新诗的三美主张(音乐美、绘画美、建筑美),一定程度上克服了白话新诗过于松散随意的不足。其实就是向古典诗歌的靠拢、借鉴。至于徐志摩《再别康桥》

连用三个"轻轻",这种叠词叠字,如大珠小珠落玉盘的节奏美,更是以李清照为代表的古代诗人的拿手好戏,其他结构、意象、手法的继承改造、学习更是不胜枚举。

二、新中国成立后的前三十年:"新"热旧"冷"

能够公开发表的新诗大张旗鼓,但成就寥寥,秘密传抄的新诗却独树一帜。早在延安革命根据地时期,就明确提出"文艺要为工农兵服务",诗歌也不例外。现代派新诗的朦胧、晦涩、多义、伤感、小资情调统统都不合时宜,因为"解放区的天是晴朗朗的天",所以诗人一定要写通畅明朗的诗歌,要反映劳动人民的生活及趣味。一些诗人就改弦易辙,如何其芳早在进入延安后就改变了:由前期的精致、唯美、绮丽、雕饰到后期的明朗、质朴、直白。新中国成立后,这种风气的转变在"文化大革命"中就产生了《红旗歌谣》这样的民间诗的代表,过于迁就大众,迎合农民,使诗歌变成了顺口溜,这种深受政治影响的诗歌探索是不成功的。以食指(郭路生)为代表的青年诗人,以敏锐的心灵对"文化大革命"产生怀疑。食指代表作《相信未来》写于1968年的2月,他把这首诗带给贺敬之,贺的评语是,在30年代它会是一首好诗。千百万知识青年"上山下乡",但生活环境的艰苦、背井离乡的惆怅、扎根农村的忧虑,使他们产生了深重的幻灭感和挫折感。《相信未来》叩醒了知青的迷梦,所以被广泛传抄。

旧体诗词,潜滋暗长。古典诗词虽然是优秀文化,但在当时的教科书中的分量日渐减少,因为有"四旧"的嫌疑,有"封建"的遗毒。当时年轻人能够接受的和古典诗词有关的教育就是毛泽东的诗词。毛泽东的诗词可以说是旧瓶装新酒,革命、政治是主题、主线,大气磅礴,深得传统诗词之神韵。他将"诗言志"的传统与革命、建设的相结合,与时代的脉动相结合,站在时代的高度,指点江山,气度恢弘。既是宏阔的历史画卷,又有个人的内心情感,具有特殊的文学价值。前者以《沁园春·雪》为代表,后者可以《七绝·为李进同志题所摄庐山仙人洞照》为代表:"暮色苍茫看劲松,乱云飞渡仍从容。天生一个仙人洞,无限风光在险峰。"松树在中国古代文化中象征着坚贞不屈、品德高尚、伟岸高标、不同流俗。这些传统的象征意义在毛泽东的诗中完全保留,同时,毛诗咏松树,就是自己(包括中国)面对苏联的压力不为所动的化身,对党内外对自己的怀疑、困惑的一个暗示性的回复(当时确实是内外交困)。这种委婉深曲的传统手法正是古典诗词的特长或曰神韵所在。与此同时,其他诗人,包括原来以白话诗歌创作为主的诗人,转而在写当时不能发表的旧体诗,来抒发他们的困惑、苦闷。如俞平伯、聂绀弩、何其芳等。如聂绀弩《挽毕高士》:"九尺曹交尚出头,终身恨未打篮球。丈夫白死花岗石,天下苍生风马牛。雪满完山高士毕,鹤归华表故城秋。送君冠带棺中去,恐尔棺中也自愁。"其作品风格独特,用词新奇,真切乐观,夹杂嘲讽,颇有豪气,意犹狷介,还存在杂文化、俳谐化特征。王蒙先生评聂绀弩诗曰:"芜杂中的真挚,俚俗中的古雅,纷纷世相的真切刻骨,荒唐经历的难信堪惊。他老先生是无事不可入诗,无词不可入诗,无日不可入诗,无情——愤怒、无奈、叹息、感激、惭愧、戏耍、沉痛、悲怆、惊讶、坚忍、豪兴、大方——不可入诗。"聂绀弩旧体诗颇有宋代黄庭坚之神韵,古典、今典,交织融汇,对于今人如何写旧体诗词很有启发意义。

三、后四十年的"新"变"旧"起

改革开放至今,被称为"后四十年"。后四十年的诗歌也展现出巨大的变化:朦胧诗派从地下写作、传抄到公开出版以至于开宗立派、影响日隆。继食指以后,以北岛、舒婷、顾城等人为代表的这代诗人具有强烈的家国情怀,还有悲天悯人的英雄主义风格,切合了当时久受压抑、渴望改变的大众心理。他们在诗作中以现实意识思考人的本质,肯定人的自我价值和尊严,注重创作主体内心情感的抒发,在艺术上大量运用隐喻、暗示、通感等手法,丰富了诗的内涵,增强了诗歌的想象空间。随后,以新一代大学生为主体的诗人,如韩东、海子、李亚伟、西川等,被称为"后朦胧派"、先锋诗派或第三代诗歌。前三十年诗坛表现为现实主义或浪漫主义诗歌风格;朦胧诗派受西方现代主义诗歌影响,借鉴一些西方现代派的表现手法,表达自己的感受、情绪与思考;第三代诗歌则趋于反讽、荒诞、幽默,甚至丑陋等美学形态,带有一些后现代的色彩。

所以二十世纪九十年代之前,诗人的社会关注度很高,社会影响力也比较大。朦胧诗的语言倾向于唯美的、经典的书面语,而且语言方式以经营意象为主要手段,并在此基础上实现象征和隐语的意图。而第三代诗歌则着力于日常化的口语写作,明确反对意象经营,试图突现语言自身的内部冲突。朦胧诗表现出某种贵族化的精神气质,而第三代诗歌则表现出明显的平民意识和日常状态。但极端的发展是出现了"废话体""口水诗"的争论质疑。

随着社会政治、经济的巨大变化,诗歌受到的关注日渐减少,"写诗的比读诗的人多"是一句形象的概括。与此相反,旧体诗词的创作却迎来了相当繁荣的景象。代表现象是"中华诗词学会"的成立及《中华诗词》的出版发行,《诗刊》作为诗歌的顶级刊物也设置栏目发表旧体诗词。鲁迅文学奖也设置了旧体诗词的奖项。另外,"老干体"也引人注目,虽然批评者不少,但也不可否认的是旧体诗词的吸引力,表现力在增强,也是传统诗词在继承的基础上,进步发展的重要基础。毕竟,没有普及,哪来提高。再次,大学生中旧体诗词的写作者也越来越多,诗艺水平越来越高。网络诗歌中的旧体诗词比例亦不小。中央电视台举办的诗词大会、纪录片《诗词中国》都对传统诗词的升温、繁荣推波助澜。另外各种传统诗词创作大赛也方兴未艾。

四、朱超范先生的创作体现了优秀传统文化的自觉与复兴

中华诗歌的"新"与"旧"变化过程,是与中国的命运息息相关、同步起伏的,是中华民族割肉断臂、变法图强的形象展示,又是一个古老民族在勇于学习外来文化的同时,仔细审视自身传统,对自身优秀文化的自我肯定,也是中华民族文化走向世界的必由之路。超范先生身逢盛世,经历曲折,万千胸怀,有待抒写,见贤思齐,移渔浦美景于笔端,古人之流风余韵,再现今朝。仅以其《渔浦》窥其一二:

> 古渡苍茫太白嗟,风流快意向烟霞。痴迷山水非陶令,钟爱渔潭是谢家。棹击西江秦望仰,雅披东浙楚骚赊。前贤已拓唐诗路,一派钱塘翰墨斜。

更难能可贵的是,作为一位很有名望的实业家,朱超范先生在滚滚红尘中,反而看淡富贵权位,向乡贤延陵季子看齐,追求的是内心的宁静恬淡。所以能够凭借浙东山态水容和丰富多彩的文化底蕴的感性素材(题材或所谓载体),通过想象、联想和幻想,结合自己炽热的感情,进行概括和集中,喷发为诗,至五百首而人不嫌其多也。子贡曰:"贫而无谄,富而无骄,何如?"子曰:"可也。未若贫而乐,富而好礼者也。"诚哉斯言,富而好礼,其超范先生之谓乎!

诗都雅韵琴犹在　　故国文章笔有神

——论渔浦诗人朱超范及其咏渔浦诗

朱德慈①

今年仲夏,在上海大学参与第二届当代诗词作家研讨会期间,与诗人朱超范先生邻座缔交,蒙其慨然相赠大著《浙东唐诗之路渔浦五百咏》。返归后,反复讽诵,深感其锐志吟哦,遥接古今,啸傲山水,情系乡梓之一片赤诚。今值浙东唐诗之路又开盛会,遂不揣鄙陋,将自己阅读《渔浦五百咏》,包括其在《湘湖风韵》、《四时吟稿》诸诗集中吟咏渔浦的点滴体会,与诸君分享。所谓"浙东唐诗之路",是指古代剡中一条唐代诗人往来频繁、对唐诗发展有着重大影响的旅游风景线。始自钱塘江南北两边的渔浦渡、西陵渡,经萧山到鉴湖,沿浙东运河至曹娥江,然后沿江而行入嵊州剡溪,经天姥山,最后抵天台石梁飞瀑,全长近二百公里。这是继丝绸之路、茶马古道之后的又一条文化古道,也是中国文学史上一个已获得学界公认的专有名称。古渔浦(今名义桥镇)作为浙东唐诗之路重要源头,在唐代诗人笔下曾获得如潮的赞美,诸如"渔浦浪花摇素壁,西陵树色入秋窗"(钱起《九日宴浙江西亭》),"沙禽相呼曙色分,渔浦鸣榔十里闻"(独孤及《早发龙沮馆舟中寄东海徐司仓郑司户》),"云景共澄霁,江山相吞吐。伟哉造化工,此事从终古"(陶翰《乘潮至渔浦作》)等。恰如超范先生所言:"古渡几时天下知,唐人绝唱浙东时"(《浙东唐诗之源头渔浦展望》其十二,见载《四时吟稿》)。超范先生的渔浦系列吟咏正是对唐人绝唱的遥相呼应,异代接武,同样用律体格式,却已高唱出社会主义新时代的壮美乐章。超范先生原本商界精英,白手起家,创办萧山海联电子实业有限公司,并将

①　朱德慈,男,江苏宿迁洋河人。2003 年毕业于南京师范大学文学院,获博士学位。继入南京大学中文系博士后流动站工作。现为扬州大学文学院教授、博士生导师。从事诗词学与文献学研究,著有《常州词派通论》、《谢玉岑词笺注》等。

其发展成为"最具社会责任感企业",个人也荣膺中国道路运输协会"特别贡献人物"。习诗起步甚晚,据闻也就是近十数年间事。但因"少颖悟能过目成诵,斐然不群,初志必以文章立身,风雅鸣世",故虽投身商海,而初心不忘,年近花甲,乃转以诗词创作为事业,"博文会友,遍访乡里贤达;负笈求教,不辞城邑京华"(高卓《钱塘龙韵五百咏序》)。更因其故里河上及移居地邻乡渔浦皆山清水秀,处处有诗歌精灵跃动,一如其自述:"我家世住前溪口,渔浦灵槎柳下过。村畔潭清明月漾,岩边洞静白云多。午迟步岭锄青笋,晨起开门踏绿莎。笑咏壶觞更愚僻,孰堪回首望烟波。"(《浙东唐诗之源头渔浦展望》其十三)昔刘勰尝言:"若乃山林皋壤,实文思之奥府。……屈平所以能洞鉴风骚之情者,抑亦江山之助乎?"(《文心雕龙·物色》)超范先生既素志为诗,复亦得江山之助,故其起步虽晚,而进步迅速,《渔浦五百咏》便是其诗思与诗艺的集中体现。《渔浦五百咏》的个性特色至少表现在以下几方面:

一、浓郁炽热的乡恋情结

作为生于斯长于斯的诗人,超范先生对渔浦一带山水风光、民情习俗、历史掌故,不仅皆烂熟于心,且充满异常深厚的爱恋情怀,一如其自云:"返家最觉故乡亲"(《和韩翃〈送王少府归杭州〉》),"此生敢不爱乡邦"(《和严维〈九日登高〉》)。

他挚爱当下渔浦的云水风帆,草木莺燕,旷野自然,赋诗云:"古渡烟横举目非,为寻好句倦游归。身临篛画仙台咏,梦入灵图禹甸依。柳上莺啼云矞矞,梁间燕语雨霏霏。登临更喜青山在,把个瑶池入凤翚。"(《唐诗渔浦五十章》其五)"渔浦江山天下孤,放翁好句动诗都。三围岭色葱茏绕,一片波光潋滟铺。舴畔连宵赊绍酒,岸边尽日卖银鲈。杨岐寺里钟声响,好泛孤槎入五湖。"(《唐诗渔浦五十章》其八)"一片芳华拂面迎,渔潭万象最关情。荷花十里蕊光艳,柳浪几湾水影清。但见疏黄融月色,犹看冷翠浸秋声。老来自觉能知足,玉兔倚窗分外明。"(《唐诗渔浦五十章》其十五)"清野凌空色更澄,天寒朔雁逐云腾。帆扬范浦涛初落,人醉西风月又升。秋至登峰赏红叶,夜临隔岸数渔灯。心期会有当乘兴,棹动吟行浪几层。"(《唐诗渔浦五十章》其十三)四季变换,昼夜更替,水涘山峰,远近高低,无时不美,无处不俊。

他钟情渔浦丰厚的文化积淀,纯朴的民风习俗,所作《源头怀渔浦》组绝六十八首、《渔浦五十首》《湘湖风韵》,既唤起读者对渔浦过往辉煌文化史的深情追忆,又为世人展示了一幅幅生动鲜活的渔浦民俗图。"浙江古有乌鸢曲,黄竹今依范蠡塘。萧邑行歌唱吴越,湘湖逸韵若潇湘。"(《源头怀渔浦》其四)"沧桑岁月读千般,欲诉荒凉九折湾。石垒泥塘牛埭渡,苔阶斑驳楫难攀。"(《源头怀渔浦》其六),"渔浦唐诗碧水长,唐诗尽可说诗唐。诗唐孕育千年韵,独领风骚首一昂。"诸作追溯渔浦的水乡文化,尤其是唐代诗人对渔浦的吟咏所形成的文化传播,倾心礼赞,俯首称颂。"鸥鹭高翔天是家,鱼虾低咏水无涯。一张渔浦风光画,晋韵唐风不足夸。"(《渔浦五十首》其二十二)"吴越中分一水连,海潮江浪两情牵。鲥鲈鳊鳜三江汇,珍品嘉鱼四季鲜。"(《渔浦五十首》其三十)独具特色的吴越之间渔业文化场景活蹦乱跳地跃入读者眼帘,令人怦然心动,顿然神游。

他对家乡河上、渔浦念兹在兹,须臾不忘。家乡在诗人笔下充满画意,氤氲温情,流淌眷恋,诱人向往。且看:"常忆旧居明月栖,渔潭俯挹水痕低。沧浪归海鱼龙下,碧草连江鸥鹭迷。光照晨曦霞织幕,知章故里蔚连堤。渚边见有垂纶者,抛却长竿学钓鲵。"(《唐诗渔浦五十章》其十)"澄江落日渚烟平,时物已迎新岁更。古渡尚遗秦帝石,青山犹驻越王城。家乡念想心徒切,游子归来眼亦明。天色湖光浑似画,吟行不必去蓬瀛。"(《唐诗渔浦五十章》其二十一)"月明潮水白茫茫,把酒消愁望故乡。但见樟亭樱叶碧,来年朱实比茶香。"(《源头怀渔浦》其六十)家乡的渔潭古渡,沧浪碧草,青山潮水,渚烟鸥鹭,全都凝成解不开的情结,盘郁在诗人的心灵深处,一旦有丁点儿触媒,它们便喷薄而出,势难遏止,于是诗人便"从兹昼夜笔难停"(《源头怀渔浦》其一)了。他曾以同一词调《画堂春》,将其故里河上镇十六个自然村各自的风土人情、古今变迁、生活特点娓娓道来,如数家珍(《故里情怀十六阕》,载《於越散人吟》),益见其对故乡的爱恋之切,已达沦肌浃髓的程度。

超范先生情系渔浦,却不仅局限于渔浦一水浒。以渔浦为中心,诗人的乡情弥漫,西望桐庐、山阴,北接西陵、西湖,均有系列行吟。从区域范围而言,这是诗人扩展版的家乡;从浙东唐诗之路而言,这仍是属于自源头出发不远处。诗人在这一区域内足迹密布,观照细腻,涵咏深沉,亦文学史上罕见其匹者。略举数例,以窥斑见豹。

"万顷烟波客梦催,桐庐潇洒几盘回。伯符故国千峰秀,文叔高情六合开。又见黄公新罨画,也登严子旧遗台。三吴此处风光绝,应是东君妙手裁。"(《桐庐即兴》)这是概说桐庐风光美、人义胜。

"高台自古仰高风,人立青冥倚凤桐。意欲垂纶抛万丈,持竿一钓势何雄。"(《西路望桐庐》其八)这是咏严陵钓台,赞美严光之高风亮节。

"七里沧浪欲断魂,天开一线锁江门。富春也有小三峡,深谷高山听啸猿。"(《西路望桐庐》其三十五)这是写七里泷,写照传神,引人入胜。类比三峡,尤能引发读者浮想联翩。

"子胥野渡问渔舟,此处曾经露白头。沉棹老翁何处觅,雪冤未必解千愁。"(《西路望桐庐》其三十六)这是咏子胥渡。"雪冤未必解千愁",谓伍子胥虽然洗雪了父兄冤屈,但自己一再劝谏吴王灭越遭拒,眼看越王勾践即将反转灭吴,喟叹"吾今见吴之亡矣"(《史记》卷六十六《伍子胥列传》),则其愁肠千结自不难想见。此翻案出新,颇能逗人深思。

"一路春风雨可犁,山阴道上晓莺啼。每临暮色烟霞问,何处神仙被路迷?"(《山阴道上》其一)概写山阴(今绍兴)景色胜似仙境。

"神州形胜曰稽山,常拂烟霞缥缈间。夏禹何缘留美名,宏图画定汗青颁。"(《山阴道上》其二十三)赞美大禹功勋,永垂史册。稽山禹陵,烟霞缥缈,神秘迷离。

"亦仙亦道酒倾壶,狂客归来老鉴湖。凌阙清宫谁可驻?当凭摩诘画新图。"(《山阴道上》其四十五)礼赞初唐诗人贺知章归老鉴湖,并及鉴湖之迷人景色。

"有情无梦两茫茫,双壁题诗堪断肠。又遇秋风连夜雨,钗头凤咏更忧伤。"(《山阴道上》其五十三)沈园内缅怀南宋中兴诗坛巨擘陆游与表妹唐婉间凄美的爱情故事,同情感伤,目泪涔涔,依稀可见。

这便是诗人朱超范贡献给大故乡的瓣瓣心香,缕缕诗魂。二十一世纪的超范先生与千百年前的乡先贤目接凝视,灵魂对话。浙东诗路上不仅有曾经外来诗客的行吟,如今本土诗家也正以饱满的激情,喷吐着新时代的锦绣辞章。

二、敢与唐诗争胜的诗胆毅魄

清初叶燮论诗人,谓须具备"才、胆、识、力"(《原诗·内篇》),方可谓上乘。《渔浦五百咏》中,多见敢与前贤争胜的超迈诗胆,在《步韵和唐代渔浦诗》三十四首暨《步韵和唐代桐庐诗群》十八首中展露得尤为显豁。试各举一组,以概其全。

"东旭早光芒,渚禽已惊眠。卧闻渔浦口,桡声暗相拨。日出气象分,始知江路阔。美人常晏起,照影弄流沫。饮水畏惊猿,祭鱼时见獭。舟行自无闷,况值晴景豁。"这是孟浩然的《早发渔浦潭》。作为唐代山水田园诗派的宗师之一,孟浩然对渔浦的描写着力于呈现其清早的幽静中初闻响动,美人照影,鱼鸟相亲,气象空阔而安详,诗人情随景迁,渐次明朗。超范先生和诗曰:"棹动起朝暾,晨喧群鸟哢。涛掀渔浦雪,云敛青峰拨。旭昶昊天晴,雾收波浪阔。吴山重翠叠,越水流香沫。夜静听猿鸣,月明看祭獭。飞舟排郁闷,放眼前途豁。"群鸟喧哢,江涛卷雪,波澜壮阔,猿啼哀厉,舟行如飞,其动感程度较孟诗显然要强烈得多;"飞舟排郁闷,放眼前途豁",其情绪欢快的程度较之孟诗也要胜一筹。

"坐看南北与西东,远近无非礼义中。一县繁花香送雨,五株垂柳绿随风。寒潮背郭喧还静,驿路穿林断复通。仲叔受恩多感恋,徘徊却怕酒壶空。"这是桐庐诗人方干的《同萧山陈长官县楼登望》。其视野局促于萧山县城,抒情基于对陈长官的感戴。超范先生和诗云："高处登临望海东,乾坤浑在渺茫中。湘湖一霎阴晴雨,渔浦千帆来去风。道观临湖卧狂客,江桥梦笔立文通。请君西接严陵濑,明日胥潮势逼空。"其写景包括乾坤,远眺东海、严濑,近览湘湖、渔浦;其抒情睥睨江淹、贺知章,追踪伍子胥,"明日胥潮势逼空",象喻诗人襟怀的宽广、激荡。无论写景或抒情,均越方干而更进一层。

不难看出,超范先生步韵浙东唐诗,既有向唐代诗人学习,接续浙东唐诗之宏愿,亦不乏与浙东唐诗之路上的诗人们暗暗较劲的求胜心。尽管不可能每一首诗都能如愿比肩唐诗,但这种不畏前贤的雄心壮志却是值得嘉许的。如上所举例,也确有能比肩甚至胜出的时候,这就更值得大书特书了。

三、宏大致密的整体结构

毫无疑问,晚年始染文翰的超范先生是以凌铄空前的气概步入诗坛的,动辄以数百首组诗建构成宏大的主题群,如《钱塘龙韵五百咏》《西湖拾韵五百咏》《湘湖风韵五百咏》。其他诸集虽不以百咏命名,但其内部仍多动辄以数十上百首组诗蝉联集成。如《砥砺吟行》一集,即由《纪念红军长征胜利八十周年》一百二十首、《西施古迹群感咏》一百首、《朱日和大阅兵》四十九首、《中国诗词大会有感》三十首、《"一带一路"国际合作高峰论坛》二十五首等构成;《四时吟稿》一集,即由《二十四节气闲吟》一百二十首、《疫情未解山村小住有感寄友人》四十四首、《浙东唐诗之路源头渔浦展望》三十六首等构成;《於越散人吟》一集,即由《咏雪五十首》《改革开放四十周年感怀三十章》《端阳三十首》《中秋有咏三十章》《咏桂五十首》《咏菊五十首》《重阳五十首》等构成。《渔浦五百咏》亦是其宏大吟咏结构中的一个组成部分。纵观中国诗史,同一主题而用五百首组诗来完成者,实属罕见。同一诗人,而有系列五百首吟咏,尤其罕见。

与其他诸"五百咏"系列大致相同,与诗人另外诸集大不同的是,《渔浦五百咏》规模超大,而内部却不是散乱主题的联缀,而是有目的的安排,有秩序地展开。《渔浦五百咏》除主体部分《唐诗渔浦五十章》《源头怀渔浦》六十八首外,还包括《西路望桐庐》八十五首、《北接西陵》四十首、《山阴道上》一百首等。这是以古渔浦为中心的七十公里内扇形浙东唐诗之路段,是大渔浦区域。尤值得强调的是,在这个大区内的大小文化遗存或优质观察点,诗人几乎全部涉足,且留有题咏。借用伟大领袖的词句,可谓是"踏遍青山人未老,风景这边独好"(《清平乐·会昌》)。举其出现频率较高者,江河有钱塘江、富春江、曹娥江、若耶溪等;津渡有西陵渡、子胥渡、牛埭渡等;山岭有会稽山、秦望山、石岩山、定山、鸡笼顶等;

湖泊有湘湖、鉴湖、白马湖等；古刹有杨岐寺、百步寺、法华寺、云门寺、大佛寺等；塔楼有妙高楼、镇海楼、玩江楼、三江塔等；亭台有樟亭、兰亭、高迁亭、浙江亭、严陵钓台、越王台等。超范先生锐意用自己的诗笔唤醒读者对渔浦、对萧山、对浙东唐诗之路的历史记忆，激发读者对当下大渔浦区域风韵与文化的一往情深。

四、俊秀流走的清词丽句

超范先生诗不惟规模宏大，情感真挚，而且在艺术上也精雕细琢，妙句络绎，如"大珠小珠落玉盘"（白居易《琵琶行》）。以下举例，即便置于唐宋名家集中，亦未必逊色。"龛岭截江回地力，伍涛向海放天长。"（《唐诗渔浦五十章》其七）"为探山水浙东胜，行李一肩趋若耶。"（《唐诗渔浦五十章》其十八）"动地禅音连四野，惊天涛涌起三江。"（《唐诗渔浦五十章》其二十九）"潮随月出海门近，人伴舟归日影斜。"（《唐诗渔浦五十章》其四十二）"试问红尘多少事，星河挹带白云浮。"（《唐诗渔浦五十章》其四十四）"不负斜阳无限好，凭栏纵目句吟稠。"（《西路望桐庐》其八十）"一舸浮春若方外，波光无际子规啼。"（《山阴道上》其八十）"水波绿在春生后，树色红逢蕊放时。"（《山阴道上》其九十四）"扣舷吟未已，诗思入沧溟。"（《和崔国辅〈宿范浦〉》）"随风驰白浪，挟雨驾孤舟。"（《和储光羲〈京口送别王四谊〉》）"渔火乱江星，渚烟笼夜柹。"（《和孟浩然〈将适天台留别临安李主簿〉》）诸如此类，皆音节流利，明白晓畅，或色彩鲜明，或动感十足，俊俏灵秀，具有迷人的艺术魅力。

若要追寻超范诗因何能臻此艺术境界，除了前述所谓天资聪慧、虚心求教、得江山灵气以外，窃以为与其努力向古典诗词文化遗产汲取营养亦密不可分。从其渔浦吟中，我们能清晰地看见其不仅对浙东诗路上的唐代诸诗家名作甚多沉潜玩索，而且对此前此后的诗歌精粹也兼收并蓄，化古为新。先唐诗人如谢灵运、陶渊明等，对超范先生山水与田园之咏濡染甚深，他自己亦直言不讳。且看其坦陈语："谢客首开山水韵，渔潭宵济注诗魂。"（《源头怀渔浦》其十）"往昔溪边怜谢客，而今入梦旅天涯。"（《山阴道上》其八十三）"思欲清闲效陶令，把竿植菊任由之。"（《唐诗渔浦五十章》其六）唐以后诗人影响超范先生至深者，殆无逾新中国开国领袖毛泽东。姑举一二例："当从谢客渔潭泊，便有清音珠贯索。"（《和孙逖〈夜宿浙江〉》）因袭领袖句式："一从大地起风雷，便有精生白骨堆。"（《和郭沫若同志》）"有泪盆倾吹作雨，无神魄落化成灰。"（《唐诗渔浦五十章》其十二）化自领袖名句："忽报人间曾伏虎，泪飞顿作倾盆雨。"（《蝶恋花·答李淑一》）正因其努力上下求索，汇通古今，复能融铸当代意象，引入当代语汇，故其诗总能在典雅的姿态里时时闪烁新时代的光彩。

　　超范先生《为义桥镇撰编〈中华诗词·渔浦增刊〉鼓而呼》组诗其五云："萧然气象一番新，罗刹江头造化频。湘浦赓伸杨魏旨，竹林又现阮嵇身。诗都雅韵琴犹在，故国文章笔有神。欲举鸥盟狂客领，骚人尽醉玉壶春。"借其颈联以定位超范先生自己在方今浙东唐诗之路上的努力与贡献，也许更为合适。

　　如果说超范先生吟咏渔浦诸作从整体上观照，堪称一块玲珑玉，那么这块玲珑玉当然也不能说完美无瑕。权作净友，谨从诗歌艺术角度提议几个值得注意的方面：

　　一、对仗：两联之间宜转换视角。"钱江浪起风烟直，古渡帆驰蜃气斜。碧渚连天翔雁鹜，沙滩接岸漫蒹葭。"（《唐诗渔浦五十章》其二十）作为一首七律的颔颈两联，视点均在江面，不免单调呆板，缺乏变动，缺乏张力。一联之内宜同中有异，力避合掌。"踏浪网收三尺鳜，弄潮又得四鳃鲈。"（《唐诗渔浦五十章》其三十四）两句同一涉水捕鱼意，"踏浪"与"弄潮"意义完全重叠，可惜了三尺鳜，尤其是四鳃鲈。此可谓合全掌。"已把真情写山色，更将实意咏潮声。"（《唐诗渔浦五十章》其二十二）"实意"与"真情"，同一所指。或以已故领袖诗句"红雨随心翻作浪，青山着意化为桥"（《送瘟神》其二）为比，但主席诗所谓"随心""着意"有有意无意之别，而此所谓"真情""实意"则全无分别。此可谓合半掌。

　　二、押韵：宜避硬凑。"长留范浦烟霞趣，总把唐诗写史渠。"（《唐诗渔浦五十章》其四十八）"史渠"者何？"片片风帆江渚驶，清秋得句踏歌曹。"（《和严维〈送崔峒使往睦州兼寄薛司户〉》）"踏歌曹"者何？"一江鹅羽雪，千里柳烟罂。"（《和皇甫冉〈送李万州赴饶州觐省〉》）"柳烟罂"者何？凡此，均颇费解，难免凑韵之嫌。

　　三、意象：宜避枯寂。"上有新安下富春，两江电站碧澜邻。运行联合华东地，造福人间乐济贫。"（《西路望桐庐》其三十一）七绝四句，除"碧澜邻"外，均为陈述议论。"鼎盛宋朝渔浦寨，继而设镇市场科。年逾税入三千贯，时比西兴四倍多。军旅官民步津渡，骚人钓客醉吟哦。辉煌昔日当长记，欲写新篇翰墨磨。"（《唐诗渔浦五十章》其二十八）一首七律，除颈联略显意象，其余均为陈述与议论。另如："本草君臣佐使方，中华药祖道机藏。古来济世悬壶地，仙化桐君日月长。"（《西路望桐庐》其六十）"古有《神农本草经》，《桐君药录》鼎镌铭。结庐桐木济人世，鼻祖长留万物灵。"（《西路望桐庐》其六十一）"黄公望在此园中，景色应和蓬岛同。子久先生山水画，流传两岸醉春风。"（《西路望桐庐》其六十七）等，亦复如是少形象，短情意。毛主席教导我们说："诗要用形象思维，不能如散文那样直说。"（《致陈毅 1965 年 7 月 21 日》）宋人好以议论为诗，但也多建筑在意象充沛的基础之上。如果一首诗全是评议，那就真沦为押韵的论文了。

　　四、语汇：宜避免望文误会。例一："滚滚钱江流瀚海，茫茫越峤接云烟。"（《唐诗渔浦五十章》其二）"瀚海"，一般指向有二：一指沙漠，如"瀚海阑干百丈冰，愁云惨淡万里凝"(岑参《白雪歌送武判官归京》)、"阴山瀚海千万里,此日桑河冻流水"(李昂《从军行》)等;一指北方大湖,或名北海,如"骠骑将军……封狼居胥山,禅于姑衍,登临翰海。"(《史记·卫青列传》)《索隐》曰:"按,崔浩云:'北海名。群鸟之所解羽,故云翰海。'《广志》:'在沙漠北。'"而钱江流入的既非沙漠,亦非北方大湖,只能是浩瀚东海,故该诗所云与该语词的固定义所指相左。例二:"经霜鹭鸟犹添色,飞入烟云大白浮。"(《源头怀渔浦》其二十九)"西陵何处是关楼,风送云涛大白浮。"(《北接西陵》其三十三)前一"大白浮"殆欲指霜鹭经天之形色,后一"大白浮"殆欲指白云飞渡之状态,均以"大白"为白色,"浮"为飘移。而验诸语源,"大白",指一大杯酒。"浮",原为罚,后引申为斟满。"浮大白",或倒装"大白浮",均指罚一杯酒,或斟满一杯酒。如苏轼《西江月》:"翠袖争浮大白,皂罗半插斜红。"周密《齐天乐》(丁卯七月既望,余偕同志放舟邀凉于三汇之交,……举白尽醉,继以浩歌。):"底事闲愁,醉歌浮大白。"程公许《寄呈座主李左史》:"谁知皓首太玄草,独对青山大白浮。"周必大《兵部王仲行尚书惠施,次韵为谢》:"脚踏软红尘,手把大白浮。"向未见以"大白浮"指白云或白鹭在天空飘移。

吹毛求疵,绝非要贬抑超范先生诗歌的艺术成就,而是希望其能够精益求精,更上层楼,于细微处仔细斟酌推敲,继续创作出愈益美妙的精品力作。

"渔潭胜景九垓开,谢客诗魂手自栽。词赋清晖悬竹帛,江潮入耳走奔雷。香山不驾扁舟去,玉局常随明月来。唐宋长留文脉在,风骚谁领上天台?"(《浙东唐诗之路源头渔浦展望》其一)。我们真诚地期待超范先生能够如其自己所愿,遥接自谢灵运、白居易、苏轼等先贤在渔浦所遗留的诗魂文脉,砥砺前行,书写出更多更美的渔浦新歌,呈现渔浦、萧山以及整个浙东唐诗之路在二十一世纪新时代的独异胜景与风骚诗情。

唐诗之路的诗化

——论朱超范"浙东唐诗之路新咏"

吉梦飞

朱超范为中华诗词创作研究院特聘研究员、浙江诗词与楹联学会理事等,当代著名诗人。他向来重视诗歌创作,作品有十部,其中《浙东唐诗之路新咏》收录其歌咏浙东山水的诗歌数百首,多采用组诗的方式记录行吟时的所思所感,既有对自然景色的赞叹,又融入怀古的幽思,同时不乏人生的感悟。语言风格整体上呈现出清新雅致,亦有壮阔豪迈之作,是当代诗歌创作的优秀代表。朱超范,号於越散人,为中华诗词学会会员、浙江诗词与楹联学会理事、杭州诗词楹联学会副会长、野草诗社副理事长、鸿雪诗词顾问、中华诗词创作研究院特聘研究员。他自幼酷爱诗词,吟读不辍。近年来,相继著述《凤岭吟笺》《湘湖行吟》《湘湖风韵五百咏》《西湖拾韵五百咏》《钱塘龙韵五百咏》《浙东唐诗之路渔浦五百咏》《砥砺吟行》《於越散人吟草》《秋声吟稿》《四时吟稿》诗词十部。作品散见于《中华诗词》《对联》《诗国》等刊物及中宣部学习强国、人民日报、光明网等媒体平台。其著作《浙东唐诗之路新咏》共收录与浙东唐诗之路相关的诗歌二百六十余首,描绘了浙东一带的名山胜水,诗人俯仰之间体味自然,诗作意味隽永。本文对此进行析论。

一、"浙东唐诗之路"的形成及其内涵

"浙东唐诗之路"这一概念由竺岳兵在 1988 年最早提出,其文《剡溪是唐诗之路》可谓有开创筚路蓝缕之功。1993 年中国唐代文学学会在浙江新昌举行了"唐诗之路学术讨论会",会议肯定了"唐诗之路"的学术价值、遗产价值和现实意

义,并正式定名为"浙东唐诗之路",此后,关于唐诗之路的研讨会议召开过多次,专家学者一致认为,和汉代形成的丝绸之路一样,浙东唐诗之路也是一条极具历史文化内涵、极具人文景观特色、深含历史开创意义的区域文化带。[①] 通过多次的会议"唐诗之路"这一概念越来越为人们所知和认可。"浙东唐诗之路"具体而言是指"唐代诗人穿越浙东七州(越州、明州、台州、温州、处州、婺州、衢州)的山水人文之路,他们大多从钱塘江出发,经古都绍兴,自镜湖向南过曹娥江,溯源而上,入浙江剡溪,过剡中,至天台山石梁飞瀑。以后,这条线路又延伸到温州,再从瓯江回溯至钱塘江。"[②]浙东是唐朝江南道浙东观察使管辖区域的简称,当时观察使驻节于越州,又以"越州"来代指浙东。

"浙东唐诗之路"的形成与浓厚的地理和历史因素有着密切的关系。从地理位置来说,其北部为杭州湾,南部和东部紧邻会稽山、四明山,境内气候宜人、土地肥沃。同时,浙东地区的历史文化渊源也颇为深厚,从河姆渡文明到夏禹治水的神话、勾践卧薪尝胆的经历,多为世人所熟知。这条路上的不少景点也为诗人吟咏提供了灵感,如西陵、渔浦、卧龙山、飞来山、蕺山、镜湖、若耶溪、法华寺、云门寺、称心寺、曹娥江、小舜江、国清寺、灵溪、桐柏山、玉霄峰、曹娥庙、会稽山、宛委山、秦望山、金庭山、石城山、南岩、沃洲山、东山、剡溪、剡山、四明山、天姥山、桃源洞、石桥、华顶峰、琼台双阙、寒岩等等,随着唐代诗人的涉足,这些景点自然而然串成了诗路。

"浙东唐诗之路"的形成是一个渐进的过程,并且与文学创作有着密切的关系。从晋室东渡,世家大族来到这秀美之地,山水风光就此进入了文人雅士的视野。从玄言诗的兴起,佛教的兴盛,山水在东晋南朝人的笔下有了人文的色彩,如谢朓在谢灵运刻意描绘的基础上,开始在景物的描写中融入自身的情感和意趣,从而将景物的描写和情感的抒发较好地结合起来。到了唐代,有大量风望甚高、格调多样的唐代诗人歌咏于此,在这条唐诗之路上留下了名篇佳作。据竺岳兵统计,"在数量方面,以收入《全唐诗》的人名为准,根据对浙东各地历代方志的统计,共载入的诗人为二百二十八人,有据可查而方志漏载的八十四人,共计为三百一十二人。约占《全唐诗》收载的诗人两千二百余人总数的百分之十四。"[③]陈爱平在《浙江学术文化通史》提及:"在《唐才子传》所收二百七十九位诗人里,到过唐诗之路的占百分之五十七,他们中有初唐四杰的卢照邻、骆宾王,有'饮中八仙'的贺知章、李白,有中唐'三俊'的元稹、李绅、李德裕,有晚唐著名的'三罗'

---

① 王玉国《唐诗之路的诗学意义及旅游价值》,《中国旅游报》,2017 年 2 月 28 日第 3 版。
② 林家骊《"浙东唐诗之路"上的诗歌创作》,《光明日报》,2019 年 2 月 11 日第 13 版。
③ 竺岳兵《剡溪:唐诗之路》,唐代文学研究,1996 年第 1 期第 864-880 页。

罗隐、罗郧、罗虬等等。"①此外,被誉为中国古代诗歌史上的唐代两位最伟大的诗人李白和杜甫也到过此地。除了名人佳作,浙东唐诗之路还有众多名胜,如中国佛教天台宗和道教南宗的发祥地——天台山,六朝时期王羲之、谢灵运等留下来的剡溪、会稽山等等。山水诗在唐代迎来了全面繁盛的广阔世界,在山水的发展过程中,唐诗之路为其提供了山水景物等天然的描写对象,对丰富山水诗的文化内涵发挥了至关重要的作用。

二、《浙东唐诗之路新咏》的情感内涵

秀丽的浙东山水,引得古往今来的文人墨客为之咏歌,今於越散人朱超范著有《浙东唐诗之路新咏》,描绘浙东唐诗之路涉及的名山胜水,诗作结构紧密,情、景、理融为一体,既有对古人遗风的追慕,亦有对时代进取精神的书写。该诗集内容上共分为五部分:源头怀渔浦、步韵和唐代渔浦诗三十四首、诗路长吟、义桥重走唐诗之路行吟和金秋清咏,以下对其内容特色进行赏析。

朱超范的《源头怀渔浦》共有七十五首,以组诗的形式描绘渔浦风光,其中既有对自然景色的欣赏与赞叹,也有对历史变迁的感慨,亦不乏人生的感悟。而渔浦作为"浙东唐诗之路"的起点之一,以及萧山境内的重要渡口,也成为朱超范笔下重点吟咏的对象。关于渔浦,在唐代其湖边已形成村落,并且成为渡口的船埠,作为商人旅客往返两浙的中转要津,可以说是沟通钱塘江和富春江的码头。至唐时,杭州城南的柳浦与钱江南岸的渔浦、西陵形成一个水运三角的枢纽。故而朱超范首先歌咏渔浦,为其作诗数量也较为丰富,主要描述了渔浦的乡村景色,如"村畔潭清明月漾,岩边涧静白云多"(其十二)、"滚滚钱江流瀚海,茫茫越峤接云烟"(其二十七)、"鼓浪迎船旭日祥,长天碧水锦云张"(其三十一)等等。从"此间秀色真须恋,莫笑张郎漫忆家"(其十五)、"汗青若问凭谁写,清澈渔潭可入诗"(其二十三)、"天色湖光浑是画,吟行不必去蓬瀛"(其四十六)等诗句可以看出诗人对渔浦景色的热爱与钟情。除却对山水风光的描绘,渔浦的历史文化也引起诗人怀古的幽思,如"英雄有泪衣巾湿,历史无情鼓角悲"(其二十五)、"今日虽非乌喙地,昔时却是越王城"(其四十一)等等。这七十五首组诗情感丰富,内容充实。

除却组诗,朱超范另作三十四首和诗来歌咏渔浦,这些诗作在步原韵的同时,内容上不落窠臼,抒其真情。如其和孟浩然《早发渔浦潭》一诗:"棹动启朝

---

① 陈爱平著,《浙江学术文化通史》,重庆:重庆出版社,2008年11月,第94页。

暾,晨喧群鸟聒。涛掀渔浦雪,云敛青峰拔。旭昶昊天晴,雾收波浪阔。吴山重翠叠,越水流香沫。夜静听鸣猿,月明看祭獭。飞舟排郁闷,放眼前途豁。"孟诗意象纷呈,用语清新自然,淡然高远中有壮逸俊发之气。朱诗诗境更为壮阔,既有浪涛如雪的豪迈,也有夜听猿鸣的雅兴,动静结合,而尾句的精神也较为昂扬,体现诗人豁达的心胸。虽是和诗,朱作亦有翻新之处。如其和黄埔冉《送李万州赴饶州觐省》,黄埔诗后两联为"人稀渔浦外,滩浅定山西。无限青青草,王孙去不迷。"将送别之情与渔浦山水融为一体,韵味无穷。朱诗后两联为:"旅客向何处,扁舟日又西。秋风乡梦短,星月不能迷。"面对滔滔江水,傍堤烟柳,旅客去向何处不知,然而有这渔浦的星月相伴不会路迷,诗歌的意境得到了提升,同时融入了乡情。

　　行吟作为诗歌创作的重要范式之一,也被朱超范作为咏叹诗路风光的方式,其有《诗路长吟》和《义桥重走唐诗之路行吟》组诗共计一百二十五首。其行吟的地点和名胜众多,包括镜湖、若耶溪、秦望山、沈园、曹娥江、沃州真君殿、剡溪、新昌大佛寺、天姥山、国清寺、石梁、琼台、天台山、赤城、华顶、双涧、寒岩、断桥、高明寺、南山、桃源、万年寺、螺溪、鉴湖、曹娥庙、刘阮庙等等。千年之后朱超范沿着唐诗之路,追寻古人雅志。或至兰亭,有"咸集兰亭修禊事,从兹始识笔杆粗"(《诗路长吟·其五十》)以追慕当日曲水流觞的风雅;或至沈园,有"感怀旧事难圆梦,依恋悲情痛断肠"(《诗路长吟·其五十六》)以哀叹陆游唐婉的爱情悲剧;或至东山,有"刘备犹能定西蜀,谢安何必隐东山"(《义桥重走唐诗之路行吟·其八》)以表达对历史的思考;或访刘阮庙,有"为何今昔重刘阮,荒诞长传古址存"(《义桥重走唐诗之路行吟·其十一》)以抒发对时代变迁的感慨。在游览山水的同时,诗人追思往昔,或忆元稹,或怀放翁,或叹屈子,或思谢公,字字句句总关情,在历史的长河中寻求精神的共鸣。

　　此外,朱超范还有一些联句诗、口占诗,以及为义桥镇荣获"中华诗词之乡"的称号有感而作的诗歌。总体而言,朱超范以渔浦作为吟咏的重点对象,在重走浙东唐诗之路的过程中,感叹山水之美,抒发怀古幽情,同时兼具壮阔景色的描写,展现了时代的奋进精神,将历史、个人与时代较好地结合于诗歌中。

三、《浙东唐诗之路新咏》的艺术特色

　　"昔诗人什篇,为情而造文。"①丰富的思想情感是作品流芳百世的基础,朱

---

①　刘勰著、周振甫注《文心雕龙注释》,北京:人民文学出版社,1981年,第347页。

超范游览于唐诗之路,以深情之意,写清丽之章,兴玲珑之象,通过行吟用组诗的方式表达情感,语言风格自然天成。在面对历史遗迹,追想贤人雅士的遗风时,朱超范用典妥帖,俯仰之间,更见古今山水的共同雅趣。

在诗歌创作体式上,朱超范多用组诗的形式来书写情感,其《源头怀渔浦》有诗七十五首,《诗路长吟》有诗九十九首、词一首,《义桥重走唐诗之路行吟》有诗二十五首。组诗这一表达范式,兼容抒情与叙事,"在诗篇幅度的延展中包容了丰富的日常生活经验,拓展了人物活动的现场感,以生动的细节和情节增强了诗歌情境的具体性和真实性,使读者能够接近社会生活的真相;同时组诗通过复加迭合的结构形式,使情感的容积得到扩展,情感符号强度更加放大,具有了艺术典范的价值。"[①]以朱超范的《源头怀渔浦》为例,正是由于组诗使得诗歌的篇幅得到延展,从而聚合了多种的意象,如屈原、勾践、谢安、范蠡、曹植、陶渊明、严陵濑等诗人多次出现,既有"莫叹夫差先困越,何嗟勾践后吞吴",抒发对历史兴亡的感怀,也有"莫怪陶朱黄竹隐,扁舟一叶匿西施"中沉醉美景的闲适,也不乏"思欲清闲效陶令,把竿植菊任由之"中效仿渊明的隐逸,还有"动地禅音连四野,惊天涛涌起三江"中展现着佛教文化的渗透,组诗的创作形式使得诗歌蕴藏了更多样的主题,拓宽了情感表达的空间。

在吟咏浙东唐诗之路的诗歌中,朱超范的语言风格整体上清新雅致,既有清新的自然之美,也有经过雕琢的富丽之美。如其"午迟步岭锄青笋,晨起开门踏绿莎"(《源头怀渔浦·其十二》),诗人在午后步行至山岭锄青笋,早晨起来走在绿色的莎草上,用不加修饰的语言描绘出乡村生活的闲适。又如其《源头怀渔浦·其三十三》一首:"渔浦江山天下孤,放翁好句动诗都。三围岭色葱茏绕,一片波光潋滟铺。舷畔连宵赊绍酒,岸边尽日卖银鲈。杨岐寺里钟声响,好泛孤槎入五湖。"首联写出渔浦江山为天下一绝;颔联用浅近自然的语言写出山光水色之美;颈联对仗工整,而赊酒卖鱼更体现出当地的民俗,富有生活气息;尾联以景结情,留有余味。巧妙的诗思与工整的对仗相结合,使得其诗句读起来明白晓畅又别有意趣。

与富丽典雅的语言风格相对应的,是灵活多样的修辞手法的运用,即用典娴熟、善用想象。一方面,诗人在用典时注重典故与诗歌本身所营造的意境的一致性,使得诗风流畅不板滞。如"倘使灵均迟抱石,移家可以住钱塘"(《诗路长吟·其四十三》),引用屈原沉江的典故,同时又表达其不得见钱塘美景的遗憾。又如"但得秋风落桐叶,此生最恋是莼鲈"(《诗路长吟·其三十六》),引用张翰莼鲈之

---

① 罗时进《迭合延展中的抒情与叙事——论唐代组诗的表达功能》,文学评论,2012年第3期第40-47页。

思的典故,使得浙东山水多了一份乡情愁思,丰富了情感表达的内涵。另一方面,丰富的联想和想象又给明畅的诗风增添了瑰丽的色彩,同时多了一份壮阔的豪气。如《源头怀渔浦·其十六》:"史载祖龙曾架桥,御銮欲踏浙江涛。驱山士卒列千柱,填海天吴驾六鳌。已祭禹陵镌简早,复登秦望勒碑高。空留范浦沧浪叹,枉把乾坤大铎操。"借用祖龙、夏禹等古代神话人物,想象祖龙架桥,驾着马车过江,同时有众多士卒前仆后继的场景,生动地描绘出浙江山水壮阔的一面,增加了神秘的色彩。

　　诗人饱览浙东的秀丽山水,从诗歌的谋篇布局到遣词造句,从意象选取到情感立意,呈现出或清丽典雅、或平易浅近、或瑰丽壮阔的诗歌风格,为读者营造出如见实景、如感其情的艺术境界。这些简朴自然的诗句,看似是诗人俯仰拾得,信手拈来,其实是在既往文学作品写景经验的基础上,依靠其日常的读书积累,以及对山水、对生活细致的观察而创造出的,其更生发于对唐诗之路沿岸景色的热爱。

四、价值与意义

　　"江山代有才人出,各领风骚数百年。"浙东山水从魏晋到唐代,文人墨客为之歌咏,形成了一条唐诗之路。今当代诗人朱超范重走古贤留下的足迹,重访历史遗迹,创作上百首的诗歌,具有重要的人文价值和现实意义。通过对朱超范其人其诗进行分析,首先让我们进一步领略了浙东的山水形胜,从曹娥江到剡江,从天姥山到国清寺,从王羲之的故居到陆游的沈园,随着诗人的行吟,沉浸于如画山水,仿佛与雅士对话,领略其风骚。其次,"浙东唐诗之路新咏"是唐诗之路与现代诗情的结合,对当地风土人情的描写富有生活气息,如"但凭水利万民幸,亦仗交通千舸扬"(《源头怀渔浦·其五十二》)写出水利和交通的便利,"舷畔连宵赊绍酒,岸边尽日卖银鲈。"(《源头怀渔浦·其三十三》)写出当地闲适的生活,这些优秀的作品可领读者心生向往。同时,"浙东之路新咏"也是当代对古体诗歌创作传承和创新的典范,对于激发大众的创作兴趣,具有重要的意义。

论朱超范诗词创作中的乡土情怀

智晓倩[①]

　　朱超范先生是浙江萧山地区诗词创作颇丰的当代文人,其作品数量众多,题材广泛,关于家乡萧山的吟咏唱和之作几近过半,足以窥见朱先生对故乡深厚的眷恋之情。朱超范先生在书写故乡萧山时,视域囊括了风景物产、民俗人情、历史名胜、时代新变等各个方面,可谓一部萧山纪实韵文录。深入探究朱超范诗词创作中的乡土情怀,有助于全面分析当代旧体诗词在传承中华文化,讲好中国故事过程中起到的重要作用,为当代诗词创作研究提供了新思路。2021年6月,现当代诗词研究工作委员会成立大会暨第二届当代诗词作家研讨会在上海大学成功举办。朱超范作为中华诗词学会会员、中华诗词创作研究院特聘研究员,近年来相继创作有十部诗集五千余首诗,其部分诗词创作受到了与会人员的讨论与关注。但相关研讨多集中于单一诗集或组诗的研究,对于其诗词创作中具有突出特点的乡土情怀研究不足。朱超范先生曾表示"萧山是一首写不完的诗",仔细阅读其出版作品不难发现,每一部诗集中都包含着对越中萧山、浙东义桥的歌咏与赞叹。本文将从朱超范诗词创作出发,抽丝剥茧,探究各个诗集中故乡书写的基本概况、乡土情怀的具体内涵和表现手法,以求还原朱超范乡土情感的全貌,合理分析其故乡书写在当今文化传承的意义与价值。

一、朱超范诗词创作中故乡书写的情况概述

　　朱超范先生自幼热爱诗词创作,近年来笔耕不辍,陆续出版了《湘湖行吟》

---

　　①　智晓倩,上海大学文学院研究生,研究方向为诗词学、现当代旧体文学。

《湘湖风韵五百咏》《浙东唐诗之路渔浦五百咏》等数十部诗集,其诗集中反复出现的重要主题便是对浙江萧山这一故土的赞叹与眷恋,足以窥见朱超范诗词创作中包含的赤子之心和乡土情怀。

按照诗集出版顺序来看,《凤岭吟笺》作为朱超范先生早期创作的诗集,卷首自序便点明"尤对家乡之云山秀水,变化之日新月异,情有独钟"①。诗集中吟咏钱塘潮、湘湖、渔浦风光各五十首。"江山流韵"一辑,散见吟咏西湖、富春江等家乡风光诗作。"遐思杂咏"一辑,间或有吟咏杭州自然风光的作品。同时,朱超范先生十分关注家乡时代新变:"交通华章"一辑将钱江大桥、杭州地铁、杭州湾大桥、动车尽收笔下。"体坛长歌"一辑,重点书写杭州申办亚运会一事。"缅怀纪念"一辑,围绕"萧山抗战纪念馆"的建立,抒发了对家乡英雄人物的敬仰。最后的"故里情怀"一辑,更是其乡土情结的生动体现。《湘湖行吟》则集中歌咏湘湖风致与时代新风,诗词兼备,其中《湘湖吟五十章》《G20峰会一百章》《农家二十七首》等诗作,全方位泼墨绘制了湘湖新城的壮美宏图。

在探索诗词创作的过程中,家乡秀美的山水风光,激发了诗人无尽的诗情才情。朱超范先生陆续出版的湘湖、西湖、钱塘、渔浦五百咏,则是描摹故乡山水的力作。《湘湖风韵五百咏》映照近人出版的《湘湖古诗500首》,以朱超范一人笔力续脉赓吟,歌咏湘湖胜景,湘湖之性情、风味、今昔均囊括其中。《西湖拾韵五百咏》,集中吟咏历代西湖胜景,描摹西湖胜迹,兼有杂咏吟咏诗人创作心境,"融湖山于一诗,传人文于数言"②。《钱塘龙韵五百咏》破题分韵,吟咏钱塘大潮"潮汐涨落之景,踏浪翻波之情",更从新安江、兰江、富春江、浦阳江、曹娥江等钱塘江各干流支流着眼,将钱塘江全线风光尽收眼底,写于笔下。同时,渔浦作为朱超范的故乡,更是浙东唐诗之路的起点,《浙东唐诗之路渔浦五百咏》尽摄浙东山水风神韵致,且多收录古人诗作,兼与之唱和,别出心裁,耐人玩味,让历史上的"浙东唐诗之路"重新焕发了新的生机与活力。

随着诗词创作的深入与家乡文化精粹的发掘,朱超范先生随后出版的诗集更将关注点集中于家乡新变与历史遗产中。《砥砺吟行》在吟咏《浙江当代诗词选》研讨会等时代新风之余,亦不忘关照故乡的西施古迹群,作有感咏一百首。《於越散人吟草》中有"丹桂情"中华诗词名家浦城采风、首届萧山人大会等诗会雅集之记述,又有歌咏河上镇获环境综合整治样板镇等故里新变之创作,更有集中书写了故乡的十六村落的故里情怀十六阕。《秋声吟稿》中收录有描写家乡风俗、怀想文化名人的诗作,散见有观潮、渔浦诗,让人得以了解萧山当地的梨花节

---

① 朱超范著《凤岭吟笺》,江苏文艺出版社。

② 朱超范著《西湖拾韵五百咏》,江苏文艺出版社。

庆典、宗祠祭祀、乡贤集会等盛况。《四时吟稿》中虽然关于萧山渔浦的书写较少,将重点放在二十四节气与抗疫精神方面,但亦收录有《洞桥十八景四十首》、《浙东唐诗之路源头渔浦展望》三十六首等诗作,足以见得朱超范先生"萧山是一首写不完的诗"这句话的深刻意蕴。

可以说,朱超范先生出版的全部诗集中都有着萧山文化的印记,作为扎根故乡山水的文人,家乡的一花一木均能牵动诗人的无尽诗情,分布在每部诗集数千首的故乡吟咏足以见得朱超范诗词创作中一以贯之的乡土情怀和弘扬家乡优秀传统文化的无尽努力。

二、朱超范诗词中乡土情怀的具体表现

杭州萧山地处钱塘江南岸,自然风景秀丽,人文历史悠久,其跨湖桥文化、钱塘潮大观、西施古迹群,以及浙东唐诗之路源头等文化瑰宝,均吸引无数文人墨客吟咏挥毫。朱超范先生生长于萧山湘湖之滨,在故乡风露的浸润中,醉情山水,雅好诗书,在经商之余笔耕不辍,其诗词创作无不萦绕着对故乡真挚的眷恋热爱之情。纵观朱超范先生已出版的诗集不难发现,体现其乡土情怀的诗歌创作占比近乎过半。朱超范先生关于家乡的书写视野宏大,内涵丰富,从自然风光、人文民俗、特产风物、历史古迹、时代新变等多个角度描绘了故乡文化,可谓诗化的"萧山名片"。

首先,山水览物之情是激发诗人创作的最主要动因,当眼前所见自然美景尽是生长之故乡时,诗人的诗情更会喷涌而出。朱超范先生长于山水游记诗词的创作,当其着眼于最熟悉的故乡风光,创作诗篇自然不计其数。其笔下既有"臂挽银河千派尽,鞭驱铁马万夫雄。"(《钱塘潮五十首》)、"狂涛怒卷千堆雪,策长驱、虎嗥狮啸。"(《桂枝香·钱塘潮》)的钱塘大潮,又有"碧波万顷鹭鸥翔,翠树千枝鸾凤妆。"(《湘湖五十首》)、"柳丝垂堤岸,亭亭菡萏,群山黛,彤云起。"(《水龙吟·湘湖》)的湘湖胜迹,更有"碧渚连天翔雁鹜,沙滩接岸漫蒹葭。"(《唐诗渔浦五十章》)、"天台在望,瀑飞华顶泻云冈。"(《水调歌头·渔浦怀古》)的渔浦风光。

其次,朱超范创作中的乡土情怀不仅仅表现在对故乡山水的留恋,更表现在对人文民俗的熟悉与先民智慧的赞叹,正如其《河上赋》所言"若夫河上之胜也,不在山水之灵秀,在乎人文之美誉"①。作为土生土长的萧山人,朱超范熟知家

---

① 朱超范撰《河上赋》,搜狐网 https://m.sohu.com/a/339189395_587814? _trans_＝010004_pcwzy.

乡的风俗人情,并对其进行了细致的记叙吟咏。例如"族谱重修锦字新,凤凰山下报熙春"(《萧山朱氏玉泉堂宗谱第十一次续谱庆典》)、"耕读传家承祖训,爱幼敬老继宗风"(《朱氏宗祠重建落成有咏》)的萧山宗祠文化,"蒲剑艾绳门户挂,兰囊角粽院庭妆"、"晨摘樱桃滋味爽,午包团粽口脂香"(《端午有咏十章》)的端午节日文化。另外,更有《凤岭吟笺》中"故里情怀"一章专论萧山各镇淳朴民风,从《水龙吟·河上灯会》"靓女开颜,壮男奋劲,庶民欢笑,望星空灿烂,欣逢盛世,卜丰年兆"句中足以窥见一隅。

同时,一方水土养一方人,作为萧山人其日常生活与当地特产风物息息相关。朱超范先生也将萧山的各类特产作为萧山的文化名片熔铸到对故乡的赞叹中。湘湖莼菜自宋明起即为朝廷之贡品,朱超范便作有"湘湖莼叶大如钱,远胜西湖独占先"(《莼菜四首》)等诗句。更有赞叹湘湖杨梅白水团的"荔枝无壳杨家果,玛瑙垒盘吴越欢。"(《杨梅》),歌咏湘湖龙井的"湘浦旗枪自古夸,而今龙井浙江嘉"(《湘湖龙井》),回味湘湖美食的"鸡有三黄欢意品,步鱼紫蟹润喉咽"(《杂二首》)等诗作,展现了萧山当地丰富多样的物产资源。

另外,萧山跨越千年的悠久历史,保留着丰富的文化遗产和名胜古迹。跨湖桥遗址、西施古迹群、吴越古战场、宝刹祠堂均是朱超范先生笔下歌咏描摹的对象。例如,赞叹湘湖八千年之独木舟的"承载满船华夏梦,新航解缆驾飞艭"(《跨湖桥之独木舟》),遥想越王风采的"尝胆卧薪鸟喙雄,史碑凿凿意何穷"(《勾践祠》),展现古时水乡风貌的"虞舜渔耕疏水,范蠡禾田开垦,回顾史悠长"(《水调歌头·渔浦怀古》)。更有"漂洗方能施纺织,长缨欲展几千年"(《西施古迹群感咏一百首》)、"高迁夜袭水苍茫,豪气孙郎赛霸王"(《渔浦五十首》)等诗句,可见其对家乡历史的自豪。朱超范先生在创作时将自身对家乡的眷恋和对历史风流人物的怀想熔铸于历史遗迹中,更使得萧山古迹焕发着新的时代精神。

在怀古之余,朱超范先生对新事物反应极快,更多地将目光放在萧山的时代新变上,用手中纸笔敏锐记录家乡的日新月异,用诗词书写萧山正在发生着的重大事件,充满着与时俱进的时代气息和昂扬向上的时代精神。在萧山抗战纪念馆建成之时,作有"看揭牌参馆,群贤纷至;古稀战士,耄耋天兵"(《沁园春·萧山抗战纪念馆揭馆》),又有反映科技发展、交通便利的"畅行更忆扁舟渡,眼望江天岂吝讴"(《钱塘大桥多》)、"动车似箭赏心谐,窗隔春风景亦佳"(《登动车返乡》)等诗句。同时,作为浙江诗词与楹联学会理事,朱超范先生多次组织参加各类诗词集会,并以诗词记录,如"风流雅集启端阳,野草芬芳漫八荒"(《野草诗社己亥端午雅集》)、"渺渺清澜缘醉墨,源源灵感合飞翰"(《庆贺杭州两县五镇荣膺"浙江诗词之乡"有咏十章》)等诗句,反映了家乡的诗词文化传承盛况。

可以说,朱超范先生用自己对故乡深沉的热爱,扎根熟悉的土地汲取灵感,从自然到人文、从历史到如今,对故乡萧山的方方面面展开了深情书写,在诗境、诗风、艺术手法上均有一定的突破,其创作显现着浓郁的乡土情怀。

三、朱超范诗词中乡土情怀的写作手法

朱超范先生将诗歌创作视为人生之趣事与要紧事,注重不断提升自身写作技巧。纵观其表现乡土情怀的诗词,常用随性而发、即事口占,长篇组诗占比较大,善于选取具有地域代表性的独特意象,吟咏故乡风物,又对新事物反映极快,诗句中国常见新奇语汇,活泼有趣,共同造就了其诗词明快畅达、浑然天成的风格。

首先,朱超范先生文学功底深厚,才华才能出众,以文为诗,通过大量组诗的创作来抒写对家乡的眷恋热爱,动辄便作有五十、二十首诗词一组的系列组诗,律诗、绝句、词作兼备,《湘湖五十首》《渔浦五十首》《陪同全国诗词名家湘湖采风有咏五十章》《浙东唐诗之路源头渔浦展望三十六首》《西施古迹群感咏一百首》等均是组诗的典型代表。以《源头怀渔浦七十五首》为例,诗人用全组诗歌全方位书写了渔浦的风土人情与古今变迁,始终紧扣"浙东唐诗之路"这一主题,可谓鸿篇巨制。而每首诗作分开品读有各有风味,既有"山巍险比吕梁壑,水激湍逾银汉波"(其十二)、"葛蔓山间采三秀,杜鹃红透似虹持"(其二十二)的渔浦风光,又有"魏晋遗风依旧在,匹俦摩诘共流觞"(其三十七)、"少陵曾亦浙东游,常忆登临古驿楼"(其五十四)的历史感怀。可见,朱超范先生在组诗创作过程中对构思精巧和技法高超的追求,组诗的创作也使得诗词中的乡土情怀得以更清晰地表达。

其次,朱超范先生企业家与文人的双重身份,使得其对故乡事物的观察和诗词意象的选取更加敏锐贴切,兼具诗味与趣味。一方面,朱超范将萧山风光和历史人物作为其表现乡土情怀的主要意象,成功描摹了一幅颇具人文色彩的浙东萧山水墨画。西施、勾践、跨湖桥、钱塘大潮等都是其诗歌中常见的意象,如"浣纱应悔趋吴国,教舞非欢叹越娥"(《唐诗渔浦五十章》)、"波凌雪卷起寒声,莫怪诗吟梦里惊"(《陪同杨启宇、刘梦芙等诸老师观潮》)等。另一方面,朱超范善于发掘生活中的新意象,不单纯将视角禁锢于传统常见的自然历史范围,而是将目光投向日新月异的崭新事物,将高铁飞机、跨江大桥、国际盛会等纳入诗词创作,并根据其特点创造了新的诗歌语汇,增添了诗词的时代气息,例如"蓝天银隼飞行速,绿野铁龙输送忙"(《春运》)、"如今地铁助交通,快速奔驰起凯风"(《杭州地铁二号线试乘》)、"四海一呼旌旆扬,五洲倡议定三章"(《G20峰会一百章》)。可

以说,朱超范先生在吟咏故乡时,自觉选取的独特意象,用诗词为家乡代言。

同时,朱超范先生自中年开始投身诗词创作,深知"写古体诗词并非易事,要跨越极高之门槛"①,重视格律的平仄和谐和语言的凝练含蓄。萧山作为朱超范诗词灵感的沃土,进一步影响着诗人创作时的反复斟酌与打磨。朱超范常在诗集中收录前人吟咏萧山的诗歌,并与之进行唱和,在其诗词创作中也常见对前人诗歌的化用,体现了诗词传承过程中的环形互动。例如《浙东唐诗之路新咏》中有三十余首和诗,在步古诗原韵的同时,熔铸着自身真挚情感与独特创造,其中"秋波弥白雪,明月落烟浔"(和孟浩然《初下浙江舟中口号》)、"日暮烟波缈,云帆浦口停"(和崔国辅《宿渔浦》)等诗句,均是珍贵的萧山记忆代表作。此外,朱超范先生亦作有《湘湖长歌》《贺知章》等多首长篇古体歌行诗和《画堂春》故里情怀十六阕等词作,足以见得朱超范先生积极用不同诗体词牌来抒发乡土情怀的努力尝试。

整体来看,朱超范先生通过组诗创作、意境开拓、苦吟打磨等多种写作手法艺术化地表达了对家乡的依恋热爱之情,其山水田园诗颇有陶谢神韵,怀古登临诗隐现东坡风神,全方位展现了诗人的乡土情怀,具有清丽典雅、简明畅达的艺术风格。

四、意义与价值

朱超范先生诗词中的乡土情怀既来于萧山渔浦悠久的传统文化基因,又根植于吴越湘湖秀丽的自然风土人情。朱超范诗人和企业家的双重身份,使得其具有高度的社会责任感,主动承担起传承优秀传统文化、传播萧山文化名片的重任。朱超范先生从故乡沃土生发出的数千篇诗词,在现代诗词创作发展中具有重要的价值与意义。

首先,朱超范创作的乡土情怀诗词成功展现了才情四溢的乡土诗人形象,树立了萧山文人的典型,有利于推动萧山相关文学创作的发展。其次,朱超范用诗意的描摹,组诗轰炸式表达对家乡的热爱赞叹,重振了浙东诗词之路,完成了萧山风光的再度诗化,进一步推动萧山进入大众视野。另外,朱超范先生吟咏萧山的诗词创作仿佛一部长篇韵文家乡赋,用组诗方式弥补了用文辞来铺排家乡之美的不足,更便于传播萧山名片,讲好萧山故事。最后,朱超范先生的系列诗歌创作更是对当代旧体诗歌创作的先进探索,可见朱超范始终坚持"犹愿与同好共

---

①　朱超范著《凤岭吟笺》,江苏文艺出版社。

勉,为弘扬中华文化竭尽绵薄"的创作初心。

总而言之,朱超范先生的诗词创作中蕴含着深厚的乡土情怀,可见其对家乡萧山的真挚情感与传承中华优秀文化的赤子之心,全面分析其诗词创作中的乡土情怀对于理解朱超范诗词创作全貌有着重要意义。同时,朱超范先生诗词创作中的时代书写与时事集录亦是值得关注的研究方向,正确认识朱超范的诗词创作的整体风貌,有利于对当代旧体诗词创作新形式的进一步研究。

论朱超范《砥砺吟行》的特点

刘恩惠[①]

朱超范先生作为当代有名的企业家诗人,他的诗词凝结了他创作多年的经验和情感,表现了作者复杂的思想。《砥砺吟行》是作者在2017年出版的一部有关于砥砺自己、纪行吟唱的诗集,在这部诗集中,作者通过不同的章节,表达了自己对于祖国的热爱之情、对于传统文化的欣赏之情,以及他作为一个现代人对社会的所见所感。《砥砺吟行》这本诗集页延续了作者一贯的写法,直截了当,毫不掩饰自己喷发的情感;对古典诗词的化用和以组诗写历史的手法;对现实的关注以及对传统的借鉴,等等。虽然诗中作者仍存在一定的问题,但是这些共同组成了《砥砺吟行》这本诗集独有的特色。于此我们专门论述。

一、朱超范其人

朱超范先生是当代著名的企业家诗人。作为企业家,他在20世纪80年代勇闯商海,成功经营了塑料厂,在这一期间其出色的经营和经济水平受到了组织上的赞赏,于是朱超范先生被派往有名的贫困村去扶贫,短短几年间,他不仅带领全村人民走出了贫穷,而且还创立了电子设备厂,经过他的不懈努力和苦心经营,该企业不断变大变强,成功跃入了上市百强企业的台阶,成为当时杭州村级经济脱贫致富的典范。此外,作为一名企业家,朱超范先生不仅有经济能力,更有社会担当。1998年全国发生特大洪灾的时候,朱先生将厂庆十周年的经费十万元全部捐给了浙江大学,用以资助该校的部分贫困新生完成学业。此后,朱超

① 刘恩惠,上海大学文学院研究生,研究方向为诗词学、现当代旧体文学。

范先生又多次捐款资助教育事业,为社会公益贡献了自己的力量,也展现了自己的人文关怀。①

而作为诗人的朱超范先生,他自幼酷爱诗词,自号於越散人,多年以来笔耕不辍,在诗词这条坎坷且漫长的道路上,坚持不懈,先后写出了《凤岭吟笺》《湘湖行吟》《湘湖风韵五百咏》《西湖拾韵五百咏》《钱塘龙韵五百咏》《浙东唐诗之路渔浦五百咏》《砥砺吟行》《於越散人吟草》《秋声吟稿》《四时吟稿》等诗词十部,作品散见于《中华诗词》《对联》《诗国》等刊物及中宣部学习强国、人民日报、光明网、中国国风网等媒体平台,可谓是著作等身。并且通过自己的勤勉和天分,成为中华诗词学会会员、浙江诗词与楹联学会理事、杭州诗词楹联学会副会长、野草诗社副理事长、鸿雪诗词顾问、中华诗词创作研究院特聘研究员,被素来严苛的诗词圈所接纳。②

二、《砥砺吟行》的内容

在众多的诗词文集中,《砥砺吟行》是一部比较特殊的诗集。这本诗集中的内容,恰好与它的名字相对应,其中与"砥砺"二字有关,即大部分都有关于革命意志、展现作者家国情怀的诗作共有 216 首,而与"吟行"二字有关,即有关作者人生阅历、行走路线的诗作共有 209 首,二者数量相当,可称得上是一件趣事。《砥砺吟行》中共有 425 首诗,被划分为九个不同的章节,分别是纪念红军长征八十周年、中国诗词大会有感、西施古迹群感咏、杂咏、国之重器、一带一路国际合作高峰论坛、朱日和大阅兵、唱和酬赠、《浙江当代诗词选》研讨会。

《砥砺吟行》前有郭星明先生所作的序言,序言由文言文写成,赞扬了萧山这个地方物华天宝,人杰地灵,同时也十分赞赏朱超范先生的修德修身,笔耕不辍,最后提及了这部书的意义重大。在这篇序后,是众多当代知名诗人为朱超范这本书出版所写的庆贺之诗,一时风流云集,可谓是诗坛雅事。

《砥砺吟行》的内容与该书的章节关联紧密,纪念红军长征八十周年中的诗歌均与长征有关,这一部分的前面用几首古诗总体上概括了红军长征路上的艰难险阻,赞扬了士兵不怕牺牲、勇于为革命献出生命的大无畏精神,也表达了作者对党组织领导人英明指挥、临危不惧的敬佩,深刻体现了作者的家国情怀,通过对历史的回忆,体会到了革命者的筚路蓝缕和流血牺牲,并将这些与今天的美

---

① 《赤子情怀彰大雅　铿锵韵律发新声——朱超范先生诗词读后》,2020 年,沈华维撰。
② 摘自必应网:www.163.com/dy/article/GAM4SSAS0512GVUA.html

好生活做对比,从而更加感念党的恩泽,更加坚定了自己的爱国心。在第二章"中国诗词大会有感"这一部分中,则体现了朱超范先生作为一个现代人,对于古典文化的喜爱,不仅仅体现在喜爱撰写诗词上,也体现在对政府相关节目的喜爱和支持上。他不仅认真观看了每一期节目,对每一期的主持人、嘉宾和参赛选手都有所关注,对举办这一台节目的人更是不吝赞美之词,这一切不仅体现出了他对祖国青年自觉传承中华传统优秀文化的欣喜,也展现了他对政府出品这种宣扬古典文化节目的赞同。

第三章"西施古迹群感咏",则与朱超范先生的"行"有着密切的关系,这一系列的诗歌是他在游玩过西施古迹群落之后的感慨,并将种种复杂的情感寄寓在笔端,写出了众多怀古诗。难能可贵的是,朱超范先生在这一组诗中,非常明显地体现出了他作为一个现代人,在听到民间流传的有关西施的传说之后做出的反应。在诗中,朱超范先生并不是一味地站在男性本位的视角上,去谴责西施是祸国妖女,最终害得吴国灭亡,而是根据历史和形势,做出了理智的判断,认为即使没有西施,越国战胜吴国也不过是早晚的事情,对西施这个无法掌控自己命运的弱女子表达了自己的理解和同情。在当下环境对女性越来越严酷的压迫中,朱超范先生为古代女子的发声,实际上也代表了他在现实中的倾向。

第四章名为杂咏诗,这一章对于全书来说有些特殊,因为它其中不仅有诗,更重要的是,这一章中收录了一些词作,如《画堂春·楞严寺》、《画堂春·马灯舞》等,打破了严整的编书体例,为本书注入了一些新鲜感。这一章中的内容几乎都与感怀有关,诗人或是在除夕夜里辞旧迎新、展望未来,或是在深夜中感慨人生如梦,或是在古迹面前感叹天下兴亡……这些杂咏诗,有的是从今时今事生发出感悟,有的则是通过读前人著作生发出的感想,有的是通过缅怀古人古景生发出的感慨。但是无论如何,这一组诗都表达了作者最真实的情怀,写出了他在不同情况下最真实的感受,令人如临其境,并与之感同身受。

后面的五个章节所表达的主要内容也是与它们的章节题目息息相关,"国之重器"全部都是对多种国家重要机器的具体的描述和赞颂,如国产航母、神舟十一号、实验卫星等国家高科技机器,作者通过古诗的形式,将这些冷冰冰的机器诗化,为这些科技产品增添了一些浪漫色彩,而这种古诗的浪漫色彩又是中华民族所独有的,令人读之难以忘怀;"一带一路国际合作高峰论坛"的这一组诗,虽然作者并未亲临现场,但是他通过每日的新闻及其他渠道,始终关心着这一重大事件的动态发展,热情歌颂了这一政策的利国利民,并且对这一项目报以非常高的期待,对这个合作有着美好的展望;在"朱日和大阅兵"这一章节中,诗人同样是没有到达现场,但是他仍然写出了合理的诗歌,通过对共产党建立初期的历史进行描写,将过去装备的贫乏落后、弱小可欺与今天阅兵仪式上的国富民强、装备精良进行对比,鲜明地体现了中国的发展速度,也表达了作者生为中国人的自豪之感;"唱和酬赠"这一组诗中,收录了很多作者友人的作品,作者本人实际上只写了几首,主要是祝贺莫雪元老师 88 岁寿辰、和朋友吴原玉赠高卓老以及赠商业朋友费总经理,这一组诗中也收录了少许词,这些诗词的内容不外乎酬唱赠答,对恩师的感恩之情,对老先生的钦佩之情,以及与朋友之间的友情;最后一章"《浙江当代诗词选》研讨会"则主要介绍了这一个研讨会的具体情况,讲述了在国际酒店开研讨会,会上大家文采飞扬、觥筹交错的场景,描绘了一幅当代文人雅士图,并写出了参会者在会后欣赏周边美景时,又开始吟哦不断的美好场景,可谓是一场盛事。

三、《砥砺吟行》的诗歌思想

在这一本诗集中,诗人的思想情感十分外露,令人能够很容易地读懂作者想要表达的情感,归纳开来,主要是以下几个方面。

其一,作者浓厚的爱国情怀。不管是在章节的安排上,把纪念红军长征八十周年排在第一位,而且这一组诗洋洋洒洒,篇幅宏大,足足有一百二十首,几乎占据全书的四分之一,还是在其他与国家相关的章节上,这些以国家大事为主题的诗作当然是体现了作者对国事民生的关注,对国家的热爱,为这个伟大的国家感到自豪,如在"国之重器"这一章节中的"成立火箭军"中的"万里苍穹可当柱,保家卫国建功勋"①,就体现了作者对于军人能够上阵沙场、为国杀敌的崇敬和仰慕,表达了对于祖国的热爱之情。这样的一种朴素而又强烈的爱国情怀,不仅仅体现在这些相关章节里,即使是在其他与国家无关的章节中,也能看出作者对祖国的热爱之情,可谓是心心念念皆为中国,例如在"杂咏四十五首"这一章节中,第一首"除夜有怀"中的最后一联"一唱金鸡寰宇白,神州万里舞雄猊。"②即使在除夕夜里,作者看着万家灯火,心里想到的还是明朝一唱雄鸡天下白,祖国万事万物都在积极向上、欣欣向荣的美好景象。作者对祖国的热爱之情,还不仅仅体现在对国家科技发达、人民安居乐业的赞颂上,还体现在作者对于国家面临的困境的忧患意识上,如"国之重器"这一章节中的"国产航母下水"中的"远望南洋如玉盘,群狼虎视几回看"③就表达了对我国南海区域屡遭外国势力侵扰的困境以

---

① 《砥砺吟行》第 67 页,2017 年,朱超范著。
② 《砥砺吟行》第 54 页,2017 年,朱超范著。
③ 《砥砺吟行》第 68 页,2017 年,朱超范著。

及国际社会对于我们国家的敷衍。同一章节中的"五月五日 C919 打飞机试飞有感"中的"但憾西方封锁紧,大鹏欲展路崎岖"①则写出了我国在空中力量上遇到的西方技术封锁。这些对国家的赞颂和担忧,都真实地反映出了作者对于祖国的热爱之情,深刻地体现了作者的爱国情怀。

其二,作者对于山水之美的喜爱之情。除了上述提到的对国家的热爱之情之外,该书体现最明显的就是作者对于山水风光的喜爱之情。我们毕竟不是圣人,能够做到"每饭不忘思君"的程度,大部分时候,我们仍然是凡人,有喜怒哀乐,也有生离死别。"诗言志,诗传情",我们的创作仍然反映了我们最真实的生活。该书的作者也是这样。在家国情怀以外,他也有自己的偏好,也有自己的生活,这些生活的细节反而构成了最真实最鲜活的自己。如作者在"西施古迹群感咏"中的"清境新磨临浦绿,峙山塔耸落烟霞"②、"山光水色两相悠,江畔烟霞一片秋"③等句,写景清新自然,刻画雕琢精致,写出了作者在游览此地时,看到青山秀水,不由得心情畅快,诗兴大发,写出许多短小精悍、耐人寻味的诗作来。作者对山水之情的喜爱,还体现在即使是去参加会议,他也会在百忙之中抽出时间去游玩欣赏周边的景色,如"《浙江当代诗词选》研讨会"中,在结束了繁忙冗长的会议之后作者自发地走出酒店,夜游湘湖,去寻找身边的美景,并且写出了"棹动湘湖舞绿鬓,悠然倒浸见萧山"④、"惯看碧水青山色,古岸凄迷入画图"⑤等诗句,表达了他对当地景色的喜爱之情。

其三,作者对诗词的热爱之情。从作者将"中国诗词大会"这一章放在全书第二章的位置,以及最后一章是"《浙江当代诗词选》研讨会",这种安排可谓是别有匠心。而这两章的内容也十分简洁明了,就是表达了作者对于古典诗词的热爱。在"中国诗词大会"这一组诗中,作者表达了对这个节目的喜爱,对节目中的嘉宾和选手的赞扬,以及对中国宣传古典诗词文化的支持。而在最后一章中,作者表达了对政府编当代古典诗词选的赞成,以及作者参加研讨会时,将会上的气氛描写得十分美好,如"一部华编举觞庆,诗人盛会共吟哦"⑥等句,都体现了作者对于古典诗词的热爱,以及古典诗词在当代应该怎样传承下去的关心。

---

① 　同上,第 68 页。

② 　同上,第 34 页。

③ 　同上,第 35 页。

④ 　同上,第 100 页。

⑤ 　同上,第 100 页。

⑥ 　《砥砺吟行》第 97 页,2017 年,朱超范著。

四、《砥砺吟行》的艺术特色

1、以组诗写史。作者采用长篇组诗的写法，通过组诗中的不同角度，整体上形成了一种诗化的历史。例如在"纪念红军长征八十周年"这一组诗中，就是采用以时间为序的方式，将红军长征的原因、经过和结果，用诗歌的形式写了出来。这种以诗为史的做法，很明显是吸取了杜甫以中后期的写作方式，将史实描绘在诗中，通过个人的、微小的事情，以小见大，通过一个人遭受的苦难，从而了解到在战乱时期，这个例子绝不是孤例，而是大部分的人民都在遭受苦难。朱超范通过对红军长征的描写，以红军长征这一件具体的事情，将红军长征中遇到的苦难写在诗歌中，生动形象地描绘了翻越雪山的又冷又难、四渡赤水时的枪林弹雨，最终胜利后的欢欣鼓舞，将这一段艰难的历史诗化，使这一段艰苦卓绝的历史不再仅仅是历史书上的冰冷文字，而是可感的、具体的。通过这种以小见大的手法，推理到在建国的过程中，共产党遭受到的所有坎坷和波折。长征时，共产党遇到的困难以及应对的方法，联想到其他历史的重要节点上，共产党遇到的问题以及解决的办法。

2、时事性很强。作者对于现实的密切关注，使得他能够紧跟时代，诗作中体现出了强烈的时代感，体现了作者有为而作，为时为事而作的诗学思想。2016年是红军长征胜利八十周年，习近平总书记在会上发表讲话，讲述了红军长征的背景，红军长征路途上遇到的艰难险阻，红军长征最终能够胜利的原因，以及在这一过程中形成的长征精神，号召大家不要忘记长征精神，要时刻牢记这种伟大精神，坚定理想信念。大会过后不久，朱超范就写出了"纪念红军长征八十周年"这一组诗，充分领会了总书记的讲话精神，走了前线。而在不久之后的国家各大高科技应用机器的面世中，朱超范也展现了他超凡的敏锐度，及时跟踪了这些机器的相关新闻，快速地写出了"国之重器"这一组诗，展现了他对于国家大事的关注，对于时事的敏捷反应。

3、诗形与诗味的分离。这一点主要体现在作者有意"以文为诗"的情况下，使用一些文章的写法，而非诗的写法，就难免有"徒有诗形，毫无诗味"的嫌疑。赵翼在《瓯北诗话》中说道："以文为诗，自昌黎始；至东坡益大放厥词，别开生面，成一代之大观。""以文为诗"这种做法，尽管通行的看法是宋代最为明显，但真正论起来，则早在唐代的杜甫、韩愈诗中，已经出现了这种倾向，甚至为数不少。如韩愈的名篇《山石》中，就用了散文的谋篇、布局以及结构，将诗歌创作得如同文章一般，具有很强的可读性。而在他的《石鼓歌》中，则更是连诗句都用了散文的句法。也正是因为这种做法,使得后代一些评论家对韩愈的评价失之偏颇,认为他所有使用"以文为诗"做法的诗都是非诗,都毫无诗味,不配称之为诗。但是公正地来讲,韩愈追求奇崛险奥的诗歌中,也有一些写得很好的诗歌,如《石鼓歌》《八月十五夜赠张功曹》等,不能一味贬低。而本书的作者朱超范,既然学习了杜甫以诗写史和韩愈以文为诗的做法,就不免落入到"徒有诗形,毫无诗味"的窠臼中,如他的《感怀》诗中写道:"人生有梦白云通,荣辱无非一阵风。我乃匆匆过途客,任其南北与西东。"①这首诗中的"无非""我乃""一阵风""过途客"等词,以及诗的结构,都体现了以文为诗,只是讲述了人生如梦,岁月匆匆,大家都只是世界的过客,所以很多东西都不用在意,这种普遍的消极的世事观,写在诗中,本就难以出彩。纵观中国古典诗歌史上,多少诗人都写过这种类似的套话,但是最终流传下来的还是只有《古诗十九首》中的"人生天地间,忽如远行客。"②此后无数诗人想要根据这句诗进行再加工,也终究逃不过一个"模拟太甚"的评语。古典诗歌的精华不仅仅在于格律,也不在于押韵,更不在于四声八病,归根到底,这些东西只是诗歌的外在形式,内容才是最主要的。没有内涵的诗歌,就像东晋的玄言诗、贞观年间的"上官体"、北宋初年的"西昆体"一样,只有形式,最终都会被时代的潮流所抛弃。因此,我们当代人要想写出真正的好诗,必须苦下功夫,认真琢磨,多读书,多思考。下笔谨慎小心,写完反复吟咏,看是否合于格律,是否写出了自己的真实情感,是否太过一览无余而导致诗毫无含蓄蕴藉之味。唯有这样,才能写出合格的古典诗。

五、《砥砺吟行》的意义

尽管《砥砺吟行》中也有一定的缺陷和不足之处,但是它毕竟瑕不掩瑜,总体来看,这本诗集的价值仍然是存在的。

首先,作者这一本书中的所有章节,都是以一个主题写组诗,而且是以律诗写组诗,且常常达到几十首、甚至是一百二十首,这种以律诗组诗写一个主题的形式,由杜甫开其端,此后数百年间,只有寥寥数人写过这种组诗,如清代的吴伟业、钱谦益等,这种组诗极大地限制了诗人的发挥,因此很少有人写得很好。而朱超范不吝于大段大段地写组诗,也展示了他非凡的才能。

其次,朱超范的诗歌内容,几乎都与时事相关,不管是习近平总书记发表完

① 《砥砺吟行》第58页,2017年,朱超范著。
② 《文选》,中华书局出版社,2019年版,萧统著。

讲话后,他立刻写了纪念红军长征八十周年,还是国家产出了一些高科技机器应用到实践中,他都密切地关注着这些国家大事,并为之发表自己的看法,甚至连举办诗词大会这种相对而言的小事,他也十分关注,并且随时跟踪这些事情的最新动态,及时发表自己的感想,不愧是在商业上取得大成功的人,他对于时事的敏锐程度,使得他成为走在前沿的人。

最后,中国古典诗歌到后期,就不得不走上了两条截然不同的道路:一条是在科举考试中的用来考试的应制诗;一条是诗人平常写的抒发性情的日常诗。应制诗因为有层层的枷锁,所以更难写得出彩,我们所熟知的应制诗也只有唐代祖咏的"终南阴岭秀,积雪浮云端。林表明霁色,城中增暮寒。"①因此考验诗人才能的反而是日常诗。日常诗因为没有那么多条条框框,较为随意,所以想要达到诗形与诗味的浑然交融,说难也难,说简单也简单。这种日常诗的水平,反而更容易看出诗人创作的问题,稍有不慎,就会满盘皆输。朱超范的一部分诗作中,由于吸收了一些手法,反而显得不自然,略有雕琢太过之感,不可谓不可惜。

---

① 《唐诗纪事》,中华书局出版社,2007 年版,计有功编。

朱超范先生《浙东唐诗之路怀渔浦五百咏》简论

王 鹏[①]

　　"唐诗之路"是由浙江新昌(古剡县东部地区)当地学者竺岳兵于20世纪90年代初正式提出来的,立即受到学术界的重视。专家学者对浙东唐诗之路的论证认为,唐诗中的浙东范围,指钱塘江以南、括苍山脉温岭以北、浦阳江流域以东至东海这一地区。"浙东唐诗之路"是一条迂回的环线,指的是从萧山经绍兴、上虞、嵊州、新昌、天台、临海至温岭,折回经奉化、宁波、余姚、上虞、绍兴至萧山。竺岳兵《唐诗之路唐代诗人行迹考》所考451位唐代诗人出入浙东,多数是经由萧山的渔浦或西陵往返的。故竺岳兵认为"渔浦是名副其实的浙东唐诗之路的重要起讫点。"这一观点得到学界普遍认可。现在的渔浦古渡口,就在钱塘江、浦阳江和富春江三江交汇之处的义桥镇。

　　朱超范先生《浙东唐诗之路怀渔浦五百咏》(以下简称《五百咏》)以渔浦为中心,分咏浙东唐诗之路上自然和人文奇景,集中律、绝计五百篇,可称得上传统诗词创作的一个壮举。《五百咏》的作者是义桥人,诗中对浙东唐诗之路上山水自然景观的描绘,既充满对自然山水的喜爱,也洋溢着对家乡的热爱之情。此外,浙东悠远瑰奇的历史人文景观也是此《五百咏》的重要内容。上自禹舜遗迹,下到近代浙东名士,其中南朝隋唐的人文遗踪着墨尤多,颇有咏史怀古之思。同时,作者对诗歌创作的执着和热情也时露笔端,遣词造句可见用心良苦。

　　《五百咏》第一辑"唐诗渔浦五十章"和第二辑"源头怀渔浦"以渔浦风光为歌咏的对象,分别用七律和七绝的形式,全面涉及渔浦及附近的山水风光、历史古迹和人文掌故。写渔浦晨夕烟光、柳荷鸥鹭等四时之景,精心表现渔浦山水之美。渔浦附近的钱塘江潮之壮,鉴湖碧波、若耶溪水、会稽山岩等自然风光也都

---

　　① 王鹏,三江学院文学院副教授,主要研究方向为诗词学。

在第一、二辑诗中多有描绘。历史上举凡与这一带相关的人文遗事也都是歌咏的对象。如西施范蠡的故事、春秋吴越争霸往事、东晋王羲之兰亭雅集、唐代贺知章等诗人遗韵也都令作者心驰神往，付于笔端。第三辑题为"西路望桐庐"，以桐庐富春江一线风光和人文为主题。第四辑以"北接西陵"为题，是一组表现西陵山水和人文的七绝。第五辑题为"山阴道上"，以会稽一带自然风光和历代人文遗迹为主要内容。第二辑和第三辑尚有部分对唐人咏浙东山水之诗的和作，可见出作者对唐人文采风流的追慕之情。

对浙东唐诗之路山水景观的描绘是此集中尤为突出的内容。中国山水诗脱胎于东晋玄言诗，定型于谢灵运之手，大成于唐王孟山水诗派。谢灵运的山水诗重在对客观自然本身的物象之美的表现，令人兴起对自然造化的赞叹。他用细腻繁复之笔，尽力再现自然山水的色泽、光彩和物态，为后人提供了重要的描摹山水的创作经验。《五百咏》中对渔浦和浙东山水自然的表现也屡见追踪谢诗者。如"澹荡烟霞起绿波，天光云影共婆娑。鸟鸢奋翼随舟起，白鹭连翩逐岸过。山谷林深停宿鸟，渚滩草浅驻群鹅。余殷返照皆言静，试问谪仙居若何"，一诗视线由远而近，高下变换，取景动静结合，用散点透视之法将几个画面组接，构成渔浦湖山全景图。首尾二联化实为虚，虚实相生，抒发了对自然山光湖色的赞叹之情。"风携夏后鉴湖秋，带露荷花蝶意柔。雨罢跳珠人更恋，清新万柄入风流。"写鉴湖雨后荷花，虽第三句"人更恋"三字稍俗，但全诗对荷花荷叶带雨的描写很是细致，写出了雨后荷花的清新。而唐人山水诗虽风格各异，在将自然山水的描绘与自我主观心灵感受更融洽无间这一点上，都表现出对谢灵运山水诗的超越。《五百咏》有些作品能将对浙东山水的描绘与作者的主观情思融合无间，主客相融的关系处理得比较自然，无刻意拼凑之弊。如"翠壁苍崖画里看，石岩巅上作盘桓。览亭远眺乾坤小，鹅鼻高攀眼界宽。举目云青山隐隐，俯身水绿浪湍湍。兴来意欲飞舟去，韵入情怀对碧澜"，首联即突出山水中主体的存在及感受，颔联颈联皆从首联主体的"看"与"盘桓"自然引出，尾联结以主体在此境中的兴味感慨，通篇起承转合始终将主客体紧密绾合，意脉贯通，很是难得。

《五百咏》中相当多的作品是对浙东历史人文的歌咏。此类作品一部分可视为咏史怀古之作。咏史怀古诗贵在能有感怀寄托，而不是单纯述古。此集中正面述古事者较多，如"高山仰止会稽巍，三过家门踪迹遗。治理功劳旌大禹，兴修水利彩霞披。"述大禹治水事。"走马岗前设伏兵，夫差放火角弓鸣。围攻数月方收越，剑戟寒光夜半惊。"写吴越之战。"碧水茫茫不测渊，轩辕磨镜在湖边。澄波似鉴光明照，锦绣平铺一幅笺。"写鉴湖传说。有为古人感慨叹赞者，"碧眼紫髯孙仲谋，江东三代志赓酬。中原逐鹿谁为友，天下英雄曹与刘。"赞孙权与曹刘天下三分的英雄功业。再如"抗金握剑白头吟,欲说偏安泪满襟。天若有情当有恨,冰河铁马梦堪深。"叹陆游英雄失意。也有在述古迹中透露历史之思者,如"凿山昔见冶炉深,宝剑尤期注匠心。尚有铸铺山旧址,岚光水影藓痕侵。"描写浙东人文的诗中还有一部分更侧重对当地风土人情的表现。如"三十六溪东向流,洞天福地谪仙游。轻舟满载采莲女,笑隔荷花巧转喉。""无风镜水自生波,伴与流莺风物和。野外偕花共烂漫,船头女唱采莲歌。"描写水泽湖乡中采莲女的清歌,清新生动。

　　律诗除在平仄音律方面有严格要求外,中间二联对仗尤是一篇之重。此集中律诗中间二联多精心构造,不乏精工之句。如第一辑咏渔浦诗:"青山绿水养心怡,渔浦风光击我思。争霸无形皆故事,卧薪有迹乃新诗。凝神每对云烟处,寻梦常回平仄时。思欲清闲效陶令,把竿植菊任由之。"中间二联对仗工稳,写出寻诗觅句之勤苦。作者在中间二联中还能巧用叠词,如"滚滚钱江流瀚海,茫茫越峤接云烟","柳上莺啼云毳毳,梁间燕语雨霏霏","梦中渔浦澄澄绿,眼里城山莽莽苍","举目云青山隐隐,俯身水绿浪湍湍","田田荷叶浮江渚,渺渺螺头耸海湄"等联,这些叠词的运用能虚处传神,使整饬的律诗颇具摇曳灵秀之气。

　　绝句限于篇幅,无论言事写景,贵在含而不露,耐人寻味。《五百咏》中绝句作品颇有传神之作。如"稽山雾绕势嵯峨,岁月峥嵘问逝波。静伫云边伴斜照,是谁幽谷唱樵歌。"将对历史沧桑的感喟化于深远的幽谷歌声中,给人"有余而不尽"之感。"春风绿水动清溪,寒雨声中杜宇啼。两岸乱云低压树,游人常被落花迷。"则写溪上春景,前三句各取一景,末句则虚处落笔,引人遐想,动人游兴。格律诗无论律、绝,能锻炼字面,择字工稳,亦可见出作者之功。此集也颇能看出作者在这方面的用心。如"富春碧水一江明,两岸青山卷翠迎。几队鹭鸥呼不起,繁花锦树总含情。"一诗中"明"字不仅写出水的清澈也表现出天气晴明之感、"卷"字充满动感,有丰沛的气势。

　　集中亦偶有在平仄音律有失误者。如和严维《九日登高》诗之次联"星耀一天偎客枕,明月两岸倚船窗。"中"明月"当是"月明"之误。和耿《送友人游江南》诗之次联"烟波自有垂纶客,秋汐常临踏浪人。""秋汐"二字当用仄声为好。他如"欲去乡愁须白酒,但迎春意属黄莺。此时听唱渔歌晚,落夕相知物外情。"末句"夕"字当为仄声,可径用"日"字。或有情景不甚相谐者,如"碧水富春鱼鸟游,澄波颜色绿如油。四时景色可沉雁,落日霞飞送客愁。"末句"送客愁"稍嫌勉强。当然,以五百篇数量而言,这些失误仍是瑕不掩瑜。

　　总的来看,此《五百咏》充盈着浓浓的乡心和诗情。从作者自述来看,此《五百咏》是为"浙东唐诗之路"申遗助力之作。此举与白居易所说"歌诗合为事而作"亦有相合处。难得的是,作者并未拘泥此事,而是尽力描绘浙东山水之胜,歌咏浙东人文风流,用词用语大多既存古韵又不造作。作者以唐诗为宗,如其"渔浦长留不朽书,倦游觅句片帆归。宗唐得古千年意,盛世之音为皈依"诗所言,作者欲用传统诗歌形式表现当下的生活,而这也正是传承古典诗艺的最好实践。

吴容先生萧山四赋析论

薛　刚[①]

吴容先生的萧山四赋，用文学艺术的手法描绘了萧山人文历史、自然景观，饱含深情，富有诗意，且有升华。本文主要从谋篇布局、句式安排等角度来做分析。

一、谋篇布局

古人云：不谋全局者，不足谋一域；不谋万世者，不足谋一时。说做事要有全局意识。写作也是一样，要有全局意识；关乎文章全局的学问，称为篇法。刘勰在《文心雕龙》里说："篇之彪炳，章无疵也；章之明靡，句无玷也；句之清英，字不妄也。振本而末从，知一而万毕矣。"道出了整篇布局的重要性。

最常见的篇法有起承转合之法，几乎适应于所有的文章，无论是长篇和短篇一般都有起承转合。起与合是必有的，也就是开篇与收尾。而承和转则有时不明显，篇幅大就比较明显，篇幅小则模糊甚至省略。赋相比于一般诗文来说，体量宏大，篇幅较长，是时间艺术，更是空间艺术，所以更讲究铺陈和罗列，正如设计师布置空间讲究前后左右衬托、照应、互补。赋的篇法布局尤其重要，布局不当就容易杂乱无章。

吴先生的四篇赋每篇均在千字以上，平均约 1300 字，分段多，平均约九段，均属于长赋。四篇赋在谋篇布局上很有讲究，多有相似之处。首先来看作者是如何起始全篇的，其一《萧山赋》："浙东首府，於越名郡。南接暨阳，北控钱塘；涵

江东、邻山阴,达于海滨;接三镇、望富春,至于江渍。於越称于三代,余暨名于有秦;东吴鼎立,邑傍河而永兴号称;天宝既昌,市倚岭而萧山始闻。山川依旧,风物弥珍;物华天宝,人杰地灵。对此江山,爱歌爱吟。"开始直接点出地理位置(浙东、於越)和地位(首府、名郡),以及周边环境介绍(暨阳、钱塘、江东、山阴、海滨、三镇、富春、江渍),以及人文历史溯源(三代、有秦、东吴、天宝)等,并以"对此江山,爱歌爱吟"来引起下文。这是典型的城市赋开头,属于"正起"之法。所谓正起就是开门见山,不绕弯子,直奔主题,是中规中矩之法。

我们再来看《渔浦溯源赋》开端:"水若天纵,三江来汇而渔浦称名;诗如潮涌,人文荟萃而里闾化成。或海或湾,千年源委其本可循;亦浦亦陂,百里沧桑水陆纷更。此地诗礼传家,古今不乏嘉声。言耕言读,累世相续;且行且吟,述志陈情。"直接点出渔浦的来源及特点(三江来汇、人文荟萃、或海或湾、亦浦亦陂),以"且行且吟,述志陈情"之句引起下文。

而《南沙赋》首段:"吾南沙兮,钱塘之滨;居江之南,其地乃名。阡陌交通,平畴无垠。南承宁绍而北枕之江,西接固陵而东接苍溟。地尽沃饶,民皆朴淳。敞高轩以望江,潮声常闻;开绮窗而贾瑾,珠玑长陈。映除桑紫,闲庭绽三春栀子;隔篱藤蔓,西畴悬四时蔬珍。美竹缘堤,冬犹猗猗;络麻成林,夏时茸茸。黄花九畹争蝶,辉宇连江;桃李万树斗蜂,弥天芳芬。嘉鳞有鲋,池若串珠;稻菽丰稔,善酿美醇。春秧披绿,回燕巢画堂之梁;秋芦飞白,归雁恋新洽之津。"介绍了地理位置和周边环境(钱塘之滨、江之南、南承宁绍、西接固陵),也说出了对南沙的整体印象,即"阡陌交通,平畴无垠"。与前两篇赋无异,不同的是,在开始就用了大幅文字对南沙的景观进行了描写,是"正起法"少见的案例。这样安排效果如何,后面再做探讨。

第四篇《清水赋》首段:"吾邑萧山,清水之城也!碧水环绕,江河纵横。其北,有八百里钱江飞驰。江源也,北出新安万树之杪,仰承桐江钓台之高情;南自衢婺千峡之冲流,映带兰江花峪之芳馨。既过富春,黄公浅绛方称其山水之灵;复下西陵,钱王强弩难敌其潮汐之胜。泪泪乎潾然,女儿坝外,碧水搏回头之涛;浩浩乎沛然,鳖子门上,白浪震海立之霆。"以"吾邑萧山,清水之城也!"破题,清晰而峥嵘,其后详细列出了清水之来源以及沿途之景观,并点出了萧山辖区内代表性的清水壮观。本赋与《南沙赋》相似,以正起法开端,并描绘了较多的景象,相比于《萧山赋》和《渔浦溯源赋》,两赋全篇第一字均为"吾",拉近了作者与所赋之事物的距离,增强了开门见山、直观白描、直抒胸臆的效果。

我们再来看中间段落的承接方面。《萧山赋》的中间五段分别以"山岭竞秀,陵谷郁莽;群山荟萃,满目琳琅"、"一江浩荡,众流奔逸"、"地多人杰,代有贤达"、"风物潇洒,民情和淳"、"景致天然,胜迹无双"开起详细描绘了萧山的山川、江水、人杰、民情、景致,均照应首段,比如"山川依旧""如此江山""人杰地灵""风物弥珍"等,并对这些综述作了进一步阐释详写,且段与段之间也有较为明晰的承启关系,比如第二段的末尾"谁绘辋川山水,自是桃源仙乡"点到了"水"启示了下一段要写"水",第三段的中间"奔竞弄潮而凌鲸波十丈,胼手胝足而垦平畴百里"之句描绘了萧山人民长期与大自然相处中,磨炼了斗志,养成了非凡气魄,暗示着此地必有人杰。第四段主写"人杰"就显得自然而然了。其他段落类推,不赘述。

更值得称道的是,在中间五段分写主题内容之间也有递进有机的关系,这样内在关系就更加紧密和连贯,先写山,不仅因为萧山自带"山"字,更因山存在的时间最久、最稳固,是萧山人民的底气、家底之所在,然后写江水。所谓"仁者乐山,智者乐水"、"仁者静,知者动","仁"是所有优良品行之底色所以才能配山。山是静守是归宿,水是开放是灵动,正是先静而后动,先山水然后有人文,人杰的引领才有潇洒的风物民情以及宏丽的景致印象。此类段落的安排,非为纯粹的并列关系,这也避免了城市赋中间段落创作常出现的问题,就是堆砌内容,前后不连贯,文脉不通畅。本文所有的承接均较为自然、平缓,娓娓道来,属于"缓承"之法。

而《渔浦溯源赋》中间段落的承接也是一样,较为平缓,线索明朗,脉络较为清晰,可谓一以贯之。二至七段呼应主题以及首段"累世相续"之句,以朝代更迭为线索对渔浦的发展脉络进行详细的追溯,只是第八段和第七段之间的衔接有些突兀。如能从"国家复兴"之句到段末移到下一段之后,这样从古到今,分别描述,形成古今对比,是不是更好些?

而《南沙赋》与《渔浦溯源赋》类似,以时间为线索,段落承接自然平缓。《清水赋》则复杂得多,从第二段开始,用两段写了地理方位南和西的江流情况,江之后开始写湖,第四段主要回顾湘湖的历史,令人可悲可叹。第五段另起思路,开始议论,阐明了水对城市发展、对民众生计的重要作用。本段并非顺着上段思路继续铺陈以缓承,而是从客观描述切换到了主观思考议论,可以视为"转",但并非与以上段落完全断了关系,我们看二三四段有正面秀水美景可赞有反面围垦枯水可悲,痛而后思,有了本段的思考和议论。第六段开始主要写改革开放之后萧山发展与水之间的互动关系,同时也印证了第五段的思考和议论。第六段主要描绘改革开放四十年经济高速发展,环境污染严重,诸"水"告急,从而有了"五水共治"的治理思路。第七段写湘湖的治理和维护,取得了良好效果。第八段总结了治水经验,并展望了前景。于是有了九、十、十一段则全部是对治理之后的水景(钱塘江水域、西小江水域、浦阳江水域)的生动描绘。总体思路清晰,承接的也较为自然,只是六七八三段稍显紊乱。痛定思痛之后是不是将实施的具体措施放在一起(如第六段的"五水共治"部分、第七段的开头几句移到第八段,分成按层次分成两段)更好些,而将治理后的全域新景象书写放一起(如湘湖新景的描写放置于"吴越无阻"一段之前或"浦阳江"一段之后)更通顺些?

至于四篇赋之"转",除了《清水赋》(第五段)有"转"之外,其他部分未有转折之处,这是城市赋和景观赋的普遍情况,"转"多见于事理赋、抒情赋,此不详述。

下面主要谈谈文章之收合之法。四篇赋主要用了总结照应和颂扬咏叹之法来收束全篇。首先看《萧山赋》第七段:"吾萧山兮,修能既重,内美既纷;继往开来,月异日新。江南首善名区,始于勤俭;海内经济高地,缘于精进。龙腾抱江,拱卫国际名城;骏奔蓝海,拓展市场要津。爰作四韵,以为余音:英雄豪气逸尘寰,手足胼胝只等闲。七百里波来浩荡,八千年史去潺湲。苦心筑梦海桑里,矢志弄潮天地间。共向大同谋首善,动人景物满萧山。"

本段先以整齐的四六字句来总结照应首段,比如"修能既重,内美既纷"照应"山川依旧,风物弥珍;物华天宝,人杰地灵","首善名区"照应"首府名郡";"爰作四韵"照应"爰歌爰吟"等,铿锵有力,首尾呼应,一以贯之。后以七言律诗以咏以赞,余音袅袅。作者用了这两种最常见的结尾之法,可谓中规中矩。

《渔浦溯源赋》亦用了总结照应收束之法,《南沙赋》则以"颂扬咏叹"之法收尾,《清水赋》同《萧山赋》一样兼用了两种收合之法。

总之,在谋篇布局方面,作者全部以"正起"("实起")之法启动全篇,思路清晰,中规中矩,然而也会给人以平铺直叙、百科介绍之感,如果能试着用"虚起"形象之法开头,可能效果会更好些。比如《清水赋》开头,如果能将具有代表性的场景放在开头,以点带面,增强代入感,以小于主题的内容引出主题。试改如下:"汩汩乎瀜然,浩浩乎沛然,碧水环绕,江河纵横。此为何邑也?曰吾萧山,清水之城也!其北,有八百里钱江飞驰。江源也,北出新安万树之杪,仰承桐江钓台之高情;南自衢婺千峡之冲流,映带兰江花峪之芳馨。既过富春,黄公浅绛方称其山水之灵;复下西陵,钱王强弩难敌其潮汐之胜。女儿坝外,碧水博回头之涛;鳖子门上,白浪震海立之霆。"另《南沙赋》和《清水赋》的首段均有对主题较为大幅的描写,这样容易与后面段落重复,首段一般为综述,过于详细书写,会让后面段落书写存在忌讳。至于段落承接方面,以缓承为主,过渡自然,仅有个别段落稍显紊乱,无伤大雅。收尾处以照应和咏叹为主,文章全篇段落脉络分明,衔接处发语词稍显僵化,整篇缺乏隐脉,少有起伏和惊喜。

二、句式安排

句子是构成文章的最基本完整单位,是段落最长的断读处,句式的长短选择及搭配决定了诵读的气息是否顺畅,对前后内容的贯通理解也有很大作用,所以句式的安排至关重要。唐人有书《赋谱》对句式的讲究多有介绍,书中开头便讲:"凡赋句有壮、紧、长、隔、漫、发、送合织成,不可偏舍。"赋相比于诗、词、歌、曲最大的优势在于,丰富变换的句式,令人读之不至于平白无味。《赋谱》以本句开篇,实在是将赋之主要特点归纳总结出了。文中形容赋家作赋如妇女之握机杼,编织手法丰富,不偏不倚,不走极端,才能随物赋形,创作出千变万化的好作品。我们以《萧山赋》和《南沙赋》为例来看作者的句式安排(《渔浦溯源赋》和《清水赋》散文化程度过高,不适宜用《赋谱》之法来分析)。

首先看《萧山赋》,全文有 77 句,其中壮句(三字对句)5 句,占 6.5%;紧句(四字对句)15 句,占 19.5%;长句(五字及以上对句)20 句,占 26%;隔句(隔句对者)33 句,占 42.9%(根据《赋谱》示例,壮紧长隔句成双,方可计为一句,独句不单计);漫句(散句)4 句,占 5.2%;发语(原始、提引、起寓)、送语(段末助词,如"而已"等)皆无。从数量比例来讲,除了发语送语缺乏不利段落开启、承接、收尾之外,其他较为均衡。

从具体句式上看,壮句安排不合理;紧句安排较稳妥;隔句布置较恰当;长句位置适中;漫句布置不合理。

首先来看壮句,如 5 对壮句,均藏于隔句中或长句中,《赋谱》说壮句"缀发语之下为便,不要常用。"说了两点,一是壮句一般用在段落开始(发语词之后),二是不要常用。比如杜牧《阿房宫赋》将壮句用来开起全篇(没用发语词):"六王毕,四海一。蜀山兀,阿房出。"两句而止,全文四句而已。《萧山赋》5 对壮句,数量适中,只是没有一句用在开头,其中 4 对用在了隔句中在段落中间,一对用在了长句中在段落末尾,没有一个是独立的,是小的瑕疵。建议多在开头用壮句,文中的部分可改为长句,比如"涵江东、邻山阴……接三镇、望富春"可改为"涵江东而邻山阴……接三镇而望富春";"朱学士、汤学士……葛将军、沈将军"改成"朱汤两学士……葛沈二将军"等等,比较改动的前后效果。

再来看紧句,《赋谱》说:"亦缀发语之下为便,至今所用也。"紧句一般用在段落开始发语词之后,不要多用。紧句相比壮句,节奏稍微慢些,然而仍然很紧凑。除非有特殊的表达期待,一般不要多用,多则呆板单调,接近于长篇四言诗。紧句在《萧山赋》数量上占据五分之一,每段开头用的均为紧句,很少超过两对,总体使用较为恰当,只是开头稍显单调些。

再看长句,《赋谱》说:"六、七者堪常用,八次之,九次之。其者时有之得。但有似紧,体势不堪成紧,则不得已而施之。"长句相比壮句、紧句,表达情感较为舒缓和通畅。一般使用最多为九字句。实在不得已才用十字及以上字数句,是因为过长的句子会被断句成四字紧句和其他句式组合。一般不用在紧句之后,可以直接用在发语词之后。《萧山赋》20 对长句中,6 字长句 5 对,7 字长句 10 对,8 字长句 2 对,9 字长句 1 对,10 字长句 2 对,六七字句占 75％,8 字以上对句占 25％比例不低,然《萧山赋》体量宏大,不用超长句难以全面铺陈,所以不能死守《赋谱》之规则,且这些超长之句并未用在紧句之后,前后连接自然,总体来讲长句安排布局的较为合理。

我们再来看隔句,《赋谱》说:"隔句对者,其辞云隔。体有六:轻、重、疏、密、平、杂。轻隔者,如上有四字,下六字。重隔,上六下四。疏隔,上三,下不限多少。密隔,上五已上,下六已上字。平隔者,上下或四或五字等。杂隔者,或上四,下五、七、八;或下四,上亦五、七、八字。此六隔,皆为文之要,堪常用,但务晕澹耳。就中轻、重为最。杂次之,疏、密次之,平为下。"隔句因字数多,能容纳赋之丰富内涵的,所以要常用。但是要注意晕澹,就是如施粉黛或色彩要渐次浓淡,就是要循序渐进,前后句式变化不要变化太大。为何是轻、重隔句——四六句、六四句要最常用呢? 这是古人长期实践得出的结论。如果用西方美学来进行数理分析,结论是相同的。早期西方形式美学认为,美就是数的和谐。毕达哥拉斯学派认为,最智慧的是数,最美的是和谐,开形式美学之先河。他们提出的很多法则直至今日依然有生命力,比如著名的黄金分割率 0.618。我们看一下,一般赋句由三四五六七字句组成,就会发现,隔句组合,四六或(六四)组合最接近黄金分割率。隔句可以看作是停顿较长时间的上下句,比如《萧山赋》中"毛西河之翰墨,力敌古今;任晓楼之丹青,声斐夏夷"(第四段),可以视为一长句"毛西河之翰墨,力敌古今,任晓楼之丹青、声斐夏夷"。根据计算方法,长句字数除以总数,六除以十等于 0.6,最接近黄金分割率。我们看《萧山赋》中,在 33 个隔句中,轻隔句 5 个,重隔句 5 个,疏隔句 0 个,密隔句 10 个,平隔句 1 个,杂隔句 12 个。轻重隔句 10 个,占全部的 30.3％,三分之一不到;杂隔和密隔 22 个,占三分之二;平隔句 1 个,占 3％;疏隔句没有。可以看出,赋文中轻重隔句过少,影响诵读和视觉美感;杂隔和密隔字数较多,利于充分铺陈描绘萧山之胜景;如果能适当增加平隔句和疏隔句,就更好了。

我们再来看《南沙赋》,全文有 50 句,其中壮句(三字对句)0 句;紧句(四字对句)14 句,占 28％;长句(五字及以上对句)9 句,占 18％;隔句(隔句对者)22 句,占 44％(根据《赋谱》示例,壮紧长隔句成双,方可计为一句,独句不单计);漫句(散句)5句,占10%,发语、送语皆无。从数量比例上看,相比于《萧山赋》,《南沙赋》壮句有所减少,紧句增加较多(且大量在段落中间使用),长句有所减少,长句少于紧句而且相差10%,应该说是失衡的(长句更易用于描绘事物,紧句多容易单调),隔句相差不大均在四成以上,漫句比例增加,对于优化文章节奏效果明显。我们下面重点从结构上探讨赋文的主体——隔句。22句,轻隔句2句,重隔句6个,密隔句1个,疏隔句0个,平隔句5个,杂隔句8个。轻重隔句合计8个,占36.4%,相比《萧山赋》有所提升;杂密隔句合计9个,占40.9%,相比于《萧山赋》大幅度降低;平隔句增加明显,疏隔句一样为0。这可能是因为南沙的体量远少于萧山,无须大量的长隔句来描绘书写,只需用较有美感和节奏的轻重隔句以及平隔来铺陈即可。

总　结

总之,吴容先生的萧山四赋总体布局合理,文章脉络清晰分明,段落衔接自然,少有起伏,且部分段落稍显紊乱,无伤整体大雅;在句式安排上,总体均衡,壮句较少,且安放位置欠妥,漫句分布不均,《萧山赋》漫句罕见,不利于抒发表达,其他三赋特别是《渔浦溯源赋》和《清水赋》散句较多,接近散体赋。因篇幅所限,本文仅从篇法和句式安排角度来分析萧山四赋,是一家之言。

吴容《诗咏萧山》的故乡情怀

王惠民[①]

　　吴容是当代著名的诗人、学者,尤工旧体诗词,其旧体诗词集《诗咏萧山》是一部吟咏萧山山川景物、风土人情、历史经济的诗集。《诗咏萧山》不仅展现出极高的艺术水平,而且以情为宗,贯注了种种浓烈真挚且富有时代意义的故乡情怀。通过对吴容故乡情怀在《诗咏萧山》中的体现及艺术特色等方面的探讨分析,不仅有助于研究吴容之诗歌创作及其心灵世界,而且为进一步厘清当代旧体诗歌的创作面貌提供了帮助。吴容,1957年出生,现为中华诗词学会会员、浙江省诗词学会理事、杭州市诗词楹联学会常务理事、钱塘诗社社长、萧山区诗词楹联学会副会长、《浙江诗联》副主编、《湘湖(增刊)萧山诗词楹联》执行主编。著有《樗雁集》、《诗咏萧山》。其中《诗咏萧山》是一部专门吟咏萧山的诗词集,全集分为十一部分,从历史、人文、经济、民俗、山川等多角度,全方位地构建出一个诗化的萧山图景,其中蕴含了诗人浓郁的故乡情怀。此外,在《诗咏萧山》中,吴容用真实而深沉的故乡情怀将旧风格与新意象完美地融合在一起,从而推动了当代旧体诗词创作技巧的进步。固在对《诗咏萧山》故乡情怀的解读中,不仅有助于我们进一步了解在那一代诗人心中故乡的内涵与生命,而且还可以借以关照旧体诗歌创作的时代意义。

一、《诗咏萧山》中故乡情怀的表现

　　吴容在《诗咏萧山》的后记中曾言:“萧山是一方具有八千年文化积淀的热

---

　　① 王惠民,上海大学文学院研究生,研究方向为诗词学、现当代旧体文学。

土,我生于斯、长于斯,对这片山水有着深厚的情感。情动于中而形诸言,所以,一直以来都有用诗词歌咏萧山的念头。这几年空下来了,有时间动笔和整理,于是,就有了《诗咏萧山》这个集子。"从中足见其对萧山的热爱深情。吴容一生足迹几乎踏遍萧山的每个角落,故当其故乡情怀与诗咏萧山相融合时,便衍生出一种多样化的面貌来。这种杂糅的故乡情怀不仅体现在跨越千古、连接古今的时空涵咏,而且还体现在将人文民俗、清丽山水、古刹幽情一一融汇的人情关照。下面,本文将从山水游历、民俗风情、咏怀古迹、新城面貌等四个方面来分析吴容《诗咏萧山》中故乡情怀的表现。

吴容笔下的山水诗词多以组诗的形式出现,往往寥寥数笔,便将眼前景色收览,并给人耳目一新的感觉。如《湘湖云影》中的湖天并现、群峰叠嶂"波里天容乱如画,群峰穿插碧纷纷";《登老虎洞山》中的浩浩旻天、凄凄冷雨"斜斜雁去芦烟白,短短风来桂雨黄";《戴村七都溪》中的泠泠洌水、苍润青苔"浮岚有意苔长润,浅濑含声燕不孤"。从大橼描绘,到细笔勾勒,无不入木三分。吴容多借山水吟咏抒发对清丽山水的喜爱,如"携伴踏歌寻菊去,湖南湖北尽秋风"(《湘湖竹枝词》)、"徘徊岭上还多感,水色山光剧可怜"(《先照晨曦》),而这其中其实蕴含的正是吴容浓郁的故乡情怀。吴容山水诗词中的故乡情怀主要通过两种方式体现:一是对归隐乡村的歌咏,如"满壁诗香催酒赋,踌躇,策论何如种树书"(《南乡子·湘湖夜饮》);二是对家乡业绩的赞扬,如"抱江发展弄潮急,大幅雄图自别裁"(《咏钱塘江》)。此外,除了对家乡的歌咏之外,吴容往往还借助山水抒发内心之郁结,如其在《湖边早秋》中的时光流逝下皓首达观之情"莫对金樽悲白发,还抬醉眼数闲鸥",再如其在《湘湖新咏》中的古今沧桑下无奈迷惘之感"陶庵旧梦寻常醉,此际凭栏更忘身"。

《诗咏萧山》中对民俗风情的描绘主要体现在两个方面:一是对萧山地区古今的民俗节日的描绘,二是对当下萧山地区多种多样特产的歌咏。前者对从古至今传承下来的民俗节日进行描绘时,多不厌其烦地描绘节日习惯或表演细节,有相当重要的民俗学意义,如在《听莲花落》中对"莲花落"所使用的器具及表现的内容的描写"家长里短多寒暖,国是亲情杂笑啼。台上弦弹催快板,座间吟唱效黄鹂"。而对新近产生的节日进行描绘时,则是抒情大于描绘,如"海门起浪撩诗思,牧笛催人效米狂。我欲翩然作庄蝶,来从大化缀文章"(《党湾菜花节》)。后者中既有对自然特产的歌咏"雾从寺坞岭头深,茶韵氤氲可洗心"(《萧然茶韵四首》),又有对工业技艺的歌颂"紫口金丝连铁足,疑从凤岭借陶轮"(《仿南宋官窑》)。但其中之情愫无不是对故乡风物的赞咏"继宋承唐今日事,湖澄山碧翠成堆"(《仿越窑青瓷》)、"杜家村里风情好,抛却机心入本初"(《所前杜家杨梅》)。

《诗咏萧山》中亦多咏史怀古之诗,通过对古人的凭吊追昔,在时空的涵咏中完成心灵上的对话与契合,从而在绵延一线的情感追合中加深对故乡情怀的体认。吴容之咏史诗的对象有两种:一是萧山地区的历史名人,吴容对他们的吟咏多就人物的事迹出发,在歌咏其高洁品质的同时"麻溪改坝回天乐,水祸根除四百年"(《忆汤寿潜》)、"葛公壮节留高韵,亘古英雄碧血妍"(《悼葛云飞》),又对历史功过的体认"沉浮浊世唯清白,漫说先生苜蓿盘"(《悼汪辉祖》)。二是对中华人民作出伟大贡献的近代人士的赞咏,其中既有文艺之士,如魏风江、施今墨,又有投身救国的英雄烈士,如"浙东儿女尽秋侠,导引雷霆击丑倭"(《怀沈佩兰》)。而吴容的怀古诗也可分为两类:一是在自然山水中的怀古,二是在人文景观中的怀古。自然山水中的怀古最为重要的当是借助山水之盛追怀抗日战争,如在《我吊先贤一出神》章节中,吴容用一连串的怀古诗,纪事咏怀,几乎再现了那段峥嵘激昂的岁月:从日军登陆"夜雪钱塘有祸灾,寇从六佰亩头来"(《六佰亩头》),到激战"一九零师战江口,义桥驱寇事犹传"(《虎爪山》),在到失守后的游击战争"寇薄严家畈外田,隔江伏弩犬眠边"(《严家畈》),无不详备。其中既有对生民的哀悯"堪怜天不佑良善,劫里斯民最可哀"(《六佰亩头》),又有对日寇的愤恨"侧耳如闻倭寇语,痛心国耻起心潮"(《题长山碉堡群》),更有对爱国将士的赞扬"当年鏖战破倭胆,东蜀山苍西蜀青"(《东、西蜀山》)。在如今的时代环境下,这些诗词无疑是最具意义的。而在人文景观中,比较有代表的意义的当是《身入灵山好问禅》及《州口桥头别有天》两个章节。前者着眼于"寺",在枨触物是人非之时"滩涂今日成空港,云路茫茫通九州"(《忆靖江殿》)、"山门空对参差屋,一脉城河自在流"(《江寺怀古》),亦有禅理之抒发"世缘难了终应了,参悟何须到佛门"(《题祇园寺》)、"晨钟一记自天外,触悟人来对曼殊"(《义桥非相禅寺》)。后者则着眼于"桥"则多是以桥作为连接古今的空间节点,在抚今忆昔中,展开时间意义上的喟叹,其中更是深有"微生尽恋人间乐,只有襄王忆梦中"的无奈——"市井嘈嘈难觅醉,古桥负手一经过"(《过梦笔桥》)、"风雨千年多冷落,栏杆拍处认萧寥"(《惠济桥》)。

吴容对新城面貌的吟咏中也有物与事的区别。"物"指的是经济高速发展的萧山所展现出的激扬向上的面貌。在吴容笔下,既有对日新月异的科技发展的赞美"已探天眼中微子,聘技超然筑小康"(《咏萧山钢结构产业》)、"科技金融共商务,引擎已就力能擎"(《题杭州湾信息港》),又有对农村发展的欣喜"立镇千年称卓绝,兴城五载自风流"(《瓜沥新咏》)、"已及小康多福祉,桃花源里不生尘"(《题航民村》)。而"事"则指对萧山发生的事情的吟咏。大事如《题G20峰会二律》"二十国商经济事,大千界望紫微星",小事如《题浦阳中学江畔诗社》"教化已承民族梦,文章欲继汉唐时",其中均抒发了对萧山科教文艺等诸多方面高速发展的欣喜。

从上面的叙述我们可以发现,无论是登山临水、凭古悼今,还是观民俗、咏新城,其中贯串的皆是吴容对故乡萧山的拳拳爱恋。因此,《诗咏萧山》从某种程度上正是吴容故乡情怀的外化——他用这种故乡情怀在诗词中重新构建了一个新的萧山。

二、《诗咏萧山》中故乡情怀的艺术营造

吴容之《诗咏萧山》是在其浓郁的故乡情怀的基础上创作而成的,而围绕故乡情怀而进行的艺术营造也因其题材丰富,内容广泛,展现出苍丽自然的艺术风貌来。下文拟从苍丽自然的艺术风貌、真挚的情感表达、新意象的使用等三个方面对《诗咏萧山》中故乡情怀的艺术营造进行简要的分析。

首先,无论表达何种感情、描绘何种题材,《诗咏萧山》总是体现出一贯的苍丽自然的艺术风貌。其"丽"处在于吴容对颜色词汇以及繁丽意象的大量使用。吴容总是喜欢在诗歌中运用诸如"红""绿""黄""白""赤""碧"等颜色词汇,同时亦喜欢择取繁丽意象组成对偶句,如"春花叠绣映飞榭,疏柳施围作锦障"(《湘湖新咏》)、"夹岸望春连蕰藻,绕城弱水走沉泥"(《城河感怀》),故其诗词显示出一种"密丽"来。而"苍"则在于阅尽古今的诗人情怀使得吴容登山临水之际,除了欣喜之外,还会生发出一种难以莫名的苍茫之感,如"江山多感人无语,云际迢遥过断鸿"(《进化越王峥怀古》)、"重来岭下卧薪地,独吊城山对碧寥"(《越王城山怀古》)。故在这种苍茫的喟叹中,吴容笔下的景色也会沾染一抹苍苍之感,如"落日赭岩还带血,长堤白浪欲停鸥"(《过美女坝》)、"大成殿宇劫灰散,县学碑亭苔色侵"(《访萧山县学重修大成殿碑》)。而伴随着这种意象之"苍丽"的,是诗歌表达的流利自然。虽然吴容在作诗时会选用一些密丽的词汇及意象,但在情感表达上,吴容往往是直抒胸臆,十分显豁,如"往事随风终远去,潇湘今日展新篇"(《山脚窑烟》)、"临风空洒相思泪,满地残花独怆神"(《进化梅花节叠韵四首》)。故其诗歌虽"苍丽"而却"自然",毫不凝滞。

其次,无论是表现何种情感,吴容笔下的故乡情怀总是真挚而深邃的,这一方面是由于其体贴入微的诗人气质,但更多的是得益于对萧山一草一木的极度爱恋。故其在落笔之时,往往能够"流露于不自知,触发于弗克自已",而不"横亘一寄托于搦管之先",而至"乃益非真"。如其在《过衙前毕公桥》中表达物是人非之感时,只用简单的对照比较便将无限的喟叹淋漓尽致的抒发不出来"我向街头良久立,难寻千载旧轮蹄",既真挚又自然。再如在《过北塘河公园》更是直抒胸臆,直接表达了对故乡景物之热爱"而今水碧花饶放,满目蒹葭好恣游"。但是,

这种真挚而深邃的故乡情怀也是多元化的,这也使得《诗咏萧山》在"苍丽自然"的整体面貌之下,也呈现出多维度的艺术风貌。在表达登临之物是人非之感时,其诗歌风格是凄郁苍凉的"满地残花愁过客,一湖落日照行人"(《越王城山怀古》);而在带着欣喜与甜蜜描绘家乡景色时,其诗歌风格是活泼灵动的"最是丛林探险处,归来从此不言愁"(《乐园狂欢》)。乡居闲坐,潇散宁静"短棹无心随鹜远,菰蒲深处没云烟"(《湖山一望》);江湖长啸,豪迈洒脱"临风直上层台望,蜃浪连天半过塘"(《八月十八钱塘江观潮》);心怀家国,激荡沉郁"恨难平,天欲泣。凭吊羁魂,碑石凄然立"(《苏幕遮·所前夏山埭村鹭鸶头颈抗日阵亡将士墓》)。

最后,吴容还使用万古同怀的真挚的故乡情怀作为桥梁,将新事物融入旧风格之中,呈现出一种崭新的诗歌风貌。吴容在诗歌中总是在尝试使用新的意象,从而扩展诗歌的表达视野,如"名城已倚互联网,小镇还看机器人"(《咏机器人小镇》)、"信息港前冲激浪,互联网上筑新城"(《题杭州湾信息港》)。此外,吴容还大量吟咏现代事物如汽车、互联网、金融行业、工业等,极大地拓宽了现代旧体诗歌的表达世界。而无论怎样,吴容对这些新事物的使用,总是能够很好地融入旧风格中,恰如其分地表达出来而又不伤诗意。

三、《诗咏萧山》的价值与意义

吴容借助《诗咏萧山》全面表达了自己的故乡情怀,由此不仅展示了他诗化的生活,而且还构建出一个诗化的萧山。他将对旧体诗词技法创新的尝试,融入对故乡情怀的吟咏之中,从而推动了当代旧体诗词写作的创新。更为重要的是,《诗咏萧山》为当代旧体诗歌的抒写提供了一种可能,即如何在自身和时代的互动中构建当代诗史。

《诗咏萧山》展现了吴容诗化的生活,同时构建出一个诗化的萧山,这对重构萧山文化图景、增强萧山地区的文化凝聚力具有重大的意义。在《诗咏萧山》中,吴容不仅展现出自己"百尺梢头千羽雪,三生梦里一行诗。相扶竹杖浑如醉,坐对斜阳半似痴"(《西河玉兰十咏》)的诗化生活,还在此基础上,进一步构建出一个勾连古今、如梦似幻的诗化萧山。《诗咏萧山》中的诗化萧山是一种多元立体化的构建,其中既有对人文荟萃历史的再现,又有对峥嵘抗日岁月的追怀,不仅有经济高速发展中的日新月异,还有时光长河里的记忆梦语。碧水金山、溪桥野寺,到处是新来之情对旧有之景的重构。这种多元化的诗化萧山的建构,全方位整理了古今的历史、文化、经济、地理、政治、民俗等多方面的记忆基因,将其凝聚成一个可视可感且充满情感体验的图景。而这种萧山文化图景不仅能够作为一种名片,加深外地人对萧山的了解,而且还能作为文化纽带,联结、整合萧山本地人的文化记忆,增强萧山地区的文化凝聚力。从而获得一种由内而外的动力,来驱动萧山的进一步发展。

其次,《诗咏萧山》是吴容具有典型性的诗词技法创新的一种尝试,即将文言风格与现代词汇有机地融合在一起,这种尝试对推动现代旧体诗词创作具有重大的意义。吴容在《诗咏萧山》的后记中这样说道:"在诗词语言的运用中,以文言为基础,恰当、得体地用文言意象表达现代生活和情感;与此同时,在现实生活中萃取新的诗词意象、摘取新的词语来表达时代特征,并使这些具有典型性的新意象、新名词与全诗有机地结合在一起而不致违和。"这种新意象与旧风格的融合,其实从晚清"诗界革命"开始便被视为一种推进旧体诗词现代化发展的重要手段。吴容选择《诗咏萧山》这个"有着深厚的情感"的集子进行尝试,正是他抓住了旧风格和新意象融合的关键,那就是连接古今的真情感。《诗咏萧山》中的故乡情怀正是古今所共有,在这种共有情怀的连接下,具有丰富文化底蕴的隐性的旧意象才能与显豁表达情感的显性的新意象融合起来,达到一种平衡。新旧融合的诗词在《诗咏萧山》中比比皆是,吴容均能信手拈来、举重若轻、毫不滞涩。

最后,吴容在《诗咏萧山》中也提供了书写当代诗史的一种可能。纵观当代旧体诗歌,它们对诗史的书写多停留在大事件上,《诗咏萧山》中也有这种表现,如对G20峰会的描写,这种重大事件的书写某种程度上展现出一种空洞感,没有真实感情基础的躬身参与感。而《诗咏萧山》则不同,吴容选择了一个与古相同的路径,就是抒发与自身契合的小事,通过对家乡小事以及家乡的变化去勾勒诗史,展现时代风貌。这种书写无疑是成功的,从历代对历史的书写来看,亦是多从自身经历出发表现时代风云。可能在古代,重大的战乱对每个人都能产生影响,所以对重大事件的书写显得并无虚假之感。而在如今的和平年代,如果诗史的书写依旧停留在对新闻广播中的重大事件的书写上,便显得真情不足。所以,吴容《诗咏萧山》的出现无疑为我们指出了一个方向,即我们可以立足于对发生在我们身边对我们切实产生影响的事件进行书写,如新农村的建设、家乡的发展等等。当然,这种诗史的书写方法不是绝对的——我们在进行切身小事件的书写时,亦不能排斥对重大事件的书写,因为在"中国梦"的整体感发下,那种对重大事件的自豪感亦是真实感人的。

何智勇《西湖十景赋》析论

郁陈晨[①]

何智勇先生潜心古学,是当代著名的辞赋家。《西湖十景赋》是其代表作,全方位展示了西湖美景,介绍了西湖的辉赫过往,借此表达他对当地的深情。而西湖浓厚的宗教氛围又促使他发表对融摄三教的观点,此后他由一湖推及至整个国家,指出西湖之繁荣实得益于时代之契机。《西湖十景赋》在艺术上风格多变,句法灵活以及虚实相衬的做法则在不经意处展现了他的巧妙构思。这多方面的成就确立起何智勇在辞赋领域的突出成就。何智勇,安徽庐江人,现居杭州。中国楹联学会辞赋研究院副院长、浙江辞赋学会副秘书长、唐社社长。宿好古典文学,作品散见于《诗刊》《诗潮》《中华辞赋》等杂志。著有《新国学大百科千字文系列(全三卷)》。其诸多作品中,以辞赋最显才思,展示了当代辞赋家的艺术创造力,以及激昂青云的进取精神。《西湖十景赋》与"杭州西湖日"渊源颇深,具有现实意义,又其近年之力作,故析论之。以下对《西湖十景赋》的思想内涵进行概括阐释,并呈现其多元的艺术特征,以期深入了解辞赋的发展现状。

一、《西湖十景赋》的主题思想

辞赋是一种包容性极强的文体,事无巨细,物无大小,或是指事类情,或是钩玄猎秘,都能进入它的选材范围。可惜的是,辞赋兴盛之时,吴越之地还是凄凉泽国,西湖只能说是"湖而未湖,则一隅之西湖也"(《跋》),故西湖不曾得蒙青目。而当西湖声名鹊起时,辞赋则渐趋式微,历史上也就没有留下有关西湖的辞赋名

① 郁陈晨,上海大学文学院研究生,研究方向为诗词学、现当代旧体文学。

作。当今世代正是民族复兴之时,辞赋复起,应运而生的《西湖十景赋》并非徒事模仿的应景之作,其丰富而又细致的思想内涵显示了何智勇先生尝试与古人埒材角妙的创作热情,间接证明当代之辞赋创作绝不是处在向壁虚构的滞伏状态。

《西湖十景赋》极力褒美西湖美景,并表达了对其灿烂历史的赞叹。何智勇先生久居杭州,对于熟稔亲切的西湖美景自然不吝笔墨,极夸其秀丽多彩。莺啼柳上不过寻常画面,作者却因之敷衍出"穿冥冥之柳浪,布恰恰于蕙滨"(《柳浪闻莺赋》),浪漫之感油然而生。潭水在在皆有,"宜暮宜朝,光中边而毕澈"(《三潭印月赋》),可是,只有三潭诱导何氏生出幽微之情致。而学识的渊博又迫使他不仅仅谈论浮于浅层的风光美色,简单地铺陈色相显然落入俗套,因此何氏试图援引历史的荣光,以此为之傅彩。自古宝地依附名士而彰显,他在《三台云水赋》直言道:"尔其连椒据奥,名士攸宅。苍苍宰木,寂寂斜曛。"尔后极力描写此处才人之盛,甚至称之为"凤麟之薮"。在纷披词采的作用下,西湖重拾久远的文化记忆,从如今较为出名的旅游景区嬗变为可与古人神交的风流遗迹。何氏并未就此止步,而是为西湖营造具有冲击力的崇高感。钱塘乃三吴都会,西湖处其中,故可谓"罗江纳海,壮泰伯之余封"(《吴山天风赋》),泰伯之德为天下所称,西湖与其相关联,犹如隐士着上褒衣博带,抖然造成了格外肃穆的气氛,使西湖之地位呈现出逐步盘升的走势。通观《西湖十景赋》中作品,可以肯定,他无意于草草摹绘西湖之景,一改西湖近年之普通景区定位才是其根本主张,"欣牛斗之垂辉,重光旧版"(《吴山天风赋》)明显流露出他的心声。

《西湖十景赋》中表现出何智勇先生对西湖宗教文化的浓厚兴趣,以及对于三教融通的观点。积极用世的儒家思想在作者身上十分突出,饶是悠闲地赏景,他也难忘"文章与功业俱留,花发忆芸"(《阮墩环碧赋》)的儒家理念。除了强烈的功业思想以外,"箪食瓢饮,守健顺于浩然"(《花港观鱼赋》)中刚健有为的精神也带有明显的儒家痕迹。可是,何氏没有满足于儒家的引导,佛、道思想也是其内心世界的有机组成部分。在释家方面,他欣赏"心明皎镜,触电光石火而忽空"(《双峰插云赋》)式的妙悟神契。他在《南屏晚钟赋》中强调:"得者无分利钝,受之岂别愚明",其旨归应该是"更平嗔海,扬智楫而乘风",也就是说,他仅将佛教思想视作个人生活之调息。具有类似作用的还有道教思想,"精化气,气化神,神化虚,同归冲漠"(《宝石流霞赋》)能够起到宁静内心的功用。儒教思想是安身立命之学,而佛、道思想则是调和现实与理想二者矛盾的手段,《玉皇飞云赋》中写道:"扶斯文于造次,信吾道之不亡。且夫天龙寺布金而耀彩,慈云岭负阴而抱阳。佛镂像则青螺髻整,道蕴幽则紫来洞长。三教融而翕赫,一山蔚以发皇。"从思辨哲学的角度来看,其求索难称深入,但正是这种浅尝辄止的行为使得三教思想达成了有限但却有效的融通。三教根柢,历代都尝试兼容,当代也该做出负责的选择,只有这种持续不断的努力才可能促进思维的深化,从而获得某种精神上的确定性。

《西湖十景赋》不仅歌颂了当代的太平景象,还表达了金瓯无缺的愿景。西湖之繁荣,自古便有,但集四方之游客,熙熙攘攘,终日"接画毂与雕轮,掩闾遮市;引华裳与绣履,接踵摩肩"(《吴山天风赋》),显然是从当代起始的。虽然何智勇先生只落笔于西湖,但其气势之充溢,笔力之雄健,却仿佛是在为整个国家作肖像描写。在《岳墓栖霞赋》中他提道:"果而南人归南,北人归北?无非镜月为月,水花为花。"这态度鲜明的语气表明了他对于偏安一隅的鄙夷,西湖固然是天下一绝,但终究太过局促。思及于此,他在其后的《钱祠表忠赋》写道:"犹想十四万人男儿,降旗如雪;四十年来家国,辞庙随风。孰与化家为国,天下却走马以粪;保世滋大,积善褒奕叶之忠!"西湖太过于渺小,即便是西湖托身的江南,也不过区区一隅,真正值得颂扬的只能是景运昌明的国家。后蜀将士据险而守最终"降旗如雪",南唐君臣纵兵江淮落得"辞庙随风",这都是因为违背了"天下却走马以粪"的至理。只有统一的格局才能捍卫和平,只有和平才能保证繁荣,他由一地之盛景推及方今太平景象,如此张扬激励的精神是不可能出现于萎靡不振的衰世的,唯有太平盛世方能有如此热情四射的辞赋。

《序》中提及了何智勇先生作《西湖十景赋》的源起:"子盍遍赋此,使未至西湖者有以希其光,居西湖者有以坚其志,游西湖者有以导其踪?且夫十景也,诗、画纪者多矣,未闻以赋纪者,吾子其勉之!"由此可见,关于西湖本身的述咏是《西湖十景赋》创作的焦点。而"未闻以赋纪"的前提则赋予何氏不同寻常的使命感与责任意识,因此何氏通过穷极幽隐的方式,发掘出西湖深阔的精神内蕴,又在特定的景物上有所发挥,适时地从现实生活的视角阐发了关于三教相融的意旨。此外,他在深入了解西湖前世今生之后,敏感地意识到了太平昌盛的时代背景与个别繁荣之地的密切联系,为此他由衷地表达了对于国家隆昌的赞叹以及八纮同轨的美好期许。

二、《西湖十景赋》的艺术特色

《西湖十景赋》名为"十景赋",实则有三十景。何智勇先生将南宋西湖十景、新西湖十景以及三评西湖十景全部涵盖在内,这是没有前人做到过的。但是庞大的数量不代表《西湖十景赋》就是粗制滥造的产物,抑或是陈词滥调的集合体。相反的是,这一系列的作品都具有相当的艺术水准,体现了他追求沈博绝丽而又灵机妙发的创作精神。

　　何智勇先生赋作之风格多样，常依主题需要而变换。或为典丽雅正，《曲院风荷赋》便借荷表高洁之志，如对大雅君子："尔乃行回廊兮徙倚，起幽思兮孔多。夫荷之为植也，周而不比，直而不阿。已萃百草九芝之净质，讵屑三品七命之崇科？集以为裳，知屈子之介特；心于焉寄，如元公者几何？是以南陆初届，西湖屡过。如切如磋，欲表园中素竹；是则是效，请观湖上香荷。"何氏描述的是曲院风荷，却不歌咏其美，而是不遗余力地赞叹其高贵德行，故至于"讵屑三品七命之崇科"的地步。这类赋言辞据古，思想矜庄，可称标准的典雅之作。

　　或为缠绵曼靡，乐于使用感人心曲的民间故事，捕捉其中的精彩片段，最具代表性的当在《断桥残雪赋》："思白蛇之故事，不免俯首欹歔，填膺郁结。红桃白雨，缘合于螭梁；一世三生，情定于鸿瞥。其事也亦怨亦痴，其心也如金如铁。是以系桥头之风月，莫空开殿七之花；表世上之坚贞，请多怜滕六之雪。""白娘子传说"本就与西湖有莫大关联，不用过多渲染便能打动人心，加之"红桃白雨""一世三生"等语，激发出强烈的艺术感染力。或为慷慨悲凉，此中典型当在《岳墓栖霞赋》："欲覆天水之鼎，已膏按春之锷。血尽染于川原，民半填于沟壑。夷大狝于郊畿，烽深明于河洛。啖残食饱，一虎一龙；销骨沉幽，为猿为鹤。可哀者腥荡凤楼，棘生龙阁。芜芜社稷于榛墟，父子沦胥于逖漠。"赵宋是个充满遗憾的朝代，社稷一尔倾覆，兵燹生于河洛，"染""填"极具表现力，悲凉之气扑面而来。而在压抑的氛围之中，"为猿为鹤"的君子惨然"沉幽"，字里行间的悲慨志节足以使人气涌如山。

　　《西湖十景赋》句法灵活，节奏上满足了思想与情感的表达需求。如《南屏晚钟赋》表现诸法空相的妙境："非操缦与博依，鄙繁音与急管。遂发省以无穷，即会心而不远。感同三草二木，蛇箧观空；警于万应一鸣，鹅王具眼。鱼听花港，唱阿弥陀于静波；鹤唳孤山，和铜犍稚于霜晚。"长短不一的句式，使得虚实错综变换，钟声是实犹虚，四言句、六言句、七言句迭用，营造出精奇庄严之感。初谓"观空"，最终还是归于"静波""霜晚"之岑寂，错落有致的句式有如老僧讲经，娓娓道来，无人质疑其中理之真、理之昭。如《岳墓栖霞赋》讴歌岳武穆："功名标三十年间，云月戴八千里路。不拆屋，不卤掠，兵与民亲；将游奕，将背嵬，军同山固。其撼之也实难，其攻之也亦遽。匡襄鄘而初定乘舆，复朱仙而罢归辐辐。呜呼！民挽行辕，泪倾霖澍。将军不返，乾坤尽失！想血沦白马而胆昭，嗟直捣黄龙而梦赴。无何狱构，共悲莫须有之冤；今尚祠高，仍礼武穆王之墓。"二言句、三言句、四言句、六言句、七言句、八言句交错使用，节奏时缓时促，却毫不突兀，造成了起伏回宕的辞致。他汲取了岳家军之事迹，"不拆屋""将游奕"句虽是化用，但有如匕首连刺，动魄惊心，有效地驱散了凝重内容所造成的疏离感。至于"无何狱构"，句式转平，衔冤负屈之意尽在于此，使人气结。如此，则语言形式与情感浑然一体,悲慨之意油然而生。

《西湖十景赋》虚实相衬,把握了真实性与文学性的微妙平衡。如《雷峰夕照赋》开篇写实:"久哉悠哉,日往月来。忽娥轮之将上,乍羲驭之才颓。塔凝金于阶级,湖漾赤如酸醅。浓淡晕成,孰为皴染?"直接导入雷峰至美的景象,落日熔金,夕照雷峰,"浓淡晕成"之色彩自然流淌,好似是一幅造微入妙的没骨画作。继而笔锋转至虚拟的想象空间,"尔乃通玉霄之界际,廓银海之氛埃。宝塔斯崇,西湖峨峨之镇;梵音载越,南屏隐隐之雷",夸张渲染雷峰塔上干"玉霄",登临远眺,一望无际,超常的高度,异样的视觉体验,迸发出人意表的冲击力。"瞻斯塔也,则有绿陆停鸟,粉壁当风。声吟铜铎,色烁细槐。晚磬穿窗以播远,余晖转栋而染浓。"此后又由虚入实,从视觉、听觉角度描述雷峰塔之景致,"绿陆""粉壁"赏心悦目,"铜铎""晚磬"饶有禅味,各色物什连缀成篇,当是相存心内,信手拈来。然后再次虚写,"省三乘之佛法,幻七宝之璇宫。忽复禽甄甄而欲下,霭渺渺而行封。天雨曼陀罗华,轮镶火影;地生甄叔迦宝,刹显瑰容。"凡世的塔与佛教叙事相联系,被装饰成充满奇珍异宝的殿堂,何智勇先生就是在虚实相济中表现出了雷峰塔的庄严之美。

以上概言的特征虽说并不罕见,但共同呈现又能做到略无斧迹,确乎不是一件易事。这一成功的艺术实践得益于尚奇求变的审美趋向,但根据其《序》:"然苟有暇则往游,或独游,或挈友游,或晴游,或风雨游,或山水游,或寺宇庐碣游,莫不有感于中而思有以发之",更为重要的当属频繁游赏与深思熟虑。换言之,在多重因素的作用下,《西湖十景赋》显现出多元的艺术特点,而这也为读者带来了全新的视觉感觉。

三、《西湖十景赋》的意义

辞赋处于一个尴尬的境地,长久不能够出脱。古代杰出的辞赋或是辞丰意雄以至于读者谦其浮艳,或是抉奥阐幽以至于读者病其晦昧。当代的辞赋家显然意识到了症结所在,因此多少都进行了适当调整。《西湖十景赋》可以认为是具有代表性的转型实例,一方面与民众熟悉的景物"合作",消解其自身的陌生感与严肃感;另一方面贴合时事,紧跟时代潮流,展现了当代辞赋家昂扬向上的面貌。

《西湖十景赋》描绘西湖之景,有助于开拓赋的文学领地。自古有关西湖的文学创作不知凡几,但遗憾的是,其体裁多为诗词,赋在数量上显然落了下风。古来以西湖为主题的赋体文学中,元代白珽所作的《西湖赋》值得一提,开篇"是湖也,发源南北之诸峰,而风气曼延乎。东州之列岫,近而秦望,远而桐扣。左龙飞之两乳,右凤凰之孤味,势将合五洲之芳泽,集万山之鲜溜"①,气势磅礴,激昂张厉,有汉大赋之风。此外当代也有所作,可惜寥寥,何智勇先生的《西湖十景赋》极大地充实了西湖赋的数量,对西湖之山水风物进行了全方位地展示。随着西湖赋数量的提升,佳作渐出,西湖赋终将与西湖诗歌齐驱并骤,成为代表西湖的显性符号。

《西湖十景赋》彰显时代感,呈现了在杭辞赋家进取的创作状态。西湖是杭州胜景,其妙处人尽皆知,凡在此地之辞赋家都不应该错过这一主题。况"杭州设六月二十四日为'杭州西湖日',匪啻为一城之光,抑且为全人类之荣矣"(《跋》),既已谓"全人类之荣",那自然是不可能略过不写的。《西湖十景赋》鲜明地表现出何智勇先生刻意陶钧的文思与奋激高昂的创作精神,可使人久读而不忍释手,其中蕴含的时代精神也有助于好奇的大众将目光投向在杭辞赋家群体。

---

① (元)白珽《湛渊集》,清文渊阁四库全书本。

论邵勇《游心斋诗文稿》的诗词创作

袁　馨[①]

　　邵勇,字高远,号山阴客。浙江萧山临浦人。现任浙江省杭州市萧山区第一中等职业学校高级教师,曾参与编写《应用文写作基础学练同步》(高教出版社)、《语文导学与同步训练》《语文导学与同步训练阶段综合测试卷集》(中国三峡出版社)、《中职一年级基础课语文衔接教材》(航空工业出版社)、《创新学案——语文》(电子科技大学出版社),在《中国职业技术教育》《职业技术教育》《浙江职业技术教育通讯》《中国教育报》《浙江教育报》《班主任》《语文教育与教研》《作文教育通讯》《中学语文报》等刊物发表论文多篇,诗歌曾发表于《中华诗词》《诗词丛刊》《世界诗词艺术家辞海》《神州诗苑》《中华当代旅游诗词联精选》《情爱百年》《中华诗词类编·物部·茶酒卷》《新千家诗》《首届"天籁杯"中华诗词大奖赛优秀作品集》《中华诗典》《中华气节诗词精选》《古今绝唱诗词选集》《中华优秀诗词艺术家作品精选》《古都新咏》《华夏乡土诗词精选》《中华咏老诗词大观》《中华文艺家大辞典》《湘湖》《杭州日报·西湖副刊》《兴华诗教》等四十多家刊物或大型文集。2009 年获杭州西湖赛诗大会佳作奖,2015 年 6 月获江干区"诗意之城,澎湃江干"原创诗歌大赛三等奖。著有《游心斋诗文稿》。[②]《游心斋诗文稿》兼有旧体诗词、新诗和散文,题材广泛,情感充沛。

---

①　袁馨,上海大学文学院研究生,研究方向为诗词学、现当代旧体文学。

②　邵勇《游心斋诗稿》,古越出版社,2002 年版,第 3 页。

一、诗意地栖居

《游心斋诗文稿》所涉及的内容非常丰富,涵盖了咏怀、咏物、纪游、赠答等多种题材。邵勇用自身创作实践证明了生活的方方面面皆可入诗,充分展现了自己的诗意人生。

《游心斋诗文稿》描绘了诗化的生活,表现出淡泊自然的生活情调。如《农家小住》云:"农家岁月乐无穷,懒起中庭日已红。密密柳间莺斗嘴,嘎嘎檐下鸭争虫。葡萄满架篁千本,菱藕盈塘稻万丛。手采时蔬新酿熟,说今道古小酕翁。"①与快节奏的都市生活不同,诗人在乡村小住时,悠然自得,与世无争,可以睡懒觉,可以摘采新鲜蔬菜,这是一种对回归大自然的向往。"斗嘴"的莺、"争虫"的鸭虽吵闹,却并不惹人厌烦,诗人在这样充满生机的轻松环境中,一边喝酒,一边谈论古今,好不快意! 又如《寻菊二首·其一》云:"小隐终南又见霜,横挑筇杖一肩黄。采薇取义真堪笑,品酿餐英任我狂。"②菊花向来是君子与隐者的象征,诗人对菊花的追寻实际上是对高洁品格的追求,由此可见诗人推崇的是淡泊名利、逍遥自在的生活方式。诗人感慨伯夷、叔齐不食周粟,最终饿死的结局可怜可叹,并不认同他们的行为,表露出诗人思想中的老庄倾向,归隐田园,不问世事,不被世俗所束缚,才是诗人所赞赏的。再如《世相六首·其六》云:"互联网上闲冲浪,千里灵犀任我翔。手把鼠标忘寝食,惯看飞短又流长。"③互联网如今已和每一个人的日常生活紧密相连,可很少有人将此写入诗中,可见在诗人眼中生活中很多细小的事物都蕴含着诗意。结语更是韵味悠长,对流言飞语的不在乎,不仅是持守自身的一种表现,也是修身与修心的结果。

在《游心斋诗文稿》中,写景诗占了很大的比例,记录了不少优美的山川名胜。如《西湖春日偶成》云:"数日烟霾一指无,长天万里出金乌。铜弓射地因风烈,绿旆经云带露苏。梁氏新虫迷草径,王家旧燕啭花隅。西施有幸迎青帝,淡扫蛾眉照碧湖。"④诗人将西湖比作西施,化用了苏轼的"欲把西湖比西子,淡妆浓抹总相宜"。"迎青帝"的意思是迎来了春天,"淡扫蛾眉"正是春天的西湖清新淡雅的模样,生动地刻画出西湖在春季的风貌和特点。晴空万里,风拂云树,万

---

① 邵勇《舞雩归咏——游心斋诗文稿》,四川民族出版社,2017年版,第18页。
② 同上,第24页。
③ 同上,第33页。
④ 同上,第7页。

物复苏,春意盎然,字里行间尽是诗人对自然、春景以及西湖的喜爱。又如《北干山》云:"萧然之北一龙卧,头枕钱江尾拂云。百尺楼观沧海日,千寻碑耸鬼雄魂。森森石藓生青甲,阵阵松涛舞绿裙。重振民生脊再续,彻夜欢歌酒盈樽。"①诗人将北干山比作卧龙,暗示了北干山的恢弘气势,高耸的地势和森然的绿植都彰显了北干山的壮丽。脚下的钱塘江滚滚东流,站在百尺楼上观此风景,视野和胸襟都开阔了起来。诗人因而由物及人,关注到了萧山民生,萧山经济的复苏使得诗人分外欣慰,表现了对民情的体贴。再如《罗浮山》云:"蓬莱孤岛泛星槎,白石移云动紫霞。日啖荔枝消客恨,朝餐芝酒美容华。金鳌百匹奇峰隐,玉带千条飞瀑斜。梦觉罗浮春寂寂,扶筇欲上葛洪家。"②罗浮山素有蓬莱仙境之称,全诗因此沾染了浓重的道家气息。"星槎""芝酒""金鳌""葛洪家"等意象都梦幻而缥缈,符合罗浮山整体的文化氛围,同时也烘托出景色的绮丽,令人流连忘返。

《游心斋诗文稿》亦不乏怀古咏史之作,表达了诗人对历史的思考。如《读〈绝版魏晋〉有感》云:"倾城侍女堵街桥,看杀明珠白玉条。访戴舟行连夜雪,扪虱榻语五更潮。荷锸刘伶真醉鬼,挂冠张翰岂馋猫?传言隔岸江州使,为我停车一弄箫。"③诗人连用看杀卫玠、雪夜访戴、扪虱夜谈、荷锸随行、莼鲈之思五个典故,多角度展示了魏晋风流。前人风度令诗人感怀良久,他们的潇洒自如与镇定自若无不令人叹服,这也是诗人所赞赏的品格。又如《读太平天国史》云:"落第童生天主邪,青锋一举试龙蛇。分营将士别男女,入库金银似芥沙。鬻爵封王谋利益,定都建府享繁华。江南极目皆荒野,天下原非我自家。"④太平天国虽然辉煌过,但十分短暂,并且统治者荒唐无道,挥霍无度,卖官鬻爵,最终以悲剧收场。诗人以史为鉴,认为当以天下为公,表达了自身的社会政治理想,以及对民生疾苦的关心。再如《郭里羲皇庙遗址怀古》云:"女娲抟土世人遗,画卦伏羲祭有祠。石柱参天知肇始,碾轮出地记纲维。方碑细读仙人字,故址空寻大将台。历尽劫灰陈迹在,百年忍使没葳蕤?"⑤郭里羲皇庙遗址引发诗人联想到人类文明的肇始,诗人提及的神话传说蕴含着原始先民的信仰和文化,由信仰而产生的文明遗产历经百年仍没被湮没,可见我们对传统文化的敬仰是一脉相传的。

《游心斋诗文稿》中还有很多诗词的主题与时事有关,体现了诗人的社会责任感。如《感时》云:"祝融播火地生烟,陋室幽居作夏眠。萨斯未远心仍惧,洪水

---

① 邵勇《舞雩归咏——游心斋诗文稿》,四川民族出版社,2017 年版,第 13 页。

② 同上,第 31 页。

③ 同上,第 73 页。

④ 同上,第 73 页。

⑤ 同上,第 94 页。

成灾泪又涟。世局初为合纵势,兆民默祷太平年。声声风雨常关耳,独处无聊理旧编。"①疫情和洪灾都牵动着诗人的心,诗人感于灾地人民生活的困苦,祈祷太平,表现出忧国忧民之思。又如《吊卡扎菲》云:"可怜碧血染黄沙,子丧妻离举世嗟。振臂一呼登大宝,挥鞭四纪竞豪奢。苏天空难烟消散,联大论坛声叱咤。特立独行英美怒,暴君明主后人呱!"②与政治新闻中冰冷的叙事不同,诗人在此对卡扎菲的描绘带有传奇色彩,辩证地看待了卡扎菲的行为,既认可他特立独行,又不赞同他的暴君行径。可见诗人对时事的评价较为中肯客观,保留了自己的态度。再如《水调歌头·北京奥运开幕式》上阕云:"奥运百年盼,华夏设琼筵。诚邀四海宾客,济济聚群贤。造纸罗盘活字,火药青瓷戏曲,巨轴绘鸿篇。火树银花起,万众夜无眠。"③词人列举了北京奥运开幕式中令人印象深刻的精彩节目,描绘了开幕式壮观的场景,表现了中国人民的激动与欢欣,这是一种民族的骄傲与自豪。

二、诗词的艺术特点

邵勇的诗词创作取材广泛且别具一格,具有趣味性。在诗词中大量现代汉语的使用也不突兀,十分富有创意。在修辞方面,邵勇常用比喻、拟人等手法,擅用典故,形成了含蓄隽永的诗词风格。密集的自然意象的运用,营造出要眇婉约的意境,情调优美。

《游心斋诗文稿》中诗词的趣味性不仅在于选材,更在于对于古人成句的现代化改编。如《枣庄捕获野狼实为哈士奇》云:"公安夜出兵,群兽俱悲鸣。欲问狼犹狗,专家曰望睛。"④将哈士奇误认为野狼这一事件本身就带有荒诞的意味,令人忍俊不禁。开篇先通过描写人和群兽的反应,侧面烘托出严肃的氛围,"夜出兵""俱悲鸣"这样略显夸张的措辞更是突出了对于"野狼"的警戒和恐惧。最后突然反转,专家轻描淡写的一句话极具讽刺意味,戛然而止,又韵味悠长。又如《剽窃古人刺时八首·雾霾》云:"横看成零侧成空,远近高低路不通。不识神州真面目,只缘身在雾霾中。"⑤这首诗化用了苏轼的《题西林壁》。不论是横看

---

① 邵勇《舞雩归咏——游心斋诗文稿》,四川民族出版社,2017 年版,第 50 页。

② 同上,第 73 页。

③ 同上,第 131 页。

④ 同上,第 77 页。

⑤ 同上,第 82 页。

还是侧看,都看不清四周的景物,到处的路都无法通行,这种匪夷所思的状况引起读者思考。结尾直接点题,揭开真相,是因为雾霾造成了这一切。整首诗主题与《题西林壁》全然不同,但在立意上有异曲同工之妙,并且带有现代化的调侃意味,分外有趣。再如《如梦令·小股民心态》云:"牛市风光如昼,盘指直冲重九。喜问股评家,都道长期持有。抛否?抛否?正是绿消红厚。"①写的是股票持续上涨时,小股民犹豫不决的心态。结句化用了李清照的"应是绿肥红瘦",将众所周知的描写海棠的名句改编为对股市走向的预判,令人眼前一亮。

在《游心斋诗文稿》中,邵勇将很多新名词入诗,体现其创意性。如《路考》云:"学驾一年寝不安,三番失利面生丹。斜坡长踩离合器,弯道时拎方向盘。重卡狼奔狮虎怒,小车豕突鳝鳅钻。家妻立盼穿秋水,惆怅人间行路难。"②"离合器"和"方向盘"都是新名词,路考本身也是步入现代社会后才有的新题材。考驾照这一原本乏味无聊的事情,在诗人的描绘下生动形象,且又能引起读者共鸣。将马路上的重型卡车比作"狼奔狮虎怒",小轿车比作"豕突鳝鳅钻",精准地再现了复杂的交通路况。这些不文明的行车现象困扰了无数人,因而诗人对"人间行路难"的感叹,亦是道出了众人的心声。又如《浣溪沙·金融风暴》云:"寰宇金融恶疫传,萧条气象史无前,官家救市却依然。扩大内需营市政,加强医保解民悬,良方仍是老三篇。"③"金融""扩大内需""医保"也都是新名词,很少有人将此写入诗词中,词人能将现代生活与古典诗词恰到好处地融合在一起,充满创意。再如《满江红·南非世界杯足球赛》一阕:"又见烽烟,绿茵场,群雄对决。好望角,凄风冷雨,祖拉声沸。九十分钟拼与抢,百余公里盘和越。球过顶,突入禁区中,城门裂。裁判误,何时灭;球迷血,于今热。日韩朝崛起,美欧争杰。意大利巴英梦断,阿根廷德荷谁活?一场罢,无语伫窗前,星围月。"④词人写足球赛写出了一种战争的宏大气势,"烽烟""城门裂""球迷血"等意象更说明了词人是有意为之。古典与现代的碰撞由此产生,形成了独特的中西交融的风格。

《游心斋诗文稿》中许多诗词用典繁复,语言因而具有含蓄朦胧之美。如《无题六首·其一》的颔联和颈联:"迢迢牛女隔河汉,寂寂广寒飞管弦。青鸟慵疏人有病?鹊鸠滞驻鲤无笺。"⑤运用了牛郎织女、青鸟传书等典故,表现了对远方情人的思念,并且音书断绝,更添相思之苦。从这首诗中可以看出,李商隐对邵勇

---

① 邵勇《舞雩归咏——游心斋诗文稿》,四川民族出版社,2017年版,第127页。
② 同上,第63页。
③ 同上,第133页。
④ 同上,第135页。
⑤ 同上,第4页。

有着深刻的影响。李商隐的《无题》诗表达婉曲,情感充沛,旨意朦胧,邵勇的这组《无题》诗汲取了李商隐的大部分优点,含蓄而典雅。又如《无题六首·其四》云:"落拓书生酒一盅,倾心同病寄初衷。惊鸿再顾鲛绡泣,司马重闻琵语通。百丈愁丝缠体密,三年雁字付炉红。白头之曲无人识,尽是卢郎枕梦中。"①全诗使用的典故包括白居易的《琵琶行》、卓文君的《白头吟》,以及黄粱一梦的故事。这说明此诗并非纯粹的情诗,还有所寄托,包含了难以言说的苦闷,以及对虚幻和欲望的彻悟,语言婉转,意境朦胧。再如《书怀三首·其一》云:"寒斋兀坐若南冠,函谷青牛欲启鞍。祖逖临流楫几击?冯谖倚柱铗三弹。借翮云际朋齐举,曳尾涂中我独盘。望断桃源何处觅,书生不语泪成澜。"②连续运用了老子骑青牛过函谷关、祖逖过江誓水、冯谖剑、桃花源等多个典故,抒发了怀才不遇的忧愁,并随之产生了出世的思想。有着不同内涵的典故混杂在一起,可以想见诗人内心的复杂,诗歌的具体旨意与诗人的实际心思朦胧而不可捉摸。

邵勇擅用清丽的意象,营造婉约的意境,尤其是咏物诗,常常将芳草比作美人。如《野花》云:"餐风饮露地之华,铺锦裁云剪晚霞。溪谷江堤陪有蝶,春朝夏夜和唯蛙。素面难亲时女鬓,微躯犹吐米珠花。王孙虽去心无恨,一任荣枯不用嗟。"③诗人经常将所咏之物拟人化,赋予其人的品格,野花的顺其自然、不卑不亢跃然纸上。"蝶"和"蛙"的意象清新自然,烘托出整体环境的清幽。又如《昙花》云:"紫带罗衣今夜解,美人月下吐芳华。轻摇蝶蕊吹香粉,新浴蟾光舞白纱。莲瓣易凋情易逝,兰心无寐恨无涯。惊鸿一现韦陀老,采露细煎佛祖茶。"④"蟾光""白纱"等意象组合在一起,突出了昙花的高洁,但昙花也不能免俗,为情所困。诗人以神话传说结尾,营造出超然澹雅的意境。再如《家养黄菖蒲初花》云:"亭亭倩影伴蒹葭,竹箭兰丛立水涯。闪闪花巾招福信,森森叶剑远奸邪。疏帘蜀锦飞黄蝶,细雨幽香透绿纱。自恨无缘江畔住,闲开新鉴作渔家。"⑤首联和颔联是对菖蒲花外形的描写。颈联是环境描写,选取意象富有色彩感,并且将视觉和嗅觉结合,共同营造出婉约典雅的意境。

---

① 邵勇《舞雩归咏——游心斋诗文稿》,四川民族出版社,2017 年版,第 5 页。
② 同上,第 14 页。
③ 同上,第 21 页。
④ 同上,第 22 页。
⑤ 同上,第 22 页。

三、《游心斋诗文稿》的价值与意义

《游心斋诗文稿》记录了邵勇的生命历程,多角度展现了作者的诗意人生。《游心斋诗文稿》主要收录了邵勇中学和大学时代的诗词作品,是作者各个时期思想和情感的真实写照。其中所抒发的对亲人、生活、诗歌、自然与祖国的热爱与眷恋,都是充满诗意的,将这些人与物,以及山山水水诗词化的过程,也正是作者将自身人生诗词化的过程。

《游心斋诗文稿》中的诗词还反映了时代的变迁与社会的进步。从邵勇对珠海航展、西湖烟花大会、嫦娥一号发射、北京奥运等事件的记叙中,能够看出新时代万象更新的精神风貌,在科技、经济等方面我国都取得了重大成就,作者在字里行间流露出的文化自信也令人欣喜。这些与传统旧体诗词迥然不同的新内容,为旧体诗词创作注入了新的活力,具有借鉴价值。

正如邵勇所说:"诗是情感的产物。心弦的每一次颤动,都是一首诗的前奏,这就是所谓诗的灵感。""少年情怀总是诗。""无论'诗言志'也好,'为赋新辞强说愁'也好;表情示爱也好,写怀寄愤也好。总之,诗歌正吻合年轻人特有的那种热情、冲动、敏感、细腻、易变、感伤、朦胧的心理特征。"①所以《游心斋诗文稿》可以说是各种情感最本真的表达,它由心底发出,不矫饰,不伪装,诠释了生命意义中对自我的追寻。

---

① 邵勇《舞雩归咏——游心斋诗文稿》,四川民族出版社,2017 年版,第 292 页。

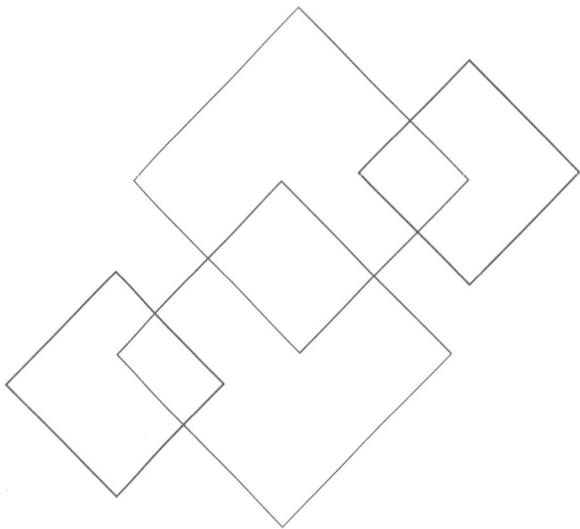

萧山渔浦文化研究专题

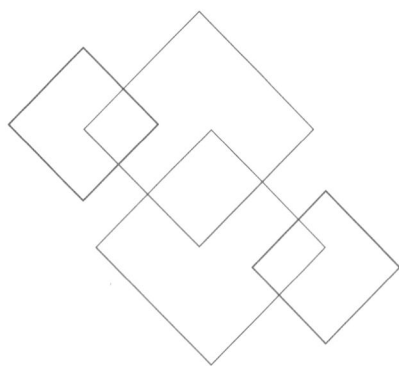

璀璨的萧山唐诗文化

——兼论义桥渔浦在萧山唐诗文化上的至上地位

陈志根[①]

萧山唐诗文化多姿多彩,既有唐代大名鼎鼎诗人贺知章,又有后人对唐诗持续不断的编注和研究。清初著名学者毛奇龄编有唐诗总集《唐人试帖》和《唐七律选》;清代陶元藻编有《唐诗向荣集》;民国时期喻守真编注了《唐诗三百首详析》,真可谓持续不断,璀璨夺目。进入改革开放新时期,特别是进入21世纪后,更呈现出萧山唐诗文化的新局面,发掘和论证了萧山的西陵(今西兴,现属杭州市滨江区)和渔浦是当时浙东唐诗之路的重要源头。它为中国文学瑰宝的蓬勃唐诗增添了新气象,也进一步厚重了萧山的历史文化。本文在叙述萧山唐诗文化基础上,兼论渔浦在萧山唐诗文化中的至上地位。

一、贺知章在唐诗中的重要地位

贺知章(659—744),会稽永兴(今萧山)人。唐证圣进士(一说证圣元年乙未科状元)[②],初授国子四门博士,后迁太常博士。开元十年(722)入丽正书院,撰修典籍。十三年为礼部侍郎、集贤院学士,二十六年玄宗降旨为太子宾客,授秘书监。

---

① 陈志根,萧山区历史学会副会长、副研究员、《萧山市志》副主编。
② 邓洪波、龚抗云编著《中国状元殿试卷大全》(上、下),上海教育出版社,2006年,第90页。

贺氏少时就以文章诗词知名,尽管一生留下的诗作只有二十多首①,但在唐诗上有着重要的历史地位。他品性甚美,为人旷达不羁,不拘礼节,善谈笑,时人誉为"清淡风流"。晚年尤放诞,自号"四明狂客"。与张旭、包融、张若虚号为"吴中四士",又与李白、杜甫等诗人友善。至今留下的典故有:"饮中八仙"和"金龟换酒"。天宝三年(744),贺求还乡里,农历正月初五,在长安东门外设宴,唐玄宗率领皇太子(唐肃宗)和一批大臣给他饯行。酒酣之际,唐玄宗写下了一首诗送给贺。诗曰:

送贺知章归四明

遗荣期入道,辞老竟抽簪。

岂不惜贤达,其如高尚心。

寰中得秘要,方外散幽襟。

独有青门饯,群僚怅别深。

唐肃宗也点赞贺,"器识夷淡,襟怀和雅,神情志逸,学富才雄,挺会稽之美箭,蕴昆岗之良玉"。②

贺知章的诗颇有隽永之意。《咏柳》诗,构思新奇,别出新意,"碧玉妆成一树高",一开始,杨柳就化身为美人而出现。《唐诗鉴赏辞典》谓:"碧玉妆成"引出了"绿丝茶","绿丝茶"引出了"谁裁出",最后,那视之无形的不可捉摸的春风,也被用"似剪刀"形象化地描绘了出来。③ 他的《回乡偶书》,"展现的是一片化境。诗的感情自然、逼真,语言声韵仿佛自肺腑自然流出,朴实无华,毫不雕琢,读者在不知不觉中被引入了诗的意境。"④两诗皆收入《唐诗大辞典·名篇》中。

由于他的诗作意境之美,清新脱俗,逗人兴味,引人遐想,对后人颇多启迪。《回乡偶书》被清乾隆年间《唐诗三百首》的编者孙洙(别号蘅塘退士)列为七绝第一。中国历朝历代赞誉他的名人、学者有 544 人,达 1823 则⑤,汇集起来就是一本厚厚的书。赞美他的品性有之,褒扬他的诗歌有之。毛泽东生前也十分喜欢贺的《回乡偶书》,曾多次圈阅,还曾手书这首诗。1958 年 2 月,还引发出毛泽东与刘少奇商讨古代官吏是否带眷属的问题。

贺知章的《回乡偶书》当代又被频频选入小学语文课本;《咏柳》诗则被收入

---

① 陈志根著《萧山唐诗知多少》,《中华诗词》2020 年增刊第 1 期。

② 《旧唐书》卷一百九十九《列传第一百四十·文苑中》,中华书局,1975 年版。

③ 《唐诗鉴赏辞典》,上海辞书出版社,1983 年 12 月版,第 51 页、第 53 页。

④ 《唐诗鉴赏辞典》,上海辞书出版社,1983 年 12 月版,第 51 页、第 53 页。

⑤ 陈志根著《论萧山的贺知章文化建设》,《湘湖研究论丛(一)》,浙江人民出版社,2020 年 4 月版第 220 页。

《幼读古诗一百首》①,成为大家耳熟能详的作品。贺氏的诗还走出国门。邻国日本编有统一教材《吟剑诗舞汉诗集》,其有两首入选,为中国诗人入选该教材排序之第八位。日本普通高中和职业高中必修的教材《国语综合》,也选录了贺氏的诗,贺氏是受日本学界欢迎的唐代诗人之一。

二、萧山是浙东唐诗之路的源头

唐代是中国封建社会的全盛时期,社会文化气氛也较为博大包容,大批诗人或从京洛舟车南下,或自岷峨沿江东流,纷纷入越游历,一路纵情山水,一路吟咏不绝,形成了一条被今人称之为"浙东唐诗之路"的古代山水旅游热线。而位于浙东西北门户的萧山是此条热线的重要源头。

在萧山,这些唐代诗人或经西陵,或经渔浦,顺浙东运河,经曹娥江、沿江前行入剡溪,溯源而上,又经新昌的妖州,最后至天台山。不论是初唐骆宾王,中唐的元稹、李绅,晚唐的罗隐,还是诗仙李白、诗圣杜甫、诗魔白居易,均从萧山而抵达天台。他们面对如画的景色,诗兴大发,留下了大量诗作。

2012年11月6日,由中共杭州市萧山区委、杭州市萧山区人民政府主办,义桥镇党委、政府和萧山区地方志办公室承办的"从义桥渔浦出发——浙东唐诗之路重要源头学术研讨会"在萧山举行,来自全国各地的众多唐诗研究专家、学者莅会,他们中有浙东唐诗之路提出者竺岳兵先生,清华大学教授、中国唐代文学原会长傅璇琮,复旦大学教授、中国唐代文学会长陈尚君等,众位专家先后宣读了自己的论文,一致认为萧山是浙东唐诗之路的源头。傅璇琮还为本次会议的论文集作序,肯定渔浦在浙东唐诗之路上的历史地位及其意义。

浙东唐诗之路上,经由萧山留下的唐诗,意境高远,诗意广泛。有咏钱塘江涌潮之诗,如孟浩然的《与颜钱塘登樟亭望潮作》诗,发出了"惊涛来似雪,一坐凛生寒"的感慨,罗隐的《钱塘江潮》诗,发出了"怒声汹汹势悠悠,罗刹江边地欲浮"的感叹;有与亲友道别之诗,友人相别,有感而发。如李白的《送友人寻越中山水》、皇甫冉《送薛判官之越》;也有登山怀古之诗,如宋之问面对倚靠钱塘江的越王城古城堡发出了"江上越王城,登高望几回"的感叹。

据笔者考证,经由浙东唐诗之路抵临萧山的唐代诗人为79人,留下的诗作156首。如果加上贺知章的诗、罗隐晚年归籍萧山后所作之诗,及唐玄宗《送贺

---

① 丁新彦选注《幼读古诗一百首》,花山文艺出版社,1986年。

知章归四明》诗，则萧山唐诗超出 180 首。① 它提升了唐诗的刚健气度，同样是中国文学史上的瑰宝。

三、清初著名学者毛奇龄编有唐诗总集
《唐人试帖》和《唐七律选》

毛奇龄（1623～1716），今萧山城厢街道人。清初著名学者，不仅是一位经学家、书法家，也是一位诗人。他是位写诗奇才，自称每天可写诗一千句。一生作诗一万余首，可算是地道的"诗豪"。《西河合集》中，共有诗 54 卷，另有《诗话》8 卷、《词话》2 卷。在明史馆时，与人唱和，别人读完一首诗，他马上能和上一首，信口开河而又不失情趣，赢得众人拍案叫绝。

毛奇龄不但所作诗数量多，而且质量也很高，在清初诗界名家中，是在诗歌创作中有所追求、有所创新的诸多大家之一。毛奇龄的诗作，体式多样，不乏佳作。如五绝《览镜词》："渐觉铅华尽，谁怜憔悴新。与余同下泪，只有镜中人。"寥寥 20 字，托出了咏叹年华易逝和自己早年坎坷中的落寞心情。清代著名诗人沈德潜评点此诗谓："其实无一同心人也，然道来曲而有味。"又如七绝《除夕作》："旅馆椒花红欲燃，椒盘愁向客中传。如何才听金鸡唱，便唤今宵是客年。"沈又评述："人人能道者，却未有人道及，新故之感，凡事类然，不独除夕也。"毛奇龄诗的一个共同特点，是他擅长在寻常的景物情事上力创新境，别出新意。如七律《少年》《朔方》《钱塘逢故人》《送人之耒阳》，等等，都无不"自我胸中出"，"妙语出平淡"。毛奇龄有不少七言古诗，写得非常凝练，栩栩如生，堪称清代叙事诗中的上乘之作。像收录在《清诗别裁集》里的《杨将军美人试马请歌》《钱编修所藏司马相如玉印歌》诸篇，入神之笔屡见，其中尤以《打虎儿行》为最佳。毛之所以能取得如此成绩，一在于对唐诗的钻研，二是创新。沈德潜在《清诗别裁集·卷十一》中选毛奇龄诗 16 首，也总结毛之诗作成绩巨大的原因，在于"学唐而自出新意"。

在清初的唐宋诗之争中，毛奇龄也是积极参与者。他首先辨别唐诗与宋诗的区别，对宋诗持激烈的批评态度，极力捍卫唐诗的正统地位，经常批判宋人在"韵"和"气"方面的不足，二是集合众家诗解叙说唐诗意义，主张"以诗论诗"，探讨唐诗的丰富内涵。在诗论中，提及最多就是杜甫，经常以杜甫之诗来诠释唐诗之妙。

---

① 陈志根著《萧山唐诗知多少》，《中华诗词》2020 年增刊第 1 期。

毛奇龄不仅仅善于写诗,还直接从事过唐诗的编纂,有着丰富的唐诗学理论。他曾从朋友顾茂伦家中获《唐人试帖》一书,因当时经常有下第士人就有关声律等问题相询,毛就产生重新编此书的想法。他将原稿"汰去其半",重加刊订梓印。书成于康熙四十年(1701),凡4卷,所收皆唐代举子应试所作五言长律,诗后皆加评注。他自己作序。序曰:

> 当予出走时,从顾茂伦家中得《唐人试帖》一本携之,以随每旅闷辄效为之,或邀人共为之。今予诗卷中犹存试律及诸联句皆是也,暨归田十年,日研经得失桑榆迫矣,尚何暇及声律事客,有以诗卷请教者力却之。康熙庚辰士子下第后,相矜为诗曰吾独不得于试事已矣,安见外此之。无足以见志者,必若就声律咨询可否?不得已,出向所携唐试帖一本,汰去其半,与同学相订,而间以示人。夫诗有由始今之诗,非风雅颂也,非汉魏六朝所谓乐府古诗也。律者专为试而设,唐以前诗几有。所谓四韵、六韵、八韵者而试始有之。唐以前诗,何曾三声、四声,三十部一百七部之官韵而试始者限之,是今之所谓诗律也。

> 试诗也,乃人日为律,日限官韵。而试问,以唐之试诗,诗则茫然,不晓是诗,且不知何论声律,且世亦知试文八比之何所昉乎?汉武以经义、对策,而江都平津,太子家令,并起而应之。此试文所自始也。然而皆散文也。天下无散文而复其句,重其语两叠其话言作对待者。惟唐制试士,改汉魏散诗,而限以比语,有破题、有承题,有领比、颈比、腹比、后比,而然后以结取之六韵之首尾,即起结也。其中四韵,即八比也,然则试文之八比视此矣。今日为试文,亦目为八比而试问八比之所。自始则茫然不晓是试文,且不知何论为诗夫,含齿戴发而不知其为生人不可也知。为生人而不知生人之有心尤不可也。

> 夫为诗为文亦何一非心所为而乃其心,而不审所用。诗有性情人实不解,而至于八比,则敷词贴字而并不得有心思行乎其间。今毋论试诗紧严,有制题之法,有押韵之法,有起承开合、领颈腹尾之法,而即以用心论穷神于无何之乡措思窅渺,虽备极工幻具冥搜之,胜而见之,而颐解目触一。若有会心之处,遇于当前夫乃所谓诗也。则是一为诗而饱食终日无事он求,即道路忧患犹将藉之,以抒怀况文心霏霏,又乌能已旧本杂列无伦次,且科年爵里,多不可考,会先教谕兄有唐人试题写本,略见次第,因依其所列而周胪之,并分其帖为四卷,而附途次所拟者,缀诸诗后。

该序七百余字,叙述了其新编《唐人试帖》的缘由、经过和特点等。刊行后,特别是康熙末、乾隆中流传甚广。

毛氏又因对唐人七律与明人有不同看法,故与王锡合编《唐七律选》。王锡字百鹏,仁和(今杭州)人,清诸生。全书 4 卷,专选唐人七律,凡 75 家,诗 206首。初唐、盛唐、中唐、晚唐各不偏废,诗后多有评语,间论诗人。评语不拘一格,有大家手笔,然所论与前人相悖。特别对白居易大加推崇,选诗 22 首,仅次于杜甫。有清康熙四十一年(1702)刊本。毛氏上述两书国家图书馆和陕西师范大学图书馆有藏。

四、陶元藻编《唐诗向荣集》

陶元藻(1716—1801),字龙溪,号篁村,原籍会稽,自曾祖陶师孟始迁居萧山县城里横河(今城厢街道国际酒店北),至陶元藻已传四代。他作为乾隆朝贡生,九试乡试不第后,历游大江南北,游京师,题诗旅壁,诗文俱负盛名,受到清朝著名诗人袁枚的赞赏。曾为扬州两淮转运使卢见曾幕僚,时有“会稽才子”之誉。历 30 余年著述不辍,著有《越画见闻》3 卷、《珠江集》2 卷、《广会稽风俗赋》1 卷、《泊鸥山房诗集》12 卷、《全浙诗话》60 卷、《双声韵谱》3 卷等。

清康熙到乾隆朝,科举考试减少了八股时文,增添了五言八律诗的内容。为了应对朝廷对科举考试的改革,陶元藻对唐诗经过筛选,由其子陶廷珍编次成《唐诗向荣集》一书,于乾隆二十六年(1761)刊出。共 3 卷,卷一为应制诗,卷二为应试诗,卷三为朝堂杂体诗。共收录近 200 位唐代诗人、320 首唐诗,其中初唐诗 100 首,盛唐诗 67 首,中唐诗 114 首,晚唐诗 39 首。

他认为应试诗既是诗歌的其中一体,有其独特的艺术价值和特点,有它特定的写作之法,故而从唐诗中辑录有价值的应试诗,编成此书。由于陶元藻注意到应试诗的功用性,故选本具有应对考场的指导实用性。

此书现有两个藏本,分别藏于复旦大学、清华大学图书馆。此书不仅为后人研究科举考试和应试诗的特色留下借鉴之作,也是研究唐诗的重要文献。近年来,出现对陶氏《唐诗向荣集》的研究,有上海师范大学张伶的硕士论文《〈唐诗向荣集〉研究》认为,相较于李因培《唐诗观澜集》和纪昀《唐人试律说》,陶元藻的《唐诗向荣集》着眼点不同,特点显明,具有十分重大的实用价值和研究价值。

五、喻守真编注《唐诗三百首详析》

清乾隆年间孙洙的《唐诗三百首》成书以后,立刻在社会上流行开来,于是为此书作注的人层出不穷。其中清嘉庆、道光年间的陈婉俊的补注最为简明。今人新注本数十种,主要有喻守真《唐诗三百首详析》,朱大可《新注唐诗三百首》(上海文化出版社 1957 年版),金性尧的《唐诗三百首新注》(上海古籍出版社 1980 年版),马茂元、赵昌平选注《唐诗三百首新编》(岳麓书社 1985 年版)。其中前者喻守真为萧山人。

喻守真(1897—1949),名璞,萧山戴村镇杨家桥村人。民国 6 年(1917)毕业于浙江省立第一中学,后到母校临浦小学任教,后又在杭州当家庭教师。民国 14 年,考取上海中华书局,任编辑,以编辑中小学教科书为主,亦参与《辞海》编辑工作。抗战时,曾任上海沪江大学教授。1949 年 6 月患病去世,享年 53 岁。

喻毕生从文,擅长注释。其注释的著作甚多,主要有《瞻山楼诗文集》16 卷、《怀玉馆杂笔》4 卷、《文章体例》《诗经童话》《孟子童话》《晏子春秋童话》《注释学尺牍》《外国地理表解》等。尤以注释的《唐诗三百首详析》闻名,考证审慎,表达扼要,文字流畅。按乐府、五言古诗、七言古诗、五言律诗、七言律诗、五言绝句、七言绝句诸类编选。“作者小传”简要介绍有关诗人的生平、经历和艺术成就。“注释”侧重典故和生僻语词的疏解。“作意”是对作品中心题旨的分析,言简意赅,要言不烦。“作法”则从技法的角度,具体分析作品起承转合的逻辑关系和诗眼的精彩之处。有的作品还附有“声调”,通过个案分析,介绍与这些诗体有关声调的一般规则,详明易懂。有三大特点:一是基本保存了原本《唐诗三百首》原貌,只在个别诗的编次上作了更动;二是注释简明,不作过多的征引或考证;三是每类作品的前面,均心一首典型的作品为例。

该书于民国 37 年初版,新中国建立后中华书局 1957 年再版,1981 年二版九印,印数超百万。受到读者热捧,可谓是“风行海内外,历久不衰”。

六、渔浦是萧山唐诗文化最深厚之地

萧山境域各地人文文化,渔浦可谓是萧山唐诗文化最深厚之地。一是,渔浦是浙东唐诗之路重要源头,按浙东唐诗之路提出者竺岳兵先生说法,经由渔浦的唐朝诗人为 21 人,诗篇 26 首。《义桥镇志》辑有唐诗 32 首;二是,唐朝知名诗人贺知章出生于湘湖文笔峰下,与渔浦距离近在咫尺。我们从城区往渔浦行,就要经过此地。渔浦与文笔峰均属于湘湖景区。贺知章有诗 20 多首。三是,晚唐诗人罗隐,于后梁开平二年(908),“寓于萧山”,成为新萧山人,死后葬于罗墓畈(属今义桥镇罗幕村)。生前作诗十多首。罗墓畈和渔浦,相距甚近,明代中期浦阳江改道前,连在一起,属于渔浦范围。四是,义桥镇政府于 2018 年 7 月编的《渔浦诗词》也好,2019 年 7 月所编的《渔浦新韵》也罢,都选有唐诗,或与唐诗有涉的新诗。前者选录十六首,后者选有郭星明《浙东唐诗之路之牛埭》等数十首之多。朱超范一人,就撰有《唐诗渔浦》10 首和从《望浙东唐诗之路怀渔浦一百首》中选录 10 首(义桥镇人民政府编,《渔浦新韵》2019 年 7 月,第 36～38 页。)。可见,渔浦的唐诗文化更是璀璨、闪耀,在浙东唐诗之路上有着重要地位。这些诗寄寓着诗人品性之美、意境之美和音律之美,有着很大的审美价值、思想价值、文化价值。渔浦创建成为浙江省诗词之乡也是顺理成章之事。

　　上述萧山与唐诗相关联的亮点,进一步厚重了萧山的历史文化,有的还对唐诗的普及与研究起了重要的作用。但对此,除对贺知章可谓家喻户晓外,对萧山是浙东唐诗之路的重要源头还仅局限于学术界,对清初著名学者毛奇龄与唐诗有这么密切关系、陶元藻编《唐诗向荣集》、喻守真编注《唐诗三百首详析》,社会上还鲜为人知,需要我们大力张扬、宣传。

许询对浙东唐诗之路起点渔浦诗词的深远影响

李维松[①]

许询,字玄度,东晋高阳人(今河北蠡县)。父许旼(一作归),字仲仁,"以琅琊(今属山东)太守随中宗(东晋元帝司马睿)过江,迁会稽内史。"许询从小随父在山阴,有才藻,善属文。"性好泉石,清风朗月,举酒永怀",寄情山水,超然物外,与名流王羲之、孙绰、谢安、戴逵、支遁等以诗文为友。终身不仕,不愿为官,托迹隐居永兴(今萧山)。许询后来迁居剡县(今嵊州),而他的一部分根留在萧山。萧山的多部许氏宗谱,尊许询之父许旼为萧山许氏第一世。今居住在萧山义桥、浦阳、进化、瓜沥、蜀山街道、城厢街道等地的许姓人,多是许询后裔。许询在萧山舍宅建寺,采药炼丹,传播佛教文化和道教文化,留下的许多事迹和遗迹,是后世文人包括唐代踏歌而来走上浙东唐诗之路诗人追慕和吟咏的题材。许询是浙东唐诗之路起点渔浦诗词的一个意象,对渔浦唐诗以及后代渔浦诗词具有重要影响。

(一)

许询在萧山最大功绩是将佛教传入萧山,其标志性活动是舍宅创建祗园寺。东晋咸和六年(331)许询舍宅而建的祗园寺(初名崇化寺),堪与始建于东晋咸和元年的杭州灵隐寺比肩,而比始建于隋开皇十八年(598)的著名天台国清寺早260多年。祗园寺可称萧山佛教寺院开山之作,它的创建表明佛教正式传入萧

---

① 李维松,浙江省历史学会会员、浙江省诗词与楹联学会会员、杭州市作家协会会员。

山。① 唐代,祇园寺已颇具规模。当年许询在祇园寺造 4 层佛塔,家资耗尽还缺塔顶露盘和相轮未建。南朝梁(502—557)岳阳王、会稽太守萧詧,在正殿前建两座方塔,一石砌一砖砌,凡 5 层高约 20 米,塔身彩绘,每层供奉佛像。后来,吴越监军节度使渤海公吴延福在天王殿前建两座砖砌圆塔,凡 7 层约 10 米。一院四塔的格局保持至 20 世纪五六十年代,"祇园塔影"曾列为萧山县城十景之一。元至正三年(1343)祇园寺僧道拳建佛殿,寺广 36 亩。明代极盛,有"江南第一山"之称。至清光绪十六年(1890),有山门、天王殿、大雄宝殿、藏经阁、钟楼、鼓楼、斋堂、厢房等,规模为全县寺宇之冠。这样一座江南名刹,历来为文人墨客、名流高士所关注。有唐一代,大批中原诗人踏歌而来,过渔浦、西陵走上浙东唐诗之路,对沿途自然风光和人文古迹吟咏不绝。首埠渔浦,包括许询创建的祇园寺在内的萧山人文古迹,成为唐代诗人吟唱的重要对象。而祇园寺,则是渔浦浙东唐诗之路诗歌大联唱中不可忽视的音符。

　　唐代诗人綦毋潜撰《祇园寺》诗云:

> 宝坊求往迹,神理驻沿洄。
> 雁塔酬前愿,王身更后来。
> 加持将暝合,朗悟豁然开。
> 两世分明见,余生复几哉。

　　綦毋潜(692—749),字季进,唐荆南(今湖北荆州)人,开元十四年(726)进士,任左拾遗,集贤院待制。为避兵乱,归隐江东别业。"宝坊求往迹,神理驻沿洄。"宝坊是诗人对祇园寺美称,首联说诗人来到祇园寺追寻许询往迹,拜谒佛寺神像,徘徊在冥冥之中具有赐福降灾威力无比的神道前,心生敬畏之情。"神理",犹神道,谢灵运诗《从游京口北固应诏诗》(《文选》)有"事为名教用,道以神理超"句即指此。"雁塔酬前愿,王身更后来。""雁塔",指唐代都城长安慈恩寺内大雁塔。颔联借玄奘法师去印度取经前后在慈恩寺许愿、还愿的典故,喻示许询舍宅创建祇园寺实现了其传播佛教文化的心愿。"加持将暝合,朗悟豁然开。"颈联阐述佛教思想,是本诗精华所在。祇园寺正殿供奉释迦牟尼大佛,诗人称大佛以佛力保护众生,使人精神与法性本体融为一体,顿时资性颖悟。可见,许询创建的祇园寺,不仅提供一处可供信众礼佛敬神的宗教活动场所,更是弘扬和传播了佛学思想。"两世分明见,余生复几哉。"许询离开永兴时祇园寺塔顶尚未建成。传说许询去世后,由许询转世的岳阳王萧詧建成两座方塔。"两世分明见"即指此。尾联引用这个故事,其实是表明许询创建祇园寺的精神被后世继承。

---

① 李维松著《萧山寺庙文化》,浙江人民出版社,2013 年 6 月第 1 版,第 12 页。

简言之,綦毋潜这首诗充满对祇园寺的赞美,流露对许询的崇敬之情。

> 东晋许征君,西方彦上人。
> 生时犹定见,悟后了前因。
> 灵塔多年古,高僧苦行频。
> 碑存才记日,藤老岂知春。
> 车骑归萧詧,云林识许询。
> 千秋不相见,悟定是吾身。

唐代诗人丘丹所撰的这首《萧山祇园寺》,描述了祇园寺灵塔、古碑、老藤、高僧,表达对始创祇园寺的东晋征君许询的崇敬,还写出自己修禅和佛理的感悟。丘丹,唐苏州嘉兴(今浙江嘉兴)人,约唐德宗建中元年(780)前后在世,当过萧山县尉、诸暨县令,后隐居临平山。这首诗可能任萧山县尉时所写,诗人熟悉萧山祇园寺,知晓许询前世今生,诗写得神完意足,今天读来,仍饶有意趣。

有学者认为,浙东唐诗之路是唐代形成的一条旅游热线,并不意味着只存在于唐代一时,实际上这条旅游线路在唐以前业已存在,在唐以后依然没有衰落,宋至元明清,走在这条诗路上的诗人仍络绎不绝,留在这条诗路上的诗作可谓车载斗量。[1] 确实,祇园寺作为萧山最古老最著名寺庙,在浙东唐诗之路源头渔浦诗词中是个长盛不衰吟咏题材。

宋代诗人施枢、徐天祐、来廷绍,元代释泽方,明代来泰阶,清代徐缄、毛万龄等人,都写有祇园寺诗篇。施枢的诗叫《祇园寺许询旧宅有戚公水》[2],来廷绍《祇园临终诗》[3]云:

> 病卧僧房两月多,英雄壮气渐消磨。
> 昨宵饮药疑尝胆,今日披衣似挽戈。
> 吩咐家人扶旅榇,莫教释子念弥陀。
> 此心不死谁知我,临了连呼三渡河。

来廷绍(1150—1202),字继先,号平山,别号思洛子。原籍河南开封府鄢陵县。南宋绍熙癸丑(1193)进士,历任朝散郎,直龙图阁学士。嘉泰壬戌(1202)出知绍兴府事,道中渡西陵得了急病,当年十二月十五日卒于萧山祇园寺僧舍。来公临终前所作的上面这首诗,可与陆游《示儿》诗媲美,洋溢着诗人期待收复中原

---

① 邹志方《试说渔浦》,见《从义桥渔浦出发——浙东唐诗之路重要源头学术研讨会论文集》,浙江人民出版社,2013 年 8 月第 1 版,第 91 页。

② 杜永毅编《萧山古诗五百首》,方志出版社,2004 年 6 月第 1 版,第 97 页。

③ 长河《萧山来氏家谱》,民国壬戌(1922)版卷一。

爱国激情。

元释泽方则以祇园寺金刚殿前的《感应塔》①作为诗名,有"两生玄度塔,千载岳阳祠"句,与綦毋潜"两世分明见,余生复几哉"异曲同工。

明来泰阶撰有2首《许寺》诗,诗载浦阳镇许家村《萧山桃源许氏宗谱》卷一。其一云:

> 玄度风流忆寓贤,青山绿树老安禅。
>
> 御书有阁连云锁,铁树无花傍石眠。
>
> 层塔合符还世世,疏钟觉梦已年年。
>
> 去时依旧来时路,如故浮屠了宿缘。

清徐缄《许寺玄度旧宅》②有"一日高人宅,千年净域开"句,传颂着许询舍宅建寺的不朽话题。毛万龄《许氏诗》③"鹤集摩天塔,钟吰落海潮",则吟咏祇园寺佛塔钟声的壮美场面。总之,由许询舍宅创建的祇园寺,千百年来为信众提供宗教活动场所传播佛学思想的同时,也成为历代诗人吟咏的永恒题材,丰富了浙东唐诗之路源头渔浦诗词的文化内涵。

(二)

许询生活的东晋时期,产生于东汉的中国本土宗教道教方兴未艾。性向自然崇尚山水泉石的许询,在萧山北干山、西山修道养性,在镜台山采药炼丹,是典型的道家行为。前面讲了许询信奉佛教,笔者以为"从其热衷于探幽揽胜、回归大自然的恬淡生性和志趣看,似可认为更倾向于信奉道教。"④与许询同时代的道教丹鼎派葛洪,在萧山南阳白虎山(今属杭州市钱塘区)炼丹修道播道,许询和葛洪在萧山境内的活动标志道教始传入萧山。⑤

许询在萧山北干山麓建有住宅,后世称"许询园"或"北干园"。南宋《嘉泰会稽志》卷九载,北干山"晋许询家于此山之阳,其诗云'萧条北干园'"⑥。南宋王

---

①　浦阳镇许家《萧山桃源许氏宗谱》卷一载《许寺诗》。

②　杜永毅编《萧山古诗五百首》第223页。

③　浦阳镇许家村《萧山桃源许氏宗谱》卷一。

④　李维松著《萧山寺庙文化》第12页。

⑤　同上,第11页。

⑥　南宋《嘉泰会稽志》,嘉庆戊辰重镌,绍兴县地方志编纂委员会据鞠轩藏版重印。

十朋《会稽风俗赋并序》①:"北干隐兮明月在,东山卧兮白云迷。按:北干山萧山县北,晋许询隐此,刘真长叹曰:'清风明月,恨无元度。'"许询选择北干山建宅是有用心的。相传,秦始皇东巡会稽祭祀大禹陵北归途中登上萧山北干山,留下"鞭石土赤"的神话和设坛寻找长生不老仙丹的传说,今北干山公园建有"鞭石亭"以为纪念。许询道法自然的道家思想与植根在北干山一带神仙家传说有某种契合。宋徐天佑有《题北干园》②诗云:

> 高栖不受鹤书招,北干家园久寂寥。
>
> 明月空怀人姓许,故山犹自岫名萧。

明魏骥有《欲登北干山未果何日子咏其景》③诗,称"玄度迹存犹可吊",说明魏骥生活的明代北干山尚存许询园遗迹。"登临莫起兴亡叹,且醉浮生一酒瓢。"魏文靖公感慨登临北干山不必生世事兴替之叹,那空虚无定的人生不妨一醉了之。许询本"好泉石,清风朗月,举酒永怀",诗中反映的其生若浮的庄老思想,正是玄度公亲近自然羽化欲仙的道家精神。魏诗云:

> 望邑名山耸碧霄,白头重过兴偏饶。
>
> 干村环堵高低屋,一带长江早晚潮。
>
> 玄度迹存犹可吊,子胥魂远若为招。
>
> 登临莫起兴亡叹,且醉浮生一酒瓢。

许询在萧山的西山住过一段时间,此事自称与许询同为高阳人的唐代许嵩编撰的六朝史料集《建康实录》有载。称中宗晋元帝司马睿闻知许询才华出众,征其为议郎,许询辞不受职,遂托迹居于永兴。到肃宗晋明帝司马绍时又连征其为司徒掾,仍不就。许询"乃策杖披裘,隐于永兴西山。凭树构堂,萧然自致,至今此地,名为萧山。"宋嘉定间(1208—1224)高似孙所著的《剡录》也有类似说法,许询"凭林筑室,有萧然自适之趣"。萧山县名是否与许询居西山"萧然自致"感受有关暂且不论,而许询"好泉石"的天性在西山又一次得到证明。他"凭林筑室"是没有地方住吗,不是,县城有宅,北干有园,宽敞得很。他偏喜当时荒野的西山,为的是超然物外融入山林获得野趣。当然,在西山顶可远观吴越争战的古战场越王城、排马湖以及滚滚大江,可获得与古人的心灵交流。唐释皎然《送王居士游越》④诗中称赞萧然山,劝友人去越地旅游不要忘了到萧然山看看。友人

---

① 《越中杂识》,(清)悔堂老人撰,浙江人民出版社,1983 年 1 月第 1 版,第 206 页。

② 杜永毅编《萧山古诗五百首》第 100 页。

③ 《魏骥集》,蔡堂根、舒仕斌点校,浙江人民出版社,2016 年 11 月第 1 版,第 247 页。

④ 杜永毅编《萧山古诗五百首》第 30 页。

是位隐居不仕的文士或不出家的佛道信徒，其爱好当与隐居不仕独爱大自然的前辈许询相似，所以释皎然的诗既是劝导朋友，也有怀念许询的用心。其诗云：

> 野性配云泉，诗情属风景。
>
> 爱作烂漫游，闲寻东路永。
>
> 何山最好望，须上萧然岭。

后世文人不乏吟唱萧然山诗篇。例如，明代《元史》总裁官、义乌人王祎写过2 首吟诵萧然山诗，其《九日同刘敬思黄彦美登萧然山》，有"身世真如寄，登临得及时"句；其《次韵萧山友人》，有"长忆萧然山下县，去秋为客日招邀。夕阳玄度飞轮塔，晓雨文通梦笔桥"句。① 王祎与朱元璋谋士刘基、大学士宋濂、国史编修苏伯衡、文学家高启等明代省内外名流，都是萧山凤堰任氏任原礼的"怡怡山堂"座上宾，意气相投，诗文互酬，诗中少不了写到许询与萧然山。又如，清毛奇龄《西山雪行遘先大人忌辰》②2 首，有"寒雪西山里，苍茫只一身"句。毛公祖坟在西山，这日是先辈忌日，诗人冒雪独行西山，寒风吹衣，冻雪沁心，一片苍茫，感慨良多，此刻独无"萧然自致"之趣，而诗人祖茔与许询"凭林筑室"之处为邻，是否有一同凭吊玄度公之意呢？

许询还在萧山南乡今楼塔镇的镜台山一带隐居，攀悬崖峭壁，采异草奇木，品尝药性，捣药炼丹，行医治病。明嘉靖《萧山县志》③卷一载：镜台山，"许询修炼之所。岩曰元度岩，洞曰仙人洞。岩洞出云，草木皆香，可以疗疾。"后世将他采药过的山叫百药山，攀登的岩石叫玄度岩。又因他身居深山与闲云野鹤为伍，吸纳天地日月精华，具有仙风道骨如同仙人，所以又叫仙人岩。后来，楼塔一带干脆以仙岩名乡。许询在镜台山筑室其间，供自己修道炼丹居静之用，方志称许询居处改建成岩下寺，经唐咸通十四年(873)重建改名重兴寺。重兴寺是佛教寺院，但从当初许询在此修道活动的初衷看，其前身很可能属道教建筑。这从唐代诗人王勃的那首著名《题镜台峰仙人石》诗中可看出端倪，诗称"东有祠堂西有寺"，此处"祠堂"恐并非一般意义上的宗祠建筑，或是与"佛寺"相对应的"道观"雏形，只因诗歌限于格律无法详细表述，指的可能是重兴寺前身。镜台山缘溪而下有一溪潭，传说许询常在此潭钓鱼，潭因名仙人潭；溪滨兀立嶙峋怪石，因名仙

---

① 杜永毅编《萧山古诗五百首》第 142—143 页。

② 《毛奇龄合集》，四库全书本，政协杭州市萧山区文史工作委员会编，杭州出版社，2003 年 1 月第 1 版，第十一分册第 3694 页。

③ 《明清萧山县志》，萧山区地方志办公室编，上海远东出版社，2012 年 6 月第 1 版，第29 页。

人石。县志称"溪口有仙人石,唐王勃过之,刻诗于上。水涸石露,乃见其迹。"①"初唐四杰"之一的著名山水诗人王勃,仰慕东晋名士许询,在浙东唐诗之路上不惜弃舟徒步南折近百里,翻山越岭,追寻玄度遗迹,写下这首《题镜台峰仙人石》②:

> 巍巍怪石立溪滨,曾隐征君下钓纶。
>
> 东有祠堂西有寺,清风岩下百花春。

吟咏玄度公仙岩遗迹的诗篇不绝于世。唐孟浩然《与杭州薛司户登樟亭》诗有"今日观溟涨,垂纶学钓鳌"句,近王勃"曾隐征君下钓纶"。元代朱时中有《仙人石》③诗云:"松筠深护此层巅,仙花征君已有年。千嶂白云烧药处,一溪流水种桃边。洞秋云去雨雷静,坛夜鹤归星斗悬。却笑浮生羁宦海,就中难结坎离缘。"

明代许询后裔许辉所撰怀念先祖4首诗④,其《谒岳阳王萧詧祠》有"皂盖朱幡出帝城,两生玄度复西陵"句;其《谒玄度公祠》云:

> 千百年前积善人,会稽五马一番新。
>
> 宁知旧塔重新塔,方悟前身即后身。
>
> 明月清风遗泽远,缁衣俗态教门真。
>
> 江南多少菩提境,尽是当年有脚春。

清代楼塔人楼峻、楼泰钦、楼周士都撰过《元度仙踪》诗。简言之,许询在萧山北干山、西山、镜台山的一系列亲近山水自然的修道活动和留下的遗迹,是萧山一笔宝贵人文资源,为历代诗人提供了吟唱的题材。

(三)

许询在萧山寄情山水修道养性,传播佛教、道教,对浙东唐诗之路源头渔浦诗词的影响深远,并且表现在多方面。

其一,许询在萧山舍宅建寺传播佛教和道教,遗风所致萧山在南北朝及其后兴建一批寺庙,这些寺庙也成了唐诗和后代诗人吟唱对象,丰富了浙东唐诗之路

---

① 《明清萧山县志》第29页。
② 杜永毅编《萧山古诗五百首》第5页。
③ 嘉靖《萧山县志》,见《明清萧山县志》第29页。
④ 载《萧山桃源许氏宗谱》卷一。

源头渔浦诗词内涵。

　　自许询在萧山传播佛教之后,东晋和南北朝时期萧山佛教兴起,这一时期萧山建造了一批著名寺庙。有东晋隆吉将军在西山之麓建成的隆兴寺,有南齐建元二年(480)建成的江寺,有南朝齐始建造的竹林寺,有梁大同元年(535)建成的遗址在今所前镇的崇教寺,有梁大同三年始建的遗址在今河上镇的广惠禅院,有梁大同年间(535—545)白敏子舍宅建成的白墅寺。这些堪称萧山历史上最早最具规模的寺庙,对萧山佛教的传播起到积极作用,也成为唐朝和后世诗人吟咏的对象。江寺、白墅寺以及唐宋时期建成的和庆寺、杨岐寺等,都是名贤大德舍宅为寺,显然受许询舍宅改建祇园寺遗风影响。

　　江寺是江淹子昭玄于南朝齐建元二年舍宅而建,初名觉苑寺,南宋《嘉泰会稽志》①有载。《越中杂识》称:"觉苑寺,在萧山城内,建自南齐,江昭元舍宅也。"②唐代释齐己撰有《夏日江寺寄无上人》③,描写江寺院深墙高、鸟语燕和、树荫花繁、禅意浓浓的夏日情景。诗云:

> 讲终斋磬罢,何处称真心。
> 古寺高山下,炎天独院深。
> 燕和江鸟语,墙夺暮花阴。
> 大府多才子,闲过在竹林。

　　后代诗人多有吟咏江寺诗篇。例如,宋施枢的《觉苑寺》、明汪应轸的《江寺同马子莘游》、清毛奇龄的《宿江寺》等。

　　方志载:杨岐寺始建于南宋嘉定二年(1209),当时因有国戚杨氏齐王、冀王分别葬于东、西山坞,故杨氏族人舍宅为寺,初名"崇福杨寺",明朝易名"杨岐寺"。杨岐寺也是萧山名人舍宅而建的佛教寺院典范之作,明清时期写杨岐寺的诗篇常出现在文人笔下。明来集之《到杨岐寺》④诗云:"不到杨岐寺有年,此来好雨送轻船。妙高楼上闲闲坐,看见山前起翠烟。"

　　其二,许询及其在萧山活动遗踪为唐代诗人提供了创作题材,多首与许询相关的唐诗巩固了渔浦浙东唐诗之路起点的地位。

　　唐代诗人向往越中,半为越中山水之美,半为人文之胜。这点,李白《送王屋山人魏万还王屋》⑤诗似可得到印证,"此中久延伫,入剡寻王许",王即王羲之,许

---

① 　《嘉泰会稽志》卷八第 131 页。
② 　《越中杂识》,第 35 页。
③ 　杜永毅编《萧山古诗五百首》第 49 页。
④ 　杜永毅编《萧山古诗五百首》第 183 页。
⑤ 　转引自《从义桥渔浦出发——浙东唐诗之路重要源头学术研讨会论文集》,第 165 页。

即许询,明言他们来越中很重要一点是为追寻王许魏晋遗风。唐朝诗人多信奉道教,李白自号青莲居士,贺知章自号四明狂客,都是道教追捧者。东晋隐士许询在萧山的传播佛道活动和留下的遗迹,迎合了唐代诗人寄情山水追求并吟咏自然之美的情趣,成为唐诗吟咏对象。据不完全统计,唐代到过萧山的诗人共 58 人,创作诗歌 76 首。其中綦毋潜、丘丹、王勃、孟浩然、释皎然、释齐己、李白、权德舆、刘长卿 9 名诗人的 12 首诗歌与许询相关。孟浩然撰有《宿立公房》[1]诗:

> 支遁初求道,深公笑买山。
>
> 何如石岩趣,自入户庭间。
>
> 苔涧春泉满,萝轩夜月闲。
>
> 能令许玄度,吟卧不知还。

孟浩然借《世说新语》所载的支遁买印山隐居的典故,说支遁在买来的印山隐居,哪里比得上玄度公隐居的石岩山,有苔涧春泉、萝轩夜月之天趣呢?相传支遁到过镜台山寻访老友许询,在石岩山与许询钓鱼下棋,清谈玄学,相处欢悦。2007 年楼塔镇岩门村建"岩山亭",镌乡贤楼岳中撰亭联"支遁布经般若即色重兴寺,许询隐钓清风明月元度岩。"[2]

释皎然《送人游越》[3]诗:"不须行借问,为尔话闽中。海岛春冬雨,江帆来去风。道游玄度宅,身寄朗陵公。纵别何伤远,如今关塞通。"

刘长卿《西陵寄灵一上人》[4]诗:"东山诗道开成士,南渡随阳作本师。了义惠心能善诱,吴风越俗罢淫祠。室中时见天人命,物外长悬海岳期。多谢清言异玄度,悬河高论有谁持。"

权德舆《富阳陆路》[5]诗有"渔潭明夜泊,心忆谢玄晖"句。孟浩然《将适天台留别临安李主簿》[6]诗有"定山既早发,渔浦亦宵济……羽人在丹丘,吾亦从此逝"句,诗中"羽人"指传说羽化成仙的许询。这些唐诗都写到许询或许询在萧山种种踪迹,值得关注。

其三,唐代诗人在萧山创作的一批山水诗,不但是浙东唐诗之路诗歌重要组成部分,也影响和促进了后世渔浦本土山水诗词的繁荣和发展。

萧山本古越文化之乡,历代多有以诗词名世者,诗作载于各种地方文献。萧

---

① 杜永毅编《萧山古诗五百首》第 9 页。

② 李维松主编《萧山对联集成》第 14 页。

③ 杜永毅编《萧山古诗五百首》第 31 页。

④ 杜永毅编《萧山古诗五百首》第 27 页。

⑤ 杜永毅编《萧山古诗五百首》第 34 页。

⑥ 杜永毅编《萧山古诗五百首》第 8 页。

山作为唐代诗人经渔浦、西陵入越的浙东唐诗之路起点,唐代诗人尤其以王勃、孟浩然等为代表山水诗人的作品,影响宋元明清各个时期渔浦乃至萧山的诗歌创作,促使萧山民间自发形成若干个以乡域山水圈为单元的地方诗派。这些诗派有的有诗社名称,有的纯属是家族或意气相投者各自吟唱,是笔者通览分析渔浦诗词总情归纳起的名。其共同特点是讴歌故乡山水人文,诗风清醒朴素,雅俗共赏,宗族或地理特征显著,作者既有文化名人,亦有乡间塾师乃至亦耕亦读百姓,生活气息和时代特色显著。主要诗派有:仙岩诗派、云峰诗派、罗峰诗派、湖山诗派、冠山诗派。这些萧山乡土诗派各有千秋,曾经鲜活而富有生命力,可视作渔浦浙东唐诗之路源头诗词的发展与延伸。

仙岩诗派仙岩在今楼塔镇,楼氏宗谱称"仙岩者,因晋许询炼丹于岩石而得名也。"这个诗派作者以楼姓族人为主,兼及诸姓,明清时期多有写诗者,诗作见于方志和宗谱。代表诗人楼峻(1752—1807),字奕千,号晓亭,楼家塔楼氏第二十八世孙,乡间塾师;楼泰钦(1766—1836),字沧如,云程,号竹轩,为楼峻的侄曾孙;楼周士(1803—1863),字应元,号杏园,道光戊子科(1828)举人。代表诗作为3组《仙岩八景》①诗。清嘉庆初年,楼峻有感于祖居之地的人文地理胜景,拟定八景之名,八景为:镜台秋月、道林旭日、黄辅松涛、石牛雪嶂、奎阁晨钟、溪桥晚钓、钱鏐斧迹、元度仙踪,每景一诗。后楼泰钦、楼周士分别撰同名八景诗相和。历代凡吟咏楼塔山水之美、人文之胜的诗人诗篇,均可视为"仙岩诗派"。楼峻所撰《元度仙踪》如下,仙岩诗派大致可见一斑:

> 征君羽化几千年,怪石嵯峨立水边。
> 洞口桃花春尚醉,岩间月魄夜犹圆。
> 云迷古寺疑烧药,鹤立前溪似待仙。
> 丹灶虽非山色是,清风林下思悠然。

云峰诗派云峰山在今义桥境内,"每逢降雨,则有白云出岫,故名。"②云峰山一带原为许贤乡,乡因许询的后裔唐代当地有名的孝子许伯会而得名。这一带民间能诗文者不乏其人。代表诗人金兰、黄士俊、李俊、龚渭、李华、邵南等,代表作《村景八咏》③等。清乾隆四十七年(1782),金家甸人(今北坞村)金兰摄病家居,与黄士俊等师友组成云峰诗社。金兰(1745—?),字显闻,号湘南,晚号渔湘

---

① 载楼塔镇《仙岩楼氏宗谱》,民国17年版。

② 《杭州市萧山区地名志》,杭州市萧山区民政局、区地名办编,方志出版社,2014年10月第1版。

③ 北坞村《萧山刘氏宗谱》,清宣统二年(1910)版。

老人,邑庠生,覃恩敕赠儒林郎,诰封朝议大夫。好诗文,著有《蕉桐诗抄》。黄士俊,同乡罗墓村人,出身书香门第,邑庠生,金家甸金兰、南坞邵南、西山李俊等都是他的学生。诗社以云峰山为名,讴歌家乡山水人文的主旨明显。金兰"闲玩附近美景,触兴抽毫,撰成拙作八首",即玉洞奇泉、云峰灵鹫、坟花现瑞、仙井回春、月涌鸳溪、霞飞凤坞、六和宵梵、慈云晚钟,黄士俊等人和其诗,形成 5 组 38 首《村景八咏》。黄士俊的《慈云晚钟》云:"许贤宅改梵王宫,恩敕慈云诏九重。寺历晋唐千载旧,地当南北两山雄。声传镗鞳惊归雁,韵入青冥递晚风。往事不须嗟变革,发人深省只空空。"明清和民国时期金家甸金石声、朱村桥朱珙、塘坞吴秉钧、罗墓黄玉藻等人诗作,似可归入云峰诗派。

罗峰诗派义桥镇孤峙浦阳江东北岸有座虎爪山,又名优罗湾山,山顶建宋代古刹罗峰寺。环山而居为义桥古镇周边韩氏、於氏、赵氏、黄氏等望族,人文蔚然,宋代以降诗人迭出,故名罗峰诗派。代表诗人诗作(诗集)有宋韩(1193—1274)的《踏春》[1],元韩惟均的《题隐者》[2],清韩慕崃(1765—1823)的《春帆吟草》集,韩羹卿(1779—1849)有《文启堂诗集初集》《瓶花诗舫诗集》,以及韩拜旒、韩绍湘、韩葆孙等。这批诗人跨越时间长,抒写题材集中于渔浦、湘湖、浦阳江等,是当地渔浦诗词的生力军,作品载于方志家乘历来为人瞩目,义桥镇政府选编的《渔浦诗词》多有收入。这个诗派文脉绵延,今设立在义桥镇文化站的萧山区诗词楹联学会义桥分会,集中了当代义桥诗词作者,新作迭出。

湖山诗派指以吟咏湘湖周边湖山胜景和人文古迹为主要题材的诗派,起于宋代,盛于明清。代表诗人有宋华镇,元楼立可、张招,明来励、魏骥、蔡友、黄九皋、孙学思、来集之、朱玉贞、任四邦,清蔡仲光、包启祯、毛万龄、毛奇龄、沈堡、王先吉、张远、陈至言、王端履、蔡惟慧、陶元藻、黄元寿等。诗作见周易藻《萧山湘湖志》、历代县志、杜永毅编《湘湖古诗五百首》、朱勇文编《湘湖诗词》等。湖山诗派时间跨度长,萧山著名文人大抵跻身其中。清乾隆间湖里孙村村民孙光阳、孙保等撰《湘湖八景诗》一组,为最早的湘湖八景诗。晚清黄元寿著有《望烟楼诗钞》等行世,黄元寿在湘云寺组建湘湖吟社,与诗友荡舟湘湖吟咏湘湖美景。湘湖成湖于渔浦之后,是渔浦的腹地,湖山诗派受唐代渔浦山水诗风格影响深远,可视为是渔浦诗词的有机组成部分。

冠山诗派冠山在渔浦东北侧,今属滨江区长河街道。冠山诗派指居住在冠山一带的来氏家族中明清时期涌现的一批诗人。主要作者有来励、来天球、来日升、来三骋、来斯行、来宗道、来立相、来菲泉、来集之、来石斋、来学谦、来起峻、来

---

① 《渔浦诗词》,义桥镇人民政府编,中华书局 2010 年 9 月第 1 版,第 91 页。
② 《湘南韩氏宗谱》,民国戊子(1948)版。

翔燕、来宗敏、来熙、来鸿瑨、来裕恂等。代表诗作清乾隆年间《来氏家藏冠山逸韵》5 卷本,光绪年间《冠山逸韵续编》10 卷本,收录来氏 250 多位作者的 1800 多首诗词作品。内容主要吟诵冠山、白马湖、湘湖、渔浦的自然人文景观、风物特产,以及来氏一族耕读传家的生活情状等。来氏第十六世来集之(1604—1682),字元成,号徜湖,明崇祯进士。为明代萧山著名诗人,有《徜湖樵书》《南行偶笔》等行世,浙江图书馆保存其未出版的六卷诗文手稿。第二十二世来鸿瑨(1852—1909),字生蕙,号雪珊,光绪己丑(1889)科举人,著有《绿香山馆汇编诗》《绿香山馆词稿》。第二十四世来裕恂(1873—1962),字雨生,号匏园老人,著有《匏园诗集》2400 余首,《匏园诗集续编》数千首。

结　语

本文从东晋许询在今萧山境内传播佛教和道教的全新角度,探讨许询留下的历史踪迹和人文掌故,与浙东唐诗之路起点渔浦唐诗和后世渔浦诗词的关系。许询舍宅创建祇园寺,开萧山佛教寺院之先河。祇园寺是进入浙东唐诗之路起点的唐代诗人吟咏对象,也是宋元明清历代渔浦诗词吟咏对象。许询舍宅建寺遗风,催生了南北朝及其后萧山一批著名寺院的诞生。这些寺院如江寺、杨岐寺等在传播佛教文化的同时,也是唐诗和唐以后历代诗歌咏唱的题材。许询在萧山境内传播道教更为活跃,在北干山建园,在西山凭林筑室,寄情山水,修道养性。尤其隐居楼塔境台山,采药炼丹,奕棋垂钓,得道欲仙,舍所居之室为寺。许询留下的踪迹和崇尚山水自然的传说,是萧山宝贵历史人文资源,清郭伦《萧山赋》"仙岩投元度之簪"、杨绳祖《萧山赋》①"重兴镇征士之宅"皆指此。许询的修道活动表明道教始传入萧山,这也是包括唐代山水诗人王勃、孟浩然在内的历代山水诗人吟咏的最爱题材。浙东唐诗之路起点渔浦拥有的与许询相关唐诗 12 首,拥有数不清的宋元明清时期同一题材诗篇。影响所及,形成仙岩诗派、云峰诗派、罗峰诗派、湖山诗派、冠山诗派等若干乡土诗派,丰富浙东唐诗之路起点渔浦诗词内涵,辐射渔浦诗词地域范围。所以说,许询对浙东唐诗之路起点渔浦唐诗和渔浦历代诗词深远影响,研究浙东唐诗之路渔浦诗词,许询似是个绕不开话题。

---

① 　民国《萧山县志稿》第 1036、1041 页。

渔浦的形成与变迁研究

陈志富[①]

　　渔浦位于萧绍平原西端,萧山区义桥镇境内,距城厢街道西南 12 千米。义桥渔浦形成与冰后期海进(海侵)、海退密切相关,先后经历了海湾、江湾、潟湖,湮废终止的演变过程。经研究,渔浦变迁与诸多水利因素有关联。下面具体论证。

图 1　渔浦卫星图示(录自萧然客《两宋萧山渔浦考》)

　　渔浦区域,地质基底为火山喷发的早期堆积物,由中生界上侏罗统黄尖组灰岩构成,厚度 1000 米左右。其上部为第四系掩盖,主要为冲海积,表部为河湖相

---

　　①　陈志富,杭州市萧山区农业农村局水利高级工程师,《萧山水利志》主编。

沉积(基岩孤丘零星分布除外)。①

一、因海侵初为海湾

10万年前的第四纪晚更新世,发生三次海进与海退的变化,从而伴随陆——海——陆的变迁过程。这三次海进与海退,对渔浦地区的古环境带来影响。

10万年前,第一次星轮虫(asterorotalia)海进,而后发生第一次海退。

4万年前,第二次假轮虫(pseudorotalia)海进。海进时间持续1.5万年之久。2.5万年前开始第二次海退。至2.3万年前,东海海岸以后退到现代海面的-136米处。距今14780±700年,又继续退缩到现代海面-155米处,在距今海岸约600千米外。

约1.4万年前,即第四纪全新世之初,发生第三次卷转虫(ammonia)海进。距今1.2万年前后,海面上升到现代海面-110米处。距今1.1万年,海面上升到现代海面-60米处;距今8500年前,到-18米处。据地质钻探资料反映,渔浦地质基底上部的第四系覆盖砾石层,受海侵影响,伴随黏土存在。地下22米以下主要为冲海积,厚36.2米。②

距今8000年上升到-5米,有的资料为-4米处,距今8000年前,渔浦地表尚未受到海进的侵蚀,人类活动处于跨湖桥文化时期。③

7500年～6500年前,气候转冷而一度海退,此后海面上升较快,距今6500年～5500年,第三次卷转虫(ammonia)海进,为第四纪以来的最大海进。④ 在这次海进中,渔浦地区平陆被海水淹没,成为海湾。⑤

距今约5000年,第三次海退开始,海退经历了2000年～3000年。

---

① 义桥镇志编纂委员会编《义桥镇志》,方志出版社,2005年,第81页。

② 义桥镇义一村钻探(编号HLd41)资料,第四系总厚度58.2米。自下而上为中更新统灰黄色黏土砾石层,厚度11.4米;上更新统下组灰黄色砂砾石层、上组灰黄色、浅灰色细砂夹轻亚黏土,厚度24.8米;全新统下部灰、深灰色淤泥质亚黏土,中部灰、灰黄色粉细砂夹轻亚黏土,上部黄褐、灰黄色,局部夹灰绿色轻亚土、亚黏土,厚度22米。

③ 地处渔浦下游的跨湖桥、下孙一带,原始人聚居于此,形成两个大的原始村落,开始创造跨湖桥类型文化。

④ 海进到达最高峰,略高于现代海面。钱塘江河口上溯10千米～30千米,钱塘江及浦阳江河流长度大为收缩,海水直拍会稽山、龙门山麓。海水侵入浦阳江、永兴河谷地,分别直抵浦阳(尖山)和戴村(廖家村)以上,所到之处,目前地下仍留有咸水层。

⑤ 跨湖桥、下孙一带原始先民被迫撤离,最终遗址湮废。

距今 4200 年,尧舜时期,洪水滔天。[①] 萧绍宁平陆一片浅海。在浅海时期,渔浦是个海湾。嗣后,由大禹治水成功,海退地显,"地平天成",钱塘江河口随海面下降而开始下移。萧山平原率先露出海面。

距今 3000 年的春秋战国时期,萧绍平原初步形成,则河湖形势愈加明朗、清晰。推测,在春秋战国之前,钱塘江北邻长江。长江在今镇江、扬州一带入海,而浙江(钱塘江前称)则一过富阳鹳山便进入海洋。

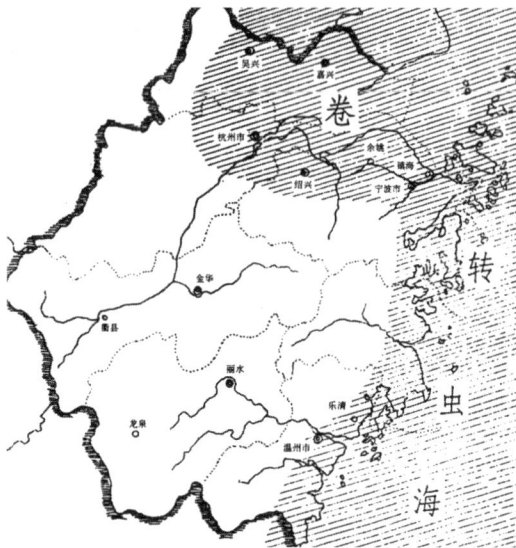

图 2　卷转虫海进示图(录自《绍兴简史》)

春秋时期,钱塘江河口在富阳附近(富春江河口汊港,有洋浦沙、上新沙、东洲沙岛屿,河口特征明显)。吴国名将伍子胥在桐庐七里泷狭谷中渡河,该处有"子胥渡口"古称谓,流传至今。因渔浦在钱塘江入海口下游,故渔浦还是个海湾。

二、因海退变成江湾

钱塘江河口受第四纪卷转虫海进、海退影响,海进时河口上溯,海退时河口下移。

渔浦由海湾变为江湾,主要与钱塘江入海口的位置因海退而发生变迁有关。[②] 当钱塘江河口位于渔浦上游时,渔浦还是个海湾;当其河口处在渔浦下游时,渔浦就是个江湾。

秦时,钱塘江入海口下移至萧山西部和富阳之间,即钱塘江入海口在渔浦附近,渔浦从海湾开始演变为江湾。

《史记·秦始皇本纪》记载:始皇帝三十七年(前 210),秦始皇出游南下,去会稽拜谒禹王陵庙,浙江(钱塘江前称)江面辽阔,与西湖还连成一片,杭州城区

---

① 《尚书·尧典》:"汤汤洪水方割,荡荡怀山襄陵,浩浩滔天。"
② 钱塘江河口变迁,包括钱塘江河口横向位置的变迁和河口岸线纵向范围的变迁。

也还未形成,尚属浅海,波涛凶恶。秦始皇登秦望山(今杭州包山迤西诸山)南望欲渡而不得处,于是向西一百二十里(约计 59.725 千米),选择狭山处渡江。①秦时,浙江北岸在今杭州玉皇山、凤凰山和北高峰(灵隐附近)以及保俶山南麓,南岸在今萧山半爿山、回龙山、冠山、越城山、西山、北干山、长山、龛山和航坞山北麓一带,今城山和北干山北麓杭发厂、石英厂等地还是海滩。②

汉代,浙江入海口在半爿山附近一带,主流靠北,对岸有浮山、定山及月轮山,渔浦从海湾变为江湾。杭州西湖已显露形成,吴山与保俶山间为海漫涨沙包围,但仍受海潮不断侵袭。曹华信在北至保俶山、南至万松岭即今钱塘门到清波门一带筑土石塘,称华信塘,为文献最早记载的海塘。汉时浙江有钱塘江之称谓。两汉至三国时期,钱塘江两岸江滩继续扩展,江道有所缩狭。萧山位于县治北的海湾(越城山与北干山以北)三国时已淤积到西兴、龙王塘、塘湾、长山一线。③

唐代,钱塘江入海口在西陵以下。唐代诗人薛据《西陵口观海》的诗句:"长江漫汤汤,近海势弥广"可以佐证。龛山与赭山之间为海潮所经之道,诗人李白称之海门。④ 渔浦位于钱塘江入海口的上游,系为江湾。

唐末五代,渔浦沿江一带淤塞,遂吴越王钱镠率子筑四都(半爿山)至渔浦(十五里)西江塘。钱镠筑塘,表明临江一线由人工干预,江湾被封闭。

宋、元时,钱塘江入海口已经下移到龛山至赭山一带。钱塘江主槽摆动加剧,宋嘉定十二年(1219),海失萧山南大门故道,潮冲海宁县平野三十余里,直接威胁盐官县城,"说明江道此时起开始有所变化"。元代南岸萧山屡有"防汛失度",北岸(海宁)"海岸崩摧"剧烈。

明末清初,钱塘江河口逐渐下移至龛山海门以下,原龛山至赭山间的海门,成为钱塘江的南大门。钱塘江从南大门演变至中小门,最后至北大门,史称钱塘江"三门演变"。

---

① 秦始皇渡浙江的地点,经谭其骧论析在富阳。经实地考察,秦时的古津渡在今三山镇秦望村上游的汤家埠。

② 秦始皇在萧山遗留鞭石亭、祭坛、石桥、井山、连山渡等处踪迹与传说。鞭石亭建于北干山北坡,流传精卫填海的传说。

③ 西汉始置下诸暨县(地域原属诸暨占多,山阴次之),后改名馀暨县,并始筑北海塘。东汉中叶(125 前后,195 之前),兴筑西兴至长山段海塘,同步兴筑冠山至西兴段海塘,形成了从半爿山至长山段捍海塘。

④ 李白《送王屋山人魏万还王屋》诗句:"涛卷海门石,云横天际山。白马走素车,雷奔骇心颜。"

三、因淤积形成渔浦

两汉时期,渔浦开始形成。渔浦的形成与上游浦阳江河湖变化有关。

至汉代,随着萧绍平原的不断发育完善,钱塘江西南岸逐渐扩涨淤积,临浦(湖)、通济(湖)进一步湮废,引发下游浦阳江出江河道及滨海平原湖泊的发育,进而形成了西城湖、西陵湖和渔浦。

西城湖与西陵湖在郦道元《水经注》中已见记载。西城湖位于越王城(越之西城)故名,在城厢街道西1千米,即湘湖旧址。西陵湖在城厢街道西6.5千米,地近西陵(今即西兴街道),故称西陵湖,亦名排马湖,今叫白马湖。

渔浦成名要晚于西城湖与西陵湖,至晋代才见记载。首见于晋人顾夷纂《吴郡记》:"富春东三十里有渔浦。"

西城湖与西陵湖均是内陆湖泊,而渔浦是否是湖泊(潟湖)？史学界存在不同的看法。按文献记载,渔浦不是湖。浦,不同于湖,浦表示水流地貌,是水滨或河流的地方。[①] 另一种意见,从历史地理角度分析,渔浦从江湾演变成沼泽地前,伴随或经历一段湖泊的演变过程。[②]

郦道元《水经注》卷四十《浙江水》:"夹水多浦,浦中有大湖,春夏多水,秋冬涸浅。"它切实反映浦阳江诸暨境域的水流地貌,同样适合于浦阳江下游的萧山。例如临浦(浦南)、通济、城南、城东等地,二十世纪七八十年代春夏大水时(当时排涝能力不足)一片汪洋,秋冬时则干涸或少水。

俗话说"低洼积水,水低为海。"萧绍平原乃至宁绍平原中许多低洼的地方,原先曾是湖泊,泥沙淤积,湖泊湮废后成为沼泽之地。浦阳江下游萧山段现多湖畈,湖畈由原湖泊或湖塘演化而来,诸如桃源的桃湖、尖湖,进化的上盈湖、下盈湖,后来都因淤积而形成田畈。

渔浦不是一条沿江岸线,是一个较大区域,区域地层地貌经历海湾——江湾——湖泊演化规律。从江湾演变成的湖泊,具有"海迹湖"的特点,即湖盆浅平,岸坡平缓,容易沼泽化,容易被围垦。[③] 临浦、通济和渔浦是曾经的"海迹湖"。

渔浦的湖底在东南侧的横筑塘(近峡山头)附近,湖口在西北侧与钱塘江、富春江相通。渔浦全盛时期,与西城湖、西陵湖连成一片,直接与钱塘江、富春江贯

---

① 王志邦《六朝渔浦考》,见载《山后村志》。

② 陈桥驿《论历史时期宁绍平原的湖泊演变》。

③ 陈桥驿《吴越文化论丛》,第338-339页。

通。以后随着钱塘江江道的变小,渔浦轮廓逐渐明显起来。

渔浦地处萧绍平原的上游、富春江的尽端、钱塘江的始发,依山傍水,通江连原,地理位置独特。唐代晚期,渔浦、定山附近淤积加重,这可能与钱塘江下游(西兴以下)为灌溉而兴筑海塘,导致上游富春江泥沙淤积、滩涂陡涨有关。

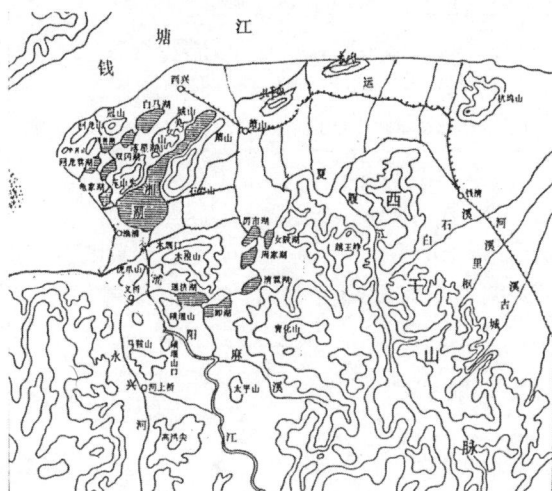

图 3　渔浦江湾示图(参照陈桥驿《论历史时期浦阳江下游的河道变迁》)

渔浦,相传是虞舜渔猎之处,其临江的历山(今小砾山,距闻堰镇南 2.5 千米),又传说是舜耕耘之地。唐《十道志》载:"渔浦,虞舜渔处也。"《三抚》云:"舜所渔所游处也。"《会稽三赋》曰:"水则有渔浦。"①按此,萧山境内的渔浦、历山,抑或是舜氏后人在此既渔又耕而得名。

渔浦,别称南浦、渔浦潭、渔潭、范浦、鲇鱼口。从滨海平原演变历史来说,渔浦在沼泽化以前曾经历湖泊(潟湖)阶段,故又称渔浦(湖)。

四、因是浦阳江的出水口,渔浦最为通道之一

浦阳江别名潘水,历史上首次记载浦阳江的《汉书·地理志》记载:"馀暨,萧山,潘水所出,东入海。"清范本礼论说:"浦阳是诸暨以北者,乃临浦之支流,入钱塘江者,与钱清本不相通,故班氏潘水属之馀暨。"可证,汉代前后的浦阳江下游

---

①　《大禹研究》(浙江人民出版社,1995 年版)认为,舜的原始发生地在上虞境内,其他地方的渔浦、历山与虞舜氏族迁徙有关。

河道,确系北出萧山。

汉唐末以前,浦阳江自临浦进入蜀山平原(萧绍平原西部)以后,经流不同支河道包括支河道间的分岔河道,向北或偏东北方向,散漫出流注入钱塘江。[①] 渔浦南接峡山头水道,承纳经临浦、通济的浦阳江水,东接石岩山与目尖山之间水道,沟通城厢片沼泽地河浜,北连西城湖、西陵湖、西襟钱塘江、富春江。

历史上渔浦一直是浦阳江的出水口之一,通钱塘江,为重要交通要道。《水经注》卷四十《浙江水》记载:"湖水(案指临浦)上通浦阳江,下注浙江,名曰东江,行旅所从,以出浙江也。"毛奇龄具体记述,古代"临浦一水,尾可从渔浦以出浙江,首可经峡口(尖山)以通浦阳。"

渔浦水陆交通便利,外沟通钱塘江、富春江,内连接西小江及浦阳江,水路可达杭州、富阳、桐庐、绍兴、诸暨和婺属地区,自古以来是浙江的重要津渡,时为兵家必争之地。如《宋书》南朝宋孔觊之变,将军吴喜遣部从定山进军渔浦。又如《南齐书》南齐富阳唐寓之暴动,渡江自渔浦溯浦阳南进。《中国古今地名大辞典》记"渔浦……戍守处。"清顾祖禹在《读史方舆纪要》中说:"西兴、渔浦最为通道。"

唐代初中期,渔浦的交通、经济、文化、旅游诸业发展继续保持鼎盛局面。渔浦驿是萧山4个驿站之一(另是西陵驿、梦笔驿、钱清驿)。清乾隆《萧山县志》卷十三记叙:"古驿道由渔浦渡入浦阳江。"

渔浦风光秀丽,景色迷离,享有"渔浦江山天下稀"之美誉。历代诗人游历驻足于此,并留下诸多诗篇,唐代渔浦是浙东唐诗之路、浙西唐诗之路、钱塘江文化之路的交汇点或起点之一。

汉唐以来,钱塘江南岸先后修建了后海塘、北海塘及局部西江塘。浦阳江诸多出水口被阻截,浦阳江原北向或偏东北向出水流入钱塘江开始受到影响。随着西江塘和北海塘的不断完备,下泄河道的逐步堵塞,迫使浦阳江加大了东流经西小江出水。

至五代末,渔浦、西城湖的江湾淤塞,钱镠兴筑闻堰至渔浦段江塘后,浦阳江成为一条内河。

两宋,渔浦渡著名,渔浦对龙山,西兴对浙江,东西4渡口,俱为要津。渔浦因渡设市,因市建镇。"渔浦市,系居民众多之地。"[②]"津渡往来,交易者众,聚而

---

① 浦阳江散漫北流时的河口有潘山的朱村桥(港),峡山头的渔浦,石岩山的西城湖,西山与北干山间西汉以前牛脚湾及东汉时的俞家潭、高迁屯,北干山与长山间的下潦、长山,长山与凤凰山间的莫家港、郭家埠、坎山,出绍兴三江口的钱清江(西小江)等多处。

② 顾冲《萧山水利事迹》,淳熙十一年。

为市,由市而镇。"宋代诗人往来众多,留有篇什不少。①

渔浦自古是浦阳江的出水口之一。春秋至唐末,浦阳江故道沈家渡至茅山附近(原属城山公社),汇合麻溪后流入西小江。西小江上游段水位高,"散漫北流"萧山出海。蜀山平原内形成浦阳江下游支流河网水系。

沟通渔浦的浦阳江支流,分别从(义桥)峡山头、横筑塘入渔浦,注钱塘江。②

山会萧略图(录自《麻溪改坝为桥始末记》)

图 4　萧山水系示图(航坞山以左)

五、因西江开通,渔浦镇(寨)由兴致衰

唐代初中期,钱塘江处于稳定状态,入海河道趋中,涌潮对南北海岸都不构成严重威胁,滨海平原相对安全。③ 盛唐时期,渔浦渡安全连接西小江、浦阳江、萧绍运河和钱塘江、富春江等水路,是浙东唐诗之路、浙西唐诗之路、钱塘江文化之路的交汇集散中心,渔浦因水而兴。

五代,北岸定山渡改为龙山渡,在杭州六和塔(龙山支脉月轮山)下江边,南岸(筑塘后)则变为杨家浜附近的渔浦新渡。杨家浜旧有堰曰临江堰(近傅家山),堰外是渔浦新渡口,堰内有河道通达峡山头、渔浦潭古渡等地。

宋时,渔浦内畈牌轩下(牌轩)、戚家山下(建新)、后坛、下坟头(山后)及渔浦

---

① 萧然客《两宋萧山渔浦考》,中州古籍出版社,2015 年。
② 详见义桥镇志编纂委员会编《义桥镇志》,方志出版社,2005 年,第 95-96 页。
③ 陈志富《萧山水利史》,方志出版社,2006 年,第 205 页。

街、孔家埠、亭子头等自然村落逐渐形成,宋时有渔浦里之称。亭子头村,旧有著
载亭,韩侂胄建于南宋中叶,至南宋末期改为江湖一览亭。嘉泰《会稽志》记载:
"新义乡在县南三十里,管里五:前濠里、莫浦里、峡下里、冗里、河由里。"

渔浦渡升为官渡,渡口有专官监察,龙山、渔浦由监镇官兼管。绍兴三十年
(1160)龙山渡设专职武官,后渔浦渡亦设专官。至嘉泰二年(1202)改武职官为
文官,开禧三年(1207)仍改为武官。渡配备转运司船。行旅过渡购牌上船,牌钱
一成由杭州、绍兴两府作修船用,九成归官库及船工开支。

图 5　龙山渡旧照(录自萧然客《两宋萧山渔浦考》)

在渔浦渡口附近,逐步形成闹市,初设渔浦寨,额 48 人,为县内 4 寨之一(余
为西兴、尧山、新林周 3 寨)。后寨改为镇制,并设渔浦驿、监渔浦口使臣廨,经营
渔浦税场、渔浦酒务、渔浦务租等业务,收入颇丰。①

元末,碛堰稍作拓宽,渔浦江(西江)逐渐加宽,为交通方便,易舟而梁。至正
十三年(1353)秋八月,渔浦新桥落成,长 500 尺,孔 15,墩 16,桥端与堤相接,旁
设栈板栏翼。由主簿赵诚建。因"赵君为政,惠而有方",故取名惠政桥。

明代初期,渔浦发展成为商贸重镇,是萧山 4 镇(西兴、钱清、渔浦、和尚店)
之一。洪武三年(1370)建渔浦税课局。弘治十一年(1498)设渔浦巡检司,建巡
检司廨。据万历《萧山县志》:"渔浦巡检司廨,距治南三十五里,在渔浦江之南。
厅三间、厢房三间、门三间。弘治十一年(1498)建。巡检一人,攒典一人,弓兵四
十人。"

明代宣德、天顺、成化年间,随着浦阳江碛堰进一步拓宽挖深,麻溪筑坝砌

---

①　渔浦务租额二千六百七十三贯五百八文,递年趱到四千九百十九贯四百二十八文;
渔浦酒租额一万五千二百九十五贯六百十九文,递年趱到五千四百九十四贯四十九文。

石,主流经西江至渔浦进入钱塘江,浦阳江改道完成。① 开通西江暨浦阳江改道是治理萧绍平原的重大举措,萧绍平原的水系格局发生根本性的改变,水利条件明显改善。但对渔浦带来不利影响,甚至危害。渔浦镇地处钱塘江、富春江、浦阳江三江口,受三江洪潮侵袭,渔浦镇衰落。

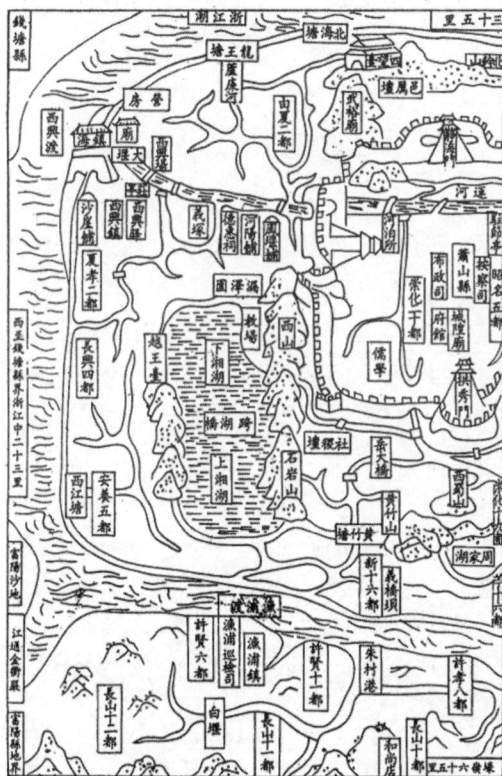

图 6　明初渔浦镇示图(录自嘉靖《萧山县志》)

受钱塘江、富春江、浦阳江三江洪潮交冲,日侵月蚀,此涨彼塌,原西之浦口近江不过数丈,后涨为跑马沙,成为巡检司官员的跑马场,被阻隔数里,南之浦腹始不过一舟之港成为里许大江。渔浦镇自成化年(1465～1487)后日趋冷落,最终,渔浦新桥及桥南渔浦镇址(寨)全部被洪水冲垮而沉陷在滔滔浦阳江江道内,踪迹荡然无存。数千顷膏腴之地,常受洪潮侵害之苦。渔浦旧有税课局一处,嘉靖年间(1522～1566)迫于坍江则移进岸南,至隆庆、万历年间(1567～1620)西江坍大,又坍毁,官毋宁咎,寓于县城。

原新义乡、安养乡与许贤乡相连成片,均依赖湘湖水溉田。元末之后,西江开通,渔浦地块被切割分成两块,许贤乡大部分被隔对江,许贤霾废,湘湖水从此不再灌溉许贤乡罗村、荷村、朱村农田。②

原富春江水西抵富阳,从庙山至单山浦,直出浮山湾,在钱塘县境入钱塘江。明成化(1465～1487)碛堰开大,富春江下出口段河势逐渐发生变化。富春江流道徙南,南冲北淤,单山浦浮涨不通,涨至东江嘴(新江嘴,俗称米贵沙,嘉靖年间基本形成)10 余千米,即周家浦、袁浦滩涂生成,富春江水直冲渔浦。历山之西,

---

① 西江,今之浦阳江,因位于萧山之西而命名。西江由新江、渔浦江组成,新江指临浦至碛堰段,渔浦江指碛堰经义桥到渔浦段,西江为临浦到渔浦段。

② 义桥街镇与许贤河西址、义桥杨家浜和许贤杨家浜均被分隔在浦阳江两岸。

原有农田 1500 亩,还有一座孔氏祠堂,均被洪潮冲刷塌落三江口中。① 富春江下游江道形势的变化,抑或随后诱发明末清初钱塘江的三门演变。

浦阳江成为外江后,浦阳江成为感潮河段。钱塘江涌潮直薄临浦以上直至诸暨大侣。改变浦阳江原有洪水暴涨暴落,单向顺流的特征。受潮汐顶托影响,出现洪潮滞壅甚至倒灌逆流的新情况、新问题,使人始料未及。② 浦阳江成为一条外江,自元末至元年(1341)起,迄今已有 670 多年历史。

六、修筑西江塘,保障渔浦安全

春秋时期,范蠡在渔浦地区始筑黄竹塘,开发渔浦,垦殖农田,为萧山最早的西江塘。汉唐开始,逐段兴筑西江塘,与建置馀暨县有关。③

渔浦江塘修筑,当与西城湖、渔浦湾淤塞时间直接关联。如果西城湖、渔浦的湾口没有淤塞,即仍是钱塘江江湾,则四都至渔浦间不可能筑塘。只有西城湖、渔浦的湾口淤塞,濒临钱塘江的沿岸,即湖湾的西侧,须露现高阜,才能沿江筑塘。西城湖和渔浦的湾口淤塞时间大致相同,在唐末至五代期间,大约在五代时皆淤塞。

五代吴越王钱镠注重水利,修筑钱塘江两岸江海塘,在萧山岸兴建西兴海塘和半爿山至渔浦修筑江塘,以防内患。④

渔浦段西江塘筑成后,渔浦内畈受到保护,地层发育基本趋于停止。为进一步开发渔浦与西城湖提供了必要的水利保障,渔浦不再受洪潮侵

图 7　半爿山附近古塘遗址(录自萧然客《两宋萧山渔浦考》)

---

① · 历山西,安养乡孙茂村 1497 亩 3 角农田,由历山南穴、北穴引湘湖水溉田。孔氏祠堂由孔子五十四世孙孔思懋创建,正德八年(1513)被火烧毁,后祠址被潮水冲没。

② 　正如光绪《诸暨县志》记载:"碛堰一开,海潮逆流,诸暨为之泛滥,桑田万民鱼鳖。"

③ 　西江塘,为钱塘江、浦阳江之东塘,因位于萧山县治之西,故名西江塘。

④ 　钱镠所筑江塘的堤线,在小砾山西外侧,不是现西江塘的位置。

害,始平野住人、村落散布。原在横筑塘的渡口已经湮塞成为内陆河埠。新的渔浦渡向西外移至江湾底的杨家浜附近,仍为重要津渡。

南宋淳熙八年(1181),洪潮内外夹攻,渔浦坏堤 500 余丈。这是渔浦塘遭受洪潮破坏的最早记载。修筑崇高 3 丈,基阔 5 丈,背面半之,间有内外沟港抵塘之处,甃以巨石,辅之木桩,树之榆柳。[①]

渔浦成陆后,在杨岐山麓有戚家湖(又名椿湖)残存,至南宋末年才湮塞被垦殖。渔浦潭踪迹残存。被村民称作官船潭的池在今亭子头村,潭中央最深的池在今小华家村附近。

渔浦内畈,需要依赖西江塘、北海塘的全方位护卫,但是由于江海塘整体工程标准偏低,质量较差,难以抵御三江洪潮压力,明清两代多次坍塌决口,给渔浦带来重大灾难与损失。

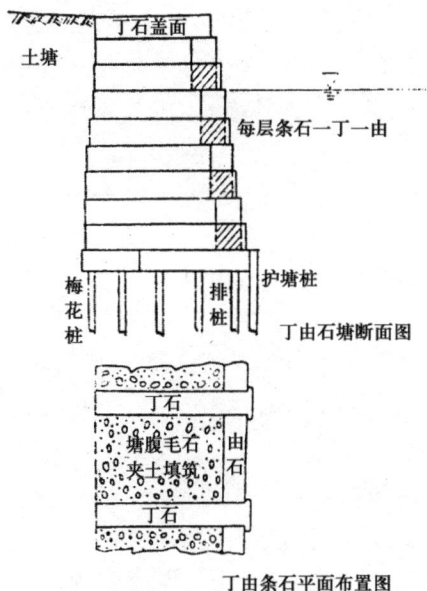

图 8　丁由石塘结构示图
(录自《古代海塘工程》)

明代西江开通后,始筑西江塘。明洪武年间(1368～1398),修筑西江塘,兴建四都至临浦土塘 15 里,以御钱塘江水患。

嘉靖十八年(1539)六月六日,水向西江塘入,萧山大困,延及山、会。邑人黄九皋以书巡按御史傅凤翔,傅移文藩臬行,府县大兴塘役,山、会二邑协力筑之。基阔 7 丈,身高 2 丈有奇,收顶 3 丈,南起傅家山嘴,北尽四都半爿山,横亘 20 余里,自是始免水患。[②]

清乾隆十二年(1747)后西江塘改建成丁由石塘,堤防抗洪御潮能力有了较大程度的提高,渔浦人又得以安居,重建家园。

新中国成立后不断治理,多次全线培土、抛石,除险加固。1998 年～2000 年,茅山闸至半爿山段建成一百年一遇的防洪标准堤塘。

---

①　乾隆《萧山县志》卷十三《水利下》(第 731 页)记载:西江塘自古有之,自四都至渔埔古塘也,高 3 丈,基阔 5 丈,面阔 2 丈 5 尺。

②　通判周表督筑,较旧甚高厚,勒碑记其事。将互不相连的堤塘加高,培厚,使之连接。

结　语

　　渔浦地理环境优越,依山接原,连江通海。渔浦隔山紧挨跨湖桥、下孙遗址,且地势稍高点,推断渔浦也是原始人类活动过的地方。

　　渔浦是舜捕鱼、农耕的地方,远古文化的发源地之一,古越文明的开发基地。本文结束之际,需要进一步阐明3个问题。

　　一、渔浦,按文献记载不是湖,但按滨海平原的演化历史,它曾经是个湖。五代末,吴越王钱镠兴筑闻堰至渔浦段江塘,表明西城湖至渔浦段江湾淤塞,湾口被人工用泥沙封闭,湾口内成为水域或洼地。积水成湖,或大水时汪洋一片,成为海迹湖。海迹湖实为潟湖,只是两者湖形程度不同。因此,历史上渔浦经历了从海湾、江湾,到海迹湖(潟湖)、再湮塞后变成沼泽、平陆这样的演变过程,如同浙东平原其他地区的湖泊变迁一样。[1]　唐末渔浦湾口泥沙淤积,加上筑塘,渔浦即成潟湖。

　　二、渔浦地处富春江东南水域,明之前富春江主流紧靠浮山、定山一带,故两汉六朝至唐宋时期渔浦范围广大,从渔山(富阳)至半爿山(浦沿)即是。何谓浦沿?浦沿就是渔浦的边沿,故名。可知,渔浦范围大至半爿山。渔浦鼎盛时期,湘湖(西城湖)是渔浦属地。

　　明清,江流日下,渔浦触削,渔浦范围渐小。明初西江开通后,渔浦段塘身三易其地,直至乾隆年间西江塘改建成丁由石塘,塘线才确定不变。[2]　清乾、嘉之际,富春江折下水冲渔浦街,厥后下注孔家埠;咸、同时,渐至小历山以上;光绪庚子、辛丑间,则集矢于汪家堰。民国逐渐下移,灌注于闻家堰上埠。

　　三、渔浦是不是浦阳江出水口问题,有人否定,说:"渔浦并不在浦阳江口。"[3]此话值得商榷。渔浦自古是浦阳江的出水口之一,已有文献支持,不予赘述。元末浦阳江改道前,浦阳江故道沈家渡至茅山附近(城山下盈湖畈),汇合麻

---

　　[1]　《现代汉语词典》第七版:潟湖,浅水海湾因湾口被淤积的泥沙封闭形成的湖,也指珊瑚环礁所围成的水域。有的高潮时可与海相通。

　　[2]　据民国二十四年《萧山县志稿》记载,明代起"隔江七条沙嘴渐涨,上四府水势汇冲江塘,屡次坍卸,屡次退筑,塘身已三易其地"。

　　[3]　邹志方《试说渔浦》,见载《从义桥渔浦出发:浙东唐诗之路重要源头学术研讨会论文集》,浙江人民出版社,2013年,第86页。

溪后流入西小江。萧山地势南高北低为主,西高东低次之,加上西小江上游段水位高于蜀山平原西片内河水位(三四十厘米),因此,在不人工干预的通常情况下,西小江大部分"散漫北流"萧山出海。[①] 地势和水位差是决定河道走向的关键因素。可以认为,历史上萧山之水来自浦阳江,萧山的每一条自然河道都是浦阳江的支流。渔浦之水当然来自浦阳江,渔浦是浦阳江的出水口之一。麻溪、西小江、南门江,以及西小江下游段钱清江等,都是浦阳江支流。延续至今,萧绍平原乃至浙东宁绍平原仍然需要通过茅山闸、峙山闸、浙东引水枢纽输入浦阳江水,补充水源。

---

① 萧山水利志编纂委员会编《萧山水利志》(陈志富主编、陈志根副主编),浙江人民出版社,2019年,第495～496页。

传承与发展：关于渔浦文化和现代发展的思考

黄建明①

我一直在想一个问题：人为什么要去度假？如果说是度个新鲜，那为什么有的地方去过一次之后还要去第二次？这个问题我到现在还没有想明白，于是我转而想一个简单一点的问题：人为什么要喝茶？

跟什么人喝茶很重要，但是在什么地方喝就显得更为重要。这就牵涉到一个文化的问题，或者，在文化背景下，涉及一个更为细密的主题——传承与发展。在萧山，从古到今，文化一直在继承，在延续，也一直在按照自己的方式在发展，比如有8000年历史的跨湖桥文化，有2500多年历史的古越文化，以及或长或短、还在发展的诸如茶文化和许多民间的风俗等。其中，渔浦文化是比较耀眼的。

渔浦有丰富的古越国文化遗存，是越文化的活化石，渔浦文化在我国丰富的地域文化中，具有十分重要的地位和深刻的内涵。这里，我们回归到主题——渔浦文化和现代发展的思考。

一、渔浦文化的当下价值

青山环绕，一江碧水。渔浦文化是萧山著名的文化"标签"，遗迹遗存是渔浦文化最具魅力、最富竞争力的独特优势和战略资源。渔浦遗址的周围，处处有历史，步步有文化。有以唐代为代表的诗词文化，古往今来中多少文人墨客，留足在此，留下不少关于渔浦的诗词，共有数百首，是浙东唐诗之路的重要诗库；有宋

---

① 黄建明，杭州湘湖（白马湖）研究院党支部副书记。

元明清的水利和水运文化,留下鱼鳞石塘和牛埭遗址;渔浦景色秀丽,历史悠悠,"渔浦夕照"是古萧山八景之一,"横塘棹歌"是古湘湖八景之一。它的当下价值主要有以下几个方面:

(一)活态传承修复启示。可移动文物是文化遗产保护工作的重点,由于极易损坏,因此,保护难度很大。这种初露端倪的以强调"活态传承"的修复模式,对萧山的文物保护工作产生积极影响。如昇光村的搡年糕活动,现已演变为一年一度的民俗活动,并产生辐射作用,在河上镇东山村、戴村镇的马谷村、湘湖下孙文化村等也已经每年举办年糕节,成为当地村民过大年的一项必不可少的民俗活动;南坞的"勒笋节",是义桥镇的美食沙龙会,全镇的食品非遗,如义桥羊肉、公泰朝糕等一展风采,深受群众的欢迎,也融入了老百姓的日常生活中。

(二)村落文化保护启示。随着民俗旅游热的兴起,村落保护与开发也受到了越来越多的重视,重视对村落、民居、街道、古桥古树以及村落中的文化遗产的保护与利用。因此,义桥镇在规划、设计、实施阶段均体现出对村落文化的重视。如新坝村的区级美丽乡村的规划,把老宅、祠堂、寺庙、古运河、牌坊、"新坝堕贫"语言、中草药等建筑和非遗文化得以很好地保留,与附近的浦阳江文化遗址相得益彰;如河西村美丽乡村提升村的规划,定位为"江南水乡村落",北临浦阳江,背靠蛟山,与古萧山八景之一的"渔浦夕照"遥相呼应,打造了独特的船运文化。这种全方位文化保护,也使人们从徜徉民俗中获得了更多的文化体验。

(三)农业遗产保护启示。在渔浦文化遗产保护领域,也较早地接受了非物质文化遗产保护理念,对农业遗产的认定,除沟渠、堤坝、水闸、西江塘等农业生产、水利设施外,还十分重视传统农作物品种、传统农耕技术、传统节日、传统仪式,以及传统农耕制度等具有明显"非物质"成分的传统农耕文明的传承情况去申请各级各类文保和非遗。如西江塘在渔浦还留有一段1.5千米的鱼鳞塘,在江塘建设中没有浇注水泥,得以全貌保留,现代堤塘与古塘有机融合,成为当地一大景观。

(四)传统手艺保护启示。渔浦文化对传统手工技艺的传承、传统手工技艺的生产规律、营销规律以及社会组织,通过能工巧匠的后人们利用手中的传统技艺,使许多传统技艺得以恢复。如三江口捕鱼技艺、寺坞岭茶叶炒制、湘南村的春节对联、富春村的打鳖技艺、南坞的竹制品制作技艺、何家桥李氏骨伤科等非遗,与重视"活态传承"的非物质文化遗产保护理念一脉相承。在此基础上,义桥每年定期举办"开渔节""年糕节""美食节"等,也为传统手工艺的传承奠定了群众基础。

(五)史料收集工作启示。尽管所有的文化遗产均活在当下,但由于它们是原汁原味传承至今的,还保留有浓厚的传统文化DNA,因而也就具有了与文物相同的性质,具有了不可多得的历史认识价值。通过对文化遗产来研究成为史学研究的一个全新领域。截至目前,义桥镇出版了许多关于渔浦文化的书籍,如《渔浦诗词》《渔浦论文集》等各类书籍近10本。

二、渔浦文化的继承保护

按照"共抓大保护,不搞大开发""不搞大开发,而是大开放"的理念,加强建设中文保单位(点)、历史建筑遗产、历史文化名村保护,加强文化环境整体设计和修复,传承发展民俗风情,挖掘文化遗存、塑造文化场景、串联文化线索、植入文化活动、张扬文化魅力。保持独特的乡土气息,挖掘乡村资源的文化内涵,解决渔浦文化继承和保护中的热点聚焦问题。

(一)通过编写故事的方式进行活化继承。历史文化怎么表现、怎么活化融入生活? 需要采取现代化表达方式。随着文化消费升级,讲好文化故事尤为重要。目前义桥镇已经出版各类书籍近10本,起到了整理和发掘渔浦文化的作用,这很好,但影响有限,个中原因是多方面的,关键在于不是不会"讲故事",而是太会"讲故事","讲故事"已经不能满足其需要,需要进行一次深度的转型升级。讲好渔浦故事,活化渔浦文物,展示精彩纷呈,以多元的方式,深入挖掘和系统阐发渔浦文化所蕴含的文化内涵。如渔浦与浙东运河航运有着密切的关系,是钱塘江诗路与浙东唐诗之路的节点,西出水城门"越台重镇",经曹河或盛家港与渔浦相通,从义桥地区的山川形势与之外沟通的主要水道是主要的连通萧绍平原的水道,沟通了对外钱塘江北岸的航运和吴越水上交通,开辟了海上航线等功能。因此,从渔浦水利、交通功能与历史地位考虑,应将渔浦列入大运河遗产候补名单,并对渔浦古河道、古水利、航运等设施进行保护,同时开展编写《义桥运河史》,对渔浦、里河、新坝等古河道的文化挖掘。

(二)对渔浦文化中的非物质因素保护。文化保护不只是保护一座桥、一个塔、一个古建筑群、一座村庄,还应扩大保护的尺度,如文化线路、传说故事等。渔浦古水道,它与萧绍运河的关系极为紧密,可以这么说,渔浦古水道也是一条"浙东唐诗之路",而渔浦正是浙东唐诗之路的重要源头。与之相关联的有渔浦、官船潭、横竹塘牛埭古埠等。文化保护不仅要保护物质形态的文化,更要保护非物质形态的文化,特别是物质要素和非物质要素共同生成的文化景观。如传统的工具、传统技术等。如渔浦文化中的精耕细作的农业生产技艺,不但可以产出有机粮食,还可以产出有机蔬菜;对渔浦文化中的重头戏,即传说、民间故事等,通过戏曲表演的方式进行活化继承,既符合人民群众的口味,也借机进行保护;

整理出版义桥地区的非物质文化遗产丛书工作，对义桥镇境内的非物质文化来一次彻底的排摸、调查、整理，形成书面的记录。

（三）重视民间的微小文化遗产保护。文物保护过去重视古代文物，后来开始重视近代史迹，但是更要重视当代文物的保护，因为这一百年的变迁或许比过去几千年变迁的总和还要激烈，但是这一百年的生活、工作遗存下来的东西往往消失得更快，人们认为它是普通的、一般的、大众的。比如二十世纪五六十年代反映人民公社的文化现象，如大会堂、标语、墙绘等。文化保护不只是注意保护那些宫殿、寺庙、教堂、纪念性的建筑，今天文化保护还要重视民间微小文化遗产保护，比如"新坝堕贫"，以前是表示轻蔑的，现在已列入萧山区非物质文化遗产；比如民间的丧葬文化等。

（四）采用艺术手段来进行保护。以诗词文章、书画、摄影等手段进行保护，并经印刷后通过文人口传、发行等方式流传。其保护的方式在文化地理学上类似传染式传播，借助名人效应或艺术本身的魅力效应，把渔浦文化传播至世界各地。如通过把"义桥十景""牛埭遗址"等具有渔浦显性符号作用的文化烧制在陶瓷上，通过陶瓷的交易扩散；比如明信片、纪念币、邮票等手段均可考虑。

三、处理好渔浦文化保护和现代发展的三个关系

渔浦文化保护过程中难免会出现不和谐的做法，千万要提防借保护之名来损害文化。最深刻的破坏，是以"文化"之名。渔浦文化和现代发展建设既不能对立，又不能割裂，而是有机融合，互相渗透。因此，渔浦文化和现代发展建设必须处理好以下三个关系：

（一）渔浦文化遗存保护与活化利用的关系。不少地方将早已消失不再的古庙"重建"。这些"重建"的古庙没有靠得住的史料依据，大多凭些口头的传说与记忆，想当然地干起来；而且为了"再现历史辉煌"，盖得愈大愈好，以彰显"文化政绩"。所以，要重视历史文化遗存保护与活化利用的关系，历史遗存要在活化中保护。比如，新坝村把具有几十年历史的战备粮仓，转化成一个具有高度人文气质的微型博物馆，这样既能通过博物馆来保护原貌，同时又活化利用变成了人们能够欣赏的一个建筑；再如，昇光村的李家老宅，这里曾是中共早期党员李又芬的家，1928年6月，在这座老宅中，诞生了中共何家桥支部。而共青团萧山县委也于1928年11月和1929年1月，两次在此召开代表会议。如今，李家老宅改造成了"义桥镇革命历史纪念馆"，从清末以来非常重要的历史文化空间，小小的民居，有着无数让人激荡的感人事迹，更是中华儿女顽强不屈、奋勇抗争精神

的真实见证。不断通过活化,历史文化遗产才能有它的生命,我们才能和历史文化遗产有精神上的对话,有我们和遗产之间亲近的机会。

(二)渔浦文化传承与现代发展的关系。在现代化文明发展和建设的过程当中,很多东西是可以重复再造和进行复制的,但是"历史"的东西是不能再重复出来的。历史遗迹一旦遭受到了破坏,将再一次成为无法追及的"历史",因此历史文化遗迹的保护和发掘要尊重科学,采取合理有效的规划,能够做到永久保留的目标,从而实现文化传承与现代发展"并荣"。要沿着文化传承与现代发展"并荣"的思路,多角度、多举措,充分利用已有的历史留痕,减少现代留痕。比如,昇光村将李氏宗祠改建成文化礼堂,既保留了历史痕迹,又使历史建筑物焕发出了"青春",成功升级为杭州市"四星级农村文化礼堂"和杭州市"十佳文化礼堂"。2014年,首批"1+13""杭派民居"示范村创建名单出炉,义桥镇昇光村入选。根据规划,昇光村将保留原村道体系、池塘水系等,注重新老村的衔接,努力营造良好的公共空间和环境品质。昇光村是萧山区继桃花源、三清园之后又一个杭州市级风情小镇。这里不仅拥有美丽的自然风光,还有丰富的人文旅游资源,有红色旅游革命历史纪念馆,有祈福游东福源禅寺、李氏骨伤科特色名医寻访游等。

(三)渔浦文旅开发与文化保护的关系。文化从本质而言,应该是极为孤独的。在日新月异的今天,如何去守护文化? 必须是退居在繁华之后,必须是用遗世而独立的精神状态去守望。"只有它的文化活着,这个国家才活着",文化都是最核心的生命力。文化遗产具有不可复制和不可恢复的特点,一旦毁灭将永远无法挽回。即使获得了物质性的重建,追索文明的这段记忆也再难复原。文旅开发与文化保护应该是一对孪生兄弟,渔浦是越文化的源地,具有丰富性特质,旅游方面、产业方面的开发,应该是建立在文化保护基础上的。比如云峰村是省级传统文化村落,利用历史上的萧富古道,建设一条具有特色的驴友探险之路,同时建有救援系统,包括普通报警点、太阳能报警点、接待站、救援队等。不能建设高大上的现代设施,应该要利用富春江优美的山水资源优势,在寺坞岭创建"山水小镇",呈《富春山居图》美景,观三江口壮丽。依托山水资源将重点发展山地运动、营地度假、采摘度假、家庭度假等"运动"系列旅游产品,同时辅以民宿经济、养生旅游等。"绿道"是最大亮点之一,建生态型和郊野型两种绿道,兼具步行、自行车等功能,将串联区域内景点、古村、公园、古迹和居民区等,将为游客提供极其丰富的产品和极具体验的休闲方式。

试论许贤云峰诗社在渔浦文化中的重要作用

黄坚毅^①

2020 年 10 月,浙江省诗路文化带建设暨浙东唐诗之路启动大会在天台召开,时任浙江省省长郑栅洁同志在大会上指出:"萧山着力做浙东唐诗之路起点渔浦的文章。"对萧山义桥着力推进浙东唐诗之路建设,挖掘整理渔浦文化予以高度肯定。近年来,义桥镇着力挖掘和打造以渔浦文化为鲜明地域特色的文化品牌,使之成为浙东唐诗之路和钱塘江诗词之路的重要文化品牌,并日益获得广大专家学者和干部群众的关注。现本文试图从大渔浦文化的概念,提出将许贤历史上的诗词文化纳入渔浦文化的范畴,并论述许贤诗词作者和诗词作品在历史上对渔浦文化的形成和发展占有重要的一席之地,并发挥了相当大的作用。

一、渔浦在历史上是包括许贤一带的地理范围

许贤在历史上很长一段时间是一个行政乡,与义桥镇并肩而行,一条浦阳江把许贤和义桥一分为二,隔江相望。进入二十一世纪,许贤和义桥合并为一,成为新的义桥镇。许贤长达千余年的行政区划历史遂告一段落。

渔浦是义桥历史上一个重要地名,是浙东唐诗之路的重要源头,也是钱塘江诗路文化带上的重要节点。"渔浦江山天下稀",南宋的大诗人陆游就感叹地写下了这样的千古名句,让渔浦在千百年来一直是光芒四射,从而奠定了渔浦是浙东唐诗之路的重要源头这样的地位。地处三江口的渔浦是义桥的文化金名片,渔浦相传是虞舜渔猎的地方,故名。初为江滨渔村,后为重要渡口。再是建寨、

---

① 黄坚毅,浙江省杭州市萧山区义桥镇文化站站长。

设巡检司、置镇,而后因自然环境的变迁,沉入江底,渔浦的集镇功能被义桥所取代。

当时渔浦在宋代是萧山三大古集镇之一,日益成为濒江傍湖的渡口船埠,是商贾旅人往返两浙的中转要津,是沟通钱塘江和富春江的一个舟楫不绝的活水码头。据湘湖史料记载,当时的湘湖把许贤纳入湘湖的管理范畴,在湘湖西侧还开设了许贤,即现在的水利闸,通过湘湖闸,一直将湘湖水输送到许贤一带。因为在那时,许贤和渔浦、义桥是连接在一起的,所以许贤、义桥同属渔浦的地理范畴,而且据一些史料记载,许贤和义桥的地方都和渔浦有联系的。到北宋太平兴国三年,萧山建立十五乡,其中有新义、许贤两乡,就是现在的义桥镇范围。

渔浦在北宋时湮废成陆,但浦阳江到钱塘江的航道畅通,仍然是交通要道。而且由于南宋建都临安(今杭州),渔浦是京畿近地,水陆航运更加繁忙。每天有船只载客载货从渔浦到龙山(六和塔下)之间穿梭往来。这些船大的有三百料(可载客 100 人),宋高宗、宋孝宗十分重视这里的航道,亲下诏旨,任命官员,改善水上交通。嘉泰《会稽志》记载,这里设有渔浦镇、渔浦寨、渔浦驿、渔浦务、监渔浦使臣廨、渔浦税场、渔浦酒务等官府机构。

只是到明朝中期,由于萧山县明弘治十一年(1498),设渔浦巡检司。天顺年间,绍兴府为解决浦阳江水患问题,遂下令开凿碛堰山,疏新江,浦阳江下游由西小江入海改为与富春江、钱塘江交汇。由于三江之水交汇,潮水、洪水之冲击力很大,堤塘决口时有发生。成化年间,渔浦新桥及桥南的渔浦镇竟被冲垮而沉陷于浦阳江中。后只得在新堤之东,易地复建新的渔浦街。明清两代,连设在岸边的官府机构(渔浦税课局、渔浦巡检司)也无法存身,不断迁址,最终走向没落。至此,渔浦逐渐失去了千百年来"活水码头"的功能。而这时义桥渐渐兴起,渔浦街后来成为义桥镇的一个自然村。渔浦街于 2003 年整体拆迁,2009 年这一地名注销,易址新建处新命名为渔浦苑。而由于浦阳江流入三江口,与钱塘江、富春江连接,因此将许贤和义桥开辟成两半,由于一条浦阳江相隔,所以许贤和义桥的联系逐渐不再紧密,因此,仿佛许贤与渔浦也渐行渐远。但这不妨碍许贤和义桥同属渔浦的历史事实。到 2001 年,义桥和许贤再次合并为　个镇,从此　个崭新的江滨小城镇在浦阳江两岸拔地而起,继续创造它的辉煌。这也始终说明义桥和许贤的历史是难以割断的,是能够继续延续的。

二、许贤云峰开善诗社的主要成员和活动范围

东晋末年的"清谈"风深深影响文坛,出现以阐释佛理抑或老庄哲理的诗歌,

世称"玄言诗"。许玄度、孙绰被公认为东晋玄言诗代表。晋简文帝赞美"玄度五言诗,可谓妙绝时人"。玄度太祖的诗今存的残篇居多,唯《竹扇诗》尚完整,读起来尚有情致。诗曰:

> 良工眇芳林,妙思触物骋。
> 蔑疑秋蝉翼,团取望舒景。

两晋时代是一个很富于浪漫气息的年代,那个时代的士大夫都是"晓望山峦唱长歌、卧闻江口醉美酒"的剑客侠士,从谢灵运的背长剑游四方,到葛洪的隐深山炼丹创道学,从王羲之的醉酒书兰亭,到竹林七贤的魏晋名士风度,他们用华夏最美妙的诗章,诠释了中国历史上最为奇妙的一个时代,是那样的出神入化。而这,东晋竟然也与许贤结缘。

许贤在历史上是一个很特别的地方,早在两晋时代,许贤就名声在外,可以说,许贤与渔浦是在萧山南部都有相当的知名度,相存于东西,互为掎角之势,各具特色。特别是东晋时,有一位名士许询到许贤定居,据《许贤乡志》介绍:

许询,字玄度,高阳(今属河北)人,随父许归于东晋元帝时过江居于山阴。许询寄情山水,倦于仕途,曾隐居于永兴宅(今许贤、下洋桥村乌龟山旁)烧药炼丹,并以诗文、书法 会友。咸和六年(331),舍宅为寺,归隐西山。另外,到唐朝中叶,出了个孝子许伯会:许伯会,越州萧山人。或曰玄度十二世孙。举孝廉。母丧(《嘉泰会稽志》作父丧),负土成坟,不御絮帛,尝滋味。野火将逮茔树,悲号于天,俄而雨,火灭。岁旱,泉涌庐前,灵芝生。

当时为了表彰许伯会和他历代显贵祖先,许伯会也被历代许姓子孙尊称为"许贤相公"。故命名当地为许贤乡。许贤乡和新义乡于北宋太平十五年,被萧山县一起全名为乡行政区划,从此,义桥和许贤作为一级乡行政单位,一直延续下来。可见许贤和义桥都是萧山历史上具有一千多年的文化名镇乡。

这段文字说明许询在许贤乡居住过,也是许贤的开山祖师,他的十二世孙许伯会以孝成名,使当地成为许贤乡。由于他的到来,使许贤这个地方也披上了一层神秘的色彩。使许贤这个地方与一江之隔的义桥,在民风风俗、处事方式上,都有着不同的行为规范。一般来说,许贤人豪放豁达、侠义大方。同时,许贤人更喜欢助人为乐,行为不羁。而义桥人则勤劳能干、勤俭持家,但注重规矩方圆,强调处理原则。两者相比,许贤人更有剑客侠士风范,是不是受到了许询这样具有东晋风度的影响。

历代以来,也有许多诗人到过许贤,或在许贤留下了一些诗作,虽然没有像渔浦诗词那样丰富而灿烂,但也说明了许贤的历史悠久。如唐方干的《送人宰永泰》、罗隐的《磻溪垂钓图》、五代伍乔的《寄史处士》、刘乙的《题建造寺》,宋叶清臣的《广惠禅院》、沈括的《送程给事知越州》，明来曾奕的《万筠寺》，清单隆周的《云峰》、毛远公的《云峰山》等等，都对许贤一带的山水风光进行讴歌赞美，也留下了光芒四射的篇章。

三、云峰开善诗社的重要人物和诗词创作成就

层峦高耸插青云，古刹凌霄天地分。
松咽鹤声空万籁，竹横雁阵扫千军。

——清·李俊

站在许贤云峰山的主峰上，忽然耳边响起了清代许贤诗人李俊的这首诗。该诗恰到好处地反映了云峰山那种妙不可言的气场，云峰山的主顶被称为寺坞岭，主峰为雄鹅鼻。在寺坞岭可以极目远眺，看到三江口和杭州主城区的风景，宽阔的江面，孤帆远航，片片帆影，点缀江面。城市农舍，星罗棋布，蓝天白云，清新空气，一切尽收眼底。附近有大桂树王、百亩茶园、竹海氧吧、瞭望台、清凉寺、万筠寺、黄石垄水库、老式民居、游步古道等风景秀丽的自然景点，游人在这里能够体验到优美而倚俪的自然风光，使人流连忘返。云峰山风光秀丽，早春时节，梅花迎着寒梅逆风而放，暗香浮动；阳春三月，雨过天晴，毛笋破土而出；暮春季节，春茶飘香，山花烂漫；三伏夏季，竹林青翠，凉风拂面；秋天时节，枫叶飘红，柿子怒放；隆冬时节，白雪飘飞，银装素裹。四季风光不同，别样风景，令人神往。

在清代的乾隆嘉庆年间，许贤云峰山一带的文学创作活动比较活跃。主要是在北坞、南坞、罗墓、西山等地，有金兰、黄士俊、李俊、龚渭、李华、邵南等许多名士，在当时结社作诗，成果斐然。这里主要有北坞的金兰是一个领头人。

金兰是北坞人，出身书香之家，幼时读书用功，颇有诗才，是邑庠生，著有《蕉桐诗草》，金兰被称为湘南先生，覃恩敕赠儒林郎翰林院庶吉士加一级，诰封朝仪大夫。家世虽然说不上显赫，但也名闻乡里。金兰生有五子，其中四子金石声、幼子金石文颇有文才，均官居知府大夫。他与南北坞及罗墓的黄士俊、邵南、李俊等文士一起，建立了云峰开善诗社。他们一起酬唱游乐，徜徉于云峰的山山水水，在老虎山上嬉乐，在白虎岭眺望，在仙乐洞里饮水，在陈家岭中咏诗。他们以云峰山区的八个景点为题，进行同题作诗。这八个景点分别为玉洞奇景、云峰灵鹫、坟花现瑞、仙井回春、月涌鸳溪、霞飞凤坞、六和宵梵、慈云晚钟等八景，这八景基本上都是在南北坞一带，这里山高坡陡、修竹茂林、鸟语花香、溪涧流水，十分怡然，具有飘飘欲仙之味。特别是这里曾有传说，当地的慈云寺原是东晋许询先生在此修行，并有舍家产捐寺的传说，令人动容。难怪金兰他们一群乡绅名

流,愿意在这里流连忘返,作诗咏唱,美不胜收。金兰的诗在当时最有名气,他围绕村景首题八咏,其中在村后一处玉洞欣赏奇妙的泉流,此泉久旱不减,暴雨不增,冬则温堪炙手,夏则凉可沁牙,见此美景,他忍不住咏出一首《玉洞奇泉》:

> 百叠危峰蕴异泉,鸣琴漱玉韵涓涓。
> 雨晴不见分深浅,寒暑偏能夺化权。
> 洁煮龙团翻玉乳,香浮桑落泛银船。
> 曾闻廉让夸名胜,何似争奇出洞天。

其他的诗人也都同韵酬唱,好不乐趣妙生。

尤其令人称奇的,他们在云峰山上的一处山寺中,发现一个奇怪的现象,即是取那寺中之井的水喝下去,会使有患癫疾的人病愈,所以当时有许多人都到这里来取井中之水,把这口井称为仙井。因此,金兰他们围绕这个寺中之井,出题咏诗,金兰这样写:

> 云峰高顶有灵泉,凿井宏开济世缘。
> 效夺丹砂多益寿,功逾橘叶可回天。
> 漫夸下拜耿宗伯,莫讶飞钱葛稚川。
> 一饮琼浆春有脚,何须云母始称仙。

后来这个山寺就是万笏寺,虽然这个万笏寺后来塌废,但这个故事一直传下来,而仙井回春也成为云峰山的一处自然景观而留名萧然。山阴文士陈志学在寺门书"仙液回春"四字,以表示这个山寺之井的神奇。

另一首《慈云晚钟》,则是源于一个传说:慈云寺在许贤乡,据载在梁天监十二年,僧宝志于许玄度基上建,名开善资宝寺,唐会昌间废,五代晋天福三年重建,宋祥符元年改赐今额。

金兰一首诗把慈云寺的景象描写得十分生动而逼真:

> 良宵铿鞳起钟声,知是慈云寺里鸣。
> 韵带昙花飘竹院,响传仙梵过松坪。
> 知时吼彻霜初白,得句敲来月正明。
> 千百年前都讲宅,只今惟有佛云横。

在诗人的和诗中,罗墓的黄士俊也很有诗才,他是开善诗社中一个长者,曾经在开善里担任私塾,和诗社成员一起和唱,他的诗《慈云晚钟》写道:

> 许贤宅改梵王宫,恩敕慈云诏九重。
> 寺历晋唐千载旧,地当南北两山雄。
> 声传铿鞳惊归雁,韵入青冥递晚风。

往事不须嗟变革,发人深省只空空。

这首诗主要描述了魏晋时许询来许贤隐居时,舍家为寺的故事,有咏史之风貌,令人沉思。

西山李俊的诗则注意画面感,把风景与气味、声音糅合在一起,他的玉洞奇景是这样写的,将瀑布、香岩、流石放在一起,花和柳、雨和烟各得其趣,暑寒年月轮回,真是妙不可言。

一派奇泉出洞天,潺潺碧泻两峰前。
香岩气酝椒兰臭,细窍流空金石穿。
过去漫随花与柳,汲来轻带雨和烟。
暑寒未见分深浅,混混长流不计年。

南坞人邵南的诗则比较通俗明白,似有白话之感,全无晦涩难读之感,但也有颇有意味,这让我感觉他是不是在念给村中的老妇听的。今录一首:

云峰庙里有清泉,愈病回春多宿缘。
术比金丹堪济众,功超橘井自通天。
医人不药原无妄,寿世诚灵利用川。
一勺狗来狂忽醒,奚称元化是神仙。

而龚渭则以词的形式写云峰八景,另有一番意境:咏词意境太玄,遣词清丽,似浓又艳,妙趣横生,令人回味无穷。

江城梅花引

阳明洞辟鸟花天,泻菲泉,半月穿,移到云峰第几巅。练光飞出甘如酒,人尽漱,对方圆,赋数篇。

三危露,结五云,鲜苔欲咽石欲眠,冬不生凉夏不暑,白气蒸烟,犹作好音。朱鲤弄冰弦,浑似桃源花发处,也不是,书刀割,就机缘。

在村咏八景,当今流传下来的有金兰8首、黄士俊8首、李华4首、龚渭2首、邵南8首,其他成员的诗词作品则没有传下来,则已散佚掉了。

金兰与妻子孟氏也十分恩爱,他们结婚后夫妻恩爱,孟氏相夫教子,并为金兰生了五子,他们个个都很优秀,特别是石声、石文后来都考取功名,中了进士,做了大官,而孟氏后来病故,金兰为此十分痛心,为此撰诗十章,以悼念孟氏,其中有一首是这样写的:

寂静空山夜独眠,更深时怕听啼鹃。
因嫌造物无全美,不许同枯并蒂莲。

夜深了,金兰倘在思念亡故的妻子,可见他对孟氏的恩爱,溢于言表。

> 梁鼠窥灯影蓑孤,拥衾常自忆遗模。
> 几番曾得逢妻梦,未审贤妻见我无。

诗句读来,现在还能感受到诗人对于妻子的恩爱是很深情的,可见有时古人在表达对妻子的思念方面,与我们现代人并不差,甚至有更深更丰富的内涵。

金兰十分热心公益事业,他在乾隆四十八年村里修谱时,撰写了多篇文章,热心办事,助人为乐,对于建祠修谱是十分热心,帮助困难的村人渡过难关,颇赢得村民的好评。

开善诗社的其他成员与金兰父子是同一时期,文艺创作和酬迎来往也很活跃,都参与各姓族氏的宗谱修编工作和文章撰写,如黄士俊撰写了他的姑父金荣宾传、李俊写了金德忠的传记、李华为他的舅父金伯卿立传,邵南写了金南来的传记。他们通过传遍和唱吟的方式,将当时的生活风貌真实在记录了下来,是现在研究清代义桥和许贤民间的难得珍贵资料。

四、许贤云峰诗词是渔浦文化的重要组成部分

与一般的文人雅士一样,云峰开善诗社的成员,斟酌上以许贤云峰一带作为活动和创作基地,他们所创作的诗词作品,也有很正面和积极的层面,主要体现在以下几个方面:

一、讴歌家乡的山水风景,赞美故乡的地理风貌。他们诗社对云峰进行了全方位的描绘和欣赏,其中的诗词作品,都包含了这样的味道和见解。对云峰山中的八大美景,一一用诗词形式进行了讴歌,特别对玉洞奇景、云峰灵鹫、坟花现瑞、仙井回春、月涌鸳溪、霞飞凤坞、六和宵梵、慈云晚钟这八景进行集体创作,使云峰八景在许贤历史上很有地位,在萧山也别有影响。

二、在山水唱诗中寄情自己的感情,也凝聚了内心的精神世界。这方面,金兰父子表现得尤其突出,金兰父子是云峰诗社的核心和骨干成员,金兰虽然没有高中进士榜,但他却是饱读诗书,学贯今古,在当时的萧然文界,也是颇号召力,而他对妻子的诗词吟诵中,可以看到他丰富的情感世界,丝毫不输今人。

三、在诗词作品中体现了感情的追求,并且还涉及爱情的描写和抒发。这方面金兰的诗作表现得十分抢眼,他的挽妻十章,几乎篇篇都是真情流露。在第六章中,他这样写道:寂静空山夜独眠,更深时怕听啼鹃。因嫌造物无全美,不许同枯并蒂莲。仿佛对妻子是阵阵呼喊,如今却已无人可见,几乎夜夜难眠,这样的

场景让人落泪不已。

四、体味民间疾苦，感受百姓的生活艰辛和不易。这方面在云峰诗社的一些诗中也有涉及，如金兰曾这样写道：生平力欲挽余贫，轻援肥甘不到身。刚得小康心颇遂，晚萱无奈又辞春。他对家中的生活也没有多少好的改善是很有内疚的感觉，想来平生是努力创造一种好的生活方式，但也没能尽愿，所以只是无奈。试想，像金兰这样的诗书人家尚且有这样的感叹，那么一般贫苦人家的生活景况则更难以想象了。

五、许贤的诗词作品流传不多。从开善诗社的活动情况来看，当时开善诗社的成员比较多，活动也很频繁，诗词创作应该也是很广泛。但由于年代久远，目前发现的只是从《北坞刘氏宗谱》《云峰开善邵氏宗谱》《开善俞氏宗谱》等当地宗谱中的记载发现，最有名的是《村咏八景》，以及金兰的《蕉桐诗草》《合莫堂诗抄》《开善诗录》《文起堂初录》《黄氏宗谱词翰录》等文集的目录留存，有许多诗词作品也已散佚掉了，这也是很可惜的。另外，与开善诗社同时期或前后的还有本地诗人，如罗墓的黄罗庄、义桥的韩羹卿、埭上的黄元寿等等，他们的诗作都收录在义桥各大姓氏编纂的宗谱里，给当代爱好者义桥渔浦诗词提供了研究的价值。

五、许贤云峰诗社对现当代的影响和作用

许贤云峰开善诗社的诗词作品，在当地很有影响，他们在清代乾嘉年间，几乎达到了创作的高峰期。我们知道，渔浦是浙东唐诗之路的源头、是钱塘江诗词之路的重要节点，而作为渔浦文化中重要的组成部分，渔浦诗词作品中，大多数是由外来的，来自全国各地的诗人所创作的作品为主，一般的本地诗人创作的作品比较少，但到清代，这一现象有所打破，特别是许贤云峰开善诗社的横空出世，他们用自己独特的风格和吟唱赋诗，开了本土诗人写渔浦风光的先河。所以说，云峰开善诗社的诗作在当时是具有很好的先锋作用的。

许贤云峰开善诗社对当代的义桥渔浦的创作也具有很大的促进作用，开善诗社的活动一直延续到清代以后的民国和现当代，像民国时代的李又芬为代表的诗词作品，在创作上也延续了开善诗社的一些风格，如以讴歌当地风光为主，以陶冶乡村美景为乐，以讴歌亲情和爱情为主调的情感诗，都是他们入选的诗词主题。李又芬曾经是一个革命者，他的诗篇中有一些是讴歌当代革命仁人志士的，如《悼念钟阿马烈士殉难六十周年》《辛亥革命七十周年》《赠张崇文老友二首》，是对革命者的坚定信念的赞美；《小诗二首》《芒种即景》《萧然风光》是对家乡自然风光优美景色的赞美；如像《悼胞妹三瑜一首》《探亲五首》是对亲情的关

怀和深情流露;《寄慧君二首》等则是流露出一份真挚的感情思想,希望达到一种"神前自许齐眉愿,鱼水承欢共白头"的美好境界。

到了当代,全国各地、省市区的诗人也多次到义桥和许贤,对许贤的风光和优美的山水人文进行讴歌,使许贤更是溶入了渔浦文化的一环,成为名副其实的渔浦文化的一部分,如像林峰、王骏、郭星明、尚佐文、蒋荫焱、朱超范、曹福恒、徐荣春、吴容、高卓等一批诗人经常来到义桥,对渔浦、许贤、黄石垒、寺坞岭、罗墓畈、昇光革命历史纪念馆、李又芬故居等一批当地的风景进行讴歌和描绘,把许贤的秀丽风光呈现出来,从而得到了大家的一致认同,也使义桥的渔浦文化得到了提升,跃上了一个新的高度,文化底蕴更加厚重,人文历史得到了挖掘,渔浦文化获得了发扬光大。

早在20世纪80年代,在许贤乡和朱村桥乡,就有一批富有才华的文艺青年,创办了许贤田野文学社和朱村桥晨光文学社,一批知识青年回到许贤和朱村桥,他们在工作和劳动之余,组成了诗社,也创作和赞美发家乡为主的诗歌,这也受到了开善诗社的一些影响。特别是进入21世纪以来,义桥镇的渔浦文学协会和渔浦诗社,团结了周边数十位诗词创作爱好者,他们有朱超范、黄坚毅、黄建明、黄叶根、沈国龙、田永梅、郭红兰、李小娥、鲍麒麟、金玲珑、李望涛、楼华庭、沈吾阳等人,他们虽然处在不同的工作岗位,有的担任基层文化工作者,有的是新闻网络的资深工作者,有的在企业工作,有的是老师,有的是自由职业者,他们以先辈开善诗社的先祖为楷模,追求大自然的优美风光,以许贤、义桥的渔浦山水风光为创作底色,讴歌渔浦自然风光,他们通过多层次的采风和创作活动,特别是近年来通过开展各种节庆活动,像渔浦文化节、钱塘江诗词大会、南坞乐笋节、三江口开渔节、金秋割稻节、渔浦诗词帐篷节等活动,组成诗词创作者赶赴活动现场,开展体验和创作活动,并通过推进美丽乡村建设,赴新坝、河西、复兴、丁家庄、七里店、云峰等村开展采风体验,并采写了数十首关于建设美丽乡村的诗词作品,受到了当地村庄干部群众的好评,有的结合美丽乡村建设,把我们说老实话成员创作的作品悬挂在文化礼堂、镌刻的诗墙或石头上,从而使我们诗社成员创作的诗词作品,成为当地美丽乡村建设的一道亮丽的风景线。

通过诗词文学创作活动,加强与各地的交流和联系。渔浦诗社的同志,在近几年来,通过开展采风和文学创作活动,紧密加强与全国各地的文学联系,交流创作心得,提升自己的文学创作水平和创作要求。我们通过重走浙东唐诗之路、开展渔浦是浙东唐诗之路的重要源头等研讨和采风活动,邀请了傅璇琮、吴在庆、竺岳兵、蒋凡等国内著名专家学者一起,讨论渔浦文化的内涵,特别是加强了渔浦文化与许贤的关系和联系,也加强和提升了本土诗社成员的文学个头和文化内涵。同时,我们通过重走浙东唐诗之路等活动,与新昌、嵊州、绍兴等地的诗词爱好者一起,唱吟诗词作品,讴歌唐诗之路的成就,我们诗社成员的作品发表在《中华诗词》《浙江诗联》《杭州诗联》《新昌天姥山诗吟》等报纸杂志上,使渔浦诗社的知名度不断提高和扩大,我们渔浦诗社一些主要成员也积极参加了国家、省市区各级文学协会,有 8 人参加了中华诗词学会、6 人参加了浙江省诗词学会、13 人参加杭州诗词学会、21 人参加了萧山诗词学会,从而使渔浦诗社的创作队伍不断加强、创作活动不断提升、创作水平不断提高。

通过综上所述,可以表明,渔浦文化是义桥具有鲜明地域特色的文化品牌,而许贤自古以来,就是渔浦文化的一部分,也是渔浦文化的重要组成部分,进入当代以来,许贤乡和义桥合并在一起后,渔浦文化在各级党委和政府、各级诗词学会组织的关怀下,为促进文化交流,弘扬渔浦文化作出了自己的贡献,为打造"山水新都市、创智新高地、渔浦新义桥"战略,为义桥新时期的文化建设作出重要而有力的保障。以上均参考《萧山民国县志》《许贤乡志》《义桥镇志》《北坞刘氏宗谱》《埭上黄氏宗谱》《文起堂初录》《渔浦新咏》《李又芬诗选》等文献。

从《渔浦诗词》谈谈五古创作

何智勇[①]

　　渔浦是浙东唐诗之路的起点，不光风景秀美，而且历史文化底蕴深厚。2010年，杭州市萧山区义桥镇人民政府组织编纂《渔浦诗词》一书，窃以为该书所选诗作均反映了渔浦的厚重文化，不仅内容丰富，而且注释详尽。在拜读过程中，我觉得本书所选五古尤佳，颇可指导创作。本文拟着重提出几首五古，从"观"的角度去分析，并结合个人的创作经历，对五古的写法提出一点浅显的意见，以就正于大方之家。

　　世界可以分为内和外。内，是人的心理世界。外，是自然世界。哲人试图把握内外世界，提出一系列方法。比如老子就说要"观复"（万物并作，吾以观复），邵子也说要观，他著有《观物内外篇》，强调观的重要性。内观和外观的深入，会造成"无将迎，无内外"（明道先生语）的局面，进而"观乎人文，以化成天下。"所谓"观"，按照我浅薄的理解，应该不单单是指眼睛去看，而是指五官的充分调动。

　　哲人要观，诗人也需要。孔子说，"兴观群怨"，这不光阐释了诗的功能，也暗含了写诗的方法。在我看来，独立的一个人，其内在世界与外在世界同样广阔浩瀚，其内为"人"，其外为"物"。人有情，有事；物有景，有理。观人事与景物，明人情与物理，也许就是诗人之所以为诗人吧。观景而知其物理，观事而知其人情，情景交融，诗乃见焉。

　　不同的诗歌体裁的选择，会影响观的深度与角度。观的深度与角度，同时会反过来影响体裁的选择。举个例子，诗人准备写渔浦，他应该如何去观呢？如何去写呢？请看潘阆《岁暮自桐庐归钱塘泊渔浦》（《渔浦诗词》第57页，文中以下

　　① 何智勇，号辣斋，安徽人，现居杭州。现为中国楹联学会辞赋研究院副院长、浙江辞赋学会副会长。著有《西湖十景赋》。

所引诗均出此书,惟注页码):

> 久客见华发,孤棹桐庐归。
>
> 新月无朗照,落日有余晖。
>
> 渔浦风水急,龙山烟火微。
>
> 时闻沙上雁,一一背人飞。

这是一种平视,又略带一种仰视,在这种视域之内,"日"、"月"、"风水"、"烟火"各自铺排,如同一幅疏密得当的图画。不过,这幅画似乎是静止的,不够生动,给人一种安静凝固的感觉。同时,这种观象是一种扫描仪式的,对着渔浦扫了一圈,发现了某个景象,就定格了。又比如鲁交的《江楼晴望》(第63页):

> 江干一雨收,霁色染新愁。
>
> 远水碧千里,夕阳红半楼。
>
> 笛寒渔浦晚,山翠海门秋。
>
> 更待牛津月,袁宏欲泛舟。

这是一种灵动的观,"碧""红"二字一下子让颜色明丽起来,且写景阔大,气势欲吞万里,而"笛寒"与"山翠"则动静结合,回归具体景物。一正一反,一著一微,写作颇有章法。全诗仿佛一幅徐徐展开的画卷。

潘阆和鲁交的观,都是一种概略性的观。他们遗小取大,遗貌取神,促使我们完全有理由相信,他们这种观法,外观不足而内观有余,最终选择用五律来表达,是合适的。因为五律适合抒情,不在乎外观的多少,而在于外观的质量。

五律这种体裁,因为容量的有限,在描写物景时,观的深度会受限。因为你观得太深,可捕捉的意象会越多,必须剪裁的也会越多。杜甫在《望岳》中写道:"岱宗夫如何? 齐鲁青未了。"后人评价说,一个"青"字就概括了岱宗的一切。实则不然。青只是一种观感,但并非事实,事实的青或许包含多个层次,或许依托很多内容,但这些显然都不能从一个"青"字中看出来。

问题来了,如果我们观得很深,别人只看到山的形态,我却看到其中的褶皱;别人只看到青青一片,我却看到苍松翠竹碧涧苍壑。这时候,发之以诗,五律(或律诗)似乎不足以做到,于是选择五古(或古体)成为一种必然。还拿渔浦为例,如江淹写的《赤亭渚》(第10页):

> 吴江泛丘墟,饶桂复多枫。水夕潮波黑,日暮精气红。路长寒光尽,鸟鸣秋草穷。瑶水虽未合,珠霜窃过中。坐识物序晏,卧视岁阴空。一伤千里极,独望淮海风。远心何所类,云边有征鸿。

看到这样的诗篇,我们很难想象,作者如果不观,就能够一挥而就。江淹一定是细观赤亭渚边的景色，仔细打量其角角落落，哪怕是比较精细的部分，也没能逃脱其法眼。如"桂""枫"为泛观，"寒光""秋草""瑶水""珠霜"则是近观，"潮波黑""精气红"则是略带深入的细观——如此之观，用五律去表达，如何能尽？因此，江淹选择五古表达，是不难理解的。

同一个渔浦，由于观的深度的不同，造成了适合表达体裁的不同。如果拿画来比喻，潘阆观的是一幅静物画，厚重沉稳；鲁交观的是一幅水墨画，飘逸洒脱；而江淹观的则是一幅连环画，画面一个接着一个，令人目不暇接，也显得层次丰富，面面俱到。

因此，在描摹物景并由之求理时，选择五古去表达只是一个选项。观的深度和角度会指引创作安排。反过来，在先期选定用五古创作时，对观的深度和角度也会提出要求。五古和五律都可以抒情。但五古中，似乎物景的出现频率更高，布置更散漫，而不像五律那么循规蹈矩和套路化。（前人对律诗，甚至总结出写作方法，一联写景，一联写情）这种例子特别多，我就不多举了。

我想说的是，在五古创作中，观的角度。比如我曾经想写一首关于黄山的五古，该如何去写？颇费踌躇。看也看了，似乎云、石、松等都可以写，但又不知道从何写起。毕竟也只是一瞥，不可能如江淹那样仔细去看。观的深度达不到，只好从观的角度去着眼。于是我写成下面这样：

> 黄山大于眼，裂眦望难穷。危崖苍龟坼，突兀过高穹。千年争一罅，天为养青松。黄山小于掌，一握彼苍莽。烟云来不时，蓬莱劳霞想。昏晴不依客，大雨无东西。夜宿汤口镇，坐听虎豹啼。悬知岩瀑活，尘心已奋飞。

因为观的深度受限，所以观的角度成为我的重要考虑。我选择了一个宏观和微观交互的角度，感觉像是显微镜和放大镜结合在一起的一种新机器所产生的新视域。自其大来看，黄山是看不完的，其松其石，连绵不断；自其小来看，黄山又是可以把握的，其烟云其霞光都俨然可即。所以，有时候适当变换下观的角度，也许会让五古写得更有趣味。

上面讲的主要是观物景，下面再谈一下观人事。人事之观，对于诗人来说，最根本是要流露出情，让人情在人事中展现出来。这一点，老杜做得最好，比如他的五古名篇《奉赠韦左丞丈二十二韵》：

> 纨绔不饿死，儒冠多误身。丈人试静听，贱子请具陈。甫昔少年日，早充观国宾。读书破万卷，下笔如有神。赋料扬雄敌，诗看子建亲。李邕求识面，王翰愿卜邻。自谓颇挺出，立登要路津。致君尧舜上，再使风俗淳。此意竟萧条，行歌非隐沦。骑驴十三载，旅食京华春。朝扣富儿门，暮随肥马尘。残杯与冷炙，到处潜悲辛。主上顷见征，欻然欲求伸。青冥却垂翅，蹭

蹬无纵鳞。甚愧丈人厚,甚知丈人真。每于百僚上,猥颂佳句新。窃效贡公喜,难甘原宪贫。焉能心怏怏,只是走踆踆。今欲东入海,即将西去秦。尚怜终南山,回首清渭滨。常拟报一饭,况怀辞大臣。白鸥没浩荡,万里谁能驯?

这首五古,作者通过观人事、人世,体察出人情,娓娓道来,怨而不怒。《历代诗话》评论这首诗说:"杜之五古,从古人变化而出,独辟境界。严羽谓其宪章汉魏,取材六朝,其自得之妙,则先辈所谓集大成者。王世贞谓其以意为主,以独造为宗,以奇拔沈雄为贵,是已。此篇起语兀傲。甚愧丈人厚二句,叠语归题,别有风神,一结旷达,收转前半,意在言外。所谓篇终接混茫也。故前人多取为压卷。总而论之,读书破万卷,下笔如有神,学问之根柢也;致君尧舜上,再使风俗淳,志愿之端倪也;尚怜终南山,回首清渭滨,见恋阙之诚;白鸥没浩荡,万里谁能驯,明洁身之义。磊磊数语,本末具见,岂寻常赠答汗漫敷陈者所可比哉!"这段话详细解剖了这首诗的写作特点,值得回味。以意为主,其实就是观之所至。

再回到《渔浦诗词》,看下谢灵运的《富春渚》(第3页):

> 宵济渔浦潭,旦及富春郭。定山缅云雾,赤亭无淹薄。溯流触惊急,临圻阻参错。亮乏伯昏分,险过吕梁壑。洊至宜便习,兼山贵止托。平生协幽期,沦踬困微弱。久露干禄请,始果远游诺。宿心渐申写,万事俱零落。怀抱既昭旷,外物徒龙蠖。

这就是一种典型的内观式五古,作者没有用过多的笔墨去描绘景色,而是注重说理,反复陈说,娓娓道来。如"亮乏伯昏分,险过吕梁壑",用《庄子》中的典故表达对仕途艰险的认识;"洊至宜便习,兼山贵止托",则用《周易》中的典故表达其处世态度,带有深沉的感慨。

又如江淹的《谢法曹惠连赠别》(第12页):

> 昨发赤亭渚,今宿浦阳汭。方作云峰异,岂伊千里别。芳尘未歇席,零泪犹在袂。停舻望极浦,弭棹阻风雪。风雪既经时,夜永起怀思。泛滥北湖游,苕亭南楼期。点翰咏新赏,开帙莹所疑。摘芳爱气馥,拾蕊怜色滋。色滋畏沃若,人事亦销铄。子衿怨勿往,谷风诮轻薄。共秉延州信,无惭仲路诺。灵芝望三秀,孤筠情所托。所托已殷勤,祗足搅怀人。今行嵚崟外,衔思至海滨。亲子杳未偕,款睇在何辰。杂佩虽可赠,疏华竟无陈。无陈心悁劳,旅人岂游遨。幸及风雪霁,青春满江皋。解缆候前侣,还望方郁陶。烟景若离远,末响寄琼瑶。

此诗层次分明,内观与外观结合,既有寄托,又有感慨,颇足取法。我认为,写五古时,可以适当加大"观"的重要性。因为五古有一定的容量,适合敷衍铺排,所以对观的要求更高。

　　最后,以我曾经写得过一首五古《听雨》作结。那是在春天的夜晚,小雨淅淅沥沥,时断时续,我睡在床上辗转难眠,念及先母,不觉而吟成:"中夜听风雨,如闻母叮咛。送我小村口,雨浥草色青。行矣勿多念,县学严有程。莫爱买肉钱,慎惜少年名。仿佛未及已,狂风折松杞。辗转愈不眠,雨决大海水。如我当年泪,一倾天地洗。空看母化魂,初识生与死。披衣复当窗,看雨生虚白。千枝惊成空,新寒渐寥阔。"

那些来过萧山的诗词界大佬及其咏萧诗

邵 勇[①]

　　地处钱塘江南岸的萧山,东邻绍兴,南接诸暨,西连富阳,历史悠久,人杰地灵,经济繁荣,文化昌盛。境内发掘的新石器时代文明遗址——跨湖桥遗址证实,早在 8000 年前,就已有人类在萧山这片沃土上繁衍生息。萧山,有风景秀丽的湘湖,是 8000 年前跨湖桥文化的摇篮,是 2000 年前吴越相争的古战场;有浙东唐诗之路的源头渔浦,三江明珠,诗画义桥,烟波浩荡,山明水秀;有波涛汹涌、巨浪排空的钱江潮;有绵延 40 多千米的千年古海塘,有虞舜、勾践、许询、江淹等名人留下的厚重的人文古迹……萧山拥有 2000 多年的建县史,千百年来,萧山名人学者辈出,出现过有"史上最早的美女间谍"之称的西施,出现过史上最长寿诗人、浙江首位状元郎、最早唤李白"谪仙"的人、写过中国古代最有名的回乡诗的诗人贺知章,出现过有"江东二毛"之称的毛奇龄、毛万龄兄弟。最美唐诗之路,引得天下诗人纷纷前来参观旅游,李杜来过,谢灵运、王勃、孟浩然、王维来过,陆游多次路过萧山,成为写萧山作品最多的著名诗人。乾隆几下江南,成为古代歌颂萧山身份最高的诗人。

　　"钱塘看潮涌,渔浦观日落。浙江两奇景,亘古称双绝。"此外,萧山还有众多的古镇老街星罗棋布,每条老街都有自己独特的历史印记和传奇故事。古往今来,历代诗词界的大佬们,在萧山这片美丽富饶的土地上,驻足游览,饮酒赋诗,留下了大量歌咏萧山名胜古迹的诗词佳作。

---

　　① 邵勇,萧山区诗词楹联学会理事、《湘湖诗词楹联》副主编、萧一职高级教师。著有《舞雩归咏——游心斋诗文稿》(四川民族出版社)。

一、李杜越中壮游

房玄龄修成《晋书》之后，东晋人物超然物外、潇洒处世的独特风采成为唐朝仕子追慕的对象、崇拜的偶像，以李白为代表的"入剡寻王许（王即王羲之，许即许询）"的愿望，成为当时读书人的心声，从而促进了著名的唐诗之路的形成。

李白（701—762），字太白，号青莲居士，唐朝浪漫主义诗人，被后人誉为"诗仙"。祖籍陇西成纪，出生于西域碎叶城，4 岁随父迁至剑南道绵州。李白存世诗文千余篇，有《李太白集》传世。762 年病逝，享年 61 岁。其墓在今安徽当涂，四川江油、湖北安陆有纪念馆。唐代诗人李白一生中多次到杭州，他有亲戚在杭州，堂侄李良在杭州当刺史。李白到杭州都要住下来，游览湖光山色。曾经辅助越王勾践复国的范蠡，成为李白的偶像，"事了拂衣去，深藏身与名"，这是李白为范蠡写的两句诗。在李白心中，范蠡是高不可攀的偶像，也是终其一生想要变成的模样。通过西兴、渔浦的越中壮游，李白吟咏越中山水的诗歌，收入《全唐诗》的就有 20 首：

送友人寻越中山水

闻道稽山去，偏宜谢客才。
千岩泉洒落，万壑树萦回。
东岭横秦望，西陵拱越台。
湖清霜镜晓，涛白雪山来。
八月枚乘笔，三吴张翰杯。
此中多逸兴，早晚向天台。

杭州送裴大泽赴庐州长史

西江天柱远，东越海门深。
去割慈亲恋，行忧报国心。
好风吹落日，流水引长吟。
五月披裘者，应知不取金。

送杨山人归天台

客有思天台，东行路超忽。
涛落浙江秋，沙明浦阳月。

今游方厌楚,昨梦先归越。

且尽秉烛欢,无辞凌晨发。

我家小阮贤,剖竹赤城边。

诗人多见重,官烛未曾然。

兴引登山屐,情催泛海船。

石桥如可度,携手弄云烟。

送祝八之江东赋得浣纱石

西施越溪女,明艳光云海。

未入吴王宫殿时,浣纱古石今犹在。

桃李新开映古查,菖蒲犹短出平沙。

昔时红粉照流水,今日青苔覆落花。

君去西秦适东越,碧山青江几超忽。

若到天涯思故人,浣纱石上窥明月。

杜甫(712—770),字子美,自号少陵野老,世称"杜工部""杜少陵"等,河南府巩县人,唐代伟大的现实主义诗人,被世人尊为"诗圣",其诗被称为"诗史"。杜甫与李白合称"李杜"。他忧国忧民,人格高尚,流传下来的诗歌约 1400 余首,诗艺精湛,在中国古典诗歌中备受推崇,影响深远。

唐开元十九年(731),刚过弱冠之年的杜甫迎来了他人生中的青春壮游——吴越之行,一游就是四年。江南的秀山丽水,不仅滋润着他那颗年轻而烂漫的诗心,同时也润物无声地塑造他的审美与人生意趣。游会稽,访禹穴,泛舟剡溪,抵临天姥,他在钱塘江南岸的这片土地上尽情地挥霍着自己的青春岁月。因为命运注定他后来尽管一刻不停地在路上奔走,但从来没有像江南之行这么恣意快乐过。杜甫在 750 年之前的诗作只留下不足五十首,关于吴越漫游甚至没有留下具体的诗作,只是后来在那首追忆逝水年华的《壮游》里略有提及,做出一次粗线条式的回忆,但我们依然能隐约感受到这次出行的力量。

解闷十二首(之一)

商胡离别下扬州,忆上西陵故驿楼。

为问淮南米贵贱,老夫乘兴欲东流。

壮　游

东下姑苏台,已具浮海航。

到今有遗恨,不得穷扶桑。

王谢风流远,阖庐丘墓荒。

剑池石壁仄,长洲荷芰香。

嵯峨阊门北,清庙映回塘。

每趋吴太伯,抚事泪浪浪。

枕戈忆勾践,渡浙想秦皇。

蒸鱼闻匕首,除道哂要章。

越女天下白,鉴湖五月凉。

剡溪蕴秀异,欲罢不能忘。

世间很多珍贵的友情都是这样,看起来亲密得地老天荒、海枯石烂了,细细一问却很少见面。李白与杜甫相遇,是在公元744年的河南开封陈留。那年,李白43岁,杜甫32岁,相差11岁,而且在诗坛辈分上整整先于杜甫一个时代。也就是说,他们分别代表安史之乱前后两个截然不同的唐朝。李白的佳作,在安史之乱前大多已经写出,而杜甫的佳作,则主要产生于安史之乱后。李白当时已名满天下,而杜甫才崭露头角。杜甫早就读过李白的很多诗,此时一见真人,崇敬之情无以言表。一个取得巨大社会声誉的人往往有一种别人无法模仿的轻松和洒脱,这种风范落在李白身上,更是让他加倍地神采飞扬。以杜甫的敏感与细腻,他是最能感受这种神采的,因此他陶醉于李白的诗化性情中。我想,他们在纵马打猎、喝酒吟诗的同时,一定会回忆起各自浪漫的吴越青春壮游吧!

二、"风流贺监"写了最著名的回乡诗

回乡偶书二首
其一

少小离家老大回,乡音无改鬓毛衰。

儿童相见不相识,笑问客从何处来。

其二

离别家乡岁月多,近来人事半消磨。

惟有门前镜湖水,春风不改旧时波。

千百年来,多少游子回乡时,都喜欢引用贺知章《回乡偶书》中的诗句,来表达自己回家的心情。1992年,在香港的一次唐诗十佳评选中,《回乡偶书》被评为唐诗第十佳。这首诗,曾经陪伴着一代又一代国人幼年时期的成长,唤起过众多远离家乡的游子们的思乡情怀。

道书《花栖序》二十四桥联中有载:"皇都得意归故里,奉旨还乡思家桥。"这首妇幼皆知的名诗,传说就创作于思家桥旁,思家桥因此而得名。八十六岁告老还乡的贺知章,阔别家乡五十多年,一路迤逦行来,置身于故乡熟悉而又陌生的环境之中,心情颇不平静:当年离家,风华正茂;今日返归,鬓毛疏落,不禁感慨系之。"笑问客从何处来",在儿童,这只是淡淡的一问,言尽而意止;在诗人,却成了重重的一击,引出了他的无穷感慨,自己的老迈衰颓与反主为宾的悲哀,尽都包含在这看似平淡的一问中了。虽写哀情,却借欢乐场面表现;虽为写己,却从儿童一面翻出,极富生活情趣。

贺知章(659—744),字季真,唐代越州永兴县人(即今杭州市萧山区人)。武则天证圣元年进士及第,曾任礼部侍郎兼集贤院学士、太子宾客、四门博士、银青光禄大夫、秘书少监等重要职务。为官清正、刚直不阿,和当朝权奸高力士、杨国忠等进行了坚决而巧妙的斗争,受到了满朝文武官员的敬重。大诗人李白才高压众,但他还是布衣寒士时,贺知章慧眼识英才,金龟换酒,高呼"谪仙",积极向唐玄宗推荐,保护李白不受奸臣伤害。

贺知章与李白、张旭等人并称"饮中八仙",而其中又以贺知章"年最高",他一出场,还未开饮便是醉态,及饮一觞,更是"知章骑马似乘船,眼花落井水底眠"。一日,友人邀请贺知章去长安郊外的家中做客。主人盛情款待,自然免不了一番痛饮,贺知章开怀至极,醉书一首《题袁氏别业》:

> 主人不相识,偶坐为林泉。
> 莫谩愁沽酒,囊中自有钱。

而他这醺醺醉态,也感染了"饮中八仙"之一的李白,十几年后,李白也"主人何须言少钱,径须沽取对君酌",醉中赋诗,承继了贺知章的衣钵。

天宝三年(公元744年),贺知章忽生大病,数日不起。正当他以为行将就木之时,病却奇迹般地好了。他顿觉人生如梦,似幻不真,便上书唐玄宗,请求恩准自己辞官归家,入道修真。玄宗见贺已是耄耋之年,垂垂老矣,便恩准了他的请求,还专门作诗一首以赠。

"辞荣五十载,今日复东归。"这是贺老回乡前在长安说的一句话。有书记载,贺知章两次考中进士,但第一次未去上任,仍在萧山的农村里种田栽芝。37岁离开萧山,86岁才回乡。正月初五,贺老一行辞别长安,二月下旬到达萧山,其时春意盎然,柳叶初发,贺知章在萧山南门外的河边,看见一棵特别高大的柳树,触景生情,就写下了回乡后的第一首诗——《咏柳》:

> 碧玉妆成一树高,万条垂下绿丝绦。不知细叶谁裁出,二月春风似剪刀。

不久,贺知章病逝于千秋观中,年八十六。两年后,离开长安的李白打算去越州永兴拜访贺知章,中途从友人口中得知贺早已去世的消息,悲痛之余,写下了《重忆一首》①、《对酒忆贺监二首》,追悼这位亦师亦友的前辈:

> 四明有狂客,风流贺季真。
> 长安一相见,呼我谪仙人。
> 昔好杯中物,今为松下尘。
> 金龟换酒处,却忆泪沾巾。
>
> 狂客归四明,山阴道士迎。
> 敕赐镜湖水,为君台沼荣。
> 人亡余故宅,空有荷花生。
> 念此杳如梦,凄然伤我情。

贺知章去世一百多年后,晚唐著名诗人温庭筠也慕名来到萧山,参观游览了贺知章故居,面对一片萧条荒凉的景象,留下一首《题贺知章故居叠韵作》②,深切缅怀这位前辈诗人。

三、山水田园诗人们笔下的萧山风光

中国的山水田园诗源远流长,诗人们以山水田园为审美对象,把细腻的笔触投向静谧的山林、辽阔的田野,创造出一种田园牧歌式的生活,借以表达对现实的不满,对宁静悠闲生活的向往。南朝的谢灵运等诗人大量写山水诗。此后,山水田园便成了诗人们经常表现的题材。到了盛唐时代,山水田园诗进入了繁荣时期,出现了以写山水田园诗为主的诗人群,人们称之为山水田园诗派,主要代表是孟浩然和王维。而这些诗人都被萧山优美的山水田园风光所吸引,纷纷不

---

① 《重忆一首》:"欲向江东去,定将谁举杯? 稽山无贺老,却棹酒船回。"
② 《题贺知章故居叠韵作》:"废砌翳薜荔,枯湖无菰蒲。老媪饱药草,愚儒输通租。"

远万里,慕名来到萧山游览,留下了许多描写山水田园风光的诗歌佳作。

　　谢灵运(385~433),晋宋间诗人。原籍陈郡阳夏(今河南太康),生于会稽始宁(今浙江上虞)。东晋名将谢玄之孙,袭爵封康乐公,世称"谢康乐"。他出身名门,兼负才华,但仕途坎坷。为了摆脱政治烦恼,常常放浪山水,探奇览胜。诗歌大部分描绘了他所到之处,如永嘉、会稽、彭蠡等地的山水景物,是山水诗派的创始人。有《谢康乐集》。元嘉三年(426)元月,刘文帝诛徐羡之、傅亮、谢晦,诏谢灵运为秘书监,不就,文帝使范泰致书敦奖,乃出。始宁去京都水陆一千四百七十五里,经绍兴、杭州、湖州、宜兴,谢灵运却枉道新安、宣城。为悼念庐陵王刘义真被废杀于新安而故有此行。这是他夜宿萧山义桥(古称渔浦),途经富阳时写下的诗:

富春渚

　　　　宵济渔浦潭,旦及富春郭。
　　　　定山缅云雾,赤亭无淹薄。
　　　　溯流触惊急,临圻阻参错。
　　　　亮乏伯昏分,险过吕梁壑。
　　　　洊至宜便习,兼山贵止托。
　　　　平生协幽期,沦踬困微弱。
　　　　久露干禄请,始果远游诺。
　　　　宿心渐申写,万事俱零落。
　　　　怀抱既昭旷,外物徒龙蠖。

　　唐高宗上元二年(675)的秋天,年仅 26 岁的王勃,因《斗鸡檄》及私杀官奴之罪,两度被贬,父亲也受连累被贬为交趾(今越南)县令。王勃仕途无望,心灰意冷,在南下交趾看望父亲途中,来到了萧山(时称永兴,隶属越州),在渔浦三江口,认识了一个山东济南(齐州)的朋友,二人成为莫逆之交,相携同游越中山水。王勃在李县令家中饮酒时,还写下了《越州永兴李明府宅送萧三还齐州序》一文,载于《全唐文》中,有名句"许玄度之清风朗月,时慰相思;王逸少之修竹茂林,屡陪欢宴"。两人不仅游了王羲之的兰亭,还专程来到楼塔仙岩山下追慕东晋隐士许询的风采,王勃即兴写下了这首诗。

　　王勃(约 650 年—约 676 年),字子安,汉族,唐代诗人。绛州龙门(今山西河津)人,出身儒学世家,与杨炯、卢照邻、骆宾王并称为"初唐四杰",王勃为四杰之首。在诗歌体裁上擅长五律和五绝,代表作品有《送杜少府之任蜀州》,主要文学成就是骈文,无论是数量上还是质量上,都是上乘之作,代表作品有《滕王阁序》等。

题镜台峰仙人石

崔巍怪石立溪滨，曾隐征君下钓纶。

东有祠堂西有寺，清风岩下百花香。

渔浦风景很秀美，很多诗人留下了描写渔浦当地山水风光和生活场景的诗歌。最有名的是孟浩然的《早发渔浦潭》："东旭早光芒，渚禽已惊聒。卧闻渔浦口，桡声暗相拨。日出气象分，始知江湖阔。美人常晏起，照影弄流沫。饮水畏惊猿，祭鱼时见獭。舟行自无闷，况值晴景豁。"这首诗写于唐开元年间，孟浩然从洛阳到越州的漫游途中，途径渔浦潭。诗人早年以隐居和漫游的方式力求入世，却一直没有如愿，心中非常郁闷。这次浙东之旅，山水非常优美，沿路的珍禽异兽也好像通达人性。诗人心情非常愉悦，写得也很详细，他住在临江一个客栈，"卧闻渔浦口"这句诗好像旁边就是一条船，"桡声暗相拨"好像是好多人。"美人常晏起，照影弄流沫"说的就是美女早晨起来了得洗衣服什么的。还有说话声、卖鱼叫卖声，真切描绘了这样一个生活场景。

孟浩然（689—740），名浩，字浩然，号孟山人，襄州襄阳（今湖北襄阳）人，世称"孟襄阳"。因他未曾入仕，又称之为"孟山人"，是唐代著名的山水田园派诗人。孟浩然的诗虽不如王维诗境界广阔，但在艺术上有独特的造诣，故后人把孟浩然与王维并称为"王孟"，有《孟浩然集》三卷传世。

孟浩然也曾来到岩下寺凭吊许询，夜宿寺中，写下了《宿立公房》诗一首："支遁初求道，深公笑买山。何如石岩趣，自入户庭间。苔涧春泉满，萝轩夜月闲。能令许玄度，吟卧不知还。"

另外，他也写了关于樟亭观潮等萧山自然人文风光的诗歌，成为写萧山自然风光最多的山水田园诗人，如下面这几首：

将适天台留别临安李主簿

枳棘君尚栖，匏瓜吾岂系。

念离当夏首，漂泊指炎裔。

江海非堕游，田园失归计。

定山既早发，渔浦亦宵济。

泛泛随波澜，行行任舻枻。

故林日已远，群木坐成翳。

羽人在丹丘，吾亦从此逝。

与颜钱塘登樟亭望潮作

百里闻雷震，鸣弦暂辍弹。
府中连骑出，江上待潮观。
照日秋云迥，浮天渤澥宽。
惊涛来似雪，一坐凛生寒。

初下浙江舟中口号

八月观潮罢，三江越海浔。
回瞻魏阙路，空复子牟心。

　　唐代顶尖诗人里唯一一位状元，或者说默默无闻的状元群体中最有名最出色的一位诗人就是王维。王维出身太原王氏，母亲出身博陵崔氏，兄弟里有人官至宰相，他本人也做到了尚书右丞这个不错的官职。王维姿容洁白优美，多才多艺，琴棋书画无一不精，十五岁独自游学长安，超群才能为皇族诸王所赏识，与歧王李范、薛王李业、宁王李宪交往密切。二十一岁考中状元，得以顺利步入官场，得张九龄赏识、提携，王维被擢拔为右拾遗。后张九龄的相位为奸臣李林甫所代，为明哲保身、远祸自全，王维一度隐居终南山；后来经营蓝田别业，半官半隐。惬意的山野恬淡生活，不但让他养成了山水禅寂的审美趣味，也逐渐让他找到了心灵的自我满足和精神的诗意栖居地。

　　王维（701—761），字摩诘，号摩诘居士，世称"王右丞"，唐朝著名诗人、画家。因笃信佛教，又被称为"诗佛"。王维在诗歌上的成就是多方面的，无论边塞、山水诗、律诗还是绝句等都有流传人口的佳篇。他的诗句被苏轼称为"味摩诘之诗，诗中有画；观摩诘之画，画中有诗"。是山水田园诗派的代表，和孟浩然合称"王孟"。他描写萧山风光的诗歌有：

送张五谛归宣城

五湖千万里，况复五湖西。
渔浦南陵郭，人家春谷溪。
欲归江淼淼，未到草萋萋。
忆想兰陵镇，可宜猿更啼。

西施咏

艳色天下重，西施宁久微。

朝仍越溪女，暮作吴宫妃。

贱日岂殊众，贵来方悟稀。

邀人傅香粉，不自著罗衣。

君宠益娇态，君怜无是非。

当时浣纱伴，莫得同车归。

持谢邻家子，效颦安可希。

四、元白的西陵酬唱

　　中唐时期有一对著名的好诗友——白居易和元稹，他们一个在杭州当刺史、一个在浙东任观察使期间，你来我往写了不少唱和诗。一次，两人在杭州聚会过后，元稹依依不舍地坐船离开，经过西兴时写下《与乐天别后西陵晚眺》。白居易收到这首诗后很感动，立刻跟帖回了一首《答微之泊西陵驿见寄》（编注：元稹字微之）。

与乐天别后西陵晚眺
元　稹

晚日未抛诗笔砚，夕阳空望郡楼台。

与君后会知何日，不似潮头暮却回。

答微之泊西陵驿见寄
白居易

烟波尽处一点白，应是西陵古驿台。

知在台边望不见，暮潮空送渡船回。

　　古诗中的"西陵驿""樟亭驿"，都是指西兴。西兴也是我们浙东唐诗之路的起点之一。"烟波尽处一点白，应是西陵古驿台。知在台边望不见，暮潮空送渡船回。"诗中的"西陵"，坐落于杭州钱塘江南岸，南接白马湖。历史上曾是两浙门户，交通发达，地势险要，自古为"浙东首地，宁、绍、台之襟喉"。《全唐诗》中有元稹20余首吟咏古越山水寄白乐天的诗作：《酬乐天喜邻郡》《赠乐天》《别后西陵晚眺》《以州宅夸于乐天》，"莫言邻境易经过""与君后会知何日""天下风光数会稽""镜水稽山满眼来"。白居易则有《元微之除浙东观察使喜得杭越邻州先赠长句》等十七首和答，"我住浙江西，君去浙江东""合眼先应到越州""并床三宿话平生""禹庙未胜天竺寺""江界平分两岸春"。两位在地方上办实事,政绩卓著的"父母官",在萧绍运河这条当时最现代化的信息通道上,传递了令后世艳羡的纯洁友情。

白居易还有两首关于西陵驿的诗歌:

宿樟亭驿

夜半樟亭驿,愁人起望乡。
月明何所见? 潮水白茫茫。

樟亭双樱树

南馆西轩两树樱,春条长足夏阴成。
素华朱实今虽尽,碧叶风来别有情。

古时,樟亭是观赏钱塘江大潮的胜地,李白、白居易等许多名人到过这里。白居易常在樟亭驿会客、观潮,写有《樟亭驿见杨旧》:

往恨今愁应不殊,题诗梁下又踟蹰。
羡君独梦见兄弟,我到天明睡亦无。

诗人张祜是白居易同时代人,他来杭州参加乡试求取功名,到过樟亭驿站。他登上观潮楼凭栏眺望,写了很有气势的《题樟亭》,写出此处的地理特点和风光,发出人生的感叹:

晓霁凭虚槛,云山四望通。
地盘江岸绝,天映海门空。
树色连秋霭,潮声入夜风。
年年此光景,催尽白头翁。

五、历代诗人的越王、西施情结

"吴越争霸西陵渡,西施梳妆古庄亭。"两千年前,吴王夫差为报杀父之仇,领兵攻打越国,越国战败,越王勾践做了战俘,越国大夫范蠡被当做人质跟随越王夫妇到了吴国做奴隶,三年之后,吴王夫差放回了越王夫妇和范蠡。越王回国以后,卧薪尝胆,力图报仇雪耻,他采用了范蠡所献的美人计,把西施献给了吴王夫差。西施凭借着她倾国倾城的美貌和高超的琴棋歌舞,使吴王整日宿醉不醒,沉迷酒色，不理朝政，在他的策应之下，越王勾践终于灭了吴国。越国为了抗击吴国，曾在萧山白马湖、湘湖训练水陆两军。西施进吴宫，相传曾经在西兴庄亭梳妆打扮，亭上刻有一副对联："黄金只合铸西施，若论破吴功第一。"千古传奇给诗人们留下广阔的想象空间，西施的美奂、范蠡的诡谲、越王的坚忍、吴王的误国，颇富传奇色彩的故事被写入诗词传唱千年，"沉鱼落雁""卧薪尝胆""十年生聚，十年教训""兔死狗烹"等成语至今耳熟能详。

　　西施的故事在民间流传很久，历代许多诗人都对这一段波澜壮阔的历史用诗歌的形式发表自己的见解，或想象，或抒情，或议论，或歌颂，或讽刺，形成了心目中的越王、西施情节。唐朝诗人李商隐《景阳井》一诗中"景阳宫井剩堪悲，不尽龙鸾誓死期，肠断吴王宫外水，浊泥犹得葬西施"。还有一诗人也有诗题《馆娃宫怀古》中，"响屧廊中金玉步，采苹山上绮罗身，不知水葬今何处，溪月湾湾欲效颦"。如唐代诗人崔道融的一首《西施滩》："宰嚭亡吴国，西施陷恶名。浣纱春水急，似有不平声。"这是一首颇有深意的诗篇，奸臣伯嚭是吴国走向的灭亡，然而却让西施承担这个千古骂名。一想到奔腾不息的浣纱，好像也是在为西施洗脱罪名。这首诗并不是一首典型的吊古伤今诗，而是诗人针对"红颜祸水"这里传统的历史观念帮助西施洗脱罪名。虽然只有短短的 20 个字，但是我们却从中找到了吴国灭亡的根本原因。下面摘录几首历史上著名诗人咏越王和西施的诗篇：

西　施
唐·李白

西施越溪女，出自苎萝山。
秀色掩今古，荷花羞玉颜。
浣纱弄碧水，自与清波闲。
皓齿信难开，沉吟碧云间。
勾践征绝艳，扬蛾入吴关。
提携馆娃宫，杳渺讵可攀。
一破夫差国，千秋竟不还。

越中览古
唐·李白

越王勾践破吴归，义士还乡尽锦衣。
宫女如花满春殿，只今惟有鹧鸪飞。

浣纱女

唐·王昌龄

钱塘江畔是谁家,江上女儿全胜花。
吴王在时不得出,今日公然来浣纱。

西施咏

唐·王维

艳色天下重,西施宁久微。
朝仍越溪女,暮作吴宫妃。
贱日岂殊众,贵来方悟稀。
邀人傅香粉,不自著罗衣。
君宠益娇态,君怜无是非。
当时浣纱伴,莫得同车归。
持谢邻家子,效颦安可希。

登越王台

唐·宋之问

江上越王台,登高望几回。
南溟天外合,北户日边开。
地湿烟常起,山晴雨半来。
冬花采芦桔,夏果摘杨梅。
迹类虞翻枉,人非贾谊才。
归心不可见,白发重相催。

西　施

唐·罗隐

家国兴亡自有时,吴人何苦怨西施。
西施若解倾吴国,越国亡来又是谁。

题西施村

北宋·杜衍

曲曲溪流隐隐村,美人微步合朝暾。

吴宫花草埋虽久,越水琚璜想尚存。
两字忠贞昭白石,千秋幽恨扫黄昏。
应怜当日须眉者,亦自嫌推巾帼尊。

城　山
宋·华镇

兵家制胜旧多门,赠答雍容亦解纷。
缓报一双文锦鲤,坐归十万水犀军。

越王台
宋·文天祥

登临我向乱离来,落落千年一越台。
春事暗随流水去,潮声空逐暮天回。
烟横古道人行少,月堕荒村鬼哭哀。
莫作楚囚愁绝看,旧家歌舞此衔杯。

越王台
明·姚广孝

辇土为台抱恨深,营门金气尚森森。
当时吴破非兵力,只在西施一捧心。

六、诗人眼中的钱江潮

　　钱江观潮的习俗从古至今不绝,自候潮门至闸口沿江十里,都可以看潮。古代观潮的最佳地点是候潮门外的浙江亭,"钱塘十景"中就有"浙江秋涛"。田汝成《西湖游览志余》记载观潮的盛况:"郡人观潮,自八月十一日为始,至十八日最盛。盖因宋时以是日教阅水军,故倾城往看,至今犹以十八日为名。"观潮期间,地方官主持祭祀潮神的礼仪,还有丰富的民俗活动,有各种民间艺术的展演,观潮成为一个欢乐节日,搏潮踏浪成为"萧山精神"的一个重要来源。

　　萧山地处钱塘江南岸,有着天然的观潮优势,西兴、渔浦古渡口作为重要的交通要道,是浙东唐诗之路的起源地。自古以来,吟咏钱塘江的观潮诗词丰富,本地的文化名人,过境的诗人、帝王、官吏,在萧山留下了大量珍贵的作品,他们或绘形绘声,为钱塘江潮作千余年的"摄影录音";或唯心唯物,探究钱塘江潮水的成因;或咏潮咏心,抨击时代浪潮抒发个人心志;或治塘治潮,寄托钱塘江两岸人们的愿望……可谓名家迭出,佳作如林。这些吟咏钱塘江潮的诗文视角多面、内容丰富,是萧山潮文化不可或缺的组成部分,也是萧山流动的"历史画卷"和"艺术名片"。下面摘录几首有名的咏潮诗:

横江词
唐·李白

海神来过恶风回,浪打天门石壁开。
浙江八月何如此?涛似连山喷雪来!

浪淘沙
唐·刘禹锡

八月涛声吼地来,头高数丈触山回。
须臾却入海门去,卷起沙堆似雪堆。

钱塘江潮
唐·罗隐

怒声汹汹势悠悠,罗刹江边地欲浮。
漫道往来存大信,也知反覆向平流。
任抛巨浸疑无底,猛过西陵只有头。
至竟朝昏谁主掌,好骑赪鲤问阳侯。

和运使舍人观潮
宋·范仲淹

何处潮偏盛?钱塘尤与俦。
谁能问天意?独此见涛头。
海浦吞来尽,江城打欲浮。
势雄驱岛屿,声怒战貔貅。
万叠云才起,千寻练不收。
长风方破浪,一气自横秋。
高岸惊先裂,群源怯倒流。
腾凌大鲲化,浩荡六鳌游。

北客观犹惧,吴儿弄弗忧。
子胥忠义者,无覆巨川舟。

把酒问东溟,潮从何代生。
宁非天吐纳,长逐月亏盈。
暴怒中秋势,雄豪半夜声。
堂堂云阵合,屹屹雪山行。
海面雷霆聚,江心瀑布横。
巨防连地震,群楫望风迎。
踊若蛟龙斗,奔如雨雹惊。
来知千古信,回见百川平。
破浪功难敌,驱山力可并。
伍胥神不泯,凭此发威名。

潮水二首
宋·司马光

平江谷上潮,古木自萧萧。
两岸饶葭苇,寒波浸寂寥。

淋淋出海门,百里雪花喷。
坐看东归去,平沙空有痕。

瑞鹧鸪·观潮
宋·苏轼

碧山影里小红旗,侬是江南踏浪儿。
拍手欲嘲山简醉,齐声争唱浪婆词。
西兴渡口帆初落,渔浦山头日未欹。
侬欲送潮歌底曲? 樽前还唱使君诗。

八月十五日看潮五绝
宋·苏轼

定知玉兔十分圆,化作霜风九月寒。
寄语重门休上钥,夜潮流向月中看。

万人鼓噪慑吴侬,犹似浮江老阿童。
欲识潮头高几许？越山浑在浪花中。

江边身世两悠悠,久与沧波共白头。
造物亦知人易老,故叫江水向西流。

吴儿生长狎涛渊,冒利轻生不自怜。
东海若知明主意,应教斥卤变桑田。

江神河伯两醯鸡,海若东来气吐霓。
安得夫差水犀手,三千强弩射潮低。

观潮行
清·郑板桥

银龙翻江截江入,万水争飞一江急。
云雷风霆为先驱,潮头耸并青山立。
百里之外光荧荧,若断若续最有情。
崩轰喧豗倏已过,万马飞渡萧山城。
钱塘岸高石五丈,古松大栎盘森爽。
翠楼朱槛冲波翻,羽旗金甲云涛上。
伍胥文种两将军,指挥鲲鳄惊鼍蟒。
杭州小民不敢射,荡猪击豕来相享。
我辈平生多郁塞,豪情逸气新搔痒。
风定月高潮渐平,老鱼夜哭蛟宫荡。

七、陆游与萧山的不解之缘

　　古人之行,多为舟船。当时,浙东运河和钱塘江并未直接贯通,位于萧山境内的运河和西小江就成为杭州至绍兴的要道。在唐代及以前,由杭去绍,主要有两条线路:一是从钱塘江渡江,抵达西兴,然后沿运河经萧山往绍兴方向,再经上虞、嵊县,而往剡溪到新昌天台等地,进入浙中,并在新昌等地举行活动。另一条是由钱塘江到义桥渔浦古渡,在义桥西进入渔浦湖,辗转而达绍兴,渔浦成为可以南上、北下、西进、东出的交通枢纽。大名鼎鼎的南宋爱国诗人陆游,因当时京城在临安,从家乡绍兴进京,或从家乡赴任,或从外地回乡,一般都是通过水路——钱塘江和萧绍运河,均要途经萧山,多留宿梦笔驿,多次船过梦笔桥,也多次在梦笔桥上看古寺风光,看城河里船来船往的大千世界,留下了多篇有关梦笔驿、觉苑寺(江寺)等途经萧山的诗篇,成为留下歌咏萧山作品最多的诗人。

梦笔桥位于文化路上,是萧山区最古老的桥梁之一。桥北"梦笔桥"碑上刻的宋叶道卿《梦笔桥记》上说,梦笔桥始建于南朝齐建元中,即公元 480 年,距今已有 1500 多年的历史。据说,梦笔桥和成语"梦笔生花"有着不小的关系。宋王十朋在《会稽风俗赋并序》注中称"萧山梦笔驿以江淹得名"。江淹是南朝文学家紫金光禄大夫,传闻他年少时梦中得到了五色笔,文采勃发,富有才情。而古桥名正是借了"江淹梦笔"之意,所以取名"梦笔桥",一直沿称至今。当时的梦笔桥头还有一个驿站,有亭台楼阁,立于古柳河边。

陆游《舟中感怀三绝句》中的一首:"梦笔亭边拥鼻吟,壮图蹭蹬老侵寻。不眠数尽鸡三唱,自笑当年起舞心。"陆游的这首"拥鼻吟"真正吟出了梦笔桥的品性。梦笔桥到陆游那时已经近 800 年历史,尽管有过修建,毕竟如磐石般屹立于城河上,就如人立世处事也应有坚石般的品性。梦笔桥正因有陆游这样爱国诗人的吟唱才真正地千古不朽,才真正值得人们去体味这座桥的深深内涵。

萧　山

素衣已免染京尘,一笑江边整幅巾。
入港绿潮深蘸岸,披云白塔远招人。
功名姑付未来劫,诗酒何孤见在身。
会向桐江谋小筑,浮家从此往来频。

梦笔驿

朱扉水际亭,白塔道边寺。
扁舟几往返,每过辄歔欷。
经秋病不死,岁暮复一至。
少年自喧哗,此老独憔悴。
可怜钓鳌客,终返屠半肆。
吾身行赤无,荣辱曳所寄?
短灯照孤愁,寒衾推残醉。

明当临大江,一洒壮士泪。

渔 浦

渔翁持鱼叩舷卖,炯炯绿瞳双脸丹。
我欲从之逝已远,菱歌一曲暮江寒。

舟中感怀三绝句呈太傅相公兼简岳大用郎中

浪中镗鞈雨声寒,孤梦初回烛半残。
甲子一周胡未灭,关山还带泪痕看。

雨打孤篷酒渐消,昏灯我与共无聊。
功名本是无凭事,不及寒江日两潮。

雨中泊舟萧山县驿

端居无策散闲愁,聊作人间汗漫游。
晚笛随风来倦枕,春潮带雨送孤舟。
店家菰饭香初熟,市担莼丝滑欲流。
自笑劳生成底事,黄尘陌上雪蒙头。

长相思(其四)

暮山青。暮霞明。梦笔桥头艇子横。蘋风吹酒醒。　　看潮生。看潮平。小住西陵莫较程。莼丝初可烹。

八、毛西河的故园情

虞美人·九日同姚庸庵、张德远、左夔友诸君泛湘湖登越王城和庸庵韵
清·毛奇龄

平明载酒登高去,湖畔停船处。几株乌桕未全红,犹喜黄花开遍小桥东。长江一望环如带,放眼千山外。开樽更上越王城,多少夕阳江上晚来晴。

清代萧山历史上,出了一个学识最渊博的全才型学者,既能治经史和音韵

学,又擅长散文、诗词,精通音律,并从事诗词的理论批评;既是诗人词客,又是书法家。既参与抗清军事,流亡多年始出,又对乾嘉学术有开山之功。一生著述甚富,仅《四库全书》收录他的著录者就有 52 种。他的遗著由学生编为《西河全集》,共 493 卷,系诸子及门人所著的文章编辑成集,分为《经集》和《文集》二部。其当归于集部者,文 119 卷,诗 50 卷,词 7 卷。另有《诗话》8 卷,《词话》2 卷。他就是西河先生毛奇龄,纪昀在《四库全书总目提要》中说:"奇龄著述之富,甲于近代。"

毛奇龄(1623—1716),清初经学家、文学家,与弟毛万龄并称为"江东二毛"。原名甡,又名初晴,字大可,又字于一、齐于,号秋晴,又号初晴、晚晴等,萧山城厢镇人。以郡望西河,学者称"西河先生"。与毛先舒、毛际可齐名,时称"浙中三毛,文中三豪"。"扬州八怪"之首金农及陈撰均为其徒弟,管中窥豹,可见一斑。

他是明末诸生,清初参与抗清军事,流亡多年始出。康熙时荐举博学鸿词科,授检讨,充明史馆纂修官。寻假归不复出。治经史及音韵学,著述极富。所著《西河合集》分经集、史集、文集、杂著,共四百余卷。

毛奇龄是一位土生土长的萧山人,他不但是一位史学家,而且也是一位非常有名的经学家。他在音乐、文学诗词方面的造诣也非常高,曾教授乐律,著有《竟山乐录》4 卷。他一生作的诗词不少,出了好多卷的《诗话》和《词话》。他曾经给《红楼梦》的作者曹雪芹的爷爷曹寅送去了一幅"咏楝"诗轴,上书两首七律。毛奇龄讴歌湘湖,为后人留下了 30 多首诗作和词曲,这些诗篇不仅反映了湘湖的美丽,更反映了生活在湘湖地区的劳动人民的勤劳智慧,读来富有韵味,让人回味无穷。在他的诗词中,细致地描绘了美施闸、西小江、湘湖、西兴、钱江潮等萧山的优美景致:

山行过美施闸二首

西子湔裙处,行人唤美施。
山花鸦子髻,浦竹女儿词。
教舞宫城艳,吹箫里社思。
至今山水下,流出似胭脂。

水碧如漂镜,山青似洗妆。
柴门啼鸟细,村径复萝长。
零雨浣纱石,繁花走马岗。
当年教舞去,祠下换衣裳。

长相思·泛舟西江即事(其一)

一桥低。两桥低。枣树湾头西复西。江深雨欲迷。　　早乌啼。晚乌啼。两桨归来乌未栖。相逢半路溪。

江城子二首(其一)

日出江城鸡子黄。照红妆。动江光。采莲江畔,锦缆藕丝长。欲问小姑愁隔浦,长独处,久无郎。　　赭门东上海潮青。古西陵。雨冥冥。越王宫女,着屐在樟亭。亭下教兵遗竹矢,秋日晚,堕鹅翎。

青玉案·渡江有感(其一)

夕阳江上丹枫暮。看车马、纷无数。当日西施从此去。城山出海,楼船近岸,中有更衣处。　　平沙十里长亭路。空留得、花如雾。最恨江流流不住。暮潮初下,午潮还上,今古西陵渡。

霜天晓角(其一)

同丁大声、史宪臣、徐徽之、蔡大敬、来成夫登望京门楼。
平沙十里。滚滚江潮水。横下秋鹰如削,短草岸,朔风起。　　栏杆人共倚。旧关何处是。记得西施,去路残阳外,碧烟里。

九、皇帝颂萧山

历史上,写萧山风光诗歌地位最高的诗人莫过于乾隆皇帝。

乾隆(1711～1799),名爱新觉罗·弘历,康熙帝孙,年号乾隆。25岁继位,在位60年,88岁去世。是皇太极建立清朝后的第5位皇帝。是中国历史上年龄最长的皇帝。乾隆十六年(1751),第一次南巡。他于正月十三日从京师出发,三月初一抵达杭州,驻跸孤山圣因寺行宫。旋后渡过钱塘江,由西兴运河舟行至绍兴。乾隆帝为萧绍运河的美丽景色所倾倒,曾作诗三首。其中两首直接用萧山、西兴作为诗名,另一首则是回到杭州行宫后的回忆。

渡钱塘江

斛土千钱诡就塘,风恬日暖彩舟方。

一江吴越分疆界，三月烟花正艳阳。

航苇何曾见神异，射潮未免话荒唐。

涨沙南徙民居奠，永赖神庥敬倍常。

萧山道中作

溪窄绿滕阔，水肥乌榜轻。

开篷画芘茜，挂席剪澄明。

南国春方丽，越天云复晴。

山阴指明日，已是镜中行。

至圣因寺行宫

朝辞余暨暮钱塘，片刻长江稳渡航。

未免情殷恋西子，不殊风便送滕王。

快晴乍觉烘山翠，弦月遥疑钓水光。

十亩行宫游不足，憩闲命笔玉兰堂。

中华民国国父、中华民国临时大总统孙中山曾多次来过萧山。1916 年 8 月 16 日，孙中山第三次到达浙江。随行者有宋庆龄、胡汉民、冯自由、戴季陶等十余人。当天在杭州，孙中山会晤了浙江军政界人士、游览了西湖、祭祀了秋瑾，出席浙江省议会的讲演。17 日晨，偕同人至葛岭，登初阳台，见削壁临空，奇峰突兀。午后登六和塔的最高层观赏钱塘江大潮。一月之后，孙中山写下了他的著名题词："世界潮流，浩浩荡荡。顺之者昌，逆之者亡。"8 月 19 日晨，和浙江督军吕公望等省政界首脑辞行告别，即乘车去凤山门至南星桥渡口，随行的有胡汉民、邓孟硕、朱卓文、陈佩忍等去绍兴。时值潮退，浪静波恬，未几到达南岸西兴，即换乘越安公司轮船，沿西兴运河东行。船至东门，孙中山一行来到汪家（今为杭州市委党校萧山分校），慰问了为反袁而牺牲的烈士汪珪的家属。1916 年 8 月，正是汪珪逝世三周年，其家属将灵柩归葬萧山。此日刚巧孙中山抵杭，急急赶去亲送灵柩到钱塘江南星桥码头。时隔 3 天，中山先生见船过汪家，即令船暂停，登岸入室拜谒了汪烈士的遗像，对遗孤倍加安慰。轮船继续东行。西兴运河是一条古老的漕运河道，逶迤而东。河上拱桥叠架，河中柔橹声声，两岸沃野青山，白墙灰瓦，竹影荷香，好似一幅淡描的国画。孙中山等人不时乘兴到船外观望，面对着这胜似图画的水乡风光，胡汉民（1879—1936）更是诗兴大发，奋笔赋下了《舟过萧山寄天仇》一诗：

西湖三日共勾留，乘兴扁舟更远游。

我有一言君信否？会稽山水胜杭州！

题中的"天仇"，是戴季陶的号。当时随孙中山由沪来杭的还有戴季陶。这次访绍，他因身体有病留杭不能随行。胡汉民此诗就是送给他的。旧萧山属绍兴，故胡汉民在诗中把在萧所见，称为"会稽山水"。此诗，一方面凝聚了胡汉民等一行浓厚的游心，另一方面又倾注了对萧山风光的无限赞美。

十、诗湘湖

新湖夜行
宋·杨时

平湖净无澜，天容水中焕。

浮舟跨云行，冉冉躔星汉。

烟昏山光淡，桅动林鸦散。

夜深宿荒陂，独与雁为伴。

北宋政和四年（公元1114年）四月的一个夜晚，62岁的著名理学家、萧山县令杨时兴奋不已，原因是历时二载，历经千辛万苦，排除千难万险，一个面积达三万七千零二亩，周八十余里，得田一十四万六千八百六十八亩有奇的全新的湘湖终于横亘在萧然大地上。他乘着薄暮夜色，浮舟湖上。春天的夜晚，广阔的湖面，碧波荡漾，绿山倒映。他被眼前的景色所陶醉，心潮起伏，触景生情，感慨万千，情不自禁地提笔写下了上面这首诗。水刚刚注满湘湖，夜色倒映着湖面，星星点点，舟船已经迫不及待地下湖，虽身处湖边的荒山野郊，但看着它平静无波，杨时脑中闪现了湘神凌波的场景，缥缥缈缈，若隐若现，湘神，湘湖，自己在湘地也做过官，这一切难道都是巧合吗？

工程历经近两年的筹备、施工，于政和四年（1114年）春竣工。这一萧山水利史上的壮举，可谓规模宏大。湖长约十九里，宽一至六里不等，周长八十余里。西南宽，东北窄，形似葫芦，可以灌溉崇化、昭明、来苏、安养、许贤、长兴、新义、夏孝、由化附近九个乡的农田，因此得到了"九乡水仓"的美名。由于"山秀而疏，水澄而深，宛若潇湘"，后人遂取名"湘湖"。又由于这个湖在之江南岸，于是又有"之垂湖"的美名。从此，九乡县民告别了旱苦，大旱之年仍有过半农田可以灌溉。"湖中多产鲜鱼，又有莼菜，可饮以疗饥"。逢灾年，"邻县也赖以济"，县民深受其利，感恩不尽。湘湖以风景秀丽而被誉为西湖的"姐妹湖"，还是浙江文明的发源地。

　　更可喜的是,千百年来,诗词大家被湘湖的优美景色所感染,他们游历、题咏湘湖,形成"湘湖诗巢"的文学和文化现象。从北宋政和二年湘湖水库建成起,湘湖人文特色逐渐浓郁,诗词渐多。明清时期,诗坛领袖云游湘湖、歌咏湖光山色,亦官与亦文的乡贤表现出浓厚的桑梓情怀,湘湖美景让书画大家题咏不绝,名寺僧人将禅意与描摹湘湖风光的诗篇融为一体,明清皇帝的咏赞为湘湖景物增添光彩,湘湖竹枝词在湘湖词曲中独树一帜,湘湖文赋与散文使"湘湖诗巢"更具有人文底蕴。据不完全统计,从春秋越国大夫文种的《固陵祝词》开始到清代,著名诗人留下的写湘湖的诗词曲赋共计:诗71首、词15首、文赋7篇。

菩萨蛮·越城晚眺
明·刘基

　　西风吹散云头雨,斜阳却照天边树。树色荡湖波,波光艳绮罗。征鸿何处起,点点残霞里。月上海门山,山河莽苍间。

渔　父
宋·陆游

　　湘湖烟雨长莼丝,菰米新炊滑上匙。云散后,月斜时,潮落舟横醉不知。

新湖夜行
宋·杨时

　　平湖净无澜,天容水中焕。
　　浮舟跨云行,冉冉蹑星汉。
　　烟昏山光淡,桅动林鸦散。
　　夜深宿荒陂,独与雁为伴。

咏湘湖
明·魏骥

　　百里周围沙渺茫,龟山遗爱许谁忘。
　　水能蓄潦容千涧,旱足分流达九乡。
　　荇带荷盘从取市,莼茎芡实任求尝。
　　邑侯乡父休轻视,圩岸时须督有方。

望湖亭
明·蔡友

望湖亭上望湘湖，景物天开似画图。
两岸好山青嶂列，一泓新水绿罗铺。
芰荷香里莲舟小，杨柳阴中钓艇过。
满路松风吹酒醒，归去不用倩人扶。

湘　湖
清·毛万龄

遍历吾乡胜，湘湖景更幽。
水遥青霭合，波静白云浮。
欲雨山如画，临风树近秋。
开樽一叶上，飘渺在丹楼。

宿石岩山先照寺
清·汤金钊

湖外长江江外山，湖中几点碧烟鬟。
笯筜万个松三径，欋秚千畦水一湾。
岩下僧归云乍截，楼头钟动日先殷。
幽寻一览亭何处？剩有香泉浸藓斑。

湘湖竹枝词
清·汪继培

鬌头儿女下横塘，挑菜捞虾镇（正）日忙。
侬在菊花山下住，将花作饭不知香。

虞美人·九日同姚庸庵、张德远、左夔友诸君泛湘湖登越王城和庸庵韵
清·毛奇龄

平明载酒登高去，湖畔停船处。几株乌桕未全红，犹喜黄花开遍小桥东。长江一望环如带，放眼千山外。开樽更上越王城，多少夕阳江上晚来晴。

摸鱼子·莼

清·朱彝尊

记湘湖,旧曾游处,鸭头新涨初酦。越娃短艇乌篷小,镜里千丝萦发。柔橹拨,绊荇带,荷钱一样青难割。波余影末,爱作掬春纤,盛盆宛似,戢戢小鱼活。　　西泠水,濯取凝脂齐脱,白银钗股同滑。蜀姜楚豉调应好,不数韭芽如蕨。烟渚阔,任吹老西风,若个扁舟发。乡心未遏,想别后三潭,龟鬐雉绉,冷浸几秋月。

湘　湖

明·袁宏道

萧山樱桃、鹭鸟、莼菜皆知名,而莼尤美。莼采自西湖,浸湘湖一宿,然后佳。若浸他湖,便无味。浸处亦无多地,方圆仅得数十丈许。其根如荇,其叶微类初出水荷钱,其枝丫如珊瑚,而细又如鹿角菜。其冻如冰,如白胶附枝叶间,清液泠泠欲滴。其味香粹滑柔,略如鱼髓蟹脂,而清轻远胜。半日而味变,一日而味尽。比之荔枝,尤觉娇脆矣。其品可以宠莲媲藕无得当者。唯花中之兰,果中之杨梅,可异类作配耳。惜乎此物东不逾绍,西不过钱塘江,不能远去,以故世无知者。余往仕吴,问吴人:"张翰莼作何状?"吴人无以对。果若尔,季鹰弃官不为折本矣。然莼以春暮生,入夏数日而尽,秋风鲈鱼将无非是,抑千里湖中别有一种莼邪!湘湖在萧山城外,四匝皆山,余游时,正值湖水为渔者所盗,湖面甚狭,行数里即返舟。以上见《名山胜概记》(明崇祯刻本)。

十一、最美的唐诗之路

千百年来,众多文人墨客从钱塘江出发,过萧山、经绍兴,自上虞向南过曹娥江,溯源而上入剡溪,走新昌天姥、过天台山石梁飞瀑,载酒扬帆,踏歌而行,留下了大量脍炙人口的诗章,在浙东这片土地上,踏出了一条全程约190千米的"唐诗之路"。《全唐诗》记载的2200余位诗人中就有400多位走过,《唐才子传》里的278位才子中就有170余位走过,以至于后来成了钱塘江南岸的一道文化景观。

萧山义桥(渔浦)是渔浦文化的发源地、浙东唐诗之路的源头、浙西唐诗之路的节点、钱塘江诗词之路的交汇口,"渔浦夕照"是"萧山八景"之一。当地有一个著名的景点叫三江口,是钱塘江、富春江、浦阳江三江汇合处。到渔浦的诗人,一部分是往南沿着富阳、桐庐、建德、衢州方向走,形成了钱塘江诗路。另一部分诗人是往东沿着西小江到了浙东运河。还有一个源头是原属萧山的西兴,它是钱塘江诗路的源头。

　　萧山最令人称奇的魅力,是优美的山水风光之美。许多著名诗人的诗歌文章都有歌咏。仅《义桥镇志》收录的就达143首(篇)。南北朝的著名诗人谢灵运的《富春渚》成为古往今来第一首咏颂渔浦的诗篇。其后南北朝的沈约、江淹、丘迟;唐朝的孟浩然、王维、常建、司空曙、钱起;宋代的李纲、苏舜卿、苏轼、陆游、韩膺甫;元明的王冕、钱性善、张山、丁师虞、来集之;清代的毛万龄、张远、王雾楼、陈至言、张远等都留下了脍炙人口的诗篇。清代诗人王雾楼觉得,渔浦落日和钱塘江潮同等壮观:"钱塘看潮涌,渔浦观日落。"陆游更是留下一句"桐庐处处是新诗,渔浦江山天下稀",甚至希望安家于此,享受林泉之乐。

旦发渔浦潭
南北朝·丘迟

渔潭雾未开,赤亭风已扬。棹歌发中流,鸣鞞响沓障。
村童忽相聚,野老时一望。诡怪石异象,崭绝峰殊状。
森森荒树齐,析析寒沙涨。藤垂岛易陟,崖倾屿难傍。
信是永幽栖,岂徒暂清旷。坐啸昔有委,卧治今可尚。

渔　浦
唐·常建

春至百草绿,陂泽闻鸧鹒。
别家投钓翁,今世沧浪情。
沤纻为绲袍,折麻为长缨。
荣誉失本真,怪人浮此生。
碧水月自阔,安流净而平。
扁舟与天际,独往谁能名。

过渔浦作
宋·刁约

一水相望越与杭,渡头人物见微茫。
翩翩商楫来溪口,隐隐耕犁入富阳。

市肆凋疏随浦尽，山峰重叠傍江长。
民瞻熊轼咸相谓，太守经行此未尝。

渔　浦
宋·陆游

桐庐处处是新诗，渔浦江山天下稀。
安得移家常住此，随潮入县伴潮归。

九日宴浙江西亭
唐·钱起

诗人九日怜芳菊，筵客高斋宴浙江。
渔浦浪花摇素壁，西陵树色入秋窗。
木奴向熟悬金实，桑落新开泻玉缸。
四子醉时争讲习，笑论黄霸旧为邦。

毗陵东山
唐·李绅

昔人别馆淹留处，卜筑东山学谢家。
丛桂半空摧枳棘，曲池平尽隔烟霞。
重开渔浦连天月，更种春园满地花。
依旧秋风还寂寞，数行衰柳宿啼鸦。

宿渔浦
宋·陆游

东归刻曲只三程，旅泊还如万里行。
灯影动摇风不定，船声镗鞳浪初生。
曳裾非复白头事，瞑目那求青史名。
归去若为消暮境，一蓑烟雨学春耕。

缓辔入东宫门，望见渔浦山
宋·杨万里

渔浦孤峰入九城，承华门里最分明。

马头看得山低去,夹道芙蓉红露声。

过渔浦

元·王冕

十八里河船不行,江头日日问潮生。
未同待诏于金马,却异看花在锦城。
万里春风归思好,四更寒雨一灯明。
故人湖海襟怀古,能话旧时鸥鹭盟。

渔浦观日落

清·王雾楼

钱塘看潮涌,渔浦观日落。
浙江两奇景,亘古称双绝。
秋晴江面阔,日落近黄昏。
飞彩流金般,水天共一色。

渔浦烟光

清·毛万龄

日落江村静,渔归尽聚船。
煮鱼醉山月,烧竹乱江烟。
堤树遥看雪,樯鸟远入天。
一声芦外笛,何处有飞仙。

十二、古运河风情

古运河的重要意义是沟通东西交流,繁荣一方经济。其源头西兴的重要地理位置不言而喻。史志有记,"西兴镇据钱塘要冲,两浙往来一都会","为商旅往来通衢,其西市铁岭关即古固陵城遗址,《水经注》:浙江又东径固陵城北,昔范蠡筑城于浙江之滨"。史传秦始皇南巡,曾到过这里。唐朝在此设驿站,负责中原地区和浙东之间的信息交流、人员中转。一千多年前的运河之便,可与当今的高速公路相媲美;朝廷的驿站,还具有眼下政府招待所(宾馆)的功能,安排官员的出行。"西兴驿为浙东入境首站,西连省城……东达绍郡。""凡京外各省发宁、绍、台三府属公文，向由仁和县武林驿递至西兴驿接收。"萧山《万历志》：西兴驿"领水夫九十八名，岸夫九十六名；中船十只，俱系官造。"千年运河曾经担负起了现代的邮政、电信等信息往来和供官员出行的专车、专列行驶的特别通道等职能。

萧绍运河西起西兴镇，向东流经萧山城区，到衙前镇后进入绍兴县钱清镇与西小江汇合；再向东，通过上虞县抵曹娥江。萧山境内长 21.6 千米。河床面宽 30 米，西与湘湖、白马湖、小砾山输水河相连，南与南门江、西小江相通，俗称官河。开凿于西晋永康年间，历代水利与征战事迹、帝王与文人行踪等，都为浙东运河两岸留下了众多的人文古迹，亦成为历代诗人们争相咏唱的题材，故后人有"浙东唐诗之路之头"之说。沿岸古有多处老街、集市，店铺林立，前店后宅，甚是兴旺。元代张招有"古市直通南北路，官河不断利民船"（《萧山四咏》诗），清代朱彝尊有"东西开水市"（《萧山道中》诗），回澜桥上书于清代的一副桥联："半市七桥足证东土人烟聚，一河六港汇使南流地利兴"，道出了昔日官河的繁华。今有河床、桥梁、官塘、水驿、堰闸、河埠、古寺等景观遗存。运河萧山段"自西达东横穿县境而过，为各溪河之干流，沿途闸坝甚众，其通塞关于本邑之水利，亦极钜（巨）也"。另外，古运河上最有特色的，当然是一座座横跨运河的各具特色的桥和运河沿岸香火鼎盛的寺庙建筑，诗人们为之留下了大量歌咏的作品：

（一）运河上的桥

《花枷序》

立春雨水节节高，与民同乐太平桥；
惊蛰春分敬神好，西陵到有小仓桥；
清明谷雨财源到，金银藏园屋侧桥；
目莲救母孝心重，唐僧取经和尚桥；
五里官塘十里浦，中度（途）蒙山岳庙桥；
当今天子銮驾到，庆贺君皇万寿桥；
一年四季皆茂盛，生意兴隆永兴桥；
保安许愿今已了，胸中怀于市心桥；
太公运粮封神道，寸寸节节大仓桥；
多少童生并秀士，枯竹生花蒙（梦）笔桥；
燕王山中打猎去，百鸟朝皇凤雁（堰）桥；
前世爹娘修得好，爱惜儿孙保寿桥；

一朝发达身荣贵,开锣喝道三彭桥;
皇都得意归故里,奉旨还乡思家桥;
粮船使出大洋海,顺风相送东阳(旸)桥;
抱出太子寇承女,天下全仗陈公桥;
九江八河并四海,满载而归回澜桥;
沿江十里无桥过,水上撑船接度桥;
年少郎君向行善,一片好心延生桥;
名表青史千金女,玉洁冰清姑娘桥;
人生若望回头早,及早回头念佛桥;
事亲为大忠孝重,忍耐三思小心桥;
世人但看朱子贵,才高学广大通桥;
男女万般都是命,贫富由天八字桥。

梦笔桥
北宋·华镇

绿波照日晴无奈,碧草连天恨未消。
欲问梦中传彩笔,柳丝低拂曲栏桥。

(二)运河边的古寺

萧山祇园寺
唐·丘丹

东晋许征君,西方彦上人。
生时犹定见,悟后了前因。
灵塔多年古,高僧苦行频。
碑存才记日,藤老岂知春。
车骑归萧督,云林识许询。
千秋不相见,悟定是吾身。

题萧山庙
唐·温庭筠

故道木阴浓,荒祠山影东。
杉松一庭雨,幡盖满堂风。

客奠晓莎湿,马嘶秋庙空。
夜深池上歇,龙入古潭中。

游竹林寺
唐·方干

得路到深寺,幽虚曾识名。
藓浓阴砌古,烟起暮香生。
曙月落松翠,石泉流梵声。
闻僧说真理,烦恼自然轻。

觉苑寺
明·王守仁

独寺澄江滨,双刹青汉表。
揽衣试登陟,深林惊宿鸟。
老僧丘壑癯,古颜冰雪好。
霏霏出幽谈,落落见孤抱。
雨霁江气收,天虚月色皎。
夜静卧禅关,吾笔梦生草。

岁暮江寺住
唐·齐己

山依枯槁容,何处见年终。
风雪军城外,蒹葭古寺中。
孤村谁认磬,极浦夜鸣鸿。
坐忆匡庐隐,泉声滴半空。

城山寺
清·毛万龄

山殿何年绝顶开,人传曾驻越王来。
越王不比湘湖水,日上寒光竹里台。

杨　寺

清·毛远公

珠宫渺渺拥江村，独上香台对酒樽。
碧树两峰开石镜，澄湖万顷到山门。
垂帘花雨深春色，布地金光射夕昏。
不道旧时歌舞地，空余芳草忆王孙。

寄题溪口广慈院

宋·范仲淹

越中山水绝纤尘，溪口风光步步新。
若得会稽藏拙处，白云深处亦行春。

宿石岩山先照寺

清·汤金钊

湖外长江江外山，湖中几点碧烟鬟。
箧箁万个松三径，欂栌千畦水一湾。
岩下僧归云乍截，楼头钟动日先殷。
幽寻一览亭何处？剩有香泉浸藓斑。

近年来，萧山秉持"以文促旅，以旅彰文"的理念，精心挖掘文化内涵、提炼文化符号、设计文化载体，以名人名居、名城名镇为珠，以山水故事为纽带，串点成线、串珠成链，以文化赋能，推动旅游资源辉映升华，努力打造起一条串联秀美风光、展示文化自信的可看、可听、可体验的新时代诗画之路，成为萧山展示古韵涵养的一张文化"金名片"。

而诗词文化是一个区域的灵魂，是城市化快速推进后一个地域的品牌和标识，更是未来城市发展重要的内生驱动力。萧山作为"浙东唐诗之路""钱塘江诗路""大运河诗路"三条诗路的汇集地，吸引了历代诗词界大佬游历观赏，千百年来诗人们留下了大量的脍炙人口的诗词唱和佳作。作为地方政府，要多角度、立体化、广覆盖传播"萧山声音"，讲好"萧山故事"；广大文史研究者，应该逐步有计划有步骤地归纳、整理、挖掘、建设萧山的诗词文化，提炼蕴含在萧山骨子里的诗词文化基因，集中力量擦亮萧山文化符号、提升萧山文化形象，彰显文化自信、重塑文化信仰，为萧山经济文化产业、旅游业发展提供最磅礴的精神动能、最坚实的文化支撑。